LAS UVAS DE LA IRA

John Steinbeck nació en 1902 en Salinas, California, pueblo localizado en el valle fértil de California central cerca de la costa del Mar Pacífico, y el valle y la costa igual se sirvieron en sus obras mayores. En 1919 ingresó en Stanford University, donde se matriculó en clases de literatura hasta que salío en 1925 sin llegar a graduarse. En los cinco años siguientes, se ganó la vida como obrero de construcción y periodista en Nueva York, mientras escribío la novela, *Copa de Oro* (1929). Después de casarse, se mudó al pueblo de Pacific Grove, donde escribió dos narrativas de California, *Las praderas del cielo* (1932) y *A un Dios desconocido* (1933), y varios cuentos recopelados en *El valle largo* (1938). Alcanzó el éxito popular y la seguridad financiera con la publicación de *Tortilla Flat* (1935), una serie de relatos cortos sobre los paisanos de Monterey. Experimentor incesante, a lo largo de su carrera Steinbeck cambió su curso con frecuencia. Entre 1936 y 1939, publicó tres novelas poderosas que se enfocaron en la clase obrera de California: *En dudoso combate* (1936), *De ratones y hombres* (1937), y el perdurable *Las uvas de la ira* (1939). Al principio de los años cuarenta, se volvió al cine con el guión *El pueblo olvidado* (1941), se hizo estudiante serio de la biología marina en *El mar de Cortez* (1941), y se dedicó al esfuerzo nacional de la Segunda Guerra Mundial con el libro *Bombs Away* (1942) y la obra del teatro-novela corta *La luna se ha puesto* (1942). *Cannery Row* (1945), *El bus caprichoso* (1947), *La perla* (1947), *Un diario ruso* (1948), otro drama experimental *Llama viva* (1950) y *El diario de* El mar de Cortez (1951) precedieron la publicación del monumental *Al este de Edén* (1952), una saga ambiciosa del Valle de Salinas y la historia de su propia familia. Las últimas décadas de su vida se pasaban en Nueva York y Sag Harbor con su tercera esposa, con quien viajaba mucho. Libros posteriores se incluyen *Jueves Dulce* (1954), *El reinado corto de Pippin IV: una fabricación* (1957), *Una vez hubo una guerra* (1958), *El invierno de nuestro descontento* (1961), *Viajes con Charley buscando América* (1962), *América y Americanos* (1966), y las publicaciones póstumas, *El diario de una novela: las cartas de* Al Este de Eden (1966), *Viva Zapata!* (1975), *Los hechos del rey Arturo y sus nobles caballeros* (1976) y *Días laborales: los diarios de* Las uvas de la ira (1989). Ganó el Premio Nobel en 1962 y murió en 1968.

Por toda su vida Steinbeck firmó sus cartas con su logo personal de "Pigaso," simbolizando "una alma torpe, pero tratando de volar." El lema latino Ad Astra Per Alia Porci traduce a "A las estrellas por las alas de un cerdo."

JOHN STEINBECK EDICIÓN CENTENARIA (1902–2002)

JOHN STEINBECK

Las uvas de la ira

PENGUIN BOOKS

PENGUIN BOOKS
Publicado por Penguin Group
Published by the Penguin Group
Penguin Group (USA) Inc., 375 Hudson Street, New York, New York 10014, U.S.A.
Penguin Group (Canada), 90 Eglinton Avenue East, Suite 700, Toronto, Ontario,
Canada M4P 2Y3 (a division of Pearson Penguin Canada Inc.)
Penguin Books Ltd, 80 Strand, London WC2R 0RL, England
Penguin Ireland, 25 St Stephen's Green, Dublin 2, Ireland (a division of Penguin Books Ltd)
Penguin Group (Australia), 250 Camberwell Road, Camberwell, Victoria 3124, Australia
(a division of Pearson Australia Group Pty Ltd)
Penguin Books India Pvt Ltd, 11 Community Centre,
Panchsheel Park, New Delhi – 110 017, India
Penguin Books (NZ), 67 Apollo Drive, Mairangi Bay, Auckland 1311, New Zealand
(a division of Pearson New Zealand Ltd)
Penguin Books (South Africa) (Pty) Ltd, 24 Sturdee Avenue, Rosebank,
Johannesburg 2196, South Africa

Sede registrada de Penguin Books Ltd:
Harmondsworth, Middlesex, England

Publicado por primera vez por Ediciones Catedra, S. A., 1999
Publicado por Penguin Books 2002

7   9   10   8   6

The Grapes of Wrath publicado en Los Estados Unidos de América por Penguin Books.
Publicado al principio en 1939 por The Viking Press.

Library of Congress Cataloging-in-Publication Data
Steinbeck, John, 1902-1968.
[Grapes of wrath. Spanish]
Las uvas de la ira / John Steinbeck ; traducción de María Coy.—John Steinbeck edicion centenaria
p.   cm.
ISBN 978-0-14-200253-7 (pbk.)
1. Migrant agricultural laborers—Fiction.   2. Rural families—Fiction.
3. Depressions—Fiction.   4. Labor camps—Fiction.   5. California—Fiction.
6. Oklahoma—Fiction.   I. Coy, María.   II. Title.
PS3537.T3234 G83 2002
813'.52—dc21   2002072596

Impreso en los Estados Unidos de América
Compuesto en Janson

LAS UVAS DE LA IRA

Capítulo 1

LAS últimas lluvias cayeron con suavidad sobre los campos rojos y parte de los campos grises de Oklahoma, y no hendieron la tierra llena de cicatrices. Los arados cruzaron una y otra vez por encima de las huellas dejadas por los arroyos. Las últimas lluvias hicieron crecer rápidamente el maíz y salpicaron las orillas de las carreteras de hierbas y maleza, hasta que el gris y el rojo oscuro de los campos empezaron a desaparecer bajo una manta de color verde. A finales de mayo el cielo palideció y las rachas de nubes altas que habían estado colgando tanto tiempo durante la primavera se disiparon. El sol ardió un día tras otro sobre el maíz que crecía hasta que una línea marrón tiñó el borde de las bayonetas verdes. Las nubes aparecieron, luego se trasladaron y después de un tiempo ya no volvieron a asomar. La maleza intentó protegerse oscureciendo su color verde y cesó de extenderse. Una costra cubrió la superficie de la tierra, una costra delgada y dura, y a medida que el cielo palidecía, la tierra palideció también, rosa en el campo rojo y blanca en el campo gris.

En los barrancos abiertos por las aguas, la tierra se deshizo en secos riachuelos de polvo. Las ardillas de tierra y las hormigas león iniciaron pequeñas avalanchas. Y mientras el fiero sol atacaba día tras día las hojas del maíz joven fueron perdiendo rigidez y tiesura; al principio se inclinaron dibujando una curva, y luego, cuando la armadura central se debilitó, cada hoja se agachó hacia el suelo. Entonces llegó junio y el sol brilló aún más cruelmente. Los bordes marrones de las hojas del maíz se ensancharon y alcanzaron la armadura central. La maleza se agostó y se encogió, volviendo hacia sus raíces. El aire era tenue y el cielo más pálido; y la tierra palideció día a día.

En las carreteras por donde se movían los troncos de animales, donde las ruedas batían la tierra y los cascos de los caballos la removían, la costra se rompió y se transformó en polvo. Cualquier cosa que se moviera levantaba polvo en el aire; un hombre caminando levantaba una fina capa que le llegaba a la cintura, un carro hacía subir el polvo a la altura de las cercas y un automóvil dejaba una nube hirviendo detrás de él. El polvo tardaba mucho en volver a asentarse.

A mediados de junio llegaron grandes nubes procedentes de Texas y del Golfo, nubes altas y pesadas, cargadas de lluvia. En los campos, los hombres alzaron los ojos hacia las nubes, olfatearon el aire y levantaron dedos húmedos para sentir la dirección del viento. Y los caballos mostraron nerviosismo mientras hubo nubes en el cielo. Las nubes de lluvia dejaron caer algunas gotas y se apresuraron en dirección a otras tierras. Tras ellas el cielo volvió a ser pálido y el sol llameó. En el polvo quedaron cráteres donde las gotas de lluvia habían caído, y salpicaduras limpias en el maíz, y nada más.

Un viento suave siguió a las nubes de lluvia, empujándolas hacia el norte y chocando blandamente contra el maíz, que empezaba a secarse. Pasó un día y el viento aumentó, constante, sin ráfagas que lo interrumpieran. El polvo subió de los caminos y se extendió: cayó sobre la maleza al lado de los campos e invadió los campos mismos. Entonces el viento se hizo fuerte y duro y se estrelló contra la costra que la lluvia había formado en los maizales. Poco a poco el polvo se mezcló y oscureció el cielo, y el viento palpó la tierra, soltó el polvo y se lo llevó, al tiempo que crecía en intensidad. La costra de la lluvia se quebró y el polvo se elevó sobre los campos y formó en el aire penachos grises como humo perezoso. El maíz trillaba el viento y hacía un ruido seco, impetuoso. El polvo más fino ya no volvió a posarse en la tierra, sino que desapareció en el oscuro cielo.

El viento creció, removió bajo las piedras, levantó paja y hojas viejas, e incluso terrones pequeños, dejando una estela mientras navegaba sobre los campos. El aire y el cielo se oscurecieron y el sol brilló rojizo a través de ellos, y el aire se volvió áspero y picante. Por la noche el viento corrió más rápido sobre el campo, cayó con astucia entre las raicillas del maíz y éste luchó con sus debilitadas hojas hasta que el viento entrometido liberó las raíces y, entonces, los tallos se ladearon cansinos hacia la tierra apuntando en la dirección del viento.

Llegó la aurora, pero no el día. En el cielo gris apareció un sol rojo, un débil círculo que daba poca luz, como en el crepúsculo; y conforme avanzaba el día, el anochecer se transformó en oscuridad y el viento silbó y lloriqueó sobre el maíz caído.

Los hombres y las mujeres permanecieron acurrucados en sus casas y para salir se tapaban la nariz con pañuelos y se protegían los ojos con gafas. La noche que volvió era una noche negra, porque las estrellas no pudieron atravesar el polvo para llegar abajo, y las luces de las ventanas no alumbraban más allá de los mismos patios. El polvo estaba ahora mezclado uniformemente con el aire, formando una emulsión equilibrada. Las casas estaban cerradas a cal y canto, y las puertas y ventanas encajadas con trapos, pero el polvo que entró era tan fino que no se podía ver en el aire, y se asentó como si fuera polen en sillas y mesas, encima de los platos. La gente se lo sacudía de los hombros. Pequeñas líneas de polvo eran visibles en los dinteles de las puertas.

A media noche el viento pasó y dejó la tierra en silencio. El aire lleno de polvo amortiguaba el sonido mejor que la niebla. La gente, tumbada en la cama, oyó cómo el viento paraba. Se despertaron cuando el impetuoso viento desapareció. Tumbados en silencio escucharon intensamente la quietud. Luego cantaron los gallos, un canto amortiguado y las personas se removieron inquietas en sus camas deseando que llegara la mañana. Sabían que el polvo tardaría mucho tiempo en dejar el aire y asentarse. Por la mañana el polvo colgó como una niebla y el sol era de un rojo intenso, igual que sangre joven. Durante todo ese día y el día siguiente el polvo se fue filtrando desde el cielo. Una manta uniforme cubrió la tierra. Se asentó en el maíz, se apiló encima de los postes de las cercas y sobre los alambres, se posó en los tejados y cubrió la maleza y los árboles.

Las gentes salieron de sus casas y olfatearon el aire cálido y picante y se cubrieron la nariz defendiéndose de esa atmósfera. Los niños salieron de las casas, pero no corrieron ni gritaron como hubieran hecho después de la lluvia. Los hombres, de pie junto a las cercas, contemplaron el maíz echado a perder, muriendo deprisa ahora, sólo un poco de verde visible tras la película de polvo. Callaban y se movían apenas. Y las mujeres salieron de las casas para ponerse junto a sus hombres, para sentir si esta vez ellos se irían abajo. Observaron a hurtadillas sus semblantes, sabiendo que no tenía importancia que el maíz se perdiera siempre que otra cosa persistiese. Los niños se quedaron cerca, dibujando en el polvo con los dedos de los pies desnudos y pusieron sus sentidos en acción para averiguar si los hombres y las mujeres se vendrían abajo. Miraron furtivamente los rostros de los adultos, y luego, con esmero, sus dedos dibujaron líneas en el polvo. Los caballos se acercaron a los abrevaderos y agitaron el agua con los belfos para apartar el polvo de la superficie. Pasado un rato, los rostros atentos de los hombres perdieron la expresión de perplejidad y se tornaron duros y airados, dispuestos a resistir. Entonces las mujeres supieron que estaban seguras y que sus hombres no se derrumbarían. Luego preguntaron: ¿Qué vamos a hacer? Y los hombres replicaron: No sé. Pero estaban en buen camino. Las mujeres supieron que la situación tenía arreglo, y los niños lo supieron también. Unos y otros supieron en lo más hondo que no había desgracia que no se pudiera soportar si los hombres estaban enteros. Las mujeres entraron en las casas para comenzar a trabajar y los niños empezaron a jugar, aunque cautelosos. A medida que el día avanzaba, el sol fue perdiendo su color rojo. Resplandeció sobre la tierra cubierta de polvo. Los hombres, sentados a la puerta de sus casas, juguetearon con palitos y piedras pequeñas; permanecieron inmóviles sentados, pensando y calculando.

Capítulo 2

Había un enorme camión rojo de mudanzas estacionado delante del pequeño restaurante de carretera. El tubo de escape vertical murmuraba suavemente, y una neblina casi invisible de humo azul como acero flotaba sobre el extremo. Era un camión nuevo, de color rojo brillante, y en el costado ponía COMPAÑÍA DE TRANSPORTES DE OKLAHOMA CITY en letras de treinta centímetros. Los neumáticos dobles eran nuevos y un candado de latón cerraba las grandes puertas traseras. Dentro del restaurante, aislado con tela metálica, sonaba una radio: música lenta de baile con el volumen bajo, como cuando nadie la escucha. Un pequeño ventilador daba vueltas silenciosamente en su agujero circular sobre la entrada, y las moscas zumbaban excitadas por las puertas y ventanas dando golpes contra la tela metálica. En el interior, un hombre, el conductor del camión, estaba sentado en un taburete con los codos apoyados en la barra, mirando por encima de su taza de café a la camarera delgada y solitaria. Hablaba con ella en el lenguaje lento y apagado de la carretera: «Le vi hace unos tres meses. Le habían operado. Le habían sacado algo. No me acuerdo de qué.» Y ella decía: «Creo que no hará más de una semana que lo vi yo misma. Y estaba bien. No es mal tipo cuando no está borracho.» De vez en cuando las moscas zumbaban con suavidad en la puerta de tela metálica. La máquina del café arrojó vapor y la camarera la apagó sin mirar hacia atrás. Afuera, un hombre que caminaba por el arcén de la carretera cruzó y se acercó al camión. Fue despacio hasta la parte delantera, puso las manos en el brillante guardabarros y contempló la pegatina del parabrisas que decía «Autostopistas No». Por un momento estuvo a punto de seguir andando por la carretera, pero, en vez de eso, se sentó en el estribo del lado que no daba al restaurante. No tenía más de treinta años. Sus ojos eran de un color marrón muy oscuro y una sombra de pigmentación marrón se adivinaba en el blanco de los ojos. Tenía los pómulos altos y anchos y unas líneas profundas y marcadas cortaban sus mejillas y se curvaban junto a la boca. Su labio superior era largo y, como sus dientes sobresalían, los labios se estiraban para cubrirlos porque este hombre mantenía los labios cerrados. Las manos eran duras, con dedos anchos y las uñas tan recias y estriadas como pequeñas conchas de almeja. El espacio entre el pulgar y el índice y la parte blanda de las palmas de sus manos brillaban llenas de callos.

La ropa que llevaba el hombre era nueva, toda barata y nueva. Su gorra gris era tan nueva, que la visera estaba rígida y el botón todavía seguía en su sitio; no estaba llena de bultos y arrugada como estaría después de haber cumplido durante un tiempo todos los servicios de una gorra: bolsa, toalla, pañuelo. El traje era de tela rígida gris y barata y tan nueva que los pantalones aún mostraban la raya. La camisa azul de chambray estaba tiesa y suave, almidonada. La chaqueta era demasiado grande para él y los pantalones le estaban cortos porque era un hombre alto. Los hombros de la chaqueta le quedaban descolgados por los brazos, pero, incluso así, las mangas eran demasiado cortas y la chaqueta aleteaba suelta sobre su estómago. Calzaba un par de zapatos nuevos de color mostaza de los que llaman *army last*, claveteados y con semicírculos como herraduras para proteger los bordes de los tacones del uso. El hombre se sentó en el estribo, se quitó la gorra y se enjugó la cara con ella. Luego se la volvió a poner y empezó a tirar de la visera, comenzando así a estropearla. Los pies atrajeron su atención. Se inclinó, desató los cordones y los dejó sin atar. Sobre su cabeza, el gas del motor Diesel susurraba en rápidas rachas de humo azul.

En el restaurante la música se interrumpió y una voz de hombre salió por el altavoz, pero la camarera no lo calló porque no se había dado cuenta de que la música ya no sonaba. Explorando, sus dedos habían encontrado un bulto bajo la oreja. Intentaba verlo en el espejo de detrás de la barra sin que el camionero lo notara, así que simuló que se arreglaba un mechón de pelo descolocado. El camionero dijo:

—Hubo un gran baile en Shawnee. Oí que mataron a alguien o algo así. ¿Tú sabes algo?

—No —dijo la camarera, mientras palpaba amorosamente el bulto bajo su oreja. Fuera, el hombre se puso de pie y miró el restaurante un momento por encima del capó del camión. Después se volvió a acomodar en el estribo y sacó una bolsa de tabaco y un librillo de papeles del bolsillo lateral. Lió despacio un cigarrillo, lo estudió y lo alisó. Finalmente lo encendió y enterró la cerilla ardiendo en el polvo a sus pies. El sol invadió la sombra del camión al aproximarse el mediodía.

En el restaurante el camionero pagó la cuenta y metió las dos monedas del cambio en una máquina tragaperras. No tuvo suerte con los cilindros giratorios.

—Los amañan para que no puedas ganar nada —le dijo a la camarera.

Y ella replicó:

—No hace ni dos horas que un tipo se llevó el bote. Sacó tres dólares con ochenta centavos. ¿Cuándo volverás a pasar por aquí?

Él mantuvo la puerta enrejada un poco abierta.

—Dentro de una semana o diez días —contestó él—. Tengo que llegar hasta Tulsa y nunca vuelvo tan pronto como pienso.

Ella dijo de mal humor:

—No dejes que entren las moscas. Vete fuera o entra.

—Hasta pronto —dijo él, y empujó para salir. La puerta se cerró con un golpe detrás de él. Se paró bajo el sol y sacó un chicle. Era un hombre pesado, ancho de hombros y con el estómago abultado. Tenía la cara roja y sus ojos eran azules, largos y achinados por la costumbre de enfrentar siempre la luz fuerte guiñando. Llevaba pantalones de soldado y botas de cordones hasta media pierna. Con el chicle casi fuera de la boca gritó a través de la puerta:

—Bueno, no hagas nada de lo que no quieras que me entere.

La camarera estaba frente a un espejo en la pared de detrás. Gruñó una respuesta. El camionero mascó lentamente el chicle, abriendo las mandíbulas y los labios con cada mordisco. Dio forma al chicle en la boca, lo deslizó bajo la lengua mientras caminaba hacia el gran camión rojo.

El autostopista se puso en pie y miró a través de las ventanas.

—¿Me puede llevar?

El conductor volvió rápidamente la vista al restaurante un segundo.

—¿No ha visto la pegatina «Autostopistas No» en el parabrisas?

—Claro que la he visto. Pero a veces una persona se porta bien aunque un bastardo rico le obligue a llevar una pegatina.

El camionero consideró las distintas partes de esa respuesta mientras montaba en el camión. Si ahora se negaba, no sólo no era una buena persona, sino que además se le obligaba a llevar una pegatina y no le estaba permitido llevar compañía. Si consentía en llevarle se convertiría automáticamente en un buen tipo al que además ningún bastardo rico le podría decir lo que tenía que hacer. Supo que estaba cayendo en una trampa, pero no pudo encontrar una salida. Y quería ser un buen tipo. Echó una ojeada al restaurante una vez más.

—Agáchate en el estribo hasta que lleguemos a la curva —dijo.

El autostopista se dejó caer, desapareció de la vista y se agarró a la manilla de la puerta. El motor zumbó un momento, las marchas entraron, y el gran camión empezó a moverse, en primera, segunda, tercera y por fin cuarta, después de un acelerón acompañado de un chirrido agudo. Bajo el hombre agarrado, la carretera se deslizaba difuminada. Había una milla hasta la primera curva de la carretera; allí el camión fue reduciendo. El autostopista se irguió, abrió la puerta y se deslizó en el asiento. El camionero le observó con los ojos entrecerrados y mascó como si las mandíbulas estuvieran clasificando y ordenando los pensamientos y las impresiones antes de que fueran finalmente archivados en el cerebro. Sus ojos empezaron por la gorra nueva, siguieron bajando por las ropas nuevas hasta llegar a los zapatos nuevos. El autostopista acomodó la espalda en el respaldo, se quitó la gorra, y con ella se limpió la frente y la barbilla sudorosa.

—Gracias, hombre —dijo—. Tenía los pies reventados.

—Zapatos nuevos —comentó el conductor. Su voz tenía la misma cualidad secreta e insistente de sus ojos—. No debería andar con zapatos nuevos con este calor.

El otro bajó la vista hacia los polvorientos zapatos amarillos.

—No tengo otros —contestó—. Si no tienes otros, no te queda más remedio que usarlos.

El camionero prudentemente miró hacia adelante con los ojos entrecerrados y aceleró un poco el camión.

—¿Va muy lejos?

—No mucho. Habría ido andando si no fuera porque tengo los pies reventados.

Las preguntas del camionero tenían el tono de un interrogatorio sutil. Parecía poner redes, tender trampas con sus preguntas.

—¿Busca trabajo? —se interesó.

—No, mi viejo tiene unas tierras, cuarenta acres. No es gran cosa, pero hemos vivido allí mucho tiempo.

El conductor echó una mirada significativa a los campos que se extendían a lo largo de la carretera, con el maíz caído de lado y cubierto de polvo. Piedras pequeñas asomaban en la tierra polvorienta. El camionero dijo, como si hablara consigo mismo:

—¿Un agricultor con cuarenta acres y no le han echado ni el polvo ni los tractores?

—La verdad es que últimamente no he estado en contacto —respondió el autostopista.

—Hace ya tiempo —continuó el conductor. Una abeja voló dentro de la cabina y zumbó por el parabrisas. El camionero empujó cuidadosamente con la mano a la abeja hasta ponerla en una corriente de aire que se la llevó por la ventana—. Los agricultores se están marchando deprisa—dijo—. Llega un tractor y se lleva por delante a diez familias. Ahora hay tractores por todas partes. Entran y echan a los agricultores. ¿Cómo consigue su viejo aguantar? —la lengua y las mandíbulas volvieron a ocuparse del olvidado chicle, dándole vueltas y mascando. Cada vez que abría la boca se veía la lengua volteando el chicle.

—En realidad no sé cómo va la cosa últimamente. Nunca fui bueno para escribir ni mi viejo tampoco. Pero los dos podemos escribir si queremos —añadió apresuradamente.

—¿Ha estado fuera trabajando? —de nuevo la investigación secreta en tono casual. Miró hacia los campos, el aire brillante y quitando el chicle de en medio, escupió por la ventana.

—Eso es —dijo el autostopista.

—Eso pensé. Por sus manos. Ha estado manejando un pico, o un hacha o una almádena. Ese trabajo le deja a uno las manos brillantes. Yo me fijo en esas cosas. Lo tengo a gala.

El autostopista le miró fijamente. Los neumáticos del camión susurraban en la carretera.

—¿Le gustaría saber algo más? Se lo voy a decir. No hay necesidad de que siga adivinando.

—Vamos, no se enfade. No pretendía curiosear.

—Le diré lo que quiera. Yo no oculto nada.

—Venga, no se moleste. Es sólo que me gusta fijarme en las cosas. Ayuda a pasar el rato.

—Le diré todo lo que quiera saber. Me llamo Joad, Tom Joad. Mi padre es el viejo Tom Joad —descansó la vista en el conductor, pensativo.

—No se moleste. No pretendía incomodarle.

—Yo tampoco —contestó Joad—. Intento simplemente ir tirando sin avasallar a nadie —se interrumpió y dirigió la mirada a los campos secos y a los grupos de árboles medio muertos, que colgaban incómodos en la distancia recalentada. Sacó del bolsillo lateral el tabaco y el papel. Lió un cigarrillo entre las rodillas, protegiéndolo del viento.

El camionero mascaba como una vaca, rítmica y pensativamente. Esperó hasta que el peso de las palabras anteriores desapareció y se olvidó. Finalmente, cuando el aire parecía haber recobrado la neutralidad, explicó:

—Uno que nunca haya sido camionero no se puede imaginar lo que es esto. Los jefes no nos dejan llevar gente. Así que tenemos que sentarnos aquí, carretera adelante a menos que queramos correr el riesgo de que nos despidan, como acabo de hacer yo.

—Se lo agradezco —dijo Joad.

—Conozco algunos tipos que hacen chifladuras mientras conducen el camión. Recuerdo uno que solía escribir poesía. Así pasaba el rato —miró a hurtadillas para ver si Joad parecía interesado o asombrado. Joad miraba en silencio a la distancia delante de él, a lo largo de la carretera, la blanca carretera que ondeaba con suavidad, como un leve oleaje. Al final el camionero continuó—. Recuerdo una poesía que escribió el tipo este. Iba de que él y otros dos iban por todo el mundo bebiendo, ar-mando bronca y tirándose chavalas a diestro y siniestro. Ojalá pudiera acordarme de cómo era. Había escrito algunas palabras que ni Dios sabe lo que significan. Una parte iba así: «Y allí espiamos a un negro con un gatillo más grande que la probóscide de un elefante o la polla de una ballena.» La probóscide esa es una especie de nariz. En un elefante es la trompa. El tío me lo enseñó en el diccionario, uno que llevaba con él a todas partes. Solía mirarlo cuando paraba a tomar un café —calló, sintiéndose solitario en ese largo discurso. Miró de soslayo a su pasajero. Joad permaneció silencioso. El conductor, nervioso, trató de que participara—. ¿Ha conocido a alguien que usara semejantes palabras?

—Un predicador —respondió Joad.

—Bueno, te molesta oír a un tío usando semejantes palabras. Claro que con un predicador está bien. De todas formas, nadie le tomaría el pelo a un predicador. Pero este tío era extraño. Te importaba un comino que dijera esas palabras porque lo hacía por hacer, sin darse importancia —el conductor se había tranquilizado, sabiendo que al menos Joad le escuchaba. Cogió una curva con rabia y los neumáticos chirriaron—. Como iba diciendo —prosiguió—, los camioneros hacen cosas raras. Es una necesidad. Si lo único que hicieran fuera sentarse ahí viendo cómo la carretera se escapa bajo las ruedas se volverían locos. Hay quien dice que no hacen otra cosa que comer en las hamburgueserías de la carretera.

—Desde luego parece que viven en esos sitios —Joad se mostró de acuerdo.

—Pues sí, sí que paran, pero no para comer. Casi nunca tienen hambre, sólo que se ponen enfermos de conducir, enfermos. Esos sitios son los únicos donde pueden parar, y cuando paras tienes que comprar algo para poder pegar la hebra con la chica de la barra. Así pides un café y un trozo de pastel. Da como un respiro —mascó lentamente el chicle y lo volvió con la lengua.

—Debe ser duro —dijo Joad, con desgana.

El conductor le miró rápido de reojo, buscando la burla.

—Bueno, le aseguro que no es un maldito juego de niños —dijo malhumorado—. Parece fácil, simplemente sentarse aquí hasta que te haces tus ocho o quizá diez o catorce horas. Pero la carretera te puede y hay que hacer algo. Algunos cantan, otros silban. La compañía no nos deja llevar radio. Unos se llevan unas cervezas, pero esos no duran mucho —dijo esto último con aire suficiente—. Yo nunca bebo hasta que no he terminado.

—¿En serio? —preguntó Joad.

—De verdad. Uno tiene que progresar. Yo estoy pensando en hacer uno de esos cursos por correspondencia. Ingeniería mecánica. No es difícil. No hay más que estudiar unas pocas lecciones en casa. Me lo estoy pensando. Entonces dejaré de conducir; entonces seré yo quien les diga a otros que conduzcan camiones.

Joad sacó una pinta de whisky del bolsillo lateral.

—¿Seguro que no quiere? —le provocó.

—Desde luego que no. No pienso tocarlo. Uno no puede beber a todas horas y estudiar, como yo voy a hacer.

Joad destapó la botella, le dio dos tragos rápidos, la volvió a cerrar y la devolvió al bolsillo. El olor caliente y picante del whisky inundó la cabina.

—Está muy susceptible —dijo Joad—. ¿Qué le pasa? ¿Es que tiene una chica?

—Sí, claro. Pero quiero progresar de todas maneras. Llevo ejercitando la mente mucho tiempo.

El whisky pareció relajar a Joad. Lió otro cigarrillo y lo encendió.

—No me queda demasiado para llegar —dijo.

El camionero volvió deprisa a hablar:

—No necesito beber —comentó—. Yo ejercito continuamente el cerebro. Hice un curso de eso hace dos años —palmeó el volante con la mano derecha—. Imagine que paso a uno en la carretera. Le miro y cuando he pasado intento recordarlo todo, qué clase de ropa, zapatos y sombrero llevaba, cómo andaba y quizá la altura, el peso, si tenía cicatrices. Lo hago bastante bien. Puedo formar una imagen completa en la cabeza. A veces pienso que debería hacer un curso para ser un experto en huellas digitales. Le sorprendería todo lo que una persona puede recordar.

Joad bebió un trago del frasco. Dio la última calada al cigarrillo humeante y luego, con los encallecidos pulgar e índice, aplastó el extremo encendido. Restregó la colilla hasta deshacerla y la sacó por la ventana dejando que la brisa se la llevara en los dedos. Los grandes neumáticos sonaron con una nota aguda en el asfalto. Los tranquilos ojos oscuros de Joad mostraron una expresión de humor mientras observaba la carretera. El conductor esperó y le miró intranquilo. Por fin el labio superior de Joad se curvó en una sonrisa sobre sus dientes y él rió silenciosamente, su pecho agitándose con la risa.

—Le ha llevado de verdad un montón de rato llegar.

El camionero no le miró.

—¿Llegar a dónde? ¿Qué quiere decir?

Joad estiró los labios por un momento sobre los largos dientes y chupó los labios como un perro, dos veces, una en cada dirección desde el medio. La voz se volvió dura.

—Ya sabe lo que quiero decir. Me miró de arriba abajo cuando entré, me di cuenta —el conductor miró hacia adelante, agarró el volante con tanta fuerza que sus manos palidecieron mientras las palmas se abultaban. Joad continuó—. Sabe de dónde vengo —el camionero calló—. ¿No es cierto? —insistió Joad.

—Bueno . . . sí. Quiero decir . . . puede que sí. Pero no es asunto mío. Yo me ocupo de mis asuntos. No es cosa mía —ahora las palabras salieron rodando—. Yo no meto la nariz en lo que no me importa —de repente calló y esperó. Y las manos seguían blancas en el volante. Un saltamontes entró volando por la ventana y aterrizó encima del tablero de mandos, donde se sentó y procedió a rascarse las alas con las saltarinas patas dobladas en ángulo. Joad alargó la mano y aplastó con los dedos la dura cabeza en forma de calavera y lo empujó hasta que la corriente de aire se lo llevó por la ventana. Volvió a reírse mientras se sacudía de las yemas de los dedos los restos del insecto aplastado.

—Se ha equivocado conmigo, mire —dijo—. No lo estoy ocultando. Sí que he estado en McAlester. He estado cuatro años. Está claro que estas ropas son las que me dieron al salir. No me importa un comino quién lo sepa. Y vuelvo donde mi viejo para no tener que mentir para conseguir trabajo.

El conductor dijo:

—Bueno, no es asunto mío. No soy un tipo entrometido.

—¡Y un cuerno! —replicó Joad—. Su enorme nariz ha estado husmeando de mala manera. Me ha estado olfateando como haría una oveja en un bancal de verduras.

La cara del camionero se tensó.

—Me ha malinterpretado . . . —empezó débilmente.

Joad se rió de él.

—Se ha portado bien, me ha llevado. Bueno, qué más da. He estado en la cárcel. Y qué. Quiere saber por qué, ¿no es verdad?

—No es asunto mío.

—Su único asunto es conducir este monstruo y eso es a lo que menos se dedica. Mire, ¿ve aquella carretera allí delante?

—Sí.

—Bueno, yo me quedo allí. Ya sé que se muere de ganas de saber qué hice. No soy quién para decepcionarle —el agudo murmullo del motor se apagó y el sonido de los neumáticos bajó de tono. Joad sacó su botella y bebió otro trago corto. El camión se detuvo al principio de un camino de tierra que salía en ángulo recto de la carretera. Joad bajó y esperó de pie junto a la ventana de la cabina. El tubo de escape vertical

arrojó el humo azul casi invisible. Joad se inclinó hacia el conductor—.
Homicidio —dijo con rapidez—. Es una de aquellas palabras . . . significa que maté a un tipo. Siete años me echaron. He salido en cuatro por
buen comportamiento.

El camionero pasó los ojos sobre el rostro de Joad para memori-
zarlo.

—Yo no le he preguntado nada —dijo—. Yo me ocupo de mis
asuntos.

—Puede decirlo en todos los garitos de aquí a Texola —sonrió—.
Hasta otra, hombre. Se ha portado bien. Pero, ¿sabe?, cuando has
pasado un rato en chirona, hueles las preguntas desde lejos. Usted
estaba preguntando nada más abrir el pico —empujó la puerta metálica
con la palma de la mano.

—Gracias por el viaje —dijo—. Adiós —dio media vuelta y echó
a andar por el camino de tierra. Por un momento el camionero le vio
alejarse y luego gritó:

—¡Suerte!

Joad agitó la mano sin volverse a mirar. Entonces el motor rugió, las
marchas entraron y el enorme camión rojo se alejó pesadamente.

Capítulo 3

E L asfalto de la carretera estaba bordeado de una maraña de hierba
seca, enredada y quebrada, y las puntas de las hierbas estaban cargadas de barbas de avena preparadas para pegarse en el pelo de los perros; con colas de zorra destinadas a enredarse en los menudillos de un
caballo y tréboles espinosos listos para fijarse en la lana de las ovejas;
vida latente esperando ser esparcida y dispersada, cada semilla equi-
pada con un dispositivo de dispersión, dardos retorcidos y paracaídas
para el viento, pequeños arpones y bolas de espinas diminutas, todos
esperando a los animales y al viento, a los bajos de un pantalón de
hombre o el borde de la falda de una mujer, pasivas todas pero armadas con mecanismos de actividad, quietas pero aptas para el movimiento.

El sol descansaba sobre la hierba calentándola y en la sombra bajo
la hierba se agitaban los insectos, las hormigas y hormigas león ten-
diendo trampas, los saltamontes saltando en el aire y chasqueando las
alas amarillas durante un instante, las cochinillas como pequeños ar-
madillos andando con esfuerzo e impaciencia con multitud de pies
tiernos. Y sobre la hierba que bordeaba la carretera avanzaba lentamente una tortuga de tierra, sin desviarse por nada, arrastrando la alta
bóveda de su concha sobre la hierba. Sus duras patas y sus pezuñas de
uñas amarillas trillaban la hierba lentamente, en realidad no andando
sino impulsando y arrastrando la concha por la que resbalaban las barbas de cebada al tiempo que los tréboles espinosos caían encima y ro-

daban hasta el suelo. Llevaba el córneo pico medio abierto y sus ojos, humorísticos y fieros, bajo cejas como uñas, miraban adelante. Avanzó por la hierba dejando un rastro batido detrás y ante ella se levantó la colina que era el terraplén de la carretera. Se detuvo un momento, manteniendo alta la cabeza. Parpadeó y miró de un lado a otro. Por último empezó a escalar el terraplén. Las pezuñas delanteras se adelantaron, pero no se apoyaron. Las traseras empujaron la concha que arañó en la hierba y la grava. Cuanto más empinado se hacía el terraplén, más frenéticos eran los esfuerzos de la tortuga. Las tensas patas traseras empujaban y resbalaban, impulsando la concha adelante y la córnea cabeza sobresalía donde el cuello podía estirarse. Poco a poco la concha se deslizó por el terraplén hasta que al final encontró un parapeto en medio de su línea de marcha, el arcén de la carretera, un muro de hormigón de diez centímetros de altura. Como si se movieran de forma independiente, las patas traseras empujaron la concha contra el muro. La cabeza se alzó y oteó por encima del muro la ancha llanura suave de cemento. Entonces las patas delanteras se apoyaron en la parte superior del muro, se tensaron e izaron y la concha surgió lentamente y descansó su extremo delantero en el muro. La tortuga reposó un instante. Una hormiga roja se metió corriendo en la concha, en la suave piel dentro de la concha y de repente la cabeza y las patas se recogieron y la cola acorazada se encajó, y la hormiga roja quedó aplastada entre el cuerpo y las patas. Y una espiga de avena loca quedó atrapada dentro de la concha por una de las patas delanteras. Durante un rato la tortuga permaneció inmóvil y luego el cuello asomó y los viejos ojos humorísticos miraron alrededor amenazadores; las patas y la cola salieron. Tensándose como patas de elefante las patas traseras empezaron a moverse y la concha se inclinó en ángulo de modo que las delanteras no alcanzaban la llanura nivelada de cemento. Pero las patas de detrás impulsaron la concha cada vez más alta, hasta que al fin alcanzó el centro de equilibrio, la parte delantera se inclinó hacia el suelo, las patas arañaron el asfalto y estuvo arriba. Pero la cabeza de avena loca se quedó enganchada por el tallo en las patas delanteras.

Ahora la marcha era cómoda, con todas las patas en movimiento, la concha avanzando impulsada y meneándose de un lado a otro. Se aproximó un sedán con una mujer de cuarenta años al volante. Ella vio la tortuga y se desvió a la derecha, fuera de la carretera, las ruedas rechinaron y una nube de polvo se levantó como hirviendo. Dos ruedas se alzaron un segundo y luego se volvieron a asentar. El coche patinó, de nuevo en la carretera, y continuó, aunque más despacio. La tortuga se había encogido en su concha, pero enseguida se apresuró porque la carretera abrasaba.

Entonces se aproximó un camión y, conforme se acercaba, el conductor vio la tortuga y viró para golpearla. La rueda de delante golpeó el borde de la concha, volteó la tortuga como a una pulga y la lanzó al aire girando como una moneda. La tortuga cayó de la carretera rodando. El camión volvió a su curso en el lado derecho.

Tumbada sobre la espalda, la tortuga permaneció encerrada en su concha mucho tiempo. Pero al final las patas se movieron en el aire, intentando agarrar algo para poder darse la vuelta. Su pezuña delantera se apoyó en un trozo de cuarzo y poco a poco la concha se dio la vuelta y se puso derecha. La espiga de avena loca cayó y tres de las semillas con cabeza de arpón se hundieron en la tierra. Mientras la tortuga bajaba por el terraplén, su concha arrastró tierra por encima de las semillas. La tortuga entró por una carretera de tierra y avanzó a tirones a lo largo del camino dibujando en el polvo un surco poco profundo y sinuoso con su concha. Los humorísticos y viejos ojos miraron adelante y el córneo pico se abrió levemente. Las uñas amarillas resbalaron apenas en el polvo.

Capítulo 4

CUANDO Joad oyó cómo el camión se ponía en movimiento metiendo una marcha tras otra, la tierra latiendo bajo el roce de goma de los neumáticos, se paró y se volvió y lo miró hasta que desapareció. Cuando se hubo perdido de vista siguió mirando la distancia y el brillo azul del aire. Cogió pensativo la botella del bolsillo, quitó el tapón metálico y sorbió el whisky con delicadeza, pasando la lengua por el interior del cuello de la botella y luego por sus labios, para recoger cualquier pizca de sabor que se le pudiera haber escapado. Dijo experimentalmente: «Allí espiamos a un negro . . .», y esto fue todo lo que pudo recordar. Al final dio media vuelta y miró de frente la polvorienta carretera secundaria que se abría en ángulo recto a través de los campos. El sol era caliente y no había viento que agitara el polvo filtrado. La carretera estaba marcada por los surcos de polvo asentado sobre las huellas dejadas por las ruedas. Joad avanzó unos pocos pasos y el polvo harinoso se alzó delante de sus nuevos zapatos amarillos, cuyo color iba desapareciendo bajo el polvo gris.

Se agachó y, tras desatar los cordones, se quitó primero un zapato y luego el otro. Los pies húmedos pisaron el polvo seco y caliente hasta que pequeñas nubes de polvo salieron entre los dedos y la piel de las plantas se tensó al secarse. Se quitó la chaqueta y envolvió los zapatos en ella y acomodó el bulto bajo el brazo. Finalmente avanzó por la carretera, disparando el polvo delante de sí, formando una nube que colgaba baja sobre la tierra tras de él.

Las uvas de la ira

A la derecha el campo estaba cercado, dos líneas de alambre de púas en postes de sauce. Los postes estaban torcidos y recortados a distinta altura. Cuando las horquillas de los postes quedaban a suficiente altura el alambre pasaba por encima; si no había horquilla el alambre de púas estaba atado al poste por alambre de embalar oxidado. Más allá de la cerca, el maíz yacía vencido por el viento, el calor y la sequía, y las copas formadas por la unión de la hoja con el tallo estaban llenas de polvo.

Joad caminó pesadamente, arrastrando la nube de polvo tras él. Un poco más adelante vio la alta bóveda de la concha de una tortuga de tierra, andando lentamente por el polvo, moviendo las patas rígidas a sacudidas. Joad se detuvo a contemplarla y su sombra cayó sobre la tortuga. Al instante la cabeza y las patas se recogieron y la corta cola se deslizó de lado dentro de la concha. Joad la cogió y le dio la vuelta. Por arriba la concha era de un marrón grisáceo, como el polvo, pero por debajo era amarilla cremosa, limpia y suave. Joad se acomodó el bulto más arriba bajo el brazo y acarició con el dedo la parte de abajo de la concha y presionó. Era más blanda que por encima. La vieja y dura cabeza se asomó intentando ver el dedo que apretaba y las patas se agitaron furiosamente. La tortuga mojó la mano de Joad y luchó inútilmente en el aire. Joad la volteó del derecho y la lió con los zapatos en la chaqueta. Podía sentir cómo empujaba, peleaba y se agitaba bajo su brazo. Siguió hacia adelante, más deprisa ahora, arrastrando ligeramente los talones en el polvo fino.

Más adelante, junto a la carretera, un sauce esmirriado y polvoriento proyectaba una sombra salpicada de manchas. Joad podía verlo delante de él, las pobres ramas curvadas sobre la carretera, las ralas hojas como pingajos, igual que un pollo que está mudando las plumas. Ahora Joad estaba sudando, la camisa azul más oscura por la espalda y debajo de los brazos. Tiró de la visera de su gorra y la arrugó por el centro, rompiendo el cartón completamente: no volvería a parecer nueva. El ritmo de sus pasos se aceleró con la determinación de llegar a la sombra del distante sauce. Sabía que allí habría sombra, por lo menos una franja de sombra perfecta proyectada por el tronco, pues el sol había pasado el cenit. El sol le azotaba el cuello por detrás y zumbaba suavemente en su cabeza. No podía ver la base del árbol porque crecía en una pequeña hondonada que conservaba el agua más tiempo que la tierra llana. Joad aceleró el paso, bajo el sol, e inició el descenso por el declive. Frenó con cautela al ver que la franja de sombra perfecta estaba ocupada. Había un hombre sentado en el suelo, apoyado contra el tronco del árbol, con las piernas cruzadas y un pie descalzo llegando casi a la altura de la cabeza. No oyó aproximarse a Joad porque estaba silbando la melodía de «Yes, Sir, That's my Baby» solemnemente. El pie estirado marcaba el lento ritmo arriba y abajo. No era ritmo de baile. Cesó de silbar y cantó una fina voz de tenor:

> Sí señor, ese es mi salvador
> Jesús es mi salvador
> Jesús es mi salvador
> si te portas bien
> el diablo no podrá contigo
> Jesús es mi salvador

Joad había entrado en la sombra imperfecta ofrecida por las hojas como pingos antes de que el hombre le oyera llegar, interrumpiera la canción y volviera la cabeza. Era una cabeza larga, huesuda, de piel tensa, colocada en un cuello tan enjuto y musculoso como un tallo de apio. Los ojos eran pesados y saltones; los párpados se estiraban para cubrirlos y eran rojos y descarnados. Las mejillas eran morenas, brillantes, lampiñas, y la boca de labios gruesos, humorística o sensual. La piel se tensaba tanto sobre la nariz aguileña y dura, que sobre el puente era de color blanco. No había sudor en el rostro, ni siquiera en la despejada frente pálida. Era una frente anormalmente despejada, marcada por delicadas venitas azules en las sienes. La mitad de la cara quedaba por encima de los ojos. El tieso pelo gris estaba apartado de la frente hacia atrás, como si lo hubiera retirado con los dedos. Por toda ropa llevaba un mono y una camisa azul. Una chaqueta vaquera con botones de latón y un sombrero marrón, con manchas y arrugado como un acordeón descansaban en el suelo a su lado. Había cerca unas zapatillas de lona, grises de polvo, en el mismo sitio donde habían caído cuando el hombre se había descalzado.

El hombre miró largamente a Joad. La luz parecía penetrar en la profundidad de sus ojos marrones, y arrancaba pequeños destellos dorados en el iris. El manojo de nervios tensos del cuello sobresalió.

Joad permaneció inmóvil en la sombra moteada. Se quitó la gorra, se secó con ella la cara y la dejó caer al suelo junto con la chaqueta enrollada. El hombre bajo la sombra perfecta descruzó las piernas y enterró los dedos de los pies en la tierra.

Joad dijo:

—Hola. Hace más calor en la carretera que en el infierno.

El hombre sentado fijó en él la mirada inquisitivamente.

—Pero, bueno, ¿no eres tú el joven Tom Joad, el hijo de Tom el viejo?

—Sí —respondió Joad—. Hasta el final. Voy a casa.

—No te acuerdas de mí, supongo —dijo el hombre. Sonrió y sus gruesos labios descubrieron dientes grandes de caballo—. No, no, no puedes acordarte. Estabas siempre demasiado ocupado tirando de las trenzas de las niñas cuando te hice llegar el Espíritu Santo. Estabas todo absorto en arrancar de raíz aquella trenza. Puede que tú no te acuerdes, pero yo sí. Los dos llegasteis a Jesús al mismo tiempo por tirar de las trenzas. Os bauticé a la vez en el canal de riego mientras peleabais y gritabais como un par de gatos.

Joad le miró con los párpados entrecerrados y luego se rió.

—Claro, es el predicador. El predicador. No hace ni una hora que le hablé a un tipo de usted.

—Fui predicador —dijo el hombre con seriedad—. Reverendo Jim Casy, ejercí de pastor. Solía aullar el nombre de Jesús hasta el cielo. Y solía haber tantos pecadores arrepentidos en la acequia que casi se me ahogaban la mitad. Pero ya no más —suspiró—. Ahora sólo soy Jim Casy. Ya no tengo vocación. Tengo un montón de ideas pecaminosas, que, sin embargo, parecen inteligentes.

Joad dijo:

—Es inevitable que se le ocurran ideas a uno si se dedica a pensar en cosas. Claro que me acuerdo de usted. Solía celebrar buenos servicios. Recuerdo una vez que pronunció un sermón entero andando sobre las manos, de un lado para otro, gritando como un desaforado. Madre le apreciaba más que nadie. Y la abuela dice que usted estaba literalmente lleno del Espíritu Santo.

Joad exploró por su chaqueta enrollada, encontró el bolsillo y saco la botella. La tortuga movió una pata, pero él la envolvió bien envuelta. Destapó la botella y se la ofreció.

—¿Quiere un trago?

Casy tomó la botella y la contempló pensativo.

—Ya no predico demasiado. El espíritu ya no está en la gente; y lo que es peor, ya no está tampoco en mí. De vez en cuando el espíritu se mueve dentro de mí y entonces celebro un servicio, o cuando la gente me deja comida les bendigo, pero mi corazón no está en ello. Lo hago sólo porque es lo que esperan.

Joad se volvió a enjugar el rostro con la gorra.

—No es demasiado santo para tomar un trago, ¿verdad? —preguntó.

Casy pareció ver la botella por vez primera. La inclinó y bebió tres grandes tragos.

—Buen licor —declaró.

—Ya puede serlo —dijo Joad—. Es licor de fábrica; me costó un pavo.

Casy bebió otro trago antes de devolver la botella.

—Sí señor —dijo—. Sí, señor.

Joad cogió la botella y por cortesía no limpió el cuello con la manga antes de beber. Se puso en cuclillas y asentó la botella contra la chaqueta enrollada. Sus dedos encontraron una ramita con la que dibujar sus ideas en el polvo. Y pintó ángulos y circulitos.

—No le había visto en mucho tiempo —dijo.

—Nadie me ha visto —replicó el predicador—. Me fui solo, me senté a pensar y reflexioné. El Espíritu es fuerte en mi interior, pero ya no es lo mismo. No estoy tan seguro de un montón de cosas —se sentó derecho apoyado contra el árbol. Su mano huesuda encontró el camino como una ardilla, hasta llegar al bolsillo de su mono y sacó un taco negro y mordido de tabaco. Cuidadosamente sacudió las pajitas y la pelusa gris del bolsillo antes de morder una esquina y acomodar la mascada en el interior de la mejilla. Joad negó con el palito cuando le ofreció el taco. La tortuga se revolvió bajo la chaqueta. Casy observó la prenda en movimiento.

—¿Qué tienes ahí, un pollo? Lo vas a asfixiar.

Joad aseguró la chaqueta enrollada.

—Una vieja tortuga —dijo—. La recogí en la carretera. Igual que una vieja excavadora. Pensé llevársela a mi hermano pequeño. A los niños les gustan las tortugas.

El predicador asintió despacio con la cabeza.

—Todos los niños tienen una tortuga en algún momento. Pero nadie la puede conservar. A fuerza de intentarlo sin parar finalmente un día escapan y se van . . . lejos, a algún lugar. Igual que yo. No pude conformarme con el Evangelio que estaba ahí, al alcance de la mano. Tuve que hurgar en él y sobarlo hasta que al final lo hice pedazos. Aquí estoy, a veces tengo el espíritu y nada sobre lo que predicar. Tengo vocación para conducir a la gente y ningún lugar a donde conducirla.

—Condúzcalos en círculos —dijo Joad—. Sumérjalos en el canal de riego. Dígales que se asarán en el infierno si no piensan igual que usted. ¿Para qué demonios los quiere llevar a ningún sitio? Condúzcalos, simplemente.

La sombra recta del tronco se había alargado sobre el suelo. Joad se movió agradecido hasta estar dentro, se acuclilló y alisó un nuevo trozo en el que dibujar sus ideas con el palo. Un perro pastor amarillo, de pelo espeso, se acercó trotando por la carretera, la cabeza baja, la lengua colgando babeante, la cola relajada y curva. Jadeaba ruidosamente. Joad le silbó, pero el perro agachó la cabeza un par de centímetros y trotó rápido hacia un destino determinado.

—Va a alguna parte —explicó Joad, un poco picado—. A lo mejor va a casa.

El predicador no se dejaba alejar de su idea.

—Va a alguna parte —repitió—. Eso es, va a algún sitio. Yo . . . yo no sé a dónde voy. Déjame que te cuente: yo solía tener a la gente dando saltos y hablando otras lenguas, y gritando ¡Gloria! hasta caer desmayados. A algunos los bautizaba para que volvieran en sí. Y luego, ¿sabes qué hacía? Me llevaba a una de las chicas y me acostaba con ella en la hierba. Lo hacía cada vez. Y después me sentía mal y rezaba y rezaba, pero no servía de nada. La vez siguiente, ellos y yo llenos del espíritu, lo volvía a hacer. Me imaginé que simplemente yo no tenía arreglo y que era un maldito viejo hipócrita. Pero yo no quería serlo.

Joad sonrió, separó los grandes dientes y se chupó los labios.

—No hay nada como un buen servicio para llevarlas donde uno quiere —dijo—. Yo también lo he hecho.

Casy se inclinó hacia él excitado.

—¿Lo ves? —gritó—. Yo me di cuenta de que pasaba eso y empecé a darle vueltas —movió arriba y abajo la mano huesuda de nudillos grandes en un gesto de caricia—. Yo pensaba así: aquí estoy predicando la gracia, y la gente recibiendo tanta gracia que se ponen a saltar y a gritar. Por otro lado, se dice que acostarse con una chica es cosa del diablo. Pero cuanta más gracia tiene una chica en su interior, más deprisa quiere acostarse en la hierba. Y pensé cómo diablos, con perdón, cómo puede el diablo introducirse en una chavala cuando el Espíritu Santo se le sale por las orejas, de tan llena de él como está. Lo lógico sería pensar que ese es un momento en el que el diablo no tiene nada que hacer. Y, sin embargo, allí estaba —la excitación hacía brillar sus ojos. Rumió un poco con las mejillas y escupió en el polvo, y el escupitajo rodó y rodó, recogiendo polvo hasta ser una bolita redonda y seca. El predicador estiró la mano y contempló la palma como si estuviera leyendo un libro—. Y aquí estoy yo —continuó con suavidad—. Yo con las almas de toda esa gente en mi mano, responsable y sintiendo mi responsabilidad y cada vez tenía que acostarme con una de las chavalas —miró a Joad con una expresión de desamparo en el rostro, como pidiendo ayuda.

Joad dibujó con esmero el torso de una mujer en el polvo, senos, caderas, pelvis. —Yo nunca fui predicador —dijo—. Nunca dejé escapar nada que estuviera a mi alcance. Y nunca se me ocurrió pensar nada, excepto la maldita suerte que tenía cuando conseguía algo.

—Pero tú no eras predicador —insistió Casy—. Una chica no era más que una chica para ti. No eran nada tuyo. Pero para mí eran vasos sagrados. Yo salvaba sus almas. Y con toda esa responsabilidad, las tenía ya tan llenas del Espíritu Santo que echaban espuma y entonces me las llevaba al prado.

—Tal vez yo debería haber sido predicador —dijo Joad. Sacó el tabaco y los papeles y lió un cigarrillo. Lo prendió y miró al predicador guiñando a través del humo—. Llevo mucho tiempo sin una chica —dijo—. Voy a tener que recuperar el tiempo perdido.

Casy siguió:

—Me preocupaba hasta quitarme el sueño. Iba a predicar y me decía: por Dios que esta vez no lo voy a hacer. E incluso mientras lo decía, sabía que volvería a hacerlo.

—Debería haberse casado —dijo Joad—. Un predicador y su mujer estuvieron una vez en casa. Eran jehovitas. Dormían en el piso de arriba y celebraban servicios en nuestro granero. Los niños escuchábamos. Le aseguro que la señora de aquel predicador se llevaba una buena soba las noches que había servicio.

—Me alegro de que me lo hayas dicho —dijo Casy—. Solía pensar que yo era el único. Al final me hizo sufrir tanto que lo dejé y me fui solo a pensar las cosas despacio —dobló las piernas y rascó entre los dedos secos y polvorientos—. Me digo a mí mismo: ¿Qué es lo que te está royendo? ¿Joder? Y me contesto: no, el pecado. Y sigo: ¿Cómo es que precisamente cuando un hombre debería estar protegido a toda prueba contra el pecado, cuando está todo lleno de Jesucristo, es cuando no puede dejar quietos los botones del pantalón? —posó dos dedos en la palma de la mano siguiendo el ritmo como si pusiera allí con suavidad cada palabra una al lado de otra. Yo pienso: Quizá no sea un pecado. Puede que sea solamente que los hombres son así. A lo mejor nos hemos estado castigando como locos por nada. Pensé cómo algunas hermanas se azotaban a sí mismas con un trozo de alambre. Y pensé que a lo mejor les gustaba hacerse daño y a lo mejor a mí también me gustaba hacerme daño. Pues bien, estaba tumbado bajo un árbol cuando llegué a esa conclusión y me quedé dormido. Se hizo de noche, estaba oscuro cuando desperté. Cerca aullaba un coyote. Antes de que me diera cuenta estaba diciendo en voz alta: ¡Y una mierda! No existe el pecado y no existe la virtud. Sólo hay lo que la gente hace. Todo es parte de lo mismo. Algunas cosas que los hombres hacen son bonitas y otras no, pero eso es todo lo que un hombre tiene derecho a decir — hizo una pausa y levantó la mirada de la palma de la mano, donde había ido poniendo las palabras.

Joad le sonreía, pero sus agudos ojos también mostraban interés.

—Le dio una buena reflexión —dijo—. Llegó a una conclusión.

Casy habló de nuevo y su voz expresaba dolor y confusión.

—Yo me digo: ¿Qué es esta llamada, este espíritu? Es amor. Amo tanto a la gente que a veces estoy a punto de estallar. Y pienso: ¿No amas a Jesucristo? Le di vueltas y más vueltas y al final me dije: No, no conozco a nadie llamado Jesús. Sé un puñado de historias, pero sólo amo a la gente. A veces tanto que casi estallo y quiero hacerles felices, así que predico algo que pienso que les hará felices. Y entonces . . . he hablado muchísimo. Quizá te asombres de que diga tacos. Bueno, para mí ya no son malos. No son más que palabras que la gente usa y no significan nada malo. Bueno, sea como sea, te diré una cosa más que se me ocurrió; y viniendo de un predicador es la cosa menos religiosa posible y ya no puedo ser predicador porque llegué a esa conclusión y creo en ella.

—¿De qué se trata? —preguntó Joad.

Casy le miró tímidamente.

—Si te parece mal, no te ofendas, ¿de acuerdo?

—Yo no me ofendo más que cuando me dan un puñetazo en la nariz —dijo Joad—. ¿Qué fue lo que pensó?

—Pensé en esa historia del Espíritu Santo y Jesucristo. Me dije: ¿Por qué tenemos que atribuirlo a Dios o a Jesús? Quizá, pensé, quizá son los hombres y las mujeres a los que amamos; quizá eso es el Espíritu Santo, el espíritu humano, esa es toda la historia. Tal vez hay una gran alma de la que todo el mundo forma parte. Estaba allí sentado pensándolo y de pronto . . . lo supe. Sabía desde lo más hondo que era verdad y aún lo sé.

Joad dejó caer la mirada al suelo como si no fuera capaz de sostener la sinceridad desnuda que reflejaban los ojos del predicador.

—No puede celebrar servicios con semejantes ideas —dijo—. Con ideas de ésas la gente le haría salir del pueblo. Lo que a la gente le gusta es saltar y gritar. Les hace sentir fenomenal. Cuando la abuela empezaba a hablar en otras lenguas no había quien la pudiera sujetar. Podía tumbar a un diácono hecho y derecho de un puñetazo.

Casy le observó pensativo.

—Me gustaría preguntarte una cosa —dijo—. Hay algo que me ha estado carcomiendo.

—Adelante; algunas veces hablo.

—Bueno —empezó el predicador despacio—, a ti te bauticé justo cuando estaba en el umbral de la gloria. Aquel día me salían pedacitos de Jesús por la boca. No te acordarás porque estabas ocupado tirando de las trenzas.

—Me acuerdo —dijo Joad—. Estaba con Susy Little. Me reventó el dedo un año después.

—Bueno . . . ¿sacaste algo bueno de aquel bautizo? ¿Te hiciste mejor en algún sentido?

Joad pensó en ello.

—No, no puedo decir que sintiera nada.

—Bueno, ¿sacaste algo malo? Piénsalo bien.

Joad levantó la botella y bebió un trago.

—No saqué nada, ni bueno ni malo. Sólo pasé un buen rato.

Le pasó la botella al predicador.

Él suspiró, bebió, miró el bajo nivel de whisky y le dio otro trago pequeño.

—Eso es bueno —dijo—. Me empezaba a preocupar si quizá enredando, no le habría hecho daño a alguien.

Joad miró hacia su chaqueta y vio a la tortuga libre y alejándose deprisa en la misma dirección que llevaba cuando él la encontró. Joad la observó un momento y luego se puso en pie. La volvió a coger y la envolvió de nuevo en la chaqueta.

—No tengo ningún regalo para los chicos —dijo—. Nada más que esta tortuga vieja.

—Es curioso —dijo el predicador—. Estaba pensando en el viejo Tom Joad cuando llegaste. Pensando que iría a hacerle una visita. Solía pensar que era un hombre descreído. ¿Cómo está Tom?

—No sé cómo está. No he estado en casa en cuatro años.

—¿No te escribió?

Tom estaba avergonzado.

—Bueno, Padre nunca fue bueno para escribir. Podía firmar tan bien como cualquiera y chupar el lápiz. Pero nunca escribió cartas. Dice siempre que lo que no pueda decirle a uno de viva voz no vale la pena escribirlo.

—¿Has estado viajando? —pregunto Casy.

Joad le miró con desconfianza.

—¿No oyó de mí? Salí en todos los periódicos.

—No, yo nunca . . . ¿Qué? —cruzó una pierna sobre la otra y se acomodó más bajo contra el árbol. La tarde avanzaba rápidamente y la tonalidad del sol se iba enriqueciendo.

Joad le dijo amablemente:

—No me importa decírselo ahora mismo y dejarlo zanjado. Pero si aún estuviera predicando, no se lo diría por miedo a que empezara a rezar por mí —bebió el último trago de la botella y la lanzó lejos de él, y la plana botella marrón patinó ligera sobre el polvo—. He estado en McAlester estos cuatro años.

Casy giró hasta estar frente a él y bajó las cejas de modo que su frente pareció aún más despejada.

—No quieres hablar de ello ¿eh? No te voy a hacer preguntas; si hiciste algo malo . . .

—Volvería a hacerlo —dijo Joad—. Maté a un tipo en una pelea. En un baile. Estábamos borrachos. Me sacó una navaja y le maté con una pala que había por ahí. Le reventé la cabeza como una calabaza.

Las cejas de Casy volvieron a su altura normal.

—¿Entonces no te avergüenzas de nada?

—No —contestó Joad—, de nada. Me echaron siete años, teniendo en cuenta que me amenazaba con una navaja. He salido después de cuatro años . . . libertad bajo palabra.

—Entonces ¿no has sabido nada de tu familia en cuatro años?

—Sí, algo sí. Madre me mandó una postal hace dos años y la abuela me mandó otra la última Navidad. Dios, lo que se rieron los de la galería. Tenía un árbol y una cosa brillante que parecía nieve. Decía en verso:

> Feliz Navidad, niño de Dios
> Jesús manso, Jesús bondad
> Bajo el árbol de Navidad
> Hay regalos para los dos.

Supongo que la abuela no llegó a leerla. Seguramente se la compró a un viajante y escogió la que tenía más brillantina. Los tipos de mi galería casi se mueren de risa. Jesús Manso, me llamaron a partir de entonces. La abuela no pretendía que fuera gracioso; como la postal era bonita no se molestó en leerla. Perdió las gafas el primer año que estuve allí. Quizá no llegó a encontrarlas nunca.

—¿Cómo te trataron en MacAlester? —se interesó Casy.

—No está mal. Te dan la comida, ropa limpia y hay donde bañarse. Está muy bien en algún sentido. Se hace duro no tener mujeres —de pronto se echó a reír—. Hubo uno que salió bajo palabra, pero al cabo de un mes estaba dentro otra vez por violación de la libertad condicional. Uno le preguntó por qué lo había hecho. Bueno, la cosa es, dijo él, que en casa de mi viejo no hay comodidades. No hay luz eléctrica, ni duchas. No hay libros y la comida es asquerosa. Decía que volvía a un sitio donde hay algunas comodidades y te dan comida regularmente. Decía que se sentía solo allí fuera teniendo que pensar qué hacer a continuación. Así que robó un coche y volvió.

Joad sacó el tabaco, sopló un papel marrón del paquete y lió un cigarrillo.

—La verdad es que tenía razón —comentó—. Anoche me asusté pensando dónde iba a dormir. Me acordé de mi litera y me pregunté qué estaría haciendo el bicho de prisión que tenía por compañero de celda. Unos cuantos habíamos montado una banda de cuerda. Buena. Uno dijo que debíamos salir por la radio. Y esta mañana no sabía a qué hora levantarme. Me quedé ahí tumbado esperando que sonara el timbre —Casy rió entre dientes—. Uno puede llegar a echar de menos hasta el ruido de un aserradero.

La luz de la tarde amarilla y polvorienta, ponía un color dorado sobre el campo. Los tallos de maíz parecían de oro. Una bandada de golondrinas pasó por encima en busca de alguna charca. La tortuga dentro de la chaqueta comenzó un nuevo intento de escapada. Joad arrugó la visera de la gorra. Ahora ya iba curvándose en forma de pico de cuervo, largo y saliente.

—Creo que voy a seguir adelante —dijo—. No me gusta andar bajo el sol, pero ya no es tan fuerte.

Casy se incorporó.

—No he visto al viejo Tom en un siglo —dijo—. Pensaba hacerle una visita de todas formas. Durante mucho tiempo le traje a Jesús a tu gente y nunca hice una colecta ni acepté nada que no fuera un bocado para comer.

—Venga conmigo —invitó Joad—. Padre se alegrará de verle. Siempre decía que tenía usted el pito demasiado largo para ser predicador —cogió del suelo su chaqueta enrollada y la apretó con cuidado alrededor de los zapatos y la tortuga.

Casy acercó las zapatillas de lona y metió dentro los pies descalzos.

—No tengo tu confianza —explicó—. Siempre temo que va a haber un alambre o un cristal bajo el polvo. No hay nada que me moleste más que cortarme un dedo del pie.

Vacilaron en el borde de la sombra y luego se internaron en la luz amarilla del sol como dos nadadores que se apresuran para llegar a la orilla. Tras unos cuantos pasos rápidos disminuyeron a un ritmo tranquilo y pensativo. Los tallos de maíz proyectaban ahora ladeadas sus sombras grises y el olor picante del polvo cálido llenaba el aire. El campo de maíz llegó a su fin y en su lugar se extendió el algodón verde oscuro, las hojas verde oscuro a través de la película de polvo, las cápsulas en crecimiento. Era un algodón desigual, grueso en la parte baja donde el agua se había conservado, ralo en la parte alta. Las plantas luchaban contra el sol. Y la distancia, hacia el horizonte, se extendía parda hasta alcanzar lo invisible. La carretera de tierra se alargaba delante de ellos, ondeando arriba y abajo. Los sauces, bordeando un riachuelo, se alineaban hacia el oeste y, hacia el noroeste, una sección descolorida volvía a ser arbusto escaso. Pero en el aire seco se podía notar el olor del polvo abrasado, y la mucosa de la nariz se secaba hasta formar una costra y los ojos se humedecían para evitar que los globos oculares quedaran secos.

Casy dijo:

—Mira lo bien que crecía el maíz hasta que el polvo se levantó. Llevaba camino de ser una cosecha sonada.

—Todos los años —replicó Joad—. Cada año que puedo recordar teníamos una buena cosecha en camino, pero nunca llegaba. El abuelo dice que era buena las primeras cinco veces que se araba, mientras aún crecían las hierbas silvestres.

La carretera bajó una pequeña cuesta y volvió a subir por otra colina ondulante.

—La casa del viejo Tom no puede estar más allá de una milla. ¿No está tras la tercera loma? —preguntó Casy.

—Exactamente —contestó Joad—. A menos que alguien la haya robado igual que hizo Padre.

—¿Tu padre la robó?

—Claro, la encontró a una milla y media de aquí, hacia el este, y la arrastró. Vivía allí una familia que se fue. El abuelo, Padre y mi hermano Noah habrían querido llevársela entera, pero se resistió. Sólo se llevaron una parte. Por eso uno de los extremos tiene una pinta tan extraña. La cortaron en dos y la arrastraron con doce caballos y dos mulas. Volvieron a por la otra mitad, pero Wink Manley y sus chicos llegaron antes y la robaron. Padre y el abuelo se enfadaron mucho, pero algo después ellos y Wink se emborracharon juntos y se morían de risa al acordarse. Wink decía que su casa estaba en celo y que si lleváramos la nuestra y las apareásemos, a lo mejor salía una camada de casas de mentira. Wink era un gran tipo cuando estaba borracho. Después de eso, él, Padre y el abuelo se hicieron amigos. Se emborrachaban juntos cada vez que se presentaba una ocasión.

—Tom era un buen punto —afirmó Casy. Levantando polvo al caminar pesadamente llegaron hasta abajo y disminuyeron el ritmo de su paso para la subida.

Casy se enjugó la frente con la manga y se volvió a poner el sombrero achatado.

—Sí —repitió—. Tom era un buen punto, para ser un descreído. Le he visto en un servicio cuando el espíritu se introducía en él nada más que un poco y le he visto dar saltos de hasta tres metros. Te aseguro que cuando Tom tenía una dosis del Espíritu Santo se tenía uno que mover rápido para evitar ser atropellado y pisoteado. Se ponía tan nervioso como un semental en una cuadra.

Coronaron la loma siguiente y la carretera descendió hasta un viejo barranco abierto por el agua, feo y árido, de curso desigual, con surcos formados por las crecidas que salían por ambas orillas. Había unas cuantas piedras colocadas para cruzar. Joad lo atravesó con los pies descalzos.

—Y habla usted de Padre —dijo—. Tal vez no vio usted al tío John cuando le bautizaron en casa de Polk. No vea, se puso a saltar y a brincar y saltó un arbusto tan alto como un piano. Lo saltaba y lo volvía a saltar del otro lado, aullando como un perro lobo en plenilunio. Así estaba y Padre le vio. Bueno, Padre pensaba que él era el que más alto saltaba estando en trance, que era el mejor saltador de los contornos. Así que eligió un arbusto más o menos el doble de alto que el del tío John, dejó escapar un chillido como el de una cerda que pariera botellas rotas, cogió carrerilla hacia el arbusto, lo saltó limpiamente y se quebró la pierna derecha. Eso le vació del espíritu. El predicador quería reducirle la fractura por medio de la oración, pero Padre dijo, no, por Dios, estaba empeñado en que viniera un médico. No había médico, pero había un dentista que iba viajando y él fue el que redujo la fractura. De todas formas, el predicador dijo unas oraciones.

Subieron pesadamente por la pequeña loma a la otra orilla del barranco. Ahora que comenzaba el ocaso, la fuerza del sol había disminuido algo y aunque el aire era cálido, la intensidad de los rayos del sol era menor. Aún bordeaba la carretera el alambre tenso sobre los postes torcidos. A mano derecha la línea de una cerca de alambre atravesaba el campo de algodón y el algodón era igual en ambos lados: polvoriento y seco y verde oscuro.

Joad señaló la cerca divisoria.

—Esa es nuestra divisoria. En realidad la cerca no es necesaria aquí, pero teníamos alambre y a Padre le hacía gracia que estuviera ahí. Decía que así se hacía mejor a la idea de lo que eran cuarenta acres. No habríamos tenido cerca si no hubiera aparecido una noche el tío John con seis carretes de alambre en el carro. Se los cambió a Padre por un cochinillo. Nunca supimos de dónde había sacado el alambre.

Aminoraron para la subida, moviendo los pies en el polvo suave y profundo, sintiendo la tierra con ellos. Los ojos de Joad miraban en el interior de su memoria. Parecía reírse por dentro.

—El tío John era un cabrón chiflado —dijo—. Lo que hizo con aquel cochinillo . . . —rió entre dientes y siguió caminando.

Jim Casy esperó con impaciencia. La historia no continuaba.

Casy le dio tiempo antes de exigir, con cierta irritación:

—Bueno, ¿qué fue lo que hizo con el cochinillo?

—¿Eh? Ah, sí. Bueno, mató al cochinillo allí mismo y le dijo a Madre que encendiera el hogar. Cortó chuletas de cerdo y las puso en la sartén y metió las costillas y una pierna en el horno. Comió chuletas hasta que las costillas estuvieron listas y costillas hasta que se hizo la pierna. Y entonces atacó la pierna, cortando grandes pedazos que se iba metiendo en la boca. Los chicos dábamos vueltas alrededor, mientras se nos hacía la boca agua y él nos dio algunos trozos, pero no quiso darle nada a Padre. Al final comió tanto que vomitó y se quedó dormido. Mientras dormía, nosotros y Padre nos acabamos la pierna. Pues bien, cuando tío John despertó por la mañana agarró otra pierna y la metió en el horno.

—John, ¿te vas a comer el maldito cerdo entero? —le preguntó Padre.

—Es lo que pretendo, Tom, pero temo que se va a echar a perder antes de que me lo pueda comer todo, a pesar de que estoy hambriento de cerdo. Quizá lo mejor sea que te cojas un plato y me devuelvas un par de rollos de alambre —contestó.

Bien, Padre no tiene un pelo de tonto. Dejó que John siguiera comiendo cerdo hasta que se puso malo, y cuando se marchó se había comido poco más de la mitad.

—¿Por qué no lo salas? —sugirió Padre.

Pero no, el tío John no es de esos; cuando le apetece cerdo, quiere uno entero y cuando ha terminado, no quiere ver ningún resto de cerdo a su alrededor. Así que se fue y Padre saló lo que había quedado.

Casy dijo:

—Si siguiera predicando ahora sacaría una moraleja de esta historia y te la explicaría, pero ya no hago eso. ¿Por qué crees que haría cosa semejante?

—No sé —replicó Joad—. Simplemente le entró hambre de cerdo. Sólo de pensarlo me da hambre. En cuatro años no he visto más que cuatro lonchas de cerdo asado, una en cada Navidad.

Casy sugirió cuidadosamente:

—Tal vez Tom mate una ternera cebada para el hijo pródigo, como en las Escrituras.

Joad rió con desprecio.

—No conoce usted a Padre. Si mata un pollo, los chillidos los dará él más que el pollo. Nunca aprenderá. Siempre guarda un cerdo para la Navidad y entonces el cerdo va y explota en septiembre y no lo podemos comer. Cuando el tío John quería cerdo, comía cerdo. Lo conseguía cuando le apetecía.

Avanzaron por la cima ondulante de la loma y vieron la casa de los Joad a sus pies. Joad se detuvo.

—No es la misma —dijo—. Mire esa casa, algo ha ocurrido. Allí no hay nadie.

Se quedaron los dos parados mientras fijaban la vista en el pequeño grupo de edificios.

Capítulo 5

LOS propietarios de las tierras o, con mayor frecuencia un portavoz de los propietarios, venían a las tierras. Llegaban en coches cerrados y palpaban el polvo seco con los dedos, y algunas veces perforaban el suelo con grandes taladros para analizarlo. Los arrendatarios, desde los patios castigados por el sol, miraban inquietos mientras los coches cerrados avanzaban sobre los campos. Y al fin los representantes de los dueños entraban en los patios y permanecían sentados en los coches para hablar por las ventanillas. Los arrendatarios estaban un rato de pie junto a los coches y luego se agachaban en cuclillas y cogían palitos con los que dibujar en el polvo.

Las mujeres miraban desde las puertas abiertas y detrás de ellas los niños, niños de cabeza de maíz, los ojos de par en par, un pie descalzo encima del otro y los dedos de los pies en movimiento. Las mujeres y los niños miraban a los hombres hablar con los propietarios y callaban.

Algunos portavoces eran amables porque detestaban lo que tenían que hacer, otros estaban enfadados porque no querían ser crueles, y aun otros se mostraban fríos, porque habían descubierto hacía ya mucho tiempo que no se puede ser propietario si no se es frío. Y todos se sentían atrapados en algo que les sobrepasaba. Unos despreciaban las matemáticas a las que debían obedecer, otros tenían miedo, y aun otros adoraban a las matemáticas porque podían refugiarse en ellas de las ideas y los sentimientos. Si un banco o una compañía financiera eran dueños de las tierras, el enviado decía: el Banco, o la Compañía, necesita, quiere, insiste, debe recibir, como si el banco o la compañía fueran un monstruo con capacidad para pensar y sentir, que les hubiera atrapado. Ellos no asumían la responsabilidad por los bancos o las compañías porque eran hombres y esclavos, mientras que los bancos eran máquinas y amos, todo al mismo tiempo. Algunos de los enviados estaban algo orgullosos de ser los esclavos de señores tan fríos y poderosos. Se quedaban sentados en los coches y daban explicaciones. Sabes que la tierra es pobre. Ya has escarbado en ella lo suficiente, Dios lo sabe.

Los arrendatarios, en cuclillas, asentían, pensaban y hacían dibujos en el polvo y, sí, lo sabían, Dios lo sabe. Ojalá el polvo no volara. Si sólo la capa superior no volara . . .

Los hombres de los propietarios tenían una idea fija: Sabes que la tierra se está empobreciendo. Sabes lo que el algodón le hace a la tierra: la despoja de todo, la desangra.

Los hombres en cuclillas asentían, lo sabían, Dios lo sabía. Si pudieran alternar cosechas podrían bombear sangre nueva en la tierra.

Bueno, es demasiado tarde. Y los enviados explicaban el mecanismo y el razonamiento del monstruo que era más fuerte que ellos. Un hombre puede conservar la tierra si consigue comer y pagar la renta: lo puede hacer.

Sí, puede hacerlo hasta que un día pierde la cosecha y se ve obligado a pedir dinero prestado al banco.

Pero, entiendes, un banco o una compañía, no lo pueden hacer porque esos bichos no respiran aire, no comen carne. Respiran beneficios, se alimentan de los intereses del dinero. Si no tienen esto mueren, igual que tú mueres sin aire, sin carne. Es triste pero es así. Sencillamente es así.

Los hombres acuclillados levantaban los ojos intentando comprender. ¿No podemos quedarnos? Quizá el año próximo sea un buen año. Dios sabe cuánto algodón habrá el año que viene. Y con todas las guerras, Dios sabe qué precio alcanzará el algodón. ¿No fabrican explosivos con el algodón? ¿No hacen uniformes? Con las guerras suficientes, el algodón irá por las nubes. El año próximo, tal vez. Miraban hacia arriba interrogantes.

No podemos depender de eso. El banco, el monstruo necesita obtener beneficios continuamente. No puede esperar, morirá. No, la renta debe pagarse. El monstruo muere cuando deja de crecer. No puede dejar de crecer.

Los dedos suaves empezaban a dar golpecitos en la ventana del coche y los dedos endurecidos apretaban con más fuerza los palitos que no cesaban de hacer dibujos. En las puertas de las casas castigadas por el sol las mujeres suspiraban y después cambiaban de pie, de modo que el que había estado debajo ahora estaba encima, y los dedos en movimiento. Los perros se acercaban a los coches de los dueños olfateando y meaban en los cuatro neumáticos, uno detrás de otro. Los pollos se tendían en la tierra soleada y ahuecaban las plumas para que el polvo limpiador llegara hasta la piel. En las pequeñas pocilgas los cerdos gruñían inquisitivamente sobre los restos fangosos de su bazofia.

Los hombres en cuclillas volvían a bajar la vista. ¿Qué quieren que hagamos? No podemos quedarnos con una parte menor de la cosecha, ya estamos medio muertos de hambre. Los niños están hambrientos todo el tiempo. No tenemos ropa, la que llevamos está rota y en jirones. Si no fuera porque todos los vecinos están igual, nos daría vergüenza ir a las reuniones.

Y por fin los enviados llegaban al fondo de la cuestión. El sistema de arrendamiento ya no funciona. Un hombre con un tractor puede sustituir a doce o catorce familias. Se le paga un sueldo y se queda uno con toda la cosecha. Lo tenemos que hacer. No nos gusta, pero el monstruo está enfermo. Algo le ha sucedido al monstruo.

Pero van a matar la tierra con el algodón.

Lo sabemos. Tenemos que obtener el algodón rápidamente antes de que la tierra muera. Entonces la venderemos. A montones de familias del este les gustará poseer un trozo de tierra.

Los arrendatarios levantaban la vista alarmados. Pero, ¿qué pasa con nosotros? ¿Cómo vamos a comer?

Os tendréis que ir de las tierras. Los arados saldrán por los portones.

Entonces los hombres acuclillados se erguían airados. El abuelo se cogió la tierra y tuvo que matar indios para que se fueran. Y Padre nació aquí y arrancó las malas hierbas y mató serpientes. Luego vino un mal año y tuvo que pedir prestado algo de dinero. Y nosotros nacimos aquí. Los que están en la puerta, nuestros hijos, nacieron aquí. Y Padre tuvo que pedir dinero prestado. Entonces el banco se apropió de la tierra, pero nos quedamos y conservamos una pequeña parte de la cosecha.

Ya lo sabemos, todo eso lo sabemos. No somos nosotros, es el banco. Un banco no es como un hombre, el propietario de cincuenta mil acres tampoco es como un hombre: es el monstruo.

Sí, claro, gritaban los arrendatarios, pero es nuestra tierra. Nosotros la medimos y la dividimos. Nacimos en ella, nos mataron aquí, morimos aquí. Aunque no sea buena sigue siendo nuestra. Esto es lo que la hace nuestra: nacer, trabajar, morir en ella. Esto es lo que da la propiedad, no un papel con números.

Lo sentimos. No somos nosotros, es el monstruo. El banco no es como un hombre.

Sí, pero el banco no está hecho más que de hombres.

No, estás equivocado, estás muy equivocado. El banco es algo más que hombres. Fíjate que todos los hombres del banco detestan lo que el banco hace, pero aún así el banco lo hace. El banco es algo más que hombres, créeme. Es el monstruo. Los hombres lo crearon, pero no lo pueden controlar.

Los arrendatarios gritaron:

—El abuelo mató indios, Padre mató serpientes, por la tierra. Quizá nosotros podamos matar blancos, que son peores que los indios y las serpientes. Quizá tengamos que matar para conservar la tierra, igual que hicieron Padre y el abuelo.

Y ahora los hombres de los propietarios se encolerizaron.

Os tendréis que ir.

Pero es nuestra, gritaron los arrendatarios. Nosotros . . .

No. El banco, el monstruo es el propietario. Os tenéis que ir.

Sacaremos nuestras armas, como hizo el abuelo cuando vinieron los indios. ¿Y entonces qué?

Bueno, primero el sheriff, después las tropas. Si intentáis quedaros estaréis robando, seréis asesinos si matáis para quedaros. El monstruo no está hecho de hombres, pero puede hacer que los hombres hagan lo que él desea. Pero si nos vamos, ¿dónde vamos a ir? ¿Cómo nos vamos a ir? No tenemos dinero.

Lo sentimos —dijeron los enviados—. El banco, el propietario de cincuenta mil acres no se hace responsable. Estáis en una tierra que no os pertenece. Una vez que la dejéis, a lo mejor podréis recoger algodón en el otoño. Quizá podáis vivir del auxilio social. ¿Por qué no vais hacia el oeste, a California? Allí hay trabajo y nunca hace frío. Allí te basta con alargar la mano y ya tienes una naranja, siempre hay alguna cosecha que recoger. ¿Por qué no vais allí? Y los representantes de los propietarios arrancaron los coches y se alejaron.

Los arrendatarios volvieron a agacharse en cuclillas para dibujar en el polvo con un palito, para pensar, para reflexionar. Sus rostros quemados por el sol eran oscuros; sus ojos azotados por el sol eran claros. Las mujeres salieron cautelosamente y se acercaron a sus hombres y los niños salieron prudentes detrás de ellas, dispuestos a echar a correr. Los chicos mayores se acuclillaban junto a sus padres, porque eso les convertía en hombres. Después de un rato, las mujeres preguntaron: ¿Qué quería?

Y los hombres levantaron un instante la vista con un dolor latente grabado en los ojos. Nos tenemos que marchar. Van a traer un tractor y un capataz. Como en las fábricas.

¿Dónde vamos a ir? preguntaron las mujeres.

No lo sabemos. No lo sabemos.

Y las mujeres volvieron rápidas y en silencio a las casas con los niños agrupados delante de ellas. Sabían que un hombre tan dolido y perplejo puede revolverse encolerizado, incluso contra personas a las que quiere. Dejaron a los hombres calcular y pensar, en el polvo, solos.

Pasado un rato quizá el arrendatario miró a su alrededor: la bomba instalada hace diez años con el asa en forma de cuello de ganso y flores de hierro en el caño; el tajo en el que habían sido decapitados un millar de pollos; el arado manual en el cobertizo y el pesebre abierto colgado de las vigas.

En las casas, los niños se apiñaron en torno a las mujeres.

¿Qué vamos a hacer, Madre? ¿Dónde vamos a ir?

Las mujeres respondieron:

Aún no lo sabemos. Salid fuera a jugar. Pero no os acerquéis a vuestro padre, que a lo mejor os zurra.

Las mujeres siguieron trabajando, pero sin dejar de mirar a los hombres acuclillados en el polvo, perplejos y pensativos.

Los tractores vinieron por las carreteras hasta llegar a los campos, igual que orugas, como insectos, con la fuerza increíble de los insectos. Reptaron sobre la tierra, abriendo camino, avanzando por sus huellas, volviendo a pasar sobre ellas. Tractores Diesel que parecían no servir para nada mientras estaban en reposo y tronaban al moverse, para estabilizarse después en un ronroneo. Monstruos de nariz chata que levantaban el polvo revolviéndolo con el hocico, recorrían en línea recta el campo, atravesándolo, a través de las cercas y de los portones, cayendo y saliendo de los barrancos sin modificar la dirección. No corrían sobre el suelo, sino sobre sus propias huellas, sin hacer caso de las colinas, los barrancos, los arroyos, las cercas, ni las casas.

El hombre sentado en el asiento de hierro no parecía humano: con guantes, gafas, una máscara de goma sobre la nariz y la boca para protegerse del polvo, no era más que una parte del monstruo, un robot sentado. El trueno de los cilindros retumbaba por los campos hasta ser uno con el aire y la tierra, de modo que éstos murmuraban con vibraciones simpáticas. El conductor no podía controlarlo; atravesaba el campo en derechura invadiendo una docena de fincas y regresando en línea recta. Un giro de los mandos podría desviar la oruga, pero las manos del conductor no podían darles el giro porque el monstruo que había construido el tractor, que le había mandado salir se había introducido de alguna manera en las manos del conductor, en su cerebro y en sus músculos, le había puesto gafas y amordazado, unas gafas en la mente y la percepción, una mordaza en el habla y la protesta. No podía ver la tierra tal como era, ni olerla tal como olía, no podía pisar los terrones o sentir el calor y la fuerza de la tierra. Sentado en un asiento de hierro pisaba pedales de hierro. No podía aclamar, golpear, maldecir ni animar a esa extensión de su poder y por eso mismo tampoco podía aclamarse, golpearse, maldecirse o animarse a sí mismo. No conocía la tierra, no la poseía, no confiaba en ella ni le imploraba. No tenía la menor importancia que una semilla plantada no germinase. El que la joven planta pugnando por crecer se agostara en la sequía o se ahogara en una lluvia torrencial le era tan indiferente al conductor como al tractor.

No sentía más cariño por la tierra que el que pudiera sentir el banco. Podía admirar el tractor: sus superficies de máquina, sus oleadas de potencia, el rugido de sus cilindros detonantes; pero el tractor no era suyo. Tras el tractor rodaban los discos brillantes que cortaban la tierra con las cuchillas; aquello no era arar, sino una especie de cirugía: la tierra extraída era empujada hacia la derecha, donde la segunda fila de discos la deshacía y la volvía a empujar a la izquierda; cuchillas cortantes que brillaban pulidas por la tierra lacerada. Y, arrastrados tras los discos, llegaban las gradas con sus peines de hierro, deshaciendo los terrones hasta que la tierra quedaba nivelada. Después de las gradas entraban en escena las grandes sembradoras, doce penes curvos de hierro, erectos en la fundición cuyos orgasmos los producían los engranajes, que iban violando la tierra metódicamente, sin pasión. El conductor sentado en su silla de hierro se enorgullecía de la rectitud de las líneas que no se hacían por disposición suya, del tractor que ni poseía ni amaba, de ese poder que no estaba bajo su control. Y cuando aquella cosecha crecía y luego se segaba ningún hombre había desmigajado un terrón caliente con sus manos dejando la tierra cribarse entre las puntas de los dedos; ninguno había palpado la semilla ni anhelado que ésta germinase. Los hombres comían algo que no habían cultivado y no había conexión entre ellos y el pan. La tierra daba frutos sometidos al hierro y bajo el hierro moría gradualmente; porque no había para ella ni amor ni odio, y no se le ofrecían oraciones ni se le echaban maldiciones.

Al mediodía, el conductor del tractor paraba a veces cerca de la casa de uno de los arrendatarios y sacaba su almuerzo: bocadillos envueltos en papel encerado, pan blanco, escabeche, queso, fiambre, un trozo de pastel marcado como una pieza de motor. Comía sin entusiasmo. Y los arrendatarios que aún no se habían marchado salían para observarlo, miraban con curiosidad cómo se quitaba las gafas y la máscara de goma, y contemplaban los círculos blancos que iban quedando en su rostro alrededor de los ojos y de la nariz y la boca. El tubo de escape del tractor seguía arrojando nubecillas de humo, ya que el carburante era tan barato que resultaba más práctico dejar el motor encendido que tener que volver a calentarlo al reanudar el trabajo. Cerca se apiñaban niños curiosos y harapientos que comían masa frita al tiempo que miraban. Contemplaban con ansia cómo el hombre des-envolvía bocadillos y con el olfato aguzado por el hambre olían el escabeche, el queso, el fiambre. No se dirigían al conductor. Seguían con la vista la mano que se llevaba comida a la boca. No le miraban masticar, sino que los ojos seguían a la mano que sostenía el bocadillo. Después de un rato, el arrendatario que no había podido marcharse, salía y se acuclillaba a la sombra, junto al tractor.

—Pues ¿no eres tú el hijo de Joe Davis?

—Sí que lo soy —respondió el conductor.

—Y ¿cómo te dedicas a este trabajo, yendo contra tu propia gente?

—Porque son tres dólares por día. Me harté de suplicar para comer y de no conseguir nada. Tengo mujer y niños. Tenemos que comer. Son tres dólares por día y es algo seguro.

—Eso es verdad —replicó el arrendatario—. Pero para que tú ganes tres dólares por día, quince o veinte familias se quedan sin comer. Casi cien personas tienen que salir y vagabundear por las carreteras por tus tres dólares diarios. ¿O no?

—Yo no puedo pensar en eso —replicó el conductor—. Tengo que pensar en mis propios hijos. Tres dólares diarios, un día detrás de otro. ¿No sabe usted que los tiempos están cambiando? Ya no se puede vivir de la tierra a menos que se tengan dos mil, cinco mil, diez mil acres y un tractor. La tierra de labor ya no es para campesinos como nosotros. Usted no se revuelve ni se queja por no poder hacer Fords o por no ser la compañía telefónica. Pues mire, ahora pasa lo mismo con las cosechas, y no hay nada que hacer. Intente trabajar en algún sitio por tres dólares diarios. Es la única solución.

El arrendatario comentó, pensativo:

—Es curioso. Si un hombre tiene una pequeña propiedad, esa propiedad se transforma en él, en una parte de él y es como él. Si es dueño de una propiedad, aunque sólo sea para poder andar por ella, trabajarla, apenarse cuando no marcha bien y estar contento cuando la lluvia caiga sobre ella, esa propiedad es él y, de alguna manera, él es más grande porque la posee. Incluso si las cosas no le van bien él tiene la grandeza que le da su propiedad. Es así.

Y siguió cavilando:

—Pero cuando un hombre tiene una propiedad que no ve, que no puede tocar con los dedos porque le falta tiempo, ni pisar porque no está allí, entonces, la propiedad es el hombre. Él no puede ni hacer ni pensar lo que desea. La propiedad se apodera del hombre por ser más fuerte que él. Y él ya no es grande, sino pequeño. Tan sólo sus propiedades son grandes y él se convierte en el servidor de su propiedad. Esto es lo cierto, también.

El conductor masticó el pastel marcado y arrojó la masa.

—¿No se da cuenta de que los tiempos han cambiado? Filosofando así no conseguirá alimentar a los niños. Eso sólo se hace ganando tres dólares diarios. Los hijos de los demás no deberían preocuparle, ocúpese de los suyos propios. Si se hace una reputación por hablar de esa forma nadie le pagará los tres dólares. Los que tienen la pasta no le contratarán si anda por ahí pensando en otras cosas aparte de en sus tres dólares.

—Por tus tres dólares hay cerca de cien personas en la carretera. ¿Dónde vamos a ir?

—Eso me recuerda —dijo el conductor— que más le vale irse pronto. Después de comer voy a entrar en su patio.

—Esta mañana cegaste el pozo.

—Ya lo sé. Tenía que seguir en línea recta. Pero después de comer voy a entrar en el patio. Tengo que ir siempre en línea recta. Además, . . . bueno, usted conoce a Joe Davis, a mi viejo, así que le voy a decir una cosa. Mis órdenes son que cuando encuentro una familia que no se ha marchado si tengo un accidente, ya sabe, me acerco demasiado y hundo un poco la casa, me puedo sacar un par de dólares. Y mi hijo menor no ha tenido nunca un par de zapatos . . . aún.

—La levanté con mis propias manos. Enderecé clavos viejos para colocar el revestimiento. Los pares del tejado están atados a los travesaños con alambre de embalar. Es mía. Yo la construí. Atrévete a chocar contra ella, yo estaré en la ventana con el rifle. Que se te ocurra siquiera acercarte de más y te dejo seco como a un conejo.

—No soy yo. Yo no puedo hacer nada. Pierdo el empleo si no sigo órdenes. Y, mire, suponga que me mata, simplemente a usted lo cuelgan, pero mucho antes de que le cuelguen habrá otro tipo en el tractor y él echará la casa abajo. Comete usted un error si me mata a mí.

—Eso es verdad —dijo el arrendatario—. ¿Quién te ha dado las órdenes? Iré a por él. Es a ese a quien debo matar.

—Se equivoca. El banco le dio a él la orden. El banco le dijo: o quitas de en medio a esa gente o te quedas sin empleo.

—Bueno, en el banco hay un presidente, están los que componen la junta directiva. Cargaré el peine del rifle e iré al banco.

El conductor arguyó:

—Un tipo me dijo que el banco recibe órdenes del este, del gobierno. Las órdenes eran: o consigues que la tierra rinda beneficios o tendrás que cerrar.

—Pero, ¿hasta dónde llega? ¿A quién le podemos disparar? A este paso me muero antes de poder matar al que me está matando a mí de hambre.

—No sé. Quizá no hay nadie a quien disparar. A lo mejor no se trata en absoluto de hombres. Como usted ha dicho, puede que la propiedad tenga la culpa. Sea como sea, yo le he explicado cuáles son mis órdenes.

—Tengo que reflexionar —respondió el arrendatario—. Todos tenemos que reflexionar. Tiene que haber un modo de poner fin a esto. No es como una tormenta o un terremoto. Esto es algo malo hecho por los hombres y te juro que eso es algo que podemos cambiar.

El arrendatario se sentó a la puerta y el conductor hizo tronar el motor y arrancó, deshaciendo los senderos, las gradas peinando el suelo y los falos penetrando la tierra. El tractor atravesó el patio, dejó el suelo apelmazado por tantas pisadas convertido en un campo labrado y retrocedió cortando de nuevo la tierra; quedó sin arar un espacio de unos tres metros de ancho. Y vuelta a empezar. El guarda de hierro arremetió contra una esquina de la casa, hizo desmoronarse la pared y arrancó la casita de los cimientos, haciendo que cayera de lado, aplastada como un insecto. Y el conductor llevaba gafas y se cubría la nariz y la boca con una máscara de goma. El tractor dibujó una línea recta mientras el aire y la tierra vibraban con su ruido atronador. El arrendatario lo contempló, sosteniendo en la mano el rifle. Su mujer estaba junto a él, los silenciosos niños detrás. Y todos ellos mantenían la vista fija en el tractor.

Capítulo 6

E L reverendo Casy y Tom miraron desde lo alto de la colina la propiedad de los Joad. La pequeña casa sin pintar estaba aplastada en una esquina y al estar desgajada de los cimientos, se había desplomado dibujando un ángulo, con las ventanas delanteras apuntando, ciegas a un punto del cielo bastante por encima del horizonte. No había ni rastro de cercas y el algodón crecía en el patio pegado a la casa y alrededor del cobertizo. El retrete descansaba sobre uno de sus lados y el algodón crecía cerca. El patio, cuya tierra habían batido hasta endurecer los pies descalzos de los niños, los cascos nerviosos de los caballos y las anchas ruedas del carro, era ahora un campo labrado, donde crecía el algodón, verde oscuro y polvoriento. Durante largo rato Tom contempló el sauce esmirriado que se encontraba junto al abrevadero de los caballos, ya seco, en el piso de cemento donde estaba la bomba.

—¡Dios! —exclamó por fin—. Está esto igual que si hubiera pasado un ciclón. Allí no hay nadie viviendo.

Al final echó a correr colina abajo, con Casy pisándole los talones. Inspeccionó el cobertizo: estaba vacío; sólo vio pajas en el suelo y el pesebre en el rincón. Mientras miraba oyó un rumor en el suelo y una familia de ratones desapareció bajo las pajas. Joad se detuvo a la entrada del cobertizo de las herramientas, en el que faltaban éstas. No había más que una punta rota del arado, un revoltijo de alambre para atar el heno en el rincón, una rueda de hierro de un rastrillo y una collera de mulas roída por las ratas, una lata de aceite plana de un galón, con una costra de suciedad y aceite y un mono destrozado colgando de un clavo.

—No queda nada —dijo Joad—. Teníamos buenas herramientas y no queda ninguna.

—Si yo fuera todavía predicador —comentó Casy— diría que el brazo del Señor ha golpeado. Pero ahora no sé lo que ha pasado. Yo no estaba aquí. No he oído nada.

Se dirigieron hacia la tapa de hormigón del pozo, caminando entre plantas de algodón, cuyas cápsulas se estaban formando, sobre la tierra cultivada.

—Nosotros nunca plantamos aquí —dijo Joad—. Siempre lo dejamos sin sembrar. Ahora un caballo no podría llegar sin pisotear el algodón.

Se detuvieron en el abrevadero seco, en cuya base ya no crecía la maleza que suele haber bajo un abrevadero y cuya gruesa madera vieja estaba seca y agrietada. De la tapa del pozo sobresalían los tornillos que habían sujetado la bomba, con las roscas enrobinadas; las tuercas habían desaparecido. Joad se asomó al interior del tubo del pozo, escupió y escuchó. Dejó caer un terrón y volvió a escuchar.

—Era un buen pozo —recordó—. No oigo que haya agua.

Pareció reacio a acercarse a la casa. Siguió dejando caer en el pozo un terrón tras otro.

—Puede que estén todos muertos —dijo—. Pero en ese caso alguien me lo habría dicho. De alguna forma me habría enterado.

—Quizá dejaron una carta o algo que lo explique en la casa. ¿Sabían que ibas a venir?

—No sé —contestó Joad—. No, seguramente no. Yo mismo no lo supe hasta hace una semana . . .

—Busquemos en la casa. Está toda destrozada. Algo le han hecho.

Se aproximaron lentamente a la casa hundida. Dos de los pilares del tejado del porche estaban desencajados y un extremo del tejado estaba caído. Una esquina de la casa estaba aplastada y hundida hacia adentro. A través de un laberinto de madera astillada se podía ver la habitación de la esquina. La puerta delantera, descolgada, se abría hacia el interior y una verja, fuerte y baja, delante de la puerta, abierta hacia afuera, colgaba de los goznes de cuero.

Joad paró en el escalón, una viga de doce por doce.

—Aquí estaba la entrada —dijo—. Pero ya no es . . . o Madre está muerta.

Señaló la verja baja ante la puerta.

—Si Madre estuviera por aquí, esa verja estaría cerrada y enganchada. Eso era algo que siempre hacía, asegurarse de que la verja estuviera cerrada.

Sentía los ojos calientes.

—Desde que un cerdo se metió en casa de Jacobs y se comió al bebé. Milly Jacobs había salido un momento al granero. Volvió cuando el cerdo aún se lo estaba comiendo. La señora Jacobs estaba embarazada y cayó en un delirio. Nunca se recuperó. Desde entonces estuvo algo sonada. Pero Madre aprendió la lección. Nunca dejó la verja abierta a menos que ella misma estuviera en casa. Jamás lo olvidó. No . . . se han ido, o están muertos.

Se encaramó al porche rajado y miró en la cocina. Las ventanas estaban rotas, había piedras por el suelo, el suelo y las paredes se hundían desde la puerta formando un ángulo muy inclinado y el polvo asentado cubría las tablas. Joad señaló los cristales rotos y las piedras.

—Chicos —dijo—. Pueden recorrer veinte millas con tal de romper una ventana. Yo también solía hacerlo. Saben cuándo una casa se queda vacía, se enteran. Es lo primero que los chicos hacen cuando una familia se marcha.

La cocina estaba vacía, y el agujero redondo por el que salía el tubo del fogón al exterior dejaba entrar la luz. En la tabla del fregadero había quedado un viejo abrelatas y un tenedor roto al que le faltaba el mango de madera. Joad se deslizó cauteloso en la habitación y el suelo crujió bajo su peso. Había una copia atrasada del *Ledger de Filadelfia* en el suelo, junto a la pared, con las hojas amarillas y los bordes rizados. Joad echó una ojeada en el dormitorio: ni cama, ni sillas . . . nada. En la pared había pegada una foto en color de una muchacha india, con un letrero que indicaba su nombre: Ala Roja; apoyado contra la pared había un listón perteneciente a una cama, y en un rincón un botín de mujer, roto por el empeine, se curvaba hacia arriba en la punta. Joad lo cogió y lo observó.

—Recuerdo este zapato —dijo—. Era de Madre. Ahora está muy desgastado, pero a Madre le gustaban. Los tuvo muchos años. No . . . se han ido y lo han llevado todo con ellos.

El sol había descendido tanto que entraba ahora por el ángulo de las ventanas y brillaba en los bordes de los vidrios rotos. Joad se volvió al fin, salió y cruzó el porche. Se sentó en el canto del mismo y apoyó los pies descalzos en el escalón. La luz del atardecer caía sobre el campo y el sauce desmadejado proyectaba una larga sombra.

Casy se sentó junto a Joad y preguntó:

—¿Nunca te escribieron contándote nada?

—No. Ya le dije antes que no es gente de escribir. Padre podría haber escrito, pero no lo hizo. No le gustaba. Escribir le da escalofríos. Cuando quería pedir alguna cosa por catálogo se las arreglaba tan bien como cualquiera, pero, ¿escribir por escribir? . . ., eso no.

Contemplaron la distancia sentados uno junto a otro. Joad dejó su chaqueta enrollada en el porche, junto a él. Sus manos, moviéndose independientes liaron un cigarrillo, lo alisaron y prendieron, y él aspiró profundamente y echó el humo por la nariz

—Hay algo extraño en todo esto —dijo—. Pero no doy con ello. Tengo la sensación de que algo marcha muy mal. Esto de que la casa esté destrozada y mi familia se haya ido.

—Justo aquí en esta acequia —dijo Casy—, fue donde te bauticé. No eras un mocoso cruel, pero eras fuerte. Te colgaste de las trenzas de aquella chiquilla como un bulldog. Os bautizamos a los dos en nombre del Espíritu Santo y aun así no la soltabas. Tu Padre dijo «Empújale bajo el agua». Así que te metí la cabeza y hasta que no empezaste a echar burbujas no dejaste libre la trenza. No eras cruel, sino fuerte. A veces un niño fuerte crece con un buen ramalazo del espíritu dentro de él.

Un flaco gato gris salió furtivamente del cobertizo y se deslizó entre las plantas de algodón hasta acercarse al extremo del porche. Saltó silenciosamente al porche y se aproximó, andando con el vientre bajo, a los hombres. Llegó a un punto situado entre los dos, detrás de ellos y entonces se sentó y estiró la cola recta y pegada al suelo y la punta se agitó levemente. El gato sentado contempló la distancia, igual que los hombres. Joad se volvió a mirar al gato.

—¡Vaya, hombre! Mira quién está aquí. Alguien se ha quedado.

Acercó la mano, pero el gato brincó fuera de su alcance, se volvió a sentar y lamió la almohadilla de su garra alzada. Joad le miró y su rostro expresó desconcierto.

—Ya sé lo que ha pasado —exclamó—. Este gato me acaba de aclarar lo que pasa.

—A mí me parece que han pasado muchas cosas —replicó Casy.

—No, no es sólo esta granja. ¿Por qué no se va el gato con otros vecinos, con los Rance? ¿Cómo es que nadie se ha llevado madera de esta casa? Lleva tres meses vacía y nadie ha robado madera. Hay buenas tablas en el cobertizo, un montón de ellas en la casa, los marcos de las ventanas, y aquí están. No es normal. Eso era lo que me daba vueltas en la cabeza. Y no atinaba con ello.

—Bueno, y ¿qué significa todo esto según tú?

Casy se agachó, se descalzó y estiró los largos dedos en el escalón.

—No sé. No parece quedar ningún vecino. Si hubiera alguno, ¿estaría toda esta buena madera aquí? ¡Pues claro que no! Albert Rance llevó a su familia, los críos, los perros y todo a Oklahoma City una Navidad. Fueron a visitar al primo de Albert. Pues bien, la gente de los alrededores pensó que Albert se había marchado sin decir nada, pensaron que a lo mejor tenía deudas o alguna cuenta pendiente con una mujer. Una semana después, cuando Albert regresó, no quedaba absolutamente nada en esa casa: el fogón había desaparecido, al igual que las camas, los marcos de las ventanas y una buena parte del entablado de la fachada sur de la casa. Se veía el interior perfectamente. Llegó justo cuando Muley Graves se llevaba las puertas y la bomba del pozo. Albert pasó dos semanas haciendo viajes por el vecindario hasta que pudo recuperar todas sus cosas.

Casy se rascó los dedos de los pies voluptuosamente.

—¿Nadie discutió con él? ¿Le devolvieron sus cosas sin más?

—Claro. No estaban robando. Pensaron que lo había dejado y simplemente se lo cogieron. Albert recuperó todo; todo menos un almohadón del sofá, de terciopelo y con un dibujo de un indio. Albert afirmó que lo tenía el abuelo, que el abuelo tenía sangre india en las venas y que por eso quería aquel dibujo. La verdad es que el abuelo lo tenía, pero el dibujo no le importaba un comino. Simplemente, le gustaba el almohadón. Solía llevarlo con él a todas partes y ponerlo allí donde fuera a sentarse. Nunca se lo devolvió. Solía decir, «Si Albert tiene tanto interés en su almohadón, que venga a por él. Pero será mejor que venga disparando, porque si se atreve a acercarse a mi almohadón, le vuelo la maldita cabeza.» Así que al final Albert desistió y le regaló el almohadón al abuelo. Sin embargo, el cojín le dio al abuelo una idea: se dedicó a coleccionar plumas de gallina para hacerse un colchón entero de plumas. Pero no lo llegó a conseguir. Una vez Padre se enfadó con una mofeta que había debajo de la casa. Le atizó buenos estacazos y olía tan mal que Madre tuvo que quemar todas las plumas del abuelo para que se pudiera estar en la casa.

Se echó a reír.

—El abuelo es un buen elemento, más duro que una piedra. Decía sentado en el almohadón del indio: «Que se atreva Albert a venir y llevárselo. ¡Pues sí!, agarro a ese mequetrefe y lo escurro como si fuera unas bragas.»

El gato volvió a acercarse hasta situarse entre los dos hombres, con la cola estirada, y sus bigotes se agitaban de vez en cuando. El sol iba bajando hacia el horizonte y el aire polvoriento era rojo y oro. El gato estiró una zarpa gris e inquisitiva y tocó la chaqueta de Joad. Éste se volvió.

—Vaya, me había olvidado de la tortuga. No la voy a llevar envuelta hasta el fin del mundo.

Sacó del lío la tortuga y la empujó bajo la casa. Pero al cabo de un momento estaba fuera y andando en dirección al suroeste, en la misma dirección que seguía desde el principio. El gato saltó encima de ella, golpeó la cabeza en tensión al tiempo que cortaba con las uñas las patas en movimiento. La vieja cabeza dura y humorística desapareció en el interior de la concha y la gruesa cola se introdujo en ella con un chasquido; cuando el gato se cansó de esperar y se alejó, la tortuga caminó de nuevo hacia el suroeste.

Tom Joad y el predicador contemplaron la tortuga que se marchaba, bandeando las patas e impulsando la pesada y alta bóveda de la concha en camino hacia el suroeste. El gato se arrastró tras ella durante un rato, pero, después de haber recorrido unos diez metros, dibujó con el lomo un arco fuerte y tenso, bostezó y volvió sigilosamente junto a los hombres.

—¿Dónde diablos se imagina que va? —preguntó Joad—. He visto tortugas toda la vida y siempre están yendo a alguna parte. Parece que siempre quieren llegar allí.

El gato gris volvió a sentarse detrás de ellos, entre los dos. Parpadeó con parsimonia. La piel de sus hombros se movió hacia adelante al sentir una pulga y luego regresó a su posición anterior. El gato levantó una garra y la inspeccionó, sacó y escondió las uñas experimentalmente y lamió la almohadilla con la lengua rosada. El rojo sol tocó el horizonte y se extendió como si fuera una medusa, y por encima, el cielo pareció más brillante y más vivo que antes. Joad desenvolvió los zapatos nuevos color mostaza y se sacudió con la mano los pies llenos de polvo antes de calzarse.

Con la mirada sobre los campos, el predicador dijo:

—¡Mira! Allí viene alguien. Allí, atravesando el algodón.

Joad dirigió la vista hacia donde señalaba el dedo de Casy.

—Viene a pie —dijo—. El polvo que levanta no me deja verle. ¿Quién diablos será?

Observaron la figura que se aproximaba bajo la luz del atardecer y el polvo que levantaba y que la puesta del sol teñía de rojo.

—Es un hombre —dijo Joad.

El hombre se fue acercando, y conforme pasaba el granero Joad continuó:

—Pero si yo le conozco. Usted también . . . es Muley Graves.

Le llamó:

—¡Eh! Muley, ¿cómo va eso?

El hombre se detuvo, sorprendido por la voz, y después continuó andando con rapidez. Era delgado, más bien bajo. Sus movimientos eran desiguales y rápidos. Llevaba en la mano una bolsa de arpillera. Vestía unos vaqueros con las rodillas y los fondillos gastados y la chaqueta de un viejo traje negro, sucia y con manchas, con las mangas descosidas de los hombros por detrás y las coderas agujereadas por el uso. El sombrero negro estaba tan sucio como la americana, y la cinta, medio desprendida, se movía arriba y abajo con el caminar. El rostro de Muley era suave y no tenía arrugas, pero mostraba la expresión truculenta de un niño malo, con la boca pequeña cerrada con decisión y los ojillos entre ceñudos y petulantes.

—¿Se acuerda usted de Muley? —preguntó Joad en voz baja al predicador.

—¿Quién anda ahí? —inquirió el hombre mientras avanzaba.

Joad no respondió. Muley se acercó hasta estar casi al lado, antes de poder reconocer los rostros.

—¡Caramba! —exclamó—. Si es Tommy Joad. ¿Cuándo saliste, Tommy?

—Hace dos días —replicó Joad—. Me llevó algún tiempo llegar hasta aquí haciendo autostop. Y mira con lo que me encuentro. ¿Dónde está mi gente, Muley? ¿Por qué está la casa derrumbada? ¿Para qué hay sembrado algodón en el patio?

—Sí que ha sido una suerte que hayas venido —prosiguió Muley—. Porque el viejo Tom Joad estaba preocupado. Yo estaba sentado en la cocina cuando se preparaban para marchar. Le dije a Tom que yo no me iría, desde luego que no. Le dije eso, y Tom dijo: Estoy preocupado por Tommy. Imagínate que vuelve a casa y se encuentra que no hay nadie. ¿Qué va a pensar? Y yo pregunté: ¿Por qué no le escribes una carta? Tom contestó: Quizá lo haga. Lo pensaré. Pero si no la escribo y tú te quedas, vigila a ver si viene Tommy. Estaré por aquí —le dije—. Estaré hasta que las ranas críen pelo. No ha nacido aún el que pueda echar a un Graves de estas tierras. Y, mira, no lo han hecho.

Joad preguntó impaciente:

—¿Dónde está mi gente? Ya me dirás luego cómo te has resistido, pero ahora dime dónde está mi familia.

—Bueno, iban a echarles cuando el banco decidió que el tractor pasara por vuestros campos. Tu abuelo salió con el rifle y voló los faros del tractor, pero éste siguió avanzando. Tu abuelo no quería matar al conductor, que era Willy Feeley y, como Willy lo sabía, siguió en línea recta y se llevó la casa por delante, la embistió como un perro a una rata. A Tom eso le llegó al alma y le arrancó algo en su interior. No ha vuelto a ser el mismo desde entonces.

—¿Dónde están? —preguntó Joad enfadado.

—Es lo que te estoy diciendo. Hicieron tres viajes con el carro del tío John. Se llevaron el fogón, la bomba y las camas. Debías haber visto cómo sacaban las camas, con los niños, tu abuelo y tu abuela sentados apoyándose contra los cabeceros, y tu hermano Noah sentado, fumando un cigarrillo y escupiendo por el lado del carro, todo presumido.

Joad abrió la boca para hablar.

—Están todos en casa de tu tío John —añadió Muley con rapidez.

—Ah, bueno. Están en casa de John. ¿Y qué hacen allí? Contesta a mi pregunta, Muley, limítate a contestar mi pregunta. Sólo es un minuto, luego me cuentas lo que quieras. ¿Qué hacen allí?

—Bueno, han estado recogiendo algodón, todos, incluso los niños y tu abuelo. Ahorrando dinero para marchar hacia el oeste. Van a comprar un camión y a encaminarse al oeste, donde la vida es fácil. Aquí no hay nada. Pagan cincuenta centavos por cada acre de algodón recogido y la gente suplica para que le permitan trabajar.

—¿Y aún no se han ido?

—No —dijo Muley—, que yo sepa, no. Hace cuatro días supe de

ellos por última vez, cuando encontré a tu hermano Noah cazando liebres, y dijo que pensaban irse dentro de unas dos semanas. A John le ha
llegado el aviso de que tiene que marcharse. No tienes más que andar
ocho millas hasta la casa de John. Allí encontrarás a los tuyos apilados
como ardillas en una madriguera invernal.

—Bien —dijo Joad—. Ahora ya puedes decir lo que quieras. No has
cambiado ni pizca, Muley. Cuando quieres contar algo que pasa en el
noroeste, empiezas por apuntar al sureste.

Muley replicó con expresión truculenta:

—Tú tampoco has cambiado. De niño eras un sabihondo y aún lo
eres. ¿No me irás a decir, por casualidad, qué hacer con mi vida?

Joad sonrió.

—No, no lo voy a hacer. Si te empeñas en meter la cabeza en un
montón de vidrios rotos no hay Dios que te haga cambiar de idea. Conoces al predicador, ¿no, Muley? El reverendo Casy.

—Ah, sí, claro. No me había fijado. Le recuerdo bien —Casy se
puso en pie y se dieron la mano—. Me alegro de volver a verle —dijo
Muley—. Ha estado usted fuera una barbaridad de tiempo.

—Quería preguntarle algo —dijo Casy—. ¿Qué ha pasado? ¿Por
qué están echando a la gente de sus tierras?

Muley cerró la boca y apretó tanto los labios que el pequeño pico
que se formaba en el labio superior se estiró hasta sellar el labio inferior.
Frunció el ceño.

—Esos hijos de puta —dijo—. Esos asquerosos hijos de puta. Pero
lo que es yo, me quedo. No se librarán de mí. Si me echan a patadas,
volveré, y si se figuran que bajo tierra me estaré quieto, me voy a llevar
dos o tres hijos de puta conmigo para que me hagan compañía —dio
unas palmadas a un objeto pesado que llevaba en un bolsillo lateral de la
chaqueta—. Yo no me largo. Mi padre vino hace cincuenta años y yo no
pienso irme.

—¿Pero qué pretenden echando a la gente? —preguntó Joad.

—Bah, ellos hablan más que valen. Ya sabéis los años que hemos
tenido: el polvo se levantaba y echaba todo a perder, y la cosecha era
tan poca que no daba ni para atascar el culo de una hormiga. Todo el
mundo debía dinero en la tienda. Ya veis lo que pasa. Pues bien, los propietarios de la tierra dijeron: «No nos podemos permitir el lujo de tener
arrendatarios. Lo que gana el arrendatario es precisamente el margen
de beneficios que no nos podemos permitir perder. La tierra sólo re-

sulta rentable si la dejamos sin dividir.» Así que el tractor fue echando de las tierras a todos los arrendatarios. A todos menos a mí, y juro que yo no me voy. Tommy, tú me conoces. Me conoces de toda la vida.

—Tienes toda la razón —dijo Joad—, de toda la vida.

—Bueno, ya sabes que yo no soy un imbécil. Sé que esta tierra no vale demasiado. Nunca fue buena más que para pasto. No debimos ararla. Y ahora el algodón está a punto de ahogarla. Si no me hubieran dicho que me fuera, seguramente ahora mismo estaría en California, comiendo uvas y cogiendo naranjas cuando me apeteciera. Pero esos hijos de puta me dicen que me vaya y . . . ¡Dios!, un hombre no puede irse si se lo ordenan.

—Claro —asintió Joad—. Me extraña que Padre se fuera tan tranquilo. Me extraña que el abuelo no matara a nadie. Nadie le ha ordenado nunca al abuelo dónde tiene que poner los pies. Y Madre tampoco se deja avasallar así como así. En una ocasión le dio a un buhonero una paliza con un pollo vivo, porque se atrevió a discutirle a ella. Madre tenía el pollo en una mano y el hacha en la otra, estaba a punto de cortarle la cabeza. Quiso darle al buhonero con el hacha, pero se confundió de mano y le atizó con el pollo. Cuando acabó con el buhonero, no pudimos ni comernos aquel pollo. Lo único que quedaba de él eran las patas, colgando de la mano de Madre. El abuelo se dislocó la cadera de tanto reír. ¿Cómo es que mi familia se fue sin rechistar?

—Bueno, el tipo que vino hablaba como los ángeles. «Os tenéis que ir. Yo no tengo la culpa.» ¿Y de quién es la culpa?, le pregunté yo. Porque al culpable le abro la cabeza. Es la Compañía de tierras y ganados de Shawnee. Yo sólo cumplo órdenes, y ¿quién es esa compañía? No es nadie, es una compañía. Para volverle a uno loco. No había nadie a por quien pudieras ir. Mucha gente sencillamente se cansó de buscar a alguien a quien echar la culpa y con quien descargar su furia. Pero yo no. Yo no me harto de estar enfadado y no pienso marchar.

Una gran gota de sol se dilató sobre el horizonte y luego desapareció, y el cielo se volvió brillante por donde había desaparecido, y una nube desgarrada, como un trapo ensangrentado, colgó sobre el mismo punto por el que la gota se había diluido. El anochecer se extendió por el cielo desde el este y la oscuridad avanzó sobre la tierra. La estrella de la tarde parpadeó y brilló en el crepúsculo. El gato gris se deslizó hacia el granero abierto y entró en él como una sombra.

—Bueno, no vamos a andar esta noche las ocho millas hasta la casa del tío John —dijo Joad—. Tengo los pies reventados. ¿Qué tal si vamos a tu casa, Muley? Hasta allí no habrá más de una milla.

—No tiene mucho sentido —Muley parecía avergonzado—. Mi mujer, los niños, el hermano de mi mujer, todos se han ido a California. No había para comer. Ellos no estaban tan furiosos como yo, así que se fueron. Aquí no teníamos qué llevarnos a la boca.

El predicador se movió nerviosamente.

—Debías haber ido tú también. No tenías que haber roto la familia.

—No pude —dijo Muley Graves—. Hay algo aquí que, simplemente, no me deja marchar.

—Pues yo tengo hambre —interrumpió Joad—. Durante cuatro años he estado comiendo siempre a la misma hora. Mis tripas se están quejando a gritos. ¿Qué vas a comer, Muley? ¿Cómo has hecho para seguir teniendo comida?

Muley respondió avergonzado:

—Durante un tiempo comí ranas y ardillas y algún perro de la pradera, no me quedó más remedio. Pero ahora he puesto algunas trampas entre la maleza del arroyo seco. Caen conejos y a veces algún pollo de la pradera. También caen mofetas y mapaches —bajó la mano, levantó su bolsa y la vació en el porche. Dos conejos de rabo blanco y una liebre, suaves y peludos, cayeron rodando blandamente.

—Dios mío —exclamó Joad—, hace más de cuatro años que no he comido carne fresca.

Casy cogió uno de los conejos y lo sostuvo en la mano. Preguntó:

—¿Lo vas a compartir con nosotros, Muley Graves?

Muley se removió turbado.

—No tengo elección —se interrumpió al darse cuenta de la brusquedad de sus palabras—. No es eso lo que quise decir, no. Lo que digo . . . —balbuceó—, lo que quiero decir es que si uno tiene algo de comer y hay otro que tiene hambre, pues al primero no le queda alternativa. Vamos, suponed que recojo mis conejos y me voy a otro sitio a comérmelos. ¿Qué pensaríais?

—Ya veo —dijo Casy—. Ya te entiendo. Muley tiene razón en eso, Tom. Muley ha encontrado algo demasiado grande para él y demasiado grande para mí.

Tom se frotó las manos.

—¿Quién tiene un cuchillo? Ataquemos a este pobre roedor. A por él.

Muley se llevó la mano al bolsillo del pantalón y sacó una navaja, grande y con un puño de hueso. Tom Joad la cogió, sacó una hoja y la olió. Restregó la hoja una y otra vez por la tierra y la volvió a oler. Luego la limpió en la pernera de su pantalón y probó el filo con el pulgar.

Muley sacó una botella de agua de un bolsillo y la puso en el porche.

—Lleva cuidado con el agua —dijo—. Es la única que tenemos. Este pozo de aquí está cegado.

Tom cogió un conejo con la mano.

—Id uno de los dos al cobertizo a por alambre de embalar. Haremos un fuego con algunas de estas tablas rotas de la casa —contempló el conejo muerto—. No hay nada tan fácil de preparar como un conejo —dijo. Levantó la piel del lomo, hizo un corte, metió los dedos en el agujero y arrancó la piel. Esta se deslizó como una media, del tronco hasta el cuello y de las patas hasta las pezuñas. Joad volvió a tomar la navaja y le cortó la cabeza y las pezuñas. Dejó la piel en el suelo, rajó al conejo a lo largo de las costillas y después de sacudir los intestinos y dejarlos sobre la piel arrojó el lío al campo de algodón. El pequeño cuerpo de músculos bien formados quedó listo. Joad cortó las patas y el lomo carnoso en dos pedazos. Estaba empezando con el segundo conejo cuando volvió Casy con una maraña de alambre de embalar en la mano.

—Ahora enciende el fuego y prepara algunas estacas —dijo Joad—. ¡Dios!, que gana tengo de comerme estos bichos —limpió y troceó los otros conejos y los ensartó en el alambre. Muley y Casy arrancaron unas tablas astilladas de la casa destruida con las que encendieron una hoguera, y clavaron en la tierra una estaca a cada lado donde enganchar el alambre. Muley se acercó a Joad.

—Mira bien que la liebre no tenga ningún divieso —dijo—. No me gusta comer liebres que tienen diviesos —sacó del bolsillo una bolsita de paño y la puso en el porche.

—Ni rastro de diviesos en la liebre —dijo Joad—. Santo Cielo, ¿también tienes sal? ¿No tendrás por casualidad unos platos y una tienda de campaña en el bolsillo? —dejó caer algo de sal en su mano y la espolvoreó sobre los trozos de conejo ensartados en el alambre.

El fuego saltaba y arrojaba sombras sobre la casa, y la madera seca crepitaba y crujía. El cielo estaba casi completamente negro y las estrellas brillaban con intensidad. El gato gris salió del granero y trotó hacia el fuego maullando, pero cuando ya estaba cerca, se volvió y se dirigió directamente a uno de los pequeños montones que contenían las entrañas de los conejos. Masticó y tragó y las tripas quedaron colgando de su boca.

Casy se sentó en el suelo junto al fuego, alimentándolo con trozos rotos de tablas, empujando las tablas largas dentro de la hoguera cuando las llamas devoraban los extremos. Los murciélagos de la noche volaban un momento sobre el fuego y salían igual de rápido del circulo de luz proyectado por la hoguera. El gato volvió a aproximarse, se agachó, se lamió el hocico y se limpió la cara y los bigotes.

Joad se acercó al fuego con el alambre repleto de trozos de conejo entre las dos manos.

—Agarra un extremo, Muley. Enróllalo en aquella estaca. Así, muy bien. Vamos a tensarla. Deberíamos esperar a que sólo quedaran las brasas, pero no puedo más.

Tensó el alambre y encontró un palo con el que hizo deslizarse por el alambre los trozos de carne, hasta que quedaron sobre el fuego. Las llamas lamieron la carne, endureciendo y haciendo brillar las superficies. Joad se sentó junto al fuego, pero siguió moviendo y girando el conejo con el palo para que no se pegara al alambre.

—Esto es un banquete —dijo—. Muley tiene sal, agua, conejos. Ojalá tuviera un bote de maíz molido. No necesito nada más.

Desde el otro lado de la hoguera Muley dijo:

—Seguramente piensan que estoy sonado, por vivir así.

—De sonado nada —respondió Joad—. Si eso es estar sonado, ojalá todo el mundo lo estuviera.

Muley prosiguió:

—Pues sí, señor, es una cosa extraña. Algo me pasó cuando me dijeron que tenía que irme. Primero pensé ir y matar a unos cuantos. Luego, cuando mi familia se largó al oeste, me puse a vagabundear por ahí. Me dio por andar, sin alejarme nunca mucho. Duermo donde me pilla. Esta noche iba a dormir aquí. Por eso vine. Me decía: «Estoy cuidando las cosas para que cuando la gente vuelva encuentre todo como es debido.» Pero sabía que no era cierto. No hay nada que cuidar. La gente nunca volverá. No hago más que andar de un lado para otro como un maldito fantasma de cementerio.

—Cuando uno se acostumbra a un sitio es difícil dejarlo —dijo Casy—. Uno se acostumbra a pensar de una forma y luego cuesta cambiar. Ya no soy predicador, pero me sorprendo continuamente rezando, sin darme cuenta siquiera de lo que hago.

Joad giró los trozos de carne del alambre. Ahora goteaban, y cada gota, al caer en el fuego, hacia subir una lengua de llama. La superficie lisa de la carne se arrugaba y se teñía de color marrón claro.

—Oledla —exclamó Joad—. ¡Dios!, mirad qué aspecto tiene y qué olor.

Muley continuó:

—Igual que un maldito fantasma de cementerio. He estado yendo a los lugares en los que pasaron cosas. Como, por ejemplo, un sitio que hay en nuestra propiedad; crece un arbusto en una hondonada. Allí fue donde me acosté con una chica por primera vez. Yo, con catorce años, pateando, dando tirones, resoplando igual que un gamo, tan cachondo como un macho cabrío. Así que volví a aquel lugar, me tendí en el suelo y sentí como si sucediera de nuevo. También está el sitio, detrás del granero, donde un toro corneó a Padre. Su sangre sigue allí en la tierra. Tiene que estar porque nunca la lavó nadie. Y con la mano toqué esa tierra de la que la sangre de mi propio padre forma parte.

Hizo una pausa, incómodo:

—¿Piensan que estoy chalado?

Joad giró la carne con la mirada dirigida a su interior. Casy, con los pies recogidos, contempló el fuego. A unos cinco metros estaba sentado el gato, con el estómago lleno, la larga cola gris envuelta pulcramente alrededor de las patas delanteras. Un gran búho chilló al volar sobre sus cabezas y la luz de la lumbre reveló su pecho blanco y las alas extendidas.

—No —dijo Casy—. Estás solo, pero no estás chalado.

El pequeño rostro de Muley estaba tenso y rígido.

—Puse la mano en esa tierra donde aún está la sangre, y vi a mi padre con un agujero en el pecho, lo sentí temblando contra mi cuerpo como cuando ocurrió y vi cómo se recostaba y estiraba las manos y los pies. Vi sus ojos, inundados de dolor y luego vi cómo quedaba inmóvil, los ojos límpidos, mirando hacia arriba. Yo era un crío pequeño y estaba sentado allí, sin llorar ni nada, sentado solamente —negó bruscamente con la cabeza. Joad daba a la carne una vuelta tras otra—. Fui al cuarto donde nació Joe. No estaba la cama, pero la habitación era la misma. Todas estas cosas son reales y están en el lugar donde sucedieron. Joe volvió a nacer allí mismo. Dio una profunda boqueada y luego soltó un berrido que se podía oír a una milla de distancia. Su abuela repetía: «qué joya, qué joya» una y otra vez. Y estaba tan orgullosa que esa noche rompió tres tazas.

Joad carraspeó.

—Creo que podemos empezar a comer.

—Deja que se haga bien, que se tueste, que se ponga casi negra —dijo Muley irritado—. Quiero hablar. No he hablado con nadie. Si estoy chalado, estoy chalado y en paz. Igual que un fantasma de cementerio que recorre las casas de los vecinos por la noche. Las de Peters, Jacobs, Rance, Joad; todas las casas están oscuras, se alzan como cajas llenas de ratas, pero en ellas solía haber buenas fiestas y bailes. Se celebraban servicios y se oía gritar ¡Gloria! También había bodas, en todas las casas. Y entonces me daban ganas de ir a la ciudad y matar a algunos. Pero ¿qué consiguieron cuando el tractor empujó a la gente fuera de las tierras? ¿Qué se llevaron para asegurar su margen de beneficios? Se llevaron a Padre muriendo sobre la tierra, a Joe gritando al empezar a respirar, a mí agitándome como un macho cabrío, por la noche, bajo un arbusto. ¿Qué han conseguido? Dios sabe que la tierra no vale nada. Nadie ha tenido una buena cosecha en años. Pero esos hijos de puta, sentados en sus escritorios, han partido en dos a la gente por su margen de beneficios. Simplemente los han cortado al medio. Una parte de la gente es el lugar donde vive. Nadie está completo, allí solo en la carretera, en un camión atestado. Ya no están vivos. Esos hijos de puta los han matado.

Quedó en silencio; sus finos labios seguían moviéndose y su pecho aún jadeaba. Se sentó y se miró las manos a la luz de la lumbre.

—He estado mucho tiempo sin hablar con nadie —se disculpó suavemente—. He estado entrando y saliendo a hurtadillas, como un viejo fantasma de cementerio.

Casy empujó las tablas largas hacia el fuego y las llamas lamieron las tablas y se elevaron de nuevo hasta la carne. La casa crujió ruidosamente cuando el aire más fresco de la noche contrajo la madera. Casy dijo en voz baja:

—Tengo que ver a la gente que está en la carretera. Tengo el presentimiento de que debo verla. Esas personas van a necesitar una clase de ayuda que no les va a dar la oración. ¿Cómo van a tener la esperanza del cielo cuando no viven sus vidas? ¿Cómo van a albergar el Espíritu

Santo si su propio espíritu está abatido y triste? Necesitarán ayuda. Han de vivir antes de permitirse el lujo de morir.

Joad gritó nervioso:

—Santo Cielo, comamos la carne antes de que se encoja tanto como un ratón asado. Miradla, ¡cómo huele!

Se puso en pie de un salto y deslizó los trozos de carne por el alambre hasta que quedaron fuera del alcance del fuego. Cogió la navaja de Muley y cortó un trozo de carne hasta librarlo del alambre.

—Éste para el predicador —dijo.

—Te he dicho que no soy predicador.

—Bueno, pues entonces para el hombre.

Cortó otro trozo.

—Toma, Muley, si no estás demasiado trastornado para comer. Éste es de liebre. Más duro que una vaca.

Se volvió a sentar, clavó sus largos dientes en la carne, arrancó un gran bocado y masticó.

—¡Dios! ¡Cómo cruje! —le dio otro mordisco vorazmente.

Muley permanecía sentado contemplando su carne.

—Quizá no debería haber hablado así —dijo—. A lo mejor cada uno debe guardarse esas cosas en la cabeza.

Casy le echó una mirada, con la boca llena de conejo. Masticó y el musculoso cuello se convulsionó al tragar.

—Sí, deberías hablar —dijo—. A veces un hombre triste puede sacar por la boca toda su tristeza, o un asesino puede hablar del asesinato y no cometerlo. Has hecho bien. No mates a nadie si puedes evitarlo.

Mordió otro pedazo de conejo. Joad arrojó los huesos al fuego, se levantó y sacó más trozos del alambre. Muley comía ahora despacio, mientras sus ojillos nerviosos iban de uno a otro de sus compañeros. Joad comía ceñudo como un animal, y un círculo de grasa iba rodeando su boca.

Durante un largo rato Muley le observó, casi con timidez. Bajó la mano que sujetaba la carne.

—Tommy —dijo.

Joad levantó la vista sin dejar de roer la carne.

—¿Sí? —dijo con la boca llena.

—Tommy, ¿no te enfadas conmigo por hablar de matar gente? ¿No te picas, Tom?

—No —respondió Tom—. No estoy picado. No es más que algo que pasó.

—Todo el mundo sabe que no fue culpa tuya —dijo Muley—. El viejo Turnbull dijo que iría a por ti cuando salieras, que nadie podía matar a uno de sus hijos. Sin embargo, entre todos los de los contornos le disuadieron.

—Estábamos borrachos —dijo Joad quedamente—. Borrachos en un baile. No sé cómo empezó la cosa, pero de pronto sentí el cuchillo entrar en mí y ya estaba completamente sobrio. Lo primero que veo es a Herb que viene a por mí otra vez con el cuchillo. Había una pala apoyada en la pared de la escuela, así que la agarré y le aplasté la cabeza. Yo no tenía nada contra Herb. Era buena gente. Solía perseguir a mi hermana Rosasharn cuando era un crío. No, Herb me caía bien.

—Sí, eso es lo que todos le dijimos a su padre hasta que conseguimos calmarle. Dicen por ahí que el viejo Turnbull tiene sangre Hatfield por parte materna y debe vivir de acuerdo con ello. Yo eso no lo sé. Él y su familia se fueron a California hace seis meses.

Joad sacó el resto del conejo del alambre y lo repartió. Se volvió a acomodar y siguió comiendo, más despacio ahora, masticando regularmente, y se limpió la grasa de la boca con la manga. Clavó los ojos, negros, entrecerrados y pensativos en la hoguera que moría.

—Todo el mundo se va al oeste —dijo—. Yo estoy en libertad bajo palabra. No puedo salir del estado.

—¿Libertad bajo palabra? —preguntó Muley—. He oído hablar de ella. ¿En qué consiste?

—Mira, he salido antes de tiempo, tres años antes. Tengo que cumplir unas normas si no quiero que me vuelvan a encerrar. Tengo que presentarme cada cierto tiempo.

—¿Cómo te trataron en McAlester? El primo de mi mujer estuvo allí y lo pasó fatal.

—No es para tanto —replicó Joad—. Es como en todas partes. Te tratan mal si montas bronca. Puedes ir tirando bien, a menos que a algún guarda le dé por ir a por ti. Entonces sí que lo pasas mal. A mí me fue bien. No me metí en los asuntos de nadie, que es lo que hay que hacer. Aprendí a escribir como los ángeles. No sólo palabras, también a dibujar pájaros y cosas así. A mi viejo no le va a gustar cuando me vea dibujar un pájaro de un trazo. Seguro que le sienta mal. No le gustan esas monerías. Ni siquiera le gusta escribir palabras. Supongo que le da miedo o algo así. Cada vez que Padre ha visto un escrito, alguien le ha quitado algo.

—¿No te pegaron palizas ni nada parecido?

—No, yo me limité a dedicarme a mis asuntos. Claro que acabas bien harto de hacer lo mismo un día tras otro durante cuatro años. Si has hecho algo de lo que te avergüenzas, puedes dedicarte a pensar en eso. Pero, demonios si ahora viera a Herb Turnbull venir a por mí con el cuchillo le volvería a reventar la cabeza con la pala.

—Como cualquiera —dijo Muley.

El predicador contempló con fijeza el fuego; su frente despejada relucía blanca al caer la oscuridad. El parpadeo de las llamas bajas iluminaba los nervios de su cuello. Con las manos, abrazadas alrededor de las rodillas, hacía crujir los nudillos.

Joad tiró los últimos huesos a la lumbre, se chupó los dedos y luego se secó en el pantalón. Se levantó y fue a por la botella de agua que estaba en el porche, bebió un poco y pasó la botella antes de sentarse. Continuó:

—Lo que más me molestaba era que no tenía sentido. No intentas encontrar sentido al hecho de que un rayo mate a una vaca o haya una inundación. Eso son las cosas que pasan. Pero cuando unos hombres te cogen y te encierran cuatro años, debería tener algún sentido. Se supone que los hombres hacen cosas racionales. Aquí estoy yo, me meten allí, me encierran y me alimentan cuatro años. Así deberían conseguir cambiarme de modo que no lo volviera a hacer o, si no, castigarme para que no me atreva a repetirlo —hizo una pausa—; pero si Herb o cualquier otro viniera a por mí, lo volvería a hacer. Antes incluso de darme cuenta. Sobre todo estando borracho. Me preocupa esa especie de inconsciencia con que puedes actuar.

Muley observó:

—El juez dijo que había sido benévolo al decidir la sentencia porque la culpa no era toda tuya.

—Había un tipo en McAlester —dijo Joad—. Estaba condenado a cadena perpetua. Estudiaba todo el tiempo. Es el secretario del guarda, le escribía las cartas y cosas así. Es muy inteligente, lee derecho y cosas parecidas. Bueno, pues como él lee tanto, una vez hablé con él sobre esa idea que me preocupa. Y me dijo que leer libros no servía para nada, que él había leído todo acerca de las cárceles, las de ahora y las de hace mucho tiempo; y dice que ahora le parece que tienen menos sentido que cuando empezó a leer. Dice que es un asunto que empezó hace siglos, nadie parece ser capaz de ponerle fin y no hay nadie con el sentido común suficiente para cambiarlo. Me dijo: por el amor de Dios, no leas sobre eso porque, por una parte, sólo conseguirás embrollarte más, y por otra, perderás el respeto por los que manejan los gobiernos.

—Lo que es yo no es que les tenga demasiado respeto ahora mismo —dijo Muley—. El único gobierno que tenemos y que nos afecta es el «margen de beneficios seguros.» Hay algo que me dejó perplejo: Willy Feeley conducía el tractor y va a ser el hombre de paja que supervise la tierra que su propia familia trabajaba. Eso me preocupa. Lo comprendería si fuera alguien que viene de fuera y que no sabe nada de nosotros, pero Willy es de aquí. Me preocupó tanto que fui a verle y le pregunté. Inmediatamente se puso furioso. «Tengo dos niños pequeños,» dijo. «Están mi mujer, y mi suegra. Todos tienen que comer.» Se puso como loco. «Lo primero y lo único que tengo que pensar es en mi familia propia,» explicó. «Lo que le pase a otra gente no es mi problema.» Me parece que estaba avergonzado y por eso se enfureció.

Jim Casy había permanecido con la mirada fija en el fuego agonizante, mientras sus ojos se agrandaban y los músculos del cuello sobresalían cada vez más. De pronto exclamó:

—¡Lo tengo! Si alguna vez un hombre ha tenido al espíritu en él, ese soy yo. Me ha llegado como un relámpago.

Se levantó de un salto y paseó de un lado a otro balanceando la cabeza.

—En una ocasión tuve una carpa. Atraía hasta a quinientas personas cada noche. Esto fue antes de que me conocierais ninguno de los dos —se interrumpió y se encaró con ellos—. ¿No notasteis que nunca hice colecta cuando predicaba a las gentes de aquí, ya fuera en graneros o al aire libre?

—Es verdad, nunca hizo colecta —respondió Muley—. La gente de por aquí se acostumbró a no dar dinero y cuando algún otro predicador venía y pasaba el sombrero les sentaba mal. Sí, señor.

—Aceptaba comida —continuó Casy—. Cogía unos pantalones cuando los míos se rompían y un par de zapatos viejos si ya iba pisando el suelo, pero no era igual que cuando tenía la carpa. Algunos días sacaba diez o veinte dólares. Pero no me gustaba, así que dejé de predicar y, durante un tiempo, estuve contento. Creo que el espíritu ha vuelto a mí. No sé si podré predicar. No intentaré volver a predicar, pero quizá haya algún lugar donde pueda hacerlo, donde deba haber un predicador. Gente solitaria viajando por la carretera, sin tierras, sin un hogar a donde dirigirse. Necesitan tener alguna clase de hogar. Tal vez . . . —se detuvo junto al fuego. Los cien músculos visibles en su cuello sobresalían en relieve y la luz de la hoguera penetró hondo en sus ojos y encendió en ellos rojos rescoldos. Inmóvil contempló el fuego, el rostro tenso como si escuchara, y las manos que se habían movido para recoger ideas, para estudiarlas y exponerlas, se inmovilizaron y luego buscaron los bolsillos. Los murciélagos revolotearon entrando y saliendo del pálido círculo de luz y un halcón nocturno lanzó su suave grito desvaído sobre los campos.

Con calma, Tom sacó tabaco del bolsillo, lió un cigarrillo lentamente mirando las ascuas mientras sus manos trabajaban. Ignoró por completo el monólogo del predicador, como si fuera un pensamiento íntimo que no hay que inspeccionar.

—Cada noche, tendido en mi litera, imaginaba cómo sería cuando volviera a casa. Quizá el abuelo habría muerto o la abuela, y tal vez habría algún niño más. A lo mejor Padre ya no sería tan duro y Madre se permitiría un descanso dejando que Rosasharn trabajara. Sabía que no sería igual que antes. Bueno, creo que debemos dormir aquí y cuando amanezca podemos ir a casa del tío John. O yo voy, al menos. ¿Vendrá conmigo, Casy?

El predicador seguía de pie, contemplando las ascuas. Respondió sin prisa:

—Sí, voy contigo. Y cuando vayáis carretera adelante iré con vosotros. Estaré con las gentes que viajan.

—Es bienvenido —dijo Joad—. A Madre siempre le gustó. Decía que era usted un predicador de fiar. Rosasharn era aún una chiquilla —volvió la cabeza—. Muley, ¿vas a seguir camino con nosotros? —Muley miraba la carretera por la que había venido.

—¿Crees que vendrás, Muley? —repitió Joad.

—¿Eh? No. No voy a ningún lado ni me voy a ningún lugar. ¿Ves aquel resplandor de allí, saltando de arriba abajo? Seguramente es el encargado de este campo de algodón. Alguien debe haber visto nuestro fuego.

Tom miró. Una luz brillante se acercaba por la colina.

—No hacemos nada malo —dijo—. Sólo estamos aquí sentados, no hemos hecho nada.

Muley soltó una risita aguda.

—¡Ya! Nada más que por estar aquí ya estamos haciendo algo. Hemos entrado en una propiedad y eso es ilegal. No nos podemos quedar. Llevan dos meses intentando cogerme. Mirad. Si lo que viene es un coche, nos echamos al suelo entre el algodón. No tenemos que ir lejos. Y entonces, ¡que traten de encontrarnos! Hay que buscar en cada surco por separado. Simplemente, mantened la cabeza baja.

—¿Qué te ha pasado, Muley? —exigió Joad—. Nunca estuviste hecho para correr y esconderte. Antes resistías.

Muley contempló las luces que se aproximaban.

—Sí —contestó—. Antes resistía como un lobo, ahora como una comadreja. Cuando vas de caza, tú eres el cazador y eres fuerte. Nadie puede vencer a un cazador. Pero cuando eres el cazado, entonces es diferente. Cambias. No eres fuerte: puedes ser fiero, pero no fuerte. Llevan mucho tiempo ya intentando cazarme. Ya no soy el cazador. Ahora sería capaz de pegarle a uno un tiro en la oscuridad, pero ya no puedo apalear a nadie con la estaca de una cerca. No sirve de nada engañarnos o engañarme. La cosa es así.

—Bueno, ve tú a esconderte —dijo Joad—. Casy y yo les vamos a decir cuatro cosas a estos cabrones.

El destello de luz estaba ya próximo, botaba hacia el cielo y desaparecía y luego volvía a botar. Los tres hombres lo miraban con fijeza.

—Hay algo más acerca de ser la presa —dijo Muley—. Te acostumbras a no perder de vista ninguno de los peligros. Cuando cazas, no te paras a pensar en ellos y no tienes miedo. Como tú mismo me has dicho, si te metes en cualquier lío, te mandan a McAlester de nuevo a cumplir el resto de tu condena.

—Tienes razón —concedió Joad—. Eso fue lo que me dijeron, pero sentarme aquí o dormir en el suelo . . . eso no es meterse en ningún lío. No es nada malo, no es como emborracharse o armar bronca.

—Espera y verás —rió Muley—. Quédate sentado a esperar que llegue el coche. Quizá sea Willy Feeley, que ahora es ayudante del sheriff. Te preguntará: «¿Qué haces aquí? Esto es propiedad privada.» Tu siempre has sabido que Willy es un imbécil así que le contestas «¿Y a ti que te importa?» Willy se enfada y dice: o te largas o te encierro. Pero tú no vas a dejar que Feeley te dé órdenes y te avasalle porque esté enfadado y asustado. Se ha tirado un farol, pero tiene que mantenerlo y aquí estás tú, poniéndote pesado y tendrás que llegar hasta el final. ¡Maldita sea!, es mucho más fácil tenderse entre el algodón y dejar que busquen. Además, es más divertido, porque se enfadan y no pueden hacer nada, mientras tú te ríes de ellos. Por el contrario, intenta hablar con Willy o cualquier otro mandamás, pégale una paliza: te encerrarán y te meterán en McAlester tres años más.

—Todo eso es cierto —dijo Joad—. Muy cierto. Pero no resisto que me digan lo que tengo que hacer. Preferiría cien veces darle a Willy una buena somanta de palos.

—Tiene un arma —argumentó Muley—. Y como es ayudante del sheriff, la usará. Entonces, o te mata o le quitas el arma y le matas tú. Venga ya, Tommy. Sólo tienes que decirte a ti mismo que les estás tomando el pelo escondiéndote. En realidad, lo único que cuenta es lo que te digas a ti mismo.

Las potentes luces iluminaban el cielo y se oía el murmullo continuo de un motor.

—Venga, Tommy. No hay que ir lejos, unos catorce o quince surcos, y desde allí podemos ver lo que hacen.

Tom se puso en pie.

—Tienes toda la razón —dijo—. Pase lo que pase, no voy a ganar nada quedándome.

—Pues venga, vamos por aquí —Muley rodeó la casa y entró unos cincuenta metros en el campo de algodón—. Aquí ya está bien —opinó—. Ahora al suelo. Si encienden el faro, bajad la cabeza. Es divertido —los tres hombres se tumbaron y se incorporaron un poco apoyando los codos. Muley se alzó de un salto, corrió hacia la casa y en unos segundos regresó y dejó caer un fardo de chaquetas y zapatos.

—Se los habrían llevado para desquitarse —explicó. Las luces coronaron la loma y bajaron hacia la casa.

—¿No vendrán a buscarnos con linternas? —preguntó Joad—. Me gustaría haber cogido un palo.

—No, no vendrán —rió Muley con suavidad—. Ya te dije que me he vuelto astuto como una comadreja. A Willy se le ocurrió una noche buscarme así y le aticé por detrás con una estaca. Le dejé más seco que un palo. Luego fue contando que le habían atacado cinco tipos.

El coche frenó junto a la casa y la luz de un foco brilló de pronto.

—Agachaos —advirtió Muley. La franja de fría luz blanca osciló por encima de sus cabezas y recorrió en zig-zag el campo. Los hombres ocultos no percibían ningún movimiento, pero oyeron el golpe de una puerta de coche al cerrarse y voces.

—Tienen miedo de que la luz les descubra —susurró Muley—. Un par de veces he disparado a los faros. Willy se mantiene en guardia. Hay alguien con él esta noche —oyeron pasos sobre la madera y vieron el resplandor de una linterna saliendo del interior de la casa—. ¿Disparo a través de la casa? —murmuró Muley—. No podrán ver de dónde viene y les damos algo en qué pensar.

—Sí, por qué no —respondió Joad.

—No —susurró Casy—, no servirá de nada. Es perder el tiempo. Tenemos que pensar algo que podamos hacer y sirva de algo.

De cerca de la casa les llegó un sonido como de arañazos.

—Están apagando la hoguera —dijo Muley en voz baja—. Echan tierra por encima —las puertas del coche se cerraron ruidosamente, la luz de los faros giró y enfiló la carretera de nuevo.

—¡Agachaos, ahora! —dijo Muley. Mantuvieron la cabeza baja mientras el foco iluminaba por encima de ellos y cruzaba una y otra vez el campo de algodón; luego, el coche arrancó, se alejó, remontó la colina y desapareció. Muley se incorporó.

—Willy siempre intenta pillarme con ese último rayo de luz. Lo ha hecho tantas veces que lo tengo ya cronometrado, pero él sigue pensando que es muy astuto.

—Quizá alguno se haya quedado en la casa —dijo Casy—. Esperando para atraparnos cuando volvamos.

—Es posible. Esperadme aquí. Conozco el juego —se alejó tan silencioso que, a su paso, sólo se oía un leve crujido de tierra. Tom y Casy esperaron, esforzándose por oírle, pero ya se había alejado. Un instante después anunció desde la casa—. No se ha quedado nadie. Podéis volver.

Casy y Joad se levantaron con esfuerzo y caminaron hacia el bulto negro de la casa. Muley se reunió con ellos cerca del montón de polvo humeante que quedaba en el lugar de la hoguera.

—No pensé que fueran a dejar a nadie —dijo orgullosamente—. Basta con que haya dejado k.o. a Willy y haya disparado un par de veces contra los faros para que lleven cuidado. No saben con seguridad de quién se trata y no pienso dejar que me atrapen. No duermo nunca cerca de una casa. Si queréis venir conmigo, os puedo enseñar un sitio donde dormir, donde nadie va a tropezar con vosotros.

—Abre la marcha —dijo Joad—. Nosotros te seguimos. Nunca pensé que tendría que esconderme en las tierras de mi viejo.

Muley echó a andar a través de los campos con Joad y Casy en sus talones. Patearon las plantas de algodón conforme andaban.

—Te tendrás que esconder de muchas cosas —dijo Muley. Marcharon en fila india por los campos. Llegaron a un cauce seco y se deslizaron fácilmente hasta el fondo.

—Te apuesto algo a que sé dónde vamos —exclamó Joad—. ¿Una cueva en la orilla?

—Exacto. ¿Cómo lo sabes?

—Yo la cavé —respondió—, con mi hermano Noah. Decíamos que buscábamos oro y cavábamos como hacen todos los chicos —las paredes del cauce eran ahora más altas que ellos—. Tiene que estar muy cerca —calculó Joad—. Recuerdo que estaba bastante próxima.

Muley dijo:

—La he cubierto con maleza. Nadie podría encontrarla —el fondo del barranco se niveló y pasó a ser de arena.

Joad se acomodó en la arena limpia.

—No pienso dormir en una cueva —dijo—. Voy a dormir aquí mismo —enrolló la chaqueta y la colocó bajo la cabeza.

Muley tiró de los arbustos que ocultaban la cueva y se arrastró dentro.

—A mí me gusta estar en el interior —exclamó—. Siento como si aquí nadie pudiera alcanzarme.

Jim Casy se sentó en la arena al lado de Joad.

—Vamos a dormir —dijo Joad—. Saldremos hacia la casa del tío John al amanecer.

—Yo no voy a dormir —replicó Casy—. Tengo que meditar muchas cosas —recogió los pies y se abrazó las piernas. Miró las estrellas brillantes con la cabeza echada hacia detrás. Joad bostezó y puso una mano bajo su cabeza. Al callarse, la caprichosa vida de la tierra, de agujeros y madrigueras, de los arbustos, volvió a empezar gradualmente; las ardillas de tierra comenzaron a moverse, los conejos se acercaron furtivos a las hierbas verdes, los ratones corretearon sobre los terrones de polvo y los cazadores con alas volaron sin ruido por encima de todos ellos.

Capítulo 7

E N los pueblos, a las afueras de las ciudades, en los campos, en solares vacíos, aparecían almacenes de coches de segunda mano, de restos y piezas de automóviles, garajes con anuncios ofreciendo coches de segunda mano, coches usados en buen estado; transporte barato, tres camiones; Ford de 1927 en perfecto estado; coches revisados, coches con garantía; radio gratis; coche con cien galones de gasolina incluidos. Pase y vea, coches de segunda mano, decían, sin gastos de administración.

Bastaban un solar y una casa en la que cupieran una mesa, una silla y un libro de cuentas; un fajo de contratos, con los bordes carcomidos, sujetos con clips, y un montón pulcro de contratos sin rellenar. Cuidado con las plumas, que estén siempre llenas y listas para escribir: más de una venta se ha perdido por no tener a punto una pluma.

Esos hijos de puta de ahí no vienen a comprar. Cada almacén tiene su panda de mirones. Se pasan todo el tiempo mirando, pero no vienen a comprar un coche, sino a hacernos perder el tiempo. A ellos nuestro tiempo les importa un comino. Allí, aquellos dos . . . no, los que van con los niños. Mételos en un coche. Empieza por doscientos y baja desde esa cifra. Creo que por ciento veinticinco se lo quedarán. Consigue que se interesen. Que salgan de aquí en uno de esos cacharros. Que se lo lleven, bastante tiempo les hemos dedicado.

Propietarios de camisas remangadas, vendedores pulcros, certeros, de ojillos resueltos, atentos a cualquier debilidad del comprador.

Fíjate en el rostro de la mujer. Si a ella le gusta, nos metemos al viejo en el bolsillo. Empieza ofreciéndoles el Cadillac y luego pasa a ese Buick de 1926. Si empiezas por el Buick, se quedarán con el Ford. Remángate y ponte a trabajar. Esto no va a ser eterno. Muéstrales ese Nash mientras yo hincho esa rueda del Dodge de 1925 que pierde. Te hago una seña cuando esté preparado.

Usted lo que quiere es un medio de transporte, ¿no es eso? A usted no le dan gato por liebre. Es verdad que la tapicería está gastada, pero los almohadones de los asientos no hacen que las ruedas giren.

Coches alineados, con los morros de frente, morros oxidados, y ruedas pinchadas, aparcados uno cerca del otro.

¿Quiere montarse en éste para verlo? No faltaría más. Lo saco ahora mismo de la fila.

Haz que se sientan comprometidos, que se den cuenta del tiempo que les dedicas. Que no olviden que estás perdiendo tu tiempo. La mayoría son buena gente. No les gusta molestarte. Arréglatelas para que te molesten y entonces mételes el coche a presión.

Coches alineados, del modelo T, altos y presuntuosos, con un volante que chirría y los laterales gastados. Buicks, Nashs, De Sotos.

Sí, señor, un Dodge de 1922. El mejor coche que Dodge haya fabricado nunca. No se gasta jamás y es de compresión baja. Los coches de compresión alta tienen al principio mucha fuerza, pero no hay metal que lo aguante mucho tiempo. Plymouths, Rocknes, Stars.

¡Dios! ¿De dónde ha salido ese Apperson? Es más viejo que Matusalén. Y un Chalmers y un Chandler, llevan años sin fabricarlos. No vendemos coches, sino basura rodante. Maldita sea, hay que conseguir cacharros. No quiero nada por más de veinticinco o treinta dólares. Los vendemos por cincuenta o setenta y cinco; eso es un buen beneficio. ¿Qué tajada puedes sacar de un coche nuevo? Dame cafeteras, que se venden tan deprisa como se compran. Nada que valga más de doscientos cincuenta. Jim, acorrala a ese infeliz que está en la acera. No distingue el culo de las témporas. Intenta endosarle el Apperson. ¡Eh! ¿dónde está el Apperson? ¿Que está vendido? Si no traemos algunos cacharros, no vendemos nada.

Banderas, rojas y blancas, blancas y azules, alineadas en la acera.

Coches de segunda mano. Buenos coches de segunda mano.

La oferta del día, en la plataforma. No la vendáis nunca. Sirve para que la gente se acerque. Si vendiéramos esa ganga por ese precio, no sacaríamos ni un centavo de beneficios. Diles que lo acabamos de vender. Quítale esa batería antes de entregarlo. Ponle esa otra vieja. ¿Pues qué querrán por sesenta dólares? Arremangaos y a trabajar. Esto no va a durar mucho. Con los cacharros suficientes me podría retirar en seis meses.

Mira, Jim, he oído el ruido que hace la parte trasera de ese Chevrolet: suena igual que vidrios rotos. Métele un par de kilos de serrín y pon otro poco en los engranajes también. Tenemos que quitarnos de en medio esa birria por treinta y cinco dólares. Se lo compré a un cabrón que me timó. Le ofrecí diez, consiguió subir hasta quince y entonces el hijo de puta fue y sacó las herramientas de detrás. ¡Dios Todopoderoso! Ojalá tuviese quinientos cacharros. Esto no va a durar. ¿No le gustan los neumáticos? Dile que no llevan más de diez mil y rebájale un dólar y medio.

Pilas de restos herrumbrosos apoyados contra la valla, filas de desechos al fondo, parachoques, ruinas cubiertas de grasa negra, zapatas tiradas por el suelo y hierbajos creciendo dentro de los cilindros. Bielas de frenos, tubos de escape, apilados como serpientes. Grasa, gasolina.

Mira a ver si puedes encontrar una bujía que no esté agrietada. Si tuviera cincuenta remolques que pudiera vender a menos de cien dólares, seguro que me los compraban todos. ¿De qué demonios se queja? Nosotros los vendemos, pero no se lo vamos a empujar hasta casa. Esto sí que está bien. Nosotros no empujamos. Apuesto a que lo publicarían. ¿Crees que no comprará? Pues quítatelo de encima. Tenemos mucho trabajo para entretenernos con un tío que no se aclara. Quítale el neumático derecho de delante al Graham. Gíralo para que el parche quede abajo. Por lo demás tiene buena pinta. Tiene banda de rodadura y todo.

¡Pues claro! A ese montón de chatarra le quedan aún cincuenta mil. Asegúrese de ponerle mucho aceite. Hasta luego. Buena suerte.

¿Busca usted un coche? ¿En qué tipo de coche estaba pensando? ¿Ve algo que le guste? Estoy seco. ¿Qué le parece si tomamos un trago de algo bueno? Venga, mientras su mujer mira ese La Salle. Le recomiendo que no se lleve el La Salle. Tiene los cojinetes gastados. Gasta demasiado aceite. Compre un Lincoln de 1924. Eso es un coche, dura eternamente y lo puede convertir en un camión.

Sol caliente sobre metal oxidado. Aceite por el suelo. La gente entra con aire de despiste, desorientada; necesitan coches.

Límpiate los pies. No te apoyes en ese coche, que está sucio. ¿Cómo se compra un coche? ¿Cuánto cuesta? Vigila a los niños. Me pregunto cuánto vale este. Vamos a preguntar. No te cobran por preguntar. Podemos preguntar, ¿no? No podemos pagar ni un centavo más de setenta y cinco dólares; si no, no nos llega para el viaje hasta California.

Ojalá pudiera conseguir cien cafeteras. Me da igual que anden o no.

Neumáticos usados y deteriorados, amontonados formando altos cilindros; tubos rojos, grises, colgando como salchichas.

¿Un parche de neumático? ¿Limpiador para el radiador? ¿Reforzador del encendido? Eche esta pildorita en el depósito de gasolina y podrá hacer diez millas más por cada galón. Simplemente píntelo, por cincuenta centavos tiene el coche como nuevo. ¿Limpiaparabrisas, correas de ventilador, juntas de culata? Quizá sea la válvula. Póngale un vástago nuevo. No pierde nada, total por cinco centavos.

Bien, Joe. Trabájalos un poco y luego mándamelos. O cierro el trato o los mato. No me mandes vagos. Quiero hacer negocios.

Sí, señor, suba usted. Es una buena compra. ¡Sí, señor! Se lo doy por ochenta dólares.

No puedo pagar más de cincuenta. El tipo de ahí fuera dice que cincuenta. Cincuenta. ¿Cincuenta? Está loco. Pagué setenta y ocho cincuenta por esa monada. Joe, chalado, ¿qué quieres, llevarnos a la quiebra? Está para que le encierren. Si paga sesenta, es suyo. Mire, no puedo perder el día entero. Soy un hombre de negocios, pero no voy por ahí estafando a nadie. ¿Tiene algo para cambiar?

Tengo un par de mulas que puedo cambiar.

¡Mulas! Eh, Joe, ¿has oído eso? Este tío quiere cambiar mulas. ¿No le ha dicho nadie que ésta es la era de la maquinaria? Ahora las mulas no se usan más que para hacer cola.

Son buenas mulas, grandes, de cinco y siete años. Quizá sería mejor que siguiéramos mirando.

¡Seguir mirando! Vienen cuando estamos ocupados, nos hacen perder tiempo y luego se largan. Joe, ¿sabías que estabas tratando con tacaños?

No soy un tacaño. Necesito un coche. Nos vamos a California y tengo que conseguir un coche.

Bueno, yo soy un poco primo. Joe dice que siempre hago el primo, que si no dejo de regalar hasta la camisa me voy a morir de hambre. Mire lo que vamos a hacer . . . puedo sacar cinco dólares por cada mula si las vendo para comida de perros.

No quisiera que acabaran así.

Bueno, o tal vez me den siete dólares o diez. Mire lo que vamos a hacer. Nos quedamos sus mulas valoradas en veinte dólares. El carro va incluido ¿no? Usted me paga cincuenta dólares y firma un contrato para pagar el resto a diez dólares por mes.

Pero sí me dijo que valía ochenta.

¿No ha oído hablar de gastos de transporte y del seguro? Todo eso sube un poco el precio. Pero en cuatro o cinco meses lo habrá pagado entero. Firme aquí. Nosotros nos ocupamos de todo.

No sé, no estoy seguro.

Mire, fíjese bien, yo estoy dándole mi camisa y usted no hace más que malgastar mi tiempo. Podría haber cerrado tres ventas en el tiempo que llevo hablando con usted. Estoy asqueado. Sí, firme aquí mismo. Todo en regla. Joe, llena el depósito para este caballero. Le vamos a dar la gasolina.

¡Dios!, Joe, éste ha estado difícil. ¿Cuánto nos costó ese cacharro? ¿Treinta dólares? Creo que treinta y cinco ¿no? He sacado ese tronco de mulas y seguro que consigo que me den por él setenta y cinco dólares. Me ha dado cincuenta en metálico y ha firmado un contrato por otros cuarenta dólares. Ya sé que no todos son honrados, pero te sorprendería el número de los que siguen pagando el resto. Un tipo se presentó con cien dólares dos años después de que lo hubiera dado por perdido. Te apuesto a que este otro envía el dinero. Si pudiera disponer de quinientos cacharros . . . Arremángate, Joe. Sal, trabájalos, déjalos suaves y mándamelos. Te has ganado veinte dólares de la última venta. No vas mal.

Banderas desmayadas bajo el sol de la tarde. La oferta del día: una camioneta Ford de 1929; marcha bien.

¿Qué quiere por cincuenta dólares, un Zephyr?

Crin de caballo saliendo rizada de los almohadones de los asientos, parachoques abollados y vueltos a enderezar a martillazos. Guardabarros desprendidos y colgando. Un Ford dos plazas, elegante, con pilotos pequeños de colores en la guía del parachoques, en el tapón del radiador y tres en la parte trasera. Salpicaderos para el barro y un gran dado en la palanca de cambio. Una chica guapa en la cubierta de los neumáticos, pintada de colores, que se llama Cora. El sol de la tarde en los polvorientos parabrisas. ¡Dios, no he tenido ni tiempo de salir a comer! Joe, manda a un chico a por una hamburguesa.

Zumbido intermitente de motores viejos.

Hay un atontado mirando el Chrysler. Averigua si tiene algo de pasta. Algunos de estos granjerillos son escurridizos. Trabájalos un poco y pásamelos, Joe. Lo estás haciendo bien.

Sí, claro que lo vendimos nosotros. ¿Garantía? Garantizamos que era un automóvil, no que lo íbamos a criar. Oígame usted: compró un coche y ahora se pone a berrear. Me importa un comino que no efectúe los pagos. No tenemos sus documentos. Nosotros se los pasamos a la compañía financiera. Ellos se entenderán con usted, no nosotros. Nosotros no conservamos ningún documento. ¿Ah, sí? Póngase pesado y llamo a la policía. No, no le dimos el cambiazo con los neumáticos. Échale de aquí, Joe. Primero compra un coche, y ahora no está satisfecho. ¿Qué le parecería si yo comprara un filete, e intentara devolverlo después de comerme la mitad? Llevamos un negocio, no una organización de caridad. ¿Te puedes creer lo que dice ese tío, Joe? Eh, mira allí. Tiene un diente de alce. Corre para allá. Que le echen un vistazo a ese Pontiac de 1936. Sí, ese.

Morros cuadrados, redondos, herrumbrosos, de pala, y las largas curvas aerodinámicas y las superficies planas anteriores a los diseños aerodinámicos. Ofertas del día. Viejos monstruos de tapicería oscura, se pueden convertir fácilmente en camión. Remolques de dos ruedas, ejes enrobinados en el fiero sol de la tarde. Coches de segunda mano, en buen estado. Sin problemas, marcha bien. No tira el aceite.

¡Mira! Éste ha estado bien cuidado.

Cadillacs, La Salles, Buicks, Plymouths, Packards, Chevrolets, Fords, Pontiacs. Fila tras fila, con los faros destellando al sol de la tarde. Coches de segunda mano en buen estado.

Suavízales, Joe. Dios, ojalá tuviera mil cacharros. Prepáralos y yo cerraré el trato.

¿Van a California? Tengo justo lo que necesitan. Parece que está viejo, pero aún puede tirar miles de millas.

Alineados uno junto a otro. Coches de segunda mano en buen estado. Gangas. En perfecto estado, marcha muy bien.

Capítulo 8

E N el cielo, gris entre las estrellas, brillaba una pálida luna tardía en cuarto creciente, etérea y fina. Tom Joad y el predicador caminaban rápidamente por un camino abierto por las huellas de ruedas y de tractores a través de un campo de algodón. Solamente el desigual cielo mostraba la llegada de la aurora, marcando el horizonte en el este con una línea inexistente en el oeste. Los dos hombres avanzaron en silencio oliendo el polvo que sus pasos levantaban en el aire.

—Espero que estés completamente seguro del camino —dijo Jim Casy—. Me haría poca gracia que al amanecer nos encontráramos perdidos y yendo en dirección equivocada.

El campo de algodón vibraba con la vida que despertaba, con el veloz aleteo de pájaros mañaneros buscando alimento en la tierra y el correteo sobre los terrones de conejos a los que alborotaban a su paso. El golpeteo sordo de los pies de los hombres en el polvo, el crujido de la tierra bajo sus zapatos resonaban entre los ruidos secretos del alba.

Tom dijo:

—Podría llegar con los ojos cerrados. La única forma de que me equivoque es si me pongo a pensar demasiado en el camino. Deje de pensar en él y llegaremos sin problemas. Hombre, por Dios, yo nací aquí y corrí por aquí de pequeño. Allí hay un árbol, mire, ya se distingue. Una vez mi padre colgó de ese árbol un coyote muerto. Estuvo colgando hasta que se fundió, o algo así, y cayó al suelo. Se quedó como seco. Espero que Madre esté cocinando algo. Tengo el estómago encogido.

—Yo también —afirmó Casy—. ¿Quieres mascar un poco de tabaco? Ayuda a engañar algo el hambre. Habría sido mejor no salir tan temprano. Se hace mejor si hay luz —se interrumpió para morder un trozo de tabaco—. Estaba bien a gusto durmiendo.

—Ha sido culpa del chiflado de Muley —se disculpó Tom—. Me ha puesto nervioso. Me despierta y me dice «Adiós, Tom. Yo ya me voy. Tengo que ir a varios sitios. Mejor será que vosotros os pongáis también en camino, así estaréis lejos de esta tierra cuando amanezca.» Se está volviendo más loco que una cabra, viviendo de esa manera. Cualquiera diría que le persiguieran los indios. ¿Cree que está loco?

—La verdad es que no lo sé. Ya viste venir aquel coche cuando estábamos en la hoguera, anoche, y lo destrozada que está la casa. Aquí está pasando algo muy desagradable. Pero, desde luego, Muley está loco: arrastrándose por ahí como un coyote es imposible que no le dé la chaladura. Seguro que dentro de poco mata a alguien y le echan los perros. Lo estoy viendo igual que una profecía. Cada vez va a estar peor. ¿Dices que no quiso acompañarnos?

—No —dijo Joad—. Creo que ahora le asusta ver gente. Me extraña que se acercara a nosotros. Estaremos en casa del tío John a la salida del sol— caminaron un rato en silencio mientras los últimos búhos rezagados volaban hacia los graneros, los árboles huecos y los depósitos de agua para esconderse de la luz del día. El cielo aclaró por el este y las plantas de algodón y la tierra gris se hicieron visibles.

—No logro imaginarme cómo pueden estar todos durmiendo en casa del tío John. No había más que una habitación, un cobertizo que hacía de cocina y un granero diminuto. Ahora deben ser una multitud.

El predicador dijo:

—No recuerdo que John tuviera familia. Está solo, ¿no? No recuerdo gran cosa de él.

—Es el hombre más solitario del mundo —respondió Joad—. También está bastante chiflado, algo así como Muley, solo que en algunas cosas peor. Se le veía por todas partes: en Shawnee, borracho, o visitando a una viuda que vivía a veinte millas de distancia, o trabajando en su tierra a la luz de un farol. Como una cabra. Todo el mundo pensaba que no viviría mucho tiempo. Un hombre así, tan solo, no dura demasiado. Pero el tío John es mayor que Padre. Lo único es que cada año está más flaco y es más retorcido. Es peor que el abuelo.

—Mira qué luz sale —dijo el predicador—. Luz plateada. ¿John nunca ha tenido familia?

—Sí, sí que tuvo. Lo que le pasó demuestra la clase de hombre que es: convencido de que tiene razón e incapaz de escuchar a nadie. Padre suele contarlo. El tío John llevaba cuatro meses casado. Su mujer era joven y estaba embarazada. Una noche le dio un dolor en el estómago y le dijo: «Tienes que ir a por un médico.» Pero John permaneció sentado y contestó: «No es más que un dolor de estómago. Has comido demasiado. Toma un poco de medicina calmante. A uno le duele el estómago cuando come en exceso,» dijo. Al mediodía siguiente ella empezó a delirar y hacia las cuatro de la tarde murió.

—¿De qué? —preguntó Casy—. ¿Comió algo en mal estado?

—No, algo se le reventó por dentro. Ap . . . apéndice o algo parecido. Bueno, el caso es que el tío John siempre había sido una persona amable, de buen trato y se lo tomó muy mal. Se creyó que era el castigo por algún pecado suyo. Estuvo un montón de tiempo sin hablar con nadie. Iba por ahí como si no viera nada a su alrededor y a veces rezaba. Tardó dos años en salir de aquello y luego ya no fue el mismo. Se volvió algo estrafalario y se puso de lo más pesado. Cada vez que uno de los niños teníamos lombrices o dolor de tripa, el tío John iba a por un médico. Al final Padre le dijo que ya estaba bien. Los niños tienen a menudo dolor de tripa. Cree que fue culpa suya que su mujer muriera. Es un tipo curioso. Está siempre haciendo regalos, les da cosas a los niños, deja una bolsa de comida en el porche de alguien. Da todo lo que tiene y aun así no está demasiado contento. Algunas veces le da por vagar por ahí, él solo. Sea como fuere, es un buen granjero. Cuida bien su tierra.

—Pobre hombre —dijo el predicador—. Pobre hombre solitario. ¿Fue a la iglesia cuando su mujer murió?

—No. Nunca quiso acercarse demasiado a la gente. Prefería estar solo. Todos los críos le adoran. A veces venía a casa por la noche y sabíamos que había venido porque siempre dejaba un paquete de chicles en la cama junto a cada uno de nosotros. Creíamos que era Jesucristo Todopoderoso.

El predicador siguió caminando con la cabeza gacha. No contestó. La luz de la mañana naciente hacía brillar su frente, y las manos, balanceándose a los lados, recibían intermitentemente la claridad.

Tom también callaba, como si hubiera dicho algo demasiado íntimo y estuviera avergonzado. Aligeró el paso y el predicador se acomodó al nuevo ritmo. Ahora veían un poco en la distancia gris frente a ellos. Una serpiente se deslizó lentamente por la carretera tras salir de entre una hilera de algodón. Tom se detuvo a poca distancia de ella y la observó.

—Una serpiente ardilla —dijo—. Déjela seguir.

Caminaron alrededor de la serpiente y continuaron. Por el este un poco de color tiñó el cielo y casi inmediatamente la solitaria luz de la aurora se extendió sobre la tierra. El verde apareció en el algodón y la tierra fue gris y marrón. Los rostros de los hombres perdieron el brillo grisáceo. La cara de Joad pareció oscurecerse bajo la luz creciente.

—Este es el mejor momento —dijo con suavidad—. Cuando era pequeño solía levantarme y pasear, yo solo, a esta hora. ¿Qué es aquello de delante?

Un comité de perros se había reunido en la carretera en honor a una perra. Cinco machos, pastores alemanes y collies escoceses mestizos, perros de raza indefinida como resultado de la libertad de su vida social, se dedicaban a requebrar a la perra. Pues cada perro olfateaba con delicadeza, luego caminaba con paso majestuoso y las piernas rígidas hacia una planta de algodón, levantaba una pata trasera ceremoniosamente, meaba y después volvía para olfatear de nuevo. Joad y el predicador se detuvieron a mirar y de pronto Joad se echó a reír alegremente.

—Cielo santo —dijo—. Cielo santo.

Los perros se reunieron y sus pelos se erizaron, todos ellos gruñendo, cada uno esperando rígido que los demás empezaran la lucha. Uno de ellos montó a la perra y, ahora que uno lo había conseguido, los demás se apartaron y observaron con interés, las lenguas fuera y goteando. Los dos hombres siguieron adelante.

—Cielo santo —dijo Joad—. Creo que el perro que la ha montado es nuestro Flash. Pensé que ya estaría muerto. ¡Flash, ven, Flash! —volvió a reír—. Qué demonios, si alguien me llamara, yo tampoco lo oiría. Me recuerda una historia que se contaba de Willy Feeley cuando era un muchacho. Willy era tímido, terriblemente tímido. Pues bien, un día llevó una vaquilla al toro de Graves. Sólo estaba Elsie Graves, y Elsie no era tímida en absoluto. Willy se quedó parado poniéndose colorado y sin poder hablar siquiera. Elsie le dijo: «Ya sé a qué has venido; el toro está detrás del granero.» Llevaron allí la novilla, y Willy y Elsie se sentaron en la cerca para mirar. Al poco rato Willy estaba bastante agitado. Elsie le miró, como si no lo supiera: «¿Qué te pasa, Willy?» Willy estaba tan cachondo, que apenas se podía quedar quieto. «Dios,» dijo, «¡Dios mío, cómo me gustaría estar haciendo eso!» Elsie replicó: «¿Por qué no, Willy? La novilla es tuya.»

El predicador rió suavemente.

—¿Sabes qué? —dijo—, está bien esto de haber dejado de ser predicador. Antes nadie me contaba historias o, si me las contaban, no me podía reír. Y no podía maldecir. Ahora maldigo todo lo que quiero, cada vez que me apetece; a un hombre le hace bien maldecir cuando tiene gana.

Un resplandor rojo se elevó desde el horizonte, por el este, y en la tierra los pájaros comenzaron a cantar con gorjeos agudos

—¡Mire! —exclamó Joad—. Allí delante. Ese es el depósito del tío John. Aún no se puede ver el molino, pero ese es su depósito. ¿Lo ve, contra el cielo? —aceleró el paso—. Me pregunto si toda la familia estará aquí —el bulto del depósito se destacaba en un alto. Joad, apresurándose, levantó una nube de polvo a la altura de sus rodillas—. Me pregunto si Madre . . . —vieron las patas del depósito y la casa, una cajita cuadrada, desnuda y sin pintar, y el granero como arrinconado, con su tejado bajo. Salía humo de la chimenea de hojalata de la casa. El patio estaba en desorden, con muebles amontonados, las aspas y el motor del molino, armazones de camas, sillas, mesas.

—Santo cielo, están preparándose para marchar —dijo Joad.

Había en el patio un camión de lados altos, un camión extraño, porque mientras la parte delantera era la de un coche, habían abierto un agujero en medio del techo y habían enganchado dentro la caja del camión. Conforme se acercaban, los hombres oyeron un golpeteo procedente del patio, y cuando el cerco del sol cegador se elevó sobre el horizonte y cayó sobre el camión, pudieron distinguir un hombre y el parpadeo del martillo al subir y bajar. El sol destellaba en las ventanas de la casa. Las tablas pulidas por la intemperie estaban brillantes. En el suelo, dos pollos rojos llamearon con el reflejo de la luz.

—No grite —dijo Tom—. Vamos a sorprenderles —y echó a andar tan deprisa que el polvo subió hasta su cintura. Llegó al límite del campo de algodón. Se encontraron en lo que era el patio propiamente dicho, de tierra batida, apelmazada hasta relucir, con unas cuantas matas polvorientas por el suelo. Joad aminoró la marcha como si temiera seguir. El predicador, observándole, redujo su paso hasta igualarlo al de

Tom, que se acercó lentamente al camión, furtivo y avergonzado. Era un Hudson super seis, cuyo techo había sido cortado en dos con un cortafrío. El viejo Tom Joad estaba en la caja del camión clavando las tablas de arriba de los lados. Su rostro, con la barba canosa, se inclinaba sobre su trabajo y de su boca sobresalían un puñado de clavos. Colocó uno de ellos y el martillo cayó sobre él con estruendo. De la casa salió el ruido metálico de la tapadera del fogón al cerrarse, y el llanto de un niño. Joad llegó hasta la caja del camión y se apoyó en ella. Su padre le miró, pero no le vio. Puso otro clavo y lo empujó con el martillo. Una bandada de palomas echó a volar desde el techo del depósito, dieron unas vueltas, regresaron al mismo sitio y se asomaron desde el borde; palomas blancas, azules y grises, de alas irisadas.

Joad enganchó los dedos en la tabla más baja del lado del camión. Miró al hombre del camión, vio que se iba haciendo viejo y estaba canoso. Humedeció sus gruesos labios con la lengua y dijo en voz baja: Padre.

—¿Qué quieres? —masculló el viejo Tom con la boca llena de clavos. Llevaba un sombrero negro y sucio, echado hacia adelante y una camisa de trabajo azul; sobre ella un chaleco sin botones; sujetaba los pantalones vaqueros un cinturón ancho de cuero de arnés, con una gran hebilla cuadrada de latón, cuero y metal pulidos por años de uso; los zapatos estaban agrietados, las suelas hinchadas y deformadas por el sol, la lluvia y el polvo de años. Las mangas de la camisa apretaban los antebrazos y se mantenían tirantes sobre los músculos abultados y poderosos. El estómago y las caderas eran planos y las piernas cortas, pesadas y fuertes. Su rostro, enmarcado por la barba erizada y entrecana, acababa en la enérgica barbilla, resaltaba, dándole firmeza y peso. La piel de los pómulos, sin pelo, estaba tostada, del color de espuma de mar y arrugada alrededor de los ojos, de tanto entrecerrarlos. Los ojos eran marrones, como el café, y cuando fijaba la vista en algo echaba toda la cabeza hacia adelante porque los brillantes ojos marrones empezaban a fallarle. Los labios, de los que sobresalían largos clavos, eran finos y rojos.

Mantuvo el martillo suspendido en el aire, a punto de golpear un clavo, y miró por encima del lado del camión a Tom, con expresión de haberse molestado por la interrupción. Entonces adelantó la barbilla y sus ojos se fijaron en el rostro de Tom y, poco a poco, su cerebro empezó a registrar lo que estaba viendo. El martillo bajó lentamente y, con la mano izquierda, sacó los clavos de la boca. Como si se lo dijera a él mismo, musitó perplejo: Es Tommy . . . Y luego, aún informándose a sí mismo: Es Tommy que ha vuelto a casa.

Abrió la boca de nuevo y sus ojos mostraron miedo.

—Tommy —dijo quedamente—, ¿no te habrás escapado? ¿Te tienes que esconder? —esperó tenso la respuesta.

—No —contestó Tom—. Tengo libertad bajo palabra, soy libre. Tengo los papeles —asió con fuerza los listones más bajos del camión y levantó la vista.

Su padre puso con cuidado el martillo en el suelo y metió los clavos en el bolsillo. Pasó la pierna por encima del camión y saltó ágilmente a tierra, pero una vez al lado de su hijo se sintió avergonzado y extraño.

—Tommy —dijo—, nos vamos a California. Pero íbamos a escribirte una carta para que lo supieras —dijo con acento de incredulidad —: Pero has vuelto, puedes venir con nosotros. ¡Puedes venir!

En la casa la tapa de una cafetera se cerró con ruido. El viejo Tom miró por encima de su hombro.

—Vamos a darles una sorpresa —dijo, con los ojos brillando de excitación—. Tu madre tenía el presentimiento de que no te iba a volver a ver. Mostraba la mirada tranquila que se le pone cuando alguien muere. Casi no quería ni ir a California, por miedo a no volver a verte —la tapa del fogón volvió a resonar dentro de la casa.

—Démosle una sorpresa —repitió—. Entremos como si nunca hubieras estado fuera. Vamos a ver qué dice tu madre —por fin tocó a Tom, pero le tocó en el hombro, tímidamente y retiro la mano con rapidez. Miró a Jim Casy.

—¿Recuerdas al predicador, Padre? —dijo Tom—. Ha venido conmigo.

—¿También ha estado en prisión?

—No, le he encontrado de camino. Ha estado fuera.

Padre le dio la mano con seriedad.

—Aquí es usted bienvenido.

Casy respondió:

—Me alegro de estar aquí. Vale la pena ver la llegada de un hijo a casa. Vale la pena.

—A casa —dijo Padre.

—A su familia —se corrigió el predicador rápidamente—. Nosotros estuvimos anoche en las otras tierras.

Padre adelantó la barbilla y volvió a mirar un momento el camino. Luego se volvió hacia Tom.

—¿Cómo lo hacemos? —empezó excitado—. Podría entrar y decir: «Hay aquí una gente que querría desayunar,» o ¿Qué tal quedaría si entraras tú y te quedaras ahí de pie hasta que ella te viera? ¿Qué te parece? —su rostro brillaba de excitación.

—No vayamos a asustarla —dijo Tom—. No quiero que le demos un susto.

Dos esbeltos perros pastores se acercaron trotando tranquilamente hasta que percibieron el olor de gente extraña y, entonces, volvieron atrás, con cautela, vigilantes, sus colas moviéndose en el aire lenta y tentativamente, pero con los ojos y la nariz vivos para adivinar hostilidad o peligro. Uno de ellos, con el cuello estirado, se movió con cautela, listo para echar a correr, y poco a poco se acercó a las piernas de Tom y las olfateó ruidosamente. Luego se apartó hacia detrás y miró a Padre esperando alguna señal. El otro cachorro no se mostraba tan valiente. Miró a su alrededor buscando algo que le permitiera desviar su atención con dignidad, vio un pollo rojo que pasaba con andares remilgados y corrió hacia él. Se oyó el chillido indignado de una gallina y ésta salió corriendo con una explosión de plumas rojas, batiendo las cortas alas para darse velocidad. El cachorro, orgulloso, volvió la vista a los hombres y después se dejó caer sobre el polvo y golpeó el suelo con el rabo con satisfacción.

—Venga —dijo Padre—, entra ya. Tiene que verte. Quiero ver su cara cuando te vea. Venga. Dentro de un minuto nos llamará a desayunar. Oí hace ya un buen rato cómo echaba el tocino en la sartén —echó a andar sobre la tierra cubierta de polvo fino. Esta casa no tenía porche, sólo un escalón seguido de la puerta y junto a ella un tajo de cortar leña con la superficie apelmazada y suave por años de uso. La fibra de la madera que formaba el revestimiento de la casa sobresalía porque el polvo había ido desmenuzando la madera más blanda. En el aire flotaba el olor a sauce quemado, al que se añadieron, conforme los hombres se aproximaban a la puerta, los olores del tocino frito, de galletas doradas y el aroma intenso del café hirviendo en la cafetera. Padre se adelantó y cubrió el umbral de la puerta con su cuerpo ancho y corto. Dijo:

—Madre, aquí hay dos personas que acaban de llegar y dicen si no habría algo de comer que podamos darles.

Tom oyó la voz de su madre, ese hablar tranquilo, lento y calmoso que recordaba, el tono amistoso y humilde.

—Que pasen —respondió—. Hay de sobra. Diles que han de lavarse las manos. El pan está a punto. Ahora mismo voy a retirar el tocino —y el chisporroteo airado de la grasa salió del fogón. Padre entró dejando libre la puerta y Tom miró a su madre en el interior, mientras sacaba las lonchas rizadas de tocino de la sartén. La puerta del horno estaba abierta y dejaba ver una gran bandeja de galletas doradas. Ella miró hacia la puerta, pero el sol estaba detrás de Tom y sólo vio una figura oscura perfilada por la brillante luz amarilla del sol. Saludó amablemente con la cabeza.

—Adelante —insistió—. Es una suerte que esta mañana haya hecho pan en cantidad.

Tom permaneció de pie, mirando. Madre era pesada, pero no gorda; ancha a fuerza de trabajo y de partos. Llevaba un vestido suelto, sin cinturón, de tela gris, que en un tiempo tuvo un estampado de flores de colores. Ahora, el estampado de flores, a fuerza de lavadas, era sólo de un gris algo más claro que el fondo. El vestido le llegaba a los tobillos y sus pies descalzos, anchos y fuertes se movían por el suelo ágilmente y con rapidez. Llevaba el pelo, fino y de color acero, recogido en un moño escaso y ralo en la nuca. Los brazos, fuertes y pecosos, estaban desnudos hasta el codo y sus manos eran rechonchas y delicadas, como las de una niña rolliza. Miró fuera a la luz del sol. Su rostro lleno no era blando; era un rostro controlado, bondadoso. Sus ojos de avellana parecían haber sufrido todas las tragedias posibles y haber remontado el dolor y el sufrimiento como si se tratara de peldaños, hasta alcanzar una calma superior y una comprensión sobrehumana. Parecía conocer, aceptar y agradecer su posición, la ciudadela de la familia, el lugar fuerte que no podría ser tomado. Y puesto que el viejo Tom y los niños no sabían del dolor o el miedo a menos que ella los reconociese, había intentado negar en ella misma el dolor y el miedo. Y ya que ellos la miraban, cuando pasaba algo jubiloso, para ver si mostraba alegría, se había acostumbrado a poder reír sin tener las condiciones adecuadas. Pero la calma era mejor que la alegría. En la imperturbabilidad se podía confiar. Y desde su posición importante y humilde en la familia había obtenido dignidad y una belleza clara y serena. De su posición de sanadora

sus manos habían adquirido seguridad, firmeza y calma, desde su posición de árbitro, había llegado a ser tan remota e infalible en sus de-
cisiones como una diosa. Parecía ser consciente de que si ella titubeara,
la familia temblaría, y si ella alguna vez verdaderamente vacilara o deses-
perara, la familia se vendría abajo, privada de la voluntad de funcionar.

Miró hacia el patio soleado, a la oscura silueta de un hombre. Padre
estaba cerca, temblando de excitación.

—Pase —exclamó—. Adelante, entre —y Tom cruzó el umbral tímidamente.

Ella levantó la vista de la sartén con expresión afable. Y entonces su
mano bajó despacio y el tenedor hizo ruido al caer al suelo de madera.

Sus ojos se abrieron al máximo y las pupilas se dilataron. Respiró
con esfuerzo con la boca abierta. Cerró los ojos.

—Gracias a Dios —dijo—. ¡Gracias a Dios!

De pronto la preocupación cubrió su rostro.

—Tommy, no te buscarán; no te escaparías.

—No, Madre. Libertad bajo palabra. Aquí tengo los papeles —se
palpó el pecho.

Se acercó a él ligera, sin hacer ruido con los pies descalzos, con la
cara llena de asombro. Con una mano pequeña le tocó el brazo, sintiendo la firmeza de los músculos. Y después sus dedos subieron hasta las
mejillas de su hijo como lo harían los dedos de un ciego. Su alegría era
casi dolorosa. Tom se cogió el labio inferior con los dientes y mordió.
Los ojos de la madre se fijaron perplejos en el labio mordido y vieron la
fina línea de sangre contra los dientes y el hilo de sangre goteando por
el labio. Entonces ella reaccionó, recuperó el control y dejó caer la
mano. Su respiración escapó con una explosión.

—¡Bueno! —exclamó—. Hemos estado a punto de irnos sin ti. Y
nos preguntábamos cómo nos podrías llegar a encontrar alguna vez
—recogió el tenedor, lo pasó como un rastrillo por la grasa hirviendo y
sacó una loncha oscura y rizada de tocino crujiente. Retiró la cafetera
burbujeante y la puso en la parte de atrás del fogón.

El viejo Tom se echó a reír:

—Te engañamos, ¿eh, Madre? Es lo que queríamos y lo hemos conseguido. Te quedaste como un borrego acogotado. Ojalá hubiera estado
aquí el abuelo para verlo. Igual que si te hubieran pegado un mazazo
entre los ojos. El abuelo se hubiera reído tanto que la cadera se le habría
desencajado, como cuando vio a Al disparar a aquella enorme aeronave

del ejército. Tommy, llegó un día, tenía media milla de longitud, y Al cogió el rifle de calibre treinta-treinta y le pegó unos cuantos tiros. El abuelo le gritó: «No dispares a los pajaritos, Al, espera a que pase uno que ya esté crecido,» y después se puso a reír como loco y se desencajó la cadera.

Madre rió entre dientes y cogió una pila de platos de hojalata de una leja. Tom preguntó:

—¿Dónde está el abuelo? No le he visto, viejo diablo.

Madre apiló los platos en la mesa de la cocina y las tazas al lado. Dijo en tono confidencial:

—Él y la abuela duermen en el granero. Se tienen que levantar muchas veces por la noche. Se tropezaban con los pequeños.

Padre interrumpió:

—Sí, todas las noches el abuelo se enfadaba. Tropezaba con Winfield, Winfield gritaba y el abuelo se ponía furioso y se meaba en los calzoncillos. Eso le ponía aún más furioso, y al poco, todos chillaban como locos en la casa —las palabras salían dando tumbos entre carcajadas—. Hemos tenido algunas noches de lo más animadas. Una vez, cuanto todo el mundo estaba pegando gritos y soltando juramentos, tu hermano Al, que está hecho un sabelotodo dijo: «Maldita sea, abuelo, ¿por qué no te largas y te haces pirata?» Bueno, el abuelo se puso tan furibundo que fue a por el rifle. Al tuvo que dormir en el campo aquella noche. Pero ahora el abuelo y la abuela duermen en el granero.

—Pueden levantarse y salir cuando les apetece —dijo Madre—. Padre, ve corriendo y diles que Tommy está en casa. El abuelo es su favorito.

—Por supuesto —replicó Padre—. Debía haberlo hecho antes— salió y cruzó el patio, balanceando las manos muy alto.

Tom le contempló mientras se iba, y luego la voz de su madre reclamó su atención. Estaba sirviendo el café. No le miraba.

—Tommy —dijo vacilante, con timidez.

—¿Sí? —la timidez de su madre acentuaba la suya, una verguenza extraña.

Los dos sabían que el otro era tímido, y ser conscientes de ello les hacía mostrarse más tímidos.

—Tommy. Te lo tengo que preguntar . . . ¿no estás enfadado?

—¿Enfadado, Madre?

—¿No estás envenenado? ¿No odias a nadie? ¿No hicieron nada en esa cárcel que te pudriera de rabia?

La miró con la cabeza ladeada, estudiándola y sus ojos parecieron preguntar cómo ella podía saber semejantes cosas.

—No —respondió—. Lo estuve durante un tiempo. Pero no soy orgulloso como algunos. Dejo que las cosas me resbalen. ¿Qué te pasa, Madre?

Ahora ella le miraba, con la boca abierta como para oír mejor, los ojos penetrando para llegar a saber más. Su rostro buscaba la respuesta que siempre se esconde entre las palabras. Dijo, confusa:

—Yo conocía a Floyd Niño Bonito. Conocía a su madre. Eran buena gente. Él armaba bronca, desde luego, como cualquier chico normal —hizo una pausa y luego sus palabras salieron a borbotones.

—Yo no lo sé todo, pero esto sí lo sé. Hizo una pequeña trastada y le castigaron, le cogieron y le castigaron hasta que se enfureció; y cuando hizo otra cosa mala estaba furioso y le volvieron a hacer daño. Muy pronto se volvió rabioso. Le dispararon como a un bicho y él disparó también; entonces le acosaron como si fuera un coyote y él mordió y gruñó, rabioso como un lobo. Estaba furioso. Ya no era un chico ni un hombre, no era más que un pedazo de rabia andante. Pero la gente que le conocía no le hizo daño. Él no estaba enfadado con ellos. Al final le acorralaron y le mataron. Digan lo que digan en el periódico, sobre lo mala persona que era, la cosa fue así —hizo otra pausa y se humedeció los labios secos, y todo su rostro fue un dolorido interrogante—. Tengo que saberlo, Tommy. ¿Te hicieron a ti tanto daño? ¿Han logrado hacerte rabioso?

Los gruesos labios de Tom se estiraban tensos cubriendo los dientes. Bajó la mirada a sus manos grandes y fuertes.

—No —dijo—. Yo no soy así —calló y estudió las uñas rotas, estriadas como conchas de almeja—. Mientras estuve encerrado, todo el tiempo, aparté esas ideas. No estoy tan furioso.

Ella suspiró.

—Gracias a Dios —dijo en voz baja.

Él levantó la vista con rapidez.

—Madre, cuando vi lo que han hecho con nuestra casa . . .

Ella se le acercó entonces, permaneció de pie junto a él y dijo apasionadamente:

—Tommy, no vayas solo a luchar contra ellos. Te acosarán como a un coyote. Tommy, a veces me da por pensar, soñar y preguntarme: dicen que somos cien mil a los que nos han echado. Si todos sintiéramos la misma rabia, Tommy, no podrían acorralar a ninguno . . . —se detuvo. Tommy la miró cerrando poco a poco los párpados hasta que entre sus pestañas asomó solamente un punto brillante.

—¿Hay mucha gente que siente lo mismo? —preguntó.

—No lo sé. Están como aturdidos. Van por ahí igual que si estuvieran dormidos.

Desde fuera y a través del patio llegaba un antiguo lamento a voz en grito.

—¡Demos gracias a Dios por la victoria! ¡Demos gracias a Dios por la victoria!

Tom volvió la cabeza y sonrió.

—La abuela ha oído al fin que estoy en casa. Madre —dijo—, antes tú no eras así.

El rostro de la mujer se endureció y los ojos se volvieron fríos.

—Nunca habían destrozado mi casa —respondió—. Mi familia nunca se quedó en la calle. Nunca había tenido que venderlo todo . . . Aquí vienen —volvió a acercarse a la cocina y volcó la bandeja de galletas bulbosas en dos platos de hojalata. Espolvoreó harina sobre la grasa para hacer salsa y sus manos se quedaron blandas. Tom la miró un segundo y después se dirigió hacia la puerta.

Por el patio venían cuatro personas. En cabeza llegaba el abuelo, un hombre viejo, delgado, andrajoso y rápido que avanzaba a saltos con paso rápido dando prioridad a la pierna derecha.

Iba abrochándose la bragueta mientras se acercaba, y sus viejas manos buscaban los botones, cosa que le resultaba difícil porque había metido el primer botón en el segundo ojal y eso le desbarataba toda la fila. Llevaba un pantalón harapiento, oscuro, y una camisa azul descosida, abierta hasta abajo, que dejaba ver la ropa interior gris, también desabrochada. Su pecho enjuto, cubierto de vello blanco, se podía ver a través de la ropa interior abierta. Dejó la bragueta por imposible, abierta, y manoseó a tientas los botones de la ropa interior y luego desistió también y enganchó los tirantes. Tenía el rostro delgado y excitable con unos ojillos brillantes, malévolos como los de un chiquillo frenético. Una cara arisca, protestona, traviesa y risueña. Él peleaba y discutía, contaba historias verdes. Seguía tan lascivo como siempre. Perverso, cruel e impaciente, como un crío furioso y todo ello cubierto de regocijo. Bebía demasiado cuando tenía qué beber, comía en exceso cuando había comida y hablaba demasiado en todo momento.

Tras él renqueaba la abuela, que había sobrevivido simplemente porque era tan mal bicho como su marido. Había resistido con una religiosidad feroz y estridente, tan lasciva y salvaje como cualquier cosa que el abuelo pudiera ofrecer. En una ocasión, tras la celebración de un servicio y estando aún en trance, descargó los dos cañones de una escopeta sobre su marido y le faltó poco para arrancarle una nalga. Después de eso él la admiró y no intentó torturarla más como los niños torturan a los bichos. Conforme caminaba se remangó la bata hasta las rodillas y entonó su agudo y terrible grito de guerra:

—Demos gracias a Dios por la victoria.

El abuelo y la abuela hacían una carrera luchando por atravesar primero el ancho patio. Peleaban por todo y les encantaba, y necesitaban las peleas.

Tras ellos, con paso lento y regular pero sostenido, venían Padre y Noah. Éste era el primogénito, alto y extraño, que caminaba siempre con una expresión de sorpresa en el rostro, de calma y perplejidad. No se había enfadado en toda su vida. Miraba con extrañeza e inquietud a la gente enfurecida, de la misma manera que la gente normal mira a los locos. Noah se movía despacio, hablaba pocas veces y, cuando hablaba, lo hacía tan lentamente que la gente que no le conocía pensaba con frecuencia que era estúpido. No lo era, pero sí extraño. Tenía poco orgullo y ningún deseo sexual. Trabajaba y dormía con un ritmo curioso que, sin embargo, le bastaba. Apreciaba a su familia, pero nunca lo demostraba de ninguna forma. Aunque un observador no habría podido decir por qué, Noah producía la impresión de ser deforme, la cabeza o el cuerpo, las piernas o la mente; pero no se podía recordar ningún miembro deforme. Padre creía saber la razón de que Noah fuera raro, pero estaba avergonzado y nunca lo dijo. Pues la noche que Noah nació, Padre, atemorizado frente a los muslos abiertos, solo en la casa y horrorizado por el despojo estridente en que se había convertido su mujer, se volvió loco de preocupación. Usando las manos, los fuertes dedos como fórceps, había tirado del niño retorciéndolo. La comadrona, que llegaba tarde, encontró al niño con la cabeza deformada, el cuello estirado y el cuerpo torcido; ella había vuelto a colocar la cabeza en su lugar y había moldeado el cuerpo con sus manos. Pero Padre siempre se acordó y avergonzó de ello. Y se mostró más amable con Noah que con los demás. En la cara ancha de Noah, con los ojos demasiado separados, y en su mandíbula larga y frágil, Padre creía ver el cráneo torcido y deforme del bebé. Noah podía hacer todo lo que se le pedía, podía leer y escribir, trabajar y pensar, pero parecía que nada le importaba; no sentía más que indiferencia con respecto a cosas que la gente deseaba y necesitaba. Vivía en una extraña casa silenciosa desde la que miraba hacia afuera con ojos tranquilos. Era un extraño para el mundo, pero no se sentía solo.

Los cuatro cruzaron el patio y el abuelo exigió:

—¿Dónde está? Maldita sea, ¿dónde está? —sus dedos buscaron el botón del pantalón y luego lo olvidaron y se perdieron en el bolsillo. Entonces vio a Tom de pie en la puerta. El abuelo se detuvo e hizo parar a los demás. Los ojillos le brillaban con malicia.

—Mírale —dijo—. Un presidiario. Hacía mucho tiempo que no mandaban a la cárcel a ningún Joad.

Cambió de tema:

—No tenían ningún derecho a encerrarle. Hizo sólo lo que yo habría hecho. Esos hijos de puta no tenían derecho.

Volvió a cambiar de tema.

—Y el viejo Turnbull, mofeta apestosa, fanfarroneando sobre cómo te iba a disparar cuando salieras. Decía que tenía sangre Hatfield. Pues bien, yo le mandé recado. Le dije: «No te metas con ningún Joad. Es posible que mi sangre sea más auténtica que la tuya. Acércate siquiera a Tommy y yo te quito la escopeta y te la meto por el culo,» le dije. Y logré asustarle.

La abuela, que no seguía la conversación, soltó su balido:

—Demos gracias a Dios por la victoria.

El abuelo llegó junto a Tom y le palmeó el pecho, y sus ojos sonrieron con afecto y orgullo.

—¿Cómo estás, Tommy?

—Bien —respondió Tom—. ¿Cómo estás, abuelo?

—Tan joven como siempre —dijo el abuelo. Persiguió otra idea—. Justo lo que yo dije, no van a tener a un Joad mucho tiempo encerrado. Yo dije: «Tommy saldrá disparado de la cárcel como un toro a través de la cerca de un corral.» Y eso es lo que has hecho. Quita de enmedio, tengo hambre —se abrió paso, se sentó y llenó el plato con tocino y dos galletas grandes y virtió la espesa salsa por encima de todo. Antes de que

los demás pudieran entrar el abuelo ya tenía la boca llena. Tom le sonrió con cariño—. Menudo bandido —comentó.

El abuelo tenía la boca tan llena que no pudo ni farfullar, pero rió
con sus ojillos maliciosos y asintió con movimientos violentos de la cabeza.

La abuela dijo con orgullo:

—No ha vivido hombre más perverso ni que soltara más juramentos.
Va a ir derecho al infierno, alabado sea Dios. Quiere conducir el camión
—añadió con rencor—. Pero no lo hará.

El abuelo se atragantó, lo que tenía en la boca cayó como un surtidor sobre su regazo. Tosió débilmente.

La abuela dedicó una sonrisa a Tom.

—Vaya un marrano, ¿eh? —observó alegremente.

Noah permaneció en el escalón, frente a Tom y sus ojos separados
parecieron mirar a su alrededor. Su rostro tenía poca expresión.

Tom dijo:

—¿Cómo estás, Noah?

—Bien —respondió—. ¿Cómo estás? —eso fue todo, pero fue algo
agradable.

Madre espantó las moscas del cuenco de salsa.

—No hay sitio para sentarse —dijo—. Cada uno que coja su plato y
se siente.

De pronto Tom recordó:

—¡Eh! ¿Dónde está el predicador? Estaba aquí mismo. ¿Dónde
ha ido?

Padre contestó:

—Le he visto, pero se ha marchado.

La abuela elevó su voz aguda:

—¿Predicador? ¿Tenéis un predicador? Ve a buscarlo. Que nos dé
una bendición —señaló al abuelo—. Para él es demasiado tarde, ya ha
comido. Ve a buscar al predicador.

Tom salió al porche.

—Eh, Jim. ¡Jim Casy! —llamó a gritos. Salió hasta el patio—. Ah,
Casy —el predicador apareció por debajo del depósito, se sentó y luego
se puso en pie y se dirigió hacia la casa. Tom preguntó:

—¿Qué hacía, escondiéndose?

—No, no. Pero no se debe meter uno en medio cuando se trata de
un asunto de familia. Estaba allí sentado, pensando.

—Entre y coma —invitó Tom—. La abuela quiere una bendición.

—Pero si yo ya no soy predicador —protestó Casy.

—Venga, hombre. Dele una bendición. A usted no le hará daño y a ella le gustan —entraron juntos a la cocina.

—Es usted bienvenido —dijo Madre en voz baja.

—Es usted bienvenido. Tome algo de desayunar —añadió Padre.

—Primero la bendición —reclamó la abuela—. Antes hay que dar gracias.

El abuelo enfocó los ojos con empeño hasta que reconoció a Casy.

—¡Ah!, este predicador —dijo—. Es un buen tipo. Siempre me ha caído bien desde que le vi . . . —guiñó con expresión tan lujuriosa que la abuela creyó que había hablado y le reconvino con aspereza:

—Cállate tú, pecador.

Casy, nervioso, se pasó los dedos por el pelo.

—He de decirles que ya no soy predicador. Si con estar contento de haber venido y agradecido a una gente amable y generosa es suficiente, puedo dar gracias de esa clase. Pero ya no soy predicador.

—Dígala —le animó la abuela—. Y diga alguna cosa especial para nuestro viaje a California —el predicador inclinó la cabeza y los demás le imitaron. Madre juntó sus manos sobre el estómago e inclinó la cabeza. La abuela se inclinó tanto que casi metió la nariz en el plato de galletas y salsa. Tom, apoyado contra la pared, con un plato en la mano, inclinó la cabeza con rigidez y el abuelo la agachó ladeada para poder seguir fijando un ojo malicioso y alegre en el predicador. La expresión que mostraba el rostro del predicador no era de oración, sino de reflexión y el tono que empleó era como una conjetura, no de súplica.

—He estado pensando —empezó—. He estado en las colinas, pensando, casi se podría decir que del mismo modo que Jesús fue al desierto para pensar una solución a todos los problemas.

—Alabado sea Dios —exclamó la abuela, y el predicador la miró sorprendido.

—Parece que Jesús se encontró en medio de un montón de problemas, y no veía ninguna solución, y llegó a preguntarse qué sentido tenía todo y para qué sirve luchar y pensar. Estaba cansado, muy cansado y su espíritu todo gastado. Estaba a punto de dejarlo todo y olvidarse. Y así, decidió marchar al desierto.

—A-mén —baló la abuela. Durante muchos años había sincronizado sus respuestas a las pausas. Y desde hacía muchos años ni escuchaba ni se extrañaba de las palabras empleadas.

—No quiero decir que yo sea como Jesús —continuó el predicador—. Pero yo me había cansado igual que Él, y estaba confuso como Él y como Él me interné en el desierto, sin utensilios para acampar. Por la noche me tendía de espaldas y miraba las estrellas; por la mañana contemplaba sentado la salida del sol; al mediodía veía desde una colina el campo seco y ondulante; y al anochecer admiraba la puesta de sol. Algunas veces rezaba como siempre lo había hecho, pero no sabía a quién le rezaba ni por qué. Estaban las colinas y estaba yo y no éramos cosas separadas. Éramos una sola unidad, y esa unidad era sagrada.

—Aleluya —dijo la abuela, y se balanceó ligeramente para detrás y para delante, intentando ponerse en trance.

—Y me puse a pensar, sólo que no era pensar, sino algo más profundo. Pensar en cómo éramos sagrados cuando éramos una unidad y en que la humanidad era sagrada cuando era una. Y sólo dejaba de serlo cuando un tipejo miserable se impacientaba y dejaba la unidad para seguir su propio camino, revolviéndose, arrastrando y peleando. Un tipo de esos deshacía la santidad. Pero cuando todos trabajan juntos, no una persona por otra, sino cada uno uncido al conjunto, eso es lo correcto y es sagrado. Y entonces pensé que ni siquiera sabía lo que quería decir con la palabra sagrado —hizo una pausa durante la que las cabezas permanecieron inclinadas porque las habían acostumbrado como si fueran perros a levantarlas a la señal de Amén—. No puedo bendecir como solía hacerlo. Me alegro de que el desayuno sea sagrado y de que aquí haya amor. Eso es todo —las cabezas siguieron bajas. El predicador miró a su alrededor.

—He conseguido que se os enfríe el desayuno —dijo; y entonces se acordó.

—Amén —dijo, y todas las cabezas se enderezaron.

—Amén —respondió la abuela y se puso a comer el desayuno desmigando las blandas galletas con las viejas encías desdentadas y duras. Tom comía deprisa y Padre con la boca atiborrada. No hubo conversación mientras quedó comida y café, sólo se oía el crujir de comida masticada y el ruido del café al beberse. Madre miraba al predicador comer, y con los ojos inquisitivos y comprensivos le sondeaba. Le miraba como si de repente se hubiera transformado en un espíritu, una voz procedente de la tierra, y hubiera dejado de ser humano.

Los hombres terminaron, dejaron los platos y bebieron hasta la última gota de su café; después salieron, Padre y el predicador, Noah, el abuelo y Tom fueron hacia el camión, evitando los muebles esparcidos, los armazones de madera de las camas, la maquinaria del molino y el viejo arado. Fueron hacia el camión y pararon junto a él. Tocaron las nuevas tablas de pino de los lados.

Tom abrió el capó y miró el gran motor grasiento. Padre se acercó a él.

—Tu hermano Al lo examinó bien antes de comprarlo —dijo—. Dice que está en buenas condiciones.

—¿Y él qué sabrá? No es más que un chiquillo —dijo Tom.

—Estuvo trabajando para una compañía. El año pasado condujo un camión. No creas que no sabe, es un sabihondo. Sabe lo que hace. Y puede reparar un motor.

—¿Y dónde está ahora? —preguntó Tom.

—Anda por ahí —dijo Padre—, actuando como si fuera un semental. Haciéndose el macho hasta caer rendido. Es un sabihondo con sus dieciséis años y las bolas le dan pie. No piensa más que en chicas y motores. Es simplemente un sabelotodo. Desde hace una semana pasa las noches fuera . . .

El abuelo, luchando con la ropa, había conseguido meter los botones de su camisa azul en los ojales de la camiseta. Notó con los dedos que algo fallaba, pero no se molestó en averiguar el qué. Sus dedos bajaron intentando descifrar la complejidad que suponía abrocharse la bragueta.

—Yo solía ser peor —dijo alegremente—. Mucho peor. Se podría decir que era endiablado. Una vez hubo una gran reunión en un campamento en Sallisaw cuando yo era joven, un poco mayor que Al. Él no es más que un mocoso y todavía está tierno. Pero yo era más mayor. Y estuvimos en aquella reunión. Quinientas personas hubo y un número adecuado de vaquillas.

—Aún eres un diablo, abuelo —dijo Tom.

—Bueno, sí, una especie de diablo. Pero estoy lejos de ser lo que era. Déjame llegar a California, y poder coger una naranja cada vez que quiera y verás lo que es bueno. O uvas. Ahí tienes una cosa que no me cansa. Me cogeré un gran racimo de uvas de un arbusto o de donde salgan, y me lo voy a aplastar en la cara y que el zumo me caiga por la barbilla.

Tom preguntó:

—¿Dónde está el tío John? ¿Dónde está Rosasharn?, ¿y Ruthie y Winheld? Nadie me ha dicho nada de ellos todavía.

—Nadie ha preguntado —respondió Padre—. John se fue a Sallisaw con una carga para vender: la bomba, herramientas, pollos y todo lo que nosotros trajimos. Se llevó a Ruthie y a Winfield con él. Salieron antes de que amaneciera.

—Es curioso que no les haya visto —dijo Tom.

—Bueno, tú has venido por la carretera, ¿no? Él ha ido por el otro camino, por Cowlington. Y Rosasharn vive con la familia de Connie. ¡Dios mío! Si ni siquiera sabes que Rosasharn se casó con Connie Rivers. ¿Te acuerdas de Connie? Es un joven muy agradable. Rosasharn está esperando para dentro de tres o cuatro o cinco meses. Ahora está engordando. Tiene buen aspecto.

—¡Madre mía! —exclamó Tom—. Pero si Rosasharn era sólo una cría. Y ahora va a tener un hijo. Pasan muchísimas cosas en cuatro años si estás fuera. ¿Cuándo piensas que emprendamos viaje al oeste, Padre?

—Bueno, hay que llevar estas cosas para venderlas. Si Al vuelve de sus correrías, calculo que puede cargar el camión y llevarlo todo y quizá podríamos salir mañana o pasado. No tenemos demasiado dinero y uno me ha dicho que hay cerca de dos mil millas de distancia a California. Cuanto antes salgamos, más seguro es que logremos llegar. El dinero se va de las manos, gota a gota, pero sin parar. ¿Tú tienes algo de dinero?

—Sólo un par de dólares. ¿De dónde sacáis el dinero?

—Bueno —dijo Padre—, vendimos todo lo que había en casa y todos estuvimos recogiendo algodón, incluso el abuelo.

—Y tanto que recogí —afirmó el abuelo.

—Juntamos todo: doscientos dólares. El camión nos costó setenta y cinco, y Al y yo lo cortamos en dos y montamos esto en la parte trasera. Al iba a pulir las válvulas pero está demasiado ocupado tonteando para ponerse a ello. Quizá podamos salir con ciento cincuenta dólares. Los malditos neumáticos del camión están viejos y no van a ir muy lejos. Tenemos un par de ruedas de repuesto gastadas. Luego supongo que tendremos que coger lo que encontremos por la carretera.

El sol, alto en el cielo, disparaba sus rayos. Las sombras de la trasera del camión eran franjas oscuras sobre la tierra, y el camión despedía un olor a aceite recalentado, a hule y pintura. Las escasas gallinas habían abandonado el patio para ir a refugiarse del sol bajo el cobertizo de las herramientas. Los cerdos yacían jadeantes en la pocilga, junto a la cerca que proyectaba una fina sombra, y de cuando en cuando, soltaban una queja estridente. Los dos perros estaban estirados en el polvo rojo bajo el camión, jadeando, con las lenguas babeantes cubiertas de polvo. Padre se caló el sombrero hasta las cejas y se acuclilló. Y, como si esa fuera su postura natural de pensar y observar, examinó con aire crítico a Tom, la gorra nueva, aunque ya ajada, el traje y los zapatos nuevos.

—¿Te gastaste el dinero en esa ropa? —le preguntó—. Esas prendas no van a ser más que un incordio para ti.

—Me las dieron —contestó Tom—. Cuando salí me las dieron—se quitó la gorra y la contempló con algo de admiración, luego se enjugó la frente con ella, se la puso un poco ladeada y tiró de la visera.

—Esos zapatos que te dieron tienen buena pinta —observó Padre.

—Sí —asintió Tom—. Son bonitos, pero no sirven para andar en un día caluroso —se agachó en cuclillas junto a su padre.

Noah dijo lentamente:

—Quizá si acabarais de poner los listones laterales del todo podríamos cargar todo esto, para que si viene Al . . .

—Yo puedo conducir si quieres —dijo Tom—. Conduje un camión cuando estaba en McAlester.

—Estupendo —dijo Padre, y entonces fijó la vista en la carretera—. Si no me equivoco, allí hay un sabelotodo que llega a casa arrastrando la cola —dijo—. Y tiene aspecto de estar cansado.

Tom y el predicador miraron a la carretera. Y el ardiente Al, al ver que era observado, echó los hombros hacia detrás y entró en el patio contoneándose como un gallo listo para cantar. Siguió andando con arrogancia, y ya estaba cerca cuando reconoció a Tom; y cuando lo reconoció, su rostro petulante cambió, en los ojos brillaron admiración y respeto y de su paso se desprendió el presuntuoso balanceo. Ni sus vaqueros rígidos, con los bajos remangados veinte centímetros para mostrar las botas de tacón, ni el cinturón de ocho centímetros de ancho con incrustaciones de cobre, ni tan siquiera las bandas rojas de las mangas de su camisa azul y el ángulo ladeado del sombrero Stetson de ala ancha le permitían alcanzar la estatura de su hermano; porque su hermano había matado a un hombre y nadie iba a olvidarlo nunca. Al sabía que había inspirado admiración entre los chicos de su misma edad porque su hermano había matado a un hombre. Había oído decir en Sallisaw mientras le señalaban: «Ese es Al Joad. Su hermano mató a uno con una pala.»

Y ahora Al, acercándose sumiso, vio que su hermano no se jactaba de lo que había hecho como él pensaba que haría. Al vio los oscuros ojos pensativos de su hermano, y la calma de la prisión, el rostro liso y duro entrenado para no dejar ver nada al guarda de la cárcel, ni resistencia ni servilismo. Y al instante Al cambió. Inconscientemente se asemejó a su hermano, su rostro atractivo adquirió una expresión cavilosa y los hombros se relajaron. Tom no era como él recordaba.

—Hola, Al —saludó Tom—. Dios, cómo has crecido. No te habría reconocido— Al, con la mano preparada por si Tom quería estrecharla, sonrió con timidez.

Tom alargo la mano y la de Al salió disparada para estrechársela. La simpatía flotaba entre los dos.

—Me han dicho que tienes buena mano para los camiones —dijo Tom.

Y Al, notando que a su hermano no le gustaban los fanfarrones, contestó:

—No es que sepa gran cosa.

Padre dijo:

—Habrás estado presumiendo por ahí. Pareces estar agotado. Bueno, pues tienes que llevar una carga para vender en Sallisaw.

Al miró a su hermano Tom:

—¿Te gustaría venir? —preguntó, aparentando tanta calma como le fue posible.

—No, no puedo —respondió Tom—. Voy a echar una mano aquí. Ya estaremos juntos en la carretera.

Al intentó controlar el tono de su voz al preguntarle:

—¿Te . . . has escapado? ¿De la cárcel?

—No —dijo Tom—. Estoy en libertad bajo palabra.

—Ah, ya. —Al sufrió una pequeña decepción.

Capítulo 9

E N las pequeñas casas los arrendatarios seleccionaron entre sus pertenencias, y entre las de sus padres y sus abuelos. Escogieron entre ellas para su viaje hacia el oeste. Los hombres eran implacables porque el pasado se había echado a perder, pero las mujeres sabían que el pasado les llamaría en días venideros. Los hombres se ocuparon de los graneros y los cobertizos.

El arado, la grada, ¿recuerdas cuando plantamos mostaza durante la guerra? ¿Recuerdas aquel tipo que quería que plantásemos ese arbusto de goma que llaman guayule? Os haréis ricos, dijo. Saca esas herramientas, nos darán por ellas unos cuantos dólares. Dieciocho dólares costó el arado, más el flete . . . Sears Roebuck.

Arreos, carros, sembradoras, esas azadas. Sácalas. Apílalos. Cárgalos en el carro. Llévalos a la ciudad. Véndelos por lo que te den. Vende también el carro y el tiro. Ya no nos van a servir.

Cincuenta centavos no es suficiente por un buen arado. Esa sembradora me costó treinta y ocho dólares. Dos dólares no es bastante. No podemos volvernos con todo . . . Bueno, quédeselo y quédese otro poco de amargura con ello. Quédese la bomba y el arnés. Quédese con los ronzales, los collares, los arneses y los tiradores. Quédese también los pequeños objetos de bisutería, rosas rojas bajo el cristal. Los compré para el bayo castrado. ¿Recuerdas cómo levantaba los cascos al trotar? Chatarra acumulada en un patio.

Ya no puedo vender un arado de mano. Le doy cincuenta centavos por el peso del metal. Ahora interesan los discos y los tractores.

Bueno, cójalo todo, toda la chatarra y deme cinco dólares. No compra sólo desperdicios, está comprando vidas desperdiciadas. Aún más, ya lo verá, está comprando amargura. Comprando un arado que pasará por encima de sus propios hijos, y los brazos y las almas que le podrían haber salvado. Cinco dólares, no cuatro. No puedo llevármelo todo otra vez . . . Bueno, quédeselo por cuatro. Pero le advierto que está comprando algo que pasará sobre sus hijos. Y usted no se da cuenta. No puede verlo. Tómelo por cuatro. ¿Qué me da por el carro y el tiro? Esos hermosos bayos están conjuntados, en color y en la forma de andar, paso a paso. En el tirón, tensando grupas, sincronizados al segundo. Y por la mañana, cuando les da la luz, bayos de color claro. Miran por encima de la cerca mientras huelen el aire buscándonos, y las orejas tiesas se giran para oírnos, ¡y esas crines negras! Yo tengo una niña a la que le gusta trenzarles las crines y las guedejas y ponerles lacitos rojos. Le gusta hacerlo. Pero ya no lo hará más. Le podría contar cierta divertida historia de esa niña y el bayo de allí. Le haría gracia. El caballo de allí tiene ocho años y éste de aquí diez, pero por la forma de trabajar juntos que tienen podrían haber sido potros gemelos. ¿Ve? Los dientes. Todos en buen estado. Pulmones hondos. Cascos finos y limpios. ¿Cuánto? ¿Diez dólares? ¿Por los dos? Y el carro . . . ¡Por Dios santo! Antes los mato y que sean comida para perros. ¡Bueno, cójalos! Quédeselos deprisa. Está comprando una niñita trenzando guedejas, quitándose la cinta del pelo para hacer lazos, de pie, con la cabeza ladeada, frotando los suaves belfos con la mejilla. Está comprando años de trabajo, de esfuerzo bajo el sol; está comprando una pena que no puede hablar. Pero espere y verá. Con este montón de chatarra y estos bayos, tan bonitos, va una prima, un paquete de amargura que crecerá en su casa y florecerá algún día. Le podíamos haber salvado, pero usted nos ha derribado, y pronto usted será derribado y no quedará ninguno de nosotros para salvarle.

Y los arrendatarios regresaron caminando, con las manos en los bolsillos y los sombreros calados hondos. Algunos compraban una pinta de licor y la bebían deprisa para recibir un impacto fuerte que les aturdiera. Pero no reían, ni bailaban. No cantaban ni cogían la guitarra. Caminaron de vuelta a las granjas, las manos en los bolsillos y la cabeza gacha, levantando el polvo rojo con los zapatos.

Tal vez podamos volver a empezar en la nueva tierra rica, en California, donde crece la fruta. Volveremos a empezar.

Pero tú no puedes empezar. Eso sólo lo puede hacer un bebé. Tú y yo . . . pero si somos lo que ha pasado. La ira de un momento, mil imágenes, eso somos nosotros. Somos esta tierra, esta tierra roja; y somos los años de inundación y los de polvo y los de sequía. No podemos empezar otra vez. La amargura que le vendimos al chatarrero . . . sí que la tiene, pero nos queda todavía. Y cuando los hombres de los propietarios nos dijeron que nos fuéramos, eso somos nosotros; y cuando el tractor derribó la casa, eso somos hasta que muramos. A California o a cualquier parte . . . cada uno será el director de su propio desfile de dolor y agravios, marcharemos con nuestra amargura. Y un día los ejércitos de amargura desfilarán todos en la misma dirección. Caminarán todos juntos y de ellos emanará el terror de la muerte.

Los arrendatarios volvieron a las granjas arrastrando los pies entre el polvo rojo.

Cuando todo lo que podía venderse se hubo vendido, los fogones y armazones de camas, sillas y mesas, pequeños armarios rinconeros, bañeras y cisternas, aún quedaron montones de cosas; las mujeres se sentaron entre ellas, dándoles vueltas, mirando lejos y volviendo la vista a ellas, cuadros, vasos, aquí hay un jarrón.

Mira, sabes muy bien lo que podemos y no podemos llevar. Vamos a ir acampando: algunos recipientes para cocinas y lavar, y colchones y edredones, faroles y cubos, y un trozo de lona. Lo usaremos como tienda de campaña. Esa lata de queroseno. ¿Sabes lo que es eso? Es la cocina. Y la ropa . . . coge toda la ropa. Y . . . ¿el rifle? No me iría sin el rifle. Cuando ya no tengamos zapatos, ropa y comida, cuando no nos quede ni esperanza, aún tendremos el rifle. Cuando el abuelo llegó —¿te lo he contado?— tenía pimienta, sal y un rifle. Nada más. Eso nos lo llevamos. Y una botella para el agua. Con eso más o menos tenemos todo lo que podemos llevar. Apilado en los lados del remolque, los niños se pueden sentar en el remolque y la abuela en un colchón. Herramientas, una pala y una sierra, llave inglesa y alicates. También un hacha. Hemos tenido esta hacha cuarenta años. Mira lo gastada que está. Y cuerdas, por supuesto. ¿Lo demás? Déjalo . . . o quémalo.

Y vinieron los niños.

Si Mary se lleva esa muñeca, esa asquerosa muñeca de trapo, yo me tengo que llevar mi arco indio. Lo tengo que llevar. Y este palo redondo, que es tan grande como yo. Podría necesitarlo. Lo tengo hace mucho tiempo, un mes o puede que un año. Me lo tengo que llevar. ¿Y cómo es California?

Las mujeres se sentaron entre las cosas descartadas, dándoles vueltas, mirando a lo lejos y de nuevo a sus cosas. Este libro. Era de mi padre. A él le gustaba tener un libro. *El progreso del peregrino.* Solía leerlo. Puso su nombre en él. Y su pipa . . . sigue oliendo a rancio. Y este cuadro . . . un ángel. Yo solía mirarlo antes de que llegaran los tres primeros . . . parece que no me sirvió de gran cosa. ¿Crees que podríamos meter este perro de porcelana? Lo trajo la tía Sadie de la feria de San Luis. ¿Ves? Escrito en el mismo perro. No, creo que no. Aquí hay una carta que escribió mi hermano el día antes de morir. Aquí un sombrero antiguo. Estas plumas . . . nunca llegué a usarlas. No, no hay sitio. ¿Cómo podremos vivir sin nuestras vidas? ¿Cómo sabremos que somos nosotros si no tenemos pasado? No. Déjalo. Quémalo.

Sentadas miraron las cosas y se las grabaron a fuego en la memoria. ¿Cómo será no saber qué tierra hay tras la puerta? ¿Cómo será despertar por la noche y saber . . . saber que el sauce no está allí? ¿puedes vivir sin el sauce? No, no puedes. El sauce eres tú. El dolor de ese colchón . . . ese dolor espantoso . . . eso eres tú.

Y los niños . . . Si Sam se lleva el arco indio y el palo largo yo me tengo que llevar dos cosas. Escojo el almohadón de plumas. Es mío.

De pronto estaban nerviosos. Hemos de irnos ya, rápidamente. No podemos esperar. Y amontonaron sus bienes en los patios y les prendieron fuego. En pie contemplaron cómo ardían, y luego cargaron frenéticos los coches y se marcharon, entre el polvo. El polvo permaneció suspendido en el aire mucho después de que los vehículos hubiesen pasado.

Capítulo 10

CUANDO el camión hubo partido, cargado con utensilios, herramientas pesadas, camas y somieres, con todo lo que es posible mover que pudiera venderse, Tom erró por la granja. Se asomó por el granero, los establos vacíos, entró en el cobertizo de los aperos y apartó a patadas los trastos que quedaban, dio la vuelta con el pie a un diente roto de la segadora. Se acercó a los lugares que recordaba: la roja ribera donde anidaban las golondrinas, el sauce situado sobre el corral de los cerdos. Dos cerdos jóvenes gruñeron y se revolvieron a su paso por la cerca, cerdos negros, tomando el sol cómodamente. Entonces finalizó su peregrinar y fue a sentarse en el escalón de la puerta sobre el que ya caía una sombra. A su espalda, Madre se movía por la cocina, lavando ropas de niño en un cubo; y por sus fuertes y pecosos brazos resbalaba el agua jabonosa desde los codos. Interrumpió el restregar de ropas cuando él se sentó. Le contempló largo rato y luego su mirada siguió fija en la parte de detrás de su cabeza después de que él se volviera y mirara afuera a la abrasadora luz del sol. Luego volvió a frotar la ropa.

—Tom —dijo—, espero que las cosas estén bien en California.

Él se volvió y la miró.

—¿Qué te hace pensar que no sea así? —preguntó.

—Bueno . . . nada. Es que parece demasiado bueno. He visto los panfletos que distribuyen y la cantidad de trabajo que hay, salarios altos y todo lo demás; he visto los anuncios de los periódicos que buscan gente que vaya a recoger uvas, naranjas y melocotones. Ese sería un buen trabajo. Tom, recoger melocotones. Incluso si no te dejaran comer ninguno, quizá se podría sisar alguno un poco picado de vez en cuando. Y se estaría bien bajo los árboles, trabajando a la sombra. Me asusta que todo sea tan bonito. No tengo fe. Temo que no sea tan bonito como dicen.

Tom replicó:

—No dejes a tu fe volar tan alto como un pájaro y no tendrás que arrastrarte con los gusanos.

—Sé que eso es verdad. Es de las Escrituras, ¿verdad?

—Eso creo —dijo Tom—. Nunca he podido acordarme bien de las Escrituras desde que leí un libro titulado *La victoria de Barbara Worth*.

Madre rió quedamente sumergiendo y sacando las ropas del cubo. Escurrió petos y camisas y los músculos de sus antebrazos se marcaron como cuerdas.

—El padre de tu padre solía citar las Escrituras continuamente. Se hacía unos líos tremendos. Las mezclaba con El Almanaque del doctor Miles. Solía leer en alto el almanaque completo: cartas de gente que no podía dormir o que tenía la espalda lisiada. Después se lo contaba a la gente como si fuera una lección y decía: «Eso es una parábola de las Escrituras.» Se disgustaba cuando tu padre y el tío John se reían de lo que decía.

Amontonó en la mesa ropas escurridas, retorcidas como madera nudosa.

—Dicen que hay dos mil millas hasta nuestro destino. ¿Cuánta distancia crees que es, Tom? He visto un mapa, hay enormes montañas como las de una postal y tenemos que cruzarlas. ¿Cuánto crees que nos llevará ir tan lejos, Tommy?

—No sé —respondió—. Dos semanas, quizá diez días con suerte. Mira, Madre, deja de preocuparte. Te voy a decir una cosa que aprendí estando en la cárcel. No puedes dedicarte a pensar cuándo vas a salir. Te volverías loco. Tienes que pensar en el día que estás, luego en el día siguiente, en el partido del sábado. Es lo que hay que hacer. Los que llevan allí mucho tiempo hacen eso. Uno que acaba de llegar se da cabezazos contra la puerta de la celda porque piensa el tiempo que le queda de estar dentro. ¿Por qué no haces lo que te digo? Vive día a día.

—Es un buen sistema —concedió, y llenó su cubo con agua calentada sobre el fogón, introdujo ropas sucias y empezó a empujarlas dentro del agua jabonosa.

—Sí, es buen sistema. Pero me gusta pensar lo bien que estaremos, a lo mejor, en California, donde nunca hace frío y la fruta crece por todas partes. La gente vivirá en los lugares más hermosos, en casitas blancas levantadas entre los naranjos. Me pregunto . . . es decir, si todos conseguimos un empleo y todos trabajamos, tal vez podamos comprar una de esas casitas blancas. Y los pequeños saldrán a recoger naranjas del mismo árbol. No podrán aguantarlo, gritarán como locos.

Tom la miró trabajar y sus ojos sonrieron.

—Ya estás mejor sólo de pensar en ello. Yo conocí a uno de California. No hablaba igual que nosotros. Con oírle hablar, ya sabías que debía ser de algún lugar lejano. Pero decía que ahora mismo hay demasiada gente buscando trabajo por allí. Y que los que recogen la fruta viven en viejos campamentos sucios y apenas sacan lo suficiente para comer. Que los salarios son bajos y es difícil encontrar trabajo.

Una sombra cruzó el rostro de su madre.

—No, no, no es así —dijo—. A tu padre le dieron un panfleto en papel amarillo que decía que hace falta gente para trabajar. No se tomarían tantas molestias si no hubiera trabajo en abundancia. Les cuesta su dinero hacer los panfletos. ¿Para qué querrían mentir, si encima les cuesta dinero?

Tom meneó la cabeza.

—No lo sé, Madre. Es difícil imaginarse por qué lo han hecho. Tal vez . . . —miró el rojo sol brillando en la tierra roja.

—¿Tal vez qué?

—Tal vez sea hermoso, como tú dices. ¿Dónde ha ido el abuelo? ¿Y el predicador?

Madre salía de la casa llevando un montón alto de ropa en los brazos. Tom se apartó a un lado para dejarla pasar.

—El predicador dijo que iba a dar una vuelta. El abuelo está durmiendo aquí, en la casa. Durante el día viene aquí y a veces se acuesta —caminó hasta la cuerda y comenzó a colgar en el alambre tejanos descoloridos, camisas azules y calzoncillos largos de color gris.

Tom oyó detrás de él un arrastrar de pies y se volvió a mirar. El abuelo salía del dormitorio y, al igual que por la mañana, intentaba abrocharse los botones de la bragueta.

—Oí voces —dijo—. Hijos de puta que no dejan dormir a un viejo.

Desgraciados, quizás cuando os hagáis viejos aprendáis a dejar dormir a uno —sus dedos furiosos acabaron por desabrochar los dos únicos botones de la bragueta que estaban abrochados. Su mano olvidó lo que había estado intentando hacer. Metió la mano y se rascó con satisfacción debajo de los testículos. Madre entró con las manos húmedas y las palmas arrugadas e hinchadas del agua caliente y el jabón.

—Creí que estabas durmiendo. Venga, déjame que te abroche la ropa —y, aunque intentó resistirse, ella lo agarró y le abrochó la camiseta, la camisa y la bragueta—. Ve a dar un paseo —dijo, y le soltó.

Él farfulló indignado:

—Uno se convierte en un . . . en un . . . cuando alguien le tiene que abrochar la ropa. Quiero que me dejen abrocharme mis propios pantalones.

Madre dijo con guasa:

—En California no permiten que la gente vaya por ahí con la ropa desabrochada.

—No, ¿eh? Bueno, yo les voy a enseñar. ¿Se creen que me van a enseñar cómo tengo que comportarme? Pues si me da la gana iré por ahí con los huevos colgando.

Madre dijo:

—Parece que cada año que pasa es más malhablado. Supongo que lo hace por llamar la atención.

El anciano adelantó la barbilla sin afeitar y examinó a Madre con ojos astutos, maliciosos y alegres.

—Sí señor —dijo—, dentro de poco emprenderemos viaje. Y estoy seguro de que allí hay uvas colgando junto a la carretera. ¿Sabéis lo que voy a hacer? Me voy a llenar una bañera de uvas, me voy a sentar dentro y voy a menearme hasta que el zumo me corra por todas partes.

Tom rió:

—Seguro que aunque llegue a tener doscientos años el abuelo nunca será disciplinado —dijo—. Estás decidido a ir, ¿verdad abuelo?

El viejo acercó una caja y se sentó pesadamente en ella.

—Sí, señor —asintió—. Y ya va siendo hora, por cierto. Mi hermano se marchó para allá hace cuarenta años. No volví a saber nada de él. Era un escurridizo hijo de puta. Nadie le quería. Se largo llevándose un colt de acción simple que era mío. Si alguna vez llego a encontrarle a él o a sus hijos, en el caso de que tenga alguno en California, les preguntaré por ese colt. Pero le conozco, y si tuvo algún hijo, seguro que lo colocó como hacen los cucos y lo ha criado alguna otra persona. Me alegraré cuando lleguemos allí. Tengo el presentimiento de que hará de mí un hombre nuevo. Podré empezar de inmediato a trabajar en la fruta.

Madre asintió.

—Te aseguro que es lo que pretende —dijo—. Estuvo trabajando hasta hace tres meses, hasta la última vez que se desencajó la cadera.

—Exactamente —dijo el abuelo.

Tom miró hacia el exterior desde su asiento en el escalón del umbral de la puerta.

—Aquí viene el predicador, por detrás del granero.

Madre comentó:

—Esa bendición que nos echó esta mañana es la más rara que he oído en mi vida. En realidad no era tal. Sólo hablaba, pero sonaba como una bendición.

—Es un tipo curioso —dijo Tom—. Se pasa el rato diciendo cosas extrañas. Aunque parece estar hablando consigo mismo. No intenta engañar a nadie.

—Observa la mirada de sus ojos —dijo Madre—. Parece un iluminado. Tiene esa mirada que llaman de éxtasis. Ya lo creo que parece un iluminado. Caminando así con la cabeza gacha y sin ver siquiera el suelo. Eso es lo que yo llamo un iluminado —calló al aproximarse Casy a la puerta.

—Le va a dar una insolación si anda por ahí así —dijo Tom.

Casy replicó:

—Bueno, sí, . . . tal vez —de repente encaró a los tres, Madre, el abuelo y Tom, con una expresión de ruego—. Tengo que ir al oeste. He de ir. Me pregunto si podría acompañarles —entonces se quedó inmóvil, avergonzado de sus propias palabras. Madre miró a Tom para que hablara él, porque era un hombre, pero Tom no habló. Respetó su derecho a hablar primero y luego dijo:

—Para nosotros sería un honor que viniera usted. Claro que yo no puedo decidir en este momento; Padre dijo que los hombres hablarían esta noche para determinar cuándo emprenderemos el viaje. Creo que es mejor que esperemos a que vengan los hombres. John y Padre, Noah, Tom, el abuelo, Al y Connie van a decidirlo tan pronto como regresen. Pero si hay sitio, estoy segura de que para ellos será motivo de orgullo que esté usted entre nosotros.

El predicador suspiró:

—Iré en cualquier caso —dijo—. Están ocurriendo cosas. Subí a una colina, a mirar: las casas están vacías, las tierras están vacías y toda esta región está vacía. No puedo quedarme aquí. He de ir donde va la gente. Trabajaré en los campos y quizá logre ser feliz.

—¿No va usted a predicar? —preguntó Tom.

—No voy a predicar.

—¿Y no va a bautizar? —preguntó Madre.

—No voy a bautizar. Voy a trabajar en los campos, en los campos verdes, y a estar cerca de la gente. No intentaré enseñarles nada. Voy a tratar de aprender, voy a aprender por qué la gente camina sobre la hierba, voy a oírles hablar y cantar. Voy a oír a los niños comiendo gachas, al marido y a la mujer haciendo el amor en un colchón por la noche. Voy a comer con ellos y a aprender —sus ojos se volvieron húmedos y brillantes—. Voy a hacer el amor sobre la hierba con quien quiera tenerme, abierta y honradamente. Voy a jurar y a soltar juramentos, a oír la poesía del habla de la gente. Antes no entendía que todo eso es sagrado, que son las cosas buenas.

—Amén —dijo Madre.

El predicador se sentó mansamente en el tajo de partir leña, junto a la puerta.

—Me gustaría saber qué es lo que puede haber reservado para un hombre tan solitario como yo.

Tom tosió con delicadeza.

—Para haber dejado de predicar . . . —comenzó.

—Ya sé que soy muy hablador —admitió Casy—. Eso no lo puedo evitar. Pero no es lo mismo que predicar. Predicar es contarle algo a la gente. Yo le estoy preguntando. Eso no es predicar, ¿no es cierto?

—No lo sé —respondió Tom—. Predicar es un cierto tono de voz y una forma de ver las cosas, es portarse bien con gente que quiere matarte por ello. La pasada Navidad vino a McAlester el ejército de salvación y nos hizo bien. Estuvimos sentados tres horas enteras escuchando cómo tocaban las cornetas. Eso era hacernos bien. Pero si uno de nosotros hubiera querido irse, se habría ido solo. Eso es predicar. Portarse bien con una persona que está hundida y que no puede vengarse partiéndole la boca. No, usted no es un predicador. Pero por si acaso no se le ocurra tocar la corneta cerca de mí.

Madre metió unos cuantos palos en el fogón.

—Ahora le voy a dar algo de comer, aunque no es mucho.

El abuelo llevó su caja afuera, se sentó y se apoyó contra la pared, y Tom y Casy se apoyaron en la pared dentro de la casa. Y la sombra de la tarde se extendió hacia afuera desde la casa.

A media tarde regresó el camión dando tumbos y traqueteando entre el polvo, y había en la caja del camión una capa de polvo, que también cubría el capó; una harina roja oscurecía los faros. Se estaba poniendo el sol cuando volvió el camión y la luz del crepúsculo daba a la tierra una apariencia sangrienta. Al se sentaba inclinado sobre el volante, orgulloso, serio y eficiente, y Padre y el tío John ocupaban los sitios de honor junto al conductor, como correspondía a los jefes del clan. De pie en la caja del camión, agarrados a las barras laterales, venían los demás, Ruthie, de doce años y Winfield de diez, con rostros mugrientos e indómitos, los ojos cansados, pero brillantes de excitación, los dedos y las comisuras de los labios negros y pegajosos de los palos de regaliz que habían conseguido sacarle a su padre en la ciudad a base de gimotear. Ruthie llevaba un vestido de muselina rosa por debajo de las rodillas y tenía un aspecto un poco serio en su papel de joven dama. Pero Winfield era todavía un mocoso, que pensaba diabluras detrás del granero, y un inveterado recolector y fumador de colillas. Y mientras Ruthie sentía el poder, la responsabilidad y la dignidad que le conferían sus pechos desarrollándose, Winfield seguía siendo un chaval silvestre como un animalillo. Junto a ellos, asida levemente a las barras, venía Rose of Sharon, balanceando y dejando oscilar su peso sobre las puntas de los pies y recibiendo así el traqueteo de la carretera en las rodillas y las nalgas. Porque Rose of Sharon estaba embarazada y extremaba la prudencia. Llevaba el pelo trenzado y enrollado alrededor de la cabeza, formando una corona de color rubio ceniza. Su rostro, redondo y suave, que pocos meses atrás había sido voluptuoso e incitante, mostraba ya la barrera del embarazo, la sonrisa de confianza en uno mismo y la perspicaz mirada de perfección; y su cuerpo rollizo de pechos y estómago llenos y suaves, caderas firmes y nalgas que habían oscilado libre y provocativamente hasta invitar a la caricia y la palmada, todo su cuerpo había adquirido recato y seriedad. Su pensamiento y sus actos se dirigían todos hacia su interior, hacia el bebé. Ahora se balanceaba apoyándose en los dedos de los pies, buscando el bien del niño. Para ella el mundo estaba embarazado; sólo pensaba en términos de reproducción y maternidad. Su marido, Connie, de diecinueve años, que se había casado con una rolliza muchacha bulliciosa y apasionada, aún estaba asustado y perplejo ante el cambio que ella había experimentado; se habían terminado las peleas de gatos en la cama, los mordiscos y arañazos acompañados de risas ahogadas, que acababan con lágrimas. En su lugar había una criatura equilibrada, cuidadosa y sabia que le sonreía con timidez, pero muy firme. Connie se enorgullecía de Rose of Sharon y la temía. Siempre que podía, ponía una mano encima de ella o permanecía a su lado, de manera que con el cuerpo se encontrara su cadera y su hombro y así creía conservar una relación que parecía estar escapándosele. Él era un joven enjuto de rostro afilado y origen tejano, y sus ojos de color azul pálido eran peligrosos algunas veces, otras veces mostraban afabilidad y otras temor. Trabajaba duro y sería un buen marido. Bebía lo bastante, pero nunca demasiado; peleaba cuando las circunstancias lo exigían y nunca presumía. En las reuniones solía permanecer callado y, sin embargo, lograba que los demás notaran su presencia y le tuvieran en cuenta.

Si no hubiera tenido cincuenta años, hecho que le convertía en uno de los jefes naturales de la familia, el tío John habría preferido no ocupar el sitio de honor junto al conductor. Le hubiera gustado que Rose of Sharon se sentara en su lugar. Eso era imposible porque ella era joven y era una mujer. No obstante, el tío John se sentía incómodo, sus solitarios ojos atormentados no estaban en calma y el cuerpo delgado y fuerte no estaba relajado. Casi todo el tiempo la barrera de la soledad mantenía al tío John apartado de la gente y de los deseos normales de los demás. Comía poco, no bebía en absoluto y era célibe. Pero en su interior los apetitos crecían y presionaban hasta encontrar salida. Entonces comía alguna comida por la que sentía un antojo hasta ponerse enfermo; o bebía jake o whisky hasta no ser más que un paralítico tembloroso con los ojos húmedos y enrojecidos; o se consumiría de lascivia por alguna prostituta de Sallisaw. Se decía de él que en una ocasión se fue derecho a Shawnee, alquiló tres putas en una sola cama y se pasó una hora resoplando como un animal en celo encima de los cuerpos impasibles. Pero cuando al fin saciaba uno de sus apetitos, volvía una vez más a sentirse triste, avergonzado y solo. Se escondía de la gente e intentaba, por medio de regalos, compensar por sí mismo a todo el mundo. A veces se deslizaba al interior de las casas y dejaba bajo las almohadas chicle para los niños; otras veces cortaba leña sin dejar que le pagasen. Entonces regalaba cualquier cosa que le perteneciera: una silla de montar, un caballo, un par de zapatos nuevos. En esas ocasiones nadie podía hablar con él, porque huía, o si alguien le abordaba se escondía en sí mismo y miraba furtivamente con ojos asustados. La muerte de su mujer, seguida de meses de estar solo, le había marcado con culpa y vergüenza y le había dejado una soledad indestructible.

Pero había ciertas cosas que no podía eludir. Por ser uno de los cabezas de familia tenía que mandar; y ahora debía sentarse en el sitio de honor junto al conductor.

Los tres hombres que ocupaban el asiento tenían un aspecto sombrío mientras se acercaban a casa por la polvorienta carretera. Al, inclinado sobre el volante, movía los ojos continuamente de la carretera al salpicadero, observando la aguja del amperímetro, que oscilaba bruscamente de forma sospechosa, vigilando el indicador del aceite y el de la temperatura. Su mente catalogaba puntos débiles y peculiaridades del funcionamiento del camión que le parecían sospechosas. Escuchaba el silbido, que podría provenir del tubo de escape, por estar seco y los alzaválvulas subiendo y bajando. Con la mano quieta en la palanca de cambios comprobaba cómo entraban las marchas. Y había dejado el embrague forcejeando contra el freno para comprobar si patinaba. Podría comportarse a veces como una cabra loca, pero el camión, su funcionamiento y el mantenimiento del mismo eran responsabilidad suya. Si algo fallara sería culpa suya y, aunque nadie iba a decirlo, todos, Al el primero, sabrían que él era el culpable. Así que estaba pendiente del camión, lo vigilaba y escuchaba. Su rostro se mostraba serio y responsable. Y todos le respetaban, a él y a su responsabilidad. Incluso Padre, que era el jefe, cogería una llave inglesa y aceptaría órdenes de Al.

Todos en el camión estaban cansados. Ruthie y Winfield estaban cansados por haber visto demasiado movimiento, demasiados rostros, por haber tenido que pelear para conseguir sus palos de regaliz; cansados también de la alegría de que el tío John hubiera metido secretamente chicle en sus bolsillos.

Y los hombres, que iban sentados, estaban cansados, enfadados y tristes, porque les habían dado dieciocho dólares por todo lo de la granja que habían podido transportar: los caballos, el carro, los utensilios y todos los muebles de la casa. Dieciocho dólares. Habían acometido al comprador, habían discutido; pero habían sido vencidos cuando el interés del comprador pareció enfriarse y les dijo que no le interesaban las cosas a ningún precio. Entonces, derrotados, le habían creído y habían aceptado vender por dos dólares menos de lo que había ofrecido en principio. Y ahora se sentían agotados y temerosos porque habían ido contra un sistema que no entendían y éste les había vencido. Sabían que el tiro de caballos y el carro valían mucho más. Sabían que los compradores obtendrían mucho más, pero ellos no sabían cómo hacerlo. El comerciar era un secreto para ellos.

Al, con los ojos moviéndose con rapidez de la carretera al salpicadero, dijo:

—Ese tío no era de aquí. Hablaba de otra forma. Y la ropa que llevaba también era distinta.

Padre explicó:

—Mientras estaba en la ferretería, estuve hablando con unos hombres que conozco. Dicen que viene gente de fuera sólo para comprar las cosas que tenemos que vender antes de irnos. Dicen que se están quedando con todo. Pero nosotros no podemos hacer nada. Quizá debía haber ido Tommy. Tal vez lo habría hecho mejor.

—Pero ese tipo no quería comprar en absoluto —justificó John—. No podíamos volver a traer todo.

—Esos que conozco me explicaron el sistema —dijo Padre—. Dicen que el comprador siempre hace lo mismo. Así asusta a la gente. Lo que pasa es que nosotros no sabemos qué hay que hacer. Madre se va a decepcionar. Se va a poner furiosa, y estará decepcionada.

—¿Cuándo crees que podemos salir, Padre? —preguntó Al.

—No sé. Esta noche lo hablaremos y tomaremos una decisión. Estoy muy contento de que Tom haya vuelto, me hace sentir bien. Tom es un buen chico.

—Padre, oí a unos que hablaban de Tom —dijo Al—, y dicen que está en libertad bajo palabra. Por lo visto, eso significa que no puede salir del Estado y, que si lo hace y le pillan, le mandan otros tres años a la cárcel.

Padre se sorprendió.

—¿Eso dicen? ¿Tú crees que sabían lo que decían o estaban hablando por hablar?

—No lo sé —respondió Al—. Estaban allí hablando, y yo no dije que es mi hermano. Me quedé parado escuchando.

Padre exclamó:

—¡Dios mío! Espero que no sea cierto. Necesitamos a Tom. He de preguntarle sobre eso. Ya tenemos bastantes preocupaciones para que encima nos vayan a perseguir. Espero que no sea verdad. Tenemos que hablarlo abiertamente.

—Tom debe saber si es cierto o no —dijo el tío John.

Se quedaron en silencio mientras el camión seguía traqueteando. El motor era ruidoso, lleno de sonidos metálicos y las varillas de los frenos levantaban un continuo estrépito. Las ruedas producían un crujido como de madera y un fino chorro de vapor escapaba por un agujero de la tapa del radiador. El camión levantaba tras él una alta columna de polvo rojo que giraba como un torbellino. Pasaron con estruendo por la última loma mientras todavía se veía media esfera solar por encima del horizonte y llegaron a la casa cuando acababa de desaparecer. Los frenos rechinaron al detenerse y el ruido se grabó en la cabeza de Al: las zapatas estaban completamente gastadas.

Ruthie y Winfield se encaramaron gritando por los lados y saltaron al suelo. Gritaron:

—¿Dónde está? ¿Dónde está Tom?

Y entonces le vieron, de pie junto a la puerta y se detuvieron, vergonzosos, y se acercaron a él lentamente mirándole con timidez.

Y cuando él les dijo:

—Hola, chavales, ¿cómo estáis? —ellos respondieron quedamente:

—Hola. Bien.

Se apartaron y le miraron a hurtadillas, al gran hermano que había matado a un hombre y había estado en prisión. Recordaron cómo habían jugado a las cárceles en el gallinero y habían luchado por su derecho a ser prisioneros.

Connie Rivers quitó la puerta trasera del camión, se bajó y ayudó a bajar a Rose of Sharon; y ella aceptó dignamente, dedicándole una sonrisa de las suyas, sonrisa de satisfacción consigo misma, los extremos de la boca ladeados, dándole una expresión ligeramente fatua.

Tom dijo:

—Pero si es Rosasharn. No sabía que venías con ellos.

—Veníamos caminando —dijo ella—. El camión nos alcanzó y nos recogió —después añadió—. Este es Connie, mi marido —al decir eso, Rosasharn reflejaba grandeza.

Los dos hombres se estrecharon la mano, midiéndose mutuamente, la mirada de cada uno penetrando profundamente en el otro; en un momento los dos quedaron satisfechos y Tom dijo:

—Vaya, ya he oído que no habéis perdido el tiempo.

Ella agachó la vista.

—No se ve, todavía no se nota.

—Me lo ha dicho Madre. ¿Para cuándo esperas?

—Uy, aún falta mucho. Hasta el invierno que viene.

Tom se echó a reír.

—Va a nacer en un rancho de naranjos, ¿eh? En una de esas casas blancas rodeadas de naranjos.

Rose of Sharon se tocó el estómago con las dos manos.

—Aún no se nota —dijo, y sonrió con sonrisa complacida y entró en casa.

La noche era cálida, y sobre el horizonte, por el oeste, aún flotaba un rayo de luz. Sin necesidad de ninguna señal la familia se reunió junto al camión, y el congreso, el gobierno familiar, puso en marcha la sesión.

La película de luz del crepúsculo daba a la tierra roja una transparencia que hacía que las dimensiones parecieran más profundas, de forma que una piedra, un poste o una casa tuvieran más profundidad y más solidez que a la luz del día; y estos objetos curiosamente veían aumentada su individualidad: un poste era más en esencia un poste, destacándose de la tierra en la que se hundía y del campo de maíz contra el que se dibujaba. Y cada planta era un individuo concreto, no sólo parte de la masa del cultivo; y el descarnado sauce se alzaba independientemente de todos los demás sauces. La tierra aportó una luz al ocaso. La fachada de la casa gris, sin pintar, que miraba al oeste, tenía la luminosidad de la luna. El polvoriento camión gris, parado en el patio ante la puerta de la casa, sobresalía en esa luz como algo mágico, como bajo la perspectiva exagerada de una linterna mágica.

Las personas también eran distintas al anochecer, más reposadas. Parecían formar parte de una organización de lo inconsciente. Obedecían impulsos que la parte consciente del cerebro apenas registraba. Sus ojos en calma estaban dirigidos a su interior y también los ojos parecían transparentes en la noche, transparentes en los rostros cubiertos de polvo.

La familia se reunió en el lugar más importante, cerca del camión. La casa estaba muerta, al igual que los campos; pero el camión era algo activo, el principio viviente. El viejo Hudson, con la pantalla del radiador combada y rayada, con grasa en los glóbulos de polvo de los extremos gastados de toda parte móvil, con los tapacubos sustituidos por tapas de polvo rojo . . . éste era el nuevo hogar, el centro de vida de la familia; mitad coche y mitad camión, de lados altos, desgarbado.

Padre caminó alrededor del camión, observándolo, y después se acuclilló en el polvo y cogió un palo con el que dibujar. Un pie se apoyaba plano sobre el suelo y el otro se apoyaba en la punta un poco retrasado, de forma que una rodilla quedaba más alta que la otra. El antebrazo izquierdo descansaba en la rodilla izquierda, más baja; el codo derecho en la rodilla derecha y el puño derecho sujetando la barbilla. Padre se acuclilló allí, mirando el camión, con la barbilla apoyada en el puño. Y el tío John se acercó a él y se agachó en cuclillas a su lado. Los ojos de ambos eran cavilosos. El abuelo salió de la casa, vio a los dos agachados lado a lado y avanzó bruscamente y se sentó en el estribo del camión, frente a ellos. Ese era el núcleo. Tom, Connie y Noah se acercaron calmosos y se pusieron en cuclillas, formando un semicírculo delante del abuelo. Y entonces Madre salió de la casa, la abuela con ella, seguidas de Rose of Sharon caminando delicadamente. Ocuparon sus puestos detrás de los hombres acuclillados, en pie y con las manos en las caderas. Los niños, Ruthie y Winfield, saltaban sobre un pie y sobre el otro junto a las mujeres, hundían los dedos de los pies en el polvo rojizo sin producir ningún sonido. Sólo faltaba el predicador, que por delicadeza se había quedado detrás de la casa, sentado en el suelo. Era un buen predicador y conocía a su gente.

La luz del crepúsculo se hizo más débil y la familia permaneció en silencio un rato. Luego, Padre, sin dirigirse a ninguno en particular, sino al grupo, hizo su informe.

—Nos han despellejado en la venta. El otro sabía que no podíamos esperar. Sólo sacamos dieciocho dólares.

Madre se revolvió inquieta, pero mantuvo la calma.

Noah, el hijo mayor, preguntó:

—¿Cuánto tenemos, juntando todo?

Padre dibujó cifras en el polvo y murmuró para sí mismo un momento.

—Ciento cincuenta y cuatro —respondió—. Pero Al dice que necesitamos neumáticos que estén mejor. Éstos no van a durar mucho.

Al participó por primera vez en la reunión. Siempre antes había permanecido detrás con las mujeres. Ahora dio su informe con solemnidad.

—Es viejo y muy corriente —empezó seriamente—. Le eché un buen vistazo antes de que lo compráramos. Hice caso omiso del vendedor diciendo que menuda ganga era. Metí el dedo en el diferencial y vi que no había serrín. Abrí la caja de cambios y tampoco tenía serrín.

Comprobé el embrague e hice girar las ruedas para ver cómo estaban de dibujo. Miré debajo del chasis y vi que el chasis no tenía golpes. Nunca ha sido arreglado. Vi que la batería estaba agrietada y le hice poner una nueva al fulano. Los neumáticos están mal, pero son de una buena medida. Fácil de encontrar. Corre como un novillo, pero no se traga el aceite. La razón por la que aconsejé comprarlo es que es un coche muy popular. Los almacenes de chatarra están llenos de Hudsons super-seis y las piezas de recambio se pueden comprar baratas. Podíamos haber comprado uno más grande o más bonito por el mismo precio, pero es difícil encontrar piezas de recambio y es demasiado caro. Así es como razoné, en cualquier caso —lo último era la prueba de su sumisión a la familia. Dejó de hablar y esperó a que opinaran.

El abuelo era aún el cabeza de familia titular, pero ya no daba órdenes. Su puesto era honorario y cuestión de costumbre. Pero tenía derecho a comentar el primero, aunque de su viejo cerebro no salieran más que tonterías. Los hombres agachados y las mujeres en pie esperaron que hablara.

—Eres un buen chico, Al —dijo el abuelo—. Yo solía ser un fanfarrón igual que tú, enseñando los dientes por ahí como un perro lobo. Pero cuando había algo que hacer, lo hacía. Ya estás hecho un hombre, un hombre como es debido —terminó con tono de bendición, y Al se ruborizó ligeramente de satisfacción.

Padre dijo:

—A mí me suena bien. Si se tratara de caballos no tendría que ser Al el único responsable. Pero es el único que entiende de automóviles.

Tom dijo:

—Yo también sé algo. Trabajé en McAlester un poco. Al tiene razón y ha hecho un buen trabajo —Al se volvió a sonrojar con el cumplido.

Tom prosiguió:

—Me gustaría decir . . . ese predicador . . . quiere acompañarnos —calló y sus palabras flotaron sobre el grupo, que permaneció en silencio—. Es un buen hombre —añadió Tom—. Le conocemos desde hace mucho tiempo. A veces dice cosas un tanto estrafalarias, pero no son tonterías —dejó que la familia estudiara la propuesta.

La luz iba desapareciendo de forma paulatina. Madre abandonó el grupo y entró en casa, y el sonido metálico del fogón les alcanzó desde dentro. Al cabo de un momento regresó al consejo meditabundo.

El abuelo dijo:

—Hay dos modos de verlo. Algunos pensaban que un predicador traía la peor suerte.

Tom le rebatió:

—Este hombre dice que ya no es predicador.

El abuelo movió la mano de un lado a otro, como desestimando lo anterior.

—Una vez que uno es predicador, sigue siendo predicador. Eso es algo que no se puede evitar. Otros pensaban que ir con un predicador les hacía más respetables. Si uno se moría, el predicador lo enterraba. Si llegaba la hora de casarse, o incluso se pasaba esa hora, ahí estaba el predicador. Llega un niño y ahí tienes quien te lo bautice, bajo tu mismo techo. Yo siempre he dicho que hay predicadores y predic adores. Hay que escogerlos. Este hombre me cae bien. No es un estirado.

Padre clavó el palo en el suelo y lo hizo girar entre los dedos hasta hacer un agujero pequeño.

—Hay que tener otras cosas en cuenta, aparte de si nos traerá suerte o si es un buen hombre —dijo Padre—. Tenemos que estudiarlo cuidadosamente, aunque sea triste. Veamos. Están el abuelo y la abuela, van dos; yo, John y Madre, hacemos cinco, ocho con Noah, Tommy y Al. Rosasharn y Connie suman diez y con Ruthie y Winfield somos doce. Tenemos que llevar a los perros, no podemos hacer otra cosa. No se le puede pegar un tiro a un buen perro y aquí no queda nadie a quien podérselo regalar. Con ellos somos catorce.

—Sin contar las gallinas que quedan y dos cerdos —dijo Noah.

—Creo que los cerdos debemos salarlos para tener comida para el viaje —dijo Padre—. Vamos a necesitar carne y tenemos que llevarnos los barriles de sal. Pero me pregunto si cabremos todos, incluido el predicador. ¿Y podemos alimentar una boca más? —sin volver la cabeza, preguntó— ¿Podemos, Madre?

Madre se aclaró la voz.

—No se trata de si podemos, sino de si estamos dispuestos —contestó con firmeza—. Lo que es «poder,» no podemos hacer nada, ni ir a California ni ninguna otra cosa; pero lo que queramos hacer . . . vamos, que haremos lo que nos propongamos. Y en cuanto a si estamos dispuestos, en todo el tiempo que nuestras familias han estado aquí y también antes, cuando aún vivían en el este, nunca he oído decir que ni los Joad ni los Hazlett negaran comida o refugio o no echaran una mano en el camino a quien lo pidiera. Ha habido algún Joad tacaño, pero nunca ha llegado a tanto.

Padre interrumpió:

—Pero, ¿y si no hubiera sitio material? —había torcido el cuello para mirarla y estaba avergonzado. El tono de voz empleado por ella le había hecho sentir verguenza—. ¿Y si no cupiéramos todos en el camión?

—Tampoco cabemos ahora —respondió ella—. No hay espacio más que para seis y somos ya doce que vamos seguro. Por uno más . . .; y un hombre, fuerte y sano, nunca es una carga. Y preguntarnos si podemos alimentar a una persona teniendo dos cerdos y más de cien dólares . . . —se detuvo y Padre se volvió, con el espíritu maltrecho por la reprimenda.

La abuela opinó:

—Es buena cosa llevar un predicador con nosotros. Esta mañana nos echó una bonita bendición.

Padre miró el rostro de cada uno para ver si alguno mostraba desacuerdo y luego dijo:

—¿Quieres decirle que venga, Tommy? Si va a venir, debe estar aquí presente.

Tom se puso en pie y se dirigió hacia la casa, llamando:

—Casy, ¡eh!, Casy.

Una voz amortiguada replicó desde la parte trasera de la casa. Tom llegó a la esquina y vio al predicador sentado con la espalda apoyada en la pared mirando el parpadeante lucero vespertino visible en el claro cielo.

—¿Me llamas a mí? —preguntó Casy.

—Sí. Pensamos que, puesto que va usted a venir con nosotros, debe estar allí y ayudarnos a pensar todos los detalles.

Casy se puso en pie. Conocía el modo de gobernarse las familias y sabía que había sido incorporado a la familia. Se le dio incluso una posición eminente, pues el tío John se movió hacia un lado y dejó sitio para el predicador entre él mismo y Padre. Casy se acuclilló como los demás, frente al abuelo, entronizado en el estribo.

Madre volvió a entrar en casa. Se oyó el chirrido de la tapa de un farol y la luz amarillenta parpadeó en la oscura cocina. Cuando levantó la tapadera de la enorme olla, el olor de carne de cerdo hirviendo y hojas de remolacha flotó en el aire. Esperaron a que regresara cruzando el patio, cada vez más oscuro, porque Madre era poderosa dentro del grupo.

Padre dijo:

—Tenemos que decidir cuándo nos vamos. Cuanto antes mejor. Lo que hay que hacer antes de partir es matar los cerdos y salarlos, y empaquetar las cosas. Cuanto más deprisa acabemos, mejor.

Noah se mostró de acuerdo:

—Si nos ponemos a ello y trabajamos bien, lo podemos hacer todo mañana y estar listos para salir pasado mañana.

El tío John objetó:

—No se puede enfriar la carne con el calor del día. No es buena época para hacer matanza. La carne se quedará blanda si no podemos enfriarla.

—Bueno, pues lo haremos esta noche. Luego se enfriará un poco la noche. Todo lo fría que puede ser en esta época. Lo haremos después de cenar. ¿Hay sal?

Madre contestó.

—Sí, hay sal en abundancia. Tenemos dos buenos barriles llenos.

—Bien, pues entonces hagámoslo —dijo Tom.

El abuelo comenzó a tantear alrededor intentando encontrar apoyo para levantarse.

—Está oscureciendo —dijo—. Me está entrando hambre. Cuando estemos en California tendré constantemente un gran racimo de uvas en la mano, y estaré dándole mordiscos todo el día —se levantó y los hombres le imitaron. Ruthie y Winfield brincaban excitados sobre el polvo, como locos. Ruthie, con la voz ronca, le susurró a Winfield:

—Matar cerdos y partir a California. Matar cerdos y partir . . . todo al mismo tiempo.

Winfield estaba completamente enloquecido. Rodeó su cuello con los dedos, hizo una mueca espantosa y se tambaleó al tiempo que chillaba débilmente.

—Soy un cerdo viejo. ¡Mira! Soy un cerdo viejo. ¡Mira la sangre, Ruthie!

Vaciló y cayó al suelo, donde agitó los brazos y las piernas débilmente.

Pero Ruthie era mayor y se daba cuenta de la importancia tremenda del momento.

—Y partir a California —repitió. Y supo que era la ocasión más importante de su vida hasta el momento.

Los adultos fueron hacia la cocina iluminada a través del oscuro crepúsculo, y Madre les sirvió verduras y carne de cerdo en platos de hojalata. Antes de empezar a comer Madre puso el cubo de lavar grande sobre el fogón y atizó el fuego hasta conseguir que ardiera furiosamente. Acarreó cubos de agua hasta llenar el cubo grande y luego agrupó los pequeños alrededor del grande, llenos de agua. La cocina se convirtió en un pantano de calor y la familia comió a toda prisa y fueron saliendo y sentándose a la puerta esperando a que el agua estuviera caliente. Sentados penetraron la oscuridad con la mirada y contemplaron el cuadrado de luz que el farol de la cocina proyectaba sobre el suelo delante de la puerta, con la sombra encorvada del abuelo en el medio. Noah se escarbaba los dientes concienzudamente con una paja de escoba. Madre y Rose of Sharon lavaron los platos y los apilaron en la mesa.

Y entonces, repentinamente, la familia se puso a funcionar. Padre se levantó y encendió otro farol. Noah sacó de una caja de la cocina el cuchillo de carnicero de hoja curvada y lo afiló con una piedra de carborundo, pequeña y gastada. Dejó el rascador sobre el tajo, y el cuchillo junto a él. Padre trajo dos palos fuertes, cada uno de un metro de largo y afiló los extremos con el hacha, y luego ató cuerdas gruesas por el centro de los palos pasando dos veces la cuerda alrededor de los palos y luego alrededor de la propia cuerda sacando el extremo por el lazo.

—No debimos vender las barras de los arneses, al menos no todas —refunfuñó.

El agua de los cubos humeaba y bullía.

Noah preguntó:

—¿Vamos a llevar el agua allí o a traer los cerdos aquí?

—Los cerdos aquí —contestó Padre—. Si se te cae un cerdo no te escaldas como si se te derrama agua hirviendo. ¿Está ya el agua?

—Está casi a punto —dijo Madre.

—Muy bien. Noah, Tom y Al, venid conmigo. Yo llevaré la luz. Vamos a matarlos allí y luego los traeremos para acá.

Noah cogió su cuchillo y Al el hacha, y los cuatro hombres se alejaron hacia la pocilga, sus piernas vibrando a la luz del farol. Ruthie y Winfield se unieron ligeros, saltando como grillos. Al llegar a la pocilga, Padre se inclinó sobre la cerca, sujetando el farol. Los soñolientos cerdos pugnaron por ponerse en pie, gruñendo como si sospecharan. El tío John y el predicador se acercaron para echar una mano.

—Bien —dijo Padre—. Matadlos y luego los llevamos a casa para desangrarlos y escaldarlos.

Noah y Tom saltaron la cerca. Los mataron deprisa y con eficacia. Tom golpeó dos veces con la cabeza sin afilar del hacha; y Noah, agachado sobre los cerdos caídos, encontró la arteria principal con su cuchillo curvo y desató ríos de sangre que aún latía. Luego se llevaron a los cerdos, que soltaban chillidos agudos. El predicador y el tío John arrastraron a uno tirando de las patas traseras, Tom y Noah llevaron el otro. Padre caminaba a su lado con el farol y la negra sangre dejaba dos regueros en el polvo. Ya en la casa, Noah deslizó el cuchillo entre el tendón y el hueso de las patas traseras; los palos afilados sujetaron las patas separadas y los cuerpos fueron colgados de las vigas que sobresalían de la casa. Entonces los hombres acarrearon el agua hirviente y la dejaron caer encima de los negros cuerpos. Noah abrió los cerdos en canal y tiró las entrañas al suelo. Padre afiló otros dos palos para mantener los cuerpos abiertos al aire, mientras Tom con un cepillo duro y Madre con un cuchillo romo raspaban la piel para arrancar las cerdas. Al acercó un cubo, metió dentro las entrañas, y lo vació en el suelo, lejos de la casa, y dos gatos le fueron siguiendo, maullando escandalosamente, y los perros siguieron a los gatos gruñendo suavemente.

Padre se sentó en el umbral y miró los cerdos colgando a la luz del farol. La piel estaba limpia y sólo alguna gota de sangre caía de cuando en cuando de los cuerpos a la negra laguna que se había formado en el suelo. Padre se puso de pie, se acercó a los cerdos y los tocó con la mano, y luego se volvió a sentar. El abuelo y la abuela se fueron al granero a dormir, el abuelo con una vela en la mano. Los demás se sentaron en silencio a la entrada, Connie, Al y Tom en el suelo, con la espalda apoyada en la pared de la casa, el tío John en una caja, Padre en la puerta. Sólo Madre y Rose of Sharon continuaron en movimiento. Ruthie y Winfield luchaban ya contra el sueño, peleándose soñolientos en la oscuridad. Noah y el predicador se acuclillaron uno al lado del otro, frente a la casa. Padre se rascó nerviosamente, se quitó el sombrero y pasó los dedos entre el pelo.

—Mañana salamos el cerdo temprano, luego cargamos el camión, excepto las camas y podemos partir a la mañana siguiente. Apenas es trabajo ni para un día —dijo, inquieto.

Tom interrumpió:

—Vamos a estar todo el día dando vueltas, buscando algo que hacer

—el grupo se removió con desasosiego—. Podríamos acabar de hacer lo que nos falta al amanecer y salir sin más —sugirió Tom. Padre se frotó la rodilla con la mano. La inquietud les invadió a todos.

Noah dijo:

—Seguramente a esa carne no le vendría mal que la saláramos ahora mismo. Si la cortamos se enfriará más rápido de todas maneras.

Fue el tío John el que estalló, sin poder soportar más la tensión.

—¿Y a qué esperamos? Quiero acabar con esto cuanto antes. Si estamos a punto de irnos, ¿por qué no nos vamos ya?

La reacción se extendió al resto de la familia.

—¿Por qué no nos vamos? Podemos dormir en el camino —un sentimiento de urgencia les invadió.

Padre dijo:

—Dicen que son dos mil millas. Eso es un montón de carretera. Debemos partir. Noah, tú y yo podemos cortar esa carne y poner todos los trastos en el camión.

Madre asomó la cabeza por la puerta.

—¿Y si nos olvidamos algo que no veamos en esta oscuridad?

—Podemos echar una última ojeada en cuanto amanezca —dijo Noah. Permanecieron sentados e inmóviles, pensando en ello. Pero al momento Noah se puso en pie y comenzó a afilar el cuchillo de hoja curva en la piedra pequeña y gastada.

—Madre —llamó—, despeja la mesa —se acercó a un cerdo, hizo un corte hacia abajo a un lado del espinazo y empezó a despegar carne hacia adelante, separándola de las costillas.

Padre se levantó excitado.

—Hemos de poner toda la carga junta —dijo—. Venga, vamos a movernos.

Ahora que se habían decidido a marchar, se sentían invadidos de esa sensación de premura. Noah llevaba las tajadas de carne a la cocina y la cortaba en tacos pequeños para salarla. Madre los cubría de sal gorda y los colocaba pieza a pieza en los barriles, con cuidado de que una pieza no tocara a ninguna otra. Colocaba las tajadas como si fueran ladrillos y llenaba de sal los huecos entre una y otra. Noah cortó la carne de los lados y de las patas. Madre cuidó que el fuego siguiera ardiendo y, mientras Noah limpiaba las costillas, el espinazo y los huesos de las patas de carne, ella los metió en el horno para que se asaran y comerlos.

En el patio y en el granero, los círculos de luz de los faroles se movían de aquí para allá, mientras los hombres ponían juntas todas las cosas que pensaban llevar y las apilaban junto al camión. Rose of Sharon sacó toda la ropa de la familia, los monos, zapatos de suela gruesa, botas de goma, gastados vestidos de domingo, jerseys y pellizas. Empaquetó todo bien apretado en una caja de madera, se subió encima de ella y apisonó todo con fuerza. Entonces sacó los vestidos estampados y chales, las medias negras de algodón y la ropa de los niños —pequeños petos y vestidos estampados baratos—, metió todo en la caja y la volvió a apisonar.

Tom se dirigió al cobertizo de herramientas y volvió con las que quedaban, una sierra manual, un juego de llaves inglesas, un martillo, una caja de clavos de distintos tamaños, un par de alicates, una lima plana y un juego de limas de cola de rata.

Y Rose of Sharon sacó la gran pieza de tela encerada y la extendió en el suelo, detrás del camión. Luchó con los colchones para sacarlos por la puerta, tres colchones dobles y uno pequeño. Los amontonó sobre la tela y luego trajo montones de raídas mantas, dobladas, y las puso encima.

Madre y Noah estaban muy atareados con los cadáveres; de la cocina salía el olor a huesos de cerdo asándose. Los niños habían sucumbido al sueño. Winfield yacía encogido sobre el polvo a la puerta de la casa; y Ruthie, sentada en una caja en la cocina, donde había ido a observar la carnicería, apoyaba la cabeza en la pared. Respiraba con tranquilidad en el sueño y sus labios se abrían sobre los dientes. Tom terminó con las herramientas y entró en la cocina con el farol, seguido del predicador.

—¡Santo Cielo! —dijo Tom—. ¡Cómo huele esa carne! Y hay que ver cómo cruje.

Madre metió los ladrillos de carne en un barril, puso sal alrededor y por encima de ellos y cubrió toda la capa con sal apelmazada. Levantó la vista hacia Tom y le dedicó una ligera sonrisa, pero sus ojos estaban serios y cansados.

—Os gustará tener huesos de cerdo para desayunar —dijo.

El predicador se puso a su lado.

—Déjeme salar esta carne —dijo—. Yo sé hacerlo. Usted tiene otras cosas que hacer.

Ella interrumpió su trabajo y le inspeccionó con extrañeza, como si le hubiera sugerido algo raro. Sus manos estaban cubiertas con una costra de sal, y de color rosa, teñidas por el fluido del cerdo fresco.

—Es trabajo de mujeres —replicó finalmente.

—Es trabajo —arguyó el predicador—. Hay demasiado trabajo como para dividirlo en trabajo para mujeres y para hombres. Usted tiene mucho que hacer. Deje que yo sale la carne.

Aún le volvió a mirar un momento y luego pasó agua de un cubo a la jofaina de hojalata y se lavó las manos. El predicador cogió lonchas de carne y las saló mientras ella le observaba. Las colocó en el barril igual que ella había hecho. Solamente cuando hubo acabado una capa y la hubo cubierto cuidadosamente de sal, se dio ella por satisfecha. Se secó las manos descoloridas e hinchadas.

Tom dijo:

—Madre, ¿qué nos vamos a llevar de aquí?

Ella miró con rapidez por la cocina.

—El cubo —respondió—. Todo lo que sirve para comer: platos, tazas, cucharas, tenedores y cuchillos. Mételos todos en ese cajón y llévatelo. La sartén y la olla grandes, la cafetera. Cuando se enfríe, coge la parrilla del horno. Es útil para una hoguera. Me gustaría llevar el cubo grande de lavar, pero no creo que haya sitio. Lavaré la ropa en un cubo normal. Los cacharros pequeños no son útiles. Se puede cocinar poca cantidad en una olla grande, pero no al revés. Coge las bandejas de hacer el pan, todas. Se meten unas dentro de las otras —volvió a mirar por la cocina—. Llévate esas cosas que te he dicho, Tom. Yo prepararé lo demás, la lata grande de pimienta, la sal, la nuez moscada y el rallador. Esas cosas no las sacaré hasta el último momento —cogió un farol y caminó pesadamente hacia el dormitorio y sus pies descalzos no hicieron ningún ruido en el suelo.

El predicador comentó:

—Parece cansada.

—Las mujeres están siempre cansadas —dijo Tom—. Las mujeres son así, excepto alguna vez que hay reunión.

—Ya, pero quiero decir más cansada de lo normal. Cansada de verdad, como si estuviera enferma de cansancio.

Madre acababa de llegar a la puerta y oyó sus palabras. Lentamente, las líneas desaparecieron y su rostro musculoso y tenso se relajó y recuperó su expresión habitual de serenidad. Los ojos volvieron a brillar y los hombros se enderezaron. Echó un vistazo a la habitación desnuda, en la que no quedaba sino basura. Los colchones que habían ocupado el piso ya no estaban. Las cómodas se habían vendido. En el piso yacían un peine roto, un bote vacío de polvos de talco y unas pocas pelusas. Madre dejó el farol en el suelo. Alargó la mano por detrás de una de las cajas que habían servido de silla y sacó una caja de cartas, vieja, sucia y estropeada por las esquinas. Se sentó y la abrió. Dentro había cartas, recortes, fotografías, unos pendientes, un anillo de sello, de oro, y una cadena de reloj de cabello trenzado con eslabones de oro. Rozó las cartas con los dedos, delicadamente, y alisó un recorte de periódico que contenía la información sobre el juicio de Tom. Durante largo rato sostuvo la caja, mirando más allá de ella, desordenando las cartas con los dedos y volviéndolas a amontonar con esmero. Se mordía el labio inferior mientras pensaba y recordaba. Al final tomó una decisión. Sacó el anillo, la cadena del reloj, los pendientes, escarbó bajo el montón y encontró un gemelo de oro. Sacó una carta de su sobre y guardó en él las baratijas. Luego dobló el sobre y se lo metió en el bolsillo del vestido. Entonces, con mucho cuidado, tiernamente, cerró la caja y alisó la tapa con los dedos. Abrió un poco los labios. Después se levantó, agarró el farol y volvió a la cocina. Levantó la tapa del fogón y dejó la caja con delicadeza entre las brasas. El calor tiñó el papel de color marrón en un instante. Una llama creció y cubrió la caja. Dejó caer la tapa y al momento el fuego suspiró y envolvió la caja con su aliento.

Afuera, en el patio oscuro, trabajando a la luz del farol, Padre y Al cargaban el camión. Las herramientas al fondo, pero fáciles de encontrar en caso de avería. Seguidamente las cajas de ropa y los utensilios de cocina dentro de un saco de arpillera; los cubiertos y los platos en su caja. Después el cubo de galón atado detrás. Dispusieron el fondo de la carga tan regularmente como les fue posible y rellenaron los huecos entre las cajas con mantas enrolladas. Luego colocaron los colchones encima, cargando el camión en capas. Por último extendieron la tela encerada sobre la carga y Al practicó pequeños agujeros en el borde, separados unos sesenta centímetros, insertó cuerdas y las ató a los listones laterales del camión.

—Y si llueve —dijo—, la atamos a la barra más alta y los que vayan detrás se pueden refugiar debajo, y no mojarse. Los que vayamos delante no tendremos problema de todas formas.

Padre aplaudió:

—Qué buena idea.

—Pues eso no es todo —continuó Al—. En cuanto encuentre una planta alta, voy a hacer una especie de viga y a colocar la lona por encima, de forma que quede cubierto y los de detrás también puedan protegerse del sol.

—Es buena idea —asintió Padre—. ¿Por qué no lo pensaste antes?

—No he tenido tiempo —replicó Al.

—¿Que no has tenido tiempo? Pues sí lo tuviste para ir por ahí como un coyote en celo. Sabe Dios dónde habrás estado las dos últimas semanas.

—Ocupado en cosas que uno debe hacer antes de marchar —respondió Al. Y entonces perdió parte de su aplomo—. Padre —preguntó—, ¿te alegras de que nos vayamos?

—¿Eh? Bueno . . . sí, claro. Por lo menos . . . sí. Aquí lo hemos pasado mal. Por supuesto que en California va a ser otra cosa: trabajo abundante, todo cubierto de verde y casitas blancas rodeadas de naranjos.

—¿Hay naranjos por todas partes?

—Quizá no haya por todas partes, pero sí en muchos lugares.

El primer brillo gris del amanecer apareció en el cielo. Todo estaba listo: los barriles de carne preparados, el gallinero listo para colocarlo encima de todo. Madre abrió el horno y sacó el montón de huesos asados, crujientes y de color marrón, con bastante carne adherida para mascar. Ruthie despertó a medias, resbaló de la caja y volvió a dormir. Pero los adultos, de pie en la puerta y temblando levemente, royeron la carne crujiente.

—Creo que deberíamos despertar a los abuelos —dijo Tom—. Falta poco para que se haga de día.

—Mejor esperar al último momento —dijo Madre—. Necesitan descansar. Ruthie y Winfield apenas han dormido como es debido tampoco.

—Bueno, pueden dormir todos encima de la carga —sugirió Padre—. Seguro que están cómodos ahí.

De pronto los perros se incorporaron y escucharon atentos; y luego, con un rugido, echaron a correr ladrando en la oscuridad.

—¿Qué demonios pasa ahora? —dijo Padre. Al cabo de un momento pudieron oír una voz hablando tranquilizadora a los perros que ladraban y los ladridos perdieron fiereza. Luego oyeron pasos y un hombre acercándose. Era Muley Graves, con el sombrero calado hondo.

Se aproximó con timidez.

—Buenos días —saludó.

—Pero si es Muley —Padre saludó moviendo el hueso de jamón que sostenía—. Entra y come un poco, Muley.

—No, no —protestó Muley—. No tengo demasiada hambre.

—Vamos, Muley, coge algo. Aquí tienes —Padre entró en la casa y salió con un puñado de costillas.

—No he venido a comerme vuestra comida —dijo—. Andaba por ahí y pensé que os marchabais y que podía venir a despediros.

—Nos vamos dentro de un rato —dijo Padre—. Si llegas a venir una hora más tarde, ya no nos encuentras. Ya está todo el equipaje listo . . . ¿ves?

—Todo empaquetado —Muley miró el camión cargado—. A veces me dan ganas de partir y buscar a mi familia.

Madre preguntó:

—¿Tienes alguna noticia suya desde California?

—No —respondió Muley—. No he oído nada. Pero tampoco he ido a mirar a la oficina de correos. Debería acercarme por allí en algún momento.

Padre dijo:

—Al, ve a despertar a los abuelos. Diles que vengan a comer. No tardaremos mucho en irnos.

Y mientras Al se alejaba con tranquilidad hacia el granero:

—Muley, ¿quieres apretarte un poco y venir con nosotros? Si quieres te hacemos sitio.

Muley arrancó un pedazo de carne del borde de una costilla y lo masticó.

—A veces pienso que sí. Pero sé que no voy a ir —contestó—. Sé perfectamente que en el último minuto echaría a correr y me escondería como un maldito fantasma de cementerio.

Noah dijo:

—Algún día te vas a morir por ahí, en campo abierto, Muley.

—Lo sé. He pensado en ello. A veces me da una enorme sensación de soledad, otras no me parece tan malo y otras incluso creo que es bonito. La verdad es que me da lo mismo. Pero si os encontráis con mi familia —es lo que vine a deciros en realidad— si os tropezáis con ellos en California, decidles que me reuniré con ellos tan pronto como consiga el dinero.

—¿Lo harás? —preguntó Madre.

—No —respondió Muley, quedamente—. No lo haré. No soy capaz de marchar. He de quedarme. Hace algún tiempo habría podido irme, pero ahora ya no. Uno se pone a pensar y se da cuenta de las cosas. Yo no me iré nunca.

La luz de la aurora ya era un poco más brillante y hacía palidecer la luz de los faroles. Al regresó con el abuelo luchando y cojeando a su lado.

—No dormía —dijo Al—. Estaba sentado en la parte trasera del granero. Le pasa algo.

Los ojos del abuelo habían perdido viveza y en ellos no quedaba ni rastro de la antigua malicia.

—No me pasa nada —dijo—, lo único es que yo no me marcho.

—¿Cómo que no? —exigió Padre—. ¿Qué quieres decir con eso de que no te marchas? Pero si ya tenemos todo preparado. Debemos partir. Aquí no tenemos dónde estar.

—No digo que os quedéis —explicó el abuelo—. Vosotros debéis iros. Pero yo me quedo. He estado pensando casi toda la noche. Esta es mi región y yo debo estar aquí. Me importa un comino que allá haya uvas y naranjas para dar y vender. Yo no voy. Esta tierra no vale nada, pero es la mía. No, vosotros marchad. Yo me quedo aquí en mi sitio.

Se agruparon a su alrededor. Padre dijo:

—No es posible, abuelo. Dentro de nada los tractores pasarán por estas tierras. ¿Quién va a cocinar para ti? ¿Cómo vivirás? No te puedes quedar. Te morirás de hambre si no tienes a alguien que te cuide.

El abuelo exclamó:

—Maldita sea, soy viejo pero aún puedo cuidar de mí mismo. ¿Cómo se las arregla Muley? Yo lo puedo hacer tan bien como él. Te digo que no voy, ya te puedes ir haciendo a la idea. Llévate a la abuela si quieres, pero yo no voy, y punto.

Padre intentó en vano convencerle:

—Abuelo, escúchame un momento. Nada más que un minuto.

—No voy a escuchar. Ya te he dicho lo que pienso hacer.

Tom tocó a su padre en el hombro.

—Padre, ven a casa. Quiero decirte una cosa —conforme se acercaban a casa, llamó:

—Madre, ven un momento, ¿quieres?

En la cocina ardía un farol y aún quedaba un montón grande de huesos de cerdo en el plato. Tom dijo:

—Mirad, el abuelo tiene derecho a decir que no viene, pero no le podemos dejar quedarse. Estamos de acuerdo, ¿no?

—Claro que no puede quedarse —dijo Padre.

—Bueno, mira. Si tenemos que cogerlo y atarlo, podríamos hacerle daño y se pondrá además tan furioso que se hará daño él mismo. No podemos discutir con él; pero si conseguimos que se emborrache, no habrá problema. ¿Tenemos whisky?

—No —contestó Padre—. No hay ni una gota de whisky en casa. Y John tampoco tiene. Nunca tiene cuando no está bebiendo.

—Tom, tengo media botella de jarabe que compré para Winfield cuando le dio dolor de oído —dijo Madre—. ¿Crees que puede servir? A Winfield le dormía cuando tenía mucho dolor.

—Podría ser —dijo Tom—. Sácalo. Podemos intentarlo, de cualquier forma.

—Lo tiré en el montón de basura —recordó Madre. Cogió el farol y salió y enseguida volvió a entrar con una botella medio llena de medicina negra.

Tom la cogió y la probó.

—No sabe mal —dijo—. Haz una taza de café negro, muy cargado. Vamos a ver . . . dice una cucharita. Mejor será poner una buena cantidad, dos cucharadas soperas.

Madre abrió el fogón y puso agua a calentar, al lado de las brasas, y midió el café.

—Se lo tendré que dar en una lata —dijo—. Todas las tazas están ya guardadas.

Tom y su padre salieron.

—Uno tiene derecho a decir lo que quiere hacer. ¿Quién está comiendo costillas? —dijo el abuelo.

—Ya hemos comido —dijo Tom—. Madre te está preparando una taza de café y algo de carne.

Entró en la casa, se bebió el café y comió la carne. El grupo le observó silenciosamente a través de la puerta, a la luz del alba. Vieron cómo bostezaba y se tambaleaba y luego ponía los brazos en la mesa, descansaba la cabeza en los brazos y se dormía.

—En cualquier caso estaba cansado —dijo Tom—. Dejémosle que duerma.

Ahora ya estaban preparados. La abuela, aturdida y confusa, preguntó:

—¿Qué es esto? ¿Qué hacéis, tan temprano? —pero estaba vestida y dispuesta a colaborar. Y Ruthie y Winfield estaban despiertos, pero callados con la tensión del cansancio y aún como si estuvieran soñando.

La luz tamizaba los campos. El movimiento de la familia se detuvo. Se mostraban reacios a dar el primer paso para ponerse en marcha. Estaban asustados, ahora que había llegado el momento . . . de la misma forma que estaba asustado el abuelo. Vieron cómo el cobertizo se perfilaba contra la luz y los faroles palidecían hasta dejar de proyectar los círculos de luz amarillenta. Las estrellas iban desapareciendo, poco a poco, hacia el oeste. Y todavía se quedaron parados, como sonámbulos, los ojos enfocados para abarcar una vista panorámica, sin fijarse en los detalles, contemplando la aurora, el conjunto de los campos, la disposición de todo el entorno de una vez.

Sólo Muley Graves rondaba inquieto, mirando en el interior del camión a través de los listones, aporreando las ruedas de repuesto que colgaban de la parte trasera del camión. Por fin se acercó a Tom.

—¿Vas a cruzar la frontera del estado? —preguntó—. ¿Vas a violar la libertad bajo palabra?

Y Tom se estremeció para librarse del entumecimiento.

—¡Dios!, el sol está a punto de salir —dijo en voz alta—. Tenemos que ponernos en movimiento —los demás salieron de su letargo y fueron hacia el camión.

—Venga —animó Tom—. Vamos a subir al abuelo.

Padre, el tío John, Tom y Al entraron en la cocina, donde dormía el abuelo con la frente apoyada en los brazos; en la mesa quedó una línea de café a medio secar. Le cogieron por debajo de los codos y le pusieron en pie, él gruñó y juró con la lengua espesa, igual que un borracho. Le fueron empujando y al llegar al camión, Tom y Al subieron e, inclinándose, lo levantaron con suavidad cogiéndolo por los sobacos y lo tumbaron encima de la carga. Al desató la lona, lo movieron hasta que estuvo debajo y pusieron una caja bajo la lona a su lado para que el peso de la lona no se apoyara en él.

—Tengo que preparar eso de la viga —dijo Al—. Lo haré esta noche cuando paremos —el abuelo gruñó y se removió débilmente a punto de despertar y cuando finalmente se tranquilizó volvió a hundirse en un sueño profundo.

Padre dijo:

—Madre, tú y la abuela sentaos delante con Al un rato. Iremos turnándonos para que no sea tan pesado, pero empezad vosotras —ellas se metieron en la cabina, y los demás se apelotonaron encima de la carga,

Connie y Rose of Sharon, Padre y el tío John, Ruthie y Winfield, Tom y el predicador. Noah permaneció en tierra, contemplando la enorme carga que hacían ellos en lo alto del camión.

Al caminó alrededor, examinando las ballestas.

—¡Dios mío! —exclamó—. Esas ballestas están completamente planas. Menos mal que las he bloqueado.

—¿Qué pasa con los perros, Padre? —dijo Noah.

—Me había olvidado —dijo Padre. Soltó un silbido estridente y un perro se acercó corriendo, pero sólo uno. Noah lo cogió y lo colocó arriba, donde el perro se sentó rígido y tembloroso, asustado por la altura.

—Tendremos que dejar los otros dos —decidió Padre— Muley, ¿te ocuparás de ellos? ¿Cuidarás de que no se mueran de hambre?

—Sí —dijo Muley—. Estará bien tener un par de perros. Sí. Me los quedo.

—Quédate también con las gallinas —dijo Padre.

Al se encaramó al asiento del conductor. El motor de arranque zumbó, encendió y volvió a ronronear. Luego flotó el rugido de los seis cilindros y un humo azul por detrás.

—Adiós, Muley —gritó Al.

Y la familia gritó:

—Adiós, Muley.

Al metió la primera y soltó el embrague. El camión se estremeció y avanzó con esfuerzo por el patio. Y metió la segunda. Subieron reptando por la loma y el polvo rojo se levantó a su alrededor.

—¡Dios, vaya carga! —dijo Al—. En este viaje no vamos a marcar un récord de velocidad.

Madre trató de mirar atrás, pero la carga se lo impidió. Enderezó la cabeza y dirigió la vista hacia adelante, a la carretera de tierra. Y un enorme cansancio se reflejó en sus ojos.

Los que iban encima de la carga sí volvieron la vista atrás. Vieron la casa, el granero, y un poco de humo que aún salía por la chimenea. Vieron cómo las ventanas se teñían de rojo con la primera chispa de color del sol. Vieron a Muley, de pie, con aire de desamparo, mirando desde el patio cómo se alejaban. Y entonces la colina les cortó la visión. Los campos de algodón flanqueaban la carretera. Y el camión avanzó lentamente a través del polvo, hacia la carretera y hacia el oeste.

Capítulo 11

Las casas quedaron vacías en los campos y por ello también la tierra parecía estar vacía. Sólo estaban vivos los cobertizos de hierro galvanizado de los tractores, plateados y brillantes; estaban vivos con metal, gasolina y aceite, los discos refulgentes de los arados. Los faros de los tractores relucían porque para un tractor no existe ni el día ni la noche y los discos remueven la tierra en la oscuridad y centelleaban a la luz del día. Cuando un caballo acaba su trabajo y se retira al granero, queda allí energía y vitalidad, aliento y calor, y los cascos se mueven entre la paja, las mandíbulas se cierran masticando el heno y los oídos y los ojos están vivos. En el granero flota el calor de la vida, la pasión y el aroma de la vida. Pero cuando el motor de un tractor se apaga, se queda tan muerto como el mineral del que está hecho. El calor le abandona igual que el calor de la vida abandona a un cadáver. Luego se cierran las puertas de hierro galvanizado y el conductor se va a casa, a la ciudad, que quizá esté a veinte millas de distancia, y no necesita volver en semanas o meses, porque el tractor está muerto. Y esto resulta fácil y eficaz. Tan fácil que el trabajo pierde interés, tan eficaz que la tierra y trabajar el campo dejan de producir emoción y desaparecen también la comprensión profunda y la relación del hombre con la tierra. Dentro del conductor del tractor crece el desprecio que sólo es capaz de sentir un extraño que posee escasa comprensión y al que no une ninguna relación. Porque los nitratos no son la tierra, ni tampoco lo son los fosfatos; y la longitud de la fibra del algodón no es la tierra. El carbono no es un hombre, ni lo son la sal, el agua, el calcio. Él es todo eso, pero también mucho más, mucho más; y la tierra es mucho más que lo que revela su análisis. El hombre, que es más que sus reacciones químicas, caminando sobre la tierra, torciendo la reja del arado para esquivar una piedra, soltando la esteva para dejarse resbalar por una roca que sobresale, arrodillándose en la tierra para almorzar; el hombre que es algo más que los elementos que lo componen conoce la tierra que es más que un análisis de componentes. Pero el hombre de la máquina, conduciendo un tractor muerto por un campo que ni conoce ni ama, sólo entiende la química; y siente desprecio por la tierra y por sí mismo. Cuando las puertas de hierro galvanizado se cierran él se va a su casa, y su casa no es el campo.

Las puertas de las casas vacías batían impulsadas por el viento. Bandas de críos iban desde los pueblos a romper las ventanas y a escarbar entre los despojos, buscando tesoros. Aquí hay un cuchillo con la hoja rota por la mitad. Eso está bien. Y . . . aquí huele a rata muerta. Y mira lo que Whitey escribió en la pared. Lo escribió también en los servicios de la escuela y el maestro le hizo borrarlo.

Cuando la gente se acababa de marchar, y la noche del primer día llegó, los gatos cazadores se acercaron perezosos desde los campos y maullaron en el porche. Y cuando vieron que no salía nadie, se deslizaron entre las puertas abiertas y caminaron maullando por las habitaciones vacías. Y después volvieron a los campos convertidos desde ese momento en gatos silvestres, que cazaban ardillas y ratones de campo y dormían durante el día en las zanjas. Al llegar la noche, los murciélagos, detenidos ante las puertas por miedo a la luz, se precipitaron al interior de las casas y navegaron por las habitaciones vacías, y al cabo de un tiempo se quedaron por el día en los rincones oscuros de los cuartos, con las alas plegadas y colgando cabeza abajo de las vigas, y el olor de sus excrementos invadió las casas vacías.

Los ratones se mudaron a las casas y almacenaron semillas en los rincones, en cajas, detrás de los cajones de la cocina. Y las comadrejas entraron a cazar ratones mientras los búhos de plumas marrones volaban chillando, entraban y volvían a salir.

Luego cayó un pequeño chaparrón. Las hierbas brotaron ante la entrada, donde la gente nunca había permitido que crecieran, y subieron también entre las tablas del porche. Las casas estaban vacías, y una casa vacía se desmorona rápidamente. Las grietas aparecieron en los tablones de la cubierta, a partir de clavos roñosos. El polvo se posó en los suelos, una capa homogénea alterada sólo por las huellas de ratones, comadrejas y gatos.

Una noche el viento soltó una teja y la arrojó al suelo. El siguiente viento curioseó en el agujero que la teja había dejado y arrancó otras tres tejas, y el siguiente, una docena. El sol del mediodía ardió a través del agujero y dejó una señal luminosa en el suelo. Los gatos montaraces se acercaban por la noche desde los campos, pero ya no se conformaban con maullar a la puerta. Se movían como sombras de una nube que pone un velo a la luna, entraban a los cuartos a cazar ratones. Y en las noches ventosas las puertas golpeaban contra los marcos y las cortinas en jirones aleteaban en las ventanas sin cristales.

Capítulo 12

L A carretera 66 es la ruta principal de emigración. La 66, el largo sendero de asfalto que atraviesa el país, ondulando suavemente sobre el mapa, de Mississippi a Bakersfield, por las tierras rojas y las tierras grises, serpenteando montaña arriba hasta cruzar las cumbres, siguiendo luego por el deslumbrante y terrible desierto hasta atravesarlo, alcanzar la nueva cordillera y llegar a los ricos valles de California.

La 66 es la ruta de la gente en fuga, refugiados del polvo y de la tierra que merma, del rugir de los tractores y la disminución de sus propiedades, de la lenta invasión del desierto hacia el norte, de las espirales de viento que aúllan avanzando desde Texas, de las inundaciones que no traen riqueza a la tierra y le roban la poca que pueda tener. De todo esto huye la gente y van llegando a la 66 por carreteras secundarias, por caminos de carros y por senderos rurales trillados. La 66 es la carretera madre, la ruta de la huida.

Clarksville y Ozark, Van Buren y Fort Smith están en la 64, que llega a un extremo de Arkansas. Y todas las carreteras pasan por Oklahoma City, la 66 que viene de Tulsa, la 270 que sube desde McAlester. La 81 desde Wichita Falls al sur, hasta Enid al norte. Edmond, McLoud, Purcell. La 66 sale de Oklahoma City, El Reno y Clinton, hacia el oeste siguiendo la 66. Hydro, Elk City y Texola, allí acaba Oklahoma. La 66 atraviesa el Texas Panhandle Shamrock y McLean, Conway y Amarillo. Wildorado y Vega y Boise, y termina

Texas. Tucumcari y Santa Rosa, por las montañas de New Mexico hasta Albuquerque, a donde llega la carretera después de pasar por Santa Fe. Luego siguen las gargantas del Río Grande hasta Los Lunas y más hacia el oeste por la 66 hasta Gallup y la frontera de New Mexico. Entonces vienen las altas montañas, Holbrook y Winslow y Flagstaff, en las altas montañas de Arizona. Después la extensa altiplanicie, ondulante como un oleaje terrestre. Ashfork y Kingman y de nuevo montañas de piedra donde el agua hay que acarrearla y se vende. Pasadas las montañas de Arizona, podridas por el sol, se llega a las riberas pobladas de cañas verdes del Colorado y allí termina Arizona. La otra orilla del río es California, que empieza con una bonita ciudad. Needles, a la orilla del río. Pero aquí el río es un extraño. Hacia el norte y tras una pradera abrasada está el desierto. Y la 66 continúa por el terrible desierto, donde la distancia reluce y en el centro las montañas negras cuelgan de forma imposible en la lejanía. Finalmente se llega a Barstow y sigue el desierto hasta que por fin vuelven a elevarse las montañas, las buenas montañas, y la 66 serpentea a través de ellas. De pronto un paso y al pie un hermoso valle, huertas y viñedos y casitas, y a lo lejos una ciudad, y, ¡oh, Dios mío! hemos llegado.

Las gentes en fuga desembocaron en la 66, a veces un solo coche, otras un pequeño remolque. Avanzaron lentamente por la carretera, todo el día y a la noche se detuvieron junto a algún arroyo. De día viejos radiadores que perdían lanzaban chorros de vapor, las bielas flojas martilleaban con constancia. Y los hombres que conducían los camiones y los coches cargados en exceso escuchaban con aprensión. ¿Cuánta distancia hay entre las ciudades? Da pánico el camino entre dos centros. Si se rompe alguna cosa . . . bueno, si se rompe algo, acampamos aquí mismo mientras Jim va andando a la ciudad, compra la pieza de recambio y vuelve y . . . ¿cuánta comida nos queda?

Escucha el motor, presta atención a las ruedas. Escucha con los oídos, con las manos en el volante, con la palma de la mano en el cambio de marchas, con los pies en las tablas del suelo. Escucha el golpeteo del viejo cacharro con los cinco sentidos; fíjate en un cambio de tono, en una variación del ritmo que puede significar . . . ¿una semana aquí parados? Esa vibración son las válvulas. Eso no es nada. Las válvulas pueden vibrar hasta el día del juicio sin que pase nada. Pero ese ruido sordo que hace el coche al moverse . . . no es que lo oiga . . . es como si sólo lo sintiera. A lo mejor el aceite no llega a algún sitio. Quizá los cojinetes empiezan a fallar. Por Dios, si se trata de un cojinete, no sé lo que vamos a hacer. El dinero se nos va muy deprisa.

Y ¿por qué hoy se ha calentado tanto este hijo de puta? Ni siquiera es cuesta arriba. Vamos a mirar. ¡Dios Todopoderoso!, la correa del ventilador ha desaparecido. Mira, haz una correa con este trocito de cuerda. A ver qué longitud . . ., ya está. Yo empalmo los extremos. Ahora conduce despacio, hasta que lleguemos a una ciudad. Esa cuerda no va a resistir mucho tiempo.

Si pudiéramos llegar a California, donde crecen los naranjos, antes de que esta cafetera explote. Si pudiéramos . . .

Y los neumáticos . . . dos capas de tela gastadas. Sólo un alambre de cuatro capas. Podrían tirar cien millas más si no damos con una piedra y estalla. ¿Qué preferís, cien millas más, tal vez, o quizá dejar inservible la cámara? ¿Cuál de las dos? Cien millas. Bueno, te lo tienes que pensar. Tenemos parches de cámara. Quizá cuando se rompa no sea más que una pérdida pequeña. ¿Y si hacemos unas botas? Podríamos tirar otras quinientas millas. Sigamos hasta que revienten.

Debemos comprar un neumático, pero, por Dios, cobran mucho por una rueda vieja. Te miran de arriba abajo. Saben que tenemos que seguir adelante, que no podemos esperar. Y el precio sube.

Tómelo o déjelo. Yo no trabajo por amor al arte. Vendo neumáticos, no los regalo. Yo no puedo evitar lo que le ha pasado a usted. Tengo que pensar en mí mismo.

¿A cuánto está la próxima ciudad?

Ayer vi pasar cuarenta y dos coches como el suyo. ¿De dónde salen todos ustedes? ¿A dónde van?

Bueno, California es un estado grande.

No tan grande. Ni siquiera el país entero es tan grande. No es tan extenso. No es lo suficientemente amplio. No hay bastante espacio para usted y para mí, para la gente de su clase y la de la mía, para ricos y pobres todos juntos en un país, para ladrones y hombres honrados. Para el hambre y la abundancia. ¿Por qué no se vuelven por donde han venido?

Este es un país libre. Cada uno puede ir donde le apetezca.

¡Eso es lo que usted se cree! ¿Ha oído hablar alguna vez de la patrulla fronteriza de California? Es de la policía de Los Ángeles. Les detendrán, desgraciados, les harán volver. Mire, si no puede comprar tierras no le queremos aquí. Por cierto, ¿tiene carnet de conducir?, déjeme verlo. Se ha roto. No se puede entrar sin carnet de conducir.

Es un país libre.

Bueno, intente comprar la libertad. Por aquí decimos que un tipo tiene tanta libertad como su dinero le permite comprar.

En California se pagan salarios altos. Tengo aquí un papel que lo dice.

Tonterías. He visto a gente que se ha dado la vuelta. Hay alguien que les está tomando el pelo. ¿Quiere ese neumático o no?

Tengo que comprarlo, pero le aseguro que se nos lleva un buen pellizco. No nos queda mucho dinero.

Bueno, yo no soy la beneficencia. Cójalo.

Creo que no me queda más remedio. Déjeme verlo. Ábralo, veamos la cubierta. Hijo de puta, dijo que la cubierta estaba bien. Está a punto de reventar.

No es verdad. A ver . . . ¡anda!, ¿cómo es posible que no me diera cuenta?

Claro que se había dado cuenta, es usted un hijo de puta. Quiere cobrarnos cuatro dólares por una cubierta reventada. Me gustaría pegarle un puñetazo.

Bueno, bueno, no se rasgue las vestiduras. Le digo que no me di cuenta. ¿Sabe lo que podemos hacer? Le dejo éste por tres cincuenta.

Sí, ¿y qué más? Intentaremos llegar hasta la próxima ciudad.

¿Crees que lo conseguiremos con ese neumático?

No tenemos elección. Antes me pongo yo como neumático que darle a ese tipo ni un centavo.

¿Y qué te crees que es un vendedor? Como él mismo dice, no trabaja por placer. Así son los negocios. ¿Cómo pensabas que era? Cada uno tiene que . . . ¿Has visto ese anuncio en la carretera? Servicios del club. ¿El sábado fiesta en el hotel Colmado? Bienvenido, hermano. Eso es un club. Un tipo que yo conocía solía contar una historia, decía: cuando yo era pequeño mi viejo me dio una novilla por el ronzal y me dijo que la llevara y que le hicieran un buen servicio. Yo lo hice y, desde entonces, cada vez que oigo a un hombre de negocios hablar de servicios me pregunto a quién están jodiendo. Uno que hace negocios tiene que mentir y engañar, pero él lo llama de otra manera. Eso es lo importante. Si tú vas y robas el neumático, resulta que eres un ladrón, pero él intentó robarte cuatro dólares por un neumático reventado. A eso lo llaman hacer un buen negocio.

Danny, sentado en el asiento de detrás quiere un vaso de agua.

Tendrá que esperar. Aquí no hay agua.

Escucha . . . ¿oyes el tubo de escape?

No sé qué decirte.

La estructura suena igual que un telégrafo.

Se ha soltado una junta. Hay que continuar. Fíjate cómo silba. En cuanto veamos un sitio bueno para acampar, aparco inmediatamente. Pero, ¡Dios mío!, se está acabando la comida, nos quedamos sin dinero. ¿Qué pasará cuando ya no podamos comprar gasolina?

Danny quiere un vaso de agua. El pobre crío tiene sed.

Fíjate cómo silba esa junta.

¡Santo Dios! Ya está. Ya han reventado la llanta, la cubierta y todo. Hay que arreglarlo. Guarda la cubierta para hacer botas; la cortas y la pegamos por dentro de refuerzo de partes gastadas.

Coches parados junto a la carretera, motores apagados, neumáticos remendados. Coches cojeando a lo largo de la carretera 66 como si estuvieran heridos, jadeando y luchando por seguir. Demasiado caliente, conexiones flojas, cojinetes sueltos, estructuras traqueteantes.

Danny quiere un vaso de agua.

Tendrá que esperar, el pobre chiquillo. Tiene calor. Próxima estación de servicio, de *servicio*, como decía aquél.

Doscientas cincuenta mil personas en la carretera. Cincuenta mil coches viejos, heridos, humeando. Ruinas abandonadas a la orilla de la carretera. ¿Qué les pasó? ¿Qué pasó con la gente que viajaba en ese coche? ¿Echaron a andar? ¿Dónde están? ¿De dónde sale el valor, de dónde la fe tremenda?

Y aquí tienen una historia que apenas se puede creer, pero es cierta, y es divertida y hermosa. Eran una familia de doce personas, que se vieron obligados a marcharse de sus tierras. No tenían coche. Construyeron un remolque a base de chatarra y lo cargaron con sus pertenencias. Lo arrastraron hasta la orilla de la carretera 66 y esperaron. Y al poco tiempo los recogió un coche. Cinco de ellos viajaron en el coche y siete en el remolque, además del perro. Llegaron a California en dos saltos. El dueño del coche les dio de comer en el viaje. Es una historia cierta. Pero, ¿cómo se puede tener tanto valor y una fe semejante en los miembros de la propia especie? Son muy pocas las cosas que podrían enseñar a tener una fe tan grande.

Gente huyendo del terror que queda atrás . . . le suceden cosas extrañas, algunas amargamente crueles y otras tan hermosas que la fe se vuelve a encender, y para siempre.

Capítulo 13

E L viejo Hudson cargado en exceso crujió y gruñó en dirección a la carretera de Sallisaw y allí giró hacia el oeste, bajo un sol cegador. Pero en la carretera asfaltada Al aumentó la velocidad porque las forzadas ballestas ya no corrían peligro. De Sallisaw a Gore hay veintiuna millas y el Hudson avanzaba a treinta y cinco millas por hora. De Gore a Warner la distancia era de trece millas, de Warner a Checotah catorce millas, de Checotah a Henrietta una buena tirada, treinta y cuatro millas, pero al menos al final se llega a una ciudad de verdad. De Henrietta a Cartle diecinueve millas, con el sol de plano, y los campos rojos, calentados por el sol, hacían vibrar el aire.

Al, sentado al volante, con expresión determinada en el rostro, escuchaba el camión con todo el cuerpo, sus ojos inquietos yendo incesantes de la carretera al salpicadero. Al era uno con su motor, cada uno de sus nervios a la busca de puntos débiles, de vibraciones o chirridos, de zumbidos y ronroneos que pudieran indicar un cambio capaz de provocar una avería. Se había transformado en el alma del camión.

La abuela, sentada a su lado, medio dormida, se quejó en sueños, abrió los ojos para mirar adelante y luego volvió a quedarse traspuesta. Madre iba al lado de la abuela, con un codo fuera de la ventana, y su piel se enrojecía bajo el fiero sol. Madre también miraba al frente, pero sus ojos no tenían expresión y no veían la carretera, ni los campos, ni las estaciones de servicio, ni los graneros donde se servían comidas.

No los miraba al pasar. Al cambió de postura en el asiento destrozado y acomodó las manos en el volante. Y suspiró:

—Es muy escandaloso, pero creo que va bien. Dios sabe cómo va a responder si hay que subir alguna colina con la carga que llevamos. ¿Hay alguna colina de aquí a California, Madre?

Ella volvió lentamente la cabeza y sus ojos recobraron vida.

—Me parece que hay colinas —respondió—. En realidad no lo sé. Pero me parece haber oído que hay colinas e incluso montañas. Muy altas.

La abuela dio un largo suspiro lastimero en el sueño.

—Esto va a arder si tenemos que subir alto —dijo Al—. Tendremos que tirar algunas cosas. Quizá no deberíamos haber traído al predicador.

—Te alegrarás de que haya venido antes de que finalice el viaje —dijo Madre—. Ese predicador nos va a ayudar —y volvió a mirar al frente, a la radiante carretera.

Al sujetó el volante con una mano y puso la otra en la vibrante palanca de cambios. Le costaba hablar. Formó las palabras con la boca, silenciosamente antes de decirlas en voz alta.

—Madre . . . —ella se volvió despacio hacia él, la cabeza temblando ligeramente por el movimiento del coche—. Madre, ¿te da miedo marchar? ¿Ir a un sitio nuevo?

Sus ojos se volvieron pensativos y dulces.

—Un poco —contestó—. Pero que no es tanto como miedo. Me limito a estar aquí sentada y esperar. Cuando pase algo que exija una reacción por mi parte, me moveré.

—¿No piensas en qué pasará cuando lleguemos? ¿No temes que quizá no sea tan bonito como pensamos?

—No —replicó con rapidez—. No lo temo. No debes hacer eso. Yo tampoco. Es demasiado, es vivir demasiadas vidas. Delante de nosotros hay mil vidas distintas que podríamos vivir, pero cuando llegue, sólo será una. Si voy adelante en todas ellas, es excesivo. Tú vives por delante porque eres muy joven, pero yo vivo en el momento. Lo más lejos que llego es a calcular lo que tardarán en pedir más huesos de cerdo —su rostro se tensó—. Es lo más que puedo hacer. No llego a más. Todos los demás se disgustarían si hiciera más. Todos confían en que yo piense en esas cosas.

La abuela bostezó con estridencia y abrió los ojos. Miró a su alrededor desesperada.

—Tengo que salir, por Dios —dijo.

—En la primera mata de arbustos —dijo Al—. Hay una allí delante.

—Con arbusto o sin arbusto tengo que bajar, te lo estoy diciendo — y comenzó a gimotear—. Tengo que salir, tengo que salir.

Al aceleró y, al llegar a la mata, frenó bruscamente. Madre abrió la puerta de un empujón y medio arrastró a la anciana al borde de la carretera hasta los arbustos. Y la sujetó para que no cayera al agacharse.

En el remolque, los demás se removieron volviendo a la vida. Sus rostros brillaban rojos por el sol del que no podían guarecerse. Tom, Casy, Noah y el tío John se bajaron con aire de cansancio. Ruthie y Winfield se descolgaron por los laterales y desaparecieron tras los arbustos. Connie ayudó con delicadeza a Rose of Sharon a bajar. El abuelo estaba despierto, asomando la cabeza por encima de la lona, pero en sus ojos, llorosos e inexpresivos, se veía que aún estaba drogado. Miró a los demás, pero en su mirada no había ninguna señal de reconocimiento.

—¿Quieres bajar, abuelo? —llamó Tom.

Los viejos ojos se volvieron hacia él con indiferencia.

—No —respondió el abuelo. Por un momento la fiereza volvió a sus ojos—. No iré, lo juro. Me voy a quedar, igual que Muley —y luego volvió a perder el interés. Madre regresó, ayudando a la abuela a subir el terraplén de la carretera.

—Tom —pidió—, saca el plato de huesos, allí detrás, debajo de la lona. Hemos de comer algo —Tom cogió el plato y lo fue pasando, y la familia comió la carne crujiente adherida a los huesos, de pie junto a la carretera.

—Fue una buena idea traer estos huesos —dijo Padre—. Allí arriba se queda uno tan rígido que apenas se puede mover. ¿Dónde está el agua?

—¿No la llevabais detrás? —preguntó Madre—. Yo dejé fuera el jarro de un galón.

Padre se encaramó a las barras y buscó bajo la lona.

—Aquí no está. Lo hemos debido olvidar.

Al instante la sed se apoderó de ellos. Winfield gimió:

—Quiero beber. Quiero beber —los hombres se humedecieron los labios, súbitamente conscientes de que tenían sed. Y todos sintieron algo de pánico.

Al sintió crecer el miedo.

—Conseguiremos agua en la primera estación de servicio que encontremos. También necesitamos gasolina —los que viajaban detrás treparon por los laterales; Madre ayudó a la abuela a subir a la cabina y después subió ella. Al puso en marcha el motor y siguieron viaje. De Castle a Paden veinticinco millas, el sol pasó el cenit y empezó a bajar. Y la tapa del radiador empezó a saltar de arriba abajo y el vapor comenzó a surgir silbando. Cerca de Paden había una choza junto a la carretera y dos surtidores de gasolina delante de ella; al lado de la cerca un grifo de agua y una manguera. Al se dirigió hacia la manguera y aparcó con el morro pegado a ella. Mientras aparcaban, un hombre corpulento, con la cara y los brazos rojos, se levantó de una silla colocada detrás de los surtidores y se acercó a ellos. Llevaba un pantalón de pana de color marrón, tirantes y una camisa polo; y se cubría la cabeza con una especie de casco de cartón, pintado de color plata, para protegerse del sol. Tenía gotas de sudor en la nariz y debajo de los ojos, que se convertían en arroyuelos en las arrugas del cuello. Se dirigió con calma hacia el camión, con aspecto truculento y severo.

—Oigan, ¿piensan comprar algo? ¿Gasolina o alguna otra cosa? —preguntó.

Al ya se había bajado y estaba desenroscando la humeante tapa del radiador con las puntas de los dedos, retirando la mano con rapidez, intentando evitar el chorro que saldría despedido cuando la tapa quedara suelta.

—Necesitamos gasolina.

—¿Tienen dinero?

—Pues claro. ¿Se cree que mendigamos?

El rostro del gordo perdió la truculencia.

—Bien, en ese caso no hay problema. Cojan el agua que necesiten —y se apresuró a darles una explicación—. La carretera rebosa gente, y algunos paran, usan agua, ensucian los servicios y luego, encima, roban alguna cosa y no compran nada. No tienen ningún dinero para comprar. Vienen suplicando que les regale un galón de gasolina para poder seguir adelante.

Tom saltó al suelo enfadado y fue hacia el gordo.

—Nosotros pagamos lo que compramos —le dijo fieramente—. No tiene ningún derecho a inspeccionarnos de esa forma. No le hemos pedido nada.

—No les estaba inspeccionando —replicó el gordo muy deprisa. El sudor empezó a empapar su camisa polo de manga corta—. Cojan el agua y vayan a usar los servicios si quieren.

Winfield había agarrado la manguera. Bebió del extremo y luego dirigió el chorro por la cabeza y la cara y emergió chorreando.

—No está fría —dijo.

—No sé a dónde va a llegar este país —continuó el gordo. Su queja tenía ahora otro objeto y ya no hablaba a los Joad, ni de ellos—. Cada día pasan cincuenta y seis coches de gente que va al oeste, con niños y utensilios de la casa. ¿A dónde van? ¿A qué van?

—Hacen lo mismo que nosotros —respondió Tom—. Buscan algún sitio donde vivir. Para ir tirando. No es más que eso.

—Bueno, no sé a dónde va a llegar este país. Es que no lo sé. Aquí estoy yo, también trato de ir tirando, y ¿qué creen, que los cochazos nuevos paran aquí? ¡Ni hablar! Van a las estaciones de la ciudad, pintadas de amarillo, las de las grandes compañías. No paran en sitios como este. La mayoría de la gente que para aquí no tiene absolutamente nada.

Al le dio otra vuelta a la tapa del radiador y ésta saltó por el aire empujada por un chorro de vapor, y un borboteo sordo salió del radiador. Subido en el camión, el desgraciado podenco se llegó tímidamente al borde de la carga y miró al agua, lloriqueando. El tío John subió y lo bajó sujetándolo por la piel de la nuca. Durante un momento el perro vaciló apoyado en sus patas rígidas y luego fue a lamer el barro que se había formado debajo de la tapa. En la carretera los coches zumbaban al pasar, relucientes en el calor, y el cálido viento que producían a su paso se desparramaba en el patio de la estación de servicio. Al llenó el radiador con la manguera.

—No es que intente hacer negocio a costa de los ricos —siguió el gordo—. Sólo intento hacer yo algo de negocio. Fíjense, los que paran aquí mendigan gasolina y quieren hacer trueques. Podría enseñarles las cosas que dejan a cambio de gasolina y aceite, las tengo en la habitación trasera: camas, carricoches de niño, cacerolas, sartenes. Una familia cambió la muñeca de la cría por un galón. ¿Y qué puedo yo hacer con todo eso, abrir una chatarrería? Un tipo quiso hasta darme sus zapatos, a cambio de un galón. Y si fuera de otra forma, apuesto a que les podría sacar . . . —miró a Madre y se calló.

Jim Casy se había mojado la cabeza, las gotas aún le corrían por la frente despejada, y su musculoso cuello estaba mojado, lo mismo que su camisa. Se acercó a Tom.

—La gente no tiene la culpa —dijo—. ¿Acaso le gustaría a usted tener que vender la cama en la que duerme por un depósito de gasolina?

—Ya sé que no tienen la culpa. Toda la gente con la que he hablado tienen buenas razones para estar en la carretera. Pero, ¿adónde va a llegar el país? Eso es lo que me gustaría saber. ¿A dónde? Uno ya no puede ganarse la vida. La gente ya no se gana la vida trabajando la tierra. Les pregunto, ¿a dónde vamos a llegar? No me lo puedo imaginar. Nadie a quien yo he preguntado se lo imagina. Un tío quiere quedarse sin zapatos por poder avanzar otras cien millas. No lo puedo entender —se quitó el sombrero plateado y se enjugó la frente con la palma de la mano. Tom se quitó la gorra y se enjugó la frente con ella. Fue a la manguera, mojó la gorra, la escurrió y se la volvió a poner. Madre sacó una taza de hojalata por entre los barrotes laterales del camión y llevó agua a la abuela y al abuelo, que se mojó los labios y luego negó con la cabeza indicando que no quería más. Los ojos del anciano miraron a Madre con dolor y perplejidad por un momento, antes de que la consciencia desapareciera una vez más.

Al puso en marcha el motor y se acercó marcha atrás al surtidor de gasolina.

—Llénelo. Le caben unos siete —dijo Al—. Le pondremos seis para asegurarnos de que no se derrama ni una gota.

El gordo metió la manga en el depósito.

—No, señor —dijo—. Sencillamente no sé a dónde va a llegar este país. Ayuda social incluida.

Casy intervino:

—He estado recorriendo la región. Todo el mundo se pregunta eso. ¿A dónde vamos a llegar? A mí me parece que nunca llegamos a ninguna parte. Siempre estamos en camino, siempre yendo. ¿Por qué no piensa la gente en eso? Ahora hay movimiento, gente moviéndose. Sabemos por qué y también cómo. Porque se ven obligados a ello. Esa es siempre la causa. Porque aspiran a algo mejor de lo que tienen. Y esa es la única forma de conseguirlo. Lo quieren y lo necesitan, así se mueven y se lo cogen. Que le hieran es lo que hace que la gente se enfurezca hasta el punto de luchar. Yo he estado caminando por el campo y he oído a la gente hablar como usted.

El gordo bombeó la gasolina y la aguja del surtidor fue girando al registrar la cantidad.

—Sí, pero a dónde va a llegar todo esto. Eso es lo que quisiera saber.

Tom interrumpió irritado:

—Bueno, pues nunca lo sabrá. Casy intenta explicárselo y usted simplemente vuelve a hacer la misma pregunta. Ya he conocido antes a gente como usted. No es que pregunte nada; usted se limita a cantar una especie de canción: ¿a dónde vamos a llegar? Usted no quiere saberlo. La gente se está moviendo, yendo a distintos lugares. Hay gente muriendo a su alrededor. Quizá usted muera pronto, pero no sabrá nada. He visto demasiados tipos como usted. No quiere saber nada. Lo único que quiere es cantarse una nana para quedarse dormido: «¿A dónde vamos a parar?» —miró el surtidor de gasolina, oxidado y viejo, y una choza que había detrás, hecha de leña vieja, con los agujeros de los primeros clavos que le pusieron aún visibles a través de la pintura que había sido chillona, pintura amarilla que había tratado de imitar las estaciones de servicio de las grandes compañías, en la ciudad. Pero la pintura no había podido cubrir los agujeros de clavos antiguos ni las viejas grietas de la madera, y la pintura no se podía renovar. La imitación no había conseguido su propósito y el propietario lo sabía. En el interior de la choza, a través de la puerta abierta, Tom vio barriles de aceite, sólo dos, y el mostrador de los caramelos, con chucherías rancias y palos de regaliz volviéndose marrones a fuerza de tiempo, y cigarrillos. Vio la silla rota y la mosquitera de metal con un agujero oxidado. Y el patio de chatarra que debería haber tenido gravilla, y detrás, el campo de maíz secándose y muriendo al sol. Al lado de la casa las existencias, pocas, de neumáticos usados y recauchutados. Y vio por vez primera los pantalones baratos, lavados muchas veces, del gordo y su polo barato y su sombrero de cartón. Dijo:

—No pretendía hablar tan bruscamente. Es culpa de este calor. Usted no tiene nada. Dentro de poco usted mismo estará en la carretera. Y no son los tractores los que le van a poner allí. Son esas estaciones amarillas de la ciudad, tan bonitas. La gente se está moviendo —dijo avergonzado—. Usted también tendrá que ponerse en marcha.

La mano del gordo disminuyó el bombeo de gasolina y se detuvo mientras Tom hablaba. Le miró con preocupación.

—¿Cómo lo ha sabido? —preguntó desamparado—. ¿Cómo ha sabido que ya hemos estado hablando de liar el petate y marcharnos al oeste?

—Somos todos —le respondió Casy—. Yo, por ejemplo, que solía luchar con todas mis fuerzas contra el diablo porque pensaba que él era el enemigo. Pero algo peor que el diablo se ha apoderado del país y no lo va a soltar hasta que lo arranquen a hachazos. ¿Ha visto alguna vez agarrarse a una de esas salamandras venenosas? Se agarra, y aunque se la corte en dos, la cabeza sigue enganchada. Se le corta el cuello y la cabeza no suelta lo que tenga apresado. Hay que coger un destornillador y abrirle la cabeza haciendo palanca para conseguir que suelte. Y mientras está enganchada, el veneno se introduce gota a gota, sin pausa, por el agujero que ha abierto con los dientes —calló y miró de lado a Tom.

El gordo miraba al frente desesperanzado. Sus manos comenzaron a girar la manivela lentamente.

—No sé a dónde vamos a llegar —dijo quedamente.

Junto a la manguera del agua, Connie y Rose of Sharon hablaban juntos, como en secreto. Connie enjuagó la taza de hojalata y probó el agua con el dedo antes de llenarla de nuevo. Rose of Sharon miraba pasar los coches por la carretera. Connie le alargó la taza.

—Esta agua no está fría, pero moja —dijo.

Ella le miró y dibujó una de sus sonrisas secretas. Era toda secretos ahora que estaba embarazada, secretos y cortos silencios que parecían tener significados. Estaba satisfecha consigo misma y se quejaba de cosas en realidad sin importancia. Y exigía de Connie unos servicios muy tontos, y ambos sabían que eran tontos. Connie también estaba contento con ella y lleno de asombro de que estuviera embarazada. Le gustaba pensar que él formaba parte de los secretos que ella tenía. Cuando ella sonreía con aquella expresión enigmática, él sonreía del mismo modo y los dos intercambiaban confidencias en murmullos. El mundo se había cerrado en torno a ellos, que estaban en el centro, o más bien Rose of Sharon era el centro mientras Connie describía una pequeña órbita a su alrededor. Todo lo que decían tenía algo de secreto.

Ella retiró los ojos de la carretera.

—No tengo demasiada sed —dijo delicadamente—. Pero quizás *debiera* beber —y él asintió, porque sabía bien lo que ella había querido decir. Rose of Sharon cogió la taza, se enjuagó la boca, escupió y luego bebió la taza entera de agua tibia.

—¿Quieres otra? —ofreció él.

—Sólo media —así que él llenó la taza por la mitad y se la dio. Un Lincoln Zephyr, plateado y bajo, pasó a toda velocidad. Ella se volvió a ver dónde estaban los demás y los vio reunidos junto al camión. Tranquilizada, preguntó:

—¿Qué te parecería viajar en ese coche?

Connie suspiró:

—Quizá . . . más adelante —ambos sabían el significado de sus palabras—. Y si sobra trabajo en California, podremos comprar nuestro propio coche. Pero esos —indicó el Zephyr que desaparecía de su vista—, los de esa clase cuestan tanto como una casa grande. Y prefiero tener la casa.

—Yo querría tener la casa y uno de esos —dijo ella—. Pero desde luego la casa debe ser lo primero porque . . . —y los dos supieron a qué se refería. Estaban muy emocionados con el embarazo.

—¿Te encuentras bien? —preguntó Connie.

—Cansada. Estoy algo cansada de viajar bajo el sol.

—Tenemos que hacerlo o nunca llegaremos a California.

—Ya lo sé —dijo ella.

El perro vagó, olfateando, más allá del camión, llegó trotando al charco formado bajo la manguera y lamió el agua embarrada. Luego se alejó con la nariz baja y las orejas colgando. Fue olfateando entre la maleza polvorienta de la orilla de la carretera hasta llegar al borde del asfalto. Levantó la cabeza y miró al otro lado, y después comenzó a cruzar. Rose of Sharon dejó escapar un chillido agudo. Un coche grande y veloz llegó muy deprisa, los neumáticos chirriaron. El perro intentó en vano esquivarlo y, con un grito estridente, fue a parar debajo de las ruedas, cortado por la mitad. El enorme coche disminuyó por un momento la velocidad y, desde dentro, unos rostros se volvieron para mirar; después aceleró de nuevo y desapareció. Y el perro reducido a un borrón de sangre e intestinos reventados y enmarañados, sobre la carretera, movió las patas lentamente.

Los ojos de Rose of Sharon estaban muy abiertos.

—¿Crees que le hará daño? —imploró—. ¿Crees que le hará daño?

Connie la rodeó con un brazo.

—Ven a sentarte —animó—. No ha sido nada.

—Pero sentí que le hacía daño. Noté una especie de sacudida al gritar.

—Ven a sentarte. No ha sido nada. No va a tener ninguna consecuencia —la llevó a un lado del camión, alejándola del perro agonizante y la sentó en el estribo.

Tom y el tío John se acercaron a la carnicería. El cuerpo destrozado se estremecía por última vez. Tom agarró las patas y lo arrastró hasta el borde de la carretera. El tío John parecía avergonzado, como si hubiera sido culpa suya.

—Debía haberlo tenido atado —dijo.

Padre miró al perro un momento y luego se dio la vuelta y se alejó.

—Vámonos —dijo—. No sé cómo hubiéramos podido alimentarle de todas formas. Quizá haya sido lo mejor.

El gordo se acercó por detrás del camión.

—Lo siento por ustedes —dijo—. Un perro cerca de una carretera no dura nada. En un año me atropellaron a tres perros. Ahora ya no tengo perro.

Añadió:

—No se preocupen por él. Yo me ocupo de todo. Lo enterraré en el campo de maíz.

Madre se acercó a Rose of Sharon, que estaba sentada en el estribo, estremecida aún;

—¿Te encuentras bien, Rosasharn? —inquirió—. ¿Es que estás mal?

—Vi eso. Me ha sobresaltado.

—Te oí gritar —dijo Madre—. Venga, contrólate.

—¿Crees que ha podido hacerle daño?

—No —dijo Madre—. Lo que le puede hacer daño es que sigas contemplándote y compadeciéndote y envolviéndote en algodón en rama. Ponte ya en pie y ayúdame a acomodar a la abuela. Olvídate un minuto de ese bebé. Él cuidará de sí mismo.

—¿Dónde está la abuela? —preguntó Rose of Sharon.

—No sé. Por aquí cerca debe estar. Quizá esté en los servicios.

La muchacha caminó hacia el lavabo y en un instante salió ayudando a la abuela a moverse.

—Se había quedado dormida ahí dentro —dijo Rose of Sharon.

La abuela sonrió.

—Se está bien allí —explicó—. Hay un water y el agua baja. Me gusta el servicio —comentó con satisfacción—. Me habría dormido una buena siesta si no me hubieran despertado.

—No es un buen sitio para dormir —opinó Rose of Sharon mientras ayudaba a la abuela a subir al coche. Ésta se acomodó alegremente.

—Quizá no sea un sitio elegante, pero es cómodo —dijo.

Tom dijo:

—Vámonos. Tenemos muchas millas por delante.

Padre soltó un silbido estridente.

—¿Dónde se habrán metido esos críos? —volvió a silbar poniendo los dedos en la boca.

Al momento aparecieron por el maizal, Ruthie delante, Winfield tras ella.

—Huevos —gritó Ruthie—. Tengo huevos blandos —se acercó apresuradamente con Winfield siguiéndola de cerca. ¡Mirad! —traía una docena de huevos blandos, de color blanco-grisáceo, en la sucia mano. Y mientras levantaba la mano, sus ojos cayeron sobre el perro muerto junto a la carretera—. ¡Anda! —exclamó. Ruthie y Winfield se acercaron despacio al perro y lo inspeccionaron. Padre les llamo:

—Venid ya si no queréis que os dejemos.

Dieron media vuelta solemnemente y caminaron hacia el camión. Ruthie miró una vez más los grises huevos de reptil que guardaba en la mano y luego los arrojó. Se encaramaron por el lado del camión.

—Tenía todavía los ojos abiertos —dijo Ruthie en tono muy bajo.

Winfield, por el contrario, se regodeaba en la escena. Dijo con atrevimiento:

—Tenía todas las tripas desparramadas por ahí . . . por todas partes . . . —se quedó silencioso un momento—, desparramadas . . . por todas partes —dijo, y entonces se movió con rapidez y vomitó por el lateral del camión. Cuando se sentó de nuevo tenía los ojos llenos de lágrimas y le goteaba la nariz.

—No es como matar un cerdo —dijo, a modo de explicación.

Al levantó el capó del Hudson y comprobó el aceite. Sacó una lata de un galón que había en el suelo de la cabina y virtió una cantidad de aceite barato y negro por el tubo y luego volvió a comprobar el nivel.

Tom fue a su lado.

—¿Quieres que conduzca yo un rato? —preguntó.

—No estoy cansado —replicó Al.

—Bueno, anoche no dormiste nada. Yo eché una cabezada esta mañana. Sube atrás. Yo conduciré.

—Bueno —dijo Al, aún reacio—. Pero debes estar muy atento al indicador del aceite. Y ve despacio. He estado esperando el corto. Vigila de vez en cuando la aguja. Si salta a descarga, es un corto. Y ve despacio, Tom, llevamos carga de más.

Tom se echó a reír.

—Estaré al tanto —dijo—. Descansa tranquilo.

La familia volvió a hacinarse en el camión. Madre se acomodó junto a la abuela en el asiento y Tom ocupó su puesto y encendió el motor.

—Sí que está flojo —dijo, y metió la marcha y condujo hacia la carretera.

El motor zumbó monótono y el sol empezó a bajar en el cielo, delante de ellos. La abuela dormía de forma continuada, e incluso Madre dejó caer la cabeza hacia adelante y dormitó. Tom se bajó la gorra para evitar que el sol cegador le diera en los ojos.

De Paden a Meeker hay trece millas; de Meeker a Harrah son catorce; y después viene Oklahoma City, la gran ciudad. Tom atravesó la ciudad sin detenerse. Madre despertó y miró las calles al pasar. Y los otros, subidos en el camión, contemplaron las tiendas, las grandes casas, los edificios de oficinas. Y luego los edificios y las tiendas fueron haciéndose más pequeños. Chatarrerías, puestos de perros calientes, salas de baile de las afueras.

Ruthie y Winfield vieron todo aquello; los enormes tamaños y lo extraño que era todo les avergonzó y sintieron miedo de aquella gente tan bien vestida. No hablaron de eso entre ellos. Más tarde . . . hablarían, pero ahora no. Vieron las torres de perforación de petróleo, en el límite de la ciudad; torres negras, y el olor de petróleo y gasolina en el aire. Pero no lanzaron exclamaciones. Era tan grande y tan extraño que les asustaba.

Rose of Sharon vio en la calle a un hombre con un traje ligero. Llevaba zapatos blancos y un sombrero plano de paja. Ella tocó a Connie y señaló al hombre con los ojos y entonces Connie y Rose rieron por lo bajo para sí mismos y la risa se fue apoderando de ellos. Se taparon la boca. Y se sentían tan a gusto que buscaron otra gente de la que poder reírse. Ruthie y Winfield les vieron reír y parecían pasarlo tan bien que también ellos lo intentaron . . . pero no pudieron. No les daba la risa. Sin embargo, Connie y Rose of Sharon estaban sin aliento y colorados y rígidos de tanto reír antes de que pudieran parar. Llegaron al punto de que nada más mirarse volvían a empezar las carcajadas.

Las afueras estaban muy extendidas. Tom condujo lentamente y con cuidado entre el tráfico y entonces estuvieron en la carretera 66 . . . la gran ruta hacia el oeste, y el sol se hundía tras la línea de la carretera. El parabrisas brillaba de polvo. Tom se bajó tanto la gorra sobre los ojos que, para ver, tuvo que inclinar la cabeza hacia atrás. La abuela seguía durmiendo con el sol en sus párpados cerrados, y las venas de las sienes eran azules, las venillas brillantes de las mejillas tenían el color del vino y las manchas marrones de su rostro se volvieron más oscuras.

Tom dijo:

—Seguiremos en esta carretera hasta el final.

Madre había estado silenciosa largo rato.

—Quizá debiéramos buscar un sitio para acampar antes de la puesta de sol —sugirió ahora—. Tengo que poner carne a cocer y hacer un poco de pan. Eso lleva tiempo.

—Es buena idea —asintió Tom—. No vamos a hacer este viaje de un salto. Nos vendrá bien estirarnos un poco.

De Oklahoma City a Bethany hay catorce millas.

Tom volvió a hablar:

—Creo que será mejor parar antes de que el sol se ponga. Al tiene que construir ese invento del camión. Si no, el sol va a acabar con los que vayan detrás.

Madre había vuelto a dormitar. Enderezó la cabeza bruscamente.

—Hay que cocinar algo de cena —dijo. Y prosiguió:

—Tom, tu padre me ha dicho que si cruzas la frontera del estado . . .

Él se tomó un buen rato antes de responder.

—¿Sí? ¿Qué pasa con eso, Madre?

—Bueno, es que estoy asustada. Será como si te hubieras fugado. A lo mejor te cogen.

Tom puso la mano como una visera encima de los ojos para protegerse del sol poniente.

—No te preocupes —dijo—. Ya lo tengo pensado. Hay muchos fuera en libertad bajo palabra y continuamente están saliendo más. Si me cogen por alguna otra razón en el oeste, bien, mi foto y mis huellas están en Washington. Me mandarán de nuevo a prisión. Pero si no cometo ningún delito, les trae sin cuidado lo que haga.

—Pues yo estoy asustada. A veces cometes un delito y ni siquiera sabes que es malo. Quizá haya delitos en California que ni siquiera sabemos que lo son. Tal vez hagas algo que no tiene nada de malo y resulte que en California sí que lo tiene.

—Sería lo mismo que si no estuviera en libertad bajo palabra —razonó—. Lo único es que si me pillan, me la cargo más que otros. Deja ya de preocuparte —dijo—. Ya tenemos bastantes preocupaciones para que encima tú te dediques a buscar más motivos de preocupación.

—No lo puedo remediar —dijo Madre—. En el momento que cruces la frontera habrás cometido un delito.

—Bueno, pues eso es mejor que quedarme quieto en Sallisaw y morirme de hambre —replicó Tom—. Más vale que busquemos un sitio donde acampar.

Atravesaron Bethany y continuaron. Al lado de la acequia por la que una alcantarilla pasaba bajo la carretera, un viejo turismo estaba aparcado junto a la carretera y había una tienda pequeña al lado, de la que salía el tubo de un fogón que echaba humo.

Tom señaló al frente.

—Hay gente acampada. Parece el mejor sitio que hemos visto hasta ahora.

Redujo velocidad y acabó de frenar a la orilla de la carretera. El capó del viejo turismo estaba abierto y un hombre de mediana edad se inclinaba observando el motor. Llevaba un sombrero barato de paja, una camisa azul, un chaleco negro lleno de manchas y unos vaqueros, tiesos y brillantes de puro sucios. Tenía un rostro enjuto, con arrugas como surcos hondos que destacaban los pómulos y la barbilla nítidamente. Levantó los ojos para mirar el camión, unos ojos sorprendidos y furiosos.

Tom se asomó por la ventana.

—¿Hay alguna ley que prohíba acampar aquí para pasar la noche?

El hombre sólo había visto el camión. Enfocó ahora los ojos en Tom.

—No lo sé —respondió—. Nosotros paramos simplemente porque no podíamos continuar.

—¿Hay agua por aquí?

El hombre señaló a la barraca de una estación de servicio, como un cuarto de milla más adelante.

—Allí hay agua. Le dejarán coger un cubo.

Tom vaciló.

—¿Le importa si acampamos un poco más allá?

El hombre delgado le miró con extrañeza.

—No es nuestro —replicó—. Nosotros paramos porque esta mierda de coche no tira más.

—En cualquier caso, ustedes llegaron antes —insistió Tom—. Tiene derecho a elegir si quiere tener vecinos o no.

El llamamiento a la hospitalidad tuvo un efecto inmediato. El semblante enjuto se distendió en una sonrisa.

—Pues claro, no faltaba más, dejen ya la carretera. Es un placer que se queden con nosotros —llamó a gritos—: Sairy, hay aquí una gente que se va a quedar con nosotros. Sal de ahí y ven a saludar. Sairy no se encuentra bien —añadió.

Las solapas de la tienda se separaron y de ella emergió una mujer apergaminada, un rostro arrugado como una hoja seca y ojos que parecían llamear, ojos negros que parecían asomarse al exterior desde un pozo de espanto. Era menuda y temblaba. Se enderezó agarrada a una de las solapas, y la mano que se asía a la lona era como la de un esqueleto cubierto de piel arrugada.

Cuando habló, todos apreciaron el hermoso timbre grave de su voz, suave y modulada y, sin embargo, con armonías resonantes.

—Dales la bienvenida —dijo—. Diles que son bienvenidos.

Tom se apartó de la carretera y metió el camión en el campo y lo aparcó paralelo al turismo. La gente salió rodando del camión; Ruthie y Winfield con demasiada prisa de manera que las piernas no les respondieron y se quejaron a gritos del hormiguillo que les corría por los miembros. Madre se puso a trabajar sin perder un segundo. Desató el cubo de tres galones de la parte trasera del camión y se aproximó a las escandalosas gallinas.

—Ve a por agua . . . allí delante. Pídela bien. Di: «Por favor, ¿podemos llenar un cubo de agua?» y luego da las gracias. Luego la traéis entre los dos sin derramar ni una gota. Y si veis maderitas para quemar, traedlas aquí.

Los chiquillos se alejaron a la carrera hacia la barraca.

Alrededor de la tienda todos estaban un poco cohibidos y la conversación se había detenido antes de empezar. Padre intentó empezar un intercambio:

—¿Ustedes no son de Oklahoma?

Y Al, cerca del coche, miró la matrícula.

—Kansas —dijo.

—Galena, cerca de allí más o menos —informó el hombre enjuto—. Me llamo Ivy Wilson.

—Nosotros Joad —siguió Padre—. Venimos de cerca de Sallisaw.

—Es un placer conocerles —replicó Ivy Wilson—. Sairy, estos son los Joad.

—Sabía que no eran de Oklahoma. Hablan raro, como si . . . pero no es nada malo, no me malinterpreten.

—Todo el mundo habla de distinta forma —dijo Ivy—. Los de Arkansas de un modo, distinto de los de Oklahoma . . . Y vimos a una mujer de Massachusetts que hablaba más raro que nadie. Apenas entendíamos lo que decía.

Noah, el tío John y el predicador empezaron a descargar el camión. Ayudaron a bajar al abuelo y lo sentaron en el suelo, donde se quedó desmadejado, mirando al frente.

—¿Estás enfermo, abuelo? —preguntó Noah.

—Claro que sí —respondió el abuelo débilmente—. Estoy muy mal.

Sairy Wilson se le acercó andando despacio y con cuidado.

—¿Le gustaría venir a nuestra tienda? —ofreció—. Puede tumbarse en nuestro colchón y descansar.

Él levantó la mirada hacia Sairy, atraído por su dulce voz.

—Venga conmigo —dijo ella—. Podrá descansar. Le ayudaremos a llegar a la tienda.

Sin previo aviso el abuelo rompió a llorar. Su barbilla tembló y estiró los labios sobre la boca y sollozó roncamente. Madre acudió presurosa y le rodeó con sus brazos. Lo puso en pie, con su espalda ancha en tensión y medio lo llevó en volandas, medio lo ayudó a entrar en la tienda de campaña.

El tío John dijo:

—Debe estar enfermo de verdad. Nunca había hecho eso antes. No le había visto llorar así en toda mi vida —subió de un salto al camión y arrojó al suelo un colchón.

Madre salió de la tienda y fue hacia Casy.

—Usted ha estado con enfermos —empezó—. El abuelo está enfermo. ¿Le importaría ir a echarle un vistazo?

Casy se dirigió con rapidez a la tienda y entró. En el suelo había un colchón doble, las mantas extendidas con pulcritud; un pequeño hornillo de hojalata se apoyaba en sus patas de hierro y en él ardía un fuego desigual. Aparte de esas cosas, no había más que un cubo de agua, una caja de madera de provisiones y otra caja que hacía de mesa. La luz de la puesta de sol se veía rosa a través de las paredes de la tienda. Sairy Wilson estaba de rodillas en el suelo, junto al colchón y el abuelo yacía boca arriba. Tenía los ojos abiertos, mirando para arriba y las mejillas encendidas. Respiraba con dificultad.

Casy cogió la delgada muñeca del anciano entre los dedos.

—¿Se encuentra cansado, abuelo? —preguntó. Los ojos se movieron hacia la voz, pero no le encontraron a él. Los labios dibujaron unas palabras, pero no llegó a pronunciarlas. Casy le tomó el pulso, dejó la muñeca y puso la mano sobre la frente del abuelo. Una batalla comenzó a desatarse en el cuerpo del anciano, que movía las piernas sin cesar y agitaba las manos. Dejó escapar una ristra de sonidos imprecisos que no eran palabras; bajo los pelos blancos y erizados, la cara estaba roja.

Sairy Wilson habló en voz baja a Casy.

—¿Tiene idea de lo que le pasa?

Él levantó la vista hacia el rostro arrugado y los ojos ardientes.

—¿Y usted? —preguntó.

—Creo . . . creo que sí.

—¿Qué es? —inquirió Casy.

—Podría estar equivocada. Prefiero no decirlo.

Casy volvió a mirar la cara crispada del anciano.

—¿Diría usted . . . puede ser que . . . esté incubando una apoplejía?

—Yo diría que sí —dijo Sairy—. He visto ya tres casos.

Del exterior llegaban los sonidos de estar montando un campamento, cortando leña, el golpeteo de sartenes. Madre se asomó entre las lonas.

—La abuela quiere entrar. ¿O es mejor que no?

—Se va a inquietar si no la dejamos —opinó el predicador.

—¿Cree que el abuelo está bien? —preguntó Madre.

Casy negó lentamente con la cabeza. Madre miró el viejo semblante en plena lucha, con la sangre latiendo en él. Se retiró y su voz llegó desde fuera.

—No le pasa nada, abuela. Está descansando un poco.

La abuela replicó de mal humor.

—Bueno, pues quiero verle. Es más tramposo que el diablo y no permitiría que nadie se enterase —y se escabulló a toda prisa entre las lonas. Miró abajo, al colchón.

—¿Qué es lo que te pasa? —exigió saber del abuelo. De nuevo sus ojos persiguieron la voz y sus labios se estremecieron.

—Está de mal humor —dijo la abuela—. Ya os dije que era un tramposo. Esta mañana quería esconderse para no venir. Y luego le empezó a doler la cadera —dijo con tono de disgusto—. Se lo está comiendo el mal humor. Ya le he visto otras veces que no quería hablar con nadie.

—No está enfadado, abuela —dijo Casy suavemente—. Está enfermo.

—¿Sí? —miró de nuevo al anciano—. ¿Pero cree que está muy mal?

—Bastante mal, abuela.

Por un momento la abuela vaciló sin saber qué hacer.

—Bueno —dijo rápidamente—, y ¿qué hace que no está rezando? Es un predicador, ¿no?

Los fuertes dedos de Casy tropezaron con la muñeca de la abuela y se cerraron con fuerza en torno a ella.

—Ya se lo dije, abuela. Yo ya no soy predicador.

—Rece de todas formas —le ordenó—. Se lo tiene que saber de memoria.

—No puedo —replicó Casy—. No sé por qué ni a quién rezarle.

Los ojos de la abuela vagaron por la tienda y fueron a posarse en Sairy.

—No quiere rezar —dijo—. ¿Le he contado alguna vez cómo rezaba Ruthie cuando era una mocosa? Decía: «Ahora me acuesto a dormir. Ruego a Dios que me proteja. Y cuando a vieja llegó, el armario estaba vacío así que el pobre perro se quedó sin nada. Amén.» Así rezaba.

La sombra de alguien caminando entre la tienda y el sol cruzó la lona. El abuelo parecía estar luchando; todos sus músculos temblaban. Y repentinamente se estremeció como si le hubieran dado un tremendo golpe. Se quedó inmóvil, sin respirar. Casy miró el rostro del anciano y vio que se volvía morado oscuro. Sairy tocó a Casy en el hombro. Susurró:

—La lengua, la lengua.

Casy asintió.

—Póngase delante de la abuela —separó las mandíbulas apretadas y metió la mano en la garganta del anciano buscando la lengua. Al sacarla, escapó una expiración ruidosa y luego el anciano volvió a inspirar como si sollozara. Casy cogió un palo del suelo y sujetó la lengua con él y los estertores irregulares continuaron, inspiración, expiración. La abuela brincaba alrededor como una gallina.

—Rece —dijo—. Rece, le digo que rece —Sairy intentó sujetarla—. Rece, maldito sea —gritó la abuela.

Casy la miró un segundo. La respiración entrecortada hacía más ruido cada vez y era cada vez más irregular.

—Padre Nuestro que estás en los cielos, santificado sea tu nombre . . . —¡Gloria! —exclamó la abuela.

— . . . venga a nosotros tu reino, hágase tu voluntad así en la tierra como en el cielo.

—Amén.

Un largo suspiro jadeante salió de la boca abierta y luego el aire escapó en un grito.

—El pan nuestro de cada día, dánosle hoy . . . y perdónanos . . . —la respiración había cesado. Casy miró los ojos del abuelo y los vio claros, profundos y penetrantes y en ellos había una serena expresión de clarividencia.

—Aleluya —cantó la abuela—. Siga.

—Amén —dijo Casy.

Entonces la abuela se inmovilizó. Fuera de la tienda todo el ruido había cesado. Un coche pasó silbando por la carretera. Casy seguía arrodillado en el suelo junto al colchón. Los de fuera escuchaban, silenciosos y atentos a los sonidos de la agonía. Sairy tomó a la abuela del brazo y la llevó afuera, y la anciana caminó con dignidad manteniendo la cabeza alta. Caminó y llevó la cabeza alta para su familia. Sairy la llevó hasta un colchón tirado en el suelo y la sentó en él. Y la abuela miró al frente, orgullosamente, porque este era su momento. La tienda estaba en silencio; finalmente, Casy separó las solapas de lona con las manos y salió.

—¿Qué ha sido? —preguntó Padre quedamente.

—Apoplejía —dijo Casy—. Un ataque fulminante.

La vida comenzó de nuevo a hacerse notar. El sol tocó el horizonte y se aplanó sobre él. Por la carretera pasó una larga fila de enormes camiones de carga con los lados rojos. Retumbó la tierra a su paso, como en un ligero terremoto, y los tubos de escape erguidos arrojaron el humo azul de los motores Diesel. En cada camión había dos hombres, uno al volante y el relevo durmiendo en una litera cerca del techo. Pero los camiones nunca se detenían; tronaban día y noche y la tierra temblaba bajo su pesada marcha.

La familia se convirtió en una unidad. Padre se acuclilló en el suelo, con el tío John a su lado. Padre era ahora el jefe de la familia. Madre se puso de pie junto a él. Noah, Tom y Al se agacharon en cuclillas, y el predicador se sentó y luego se reclinó apoyado en un codo. Connie y Rose of Sharon caminaban a cierta distancia. Ruthie y Winfield, acompañados por el ruido metálico del cubo de agua que acarreaban entre los dos, sintieron un cambio en la atmósfera, se detuvieron, dejaron el cubo y se acercaron callados a Madre. La abuela estuvo sentada orgullosa y fríamente hasta que el grupo estuvo formado, hasta que no quedó nadie mirándola, y luego se tumbó y cubrió su rostro con un brazo. El rojo sol se puso y el crepúsculo refulgió sobre la tierra, de manera que los rostros brillaban en el atardecer y los ojos relucían reflejando el cielo. El atardecer recogió toda la luz que pudo.

—Fue en la tienda de Wilson —dijo Padre.

El tío John asintió.

—Prestó su tienda.

—Buena gente, amable —dijo Padre con suavidad.

Wilson permanecía junto a su coche averiado y Sairy había ido al colchón a sentarse con la abuela, teniendo cuidado de no tocarla.

—¡Señor Wilson! —llamó Padre. El hombre se acercó arrastrando los pies y se acuclilló, y Sairy se quedó de pie a su lado. Padre dijo:

—Les estamos muy agradecidos.

—Es un honor poder ayudar —replicó Wilson.

—Estamos en deuda con ustedes —siguió Padre.

—No hay deuda en la hora de una muerte —dijo Wilson, y Sairy le imitó como un eco:

—Nada de estar en deuda.

Al ofreció:

—Les arreglaré el coche . . . entre Tom y yo lo arreglaremos —Al reflejaba el orgullo que sentía de poder pagar la deuda que había contraído su familia.

—Nos vendría muy bien un poco de ayuda —Wilson admitió la deuda.

—Hay que pensar qué vamos a hacer —dijo Padre—. Cuando alguien muere la ley dice que hay que dar parte, y al hacerlo, o se llevan cuarenta dólares para el entierro o lo toman por un pobre.

El tío John intervino:

—En nuestra familia nunca ha habido pobres.

—Tal vez haya que empezar a aprender —dijo Tom—. Tampoco nos habían echado nunca de ningunas tierras.

—Siempre nos hemos comportado —dijo Padre—. Nadie nos puede culpar de nada. Nunca cogimos nada que no pudiésemos pagar; nunca tuvimos que depender de la caridad de nadie. Cuando Tom se metió en aquel lío pudimos ir con la cabeza bien alta. Sólo había hecho lo que cualquier hombre habría hecho.

—Entonces ¿qué vamos a hacer? —preguntó el tío John.

—Si vamos a dar parte como dice la ley vendrán aquí a buscarlo.

Sólo tenemos ciento cincuenta dólares. Si se llevan cuarenta para enterrar al abuelo nosotros no llegamos a California; pero si no, lo entierran como a un pobre.

Los hombres se agitaron intranquilos, estudiando la tierra que iba oscureciéndose delante de sus rodillas.

Padre dijo quedamente:

—El abuelo enterró a su padre con sus propias manos, dignamente, y vació una buena tumba con su propia pala. Eso fue cuando un hombre tenía derecho a ser enterrado por su propio hijo y un hijo tenía derecho a enterrar a su propio padre.

—Ahora la ley manda otra cosa —dijo el tío John.

—A veces no se puede hacer caso a la ley —replicó Padre—. Sin perder la decencia, en cualquier caso. Hay montones de veces en que resulta imposible. Cuando Floyd andaba por ahí suelto, haciendo locuras, la ley decía que debíamos entregarlo . . . nadie lo hizo. A veces uno tiene que matizar la ley. Estoy diciendo que enterrar a mi propio padre es mi derecho. ¿Alguien quiere decir algo?

El predicador se enderezó apoyado en el codo.

—La ley cambia —dijo—, pero siempre hay obligaciones. Tiene derecho a hacer lo que es su deber.

Padre se volvió hacia el tío John.

—También es tu derecho, John. ¿Tienes algo que objetar?

—Nada —respondió el tío John—. Sólo que es como esconderte en la noche. Padre no se escondía, sino que salía disparando.

Padre dijo avergonzado:

—No podemos ir como iba el abuelo. Hemos de llegar a California antes de que se nos acabe el dinero.

Tom intervino:

—Alguna vez trabajadores que estaban cavando han encontrado un hombre y se ha organizado una buena, se imaginan que lo han asesinado. El gobierno muestra mayor interés por un muerto que por un vivo. Remueven cielo y tierra intentando averiguar quién era y cómo murió. Sugiero que pongamos una nota dentro de una botella y la enterremos junto con el abuelo, que diga quién es, cómo murió y por qué está aquí enterrado.

Padre se mostró de acuerdo.

—Buena idea. Y que quede bien escrito. Así no se sentirá tan solo, sabiendo que su nombre está con él, que no es solamente un viejo solo bajo tierra. ¿Alguien tiene algo más que decir? —el círculo permaneció en silencio.

—¿Tú te ocupas de él? —Padre volvió la cabeza hacia Madre.

—Sí, yo me ocupo —dijo Madre—. ¿Pero quién va a hacer la cena?

—Yo la prepararé —dijo Sairy Wilson—. Usted ocúpese del abuelo. Su hija y yo haremos la cena.

—Le estamos muy agradecidos —dijo Madre—. Noah, abre los barriles y saca algo de cerdo. La sal aún no habrá penetrado profundamente, pero estará rica de todas formas.

—Nosotros tenemos medio saco de patatas —dijo Sairy.

Madre dijo:

—Dame dos monedas de medio dólar —Padre hurgó en el bolsillo y le dio las monedas de plata. Ella cogió la palangana, la llenó de agua y entró en la tienda de campaña. Dentro, la oscuridad era casi total. Sairy entró, encendió una vela y la encajó derecha en una caja. Luego salió. Por un momento, Madre miró al anciano muerto. Y entonces, llena de lástima, rasgó una tira de su propio delantal y le ató la mandíbula. Le estiró los miembros y le dobló las manos sobre el pecho. Le cerró los párpados y puso encima de cada uno una moneda. Le abotonó la camisa y lavó su rostro.

Sairy se asomó mientras ofrecía:

—¿Le puedo ayudar a algo?

Madre levantó la vista lentamente.

—Entre —dijo—. Me gustaría hablar con usted.

—Su hija es una buena muchacha —dijo Sairy—. Está pelando patatas. ¿Qué puedo hacer para ayudarla?

—Iba a lavar al abuelo entero —explicó Madre—, pero no tengo ninguna otra ropa que ponerle. Y por supuesto su colcha está echada a perder. No se le puede quitar a una colcha el olor a muerte. He visto a un perro gruñir y temblar junto al colchón en el que murió mi madre, dos años después de haber muerto. Le envolveremos en su colcha. Pero le daremos una nuestra para compensar.

—No debería decir esas cosas —dijo Sairy—. Estamos orgullosos de poder ser de ayuda. No me he sentido tan . . . segura en mucho tiempo. La gente necesita . . . ayudar.

Madre asintió.

—Es verdad —dijo. Miró largamente el viejo rostro sin afeitar, con la mandíbula atada y los ojos de plata brillando a la luz de la vela—. No va a tener un aspecto natural. Le envolveremos en la colcha.

—La anciana se lo tomó bien.

—Bueno, es muy vieja —razonó Madre—, quizá ni siquiera sepa muy bien lo que ha pasado. Quizá tarde bastante más en darse cuenta. Además, nosotros nos enorgullecemos de mantenernos enteros. Mi padre solía decir: «Cualquiera puede venirse abajo. Hace falta todo un hombre para no derrumbarse.» Siempre intentamos mantenernos enteros —dobló la colcha con pulcritud alrededor de las piernas y los hombros del abuelo. Puso la esquina de la colcha sobre la cabeza, como una capucha y tiró de ella hasta que cubrió la cara. Sairy le pasó media docena de imperdibles y ella enganchó la colcha, tensa y con esmero a lo largo. Por último se puso en pie—. No será un mal entierro —dijo—. Tenemos un predicador que le bendiga y toda la familia estará a su alrededor —de repente se tambaleó levemente y Sairy se acercó a ella y la sujetó—. Es el sueño . . . —dijo Madre en tono avergonzado—. No, estoy bien. Es que hemos tenido mucho trabajo preparándolo todo para partir.

—Salga a tomar el aire —sugirió Sairy.

—Sí, aquí ya he terminado —Sairy apagó la vela de un soplo y las dos salieron. Una hoguera brillante ardía al fondo del pequeño barranco. Y Tom, con palos y alambre, había construido soportes de los que colgaban hirviendo furiosamente dos cazuelas, bajo cuyas tapaderas salían chorros de vapor. Rose of Sharon estaba arrodillada en tierra fuera del alcance del calor ardiente y tenía en la mano una larga cuchara. Vio a Madre salir de la tienda y se levantó y acercó a ella.

—Madre —dijo—, he de preguntarte una cosa.

—¿Estás otra vez asustada? —preguntó Madre—. Mira, no te puedes pasar nueve meses sin una sola pena.

—Pero, ¿le afectará . . . al bebé?

—Solía haber un dicho —dijo Madre—, «un niño que nace de la pena será un niño feliz.» ¿No es así, señora Wilson?

—Así lo he oído yo —afirmó Sairy—. Y también conozco otro: «el que nazca con demasiada felicidad, será un niño triste.»

—Estoy muy nerviosa por dentro —dijo Rose of Sharon.

—Bueno, ninguno de nosotros salta de alegría —dijo Madre—. Tú vigila las cazuelas.

Los hombres se habían reunido en el límite del círculo de la luz de la fogata. Tenían por herramientas una pala y un azadón. Padre marcó en el suelo dos metros y medio de longitud por un metro de ancho. Fueron realizando el trabajo por turnos. Padre deshacía la tierra con el azadón y luego el tío John la apartaba con la pala. Al usaba el azadón. Tom la pala, Noah el azadón, Connie la pala. Y el hueco fue creciendo, pues la velocidad del trabajo no disminuía. Las paletadas de tierra volaban desde el hueco como un surtidor. Cuando el hoyo rectangular ocultaba hasta los hombros a Tom, éste preguntó:

—¿Cómo de profundo, Padre?

—Bien hondo. Unos sesenta centímetros más. Ahora sal de ahí, Tom, y escribe el papel.

Tom se alzó fuera del agujero y Noah ocupó su lugar. Tom se acercó a Madre, que atendía el fuego.

—¿Tienes un trozo de papel y un lápiz, Madre?

Madre meneó la cabeza con lentitud.

—No. Una cosa que no trajimos —miró a Sairy. Y la mujercita caminó rápidamente hacia la tienda. Volvió con una Biblia y medio lápiz—. Toma —dijo—. Hay una hoja en blanco al principio. Úsala y luego la arrancas —ofreció a Tom el libro y el lápiz.

Tom se sentó junto al fuego, a la luz. Guiñó los ojos en un gesto de concentración y finalmente escribió lenta y cuidadosamente en letras claras y grandes: Aquí yace William James Joad, murió de un ataque, era muy, muy viejo. Su familia le enterró porque no tenía dinero para pagar un funeral. Nadie le mató. Le dio un ataque y se murió —se interrumpió—. Madre, escucha esto —se lo leyó despacio.

—Suena muy bien —dijo ella—. ¿No puedes meter algo de las Escrituras para que quede más religioso? Abre la Biblia y saca algún dicho algo de las Escrituras.

—Ha de ser corto —dijo Tom—. Me queda poco espacio en la página.

—¿Qué te parece «que Dios se apiade de su alma?» —sugirió Sairy.

—No —replicó Tom—. Así parece que murió en la horca. Copiaré alguna otra cosa —fue pasando páginas, leyendo, moviendo los labios y diciendo las palabras en voz baja.

—Aquí hay uno corto —dijo—. «Y Lot les dijo: Oh, así no, mi señor.»

—No significa nada —objetó Madre—. Si vas a poner algo, mejor sería que tuviera significado.

—Pasa a los Salmos, más adelante —sugirió Sairy—. Siempre encontrarás algo en los Salmos.

Tom pasó las hojas y fue pasando los ojos por los versos.

—Aquí hay uno —dijo—. Éste es bonito, está lleno de religiosidad: «Bendito sea aquel cuya transgresión es perdonada, cuyo pecado es cubierto.»

—Muy bien —dijo Madre—. Escribe ése.

Tom lo escribió con cuidado. Madre enjuagó y secó un tarro de conserva y Tom le puso la tapa bien apretada.

—Quizá lo debía haber escrito el predicador —dijo.

Madre arguyó:

—No, el predicador no era familia suya —tomó el tarro de Tom y entró en la oscuridad de la tienda. Quitó algunos imperdibles y deslizó el tarro de fruta bajo las manos delgadas y frías, y volvió a sujetar bien tensa la colcha. Luego volvió junto al fuego.

Los hombres vinieron de la tumba, sus rostros brillantes de transpiración.

—Ya estamos —dijo Padre. Él, John, Noah y Al entraron en la tienda y salieron sujetando el fardo largo y lleno de imperdibles entre los cuatro. Lo llevaron hasta la tumba. Padre saltó al hoyo, recogió en sus brazos el fardo y lo recostó con suavidad. El tío John alargó una mano y le ayudó a salir del agujero. Padre preguntó:

—¿Y la abuela?

—Voy a ver —respondió Madre. Se acercó al colchón y miró un momento a la anciana. Luego regresó a la tumba. Está durmiendo —dijo—. Tal vez no me lo perdone pero no pienso despertarla. Está cansada.

—¿Dónde está el predicador? —inquirió Padre—. Deberíamos decir una oración.

—Le vi caminando por la carretera —replicó Tom—. Ya no le gusta orar.

—No —dijo Tom—. Ya no es predicador. Cree que no está bien engañar a la gente actuando como un predicador cuando ya no lo es. Apuesto a que se alejó para que nadie se lo pidiera.

Casy se había acercado silenciosamente y oyó hablar a Tom.

—No huí —dijo—. Os ayudaré, pero no os voy a engañar.

—¿No quiere decir unas palabras? —preguntó Padre—. En nuestra familia nadie ha sido enterrado sin unas palabras.

—De acuerdo —dijo el predicador.

Connie llevó a Rose of Sharon, reacia, junto a la tumba.

—Has de ir —le dijo—. No estaría bien que no te acercaras. No es más que un momento.

La luz de la hoguera caía sobre la gente agrupada, mostrando sus semblantes y sus ojos, casi desapareciendo en sus ropas oscuras. Los hombres se habían descubierto. La luz bailaba, oscilando sobre la gente.

—Será corto —anunció Casy. Inclinó la cabeza y los demás le imitaron. Casy dijo solemnemente:

—Este anciano vivió su vida y acaba de morir. Yo no sé si fue bueno o malo, pero no importa demasiado. Estaba vivo, y eso es lo que importa. Y ahora está muerto, pero eso no importa. Una vez oí a uno recitar un poema que decía: Todo lo que vive es sagrado. Me puse a pensar y muy pronto el significado fue más allá de las palabras. Yo no rezaría por un anciano que está muerto. Él está bien. Tiene una labor por delante, pero la ve clara y sólo hay un modo de hacerla. Sin embargo, nosotros tenemos un trabajo que hacer, pero hay delante mil caminos y no sabemos cuál debemos escoger. Y si rezara por algo, sería por la gente que no sabe qué camino tomar. El abuelo ya lo tiene fácil. Y ahora cubridle y dejad que comience su tarea —levantó la cabeza—. Amén —dijo Padre. Y los demás murmuraron— Amén: entonces Padre cogió la pala, la llenó a medias de tierra y esparció ésta suavemente por el agujero negro. Le pasó la pala al tío John y John dejó caer una paletada. Luego la pala pasó de mano en mano hasta que todos los hombres hubieran tenido su turno. Cuando ya todos habían cumplido con su deber y ejercido su derecho, Padre atacó el montón de tierra suelta y llenó el hoyo presuroso. Las mujeres volvieron al fuego a vigilar la cena. Ruthie y Winfield observaban absortos.

Ruthie dijo con gran seriedad:

—El abuelo está ahí debajo —y Winfield la miró con ojos llenos de terror. Luego corrió hacia la hoguera, se sentó en el suelo, y comenzó a sollozar. Padre llenó el hoyo hasta la mitad y luego se quedó de pie, jadeando por el esfuerzo, mientra el tío John terminaba. John estaba moldeando la tierra cuando Tom le interrumpió.

—Oye —dijo Tom—, si dejamos la tumba así, dentro de nada ya la habrán abierto. Tenemos que ocultarla. Aplana ya la tierra y la cubriremos con hierba seca. Hay que hacerlo.

Padre dijo:

—No había pensado en ello. No está bien dejar una tumba sin túmulo.

—No hay más remedio —replicó Tom—. Si la descubren, nos la cargamos por haber ido contra la ley. Ya sabes lo que me espera si voy contra la ley.

—Sí —dijo Padre—. Me había olvidado —cogió la pala de las manos del tío John y aplanó la tumba—. Cuando llegue el invierno se hundirá —dijo.

—No se puede evitar —dijo Tom—. Estaremos muy lejos para cuando llegue el invierno. Apisónala bien y nosotros la cubriremos con maleza.

Cuando el cerdo y las patatas estuvieron hechos, las dos familias se sentaron en el suelo y comieron; silenciosos, contemplaban el fuego. Wilson exhaló un suspiro de satisfacción mientras arrancaba una loncha de carne con los dientes.

—Está rico este cerdo —declaró.

—Pues sí —explicó Padre—, teníamos un par de cerdos jóvenes y pensamos que lo mismo daba si nos los comíamos. No nos iban a dar nada por ellos. Cuando nos acostumbremos a ir moviéndonos y Madre pueda hacer pan será muy agradable, ir viendo el paisaje y dos barriles de cerdo en el camión. ¿Cuánto tiempo llevan ustedes en la carretera?

Wilson se limpió los dientes con la lengua y tragó.

—No hemos tenido suerte —dijo—. Salimos de casa hace tres semanas.

—Pero, ¡Santo Dios!, si nosotros pretendemos llegar a California en diez días o menos.

Al intervino:

—No sé, Padre. Con la carga que llevamos, tal vez no lleguemos nunca. Sobre todo si hay que cruzar montañas.

Permanecieron en silencio alrededor del fuego. Con los rostros inclinados, los cabellos y las frentes brillaban con luz de la hoguera. Sobre la pequeña bóveda de claridad las estrellas del verano refulgían levemente, mientras el calor del día se retiraba poco a poco. La abuela, tumbada en el colchón, apartada del fuego, gimió quedamente como un cachorrillo. Todas las cabezas se volvieron en esa dirección.

—Rosasharn —dijo Madre—, sé una buena chica y ve a tumbarte con la abuela. Ahora necesita a alguien. Ahora se está dando cuenta.

Rose of Sharon se puso en pie y caminó hacia el colchón y se acostó junto a la anciana y el murmullo de sus voces quedas flotó hasta la hoguera. Rose of Sharon y la abuela susurraban juntas en el colchón.

—Lo curioso —dijo Noah— es que . . . no me siento nada diferente después de haber perdido al abuelo. No estoy más triste de lo que podía estar antes.

—Eran la misma cosa —dijo Casy—. El abuelo y la vieja granja eran una cosa.

—Es una lástima, no hay derecho —opinó Al—. Él hablaba de lo que iba a hacer, cómo iba a estrujarse las uvas sobre la cabeza y dejar que el zumo le corriera por la cara, y todo eso.

—Estaba disimulando —replicó Casy— todo el tiempo. Yo creo que él lo sabía. Y el abuelo no ha muerto esta noche. Murió en el momento que lo sacasteis de su tierra.

—¿Está seguro de eso? —gritó Padre.

—No, no. Quiero decir que claro que respiraba —continuó Casy—, pero estaba ya muerto. Él era aquella tierra y lo sabía.

—¿Supo usted que se estaba muriendo? —preguntó el tío John.

—Sí —respondió Casy—, yo lo sabía.

John fijó en él la vista y el horror inundó su semblante.

—¿Y no nos lo dijo a nadie?

—¿De qué habría servido? —preguntó Casy.

—Nosotros . . . podíamos haber hecho algo.

—¿Como qué?

—No lo sé, pero . . .

—No —replicó Casy—, no habrían podido hacer nada. La decisión estaba tomada y el abuelo no podía participar en ella. No sufrió en absoluto, no después de esta mañana a primera hora. Simplemente se quedó en su tierra porque no fue capaz de abandonarla.

El tío John suspiró profundamente. Wilson dijo:

—Nosotros tuvimos que dejar a mi hermano Will —las cabezas se volvieron hacia él—. Teníamos las tierras, unos cuarenta acres cada uno, juntas, las unas al lado de las otras. Él es mayor que yo. Ninguno de los dos sabíamos conducir. Bueno, pues fuimos a la ciudad y lo vendimos todo. Will compró un coche y le dejaron un chiquillo para que le enseñara a conducir. La tarde anterior a marchar, Will y la tía Minnie fueron a hacer prácticas. Y al llegar a una curva de la carretera, Will gritó ¡Whoa!, como un energúmeno, pegó un tirón y se estrelló contra una cerca. Y luego volvió a gritar ¡Whoa, cabrón!, pisó a fondo el acelerador y se cayó por un barranco. Allí se quedó. No le quedaba nada que vender y no tenía coche. Pero todo fue culpa suya, a Dios gracias. Se encolerizó tanto que ni siquiera quiso venir con nosotros; se quedó allí sentado jurando sin parar.

—¿Y qué hará?

—No sé. Estaba demasiado furioso para pensar. Y nosotros no podíamos esperar. No teníamos más que ochenta y cinco dólares y no pudimos quedarnos o dividirlo, y aun así ya los hemos fundido. No habíamos recorrido ni cien millas cuando reventó un diente en el diferencial y nos cobraron treinta dólares por arreglarlo, luego tuvimos que comprar un neumático, luego se rompió una bujía y Sairy se puso enferma. Tuvimos que detenernos diez días. Y ahora el maldito coche se ha vuelto a averiar y nos estamos quedando sin dinero. No sé cuándo lograremos llegar a California. Si yo supiera arreglarlo . . . pero no sé nada de coches.

—¿Qué le pasa al coche? —inquirió Al, dándose importancia.

—Bueno, pues que no quiere andar. Se enciende, suelta aire y se para. Al cabo de un minuto vuelve a encender y entonces, antes de que puedas ponerlo en marcha, se agota de nuevo.

—¿Va un minuto y luego se queda muerto?

—Exacto. Y no consigo que siga en marcha por más gasolina que le pongo. Se ha ido poniendo cada vez peor y ahora no consigo ni ponerlo en marcha.

Al se sintió entonces muy orgulloso y maduro.

—Creo que se le ha obstruido un conducto del combustible. Se lo limpiaré yo.

Y Padre también se sintió orgulloso.

—Tiene buena mano para los coches —dijo.

—Le agradezco mucho la ayuda, se lo aseguro. Se siente uno . . . como un crío cuando no puede arreglar nada. Cuando lleguemos a California pienso comprarme un buen coche. Tal vez uno bueno no tenga averías.

—Cuando lleguemos —dijo Padre—. Llegar allí es el problema.

—Sí, pero vale la pena —dijo Wilson—. He visto los papeles que reparten pidiendo gente para recoger la fruta, y son buenos salarios. Imagínese lo bien que se va a estar cogiendo la fruta a la sombra de los árboles, comiendo una de vez en cuando. Pero si ni siquiera les importa las que nos comamos de tanta como hay. Y con un buen salario tal vez uno pueda comprarse un terreno pequeño y trabajarlo para tener algún dinero extra. Seguro que en un par de años uno puede tener su propia tierra.

—Hemos visto esos papeles —dijo Padre—. Aquí tengo uno —sacó su cartera y de ella un papel doblado de color naranja. Decía en letras negras: se requiere gente para recoger guisante en California. Buenos salarios toda la temporada. Se necesitan ochocientos trabajadores.

—Sí, ese es el que yo leí, el mismo. ¿Cree usted . . . que quizá tengan ya los ochocientos?

Wilson miró el papel con curiosidad.

—Ésta es sólo una pequeña parte de California —dijo Padre—. Y California es el segundo estado más grande que tenemos. Aunque ya tengan los ochocientos que piden, hay muchos más sitios. De todas formas, yo prefiero recoger fruta. Como usted dice, recoger fruta bajo los árboles . . . vaya, si eso les gusta a los niños.

De repente Al se levantó y se acercó al turismo de los Wilson. Lo observó un momento y luego regresó y se sentó.

—No lo puedes arreglar esta noche —dijo Wilson.

—Ya lo sé. Me pondré a ello por la mañana.

Tom contemplaba a su hermano menor con atención.

—Yo también estaba pensando algo parecido —dijo.

—¿De qué estáis hablando? —preguntó Noah.

Tom y Al callaban, cada uno esperando que hablara el otro.

—Díselo tú —dijo Al finalmente.

—Bueno, quizá no tenga sentido o puede que no sea lo mismo que Al está pensando. Sea como sea, se me ha ocurrido esto: nosotros llevamos una carga excesiva, pero no es el caso de los Wilson. Si algunos de nosotros pudiéramos ir en el coche y llevar en el camión algo ligero de su equipaje, no se nos romperían las ballestas y subiríamos las montañas. Tanto Al como yo entendemos de coches, así que podríamos mantener ése en buen estado. Podríamos viajar juntos; sería bueno para todos.

Wilson se puso en pie de un salto.

—¡Pues claro! Para nosotros sería un honor, desde luego que sí. ¿Has oído eso, Sairy?

—Es buena idea —concedió Sairy—. ¿No seríamos una carga para ustedes?

—Por supuesto que no —replicó Padre—. Nada de ser una carga. Nosotros también nos beneficiaríamos con su ayuda.

Wilson volvió a sentarse inquieto.

—Bueno, no sé.

—¿Qué pasa? ¿No le interesa?

—Mire, no me quedan más que treinta dólares y no pienso ser una carga para nadie.

—No tiene por qué ser así —dijo Madre—. Cada uno aportará su ayuda y así llegaremos todos a California. Sairy Wilson ayudó a amortajar al abuelo —se interrumpió. La relación que había surgido de ese hecho era obvia.

—En ese coche caben seis fácilmente —exclamó Al—. Pon que vaya yo conduciendo, Rosasharn, Connie y la abuela. Las cosas grandes y ligeras las ponemos en el camión. Y nos turnamos cada cierto tiempo —elevó el tono de voz habiéndose quitado un peso de encima.

Sonrieron con timidez y miraron al suelo. Padre manoseó la tierra polvorienta con las puntas de los dedos.

—Madre se inclina por una casa blanca rodeada de naranjos. Como la de una foto grande que vio en un calendario —dijo Padre.

—Si vuelvo a caer enferma —dijo Sairy—, habrán de continuar. No seremos una carga.

Madre miró con atención a Sairy y pareció ver por vez primera los ojos atormentados y el rostro encogido y rondado por el dolor. Y Madre dijo:

—Vamos a llegar todos hasta el final. Usted misma dijo que es un honor poder ayudar.

Sairy estudió sus manos arrugadas a la luz de la hoguera.

—Tenemos que dormir algo esta noche —se puso de pie.

—Abuelo . . . parece como si llevara muerto un año —dijo Madre.

Las familias se dirigieron perezosamente a sus lugares de descanso, bostezando con placer. Madre enjuagó un poco los platos de hojalata y les quitó la grasa frotándolos con un saco de harina. El fuego fue decayendo y las estrellas descendieron. Por la carretera pasaban pocos coches, pero los camiones de transporte tronaban a intervalos al pasar y ponían en la tierra pequeños terremotos. En la vaguada, los coches eran apenas visibles a la luz de las estrellas. Un perro atado aulló en la estación de servicio. Con las familias silenciosas y durmiendo, los ratones de campo recuperaron su audacia y corretearon por entre los colchones. Sólo Sairy Wilson permaneció despierta, con la mirada fija en el cielo y abrazando con firmeza su cuerpo para protegerse del dolor.

Capítulo 14

LA tierra del oeste, nerviosa ante el cambio que se avecina. Los estados del oeste, nerviosos igual que los caballos antes de la tormenta. Los grandes propietarios, nerviosos, sintiendo el cambio, pero sin saber nada acerca de su naturaleza. Los grandes propietarios, dirigiendo sus esfuerzos contra lo inmediato, el gobierno en expansión, la creciente unidad de los trabajadores; atacando los nuevos impuestos, los proyectos; sin darse cuenta de que estas cosas son resultados y no causas. Resultados, no causas; resultados, no causas. Las causas yacen en lo más hondo y son sencillas: las causas son el hambre en un estómago, multiplicado por un millón; el hambre de una sola alma, hambre de felicidad y un poco de seguridad, multiplicada por un millón; músculos y mente pugnando por crecer, trabajar, crear, multiplicado por un millón. La función última del hombre, clara y definitiva: músculos que buscan trabajar, mentes que pugnan por crear algo más allá de la mera necesidad: esto es el hombre. Levantar un muro, construir una casa, una presa y dejar en el muro, la casa y la presa algo de la esencia misma del hombre y tomar para esta esencia algo del muro, la casa, la presa: músculos endurecidos por el trabajo, mentes ensanchadas por la asimilación de líneas nítidas y formas que fueron parte de la concepción de la obra. Porque el hombre, a diferencia de cualquier otro ser orgánico o inorgánico del universo, crece más allá de su trabajo, sube los peldaños de sus conceptos, emerge por encima de sus logros. Se puede decir que cuando las teorías cambian, se desmoronan, cuando las escuelas y las filosofías, cuando oscuros callejones estrechos de pensamiento, nacional, religioso, económico, crecen y se desintegran, el hombre extiende una mano, avanza tambaleante, penosamente, a veces en dirección equivocada. Habiendo dado un paso adelante, puede resbalar, pero sólo medio paso, nunca dará el paso entero hacia detrás. Esto se puede decir del hombre y se sabe. Es evidente cuando las bombas caen de los negros aviones en medio de la plaza del mercado, cuando se ensarta a los prisioneros como si se tratara de cerdos; cuando los cuerpos aplastados se desangran entre la suciedad y el polvo. De esta forma se puede uno dar cuenta. Si no se diera ese paso, si el dolor de avanzar a trompicones no fuera algo vivo, las bombas dejarían de caer estando vivos los que las arrojan, porque cada una de las bombas es la prueba de que el espíritu no ha muerto. Y teme el momento en que las huelgas dejen de producirse mientras los grandes propietarios siguen vivos, porque cada pequeña huelga aplastada es la prueba de que se ha dado el paso. Puedes saber esto: teme el momento en que el hombre deje de sufrir y morir por un concepto, porque esta cualidad es la base de la esencia humana, esta cualidad es el hombre mismo, y lo que le diferencia en el conjunto del universo.

Los estados del oeste, nerviosos ante el cambio que comienza. Texas y Oklahoma, Kansas y Arkansas, New Mexico, Arizona, California. Una familia expulsada de su tierra. Padre pidió el dinero prestado al banco y ahora el banco reclama la tierra. La compañía de tierras —es decir, el banco cuando posee tierra— no quiere familias para trabajarlas, quiere tractores. ¿Es algo malo un tractor? ¿No es buena la energía que abre los largos surcos? Si el tractor fuera nuestro, sería algo bueno, no mío, sino nuestro. Si nuestro tractor abriera los surcos de nuestra tierra, sería bueno. No de mi tierra, sino de nuestra tierra. Entonces podríamos amar ese tractor igual que amamos esta tierra cuando era nuestra. Pero el tractor hace dos cosas: remueve la tierra y nos expulsa de ella. Apenas hay diferencia entre el tractor y un tanque. Los dos empujan a la gente, la intimidan y la hieren. Hemos de pensar en esto.

Un hombre, una familia, obligados a abandonar su tierra; este coche oxidado que cruje por la carretera hacia el oeste. Perdí mis tierras, me las quitó un solo tractor. Estoy solo y perplejo. Y por la noche una familia acampa en una vaguada y otra familia se acerca y aparecen las tiendas. Los dos hombres conferencian en cuclillas y las mujeres y los niños escuchan. Este es el núcleo, tú que odias el cambio y temes la revolución. Mantén separados a estos dos hombres acuclillados; haz que se odien, se teman, recelen uno del otro. Aquí está el principio vital de lo que más temes. Este es el cigoto. Porque aquí «he perdido mi tierra» empieza a cambiar; una célula se divide y de esa división crece el objeto de tu odio: «nosotros hemos perdido nuestra tierra.» El peligro está aquí, porque dos hombres no están tan solos ni tan perplejos como pueda estarlo uno. Y de este primer «nosotros,» surge algo aún más peligroso: «tengo un poco de comida» más «yo no tengo ninguna.» Si de este problema el resultado es «nosotros tenemos algo de comida,» entonces el proceso está en marcha, el movimiento sigue una dirección. Ahora basta con una pequeña multiplicación para que esta tierra, este tractor, sean nuestros. Los dos hombres acuclillados en la vaguada, la pequeña fogata, la carne de cerdo hirviendo en una sola olla, las mujeres silenciosas, de ojos pétreos; detrás, los niños escuchando con el alma las palabras que sus mentes no entienden. La noche cae. El pequeño está resfriado. Toma, coge esta manta. Es de lana. Era la manta de mi madre, cógela para el bebé. Esto es lo que hay que bombardear. Este es el principio: del «yo» al «nosotros.»

Si tú, que posees las cosas que la gente debe tener, pudieras entenderlo, te podrías proteger. Si fueras capaz de separar causas de resultados, si pudieras entender que Paine, Marx, Jefferson, Lenin, fueron resultados, no causas, podrías sobrevivir. Pero no lo puedes saber. Porque el ser propietario te deja congelado para siempre en el «yo» y te separa para siempre del «nosotros.»

Los estados del oeste se muestran nerviosos ante el cambio inminente. La necesidad sirve de estímulo al concepto, el concepto estimula la acción. Medio millón de personas moviéndose ya por el país; un millón más impaciente, dispuestas a partir; y otros diez millones de personas empezando a sentir el nerviosismo.

Y los tractores abriendo múltiples surcos en la tierra vacía.

Capítulo 15

A lo largo de la carretera 66 proliferan las hamburgueserías: Al and Susy's Place, Carl's Lunch, Joe and Minnie, Will's Eats. Barracas de madera. Dos surtidores de gasolina delante, una puerta de tela metálica, una larga barra, taburetes y una barra para los pies a lo largo del mostrador. Cerca de la puerta tres máquinas tragaperras, mostrando a través del cristal la riqueza en monedas de cinco centavos que prometen las tres barras. Y junto a ellas el fonógrafo que funciona con cinco centavos, con los discos amontonados como pasteles, dispuestos a caer sobre el plato y hacer sonar música bailable. «Ti-pi-ti-pi-tin,» «Gracias por el recuerdo,» Bing Crosby, Benny Goodman. En un extremo del mostrador un recipiente tapado; pastillas dulces para la tos, sulfato de cafeína llamado «sin sueño,» «Para no dormir;» caramelos, cigarrillos, cuchillas de afeitar, aspirinas, bromoseltzer, Alkaseltzer. Las paredes decoradas con posters, chicas en bañador, rubias de grandes pechos y caderas esbeltas y rostros de cera, con trajes de baño blancos, que sujetan una botella de Coca-Cola al tiempo que sonríen: vea lo que puede tener con una Coca-Cola. En la larga barra saleros, pimenteros, botes de mostaza y servilletas de papel. Grifos de cerveza tras la barra y detrás, las máquinas de café, relucientes y humeantes, sus indicadores de cristal señalando el nivel del café. Pasteles en recipientes de alambre y naranjas dispuestas en pirámides de a cuatro. Montones pequeños de Post Toasties, *corn-flakes* apilados formando figuras. Los carteles escritos en tarjetas con mica brillante: Pasteles como los que solía hacer Madre; el crédito hace enemigos, seamos amigos; las señoras pueden fumar, pero cuidado con las colillas; coma aquí y mime a su mujer. En un extremo las cazuelas, las ollas de estofado, patatas, asado, carne al horno, cerdo asado, de color gris, listo para hacer lonchas.

Minnie o Susy o Mae, alcanzando una edad madura tras la barra, el pelo rizado, colorete y polvos sobre el rostro sudoroso. Preguntando qué va a ser en voz baja y suave, pasándole luego el encargo al cocinero con un chillido de pavo real. Limpiando la barra con movimientos circulares, sacando brillo a las grandes máquinas de café relucientes. El cocinero se llama Joe o Carl o Al, está acalorado con la chaqueta blanca y el delantal, las gotas de sudor brillan en la frente blanca, bajo el blanco gorro de cocinero; su humor es inestable, habla rara vez, levanta la vista un segundo cada vez que entra alguien. Limpia la parrilla, aplasta una hamburguesa contra ella. Repite suavemente lo que le dice Mae, rasca la parrilla, la limpia con un trozo de arpillera. Cambiante y silencioso.

Mae es el contacto, sonriendo, irritada, cercana a la explosión, sonriendo, pero con los ojos ausentes, a menos que se trate de camioneros. Ellos son la espina dorsal del establecimiento. Los clientes van a los sitios donde paran los camiones. A los camioneros no se les puede tomar el pelo, ya se sabe. Ellos traen la clientela, saben lo que hacen. Dales una taza de café amargo y no volverán a parar ahí. Trátalos bien y regresarán. Mae sonríe realmente a los camioneros con toda su alma. Levanta la cabeza coqueta, se arregla el pelo de la nuca para que sus pechos suban al levantar los brazos, charla para pasar el rato, hace referencia a grandes cosas, grandes tiempos, grandes bromas. Al nunca habla. Él no es ningún contacto. A veces sonríe un poco al oír un chiste, pero nunca se ríe. Alguna vez levanta la vista ante la vivacidad plasmada en la voz de Mae, y luego rasca la parrilla con una espátula, rasca la grasa y la deja en el borde de hierro de una fuente. Aplasta una hamburguesa silbante con la espátula. Coloca el bollo abierto sobre la fuente para que se tueste y se caliente. Recoge unas rodajas de cebolla y las amontona encima de la carne y las plancha con la espátula. Pone la mitad del bollo encima de la carne, unta la otra mitad con mantequilla derretida, con un insulso aderezo de vinagre. Sujetando el bollo sobre la hamburguesa, desliza la espátula bajo el fino trozo de carne, le da la vuelta, coloca encima la mitad que lleva mantequilla y deja caer la hamburguesa en un plato pequeño. Un cuarto de pepinillo en vinagre y dos olivas negras junto al bocadillo. Al lanza el plato por la barra como si fuera un tejo. Y rasca la parrilla con la espátula y observa taciturno la olla del estofado.

Los coches pasan a toda velocidad por la carretera 66. Matrículas de Massachusetts, Tennessee, Rhode Island, Nueva York, Vermont, Ohio, todos hacia el oeste. Coches buenos, avanzando a 65 millas por hora.

Allí va un Cord. Parece un ataúd sobre ruedas.

Sí, ¡pero cómo tiran!

¿Ves ese La Salle? A mí que me den ese. No pretendo ser el rey de la carretera. Me daría por satisfecho con un La Salle.

Hablando de cochazos, ¿qué te parece un Cadillac? Es sólo un poco más grande y un poco más rápido.

Lo que es yo, me quedaría con un Zephyr. No es muy caro, pero tiene clase y velocidad. Yo me quedo con el Zephyr.

Pues mira, aunque te parezca gracioso, yo me quedaría con Buick-Puick. A mí me basta con ese.

Pero hombre, el precio anda como el del Zephyr, pero no tiene el mismo nervio.

A mí eso me da igual. Yo no quiero saber nada con ningún coche de Henry Ford. No me cae bien, nunca me gustó. Un hermano mío trabajaba en la planta de automóviles. Tendrías que oír lo que dice.

Bueno, el Zephyr tiene nervio.

Los cochazos de la carretera. Señoras lánguidas, vencidas por el calor, pequeños núcleos en torno a los que giran miles de bártulos: cremas, ungüentos con los que hidratarse, sustancias colorantes en ampollas —negro, rosa, rojo, blanco, verde, plata— para teñir el pelo, cambiar el color de los ojos, los labios, las uñas, cejas, pestañas, párpados. Aceites, semillas y píldoras laxantes. Una bolsa llena de botellas, jeringuillas, píldoras, polvos, fluidos, distintas clases de gel que permiten tener relaciones sexuales con tranquilidad, con la seguridad de que serán inodoras e improductivas. Todo esto además de la ropa. ¡Menudo incordio!

Líneas de cansancio alrededor de los ojos, líneas de descontento que bajan de la boca, pechos que descansan pesadamente en pequeñas hamacas, estómagos y muslos reventando dentro de cubiertas de goma. Y las bocas jadeantes, los ojos hoscos; les disgustan el sol, el viento y la tierra, agraviadas por la comida y el cansancio, odiando el tiempo que rara vez las muestra hermosas y siempre las envejece.

A su lado, hombrecillos panzones con trajes claros y sombreros panamá; hombres limpios, rosados, de ojos confusos y preocupados, ojos inquietos. Preocupados porque las fórmulas no dan resultado; ansiosos de seguridad y, sin embargo, sintiendo que ésta está desapareciendo de la tierra. En sus solapas, insignias de lugares donde se alojan y de clubs, sitios donde pueden ir y, mediante la suma de un número de hombrecillos preocupados, asegurarse a sí mismos que los negocios son algo noble y no el curioso robo ritual que saben que es; que los hombres de negocios son inteligentes a pesar de las pruebas patentes de su estupidez; que son amables y caritativos a pesar de los principios por los que se rigen los negocios rentables, que sus vidas son ricas en lugar de las aburridas y sosas rutinas que conocen; y que llegará el tiempo en el que dejarán de tener miedo.

Y estos dos, de camino a California; van a ir a sentarse en el vestíbulo del hotel Beverly-Wilshire, a ver a la gente que envidian yéndose a contemplar las montañas—montañas, entérate y árboles enormes—él con su expresión preocupada y ella pensando que el sol le resecará la piel. Van a ir a ver el océano Pacífico y te apuesto cien mil dólares a que él dirá: No es tan grande como yo pensaba que sería. Y ella envidiará los cuerpos regordetes y jóvenes en la playa. En realidad van a California para volver a casa. Para decir: Fulana estaba en la mesa de al lado en el Trocadero. Está hecha un auténtico desastre, pero la verdad es que viste bien. Y él: He hablado con hombres de negocios respetables. Dicen que no hay nada que hacer hasta que nos libremos del tipo ese que está en la Casa Blanca. Y: Me lo dijo uno que estaba enterado: figúrate que ella tiene sífilis. Salió en esa película de la Warner. Aquél me dijo que ha conseguido trabajar en el cine durmiendo con todo el que la convenía. Oye, ella se lo ha buscado. Pero los ojos preocupados nunca están en calma y la boca de hacer pucheros nunca se muestra contenta. El cochazo que avanza a sesenta millas por hora.

Quiero un refresco.

Bueno, allí delante hay un sitio. ¿Quieres parar?

¿Crees que estará limpio?

Todo lo limpio que puedes esperar en esta región dejada de la mano de Dios.

Bueno, supongo que algo embotellado estará bien.

El enorme coche chirría y frena hasta detenerse. El hombre gordo y preocupado ayuda a salir a su mujer.

Mae les echa un vistazo rápido según entran y luego desvía sus ojos.

Al levanta la vista de la parrilla y vuelve a bajarla. Mae sabe. Se van a beber un refresco de cinco centavos y van a protestar de que no está suficientemente frío. La mujer usará seis servilletas de papel y las tirará al suelo. El hombre se atragantará y le intentará echar la culpa a Mae. La mujer olfateará como si oliera a carne podrida y luego se irán y pregonarán a partir de entonces que la gente del oeste es hosca. Y Mae les tiene reservado un nombre para cuando está a solas con Al: les llama parásitos.

Los camioneros, esos son buena gente.

Aquí viene uno grande de transportes. Espero que paren; que me quiten el regusto de esos parásitos. Cuando yo trabajaba en aquel hotel de Albuquerque, Al, ya vi cómo roban: toallas, cubiertos, jaboneras. No lo puedo entender.

Y Al, taciturno:

¿Y de dónde crees que sacan esos cochazos y todo lo demás? ¿Crees que nacen así? Tú nunca tendrás nada.

El camión de transportes, con un conductor y un relevo.

¿Qué te parece si paramos a tomar un café? Conozco este garito.

¿Cómo vamos de tiempo?

Bah, llevamos adelanto.

Para, entonces. Hay ahí un viejo caballo de guerra que es la monda. Y tienen buen café.

El camión se detiene. Dos hombres vestidos con pantalones de montar color caqui, botas, chaquetillas cortas y gorras militares de visera brillante. La puerta de tela metálica se cierra con un golpe.

¿Qué hay, Mae?

Vaya, vaya, pero si es Bill el rata. ¿Cuándo has vuelto a este recorrido?

Hace una semana.

El otro hombre introduce una moneda en el fonógrafo, mira cómo el disco se suelta y el plato sube para que caiga encima. La voz de Bing Crosby, dorada. «Gracias por el recuerdo, del calor del sol a la orilla; pudiste haber sido un incordio, pero nunca me aburriste . . . » Y el conductor del camión le canta a Mae «Pudiste haber sido un poco bruta pero nunca fuiste una puta.»

Mae se ríe. ¿Quién es tu colega, Bill? Es nuevo en el itinerario, ¿no?

El otro mete otra moneda en la tragaperras, gana cuatro fichas y las vuelve a meter. Se acerca a la barra.

Bueno, ¿qué va a ser?

Una taza de café. ¿Qué pasteles tienes?

Crema de plátano, de piña, de chocolate y tarta de manzana.

Uno de manzana. Espera . . . ¿de qué es ese grande y ancho?

Mae lo levanta y lo huele. De crema de plátano.

Córtame un pedazo; bien grande.

El hombre de la tragaperras dice: Que sean dos de todo.

Ahí van dos. ¿Sabes alguno nuevo, Bill?

Bueno, aquí va uno.

Lleva cuidado, hay una señora delante.

No, si este no es muy fuerte. Un chiquillo llega tarde a la escuela. La maestra le pregunta: ¿por qué llegas tarde? El crío contesta: tuve que llevar una vaquilla a que la montaran. La maestra le dice: ¿no podía haberlo hecho tu padre? El niño responde: claro que sí, pero no tan bien como el toro.

Mae chilla de risa, carcajadas ásperas y escandalosas. Al, partiendo cebolla cuidadosamente sobre una tabla, levanta los ojos y sonríe y luego vuelve a mirar hacia abajo. Camioneros, buena gente. Van a dejar un cuarto de dólar cada uno de propina para Mae. Quince centavos por un café y un trozo de pastel y veinticinco para Mae. Y ni siquiera están intentando camelársela.

Sentados juntos en los taburetes, las cucharas sobresaliendo de las tazas de café. Pasando el rato. Y Al, restregando la parrilla, escucha sin hacer comentarios. La voz de Bing Crosby se interrumpe. El plato baja y el disco vuelve a su lugar en el montón. La luz violeta se apaga. La moneda, que ha puesto el mecanismo en marcha, que ha hecho que Bing cante y una orquesta toque, se desliza entre los puntos de contacto y va a caer a la caja donde se suman las monedas. Estos cinco centavos, al revés que la mayoría del dinero, han sido el responsable material de una reacción.

La válvula de la máquina de café arroja vapor. El compresor de la máquina del hielo resopla quedamente un rato y después calla. El ventilador eléctrico del rincón oscila su cabeza lentamente de un lado a otro, bañando la habitación con una brisa cálida. En la carretera, en la 66, los coches pasan veloces.

—Hace un rato paró un coche de Massachusetts —dijo Mae.

Bill el rata cogió su taza por el borde de modo que la cuchara quedó apresada entre dos dedos. Aspiró una bocanada de aire junto con el café, para enfriarlo.

—Deberías estar por la 66. Hay coches de todo el país. Todos en dirección oeste. Nunca había visto tantos antes. Y se ven algunos preciosos.

—Hemos visto esta mañana un accidente —dijo su compañero—. Un coche grande, un Cadillac, modelo especial y precioso, bajo, de color crema, coche de lujo. Chocó contra un camión. Plegó completamente el radiador. Debía de ir a noventa millas por hora. El conductor se clavó el volante y se quedó meneándose como una rana colgando de un gancho. Una preciosidad de coche, muy bonito. Ahora se lo quedará cualquiera por una miseria. El conductor iba solo.

Al levantó la vista de su trabajo.

—¿Averió el camión?

—¡Dios! Si ni siquiera era un camión. Era uno de esos coches partidos por la mitad, lleno de fogones, sartenes, colchones, niños y gallinas. Iban al oeste. Aquél nos adelantó a noventa, se puso en dos ruedas para pasarnos y venía un coche, así que se desvió y arremetió contra el camión. Conducía como si estuviera borracho perdido. Dios, el aire se llenó de ropas de cama, de gallinas y niños. Mató a uno de ellos. Nunca he visto semejante barullo. Frenamos. El que conducía el camión se quedó de pie mirando al niño muerto. No se le podía sacar ni una palabra. Completamente ido. Dios Todopoderoso, la carretera está llena de esas familias yendo hacia el oeste. Nunca había visto tantas. Y va de mal en peor. Me gustaría saber de dónde diablos salen.

—Y a mí a dónde van —dijo Mae—. A veces paran aquí a poner gasolina, pero casi nunca compran nada más. La gente dice que roban. Nosotros no dejamos nada por enmedio y nunca nos han robado.

Bill, masticando su pastel, miró a la carretera por la ventana tapada con tela metálica.

—Más vale que vigiles las cosas. Aquí llegan unos de esos.

Un Nash de 1926 salía de la carretera pesadamente. El asiento trasero estaba tapado casi hasta arriba con sacos, ollas y sartenes y encima de todo iban dos niños aplastados contra el techo. Sobre el coche había un colchón y una tienda de campaña plegada; los palos de la tienda iban atados a los estribos. El coche se estacionó junto a los surtidores de gasolina. Un hombre de pelo negro y el rostro como cortado con un hacha se apeó lentamente. y los dos críos resbalaron por la carga hasta llegar al suelo.

Mae rodeó la barra y se quedó en la puerta. El hombre llevaba pantalones grises de lana y una camisa azul, oscurecida por el sudor en la espalda y bajo los brazos. Los niños llevaban sólo unos monos, andrajosos y remendados. Tenían el pelo claro, de punta todo alrededor de la cabeza, casi cortado al cero. En el rostro mostraban churretes de polvo. Fueron directamente al charco barroso bajo la manguera y enterraron los pies en el barro.

El hombre preguntó:

—¿Podemos coger agua, señora?

Un gesto de irritación cruzó el rostro de Mae.

—Claro, sírvanse —habló quedamente por encima del hombro—. Voy a vigilar la manguera —clavó la vista en el hombre mientras éste desenroscaba la tapa del radiador y metía la manguera.

La mujer, que se había quedado en el coche, de cabello muy rubio, dijo:

—Mira a ver si lo puedes comprar aquí.

El hombre cerró el grifo de la manguera y volvió a colocar el tapón. Los chiquillos se apoderaron de la manga, apuntaron hacia debajo y bebieron sedientos. El hombre se quitó el sucio sombrero negro y se quedó, con una curiosa humildad, delante de la puerta.

—¿Nos haría el favor de vendernos una barra de pan, señora?

—Esto no es una tienda de comestibles —dijo Mae—. Tenemos el pan para hacer bocadillos.

—Lo sé, señora —insistía con su humildad—. Necesitamos pan y nos han dicho que no hay ningún sitio más hasta bastante más lejos.

—Si le vendemos pan, nos va a faltar —el tono de Mae comenzaba a ser vacilante.

—Tenemos hambre —dijo el hombre.

—¿Por qué no compran bocadillos? Los tenemos muy buenos, de hamburguesa.

—Nos encantaría poder hacerlo, señora. Pero no podemos. Tenemos que comer todos por diez centavos —y añadió avergonzado—. Tenemos muy poco dinero.

—No puede comprar una barra por diez centavos. Sólo las tenemos de quince —dijo Mae.

Al gruñó a su espalda.

—Por Dios, Mae, dales el pan.

—Nos vamos a quedar sin pan antes de que llegue el camión.

—Bueno, pues que falte, maldita sea —dijo Al. Y miró hosco a la ensalada de patata que estaba preparando.

Mae encogió sus hombros regordetes y miró a los camioneros para mostrarles por lo que tenía que pasar.

Sujetó la puerta abierta y el hombre entró, trayendo consigo olor a sudor. Los chiquillos se colaron detrás de él, se acercaron inmediatamente al recipiente de caramelos y se quedaron mirando con fijeza, no con anhelo ni esperanza, ni siquiera con deseo, simplemente como asombrados de que semejantes cosas pudieran existir. Eran iguales de tamaño y sus rostros eran idénticos. Uno de ellos se rascó el tobillo polvoriento con las uñas de los dedos del otro pie. El otro le susurró algo quedamente y, entonces, los dos estiraron los brazos hasta que sus puños apretados, metidos en los bolsillos del mono, se marcaron a través de la fina tela azul.

Mae abrió un cajón y sacó una larga barra envuelta en papel encerado.

—Esta es de quince centavos.

El hombre se colocó el sombrero en la cabeza de nuevo. Respondió con su humildad inflexible.

—¿Me haría el favor de cortarme un trozo de diez centavos?

Al dijo con un gruñido:

—Maldita sea, Mae. Dale la barra entera.

El hombre se volvió hacia Al.

—No, queremos comprar diez centavos de pan. Lo tenemos estrictamente calculado para llegar hasta California.

—Puede quedársela por diez centavos —dijo Mae, con acento resignado.

—Eso sería robarle, señora.

—Cójalo, venga . . . Al dice que se lo quede —empujó la barra envuelta por encima del mostrador. El hombre sacó de su bolsillo trasero una bolsa de cuero oscuro, desató las cuerdas y la abrió. Pesaba, llena de monedas grandes y billetes grasientos.

—Les parecerá extraño que sea tan agarrado —se disculpó—. Nos quedan mil millas por delante y no sabemos si conseguiremos llegar —hurgó en la bolsa con el dedo índice, encontró una moneda de diez centavos y la cogió. Al ponerla en el mostrador vio que había sacado un centavo al mismo tiempo. Estaba a punto de guardarlo de nuevo en la bolsa cuando su mirada cayó sobre los niños, paralizados ante el mostrador de los caramelos. Se acercó con calma a ellos. Señaló unos palos de menta, rayados, que había en la caja.

—¿Esos caramelos son de a centavo, señora?

Mae se acercó y miró.

—¿Cuáles?

—Esos de ahí, de rayas.

Los pequeños levantaron los ojos hacia el rostro de Mae y dejaron de respirar; tenían la boca ligeramente abierta y rígidos los cuerpos medio desnudos.

—Ah!, esos. No, no . . . son dos por un centavo.

—Bien, deme dos, señora —depositó el centavo de cobre cuidadosamente sobre la barra. Los niños dejaron escapar el aliento contenido suavemente. Mae les ofreció los dos palos largos de caramelo.

—Cogedlos —animó el hombre.

Alargaron la mano con timidez, cada uno cogió un palo y los sujetaron pegados a sus lados sin mirarlos. Pero se miraron el uno al otro y las comisuras de sus labios mostraron, vergonzosos, una sonrisa rígida.

—Gracias, señora —el hombre cogió el pan y salió, con los niños marchando estirados detrás de él, sosteniendo los palos a rayas rojas pegados estrechamente contra sus piernas. Saltaron como ardillas por encima del asiento delantero y se acomodaron encima de la carga, y desaparecieron de la vista como ardillas en una madriguera.

El hombre se sentó, puso en marcha el coche y, con un motor rugiente y una nube de aceitoso humo azul, el viejo Nash volvió a la carretera y siguió adelante hacia el oeste.

Desde el interior del restaurante, los camioneros, Mae y Al les siguieron con los ojos. Bill fue el primero en reaccionar.

—Esos caramelos no eran dos por un centavo —dijo.

—¿Acaso es asunto tuyo? —replicó Mae torvamente.

—Cada uno vale cinco centavos —insistió Bill.

—Hay que ponerse en marcha —dijo al otro—. Se nos está yendo el tiempo —buscaron en sus bolsillos. Bill dejó una moneda en la barra y su compañero la miró, volvió a buscar en su bolsillo y puso otra moneda. Se volvieron y caminaron hacia la puerta.

—Hasta otra —dijo Bill.

Mae le llamó:

—¡Eh! Espera un momento. Te dejas el cambio.

—Vete al cuerno —dijo Bill, y la puerta se cerró con un golpe.

Mae les contempló mientras montaban en el enorme camión, y éste empezaba a moverse lento en primera, luego oyó el chirrido al cambiar marchas y el camión alcanzó su velocidad de crucero.

—Al . . . —llamó suavemente.

Él levantó la vista de la hamburguesa que estaba aplastando y envolviendo entre papeles encerados.

—¿Qué pasa?

—Mira —ella señaló las monedas que habían quedado junto a las tazas: dos de medio dólar. Al se acercó y miró, y luego volvió a su trabajo.

—Camioneros —dijo Mae reverentemente— y después de ellos parásitos.

Las moscas daban pequeños topetazos contra la tela metálica y se alejaban zumbando. El compresor resopló un poco y luego calló. Por la 66 corría el tráfico, camiones, coches finos de línea aerodinámica y cacharros; y pasaban con un silbido ominoso. Mae recogió los platos y sacudió las migas de pastel en un cubo. Encontró un paño húmedo y limpió la barra con movimientos circulares. Sus ojos seguían en la carretera, por donde la vida pasaba silbando.

Al se secó las manos en el delantal. Miró un papel pegado en la pared, encima de la parrilla. Había en el papel tres líneas de marcas en columnas. Al contó la línea más larga. Caminó por detrás del mostrador hasta la caja, marcó la tecla de No Venta y sacó un puñado de monedas de cinco centavos.

—¿Qué vas a hacer? —preguntó Mae.

—El número tres está a punto de soltar el premio —dijo Al. Se dirigió a la tercera máquina tragaperras y fue metiendo sus monedas y a la quinta vez que giraron las ruedas, las tres barras subieron y el fondo se disparó. Al reunió el gran puñado de monedas y volvió al mostrador. Las dejó caer en la caja registradora y la cerró de golpe. Entonces volvió a su sitio y tachó la línea de puntos.

—Juegan más en la número tres que en las otras —comentó—. Quizá debería irlas alternando —levantó una tapadera y removió el estofado que hervía a fuego lento.

—Me pregunto qué harán cuando lleguen a California —dijo Mae.

—¿Quiénes?

—Estos que acaban de pasar por aquí.

—Sabe Dios —replicó Al.

—¿Crees que encontrarán trabajo?

—¿Cómo diablos quieres que lo sepa? —preguntó Al.

Ella miró con fijeza hacia el este, a la carretera.

—Aquí viene uno de transportes, doble. ¿Pararán? Espero que sí —y mientras el gigantesco camión se salía pesadamente de la carretera y se detenía, Mae cogió el paño y limpió la barra en toda su longitud. También le dio un par de friegas a la reluciente máquina de café y subió el gas de la máquina. Al sacó un puñado de rabanitos y comenzó a pelarlos. El semblante de Mae expresaba alegría cuando la puerta se abrió y entraron los dos camioneros uniformados.

—¿Qué hay, hermana?

—Para ningún hombre soy yo una hermana —replicó Mae. Se echaron a reír y Mae también rió—. ¿Qué vais a tomar, muchachos?

—Una taza de café. ¿Qué pasteles tienes?

—Crema de piña, de plátano, de chocolate y tarta de manzana.

—Dame uno de manzana. No, espera, ¿de qué es eso grande y gordo?

Mae levantó el pastel y lo olió.

—De crema de piña —respondió.

—Bueno, córtame un trozo de ese.

Los coches corrían con un silbido siniestro por la carretera 66.

Capítulo 16

LOS Joad y los Wilson continuaron juntos hacia el oeste: El Reno y Bridgeport, Clinton, Elk City, Sayre y Texola. Allí alcanzaron la frontera y dejaron atrás Oklahoma. Ese día los coches avanzaron sin pausa por el Texas Panhandle. Shamrock y Alanreed, Groom y Yarnell. Pasaron por Amarillo al final de la tarde, siguieron adelante demasiado y cuando acamparon ya anochecía. Estaban cansados, polvorientos, muertos de calor. La abuela tuvo convulsiones causadas por la alta temperatura y se encontraba débil cuando se detuvieron. Esa noche Al robó un tablón de una cerca y lo colocó como una viga sobre el camión, enganchándolo a ambos extremos. Esa noche no comieron más que unas galletas, duras y frías, que habían guardado del desayuno. Cayeron como muertos en los colchones y durmieron con la ropa puesta. Los Wilson ni siquiera montaron la tienda de campaña.

Los Joad y los Wilson volaron por el Panhandle, de campos grises y ondulantes, señalados y atravesados por las huellas de viejas inundaciones. Volaron saliendo de Oklahoma y a través de Texas. Las tortugas avanzaban lentas entre el polvo y el sol azotaba la tierra, que despedía una ola de calor de sí misma cuando en el crepúsculo el calor abandonaba el cielo.

Durante dos días, las dos familias corrieron sin cesar, pero al llegar el tercer día las distancias se hicieron demasiado grandes y les obligaron a adoptar una nueva técnica de vida; la carretera se transformó en su hogar y el movimiento en su medio de expresión. Poco a poco se fueron acomodando a una vida distinta. Primero Ruthie y Winfield, después Al, luego Connie y Rose of Sharon y, por último, los mayores. La tierra oscilaba como si de un oleaje inmóvil se tratara. Wildorado, Vega, Bosie y Glenrio: fin de Texas. Al frente New Mexico y las montañas, que se elevaban, en la lejanía, contra el cielo. Y las ruedas de los coches rechinaban al tomar las curvas, los motores se recalentaban y el vapor salía despedido por los bordes de las tapas de los radiadores. Llegaron penosamente al río Pecos y lo cruzaron por Santa Ana. Y siguieron otras veinte millas.

Al Joad conducía el turismo, y junto a él viajaban su madre y Rose of Sharon. Delante de ellos se arrastraba el camión. El cálido aire se plegaba en olas encima de la tierra y las montañas se estremecían en el calor. Al conducía lánguidamente, acurrucado en el asiento, la mano relajada encima de la barra que cruzaba el volante, llevaba el sombrero gris inclinado sobre un ojo, dándole un aire increíblemente presumido; mientras conducía, se volvía y escupía por el lado de vez en cuando.

Madre, a su lado, había juntado las manos en su regazo y se había retirado a un lugar desde el que poder resistir el cansancio. Con el cuerpo relajado, dejaba a éste y a la cabeza oscilar libremente con el movimiento del coche. Entrecerraba los ojos fijos en las montañas. Rose of Sharon se abrazaba contra el movimiento del coche, con los pies apretados contra el suelo y su codo derecho apoyado con firmeza en la puerta. Su rostro rollizo se tensaba ante el bamboleo y su cabeza oscilaba bruscamente porque los músculos del cuello estaban tensos. Trataba de arquear todo su cuerpo hasta formar un recipiente rígido en el que proteger al feto de los golpes. Volvió la cabeza hacia su madre.

—Madre —dijo. Los ojos de Madre recobraron su luz y ella dirigió su atención a Rose of Sharon. Contempló el rostro tenso, cansado, lleno, y sonrió—. Madre —dijo la muchacha—, cuando lleguemos, vais a recoger fruta todos y a vivir como en el campo, ¿verdad?

Madre sonrió con un poco de sarcasmo.

—Aún no hemos llegado —dijo—. No sabemos cómo va a ser. Hay que esperar a verlo.

—Yo y Connie no queremos vivir en el campo —dijo la joven—. Ya tenemos pensado lo que vamos a hacer.

Por un momento una leve preocupación asomó en el semblante de Madre.

—¿No os quedáis con nosotros, con la familia? —preguntó.

—Bueno, Connie y yo hemos estado hablando de todo esto. Madre, queremos vivir en una ciudad —continuó, excitada—: Connie conseguirá trabajo en una tienda o quizá en una fábrica. Y va a estudiar en casa, puede que radio, hasta convertirse en un experto y poder tener más adelante su propia tienda. E iremos al cine siempre que nos apetezca. Y Connie dice que cuando yo vaya a tener el niño vendrá un médico; y que según cómo vaya la cosa, iré a un hospital. Vamos a tener un coche, uno pequeño. Y después de que él estudie por la noche, pues ... será bonito, Connie arrancó una página de un «Historias de amor del Oeste» y va a pedir que le envíen información para hacer un curso, porque mandar la hoja no cuesta nada. Lo dice allí, en el cupón. Yo lo he visto. Y, fíjate, cuando haces ese curso hasta te consiguen un trabajo, es un curso de radios, un trabajo limpio y agradable, y con futuro. Vamos a vivir en la ciudad para ir al cine cuando queramos y ... bueno, yo tendré una plancha eléctrica y las cosas para el bebé serán todas nuevas. Connie dice que será todo nuevo, blanco y ... Bueno, ya has visto las cosas que hay para bebés en el catálogo. Quizá justo al principio, mientras Connie tenga que estudiar en casa, no será tan fácil, pero ... bueno, para cuando llegue el niño, quizá haya terminado de estudiar y tengamos una casa, pequeñita. Nada lujoso, pero queremos que esté bien para el niño ... —su rostro brillaba de entusiasmo—. Y pensé ... bueno, pensé que quizá podríamos todos ir a vivir a la ciudad y cuando Connie tenga la tienda ... a lo mejor Al podría trabajar para él —los ojos de Madre no habían abandonado ni un instante la cara sonrojada. Madre vio crecer la estructura y la siguió.

—No queremos que estés lejos de nosotros —dijo—. No es bueno que las familias se separen.

—¿Yo, trabajar para Connie? —bufó Al—. ¿Qué tal si Connie trabaja para mí? ¿Se cree que es el único cabrón que puede estudiar por la noche?

De pronto, Madre pareció comprender que todo era un sueño. Volvió la cabeza de nuevo hacia adelante y relajó el cuerpo, pero la leve sonrisa quedó flotando alrededor de sus ojos.

—Me pregunto cómo se encontrará hoy la abuela —dijo.

Al se puso tenso al volante. El motor había empezado a vibrar ligeramente. Aumentó la velocidad y la vibración creció al tiempo. Retardó el encendido y escuchó y luego aceleró un momento y escuchó. La vibración creció hasta convertirse en un golpeteo metálico. Al tocó el claxon y sacó el coche de la carretera. Delante, el camión frenó y dio marcha atrás lentamente. Tres coches pasaron a toda velocidad, hacia el oeste, los tres hicieron sonar la bocina y el último conductor se inclinó hacia afuera y gritó: ¿Se creen que este es sitio para parar?

Tom acercó el camión, se bajó y se dirigió al turismo. Desde la parte trasera del cargado camión varias cabezas miraron hacia abajo. Al retardó el encendido y escuchó el motor al ralentí.

—¿Qué ocurre, Al? —preguntó Tom.

Al aceleró el motor.

—Escucha.

El golpeteo se hizo más audible.

Tom lo escuchó.

—Adelanta el encendido y sube el ralentí —dijo—. Él abrió el capó y metió la cabeza dentro.

—Ahora acelera —escuchó un segundo y luego cerró el capó.

—Sí, Al, creo que tienes razón —dijo.

—El cojinete de la biela, ¿verdad?

—Eso parece —dijo Tom.

—Le puse aceite en abundancia —protestó Al.

—Bueno, pues no le ha llegado. Ahora está más seco que una mona. Mira, lo único que se puede hacer es sacarla. Yo voy a seguir un poco hasta encontrar algún lugar llano donde acampar. Tú sígueme muy despacio. Que no se vaya a romper el cárter.

—¿Es serio? —preguntó Wilson.

—Mucho —respondió Tom y, tras subir al camión, se puso en marcha y avanzó lentamente.

—No sé por qué se ha salido —dijo Al—. Yo le puse bien de aceite —Al sabía que la culpa era suya. Sintió que les había fallado.

—No ha sido culpa tuya —dijo Madre—. Tú lo has hecho todo bien —y luego preguntó un poco tímidamente—: ¿Es de verdad tan grave?

—Bueno, es difícil sacarla y necesitamos una biela nueva o un antifriccionante para ésta —lanzó un profundo suspiro—. Te aseguro que me alegro de que Tom esté aquí. Yo nunca he ajustado un cojinete. Espero que Tom lo haya hecho.

Había junto a la carretera un enorme cartel de anuncio rojo, un poco más adelante, que proyectaba una gran sombra rectangular. Tom desvió el camión, salió de la carretera y pasó la cuneta, poco profunda y se estacionó a la sombra. Bajó y esperó que llegara Al.

—Ahora ve con cuidado —aconsejó—. Ve despacio o le romperás también una ballesta.

El rostro de Al se tornó rojo de furia. Estranguló el motor.

—¡Maldita sea! —gritó—, yo no he quemado ese cojinete. ¿Qué quieres decir con eso de que también me cargaré una ballesta?

Tom sonrió.

—No eches las patas por alto —dijo—. No he querido decir nada. Sólo que llevaras cuidado con la cuneta.

Al masculló mientras llevaba muy poco a poco el coche hasta abajo y remontaba la cuneta por el otro lado.

—No se te ocurra darle a nadie la idea de que he sido yo el que he quemado ese cojinete —el motor hacía ya un ruido escandaloso. Al aparcó a la sombra y apagó el motor.

Tom levantó el capó y lo enganchó para que quedara abierto.

—Ni siquiera podemos empezar a trabajar hasta que se enfríe —dijo. Los demás fueron saliendo de los vehículos y se reunieron alrededor del turismo.

Padre preguntó:

—¿Cómo es de grave? —y se puso en cuclillas.

—¿Alguna vez has ajustado uno? —se volvió Tom hacia Al.

—No —respondió—, nunca. Pero sí que he sacado el cárter.

—Bueno, hay que romper el cárter y sacar la biela —dijo Tom—. Luego tenemos que comprar la pieza, afilarla, igualarla y ajustarla. Es trabajo para un día. Tenemos que volver al último sitio que pasamos, a Santa Rosa, para comprar la pieza. Albuquerque está a unas setenta y cinco millas . . . ¡Vaya por Dios!, mañana es domingo. No podremos hacer nada —la familia quedó en silencio. Ruthie se acercó sin hacer ruido y miró el motor, esperando ver la pieza rota. Tom continuó quedamente—: Mañana es domingo. El lunes compraremos la pieza y probablemente no la podremos poner hasta el martes. No tenemos herramientas que nos faciliten el trabajo. Va a ser complicado —la sombra de un buitre pasó sobre la tierra y todos miraron al negro pájaro que surcaba el cielo.

—Lo que me da miedo es que nos quedemos sin dinero y no podamos llegar —dijo Padre—. Hemos de comer y comprar gasolina y aceite. Si se acaba el dinero no sé lo que vamos a hacer.

—Me parece que es culpa mía —intervino Wilson—. Este maldito cacharro me ha dado problemas desde el principio. Ustedes se han portado bien con nosotros. Deberían recoger sus cosas y seguir adelante. Sairy y yo nos quedamos, ya se nos ocurrirá algo. No queremos fastidiarles los planes.

—No vamos a hacer eso —dijo Padre lentamente—. Somos casi de la familia. El abuelo murió en su tienda.

—No les hemos causado más que molestias, hemos sido un estorbo —dijo Sairy con cansancio.

Tom lió despacio un cigarrillo, lo observó y lo encendió. Se quitó la estropeada gorra y se enjugó la frente.

—Tengo una idea —dijo—. Quizá no le guste a nadie pero ahí va: cuanto más cerca lleguemos de California, más pronto empezará a correr el dinero. Este coche puede ir dos veces más deprisa que el camión. Esta es mi idea. Sacamos algunas cosas del camión y os vais todos menos el predicador y yo. Yo y Casy nos quedamos aquí, arreglamos el coche y continuamos, día y noche y ya os alcanzaremos, o si no nos encontramos en la carretera, de todas formas ya estaréis trabajando. Si tenéis avería, no tenéis más que acampar junto a la carretera hasta que lleguemos. Peor no puede ser, y si conseguís llegar, tendréis trabajo y todo será más fácil. Casy puede echarme una mano con el coche y podremos ir muy deprisa.

La familia consideró la propuesta reunida. El tío John se acuclilló al lado de Padre.

—¿No necesitas que te ayude con esa biela? —preguntó Al.

—Tú mismo has dicho que nunca has arreglado ninguna.

—Eso es verdad —admitió Al—. Lo único que necesitarás es una espalda fuerte. Quizá el predicador no quiera quedarse.

—Bueno, quien sea, a mí me da igual —dijo Tom.

Padre rascó la tierra seca con el dedo índice.

—Me da la impresión de que Tom tiene razón —dijo—. No sirve de nada que nos quedemos todos aquí. Podríamos avanzar cincuenta, cien millas antes de que anochezca.

—¿Cómo nos vais a encontrar? —preguntó Madre, preocupada.

—Estaremos en la misma carretera —la tranquilizó Tom—. Es la 66 hasta el final. Hasta un lugar llamado Bakersfield. Lo he visto en el mapa que tenemos. Hay que seguir la carretera recta hasta allí.

—Sí, pero cuando lleguemos a California y tengamos que coger alguna otra carretera . . .

—No te preocupes —le aseguró Tom—. Os encontraremos. California no es el mundo.

—Pues en el mapa parece muy grande —insistió Madre.

—John, ¿ves alguna razón en contra? —le pidió consejo Padre.

—No —contestó John.

—Wilson, es su coche. ¿Tiene alguna objeción a que mi hijo lo arregle y venga después con él?

—Nada en absoluto —respondió Wilson—. Parece que ustedes ya nos han ayudado todo lo que podían. No veo por qué no puedo echarle un cable a su hijo.

—Podéis estar trabajando y consiguiendo algo de dinero si no os alcanzamos antes —dijo Tom—. Imaginad que nos quedamos todos aquí. No hay agua cerca y el coche no podemos moverlo. Pero si conseguís llegar y encontráis trabajo, pues tendréis dinero o quizá una casa donde vivir. ¿Qué le parece, Casy? ¿Quiere quedarse conmigo y echarme una mano?

—Yo quiero hacer lo que sea mejor para ustedes —dijo Casy—. Ustedes me acogieron y me han traído hasta aquí. Haré lo que mejor les parezca.

—Bueno, si se queda, tendrá que tumbarse de espaldas y llenarse la cara de grasa —advirtió Tom.

—No hay ningún problema.

—Bien, si es esto lo que vamos a hacer, más vale que nos pongamos en marcha —opinó Padre—. Podemos apurar quizá unas cien millas antes de detenernos.

—Yo no voy —se plantó Madre delante de él.

—¿Qué quieres decir con eso? Tienes que venir y cuidar de la familia —Padre estaba asombrado ante esta insubordinación.

Madre se acercó al turismo y se agachó al suelo del asiento trasero. Sacó una barra de hierro y la balanceó en la mano con facilidad.

—No voy a ir —repitió.

—Te digo que tienes que venir. Hemos tomado una decisión.

Madre adquirió una expresión resuelta. Dijo quedamente:

—De la única forma que conseguirás que vaya es a golpes —volvió a mover levemente la barra—. Y te pondré en evidencia, Padre, porque no pienso estarme quieta mientras me pegas, llorando y suplicando. Me voy a defender. De todas formas, no estés tan seguro de poder darme

una paliza. Y si me vences, juro por Dios que esperaré a que me des la
espalda o estés sentado y te abriré la cabeza con un cubo. Juro por Jesucristo que lo haré.

Padre miró al grupo sin saber qué hacer.

—Es una descarada —dijo—. Nunca la había visto tan deslenguada
—Ruthie soltó una risita aguda.

La barra osciló provocativamente de un lado a otro, en la mano de
Madre.

—Venga —dijo Madre—. Has tomado una decisión. Vamos, ven a
pegarme. Inténtalo siquiera. Pero yo no me voy; y si lo hago, no vas a
volver a dormir porque estaré continuamente esperando y en el momento que se te cierren los ojos, te atizaré con un madero.

—Maldita descarada —murmuró Padre—. Y eso que ni siquiera es
joven.

El grupo completo observaba la revuelta. Contemplaron a Padre, esperando que estallara toda su furia. Miraron sus manos relajadas para
verlas transformarse en puños. Y la cólera de Padre no creció y sus manos permanecieron colgando a sus lados. Al cabo de un momento, todos
supieron que Madre había ganado. Y Madre también lo supo.

—Madre, ¿qué es lo que te preocupa? —preguntó Tom—. ¿Por qué
haces esto? ¿Qué pasa contigo? ¿Te vas a volver contra nosotros?

El rostro de Madre perdió algo de su dureza, pero sus ojos seguían
mostrándose fieros.

—Habéis decidido esto sin pensarlo demasiado —explicó Madre—.
¿Qué nos queda en el mundo? Nada sino nosotros mismos, nada sino la
familia. Partimos y el abuelo se fue derecho a la tumba. Y ahora, en un
momento, queréis dividir a la familia . . .

—Madre, os íbamos a alcanzar —gritó Tom—. No íbamos a separarnos mucho tiempo.

Madre balanceó la barra.

—Imagínate que estuviéramos acampados y pasarais de largo, que
nosotros continuáramos . . . ¿dónde podríamos dejar recado, cómo sa-
bríais dónde preguntar? Tenemos por delante un camino amargo. La
abuela está enferma. Está ahí arriba en el camión pidiendo ya una pala
para su tumba. Está agotada. Nos enfrentamos a un camino largo y
difícil.

—Pero podríamos estar ganando dinero —dijo el tío John—. Podríamos tener algo ahorrado para cuando llegara el resto.

Los ojos de todos se volvieron hacia Madre de nuevo. Ella tenía la fuerza y había tomado el control.

—El dinero que ganáramos no serviría de nada —dijo—. Lo único que tenemos de valor es la familia sin dividir. Igual que las vacas de un rebaño se agrupan juntas cuando los lobos andan al acecho. No temo a nada mientras estemos aquí todos los que seguimos con vida, pero no pienso consentir que nos separemos. Los Wilson están con nosotros y el predicador también. No puedo decir nada si se quieren marchar, pero si alguno de mi familia quiere dividirnos lo impediré, con esta barra y todas mis fuerzas —su tono era frío y no admitía discusión.

—Madre, no podemos acampar todos aquí —intentó calmarla Tom—. No hay agua, ni siquiera hay sombra. La abuela necesita estar a la sombra.

—De acuerdo —concedió Madre—. Seguiremos adelante. Pararemos en el primer lugar donde haya agua y sombra. Y . . . el camión regresará, te llevará a la ciudad a comprar la pieza y te volverá a traer. No vas a ir andando bajo el sol y no permito que vayas solo. Si tienes cualquier problema, habrá alguien de tu familia para ayudarte.

Tom estiró los labios sobre los dientes y luego los separó con un chasquido. Extendió las manos en un gesto de impotencia y las dejó caer a sus lados.

—Padre —dijo—, si te la cogieras rápidamente por un lado y yo por el otro y todos los demás se le tiraran encima y la abuela saltara en lo alto del montón, quizá podríamos reducir a Madre sin que matara a más de dos o tres de nosotros con esa barra. Pero si no estás dispuesto a que te aplaste la cabeza, creo que Madre nos tiene cogidos. ¡Dios, una persona decidida puede hacer lo que quiera con un montón de gente! Tú ganas, Madre. Suelta ya esa barra antes de que le hagas daño a alguien.

Madre miró sorprendida la barra de hierro. Su mano tembló. Dejó caer su arma al suelo y Tom, con un cuidado exagerado, la recogió y la metió de nuevo en el coche.

—Padre, ponte de pie —dijo—. Al, llévate a la familia y cuando hayáis acampado vuelve aquí con el camión. Yo y el predicador iremos quitando el cárter. Luego, si nos da tiempo, podemos ir corriendo a Santa Rosa y tratar de comprar una biela. Quizá podamos, siendo sábado por la noche. Ahora moveos deprisa a ver si nos da tiempo a ir. Déjame que saque la llave inglesa y los alicates del camión —tocó por debajo del coche y sintió el grasiento cárter—. Ah, sí, déjame una lata, ese cubo viejo para recoger el aceite, no vayamos a perderlo —Al le pasó el cubo y Tom lo colocó bajo el coche y aflojó el tapón del aceite con unos alicates. El aceite negro corrió por su brazo mientras desenroscaba el tapón con los dedos y luego el negro río cayó silenciosamente al cubo. Al tenía a la familia apilada en el camión para cuando el cubo estuvo medio lleno. Tom con el rostro manchado ya de aceite, se asomó entre las ruedas—. ¡Vuelve rápido! —gritó. Cuando el camión cruzó suavemente la cuneta poco profunda y se alejó arrastrándose, él estaba aflojando los tornillos del cárter. Tom giraba cada tornillo una sola vez, soltándolos con regularidad para que no se rompiera la junta.

El predicador se puso de rodillas al lado de las ruedas.

—¿Qué puedo hacer?

—En este momento nada. En cuanto haya salido todo el aceite y todos los tornillos estén sueltos me puede ayudar a sacar el cárter —se revolvió bajo el coche, aflojando los tornillos con una llave inglesa y girándolos luego con los dedos. Los dejó enganchados para que el cárter no se cayera, pero muy sueltos.

—El suelo aún está caliente aquí debajo —dijo Tom. Y añadió—: Casy, ha estado usted muy callado estos últimos días. ¿Cómo es eso? Al principio de encontrarnos hacía usted un discurso cada media hora más o menos. Y este último par de días no ha llegado a decir ni diez palabras. ¿Qué le pasa, se está quemando?

Casy estaba estirado sobre el estómago, mirando debajo del coche. Descansaba en el dorso de una mano la barbilla, erizada con una barba rala. Tenía el sombrero echado hacia atrás de manera que le cubría la nuca.

—Cuando era predicador hablé suficiente para el resto de mi vida —replicó.

—Sí, pero también decía cosas sensatas.

—Estoy muy preocupado —dijo Casy—. Cuando iba por ahí predicando ni siquiera me daba cuenta, pero la verdad es que tenía bastantes mujeres. Si ya no voy a predicar tengo que casarme. Tommy, lo que me pasa es que necesito estar con una mujer con urgencia.

—Yo también —confesó Tom—. Mire, el día que salí de McAlester estaba que echaba humo. Perseguía a una chica, a una putilla, como si fuera un conejo. No le voy a decir lo que pasó, no puedo decírselo a nadie.

—Ya sé lo que pasó —se echó a reír Casy—. Una vez fui al desierto a ayunar y cuando volví, me pasó exactamente la misma puñetera cosa.

—¡Y un cuerno! —dijo Tom—. Bueno, en cualquier caso me ahorré el dinero y le di una carrera a aquella chica. Pensó que estaba loco. Debía haberle pagado, pero sólo tenia cinco dólares. Ella dijo que no quería dinero. Ahora, métase aquí debajo y sujételo. Yo lo aflojo. Luego usted saca ese tornillo y yo saco éste de mi lado y lo bajamos despacio. Cuidado con una junta. ¿Ve?, sale de una pieza. Estos Dodge viejos sólo tienen cuatro cilindros. Una vez desmonté uno. Los cojinetes principales son tan grandes como melones. Ahora . . . hacia abajo . . . sujételo. Súbala y tire de esa junta que se ha enganchado, despacio, con cuidado. ¡Ya está! —el grasiento cárter quedó en el suelo entre los dos, aún con un poco de aceite en los recovecos. Tom metió la mano en una de las cavidades anteriores y sacó algunos trozos rotos de antifriccionante—. Aquí está —dijo. Hizo girar el antifriccionante entre sus dedos—. El cigüeñal está subido. Mire atrás y coja la manivela. Gírela hasta que yo le diga.

Casy se puso en pie, encontró la manivela y la ajustó.

—¿Preparado? Agarre, despacio, un poco más, un poco más, ahí.

Casy se arrodilló y volvió a mirar por debajo. Tom hizo sonar el cojinete de la biela contra el cigüeñal.

—Ahí está.

—¿Por qué crees que ha pasado esto? —preguntó Casy.

—¡Y yo qué sé! Este coche lleva trece años en la carretera. En el cuentakilómetros pone sesenta mil millas. Eso significa ciento sesenta, y Dios sabe cuántas veces habrán retrasado los números. Se calienta —a lo mejor alguien dejó que el nivel de aceite bajara— y simplemente se sale —sacó los pasadores y ajustó la llave inglesa en un tornillo del cojinete. Hizo fuerza y la llave se le resbaló. Un desgarrón largo apareció en el dorso de su mano. Tom lo miró: la sangre fluía sin pausa de la herida y se juntaba con el aceite y caía en el cárter.

—Qué mala suerte —dijo Casy—. ¿Quieres que yo haga eso mientras te vendas la mano?

—¡Ni hablar! Nunca he arreglado un coche en mi vida sin cortarme. Ahora que me he cortado, ya no tengo que preocuparme más —volvió a ajustar la llave—. Ojalá tuviera una llave de media luna —dijo, y aporreó la llave con el canto de la mano hasta que los tornillos se aflojaron. Los sacó y los puso en el cárter junto con los tornillos de éste y los pasadores. Aflojó los tornillos del cojinete y tiró del pistón hasta sacarlo. Colocó el pistón y la biela en el cárter—. ¡Ya está, por fin! —se retorció para salir de debajo del coche y tiró a la vez del cárter. Se limpió la mano con un trozo de arpillera e inspeccionó el corte—. Sangrando como un hijo de puta —dijo—. Bueno, yo sé cómo pararlo —orinó en la tierra, cogió un poco del barro resultante y lo aplicó sobre la herida. La sangre siguió manando un momento y luego el flujo se cortó—. Es lo mejor que hay en el mundo para cortar la sangre —dijo.

—También son buenas las telas de araña —dijo Casy.

—Ya lo sé, pero aquí no hay telarañas y, en cambio, siempre puedes conseguir pis.

Tom se sentó en el estribo y examinó el cojinete roto.

—Para dejarlo bien, sólo hemos de encontrar un Dodge de 1925, comprar una biela de segunda mano y algunas piezas de relleno. Al debe haber ido bien lejos.

La sombra del cartel se extendía ya unos veinte metros más allá. La tarde se prolongaba. Casy tomó asiento en el estribo y miró hacia el oeste.

—Dentro de nada vamos a estar en las altas montañas —dijo, y quedó en silencio unos minutos. Luego exclamó—: ¡Tom!

—¿Sí?

—Tom, he estado controlando los coches en la carretera, los que adelantamos y los que nos han adelantado. Los he ido contando.

—¿Qué ha ido contando?

—Tom, hay cientos de familias como nosotros, todas yendo al oeste. Me he fijado. Nadie va hacia el este, nadie entre todos esos cientos. ¿Te habías dado cuenta?

—Sí, ya me he fijado.

—Pero si es como . . . como si huyeran de los soldados. Parece que el país entero se traslada.

—Sí —contestó Tom—. El país entero está en marcha. Nosotros también.

—Bueno, imagínate que estas familias y todos los demás . . . imagínate que no haya trabajo allí para ellos.

—Maldita sea —gritó Tom—, ¿qué quiere que le diga? Yo me limito a poner un pie delante del otro. Es lo que hice durante cuatro años en McAlester, nada más que celda adentro, celda afuera y comedor adentro y comedor afuera. ¡Qué barbaridad, pensé que sería distinto cuando saliera! Allí dentro no te podías permitir el lujo de pensar en nada, para que no te diera un ataque de alegría y ahora tampoco te lo puedes permitir —se volvió hacia Casy—. Ese cojinete se ha salido. No sabíamos que se estaba saliendo, así que estábamos tranquilos. Ahora está fuera y lo vamos a arreglar. Y le juro que es igual para todo lo demás. No pienso preocuparme. No puedo. Ese trozo pequeño de hierro y antifriccionante, ¿lo ve?, ¿lo ve bien?, pues es la única puñetera cosa que tengo en la cabeza. ¿Dónde diablos estará Al?

Casy dijo:

—Mira, Tom. ¡Qué mierda! Es tan difícil decir cualquier cosa . . .

Tom levantó la plasta de barro de su mano y la arrojó al suelo. Los bordes de la herida estaban llenos de tierra. Miró de soslayo al predicador.

—Se está preparando para soltar un sermón —dijo Tom—. Venga, adelante. Me gustan los sermones. Había un celador que se pasaba la vida soltando sermones. A nosotros no nos hacía daño y él se quedaba la mar de satisfecho. ¿Qué está intentando decir?

Casy se pellizcó el dorso de los dedos, largos y nudosos.

—Están sucediendo cosas y la gente está haciendo cosas. Esa gente que va poniendo un pie delante del otro, como tú dices, no piensan a dónde van, como tú dices, pero todos llevan la misma dirección, exactamente la misma. Y si te paras a escuchar, podrás oír un movimiento, un deslizarse, un roce y . . . una inquietud. Están sucediendo cosas de las que la gente que las provoca no tiene ni la menor idea . . . todavía. Algo va a salir de toda esta gente yendo al oeste, de dejar las granjas abandonadas. Algo va a surgir que cambiará todo el país.

Tom dijo:

—Yo sigo poniendo un pie cada vez.

—Sí, pero cuando tengas delante una cerca, la vas a saltar.

—Yo salto cercas cuando hay cercas que saltar —replicó Tom.

—Es el mejor sistema —suspiró Casy—. Tengo que admitirlo. Pero hay distintas clases de cercas. Hay gente como yo que salta cercas que aún no se han tendido. Y no lo puede evitar.

—¿No es Al que viene? —preguntó Tom.

—Sí, eso parece.

Tom se puso en pie y envolvió la biela y las dos mitades del cojinete en un trozo de saco.

—Quiero asegurarme de que la que compremos sea igual —dijo.

El camión se detuvo al borde de la carretera y Al se asomó a la ventana.

—Has tardado un montón —dijo Tom—. ¿Hasta dónde habéis ido? Al suspiró.

—¿Has sacado la biela?

—Sí —Tom levantó el saco—. El antifriccionante se quebró por las buenas.

—Vaya, no ha sido culpa mía —dijo Al.

—No. ¿A dónde has llevado a los otros?

—Se organizó un lío tremendo —dijo Al—. La abuela empezó a berrear y eso desquició a Rosasharn, que también berreó lo suyo. Escondió la cabeza debajo de un colchón y se echó a llorar. Pero la abuela dejó caer la mandíbula y se puso a aullar como podenco a la luz de la luna. Parece que ha perdido el juicio. Igual que una criatura. No habla con nadie y no parece reconocer a nadie. Pero no para de hablar, como si le hablara al abuelo.

—¿Dónde los dejaste? —insistió Tom.

—Bueno, llegamos a un campamento. Hay sombra y agua corriente. Cuesta medio dólar acampar. Pero estaban todos tan cansados y derrengados y se encontraban tan mal que nos quedamos. Madre dijo que había que parar porque la abuela estaba agotada. Levantaron la tienda de los Wilson y sacaron nuestra lona para que haga las veces de tienda. Creo que la abuela se ha vuelto loca.

Tom observó el sol poniente.

—Casy —dijo—, alguien tiene que quedarse con el coche si no queremos que se lo lleven en trozos. ¿Le importaría?

—Claro que no. Yo me quedaré.

Al cogió una bolsa de papel que había en el asiento.

—Aquí hay algo de pan y carne que manda Madre, y yo tengo un jarro de agua.

—Ella no se olvida de ninguno —dijo Casy.

Tom se sentó al lado de Al.

—Mire —le dijo—, volveremos tan pronto como nos sea posible. Pero no le puedo decir cuánto vamos a tardar.

—Aquí estaré.

—Muy bien. No se suelte sermones a sí mismo. En marcha, Al —el camión se alejó cuando la tarde empezaba a caer—. Es un buen hombre —dijo Tom—. Se pasa el día dando vueltas a las cosas.

—Qué menos . . . si has sido predicador, creo que lo normal es eso. Padre se puso muy furioso de que cobraran cincuenta centavos sólo por acampar debajo de un árbol. No le cabe en la cabeza. Se puso a lanzar juramentos, a decir que en cuanto te descuides te van a vender el aire en pequeños tanques. Pero Madre dijo que tenían que estar cerca de la sombra y el agua por la abuela —el camión traqueteaba por la carretera y ahora que iba descargado, todas sus piezas vibraban y resonaban. Los laterales de la caja del camión, el coche partido, ahora iba fuerte y ligero. Al aceleró hasta treinta y ocho millas por hora y el motor sonó ruidosamente y un humo azul de aceite ardiendo se escapó entre las tablas del suelo.

—Reduce un poco —dijo Tom—. Vas a quemar hasta los cubos de las ruedas.

—¿Qué le preocupa a la abuela?

—No lo sé. Ya has visto que los dos últimos días ha estado como ida, sin hablar una palabra con nadie. Pues ahora grita y habla por los codos, sólo que se dedica a hablar con el abuelo. Le grita a él. Da un poco de miedo. Casi le puedes ver ahí sentado riendo entre dientes, riéndose de ella como siempre hacía, manoseándose y haciendo muecas. Parece que ella lo esté viendo allí y le esté echando la bronca. Oye, Padre me ha dado veinte dólares para ti. No sabe cuánto puedes necesitar. ¿Alguna vez habías visto a Madre plantarle cara como hoy?

—No que yo recuerde. Sí que escogí un buen momento para que me dieran la libertad bajo palabra. Pensé que iba a vaguear, levantarme tarde y comer mucho cuando volviera a casa. Planeaba ir a bailar y salir con mujeres . . . y aún no he tenido tiempo de hacer nada de eso.

Al dijo:

—Se me había olvidado. Madre me dio un montón de recomendaciones para ti. Dijo que no bebieras nada, que no te metieras en discusiones y que no te pelees con nadie. Porque dice que teme que te vuelvan a mandar a prisión.

—Ella tiene un montón de cosas por las que ponerse nerviosa sin necesidad de meterse en mi vida —replicó Tom.

—Bueno, podríamos tomarnos un par de cervezas, ¿no? Me muero por beberme una cerveza.

—No sé —dijo Tom—. Si compramos cerveza a Padre se lo llevarán los demonios.

—Bueno, mira, Tom, yo tengo seis dólares. Podríamos comprar un par de pintas de cerveza y pasarlo bien un rato. Nadie sabe que tengo esos seis dólares. Dios, podríamos corrernos los dos una buena juerga.

—Guárdate esa pasta —dijo Tom—. Cuando lleguemos a la costa la cogemos y nos vamos a armar una buena. Quizá cuando estemos trabajando . . . —se volvió en el asiento—. No pensé que eras un juerguista. Pensaba que más bien te dedicabas a redimir putas.

—Pero es que aquí no conozco a nadie. Si sigo viajando mucho, me casaré. Cuando lleguemos a California me lo voy a pasar de miedo.

—Eso espero —dijo Tom.

—Tú ya no estás seguro de nada.

—No, de nada.

—Cuando mataste a aquél . . . ¿alguna vez soñaste con ello? ¿Te preocupaba?

—No.

—¿Y nunca pensaste sobre ello?

—Claro que sí. Sentía que hubiera muerto.

—¿No te culpaste a ti mismo?

—No. Cumplí la condena que me impusieron y mi propia condena.

—¿Fue . . . muy terrible?

Tom contestó, nervioso:

—Mira, Al. Cumplí la condena y ahora se ha terminado. No quiero volver sobre ello continuamente. Allí delante está el río y allí la ciudad. A ver si conseguimos una biela y a la mierda todo lo demás.

—Madre es muy parcial hacia ti —dijo Al—. Estuvo de duelo cuando te llevaron. Pero todo para ella misma. Como si llorara hacia dentro. Sin embargo, sabíamos en qué pensaba.

Tom tiró de la gorra para protegerse los ojos.

—Atiende, Al. ¿Qué tal si hablamos de otro tema?

—Sólo te estaba diciendo lo que hizo Madre.

—Ya, ya lo sé. Pero . . . prefiero que no me digas nada. Prefiero limitarme a ir poniendo un pie delante del otro.

Al se refugió en un silencio ofendido.

—Sólo intentaba explicártelo —dijo, transcurrido un momento.

Tom le miró y Al mantuvo la vista fija al frente. El camión aligerado avanzaba ruidosamente dando botes. Los largos labios de Tom se replegaron desde los dientes y él rió quedamente.

—Ya lo sé, Al. Quizá yo esté desquiciado. Puede que alguna vez te hable de todo aquello. Date cuenta, no es más que algo que te gustaría saber, que parece interesante. Pero yo tengo la curiosa noción de que lo mejor para mí sería olvidarlo todo durante una temporada. Quizá cuando pase algo de tiempo lo veré de otra manera. Ahora mismo, si pienso en ello se me revuelven las tripas. Mira, Al, te voy a decir una cosa . . . la cárcel no es más que una forma de volverle a uno loco lentamente. ¿Entiendes? Se vuelven locos, los ves y los oyes y al poco ya no sabes si tú estás chalado o no. Cuando les da por ponerse a chillar por la noche a veces te parece que eres tú el que chilla . . . y a veces es así.

Al dijo:

—No volveré a hablar de ello, Tom.

—Treinta días se aguantan —prosiguió Tom—. Y ciento ochenta también. Pero más de un año, no sé. Tiene algo único en el mundo, es retorcido, es una perversión la idea de encerrar a la gente. Bueno ¡al cuerno todo! No quiero hablar de ello. Mira cómo reluce el sol en esas ventanas.

El camión se acercó al área de la estación de servicio; a la derecha de la carretera había un almacén de chatarra, un solar de un acre rodeado por una cerca alta de alambre espinoso, un cobertizo de hierro galvanizado delante, con neumáticos usados amontonados al lado de las puertas y con el precio puesto. Tras el cobertizo había una pequeña chabola construida a base de retales, trozos de madera y pedazos de lata. Las ventanas eran parabrisas empotrados en las paredes. En el solar cubierto de hierba yacían las ruinas, coches con el morro retorcido y metido hacia adentro, coches heridos yaciendo de lado y sin ruedas. Motores oxidándose en el suelo y apoyados en el cobertizo. Un enorme montón de chatarra, guardabarros y laterales de camiones, ruedas y ejes; por encima de todo ello un aire de decadencia, de moho y óxido; hierro retorcido, motores medio destripados, una masa de despojos.

Al condujo el camión por el suelo cubierto de aceite hasta el cobertizo.

Tom bajó y se asomó a la entrada oscura.

—No veo a nadie —dijo, y llamó—: ¿Hay alguien?

—¡Dios!, espero que tengan un Dodge de 1925.

Por detrás del cobertizo golpeó una puerta. El espectro de un hombre se aproximó a través del oscuro cobertizo. Delgado, sucio, la piel manchada de aceite, tensa sobre músculos vigorosos. Le faltaba un ojo, y en la cuenca, descarnada y al descubierto, se movían músculos oculares cuando el ojo sano se movía. Los vaqueros y la camisa estaban tiesos y brillantes de la grasa acumulada y tenía las manos agrietadas, marcadas con líneas profundas, y llenas de cortes. Su labio inferior, pesado y colgante, mostraba una expresión malhumorada.

—¿Es usted el dueño? —preguntó Tom.

El ojo se clavó en él.

—Trabajo para el dueño —respondió, torvo—. ¿Qué quiere?

—¿Tiene restos de algún Dodge de 1925? Necesitamos una biela.

—No lo sé. Si el jefe estuviera aquí, se lo podría decir . . . pero no está. Se fue a casa.

—¿Podemos buscar a ver si encontramos algo?

El hombre se sonó la nariz en la palma de la mano y se limpió la mano en los pantalones.

—¿Son de por aquí cerca?

—Venimos del este, vamos hacia el oeste.

—Bueno, echen un vistazo. Por mí, como si queman el maldito solar entero.

—No parece que aprecie mucho a su jefe.

El hombre se acercó arrastrando los pies, con el ojo que le quedaba llameando.

—Le odio —dijo en voz baja—. Odio a ese hijo de puta. Ahora se ha ido a casa, a descansar a su casa —las palabras le salían a golpes—. Tiene un modo . . . tiene un modo de meterse con una persona y destrozarla . . . el muy hijo de puta. Tiene una hija de diecinueve años, guapa. Me dice: «¿Qué te parecería casarte con ella?» Me lo dice a mí. Y esta noche me dice: «Hay un baile; ¿te gustaría ir?» ¡A mí, me lo dice a mí! —las lágrimas se formaron en sus ojos y cayeron de la roja cuenca vacía—. Juro que algún día, un día me voy a guardar una llave inglesa en el bolsillo. Cuando me dice esas cosas, me mira al ojo. Voy a arrancarle la cabeza del cuello con esa llave, a trozos, poco a poco —jadeó con furia—. Poco a poco, hasta sacársela del cuello.

El sol se ocultó tras las montañas. Al miró los coches destrozados que había en el solar.

—Mira allí, Tom. Ese parece de 1925 ó 1926.

Tom se volvió hacia el tuerto.

—¿Le importa si echamos una ojeada?

—Pues claro que no. Llévense cualquier cosa que les interese.

Caminaron abriéndose paso entre los automóviles muertos hasta llegar a un sedán oxidado que descansaba sobre sus ruedas pinchadas.

—Sí que es de 1925 —exclamó Al—. Oiga, ¿podemos quitar el cárter?

Tom se arrodilló y miró debajo del coche.

—Ya lo han quitado. Falta una biela. Parece que se han llevado una —se retorció para meterse debajo del coche—. Coge una manivela y gírala, Al —él empujó la biela contra el cigüeñal—. Está bloqueado de grasa —Al giró la manivela lentamente—. Despacio —indicó Tom—. Cogió una astilla de madera del suelo y rascó la capa de grasa del cojinete y de sus tornillos.

—¿Cómo está de tenso? —preguntó Al.

—Está un poco flojo, pero no demasiado.

—¿Está muy gastado?

—Tiene bastante relleno. No se lo han llevado todo. Sí, está en buen estado. Dale la vuelta despacio. Bájala, despacio, ¡ya está! Corre al camión y trae las herramientas.

El tuerto dijo:

—Yo les daré una caja de herramientas —se alejó arrastrando los pies entre los coches oxidados y al cabo de un momento regresó con una caja de herramientas de hojalata. Tom buscó hasta dar con una llave fija y se la pasó a Al.

—Sácalo tú. No pierdas relleno ni los tornillos y no te olvides de los pasadores. Date prisa. Ya se está yendo la luz.

Al reptó bajo el coche.

—Tenemos que comprarnos llaves de estas de agujero fijo —gritó—. Con la llave inglesa no vamos a ninguna parte.

—Dame un grito si necesitas que te eche una mano —dijo Tom.

El tuerto se quedó por allí, con su aire de desamparo.

—Si quieren, les ayudo —ofreció—. ¿Sabe lo que ha hecho ese hijo de puta? Viene aquí con pantalones blancos y me dice: «Venga, vámonos al yate.» Juro que un día le voy a abrir la cabeza —respiró pesadamente—. No he salido con una mujer desde que perdí el ojo. Y él me dice cosas así —los lagrimones abrían canales en la suciedad a los lados de la nariz.

Tom dijo con impaciencia:

—¿Por qué no deja esto? Nadie le vigila para que no se vaya.

—Sí, eso es fácil decirlo. Conseguir trabajo no es tan fácil . . . para un tuerto.

Tom se encaró con él.

—Mira, tío, llevas ese ojo abierto de par en par. Y estás sucio, apestas. Tú te lo buscas. Es lo que te gusta, te permite sentir compasión por ti mismo. Pues claro que no hay mujer que vaya contigo con ese ojo vacío aleteando a su aire. Tápalo y lávate la cara. Tú no vas a atizarle a nadie con una llave.

—Te digo que un tuerto lo tiene difícil —insistió el hombre—. No puede ver las cosas como las ven los demás. No se calcula la distancia a la que están las cosas. Todo está en un solo plano.

Tom replicó:

—Eres un cuentista. Mira, yo conocí a una puta que sólo tenía una pierna. ¿Te crees que lo hacía por dos perras en un callejón? Te aseguro que no. Al contrario, cobraba medio dólar extra. Ella decía: ¿Con cuántas mujeres que sólo tuvieran una pierna te has acostado? Con ninguna. Vale, decía, pues aquí tienes algo muy especial y te va a costar medio dólar extra. Y se lo daban, faltaría más, y los que se lo daban salían satisfechos pensando que eran tíos con suerte. Ella decía que daba buena suerte. Y conocí a un jorobado en . . . en un sitio donde estuve. Se ganaba la vida dejando que la gente le tocara la joroba para que le diera suerte. ¡Dios mío!, a ti sólo te falta un ojo.

El hombre dijo vacilante:

—Es que cuando ves a la gente apartarse de ti, eso puede contigo.

—Tápalo, maldita sea. Lo vas pregonando, lo paseas como el culo de una vaca. Te gusta compadecerte. A ti no te pasa nada. Cómprate unos pantalones blancos. Apuesto a que te dedicas a emborracharte y a llorar en la cama. ¿Necesitas ayuda, Al?

—No —respondió—. Ya está suelto el cojinete. Estoy intentando bajar el pistón.

—No te vayas a dar un golpe —dijo Tom.

El tuerto preguntó quedamente:

—¿Crees que . . . le podría gustar a alguien?

—Pues claro —respondió Tom—. Diles que te ha crecido el pito desde que perdiste el ojo.

—¿A dónde os dirigís vosotros?

—A California. Toda la familia. Vamos a buscar trabajo por allí.

—¿Crees que un tipo como yo podría conseguir trabajo? ¿Con un parche negro en el ojo?

—¿Por qué no? No estás tullido.

—¿Podría ir con vosotros?

—¡No! Vamos tan cargados que no podemos movernos. Vete de otra forma. Arregla una de estas ruinas y vete solo.

—Sí, quizá lo haga —dijo el tuerto.

Se oyó un ruido de metal chocando.

—Ya lo tengo —anunció Al.

—Sácalo, vamos a ver cómo está —Al le alcanzó el pistón y la biela y la mitad inferior del cojinete.

Tom limpió la superficie del antifriccionante y lo observó por el lado.

—A mí me parece que está bien —dijo—. Oye, si tuviéramos un farol podríamos montarlo esta noche.

—Escucha, Tom —dijo Al—. No tenemos abrazaderas. Será difícil poner los anillos, sobre todo por debajo.

Tom replicó:

—Una vez me dijo uno que no hay más que atar alambre fino de latón alrededor del anillo para sujetarlo.

—Sí, y ¿cómo sacas luego el alambre?

—No se saca. Se funde y no le perjudica.

—El alambre de cobre sería mejor.

—No es lo bastante fuerte —dijo Tom. Se volvió hacia el tuerto—. ¿Tienes alambre fino de latón?

—No sé. Creo que hay un carrete por algún lado. ¿De dónde crees que puedo sacar un parche de esos que llevan algunos?

—No sé —respondió Tom—. Mira a ver si encuentras el alambre.

En el cobertizo de hierro rebuscaron en las cajas hasta encontrar el carrete. Tom colocó la biela en un torno y enrolló el alambre cuidadosamente alrededor de los anillos del pistón, forzándolos hasta que se encajaron hasta el fondo en las ranuras, y golpeó el alambre con el martillo hasta aplanarlo en donde se retorcía; luego giró el pistón y golpeó el alambre todo alrededor hasta alisar los lados del pistón. Pasó el dedo arriba y abajo asegurándose de que los anillos y el alambre quedaban parejos con los lados. Apenas se veía en el cobertizo. El tuerto cogió una linterna y dirigió su luz al trabajo.

—Ya está —dijo Tom—. Oye, ¿cuánto por esa linterna?

—No es gran cosa. Tiene pilas nuevas que costaron quince centavos. Te la dejo por . . . venga, treinta y cinco centavos.

—Bien. ¿Y qué te debemos por la biela y el pistón?

El tuerto se rascó la frente con los nudillos y una franja de porquería se le desprendió.

—La verdad es que no lo sé. Si el jefe estuviera aquí, habría ido a mirar un catálogo de piezas para averiguar lo que vale una nueva, y mientras trabajabas, se habría enterado de hasta qué punto la necesitabais y cuánta pasta tienes, y luego —pon que en el catálogo pusiera ocho dólares— te pediría cinco dólares. Si montaras un escándalo, te la llevarías por tres. Tú te quejas de mí, pero te juro que él es un hijo de puta. Se entera de cuánta falta os hace. Le he visto sacar más por una palanca de diferencial de lo que paga por un coche entero.

—Sí, sí. Pero, ¿cuánto te doy por esto?

—Bueno, dame un dólar.

—De acuerdo, y te voy a dar veinticinco centavos por esta llave fija. Hace el trabajo el doble de fácil —le dio el dinero—. Gracias. Y tápate ese puñetero ojo.

Tom y Al montaron en el camión. Era noche cerrada. Al puso en marcha el motor y encendió las luces.

—Hasta otra —gritó Tom—. Nos veremos en California, quizá —dieron la vuelta en la carretera y empezaron el camino de vuelta.

El tuerto los vio irse y después caminó a través del cobertizo hasta su chabola. El interior estaba oscuro. Llegó tanteando al colchón que estaba en el suelo, se estiró en él y se echó a llorar, y el silbido de los coches pasando por la carretera sólo sirvió para fortalecer los muros de su soledad.

Tom dijo:

—Si me hubieras dicho que esta noche tendríamos la pieza, y encima montada, habría dicho que estabas chalado.

—Seguro que la ponemos bien —dijo Al—. Pero tienes que hacerlo tú. A mí me daría miedo por si la pongo demasiado apretada y se quema, o demasiado floja y se sale.

—Yo la pondré —accedió Tom—. Si se vuelve a salir, se vuelve a salir y en paz. Yo no tengo nada que perder.

Al intentó ver en el crepúsculo. Las luces apenas atravesaban la oscuridad; pero delante, los ojos de un gato cazador relucieron verdes reflejados en las luces.

—Le echaste una buena bronca a ese tío —comenzó Al—, diciéndole lo que tiene que hacer con su vida.

—Maldita sea, lo estaba pidiendo a gritos. Allí consolándose a sí mismo porque sólo tiene un ojo, culpándole al ojo de todo. Es un vago, y un marrano. Tal vez pueda salir de eso si se entera de que se le ve el plumero.

Al continuó:

—Tom, yo no hice nada para que se quemara el cojinete.

Tom permaneció en silencio un momento; luego dijo:

—Te voy a hablar claro, Al. Te preocupas la leche, temiendo que alguien te eche la culpa de algo. Ya sé lo que te pasa. Un chico joven, lleno de energía, quieres ser todo el tiempo un tío cojonudo. Pero, Al, maldita sea, no te pongas en guardia si nadie te ataca, y no tendrás ningún problema.

Al no respondió. Miró fijo al frente. El camión traqueteaba y botaba ruidoso por la carretera. Un gato salió disparado de la orilla y Al viró para pillarlo, pero las ruedas fallaron y el gato saltó a la hierba.

—Casi lo pillo —dijo Al—. Oye, Tom, ¿has oído a Connie hablar de que va a estudiar por las noches? He estado pensando que quizá yo también podría estudiar. Ya sabes, radio, o televisión o motores Diesel. Uno puede empezar a abrirse camino así.

—Podría ser —dijo Tom—. Primero entérate de lo que te van a clavar por las lecciones. Y plantéate en serio si te las vas a estudiar. Había algunos en McAlester que tomaban lecciones por correspondencia. No conocí a ninguno que llegara a terminar. Se hartaban y lo dejaban correr.

—Dios Todopoderoso, nos olvidamos de comprar algo de comer.

—Bah, Madre te dio cantidad; el predicador no ha podido comérselo todo. Seguro que algo queda. Me pregunto cuánto vamos a tardar en llegar a California.

—No tengo ni puñetera idea. Tú dale caña.

Se quedaron callados y la oscuridad se extendió y las estrellas eran brillantes y blancas.

Casy salió del asiento trasero del Dodge y caminó calmoso hasta el borde de la carretera, donde se había detenido el camión.

—No pensaba que volveríais tan pronto —dijo.

Tom agrupó las piezas que traía en el saco en el suelo.

—Tuvimos suerte —dijo—. También compramos una linterna. Vamos a arreglarlo ahora mismo.

—Os dejasteis la cena —recordó Casy.

—Comeré cuando acabe. Al, apártate un poco más de la carretera y ven a sujetarme la linterna —Tom se encaminó directamente al Dodge y se metió debajo de espaldas. Al se tumbó sobre el estómago y apuntó la luz de la linterna—. No me alumbres a los ojos. Súbela un poco —Tom introdujo el pistón en el cilindro, torciéndolo y dándole vueltas. El alambre de latón se enganchó un poco en la pared del cilindro. Con un empujón brusco hizo pasar los anillos—. Es una suerte que esté flojo; de lo contrario la compresión lo pararía. Creo que va a funcionar bien.

—Espero que el alambre no tapone los anillos —dijo Al.

—Bueno, para eso lo aplané a martillazos. No se saldrá. Creo que nada más ponerse en marcha se fundirá y dará a los lados un baño de latón.

—¿Crees que puede rayar los lados?

Tom se echó a reír.

—Esas paredes aguantarán. Ya traga más aceite que la madriguera de una ardilla. Un poco más no le hará daño —deslizó la biela por el cigüeñal y comprobó la mitad inferior—. Admite más relleno —llamó—: ¡Casy!

—Sí.

—Ahora voy a poner el cojinete. Saque esa manivela y gírela despacio cuando yo le diga —apretó los tornillos—. Ahora. Déle la vuelta lentamente —conforme el angular cigüeñal giraba apretó el cojinete contra él—. Demasiado relleno —dijo Tom—. Pare un momento, Casy —quitó los tornillos, sacó piezas finas de relleno de ambos lados y volvió a apretar los tornillos—. Pruebe otra vez, Casy —él volvió a colocar la biela—. Aún está un poco floja. No sé si quedaría demasiado prieta si saco más relleno . . . Voy a probar —una vez más quitó los tornillos y sacó otro par de láminas finas—. Inténtelo ahora, Casy.

—Tiene buen aspecto —dijo Al.

Tom gritó:

—¿Cuesta más girarlo ahora, Casy?

—No, creo que no.

—Bueno, creo que ha quedado bien. A ver si es verdad. No se puede afilar el antifriccionante sin herramientas. Esta llave de tuerca lo facilita un montón.

Al dijo:

—El dueño de aquel almacén va a ponerse bien furioso cuando busque una llave de esa medida de tuerca y no la encuentre.

—Ese es su problema —dijo Tom—. Nosotros no la hemos robado —empujó los pasadores y dobló los extremos hacia afuera—. Creo que así está bien. Oiga, Casy, sujete la linterna mientras yo y Al subimos el cárter.

Casy se puso de rodillas y cogió la linterna. Alumbró a las manos que ajustaban la junta en su sitio y llenaban los agujeros con los tornillos del cárter. Los dos hombres tensaron sus músculos ante el peso del cárter, apretaron los tornillos de los extremos y después los otros; y cuando estaban todos enganchados, Tom los fue apretando poco a poco hasta que el cárter se ajustó nivelado a la junta y los apretó fuerte contra las tuercas.

—Creo que ya está todo —dijo Tom. Apretó el tapón del aceite, observó cuidadosamente el cárter y cogió la linterna y alumbró el suelo—. Ya está. Vamos a ponerle el aceite.

Salieron de debajo y volcaron el cubo de aceite en el depósito del cigüeñal. Tom inspeccionó la junta por si había alguna pérdida.

—Vale, Al. Ponlo en marcha —dijo. Al se metió en el coche y apretó el estárter. El motor rugió. Un humo azul salió del tubo de escape—. Desacelera —gritó Tom—. Quemará aceite hasta fundir el alambre. Ya se está deshaciendo —escuchó con atención el rugido del motor—. Adelanta el encendido y déjalo al ralentí —volvió a escuchar—. Bien, Al, apágalo. Creo que lo hemos arreglado. ¿Dónde está esa carne?

—Eres un mecánico cojonudo —admiró Al.

—Es normal. Trabajé un año en un taller. Habrá que ir despacio unas doscientas millas para darle tiempo a que se amolde.

Se limpiaron las manos llenas de grasa con hierbajos y finalmente se las restregaron en los pantalones. Atacaron con hambre la carne cocida y bebieron tragos de agua de la botella.

—Estaba muerto de hambre —confesó Al—. ¿Qué hacemos ahora, seguir hasta el campamento?

—No sé —dijo Tom—. A lo mejor nos cobran medio dólar extra. Vamos a decírselo a los demás, que lo hemos arreglado. Luego si nos quieren clavar dinero extra nos vamos. Pero la familia querrá saber cómo vamos. Dios, me alegro de que Madre nos detuviera esta tarde. Mira con la linterna por alrededor, Al, que no nos dejemos nada. Mete la llave de tuerca. Podemos volver a necesitarla.

Al pasó la luz por el suelo.

—No veo nada.

—Bien. Yo conduciré el coche. Tú lleva el camión, Al —Tom puso en marcha el motor. El predicador subió al coche. Tom condujo despacio, manteniendo el motor a poca velocidad y Al le siguió en el camión. Pasó la cuneta en primera. Tom dijo—: Estos Dodge pueden arrastrar una casa yendo en primera. Ha bajado la velocidad media. A nosotros nos va bien . . . quiero suavizar ese cojinete con calma —en la carretera el Dodge avanzó lentamente. Los faros de doce voltios arrojaban una pequeña mancha de luz amarillenta en el asfalto.

Casy se volvió a Tom.

—Es curioso cómo podéis arreglar un coche. No hay más que alumbrar y lo arregláis. Yo no podría, ni siquiera ahora después de haberte visto hacerlo.

—Hay que ir aprendiendo desde pequeño —explicó Tom—. No se trata sólo de saber, hay algo más. Los críos de ahora pueden destripar un coche sin pensar siquiera en ello.

Una liebre quedó prendida en la luz de los faros y avanzó a saltos por delante, corriendo cómodamente, con las grandes orejas botando en cada salto. De vez en cuando intentaba salir de la carretera, pero el muro de oscuridad la volvía a empujar al centro. A lo lejos, al frente, aparecieron unas luces brillantes que les taladraban. La liebre vaciló, titubeó y luego se volvió y se precipitó hacia las luces menos potentes del Dodge. Hubo una pequeña sacudida, un choque suave, al tiempo que desaparecía bajo las ruedas. El coche que venía en la otra dirección pasó al lado con un silbido.

—La hemos aplastado a modo —dijo Casy.

Tom replicó:

—Hay algunos que van a por ellas. Me da escalofríos cada vez que lo veo. El coche suena bien. Los anillos deben haberse soltado ya y no humea demasiado.

—Has hecho un buen trabajo —le felicitó Casy.

Una pequeña casa de madera dominaba el terreno del campamento y, en el porche, un farol de gasolina silbaba y arrojaba su blanca luminosidad, delimitando un gran círculo. Había media docena de tiendas levantadas cerca de la casa, y coches junto a las tiendas. En las hogueras ya habían terminado de cocinar, pero las brasas aún brillaban en el suelo junto a los campamentos individuales. Unos cuantos hombres se habían reunido en el porche donde ardía el farol y sus rostros se veían fuertes y musculosos bajo la cruda luz blanca que proyectaba las sombras negras de sus sombreros sobre la frente y los ojos y hacía destacar las barbillas. Unos estaban sentados en los escalones, otros en el suelo, apoyando los codos en el suelo del porche. El propietario, un hombre larguirucho y hosco, se sentaba en una silla en el porche. Se echó hacia detrás, contra la pared, y tamborileó con los dedos en la rodilla. En el interior de la casa alumbraba una lámpara de queroseno, pero su tenue luz se encontraba disminuida por el resplandor silbante del farol de gasolina. El grupo de hombres rodeaba al propietario.

Tom condujo el Dodge hasta el borde de la carretera y aparcó. Al cruzó la entrada en el camión.

—No hace falta entrar el coche —dijo Tom. Salió y se encaminó hacia el resplandor blanco del farol.

El propietario puso las patas delanteras de la silla en el suelo y se inclinó hacia delante: —¿Quieren acampar aquí?

—No —respondió Tom—. Tenemos aquí a la familia. Hola, Padre.

Padre, sentado en el escalón más bajo, contestó:

—Pensé que tardaríais una semana en volver. ¿Lo habéis arreglado?

—Hemos tenido más suerte que un puerco —dijo Tom—. Conseguimos la pieza antes de que oscureciera. Podemos continuar a primera hora de la mañana.

—Eso está muy bien —aplaudió Padre—. Madre estaba preocupada. Tu abuela ha perdido la chaveta.

—Ya me ha dicho Al. ¿Está algo mejor?

—En cualquier caso, está dormida.

El propietario intervino:

—Si quiere detenerse aquí y acampar, le costará medio dólar. Hay sitio para acampar, agua y leña. Y nadie le molestará.

—¡Qué demonios! —exclamó Tom—. Podemos dormir en la cuneta al lado de la carretera y nos sale gratis.

El dueño tamborileó en la rodilla con los dedos.

—El encargado del sheriff suele pasar por la noche. Se lo puede poner difícil. En este estado la ley prohíbe dormir afuera. Hay una ley de vagabundos.

—Y si le pago a usted cincuenta centavos, ya no soy un vagabundo, ¿eh?

—Exactamente.

Los ojos de Tom brillaron con furia.

—¿El encargado del sheriff no será cuñado de usted por casualidad? El dueño se inclinó hacia delante.

—Pues no. Y todavía no ha llegado el tiempo en que la gente de aquí tenga que tragarse las impertinencias de unos vagabundos de mierda.

—Usted no se corta a la hora de coger nuestro dinero. Y ¿desde cuándo somos vagabundos? No le hemos pedido nada. Vagabundos nosotros, ¿eh? Pues nosotros no andamos exigiéndole que nos pague por el privilegio de acostarse y descansar.

Los hombres del porche estaban rígidos, inmóviles, callados. Toda expresión había desaparecido de sus semblantes; y sus ojos, en la sombra proyectada por los sombreros, se enfocaron a hurtadillas en el rostro del propietario.

—Déjalo ya, Tom —gruñó Padre.

—Claro, ya lo dejo.

Los hombres del círculo estaban en silencio, sentados en los escalones, apoyados en el alto porche. Sus ojos relucían a la cruda luz del farol. La dura luz prestaba a sus rostros dureza; estaban muy quietos. Sólo sus ojos se movían de un interlocutor al otro, pero sus inexpresivos semblantes permanecían en calma. Una mariposa de la luz se estampó contra el farol y se quebró, cayendo luego a la oscuridad.

En una de las tiendas un chiquillo se quejó a gritos y una voz de mujer lo tranquilizó y luego empezó a cantar en voz baja: «Por la noche Jesús te quiere. Felices sueños, felices sueños. Jesús vela por la noche. Duerme, oh, duerme, oh.»

El farol silbó en el porche. El dueño se rascó en el pico que dibujaba su camisa abierta, por donde asomaba una maraña de vello blanco. Se le veía vigilante y cercado por el problema. Miró a los hombres del círculo buscando una expresión. Y ellos no se movieron.

Tom permaneció en silencio largo rato. Sus oscuros ojos se movieron lentamente hasta quedar fijos en el propietario.

—No quiero causar molestias —dijo—. Es duro que le llamen a uno vagabundo. Yo no tengo miedo —continuó quedamente—. Me enfrentaría con usted y su encargado con los puños, aquí, ahora, que me caiga muerto si miento. Pero no tiene ningún sentido.

Los hombres se agitaron, cambiaron de postura y sus ojos relucientes se fijaron despacio en la boca del propietario, para verle mover los labios. Él se había tranquilizado. Sintió que había ganado, pero no con una victoria tan clara como para seguir atacándole.

—¿No tiene medio dólar? —preguntó.

—Sí que lo tengo. Pero lo voy a necesitar. No puedo soltarlo nada más que por dormir.

—Bueno, todos tenemos que ganarnos la vida.

—Sí —replicó Tom—. Pero preferiría que hubiera alguna forma de hacerlo que no fuera a costa de otro.

Los hombres volvieron a moverse. Y Padre dijo:

—Nos pondremos en marcha muy temprano. Oiga, mire nosotros pagamos. Este es un miembro de nuestra familia. ¿No puede quedarse? Hemos pagado.

—Medio dólar por coche —respondió el propietario.

—Aquí no hay ningún coche. El coche está fuera, en la carretera.

—Ha venido en coche —insistió el dueño—. Todo el mundo dejaría el coche fuera, y se instalaría en mi terreno por nada.

Tom decidió:

—Nos vamos. Nos encontraremos por la mañana, ya estaremos atentos a veros. Al puede quedarse y el tío John venir con nosotros . . . —miró al propietario—. ¿Alguna objeción?

Él tomó una decisión rápidamente, que llevaba una concesión incluida.

—Si se queda el mismo número de personas que vino y pagó . . . no hay inconveniente.

Tom sacó su bolsa de tabaco, que era ya un trapo gris sin peso, con un poco de polvo de tabaco en el fondo. Lió un fino cigarrillo y tiró la bolsa.

—Nos vamos dentro de un momento —dijo.

Padre se dirigió al círculo general.

—Es muy duro tener que marcharse. Para gente como nosotros, que teníamos nuestra propia granja. No somos unos vagos. Hasta que nos echó el tractor, teníamos una granja.

Un hombre joven, con las cejas quemadas por el sol, amarillas, volvió la cabeza lentamente.

—¿Agricultores? —preguntó.

—Por supuesto. Y la granja era nuestra.

El joven miró de nuevo hacia adelante.

—Igual que nosotros —dijo.

—Tenemos suerte de que vaya a ser poco tiempo —opinó Padre—. En el oeste tendremos trabajo y podremos comprar un pedazo de tierra de labor con agua.

Cerca del extremo del porche había un hombre andrajoso. De su chaqueta negra pendían girones desgarrados. Llevaba un mono completamente roto por las rodillas y su rostro estaba negro de polvo, con líneas dejadas por el sudor a su paso. Torció la cabeza hacia Padre.

—Ustedes deben de tener buena bolsa de dinero.

—No, no tenemos dinero —replicó Padre—. Pero somos muchos a trabajar y todos hombres fuertes. Nos pagarán buenos salarios y, juntándolos, podremos salir adelante.

El hombre harapiento miró fijo a Padre mientras éste hablaba y luego rompió a reír, y su risa acabó siendo un agudo lamento. El círculo de rostros se volvió hacia él. Al final la risa se transformó en un ataque de tos. Tenía los ojos rojos y lacrimosos cuando logró controlar los espasmos.

—Van al oeste . . . ¡oh, Dios mío! —empezó de nuevo con su extraña risa—. Van al oeste a que les paguen . . . buenos salarios . . . ¡oh, Dios! —se interrumpió y preguntó maliciosamente—: ¿Recogiendo naranjas, tal vez? ¿Van a recoger melocotones?

El tono de Padre mantuvo la dignidad.

—Vamos a tomar lo que haya. Hay muchas cosas distintas en que trabajar.

El hombre harapiento rió entre dientes.

Tom se volvió, irritado.

—¿Qué es lo que tiene tanta puñetera gracia?

El otro cerró la boca y miró torvamente las tablas del porche.

—Todos ustedes van a California, seguro.

—Ya se lo he dicho —replicó Padre—. No está descubriendo nada.

El hombre pronunció con lentitud.

—Yo . . . estoy de vuelta. He estado allí.

Los rostros se volvieron con rapidez hacia él. Los hombres se quedaron rígidos. El silbido del farol disminuyó hasta no ser más que un suspiro y el propietario apoyó las patas delanteras de la silla en el porche, se levantó y avivó el farol hasta que el silbido volvió a oírse alto y claro. Regresó a su silla, pero no la echó para atrás. El hombre de los andrajos encaró los rostros de los otros.

—Me vuelvo a morirme de hambre. Prefiero mil veces volver a estar medio muerto de hambre.

—¿De qué diablos habla? —preguntó Padre—. Yo tengo un papel que anuncia buenos salarios, y hace poco vi en un periódico un aviso de que necesitan gente para recoger la fruta.

El hombre se volvió hacia Padre.

—¿Tiene algún sitio donde poder volver?

—No —contestó Padre—. Nos echaron. Metieron el tractor hasta en casa.

—Entonces, ¿no volvería?

—Desde luego que no.

—Entonces no le voy a inquietar —dijo el hombre.

—Pues claro que no me inquieta. Tengo un papel en el que se pide gente. No tendría sentido que lo distribuyeran si no fuera cierto. Hacer estos papeles cuesta dinero. No los sacarían si no necesitaran hombres.

—No le quiero inquietar.

Padre dijo enfadado:

—Ya ha metido bastante la pata. Ahora no se va a callar. Mi papel dice que hacen falta hombres. Usted se ríe y dice que no es verdad. Bueno, ¿quién es el mentiroso?

El andrajoso miró con lástima a los ojos furibundos de Padre.

—El papel es verdadero —dijo—. Necesitan hombres.

—Entonces, ¿por qué coño nos solivianta riéndose como un loco?

—Porque usted no sabe qué clase de hombres necesitan.

—¿Qué quiere decir?

El hombre tomó una decisión.

—Escuche —dijo—. ¿Cuántos hombres dicen necesitar en su papel?

—Ochocientos, y eso en una zona solamente.

—¿Es un papel anaranjado?

—Pues . . . sí.

—¿Dice el nombre del tío ese . . . fulano de tal, contratista de mano de obra?

Padre buscó en su bolsillo y sacó el papel doblado.

—Exacto. ¿Cómo lo supo?

—Mire —dijo el hombre—. No tiene sentido. Este tío necesita

ochocientos hombres. Va e imprime cinco mil papeles de esos y quizá los leen veinte mil personas. Y tal vez dos mil o tres mil se ponen en movimiento nada más que por esos papeles. Gente que está loca de preocupación.

—Pero eso no tiene sentido —gritó Padre.

—No, hasta que vea al tipo que hizo circular este papel. Le verá a él o a alguien que trabaje para él. Acampará en una cuneta con otras cincuenta familias. Él se asomará a su tienda para ver si le queda algo de comida. Si no le queda a usted nada, le dice: «¿Quiere trabajar?». Y usted responderá: «Claro que sí. Le agradezco que me dé la oportunidad de trabajar.» Entonces él dirá: «Me sirves,» y usted: «¿Cuándo empiezo?» Le dirá a dónde ir, a qué hora, y seguirá su camino. Quizá necesite doscientos hombres, así que habla con quinientos, que se lo dirán a otra gente y cuando llega al sitio del trabajo, hay allí unos mil hombres. El jefe dice: «Pago veinte centavos por hora.» Más o menos la mitad de los hombres se marcharán. Pero aún quedan quinientos y están tan muertos de hambre que trabajan aun por unas galletas. Bueno, este tipo tiene un contrato para recoger los melocotones, o cortar el algodón. ¿Lo entienden ahora? Cuanta más gente haya y más hambrienta esté, menos tendrá que pagar. Si puede, se queda con uno que tenga hijos, porque . . . mierda, había dicho que no les iba a inquietar —el círculo le miró fríamente. Los ojos calibraron sus palabras. El hombre se sintió cohibido—. Dije que no iba a inquietarles y, ¿qué es lo que estoy haciendo si no? Ustedes van a seguir adelante. No piensan regresar —el silencio colgó sobre el porche. Y la luz siseó y un halo de polillas osciló dentro dando vueltas alrededor del farol. El hombre harapiento continuó, nervioso—: Déjenme que les diga lo que han de hacer cuando encuentren al que ofrece trabajo. Pregunten cuánto piensa pagar y pídanle que lo ponga por escrito. Que haga eso. Si no me hacen caso, les estafarán.

El propietario se inclinó en la silla para ver mejor al hombre sucio y andrajoso. Se rascó entre los pelos grises del pecho. Dijo con frialdad:

—¿No será usted uno de esos agitadores? ¿De esos charlatanes que rodean a los jornaleros?

Y el hombre gritó:

—Le juro por Dios que no.

—Hay muchos de esos —dijo el propietario—. Van de un sitio a otro montando bronca. Soliviantando a la gente. Metiéndoles mentiras en la cabeza. Son muchos los que hay. Llegará el día en que los atemos, a todos esos agitadores, y los echemos del país. Si uno quiere trabajar, bien. Si no, que se vaya al cuerno. Pero no le vamos a consentir que vaya mareando y causando problemas.

El hombre roto recuperó su sobriedad.

—He intentado advertirles —dijo—. De algo que tardé un año en comprender. Dos hijos y mi mujer tuvieron que morir para que me diera cuenta. Pero no se lo puedo contar a ustedes. Debí haberlo sabido. Nadie me pudo convencer a mí tampoco. No les puedo hablar de mis pequeños, acostados en la tienda con los vientres hinchados y nada más que piel cubriendo sus huesos; temblaban y gimoteaban como cachorrillos y yo corriendo como loco de aquí para allá, buscando trabajo, no por dinero, ¡no por salario! —gritó—. Dios mío, sólo por una taza de harina y una cucharada de manteca. Y luego vino el forense. «Estos niños han muerto de un fallo cardíaco,» dijo. Lo escribió en el papel. Ellos tiritaban con los vientres hinchados como la vejiga de un gorrino.

El círculo estaba en silencio, las bocas ligeramente entreabiertas. Los hombres respiraban agitados y observaban.

El hombre miró dando la vuelta al círculo y luego se volvió y se alejó rápidamente en la oscuridad. La negrura lo absorbió, pero sus pasos arrastrados se pudieron oír mucho tiempo después de que se hubiera ido, pasos por la carretera; un coche se acercó y sus faros iluminaron al hombre andrajoso que iba arrastrando los pies, con la cabeza colgando baja y las manos en los bolsillos de su chaqueta negra.

Los hombres estaban incómodos. Uno dijo:

—Bueno, se hace tarde. Habrá que ir a dormir un poco.

El propietario comentó:

—Seguramente era un vago. Hay por las carreteras un montón de vagos desgraciados —y luego calló. Y echó la silla atrás apoyándola en la pared y se tocó el cuello con los dedos.

Tom dijo:

—Voy un momento a ver a Madre y luego nos vamos —los Joad se alejaron.

Padre dijo:

—¿Creéis que decía la verdad el tipo ese?

El predicador respondió:

—Pues claro que decía la verdad. Lo que es la verdad para él. No se inventaba nada.

—¿Qué hay de nosotros? —exigió Tom—. ¿Es esa la verdad para nosotros?

—No lo sé —contestó Casy.

—No lo sé —dijo Padre.

Caminaron hasta la tienda, la lona extendida encima de una cuerda. El interior estaba oscuro y silencioso. Al acercarse, una mancha gris se agitó junto a la puerta y adquirió estatura humana. Madre salió a recibirles.

—Todos duermen —dijo—. Por fin la abuela se quedó traspuesta —entonces vio que era Tom—. ¿Cómo has llegado aquí? —exigió saber ansiosamente—. ¿No os habréis metido en líos?

—Ya tenemos el coche arreglado —dijo Tom—. Estamos listos para salir cuando queráis.

—Doy gracias a Dios por eso —dijo Madre—. Estoy deseando seguir. Quiero llegar a la tierra rica y verde. Quiero llegar pronto.

Padre carraspeó.

—Había un tipo que estaba contándonos . . .

Tom le agarró del brazo y le dio un tirón.

—Es curioso lo que cuenta —interrumpió Tom—. Dice que hay muchísima gente en la carretera.

Madre intentó verles en la oscuridad. Dentro de la tienda Ruthie tosió y soltó un bufido en el sueño.

—Los he lavado —dijo Madre—. Es la primera vez que tenemos agua suficiente para darles un repaso. He dejado los cubos fuera para que os lavéis vosotros también. No hay manera de mantener nada limpio estando en la carretera.

—¿Todos están dentro? —preguntó Padre.

—Todos menos Connie y Rosasharn. Se fueron a dormir al raso: dicen que hace demasiado calor para dormir a cubierto.

—Esta Rosasharn se está volviendo la mar de asustadiza y quisquillosa.

—Espera el primero —disculpó Madre—. Ella y Connie están muy ilusionados. Tú estabas igual.

—Ahora nos vamos —dijo Tom—. Nos detendremos un poco más

adelante. Estad atentos por si no os vemos. Estaremos a la derecha de la carretera.

—¿Al se queda?

—Sí. El tío John viene con nosotros. Buenas noches, Madre.

Se alejaron atravesando el campamento dormido. Delante de una tienda ardía un fuego bajo y caprichoso y una mujer vigilaba una olla donde se guisaba un desayuno temprano. El olor de judías cocidas era fuerte y agradable.

—Me gustaría comer un plato de eso —dijo Tom cortésmente al pasar.

La mujer sonrió.

—No están hechas aún; si no, serías bienvenido —dijo—. Pásate por aquí al alba.

—Gracias, señora —replicó Tom. Él, Casy y el tío John pasaron por delante del porche. El propietario seguía sentado en la silla y el farol silbaba y relucía. Les miró mientras pasaban—. Se está quedando sin gas —dijo Tom.

—Bueno, de todas formas ya es hora de cerrar.

—No más medios dólares por hoy, ¿no? —volvió a hablar Tom.

Las patas de la silla golpearon en el suelo.

—No te vayas de la lengua conmigo. Me acuerdo de ti. Eres uno de esos agitadores.

—Tiene toda la razón —replicó Tom—. Soy un bolchevique.

—Hay demasiados desgraciados como tú por aquí.

Tom se rió mientras cruzaban la puerta y subían al Dodge . . . Cogió un puñado de tierra y lo arrojó a la luz. Vieron cómo se estrellaba en la casa y el propietario se ponía en pie de un salto y escudriñaba en la oscuridad. Tom puso el coche en marcha y enfiló la carretera. Escuchó el rugido del motor con atención para detectar estallidos. La carretera se extendía difusa bajo las débiles luces del coche.

Capítulo 17

Los coches de los emigrantes que salían de las carreteras secundarías fueron desembocando en la gran carretera que atravesaba el país y tomaron la ruta migratoria hacia el oeste. Durante el día corrían como insectos en dirección oeste; y cuando la oscuridad les alcanzaba, se reunían como insectos, refugiándose junto al agua. Se arrimaban juntos porque todos estaban solos y confusos, porque todos provenían de un lugar de tristeza y preocupación y derrota y porque todos se dirigían a un sitio nuevo y misterioso; hablaban juntos; compartían sus vidas, su comida y las esperanzas que tenían puestas en su destino. Así, se daba el caso de que una familia acampaba a la orilla de un arroyo, y otra acampaba allí por el arroyo y por la compañía, y una tercera lo hacía porque dos familias habían sido pioneras en la acampada y habían encontrado que era un buen lugar. Y al ponerse el sol, quizá se hubieran reunido allí veinte familias con sus veinte coches.

Al atardecer ocurría algo extraño: las veinte familias se convertían en una sola, los niños acababan siendo hijos de todos. La pérdida del hogar se transformaba en una única pérdida y el sueño dorado del oeste era un solo sueño. Y podía ser que la enfermedad de un niño llenara de desesperanza los corazones de veinte familias, de un centenar de personas; que un parto en una tienda tuviera aturdidas y calladas a cien personas a lo largo de la noche y les invadiera por la mañana la dicha del nacimiento. Una familia que la noche anterior se sentía perdida y atemorizada rebuscaría entre sus pertenencias para encontrar un regalo para el recién nacido. A la caída de la tarde, sentadas alrededor de las hogueras, las veinte llegaban a ser una. Se integraban en las unidades de los campamentos, de los atardeceres y de las noches. Aparecía una guitarra envuelta en una manta . . . y las canciones, que eran de todos, sonaban en las noches. Los hombres cantaban las letras y las mujeres tarareaban las melodías.

Todas las noches se creaba un mundo, completo, con todos los elementos: se hacían amistades y se juraban enemistades; un mundo completo con fanfarrones y cobardes, con hombres tranquilos, hombres humildes, hombres bondadosos. Todas las noches se establecían las relaciones que conforman un mundo; y todas las mañanas el mundo se desmontaba como un circo.

Al principio las familias levantaban y desmantelaban los mundos con timidez, pero paulatinamente hicieron suya la técnica de construir mundos. Entonces surgieron líderes, se hicieron leyes y aparecieron los códigos. Y conforme los mundos se movían hacia el oeste, eran más completos y estaban mejor equipados, porque los constructores tenían más experiencia.

Las familias aprendieron los derechos que debían respetar: el derecho a la intimidad en la tienda; a mantener los pasados negros ocultos en sus corazones; el derecho a hablar y a escuchar; a rehusar o aceptar ayuda, a ofrecerla o no; el derecho de un hijo a cortejar y de una hija a ser cortejada; el derecho del hambriento a recibir alimento; los derechos de las mujeres embarazadas y de los enfermos, que trascendían todos los demás derechos.

Y las familias aprendieron, aunque nadie se lo dijo, que hay derechos monstruosos que hay que destruir; el derecho a invadir la intimidad, a hacer ruido mientras el campamento dormía, a seducir o violar, al adulterio, el robo y el asesinato. Estos derechos eran aplastados porque los pequeños mundos no podrían existir ni una noche con semejantes derechos vigentes.

Y conforme los mundos avanzaban en dirección al oeste, las normas se convirtieron en leyes, aunque nadie se lo dijo a las familias. Va contra la ley ensuciar cerca del campamento; es ilegal contaminar de cualquier forma el agua potable; es ilícito comer buenos alimentos cerca de uno que tiene hambre, a menos que se le ofrezca compartirlos.

Y con las leyes venían los castigos, y sólo había dos: una lucha rápida y a muerte o el ostracismo; y éste era el peor. Porque si uno infringía las leyes, su nombre y su rostro iban con él y ya no había sitio para él en ningún mundo, cualquiera que fuese el lugar en el que se crease.

En los mundos, la conducta social se volvió rígida y fija; así, un hombre debía decir «Buenos días» cuando se le saludara; un hombre podía tener una chica que estuviera dispuesta si se quedaba con ella, si se portaba como un padre con sus hijos y los protegía. Pero un hombre no podía tener una chica una noche, y otra la noche siguiente, porque esto haría peligrar los mundos.

Las familias se movían hacia el oeste y la técnica de levantar mundos mejoró para que la gente se sintiera segura en ellos; y el patrón era tan fijo que una familia que se atuviera a las normas, sabía que podía sentirse segura.

Se desarrolló en los mundos un gobierno, con líderes, con ancianos respetados por todos. Un hombre sabio se dio cuenta de que su sabiduría era necesaria en todos los campamentos; la estupidez de un tonto era la misma en todos los mundos. Y una especie de seguro surgió en estas noches. Uno que tenía comida alimentaba a un hambriento y así se aseguraba contra el hambre. Y cuando un bebé moría un montón de monedas crecía a la puerta de la tienda, porque un niño debe tener un buen entierro, ya que no ha tenido nada más de la vida. A un viejo se le puede enterrar en la fosa común, pero a un bebé no.

Es necesario un patrón físico determinado para levantar un mundo: agua, la orilla de un río, un arroyo, un riachuelo, incluso un grifo sin guardar. Y se necesita suficiente tierra llana para montar las tiendas, algo de maleza o leña para alimentar las fogatas. Si hay un basurero no muy lejos, tanto mejor; porque en un basurero se encuentran utensilios: tapaderas de ollas, un guardabarros curvado para resguardar el fuego, y latas donde cocinar y en las que comer.

Y los mundos se levantaban al final de la tarde. La gente, dejando la carretera, los hacía con sus tiendas y sus corazones y sus cerebros.

Por la mañana se desmontaban las tiendas, se plegaba la lona y se ataban los palos en los estribos, las camas se colocaban en su sitio en los coches, las ollas en el suyo. La técnica de levantar un lugar por la noche y desmantelarlo al amanecer se convirtió en una rutina al ir acercándose las familias al oeste; la lona plegada iba a un sitio, se contaban las ollas en su caja. Cada miembro de la familia encontró su puesto, aceptó sus deberes; cada uno, viejos y jóvenes, tenía su lugar en el coche; en los cálidos atardeceres, cansados, cuando los coches se detenían en los campamentos, cada miembro debía cumplir una tarea y se ponía a ello sin necesidad de instrucciones: los niños a recoger leña, a acarrear agua; los hombres a levantar las tiendas y bajar las camas, las mujeres a preparar la cena y vigilar mientras la familia se alimentaba. Y esto se hacía sin órdenes. Las familias, que habían sido unidades cuyos límites eran una casa por la noche, una granja durante el día, cambiaron esos límites. Durante los días largos y calurosos permanecían silenciosos en los coches, avanzando lentamente al oeste; pero por la noche se integraban en cualquier grupo que encontraran.

De esta forma su vida social cambió: cambió como sólo es capaz de hacerlo el hombre entre todas las criaturas del universo. Dejaron de ser granjeros para convertirse en emigrantes. Y la reflexión, el planear, los largos silencios de mirada fija que habían ido a los campos, se dirigieron ahora a las carreteras, a la distancia, al oeste. El hombre cuya mente había estado ligada a los acres, vivía con estrechas millas de asfalto. Y sus pensamientos y preocupaciones no tenían ya como objeto la lluvia, el viento y el polvo, el crecimiento de las cosechas. Los ojos miraban los neumáticos, los oídos escuchaban los ruidosos motores y las mentes luchaban con aceite, gasolina, con la goma que se iba adelgazando entre el aire y la carretera. Entonces un engranaje roto equivalía a una tragedia. Por la noche, el agua y comida sobre un fuego eran el anhelo. Entonces lo necesario era la salud para poder continuar, y la fuerza y el ánimo. Las voluntades viajaban hacia el oeste delante de ellos y los temores una vez asociados con la sequía o la inundación, se cernían ahora sobre cualquier cosa que pudiera detener el largo viaje hacia el oeste.

Los campamentos fueron haciéndose fijos: cada uno a distancia de la corta jornada diaria del anterior.

Y en la carretera el pánico se apoderaba de algunas familias, de modo que viajaban día y noche, paraban a dormir en los coches y seguían en dirección oeste, huyendo de la carretera y el movimiento. En éstos, el deseo de llegar y establecerse era tan grande que dirigieron sus rostros hacia el oeste y viajaron hacia allá, forzando quejumbrosos motores, sin dejar la carretera.

Pero la mayoría de las familias cambiaban y se hacían rápidamente a su nueva vida. Y al ponerse el sol . . .

Es hora de buscar un sitio para acampar.

Y . . . allí delante hay unas tiendas.

El coche salía de la carretera y se detenía, y como había gente que había llegado antes, ciertas fórmulas de cortesía se hacían necesarias. El hombre, el jefe de la familia, se asomaba por la ventana.

¿Podríamos detenernos aquí a dormir?

Pues claro, nos alegra que se queden. ¿De qué estado proceden?

Venimos desde Arkansas.

Hay gente de Arkansas allí abajo, la cuarta tienda.

Ah, ¿sí?

Y la pregunta más importante. ¿Qué tal es el agua?

Vaya, no sabe demasiado bien, pero es abundante.

Bueno, pues gracias.

No hay de qué.

Pero las fórmulas debían recitarse. El coche se arrastraba hasta la última tienda y se detenía. Entonces bajaba la gente exhausta y estiraban los rígidos miembros. La nueva tienda se levantaba; los niños iban por agua y los chicos mayores cortaban maleza o leña. Los fuegos ardían y se ponía la cena a cocer o a freír. Los que habían llegado antes se acercaban, se intercambiaban los estados de procedencia y se descubrían amigos y a veces parientes.

De Oklahoma, ¿eh? ¿De qué condado?

Cherokee.

¡Vaya!, pero si yo tengo familia allí. ¿Conoce a los Allen? Hay miembros de la familia Allen por todo el condado de Cherokee. ¿Conoce a los Willis?

Pues claro.

Y una nueva unidad se había formado. Llegaba el crepúsculo, pero antes de que la oscuridad lo cubriera todo la nueva familia pertenecía al campamento. Se había pasado la voz entre las familias. Eran gente conocida . . . buena gente.

Conozco a los Allen de toda la vida. Simon Allen, el viejo Simon, tuvo algún problema con su primera mujer. Ella tenía sangre Cherokee, en parte. Era tan bonita como un potro azabache.

Sí, y Simon hijo se casó con una Rudolph, ¿no es eso? Esa idea tenía. Se fueron a vivir a Enid y les fue bien . . . pero que muy bien.

Es el único Allen al que le ha ido bien. Tiene un garaje.

Cuando el agua hubo sido acarreada y la leña cortada los niños paseaban tímidos y cautelosos entre las tiendas. Y hacían elaborados gestos para hacer amigos. Un niño se paraba cerca de otro y estudiaba una piedra, la recogía, la examinaba con atención, escupía encima, la frotaba para limpiarla y la inspeccionaba hasta que el otro se veía forzado a preguntar. ¿Qué tienes ahí? Y como si nada. Nada, una roca.

Bueno, ¿y por qué la miras de esa forma?

Pensé que había visto oro en ella.

¿Cómo lo sabes? El oro no es oro, en la piedra es negro.

Ya lo sé, todo el mundo lo sabe.

Seguro que es pirita y te has creído que era oro.

Mentira. Mi padre ha encontrado mucho oro y me ha enseñado cómo buscarlo.

Te gustaría encontrar un pedazo grande de oro, ¿verdad?

¡Y tanto! Me compraría el puto caramelo más grande que has visto en tu vida.

A mí no me dejan decir tacos, pero los digo de todas formas.

Yo también. Vamos al arroyo.

Las muchachas jóvenes se juntaban y presumían tímidamente de su popularidad y sus perspectivas. Las mujeres trabajaban encima del fuego, apresurándose para que la familia comiera, cerdo si había dinero de sobra, cerdo y patatas y cebollas. Galletas cocidas en una olla hermética, a fuego lento, o pan de maíz, y salsa en abundancia para cubrirlo todo. Tocino o chuletas y una lata de té, negro y amargo. Masa frita en tiras si el dinero escaseaba, masa frita crujiente y dorada, chorreando grasa.

Las familias que eran muy ricas o que gastaban su dinero en presumir, comían judías y melocotones de lata, pan de paquetes y pastel comprado; pero comían como en secreto, en sus tiendas, porque no habría estado bien comer semejantes manjares delante de todos. Aun así, los niños que comían masa frita podían oler las judías puestas a calentar y se ponían tristes.

Después de cenar, de fregar y secar los platos, la oscuridad se había extendido. Y entonces, los hombres se ponían a hablar en cuclillas.

Hablaban de la tierra que habían dejado atrás. No sé a dónde vamos a llegar, decían. El país está echado a perder.

Pero se recuperará; lo único que nosotros no estaremos aquí para verlo.

Tal vez, pensaban, tal vez cometimos algún pecado sin saberlo.

Un tío va y me dice, uno del gobierno, va y dice, se te ha convertido en una torrentera. Uno del gobierno. Me dice, si la arases en diagonal al contorno, no se te inundaría. No me dio tiempo a probarlo. Y el nuevo capataz no se dedicó a arar en diagonal. Abrió un surco de cuatro millas de longitud que no se habría detenido ni desviado ni ante el mismísimo Jesucristo.

Y hablaban en voz baja de sus hogares: teníamos una fresquera pequeña bajo el molino. Solíamos dejar ahí la leche para que se hiciera nata, y también guardábamos las sandías. Se podía ir al mediodía, cuando el aire estaba más caliente que una vaquilla, y allí se estaba tan fresco. Si abrías allí un melón, estaba tan frío que te dolía la boca. Por el agua que goteaba del depósito.

Hablaban de sus tragedias: tenía un hermano, Charley, de pelo amarillo como el maíz, era un hombre hecho y derecho y tocaba muy bien el acordeón. Estaba trabajando un día con la grada y se adelantó a despejar los surcos. Bueno, una serpiente cascabel zumbó y los caballos salieron disparados y la grada pasó por encima de Charley, las puntas se le clavaron en el vientre y el estómago y le arrancaron de cuajo la cara y . . . ¡oh, Dios mío!

Hablaban del futuro: ¿Cómo será aquello?

Bueno, las fotos tienen muy buena pinta. Yo he visto una de un sitio cálido y agradable, con nogales y bayas; y justo detrás, tan cerca como la cruz y el culo de una mula, había una montaña altísima cubierta de nieve. Era un paisaje precioso de ver.

Si encontramos trabajo, no habrá problema. No pasaremos frío en el invierno y los críos no se congelarán camino de la escuela. Voy a cuidarme de que mis hijos no vuelvan a faltar a la escuela. Yo sé leer, pero para mí no es placer, como para el que está acostumbrado.

Y quizá un hombre sacará la guitarra a la puerta de su tienda. Sentado en una caja, atraería con su música a todo el campamento, que se iría acercando poco a poco. Muchos hombres saben tocar acordes en la guitarra, pero quizá éste supiera punteo. Allí ya hay algo: los graves acordes marcando, marcando, mientras la melodía corre por las cuerdas como pasos pequeños. Duros dedos marchando sobre los trastes. El hombre tocaba y la gente se iba acercando hasta formar un círculo cerrado y apretado, y entonces él cantaba «Algodón de diez centavos y carne de cuarenta centavos.» Y el círculo le acompañaba cantando suavemente. Él cantaba «Niñas, ¿por qué os cortáis el pelo?» El círculo cantaba como un lamento la canción «Me voy de Tejas,» esa canción misteriosa que ya se cantaba antes de que llegaran los españoles, sólo que entonces la letra era india.

Entonces el grupo se soldaba en una unidad, de forma que en la oscuridad los ojos de la gente miraban hacia adentro y sus mentes cantaban en otras épocas, y su tristeza era como descanso, igual que el sueño. Él cantaba «McAlester Blues,» y luego, para compensar a los más viejos, cantaba «Jesús me llama a su lado.» Los niños se adormecían con la música y se iban a las tiendas a dormir y las canciones penetraban en sus sueños.

Al cabo de un rato, el hombre de la guitarra se ponía de pie y bostezaba. Buenas noches a todos, decía.

Y ellos murmuraban, Buenas noches tenga usted.

Y todos deseaban poder puntear una guitarra, porque es algo delicado. Luego la gente se iba a sus camas y el campamento quedaba en silencio. Y los búhos volaban sin esfuerzo por encima de ellos, y los coyotes armaban un ruido incesante a lo lejos, y por el campamento paseaban las mofetas buscando restos de comida, mofetas que se contoneaban con arrogancia y no tenían miedo de nada.

La noche pasaba y con la primera luz del amanecer las mujeres emergían de las tiendas, encendían las hogueras y ponían el café a hervir. Y los hombres salían y hablaban quedamente en la madrugada.

Dicen que hay que cruzar el río Colorado y luego viene el desierto. Lleva cuidado con él, que no te quedes colgado por avería. Lleva agua en cantidad por si os quedáis detenidos.

Yo lo voy a pasar de noche.

Yo también. Pasar durante el día es una locura.

Las familias comían rápido y lavaban y secaban los platos. Desmontaban las tiendas. Había prisa por partir. Y cuando salía el sol, el campamento estaba vacío, no quedaba más que un poco de basura que había dejado la gente. Y el campamento estaba dispuesto para un nuevo mundo a la noche siguiente.

Pero, carretera adelante, los coches de los emigrantes avanzaban penosamente como insectos y las estrechas millas de asfalto se prolongaban en la distancia.

Capítulo 18

Los Joad viajaron despacio hacia el oeste, por las montañas de New Mexico, más allá de las cimas y las pirámides de la altiplanicie. Una vez en las tierras altas de Arizona vieron abajo el desierto Pintado, a través de un desfiladero. Un policía de fronteras les detuvo.

—¿A dónde se dirigen?

—A California —dijo Tom.

—¿Cuánto tiempo piensan estar en Arizona?

—El tiempo justo de cruzarla.

—¿Llevan plantas?

—No, ninguna.

—Debería registrar el equipaje.

—Le digo que no llevamos plantas.

El policía pegó una pequeña etiqueta en el parabrisas.

—De acuerdo. Continúen, pero más vale que no se paren.

—No se preocupe, no pensábamos hacerlo.

Subieron lentamente las pendientes cubiertas de árboles bajos y retorcidos. Holhroock, Joseph City, Winslow. Luego aparecieron los árboles altos y los coches arrojaron vapor y avanzaron trabajosamente por las cuestas. Llegaron a Flagstaff, el punto más alto, y de allí bajaron a las amplias mesetas, donde la carretera se perdía en la distancia. El agua escaseaba, debía comprarse a cinco, diez, quince centavos por galón. El sol secó la tierra árida y montañosa y delante de ellos vieron los picos mellados de las montañas al oeste de Arizona. Huyendo del sol y la sequía avanzaron durante toda la noche. Llegaron a las montañas, atravesaron penosamente las murallas dentadas mientras sus débiles luces parpadeaban en las paredes de piedra pálida de la carretera. Pasaron la cumbre en la oscuridad y lentamente descendieron durante las últimas horas de la noche, a través de las piedras quebradas de Datman. Y al amanecer vieron el río Colorado a sus pies. Llegaron a Topock y aparcaron en el puente mientras un policía quitaba la etiqueta del parabrisas. Tras cruzar el puente siguieron por el desierto de rocas fracturadas. Y aunque estaban muertos de cansancio y el calor de la mañana estaba aumentando, pararon.

Padre gritó:

—Estamos aquí, estamos en California —miraron aturdidos las rocas fracturadas que relumbraban bajo el sol y las terribles murallas de Arizona al otro lado del río.

—Aún nos queda el desierto —dijo Tom—. Tenemos que conseguir agua y descansar.

La carretera es paralela al río y la mañana estaba bien entrada cuando los motores ardientes llegaron a Needles, donde el río corre ligero entre las cañas.

Los Joad y los Wilson aparcaron junto al río, y sentados en los vehículos contemplaron el fluir del agua deliciosa y las cañas verdes agitadas con suavidad por la corriente. Había un pequeño campamento a la orilla del río, once tiendas cerca del agua, y la hierba del suelo estaba anegada. Tom sacó la cabeza por la ventana del camión:

—¿Le importa si paramos aquí un rato?

Una mujer corpulenta que restregaba ropas en un cubo levantó la vista.

—No es nuestro, oiga. Pare si quiere. Ahora bajará un policía para echarles una ojeada —y volvió a restregar la ropa bajo el sol.

Los dos vehículos se estacionaron en un claro de la hierba anegada. Sacaron las tiendas, montaron la de los Wilson, estiraron la lona encerada de los Joad sobre la cuerda.

Winfield y Ruthie caminaron despacio entre los sauces hacia el cañaveral.

Ruthie dijo con suave vehemencia:

—California. Esto es California y nosotros estamos aquí.

Winfield rompió una espadaña, la retorció hasta arrancarla, se metió la blanca pulpa en la boca y la mascó. Se metieron en el río y se quedaron de pie en silencio, con el agua por las pantorrillas.

—Aún nos queda el desierto —dijo Ruthie.

—¿Cómo es el desierto?

—No lo sé. Una vez vi unas fotos de un desierto. Había huesos por todas partes.

—¿Huesos de hombre?

—Supongo que algunos sí, pero la mayoría eran de vaca.

—¿Podremos ver los huesos?

—Puede. No sé. Vamos a cruzar el desierto de noche. Eso es lo que dijo Tom. Tom dice que nos podemos abrasar vivos si lo atravesamos de día.

—¡Qué buena está, está fresquita! —dijo Winfield, mientras enterraba los dedos de los pies en la arena del fondo.

Oyeron a Madre llamar:

—Ruthie, Winfield, venid para acá.

Dieron la vuelta y regresaron caminando lentamente a través de las cañas y los sauces.

Las otras tiendas estaban en silencio. Por un momento, al llegar los coches, algunas cabezas se habían asomado entre las lonas y luego se habían retirado. Ahora las tiendas de las familias estaban levantadas y los hombres reunidos.

Tom dijo:

—Voy a bajar a bañarme. Eso es lo que voy a hacer, antes de irme a dormir.

—¿Cómo está la abuela desde que la instalamos en la tienda?

—No lo sé —respondió Padre—. No conseguí despertarla —ladeó la cabeza hacia la tienda. Un balbuceo quejoso salía de la lona. Madre entró rápida en la tienda.

—Pues ahora ya lo creo que se ha despertado —dijo Noah—. Se pasó casi toda la noche refunfuñando en el camión. Se ha vuelto loca.

—Maldita sea —dijo Tom—. Está agotada. Si no consigue descansar pronto no va a durar mucho. Sólo está agotada. ¿Viene alguien conmigo? Me voy a lavar y voy a dormir a la sombra todo el día —se alejó, los demás hombres le siguieron. Se desnudaron en los sauces v después se metieron en el agua y se sentaron. Permanecieron así mucho rato, abrazándose las piernas, con los talones clavados en la arena y sólo la cabeza sobresaliendo por encima del agua.

—¡Dios!, cómo lo necesitaba —exclamó Al. Tomó un puñado de arena del fondo y se frotó con ella. Desde el agua miraron los agudos picos llamados Needles y las montañas de roca blanca de Arizona.

—Las hemos cruzado —dijo Padre asombrado.

El tío John metió la cabeza bajo el agua.

—Bueno, hemos llegado. Esto es California; y no tiene un aspecto tan próspero.

—Aún hay que cruzar el desierto —dijo Tom—. He oído que es una putada.

Noah preguntó:

—¿Lo intentamos esta noche?

—¿Tú qué piensas, Padre? —inquirió Tom.

—No sé. Nos vendría bien un poco de descanso, sobre todo a la abuela. Pero, por otro lado, querría estar ya al otro lado y empezar a trabajar. Sólo nos quedan unos cuarenta dólares. Estaré más tranquilo cuando todos trabajemos y ganemos algo de dinero.

Los hombres sentados sintieron la fuerza de la corriente. El predicador dejó que sus brazos y manos flotaran en la superficie. Los cuerpos estaban blancos hasta el cuello y las muñecas, y morenos, de color marrón oscuro, la cabeza y las manos y una uve entre las clavículas. Se restregaron con arena.

Noah dijo, perezoso:

—Me gustaría quedarme aquí eternamente. No volver a tener hambre ni tristeza. Dentro del agua toda la vida, emperezado como las crías de una cerda en el fango.

Y Tom, mientras miraba los picos mellados al otro lado del río y los de Needles río abajo:

—Nunca he visto montañas tan duras. Esta es una región asesina. Esto es el esqueleto de un país. Me pregunto si alguna vez llegaremos a un sitio donde la gente pueda vivir sin tener que pelearse con las rocas. He visto fotografías de una tierra llana, verde, con casitas, como dice Madre, blancas. Madre desea sobre todo una casa blanca. A veces dudo que exista una tierra semejante. He visto fotos así.

Padre dijo:

—Espera que lleguemos a California. Entonces verás una tierra hermosa.

—¡Pero, por Dios, Padre, si esto ya es California!

Dos hombres vestidos con vaqueros y sudadas camisas azules llegaron por los sauces y miraron a los hombres desnudos. Les saludaron:

—¿Se nada bien?

—No sé —dijo Tom—. No lo hemos intentado. Pero da gusto estar aquí sentado.

—¿Les importa si vamos a sentarnos?

—El río no es nuestro. Les prestaremos una parte pequeña.

Los hombres se desprendieron de los pantalones y se despegaron las camisas y entraron en el río por un vado. El polvo cubría sus piernas hasta la rodilla; tenían los pies pálidos y blandos de sudor. Se acomodaron perezosamente dentro del agua y se lavaron con languidez los flancos. Estaban quemados por el sol los dos, el chico y su padre. Gruñeron y bufaron con el placer de sentir el agua.

Padre preguntó cortésmente:

—¿Van hacia el oeste?

—No. Venimos de allí. Regresamos a casa. No hay forma de ganarse la vida en el oeste.

—¿De dónde son? —preguntó Tom.

—Del Panhandle, somos de cerca de Pampa.

—¿Y allí pueden ganarse la vida? —quiso saber Padre.

—No. Pero por lo menos podemos morirnos con la gente que conocemos. No nos moriremos con una panda de tipos que nos odian.

—¿Sabe?, es usted la segunda persona que nos ha dicho tal cosa. ¿Por qué les odian? —preguntó Padre.

—No lo sé —dijo el hombre. Cogió agua en las manos y se lavó la cara, bufando y haciendo burbujas. Agua llena de polvo salió de su cabello y le manchó el cuello.

—Cuénteme más cosas —pidió Padre.

—Yo también quiero enterarme —añadió Tom—. ¿Por qué les odia esa gente del oeste?

El hombre miró a Tom con viveza.

—¿Van ahora al oeste?

—Sí, vamos de camino.

—¿Nunca han estado en California?

—Nunca.

—Bueno, no me hagan caso. Vayan a ver ustedes mismos.

—Sí —replicó Tom—, pero a uno le gusta saber dónde se mete.

—Bueno, si de verdad les interesa, yo me he planteado algunas cuestiones y he reflexionado sobre ellas. California es una tierra hermosa. Pero la robaron hace mucho tiempo. Después de cruzar el desierto se llega a Bakersfield. Es una tierra preciosa, con huertas y vides, la tierra más hermosa que nunca hayan visto. Pasarán luego tierra llana y fértil, con agua a diez metros bajo la superficie, tierra que está en barbecho. Pero no podrán comprarla, es de la Compañía de Tierras y Ganado. Y si ellos no quieren que se trabaje, pues no se trabaja. Si coge una parcela para plantar un poco de maíz le meten en la cárcel.

—¿Dice que es buena tierra y está sin trabajar?

—Sí, señor. Buena tierra sin trabajar. Bueno, pues eso le cabreará un poco, pero aún no ha visto nada. La gente tiene una mirada en los ojos, le miran y sus rostros dicen: «No me gustas, hijo de puta.» Hay ayudantes del sheriff que le avasallan a uno. Si acampas al borde de la carretera te dicen que sigas adelante. Se ve en las caras de la gente el odio que nos tienen. Déjenme que les diga, nos odian porque nos tienen miedo. Saben que un hombre hambriento va a conseguir comida aunque la tenga que robar. Saben que una tierra en barbecho es un pecado y que alguien la va a coger. ¡Qué diablos! A ustedes nadie les ha llamado todavía okie.

—¿Okie? —preguntó Tom—. ¿Qué es eso?

—Antes significaba que eras de Oklahoma. Ahora quiere decir que eres un cerdo hijo de perra, que eres una mierda. En sí no significa nada, es el tono con que lo dicen. Pero yo no les puedo explicar nada, tienen que ir allí. He oído que hay trescientas mil personas como nosotros, que viven como cerdos porque en California todo tiene propietario. No queda nada libre. Y los propietarios se van a agarrar a sus posesiones aunque tengan que matar hasta el último hombre para conservarlas. Tienen miedo y eso les pone furiosos. Ya lo verán. Ya lo oirán. Es la puñetera tierra más hermosa que hayan visto, pero su gente no les tratará bien. Tienen tanto miedo y están tan preocupados que ni siquiera se tratan bien entre ellos.

Tom bajó la vista al agua y clavó los talones en la arena.

—Si uno trabajara y ahorrara algo de dinero, ¿no podría comprar un poco de tierra?

El hombre se echó a reír y miró a su hijo, y el silencioso chico sonrió con expresión casi triunfante. Y el hombre respondió:

—No van a conseguir trabajo fijo. Van a tener que rascar cada día para poder cenar. Con gente que les mira con malicia. Si recogen algodón, estarán seguros de que los pesos estarán amañados. Algunos lo están y otros no, pero ustedes pensarán que todos les engañan, y no sabrán cuáles lo hacen. En cualquier caso, no podrán hacer nada.

Padre preguntó lentamente:

—¿No hay . . . no hay allí nada bueno?

—Sí, es bonito de ver, pero usted no podrá comprar nada. Si ve un naranjal de naranjas amarillas, verá un tío con una escopeta que tiene derecho a matarle si toca una sola. Hay uno, dueño de un periódico, cerca de la costa, que tiene un millón de acres . . .

Casy levantó la mirada con presteza.

—¿Un millón de acres? ¿Qué rayos puede hacer con un millón de acres?

—No lo sé. Simplemente son suyos. Cría algo de ganado. Hay guardas por todas partes para que la gente no entre. Viaja en un coche blindado. He visto fotografías suyas. Es un tipo gordo y blando, con ojos perversos y la boca igual que el agujero del culo. Tiene miedo de morir. Posee un millón de acres y tiene miedo a morirse.

—¿Qué demonios puede hacer con un millón de acres? —exigió Casy—. ¿Para qué los quiere?

El hombre sacó del agua las manos, que se le estaban quedando blancas y arrugadas, y las extendió, estiró el labio inferior e inclinó la cabeza sobre uno de los hombros.

—No sé —respondió—. Debe de estar loco. Tiene que estar loco. Vi una foto suya y tiene pinta de loco, de estar loco y de ser un mal bicho.

—¿Dice usted que tiene miedo a morir? —preguntó Casy.

—Es lo que he oído.

—¿Tiene miedo de que Dios le atrape?

—No sé. Miedo, simplemente.

—¿Qué más le da? —dijo Padre—. No parece pasarlo muy bien.

—El abuelo no tenía miedo —dijo Tom—. Cuanto mejor se lo pasaba más cerca estaba de la muerte. Aquella vez que el abuelo y otro tropezaron con una banda de navajos, por la noche, se lo pasaron como nunca, y al mismo tiempo cualquiera habría dicho que estaban perdidos, que no tenían la menor posibilidad.

—Parece que así es la cosa —dijo Casy—. A uno que se lo está pasando bien le importa un comino; pero un tipo retorcido, solitario y viejo y decepcionado . . . ese sí que tiene miedo de morir.

—¿Qué es lo que le decepciona teniendo un millón de acres? —preguntó Padre.

El predicador sonrió y pareció confuso. Empujó salpicando con la mano un insecto de agua que iba flotando.

—Si necesita un millón de acres para sentirse rico, me parece que es porque en su interior se encuentra muy pobre, y si es pobre en sí mismo, no hay acres suficientes que le vayan a hacer sentirse rico, y quizá esté decepcionado de que no hay nada que él pueda hacer que le haga sentirse rico . . . rico como lo fue la señora Wilson al ofrecer su tienda cuando murió el abuelo. No estoy intentando predicar un sermón, pero nunca he visto a nadie que se dedicara a juntar cosas, tan ocupado como un perro de la pradera, que no estuviera desilusionado —sonrió con picardía—. Parece un sermón, ¿verdad?

El sol llameaba con furia. Padre dijo:

—Más vale meterse bien bajo el agua. Nos va a achicharrar vivos —y se reclinó y dejó que el agua fluyera suavemente alrededor de su cuello—. Si uno está dispuesto a trabajar duro, ¿tiene alguna posibilidad? —preguntó.

El hombre se sentó derecho y le miró de frente.

—Mire, yo no lo sé todo. Puede que llegue usted y encuentre un trabajo fijo, y yo sería un mentiroso. O puede que nunca encuentre nada y tampoco sería lo que yo le advertí. Lo único que le puedo decir es que la mayoría de la gente vive en condiciones desastrosas —se reclinó de nuevo en el agua—. Uno no puede saberlo todo —sentenció.

Padre volvió la cabeza y miró al tío John.

—Nunca has sido de muchas palabras —dijo—, pero que me parta un rayo si has abierto la boca dos veces desde que partimos. ¿Qué opinas de esto?

El tío John respondió ceñudo.

—Yo no opino nada. Vamos a ir hasta allá, ¿no? No vamos a dejar de ir por más que hablemos. Cuando lleguemos, habremos llegado. Cuando encontremos un trabajo, trabajaremos y cuando no lo encontremos, nos quedaremos sentados. Esta charla no va a servir de nada en ningún caso.

Tom se echó para atrás, se llenó la boca de agua, que lanzó al aire y rompió a reír.

—El tío John no habla mucho, pero nunca dice tonterías. Sí, señor, sabe lo que dice. ¿Seguiremos viaje esta noche, Padre?

—¿Por qué no? A ver si acabamos de una vez.

—Bueno, entonces me iré para arriba a dormir un rato en la hierba.

Tom se puso en pie y vadeó el río hasta la orilla arenosa. Se puso la ropa sobre el cuerpo mojado y se estremeció por lo caliente que estaba la ropa. Los demás le siguieron.

En el agua, el hombre y su hijo vieron desaparecer a los Joad. Y el chico dijo:

—Me gustaría verles dentro de seis meses. ¡Dios Santo!

El hombre se limpió los ojos con el dedo índice.

—No debí haber hecho eso —dijo—. Uno siempre quiere hacerse el listo, decirles las cosas a la gente.

—Bueno, Padre, ellos preguntaron.

—Sí, ya lo sé. Pero, como dijo ese otro, van a ir en cualquier caso. Lo que yo les dije no va a cambiar nada, excepto que van a empezar a pasarlo mal antes de tiempo.

Tom caminó entre los sauces y se acomodó en una cueva de sombra para dormir. Noah le siguió.

—Voy a dormir aquí —dijo Tom.

—Tom.

—¿Sí?

—Tom, yo no sigo.

Tom se incorporó.

—¿Qué quieres decir?

—Tom, no pienso abandonar este río. Voy a caminar río abajo.

—Estás loco —dijo Tom.

—Buscaré un sedal y cogeré peces. Uno no se muere de hambre estando cerca de un buen río.

Tom dijo:

—¿Y qué pasa con la familia? ¿Qué pasa con Madre?

—No lo puedo evitar. No puedo abandonar esta agua —Noah tenía los ojos, muy separados el uno del otro, medio cerrados—. Tú sabes lo que pasa, Tom. La familia me trata bien, pero en realidad no les importo.

—Estás loco.

—No, no estoy loco. Yo sé cómo soy. Sé que me tienen lástima. Pero . . . bueno, yo no voy. Díselo tú a Madre, Tom.

—Atiende un momento —empezó Tom.

—No. No servirá de nada. He estado metido en esa agua y no pienso alejarme de ella. Ahora me voy, Tom . . . río abajo. Cogeré peces y cosas, pero no lo puedo abandonar. No puedo —se arrastró fuera de la cueva de los sauces—. Díselo a Madre, Tom —echó a andar alejándose.

Tom le siguió hasta la orilla del río.

—Escucha, maldito idiota . . .

—No hay nada que hacer —dijo Noah—. Estoy triste, pero no puedo hacer otra cosa. He de irme —se volvió bruscamente y echó a andar por la ribera siguiendo la corriente. Tom empezó a seguirle, pero luego se detuvo. Vio a Noah desaparecer entre la maleza y volver a aparecer después, siguiendo la orilla del río, haciéndose cada vez más pequeño hasta desaparecer finalmente entre los sauces. Y Tom se quitó la gorra y se rascó la cabeza. Regresó a la cueva formada por sauces y se tumbó a dormir.

Bajo la lona estirada la abuela yacía en un colchón y Madre estaba sentada a su lado. El aire era sofocante y las moscas zumbaban en la sombra de la lona. La abuela estaba desnuda, tapada con una cortina rosa. Movía la vieja cabeza incesantemente a un lado y al otro, murmuraba y se ahogaba. Madre, sentada en el suelo a su lado, espantaba las moscas con un trozo de cartón y al mismo tiempo provocaba una corriente de aire cálido que se movía sobre el viejo rostro en tensión. Rose of Sharon, sentada al otro lado, observaba a su madre.

La abuela llamó imperiosamente:

—¡Will, Will! Ven aquí, Will —sus ojos se abrieron y miraron a su alrededor amenazantes—. Le dije que viniera aquí —dijo—. Ya le pillaré y le voy a arrancar el pelo —cerro los ojos, volvió a mover la cabeza a un lado y a otro y murmuró algo incomprensible. Madre la abanicó con el cartón.

Rose of Sharon miró desamparada a la anciana. Dijo quedamente:

—Está terriblemente enferma.

Madre dirigió la mirada al rostro de la muchacha. Los ojos de Madre eran pacientes, pero en su frente estaban las arrugas de la tensión. Madre abanicaba sin cesar y mantenía a las moscas alejadas con el cartón.

—Cuando eres joven, Rosasharn, todo lo que pasa es una cosa en sí misma. Es un hecho aislado. Lo sé, lo recuerdo, Rosasharn —su boca pronunció con amor el nombre de su hija—. Vas a tener un hijo, Rosasharn, y para ti es algo aislado y lejano, te dolerá y el dolor será un dolor aislado y esta tienda está sola en el mundo, Rosasharn —golpeó un momento el aire para impulsar un moscardón zumbante, y la gran mosca brillante dibujó dos círculos alrededor de la tienda y salió zumbando a la luz cegadora del sol. Madre continuó—: Hay un tiempo de cambio, y cuando llega, una muerte se convierte en un trozo del morir, y un parto en un trozo de todos los nacimientos, y dar a luz y morir son dos partes de la misma cosa. Entonces los hechos dejan de estar aislados. Entonces un dolor ya no duele tanto, porque ya no es un dolor aislado, Rosasharn. Ojalá pudiera explicártelo para que lo supieras, pero no puedo —y su voz era tan suave, estaba tan llena de amor, que los ojos de Rose of Sharon se inundaron de lágrimas que fluyeron y la cegaron.

—Toma esto y abanica a la abuela —dijo Madre mientras le daba el cartón a su hija—. Hacer esto es bueno. Ojalá pudiera explicártelo para que lo entendieras.

La abuela, frunciendo el ceño sobre sus ojos cerrados, berreó:

—¡Will! Estás sucio. Nunca vas a llegar a estar limpio —sus pequeñas zarpas arrugadas subieron y arañaron sus mejillas. Una hormiga roja corrió por la tela de la cortina y escaló entre los pliegues de piel floja del cuello de la anciana. Madre alargó la mano con rapidez, la cogió y la aplastó entre el pulgar y el índice y se sacudió los dedos en el vestido.

Rose of Sharon meneó el abanico de cartón. Levantó la vista hacia Madre.

—¿Se va a . . . ? —y las palabras se le secaron en la garganta.

—¡Sacúdete los pies, Wil . . . , que eres un cerdo asqueroso! —gritó la abuela.

Madre respondió:

—No lo sé. Quizá si podemos llevarla a un sitio donde no haga tanto calor . . . pero no lo sé. No te preocupes, Rosasharn. Toma aire cuando lo necesites y expúlsalo cuando sea necesario.

Una enorme mujer con un vestido negro destrozado se asomó a la tienda. Tenía ojos legañosos y desenfocados y la piel le pendía desde las mejillas en pequeños colgajos. Sus labios eran blandos, el superior le colgaba como una cortina sobre los dientes, y el inferior se doblaba hacia fuera por su propio peso, mostrando la encía inferior.

—Buenos días, señora —dijo—. Buenos días y demos gracias a Dios por la victoria.

Madre se volvió.

—Buenos días —dijo.

La mujer se inclinó dentro de la tienda y bajó la cabeza encima de la abuela.

—Hemos oído que tiene usted aquí un alma lista para reunirse con Jesús. ¡Alabado sea Dios!

El rostro de Madre se tensó y sus ojos se agudizaron.

—Está cansada, no es más que eso —explicó—. Está agotada por la carretera y el calor. Está agotada simplemente. Se pondrá bien en cuanto descanse un poco.

La mujer se inclinó sobre el rostro de la abuela, y casi pareció olfatearlo. Luego se volvió hacia Madre y asintió rápidamente, y sus labios oscilaron y sus mejillas temblaron.

—Un alma querida que se va a reunir con Jesús —dijo.

Madre gritó:

—¡No es verdad!

La mujer asintió, despacio esta vez y puso una mano hinchada en la frente de la abuela. Madre alargó la mano para apartar la de la señora, y rápidamente se contuvo.

—Sí que es verdad, hermana —dijo la mujer—. En nuestra tienda tenemos seis en estado de gracia. Iré a por ellos y celebraremos un servicio . . . con oraciones y la bendición. Somos todos jehovitas. Seis, contándome a mí. Voy a buscarles.

Madre se puso rígida.

—No . . . no —dijo—. No, la abuela está cansada. No podría aguantar un servicio.

La mujer dijo:

—¿No puede aguantar la gracia? ¿No puede aguantar el dulce aliento de Jesús? ¿Qué estás diciendo, hermana?

—No, aquí no —dijo Madre—. Está demasiado cansada.

—¿No son creyentes, señora? —la mujer miró con reproche a Madre.

—Siempre hemos sido fieles —respondió Madre—, pero la abuela está cansada y hemos estado de viaje toda la noche. No se molesten.

—No es molestia, y aunque lo fuera, nos gustaría hacerlo por un alma que sube en busca del Cordero.

Madre se enderezó de rodillas.

—Les damos las gracias —dijo con frialdad—. En esta tienda no se va a celebrar ningún servicio.

La mujer la miró durante largo rato.

—Bueno, no vamos a dejar que una hermana se vaya sin decir unas oraciones. Celebraremos el servicio en nuestra tienda, señora. Y le perdonaremos a usted por su corazón de piedra.

Madre se sentó de nuevo y volvió el rostro hacia la abuela, un rostro aún duro y resuelto.

—Está cansada —dijo Madre—. Sólo está cansada —la abuela movió la cabeza y murmuró en voz baja apenas audible.

La mujer salió muy estirada de la tienda. Madre siguió contemplando el rostro de la anciana.

Rose of Sharon abanicó con el cartón y movió una corriente de aire caliente. Exclamó:

—¡Madre!

—¿Sí?

—¿Por qué no les has dejado celebrar el servicio?

—No sé —contestó Madre—. Los jehovitas son buena gente. Aúllan y saltan. No lo sé. Tuve una impresión extraña. Pensé que no podría soportarlo, que me vendría abajo.

Llegó de no muy lejos el sonido del inicio de un servicio, el canto monótono de la exhortación. Las palabras no se distinguían, pero el tono era claro. La voz subía y bajaba y a cada subida alcanzaba un tono más agudo. Ahora la respuesta llenaba la pausa y la exhortación se elevó triunfal y la reverberación del poder inundó la voz. Se hinchó e hizo una pausa y un bramido llegó en respuesta. Entonces, gradualmente, las frases de la exhortación se acortaron y adquirieron presteza, como órdenes; y en las respuestas apareció una nota de queja. El ritmo se aceleró. Las voces masculinas y femeninas habían estado todas en el mismo tono, pero ahora, en el medio de una respuesta, la voz de una mujer se elevó en un grito quejumbroso, salvaje y fiero, como el grito de una bestia; y una voz más grave de mujer se elevó al lado de la otra, como un ladrido, mientras una voz de hombre trepaba una escala con un aullido de lobo. La exhortación llegó a su fin y de la tienda salió sólo el aullido salvaje acompañado de un golpeteo sobre la tierra. Madre se estremeció. La respiración de Rose of Sharon era corta y jadeante, y el coro de aullidos se prolongó tanto que pareció que los pulmones fueran a estallar.

Madre dijo:

—Me pone nerviosa. Me ha pasado algo.

Ahora la voz aguda alcanzó el histerismo, los gritos atropellados de una hiena, y el golpeteo en intensidad. Las voces se quebraban y cascaban y entonces todo el coro se disolvió en su sonido suave rezongón y sollozante, y la carne golpeada y el golpeteo en la tierra; los sollozos se transformaron en un gimoteo como el de una camada de cachorros frente a un plato de comida.

Rose of Sharon lloraba quedamente de nerviosismo. La abuela se destapó las piernas que parecían palos grises y nudosos. Y la abuela gimió con el lamento lejano. Madre la volvió a tapar. Entonces la abuela suspiró profundamente y su respiración se hizo regular y tranquila, y sus párpados cerrados dejaron de agitarse. Cayó en un sueño hondo, roncando a través de la boca medio abierta. El lamento se fue haciendo cada vez más suave hasta que no fue posible percibirlo.

Rose of Sharon miró a Madre con ojos inexpresivos por las lágrimas.

—Le ha hecho bien —dijo Rose of Sharon—. A la abuela le ha hecho bien. Está dormida.

Madre mantuvo la cabeza baja, avergonzada.

—Quizá me haya portado mal con esa gente. La abuela se ha dormido.

—¿Por qué no le preguntas a nuestro predicador si has pecado? —sugirió la muchacha.

—Lo haré . . . pero es un hombre extraño. Tal vez haya sido él el que me hizo decirles a esa gente que no podían venir. Ese predicador está llegando a la conclusión de que lo que la gente hace, está bien hecho —Madre se contempló las manos y luego dijo—: Rosasharn, tenemos que dormir. Si vamos a salir esta noche, necesitamos dormir —se estiró en el suelo, al lado del colchón.

—¿No abanico a la abuela? —preguntó Rose of Sharon.

—Ahora está dormida. Échate y descansa.

—¿Dónde estará Connie? —protestó la joven—. Hace un buen rato que no le veo.

—Sí —dijo Madre—. Duerme un poco.

—Madre, Connie va a estudiar por las noches para llegar a ser alguien.

—Sí, ya me lo has contado. Ahora descansa.

La muchacha se tumbó en el borde del colchón de la abuela.

—Connie tiene un plan nuevo. Está siempre pensando. Cuando sea un experto en electricidad pondrá su propia tienda, y entonces, adivina lo que vamos a tener.

—¿Qué?

—Hielo . . . todo el hielo que queramos. Tendremos una caja de hielo. Llena de cosas. Con hielo no se echa a perder nada.

—Connie no para de pensar —Madre rió entre dientes—. Ahora más vale que descanses.

Rose of Sharon cerró los ojos. Madre se dio la vuelta hasta quedar tumbada de espaldas y cruzó las manos debajo de la cabeza. Escuchó la respiración de la abuela y la de su hija. Movió una mano para quitarse una mosca de la frente. El campamento permanecía silencioso bajo el calor cegador, pero los sonidos de la hierba caliente, de grillos, el zumbido de las moscas, estaban próximos al silencio. Madre suspiró profundamente y después bostezó y cerró los ojos. Oyó en su duermevela pasos que se aproximaban, pero fue una voz de hombre la que la despertó con un sobresalto.

—¿Quién hay aquí?

Madre se sentó con presteza. Un hombre de rostro moreno se inclinó y miró en el interior. Llevaba botas, pantalones caqui y una camisa del mismo color con charreteras. Una funda de pistola colgaba del cinturón y en el lado izquierdo de la camisa había prendida una estrella plateada. Una gorra militar flexible descansaba sobre el cogote. Golpeó con la mano la lona y la tensa lona vibró como un tambor.

—¿Quién está aquí? —repitió.

—¿Qué es lo que desea usted? —preguntó Madre.

—¿Y usted qué cree? Quiero saber quién está aquí.

—Pues nosotras tres. Yo y la abuela y mi hija.

—¿Dónde están los hombres?

—Bajaron a lavarse. Estuvimos de viaje toda la noche.

—¿De dónde vienen?

—De cerca de Sallisaw, en Oklahoma.

—Bueno, pues aquí no se pueden quedar.

—Pensamos salir esta noche y cruzar el desierto.

—Más vale. Si mañana a esta hora siguen aquí los meto en la cárcel. No queremos que gente como ustedes se establezca por aquí.

El rostro de Madre se oscureció de cólera. Se puso lentamente en pie. Se inclinó y sacó de la caja de cacharros la sartén de hierro.

—Oiga usted —dijo—, tiene una chapa de hojalata y un revólver. En mi tierra, usted no levantaría la voz —fue avanzando hacia él con la sartén. Él aflojó el revólver en su funda—. Adelante —dijo Madre—. Asustando mujeres . . . Doy gracias de que los hombres no estén aquí. Lo dejarían hecho pedazos. En mi tierra uno tiene cuidado con lo que dice. El hombre dio dos pasos hacia atrás.

—Pues ahora no está usted en su tierra. Está en California y no queremos que se establezcan aquí, malditos okies.

Madre interrumpió su avance y mostró una expresión perpleja.

—¿Okies? —dijo quedamente—. Okies.

—¡Sí, okies! Si cuando venga mañana están aquí, los meteré presos —el hombre dio media vuelta, se dirigió a la siguiente tienda y golpeó en la lona con la mano.

—¿Quién hay aquí? —preguntó.

Madre entró en la tienda con calma. Dejó la sartén en la caja de los cacharros. Se sentó lentamente. Rose of Sharon la observó a hurtadillas. Y cuando vio el rostro en lucha de su madre, cerró los ojos y simuló estar dormida.

El sol fue descendiendo a lo largo de la tarde, pero el calor no pareció disminuir. Tom despertó bajo su sauce; tenía la boca seca y el cuerpo húmedo de sudor. Su cabeza parecía no haber descansado lo suficiente. Se puso en pie titubeante y se encaminó al agua. Se desprendió de sus ropas y entró vadeando la corriente. En cuanto estuvo rodeado de agua, su sed desapareció. Se acostó donde el agua era poco profunda y dejó su cuerpo flotar. Clavó los codos en la arena para que no lo arrastrara la corriente y contempló los dedos de sus pies, meneándose suavemente sobre la superficie.

Un niño pálido y flaco se arrastró como un animal por entre las cañas y se quitó la ropa. Se metió en el agua serpenteando como una rata almizclera y se impulsó igual que una rata almizclera, sólo que con los ojos y la nariz fuera del agua. De pronto vio la cabeza de Tom y a este que le observaba. Interrumpió su juego y se sentó.

Tom dijo:

—Hola.

—Hola.

—Jugabas a ser una rata almizclera, ¿no?

—Sí, a eso —se fue acercando poco a poco a la orilla; se movía como por casualidad, y entonces, salió de un salto, recogió su ropa con un movimiento del brazo y desapareció entre los sauces.

Tom se echó a reír silenciosamente. Y entonces oyó una voz estridente que gritaba su nombre.

—¡Tom, eh, Tom!

Se sentó dentro del agua y dio un silbido por entre los dientes, un silbido penetrante con un rizo al final. Los sauces temblaron y apareció Ruthie, mirándole.

—Madre te llama —dijo—. Quiere que vayas enseguida.

—De acuerdo —se puso en pie y se dirigió hacia la orilla; y Ruthie contempló con interés y asombro su cuerpo desnudo.

Tom, viendo la dirección en que miraban sus ojos, dijo:

—Vete corriendo. ¡Pero ya! —y Ruthie salió corriendo. Mientras se alejaba la oyó llamar a Winfield con excitación. Se puso las ardientes ropas sobre el cuerpo fresco y húmedo y subió con calma entre los sauces hacia la tienda.

Madre había encendido una fogata con ramitas secas de sauce y tenía una olla de agua puesta a calentar. Pareció aliviada al verle.

—¿Qué sucede, Madre? —preguntó él.

—Tenía miedo —contestó ella—. Vino un policía a decir que no podíamos quedarnos. Temía que hubiera hablado contigo, que le pegaras si se dirigía a ti.

Tom dijo:

—¿Para qué iba yo a pegarle a un policía?

—Bueno —sonrió Madre—, tenía muy malos modos; yo misma estuve a punto de pegarle . . .

Tom la agarró del brazo y la sacudió con fuerza, como a un pelele, mientras se reía. Se sentó en el suelo, riendo todavía.

—Por Dios, Madre. Yo te conocía como una persona apacible. ¿Qué es lo que te ha pasado?

La expresión de ella se tornó seria.

—No lo sé, Tom.

—Primero nos mantienes a raya con una barra de hierro y ahora intentas atizarle a un poli —él se rió por lo bajo y alargó una mano y palmeó con ternura los pies descalzos de su madre—. Menudo genio sacas —dijo.

—Tom.

—¿Sí?

Ella vaciló largamente.

—Tom, ese policía que vino . . . nos llamó . . . okies. Dijo: «No queremos que os quedéis aquí, malditos okies.»

Tom la observó con atención, con la mano descansando aún suavemente sobre el pie desnudo de ella.

—Uno nos habló de eso —dijo—, de cómo lo dicen. Madre, ¿dirías que soy un mal hombre? ¿Que debería estar encerrado?

—No —respondió ella—. Has sido juzgado . . . No. ¿Por qué me lo preguntas?

—Vaya, no sé, le habría atizado con gusto a ese poli.

Madre sonrió divertida.

—Quizá yo debería hacerte la misma pregunta, porque estuve a punto de pegarle con la sartén de hierro.

—Madre, ¿por qué dijo que no podíamos parar aquí?

—Sólo dijo que no quería que los okies se establecieran. Que nos iba a encerrar a todos si mañana seguíamos aquí.

—Pero no estamos acostumbrados a que ningún poli nos avasalle.

—Eso le dije —replicó Madre—. Me contestó que ahora no estamos en nuestra tierra. Estamos en California y ellos pueden hacer lo que quieran.

Tom dijo, incómodo:

—Madre, tengo que decirte una cosa. Noah . . . se ha ido río abajo. No quiere seguir.

Madre necesitó un momento para entenderlo.

—¿Por qué? —preguntó suavemente.

—No sé. Dijo que tenía que quedarse, que te lo dijera.

—¿Qué comerá? —preguntó ella.

—No lo sé. Dice que lo que pesque.

Madre estuvo callada un buen rato.

—La familia se está deshaciendo —dijo—. No sé, parece que ya no puedo pensar. Simplemente no puedo. Hay demasiadas cosas.

—No le pasará nada, Madre —dijo Tom sin convicción—. Es una persona curiosa.

Madre volvió sus ojos anonadados hacia el río.

—Parece que simplemente ya no puedo pensar.

Tom siguió la hilera de tiendas con la mirada y vio a Ruthie y Winfield de pie a la puerta de una tienda manteniendo una seria conversación con alguien que estaba dentro. Ruthie se retorcía la falda en las manos, mientras que Winfield hacía un agujero en el suelo con el pie. Tom les llamó: «¡Eh, Ruthie!» Ella levantó los ojos, le vio y corrió hacia él con Winfield en sus talones. Cuando llegó a su lado, Tom dijo:

—Tú ve a por tu padre y los otros. Están abajo, durmiendo en los sauces. Diles que vengan. Y tú, Winfield, di a los Wilson que vamos a marcharnos cuanto antes —los niños dieron media vuelta y salieron a la carrera.

—Madre, ¿cómo está ahora la abuela? —preguntó Tom.

—Hoy ha dormido. Quizá esté mejor. Aún está durmiendo.

—Eso es bueno. ¿Cuánta carne nos queda?

—No mucha. Un cuarto de cerdo.

—Bueno, habrá que llenar de agua ese otro barril. Tenemos que llevar agua —podían oír los agudos gritos de Ruthie llamando a los hombres, en los sauces.

Madre empujó palos de sauce dentro de la hoguera e hizo crepitar el fuego alrededor de la olla negra. Dijo:

—Ruego a Dios que alguna vez podamos descansar, que vayamos a parar a un lugar hermoso.

El sol descendió hacia las colinas abrasadas y melladas al oeste. La olla que había al fuego borboteó con furia. Madre entró en la tienda y salió con el delantal lleno de patatas, que dejó caer dentro del agua hirviendo.

—Ruego a Dios que podamos lavar algo de ropa. Nunca hemos ido tan sucios. Ni siquiera lavamos las patatas antes de cocerlas. ¿Por qué será? Parece que nos han quitado el ánimo.

Los hombres venían de los sauces en tropel, con los ojos llenos de sueño y los semblantes rojos e hinchados de dormir durante el día.

—¿Qué ocurre? —preguntó Padre.

—Nos vamos —respondió Tom—. Un poli ha dicho que hemos de irnos. Cuanto antes lo hagamos, antes llegaremos. Si salimos con tiempo, quizá podamos hacer lo que nos queda de un tirón. Nos faltan cerca de trescientas millas hasta nuestro destino.

Padre dijo:

—Pensé que íbamos a tomarnos un descanso.

—Pues no. Tenemos que irnos. Padre —dijo Tom—, Noah no viene. Se fue andando río abajo.

—¿Que no viene? ¿Qué diablos pasa con él? —y entonces se rectificó—. Es culpa mía —dijo tristemente—. Todo lo que le pasa a ese chico es culpa mía.

—No.

—No quiero hablar más de ello —dijo Padre—. No puedo . . . yo tengo la culpa.

—Bueno, tenemos que irnos —insistió Tom.

Wilson, que se acercaba, llegó a tiempo de oír las últimas palabras.

—Nosotros no podemos ir —dijo—. Sairy está exhausta. Necesita descansar. No va a sobrevivir al cruce del desierto.

Ante sus palabras quedaron silenciosos; luego Tom dijo:

—El policía dijo que si mañana estábamos aquí, nos encerraría.

Wilson meneó la cabeza. Sus ojos estaban vidriosos de preocupación y a través de su piel oscura se podía ver la palidez.

—Pues entonces tendrá que hacerlo. Sairy no puede seguir. Si nos encierran, pues a la cárcel. Ella necesita descansar y reponer fuerzas.

Padre dijo:

—Quizá sea mejor que esperemos y vayamos todos juntos.

—No —dijo Wilson—. Ustedes se han portado bien con nosotros; son muy amables, pero no pueden quedarse aquí. Deben seguir y encontrar empleos y trabajar. No permitiremos que se queden.

—Pero ustedes no tienen nada —se acaloró Padre.

—Tampoco lo teníamos cuando nos unimos a ustedes —Wilson sonrió—. Eso no es asunto suyo. No me hagan enfadar. Si no se van me voy a enfadar, y mucho.

Madre le hizo un gesto a Padre para que se acercara, a cubierto bajo la lona, y le habló en voz baja.

Wilson se volvió hacia Casy.

—Sairy querría que fuera usted a verla.

—Por supuesto —dijo el predicador. Caminó hasta la tienda de los Wilson, diminuta y gris, apartó la lona a los lados y entró. Dentro hacía calor y estaba oscuro. El colchón estaba en el suelo y había diversos utensilios esparcidos, tal y como habían quedado tras descargarlos por la mañana. Sairy yacía en el colchón, con los ojos bien abiertos y brillantes. Él la miró, con la gran cabeza inclinada y los marcados músculos del cuello tensos a los lados. Y se quitó el sombrero, que sostuvo en la mano.

Ella dijo:

—¿Les ha dicho mi marido que no podemos seguir?

—Eso es lo que dijo.

Prosiguió con voz hermosa y tenue:

—Yo querría que siguiéramos. Sabía que no habría llegado viva al otro lado, pero al menos él habría cruzado. Pero no quiere. No se da cuenta. Cree que me voy a poner bien. No se da cuenta.

—Dice que no se va.

—Ya lo sé —dijo ella—. Y es obstinado. Le pedí que viniera para que rezara una oración.

—No soy predicador —dijo él suavemente—. Mis oraciones no sirven para nada.

Ella se humedeció los labios.

—Yo estaba presente cuando murió el anciano. Entonces dijo usted una plegaria.

—No fue una plegaria.

—Sí que lo fue —replicó ella.

—No fue una oración de predicador.

—Pero fue una buena oración. Me gustaría que dijese una por mí.

—No sé qué decir.

Ella cerró los ojos un minuto y luego los volvió a abrir.

—Entonces diga una para sí mismo. No diga las palabras. Con eso bastaría.

—Yo no tengo Dios —dijo él.

—Usted tiene un Dios. Da lo mismo que no sepa usted qué aspecto tiene —el predicador agachó la cabeza. Ella le contempló con aprensión. Cuando alzó la cabeza de nuevo ella respiró aliviada—. Muy bien —dijo—. Es lo que necesitaba. Alguien que se sintiera tan cerca de mí como . . . para rezar.

Él agitó la cabeza como para despertar.

—No lo entiendo —dijo.

—Sí, sí que lo sabe, ¿no es verdad? —replicó ella.

—Lo sé, lo sé, pero no lo entiendo. Quizá puedan seguir después de unos días de descanso.

Ella negó lentamente con la cabeza.

—No soy más que un dolor cubierto de piel. Yo sé lo que es, pero no se lo voy a decir a él. Se apenaría demasiado. De todas formas, no sabría qué hacer. Tal vez por la noche, mientras duerma . . . cuando despierte, no será tan duro para él.

—¿Quiere que me quede con ustedes y no siga?

—No —dijo ella—. No. Cuando era pequeña solía cantar. Los vecinos solían decir que cantaba tan bien como Jenny Lind. Venían a oírme cuando cantaba. Y, cuando venían, y yo cantaba, nos sentíamos más juntos de lo que usted pueda imaginar. Yo estaba agradecida. No hay mucha gente que se pueda sentir tan llena, tan cercana, como aquellos allí de pie y yo cantando. Alguna vez pensé en cantar en teatros, pero nunca lo hice. Y me alegro. No habría habido ningún lazo entre ellos y yo. Y . . . por eso le pedí que rezara. Quería sentirme cerca de alguien, una vez más. Cantar y rezar es lo mismo, exactamente lo mismo. Me gustaría que me hubiera oído usted cantar.

Él la miró a los ojos.

—Adiós —dijo.

Ella movió la cabeza despacio a un lado y a otro y cerró con fuerza los labios. Y el predicador salió de la penumbra de la tienda y a la luz deslumbrante.

Los hombres estaban cargando el camión, el tío John arriba y los demás pasándole los bultos. Él colocaba todo con cuidado, manteniendo la superficie nivelada. Madre pasó el cuarto de carne salada de un barril a una fuente, y Tom y Al llevaron ambos barrilitos al río y los lavaron. Los ataron a los estribos y acarrearon cubos de agua para llenarlos. Luego los taparon con lonas para que el agua no se derramara. Sólo quedaban por cargar la lona de la tienda y el colchón de la abuela.

Tom dijo:

—Con la carga que llevamos, este cacharro va a hervir como loco. Tenemos que llevar agua en abundancia.

Madre pasó las patatas cocidas y sacó el medio saco de la tienda y lo puso con la bandeja de carne. La familia comió de pie, moviendo los pies y bailando las patatas calientes entre las manos hasta enfriarlas.

Madre se llegó a la tienda de los Wilson, estuvo dentro diez minutos y después salió silenciosamente.

—Es hora de marchar —dijo.

Los hombres entraron en la tienda. La abuela seguía durmiendo con la boca abierta. Levantaron con cuidado el colchón entero y lo subieron al camión. La abuela recogió sus delgadas piernas y frunció el ceño dormida, pero no despertó.

El tío John y Padre ataron la lona sobre la viga, haciendo una pequeña tienda encima de la carga. La amarraron a los listones laterales.

Entonces estuvieron listos. Padre sacó su monedero y extrajo dos arrugados billetes. Se acercó a Wilson y se los ofreció.

—Nos gustaría que aceptara esto y aquello otro —dijo, señalando la carne y las patatas. Wilson bajó la cabeza y negó con decisión.

—No lo voy a coger —dijo—. A ustedes no les queda mucho.

—Suficiente para llegar —replicó Padre—. No lo hemos dejado todo. Encontraremos trabajo de inmediato.

—No voy a aceptarlo —dijo Wilson—. Me enfadaré si lo intentan.

Madre cogió los dos billetes de la mano de su marido. Los dobló pulcramente, los dejó en el suelo y puso encima la bandeja de carne.

—Ahí se van a quedar —dijo—. Si no lo coge usted, algún otro lo hará —Wilson, todavía con la cabeza gacha, dio media vuelta y se fue a su tienda; entró y la lona cayó detrás de él.

La familia esperó unos minutos, y luego:

—Tenemos que irnos —decidió Tom—. Seguro que ya son cerca de las cuatro.

Fueron trepando al camión, Madre arriba, junto a la abuela, Tom, Al y Padre en el asiento y Winfield en las rodillas de Padre. Connie y Rose of Sharon se hicieron un nido contra la cabina. El predicador y el tío John y Ruthie se acomodaron entre el laberinto de la carga.

Padre llamó:

—¡Adiós, señores Wilson! —no hubo respuesta de la tienda. Tom encendió el motor y el camión comenzó a alejarse pesadamente. Mientras reptaban por la dura carretera hacia Needles y la carretera principal, Madre miró atrás. Wilson estaba delante de la tienda, mirándoles con fijeza y con el sombrero en la mano. El sol caía sobre su rostro. Madre le saludó con la mano, pero él no respondió.

Tom llevó el camión en segunda por la carretera tan mala, para proteger las ballestas. Al llegar a Needles paró en una estación de servicio, comprobó el aire de las gastadas ruedas y los neumáticos de repuesto atados en la trasera. Hizo que le llenaran el depósito de gasolina y compró dos latas de cinco galones de gasolina y una de dos galones de aceite. Llenó el radiador, pidió un mapa y lo estudió.

El chico de la estación de servicio, de uniforme blanco, pareció inquieto hasta que pagaron lo que debían. Dijo:

—Ustedes sí que tienen valor.

Tom levantó la vista del mapa.

—¿Qué quieres decir?

—Vaya, atreverse a cruzar en semejante cafetera.

—¿Tú has atravesado el desierto alguna vez?

—Claro, muchas veces, pero nunca en una ruina como esta.

Tom dijo:

—Si tenemos avería, quizá alguien nos eche una mano.

—Bueno, a lo mejor. Pero la gente tiene miedo de parar por la noche. A mí no me gustaría nada. Hace falta más valor del que yo tengo.

Tom hizo una mueca.

—No se necesita valor para hacer una cosa cuando es lo único que puedes hacer. Bueno, gracias. Seguimos adelante —subió al camión y se alejó.

El chico de blanco entró en el edificio de hierro donde su ayudante se afanaba sobre un fajo de billetes.

—¡Dios! Esa pandilla tenía pinta de ser bien dura.

—¿Esos okies? Todos tienen ese aspecto.

—No me gustaría nada tener que viajar en un cacharro como ese.

—Bueno, tú y yo somos sensatos. Esos condenados okies no tienen sensatez ni sentimiento. No son humanos. Un ser humano no podría vivir como viven ellos. Un ser humano no resistiría tanta suciedad y miseria. No son mucho mejores que gorilas.

—Pues yo sigo alegrándome de no tener que atravesar el desierto en un Hudson super seis. Hace el mismo ruido que una trilladora.

El otro muchacho miró su fajo de billetes. Y un goterón de sudor rodó por su dedo y cayó en los billetes rosados.

—Mira, no tienen gran problema. Son tan estúpidos que no saben que es peligroso. Y, Dios Todopoderoso, no han conocido nada mejor de lo que tienen. ¿Para qué te vas a preocupar?

—No me preocupa. Sólo pensé que si estuviera en su lugar, no me gustaría nada.

—Eso es porque tú has conocido algo mejor. Ellos no —y secó con la manga el sudor que había caído en el billete rosa.

El camión cogió la carretera y subió la larga colina, a través de roca quebrada y podrida. El motor hirvió al poco rato y Tom disminuyó la velocidad y condujo con calma. Cuesta arriba, serpenteando y retorciéndose en medio de una tierra muerta, quemada, blanca y gris, en la que no había ni el más ligero rastro de vida. En una ocasión Tom se detuvo durante unos minutos para que el motor se enfriara, y luego continuó. Coronaron el paso mientras el sol aún estaba alto y contemplaron el desierto al pie . . . montañas de ceniza negra en la lejanía y el amarillo sol reflejándose en el desierto gris. Los arbustos pequeños y raquíticos, salvia y tomillo, proyectaban sombras osadas sobre la arena y pedazos de roca. El deslumbrante sol estaba enfrente. Tom hizo una visera con la mano para poder ver. Pasaron la cima y bajaron en punto muerto para que el motor se enfriara. Se deslizaron por la larga cuesta hasta llegar al suelo del desierto y el ventilador giró para enfriar el agua del radiador. En el asiento del conductor, Tom, Al, Padre, y Winfield en sus rodillas, contemplaron el luminoso sol poniente, con ojos pétreos, y los semblantes morenos estaban húmedos de transpiración. La tierra abrasada y las colinas negras y cenicientas interrumpían la distancia uniforme, haciéndola parecer terrible a la luz rojiza del sol que se ocultaba.

Al exclamó:

—¡Dios, menudo sitio! ¿Y si tuvieras que cruzarlo a pie?

—Hay gente que lo ha hecho —replicó Tom—. Mucha gente lo ha hecho; y si ellos pudieron, nosotros también.

—Han debido morir muchos —dijo Al.

—Bueno, nosotros no hemos salido precisamente indemnes.

Al permaneció en silencio un rato y el desierto iba enrojeciendo mientras avanzaban.

—¿Crees que volveremos a ver a los Wilson? —preguntó Al.

Tom bajó los ojos y miró el indicador del aceite.

—Tengo la corazonada de que dentro de nada a la señora Wilson no la va a volver a ver nadie. Es sólo una corazonada que tengo.

Winfield dijo:

—Padre, quiero salir.

Tom dirigió la vista hacia él.

—Es un buen momento para que salgan todos antes de que nos acomodemos para viajar toda la noche —fue frenando hasta detener el camión. Winfield salió a toda prisa y orinó al borde de la carretera. Tom se asomó—. ¿Alguien más?

—Aquí arriba aguantamos bien —gritó el tío John.

Padre dijo:

—Winfield, súbete a la carga. Se me duermen las piernas si te llevo encima.

El chiquillo se abrochó el mono y trepó obedientemente por la parte trasera, pasó a cuatro patas por el colchón de la abuela y avanzó hacia Ruthie.

El camión siguió adelante en el atardecer, y el filo del sol hirió el árido horizonte y tiñó de rojo el desierto.

—No te han dejado ir delante, ¿eh? —dijo Ruthie.

—No he querido. No se está tan bien como aquí. No podía tumbarme.

—Bueno, pues no me molestes, chillando y hablando —dijo Ruthie—, porque yo pienso dormirme, y cuando despierte, habremos llegado. ¡Porque lo ha dicho Tom! Va a resultar extraño ver una tierra bonita.

El sol desapareció y dejó un gran halo en el cielo. Bajo la lona la oscuridad creció, una larga cueva con luz en ambos extremos . . . un triángulo plano de luz. Connie y Rose of Sharon iban apoyados contra la cabina y el aire caliente que rodaba por la tienda les golpeaba en la nuca, y la lona encerada se agitaba y tamborileaba encima de ellos. Hablaban juntos en tonos bajos, afinados con la lona tamborileante de manera que nadie pudiera oírles. Cuando Connie hablaba, torcía la cabeza para hablarle al oído, y ella hacía lo mismo. Rose of Sharon dijo:

—Parece que no vamos a hacer en la vida otra cosa que movernos. Estoy tan cansada . . .

Él volvió la cabeza hacia su oído.

—Tal vez por la mañana. ¿Te gustaría que estuviéramos solos ahora? —en la penumbra, su mano se separó y le acarició la cadera.

Ella dijo:

—No hagas eso. Me volverás loca. No lo hagas —y volvió la cabeza para oír su respuesta.

—Tal vez . . . cuando todos estén dormidos.

—Quizá —dijo ella—. Pero espera a que se duerman. Me vas a poner loca y a lo mejor ni siquiera se duermen.

—Apenas puedo contenerme —dijo Connie.

—Ya lo sé. Tampoco yo. Hablemos de cuando lleguemos; y apártate antes de que me vuelva loca.

Él se apartó un poco.

—Bien. Empezaré a estudiar por las noches inmediatamente —dijo. Ella suspiró profundamente—. Voy a comprar uno de los libros donde lo anuncian y a mandar el cupón de inmediato.

—¿Cuánto tiempo crees que será necesario? —preguntó ella.

—¿Necesario para qué?

—Para que empieces a ganar mucho dinero y podamos tener hielo.

—No te sabría decir —dijo él, dándose importancia—. Realmente no sabría decirte. Seguro que antes de Navidad ya he estudiado un montón.

—En cuanto hayas estudiado todo, supongo que podremos comprar hielo y otras cosas.

Él rió entre dientes.

—Es este calor —dijo—. ¿Para qué quieres hielo en Navidad?

Ella soltó unas risitas.

—Es verdad. Pero yo quiero tener hielo en cualquier época. Estáte quieto. ¡Me volverás loca!

El crepúsculo se transformó en oscuridad y las estrellas del desierto aparecieron en el cielo suave, estrellas penetrantes y luminosas, con pocos puntos y rayos, en un cielo aterciopelado. Y el calor cambió. Mientras el sol estuvo fuera, fue un calor que golpeaba y azotaba, pero ahora el calor surgía de debajo, de la tierra misma, y era denso y asfixiante. Los faros del camión se encendieron, e iluminaron una pequeña mancha en la carretera y una franja de desierto a cada lado. Algunas veces unos ojos relucían en las luces, delante y a lo lejos, pero ningún animal se dejó ver a las luces. Bajo la lona la oscuridad era ya intensa. El tío John y el predicador estaban encogidos en el centro del camión, con los codos apoyados y mirando por el triángulo trasero. Podían ver los dos bultos que eran Madre y la abuela recortados contra el exterior. Podían ver a Madre moviéndose de vez en cuando y el movimiento de su brazo era visible perfilado ante el exterior.

El tío John hablaba con el predicador.

—Casy —dijo—, usted debería saber qué hacer.

—¿Qué hacer con respecto a qué?

—No lo sé —respondió el tío John.

—Bueno, eso me facilita mucho las cosas —dijo Casy.

—Pero usted ha sido predicador.

—Mire, John, todo el mundo se ríe de mí porque he sido predicador. Un predicador no es más que un hombre.

—Sí, pero . . . es . . . de una clase de hombres, o si no, no sería un predicador. Quiero preguntarle . . . bueno, ¿usted cree que alguien puede traer mala suerte?

—No lo sé —contestó Casy—. No lo sé.

—Es que mire . . . yo estuve casado con una buena chica. Una noche le dio un dolor en el estómago. Y dijo: «Es mejor que me traigas un médico.» Y yo le contesté: «Qué dices, es que has comido demasiado» —el tío John puso una mano en la rodilla de Casy y le miró en la oscuridad—. Me miró de una manera . . . Estuvo gimiendo toda la noche y murió a la tarde siguiente —el predicador musitó algo—. Entiende —continuó John—, yo la maté. Desde entonces intento compensarlo, con los niños más que nada. Y he intentado portarme bien, pero no puedo. Me emborracho y me descontrolo.

—Todo el mundo se descontrola —dijo Casy—. Yo también lo hago.

—Sí, pero usted no lleva un pecado en su alma como yo.

Casy replicó afablemente:

—Claro que llevo pecados. Todo el mundo los lleva. Un pecado es algo de lo que no estás seguro. Esas personas que están seguras de todo y no tienen ningún pecado . . . vaya, con esos hijos de puta, si yo fuera Dios los echaba del cielo de una patada en el culo. No los aguantaría.

El tío John dijo:

—Tengo el presentimiento de que estoy trayendo mala suerte a mi propia familia. Tengo el presentimiento que debería largarme y dejarlos tranquilos. No estoy cómodo en esta situación.

Casy dijo rápidamente:

—Yo sé que un hombre debe hacer lo que tenga que hacer. Yo no le puedo responder, no puedo. No creo que haya buena suerte o mala suerte. De lo único que estoy seguro en este mundo es de que nadie tiene derecho a inmiscuirse en la vida de otro. Cada uno tiene que decidir por sí mismo. Se le puede ayudar, quizá, pero no decirle lo que debe hacer.

—Entonces, ¿no lo sabe? —preguntó el tío John decepcionado.

—No lo sé.

—¿Cree que fue un pecado dejar morir de aquella forma a mi mujer?

—Bueno —consideró Casy—, para los demás fue un error, pero si usted piensa que fue un pecado . . . entonces es un pecado. Cada uno levanta sus propios pecados desde la misma tierra.

—He de pensar despacio en eso —replicó el tío John, y rodó para ponerse de espaldas con las rodillas encogidas.

El camión siguió avanzando sobre la tierra caliente y las horas pasaron. Ruthie y Winfield se durmieron. Connie desató una manta de la carpa y él y Rose of Sharon se taparon con ella, y lucharon juntos en el calor conteniendo el aliento. Después de un rato Connie apartó la manta y sintieron el cálido viento que corría por el túnel formado por la lona, como un aire fresco sobre sus cuerpos húmedos.

Al fondo del camión, Madre yacía en el colchón al lado de la abuela, y no podía ver con los ojos, pero sentía la pugna del cuerpo y del corazón; y la respiración sollozante pegada a su oído. Y Madre repetía una y otra vez: Tranquila. Te pondrás bien. Y decía con voz ronca: Sabes que es necesario . . . La familia tiene que cruzar el desierto. Lo sabes.

El tío John preguntó:

—¿Estás bien?

Ella tardó un poco en contestar.

—Sí. He debido quedarme dormida —un poco después la abuela se quedó inmóvil y Madre permaneció tumbada, rígida, junto a ella.

Las horas nocturnas fueron pasando, con la oscuridad pegada al camión. A veces algún coche que iba hacia el oeste les adelantaba; y otras veces se cruzaban con camiones que venían del oeste y se alejaban rugiendo en dirección contraria. Las estrellas fluían como una lenta cascada sobre el horizonte, por el oeste. Era cerca de medianoche cuando se aproximaron a Dagget, donde estaba la estación de inspección. La carretera estaba anegada de luz y un letrero iluminado decía: DETÉNGASE A LA DERECHA. Los oficiales ganduleaban en la oficina, pero salieron y esperaron bajo el largo cobertizo cubierto cuando Tom paró allí. Un oficial anotó la matrícula y levantó el capó.

—¿Qué es eso? —preguntó Tom.

—Inspección agrícola. Tenemos que registrar el equipaje. ¿Llevan verduras o semillas?

—No —respondió Tom.

—Bueno, hay que registrar el equipaje. Tienen que descargar.

Entonces Madre bajó pesadamente del camión. Tenía el rostro hinchado y una expresión de dureza en los ojos.

—Oiga, tenemos una anciana enferma. Hay que llevarla al médico. No podemos esperar —pareció luchar contra la histeria—. No pueden hacernos esperar.

—Ah ¿sí? Pues hay que hacer el registro.

—Le juro que no llevamos nada —gritó Madre—. Se lo juro. Y la abuela está muy enferma.

—Usted tampoco tiene muy buen aspecto —dijo el oficial.

Madre se encaramó por la trasera del camión, alzándose con una fuerza tremenda.

—Mire —dijo.

El oficial enfocó la luz de la linterna en el viejo rostro consumido.

—Sí que está enferma —dijo—. ¿Jura que no llevan semillas, fruta, verduras, maíz ni naranjas?

—No, no. ¡Se lo juro!

—Entonces continúen. Pueden encontrar un médico en Barstow. Está sólo a ocho millas. Sigan adelante.

Tom montó y siguió conduciendo.

El oficial se volvió a su compañero.

—No podía retenerlos.

—Quizá se hayan tirado un farol —dijo el otro.

—De eso nada. Deberías haber visto la cara de esa anciana. Aquello no era ningún farol.

Tom aceleró hasta Barstow y una vez en el pueblo, se detuvo, bajó y fue hacia la parte trasera del camión. Madre se asomó.

—No pasa nada —dijo ella—. No quería parar allí por si no podíamos cruzar.

—Ya. Pero, ¿cómo está la abuela?

—Está bien . . . bien. Sigue adelante. Tenemos que acabar de cruzar —Tom meneó la cabeza y regresó a la cabina.

—Al —dijo—, voy a llenarlo y después conduces tú un rato —llevó el camión hasta una gasolinera abierta toda la noche y llenó el depósito y el radiador y también el hueco de la manivela. Entonces Al se sentó al volante y Tom en la ventana, con Padre en el centro. Se alejaron en la oscuridad y dejaron atrás las pequeñas colinas cercanas a Barstow.

Tom comentó:

—No sé qué le pasa a Madre. Está tan desasosegada como un perro con una pulga en la oreja. Tampoco habrían tardado tanto en echarle un vistazo al equipaje. Primero dice que la abuela está enferma y ahora que está bien. No la entiendo. No está bien. ¿Se le habrá ablandado el cerebro en el viaje?

Padre dijo:

—Madre está casi igual que cuando era joven. Era una chica de lo más indómito. No le tenía miedo a nada. Pensé que los hijos y el trabajo la domarían, pero parece que no ha sido así. ¡Dios! Te aseguro que cuando agarró aquella barra de hierro, no me habría gustado ser el que se la tuviera que quitar.

—No sé qué mosca le ha picado —insistió Tom—. Quizá sólo esté extenuada.

Al intervino:

—No me voy a poner a llorar y a gimotear para llegar al otro lado. Llevo este maldito coche sobre la conciencia.

—Bueno, hiciste bien eligiéndolo —dijo Tom—. Apenas nos ha dado ningún problema.

Avanzaron toda la noche en medio de la cálida oscuridad, y las liebres se escabullían entre las luces y se alejaron a toda prisa con brincos largos. La aurora surgió por detrás de ellos cuando tenían delante las luces de Mojave. Y la aurora mostró las altas montañas al oeste. En Mojave pusieron agua y aceite, y luego penetraron con esfuerzo en las montañas y el alba lo inundaba todo a su alrededor.

Tom exclamó:

—¡Dios, hemos cruzado el desierto! ¡Padre, Al, por el amor de Dios! El desierto ha quedado atrás.

—Me da igual. Estoy demasiado cansado —dijo Al.

—¿Quieres que conduzca yo?

—No, espera un rato más.

Pasaron por Techachapi a la luz viva de la mañana y el sol subió a sus espaldas, y luego . . . de pronto, vieron el gran valle a sus pies. Al pisó el freno y se detuvo en mitad de la carretera y —¡Cielo santo! ¡Mirad! — exclamó—. Los viñedos, las huertas, el extenso valle llano, verde y hermoso, los árboles dispuestos en hileras y las casas de las granjas.

—¡Dios Todopoderoso! —dijo Padre. Las ciudades distantes, los pueblos en la tierra de las huertas y el sol matutino, dorado sobre el valle. Tras ellos pitó un coche. Al llevó el camión hasta un lado de la carretera y aparcó—. Quiero contemplarlo —los campos de trigo, dorados en la mañana, y las filas de sauces, las hileras de eucaliptos.

Padre suspiró:

—Nunca imaginé que hubiera nada parecido —los melocotoneros y las nogueras y los parches verde oscuro de la naranja. Y entre los árboles, tejados rojos, y graneros . . . graneros ricos. Al se apeó y estiró las piernas. Llamó:

—Madre, ven a ver. Hemos llegado.

Ruthie y Winfield salieron deprisa del coche y luego se quedaron parados, en silencio y anonadados, avergonzados ante el gran valle. La distancia se adelgazaba en la calina y la tierra adquiría suavidad con la distancia. Un molino relució bajo el sol y sus aspas giratorias eran como un pequeño heliógrafo, a lo lejos. Ruthie y Winfield lo miraron y aquélla musitó:

—Es California.

Winfield movía los labios silenciosamente formando las sílabas.

—Hay fruta —dijo en voz alta.

Casy y el tío John, Connie y Rose of Sharon fueron bajando y quedándose callados. Rose of Sharon había empezado a cepillarse el pelo cuando su vista cayó sobre el valle, y su mano descendió lentamente hasta quedar colgando junto a su costado.

Tom dijo:

—¿Dónde está Madre? Quiero que vea esto. ¡Mira, Madre! Ven aquí —Madre bajaba despacio, con rigidez, por la tabla trasera. Tom se quedó mirándola—. Por Dios, Madre ¿estás enferma? —ella tenía el rostro tenso y gris como la masilla y sus ojos parecían haberse hundido más en la cabeza, y los bordes estaban rojos de cansancio. Sus pies tocaron el suelo y se sujetó agarrándose al costado del camión.

Su voz sonó como un graznido.

—¿Dices que lo hemos atravesado?

Tom señaló al gran valle.

—¡Mira!

Ella movió la cabeza hacia donde él indicaba y su boca se abrió ligeramente. Sus dedos volaron hacia su cuello y agarraron un pellizco de piel y lo retorcieron con suavidad.

—¡Gracias a Dios! —exclamó—. La familia está aquí —le fallaron las rodillas y se sentó en el estribo.

—¿Estás enferma, Madre?

—No, cansada solamente.

—¿No dormiste nada?

—No.

—¿Estaba mal la abuela?

Madre se contempló las manos, abandonadas juntas en el regazo como amantes cansados.

—Ojalá pudiera esperar y no tuviera que decíroslo. Ojalá todo pudiera ser . . . hermoso, la felicidad pudiera ser completa.

Padre dijo:

—Entonces es que la abuela está mal.

Madre levantó la vista y contempló el valle.

—La abuela está muerta.

Todos la miraron, y Padre preguntó:

—¿Cuándo?

—Antes de que nos hicieran parar anoche.

—Así que por eso no querías que registraran.

—Temía que no pudiéramos llegar al otro lado —dijo ella—. Le dije a la abuela que no podíamos hacer nada por ella, que la familia tenía que atravesar el desierto. Se lo dije, se lo dije cuando se moría. No podíamos detenernos en el desierto. Estaban los pequeños . . . y el hijo de Rosasharn. Se lo dije —se tapó la cara con las manos un momento—. Podemos enterrarla en algún sitio hermoso y verde —dijo Madre quedamente—. Un lugar bonito con árboles alrededor. Tiene que descansar en California.

La familia miró a Madre, un poco asustados de su fuerza.

Tom dijo:

—¡Cielo santo! Y tú allí tumbada con ella toda la noche.

—La familia tenía que cruzar el desierto —dijo Madre, sobrecogida por la pena.

Tom se aproximó y fue a ponerle una mano en el hombro.

—No me toques —pidió ella—. Resistiré si no me tocas. Eso podría conmigo.

Padre dijo:

—Ahora hemos de continuar. Hay que seguir hasta abajo.

Madre levantó los ojos hacia él.

—¿Puedo sentarme delante? No quiero volver ahí detrás . . . estoy cansada. Estoy terriblemente cansada.

Volvieron a trepar a la carga evitando la larga figura rígida cubierta y arropada con un edredón, la cabeza tapada también. Se fueron a sus sitios intentando mantener los ojos alejados de allí, del pequeño bulto marcado en el edredón que debía ser la nariz, y de la loma empinada en que sobresalía la barbilla. Intentaron mantener la vista apartada, pero no podían. Ruthie y Winfield, amontonados en uno de los rincones delanteros tan lejos del cuerpo como podían, miraban fijo la figura amortajada.

Y Ruthie murmuró:

—Esa es la abuela y está muerta.

Winfield asintió solemnemente.

—No respira en absoluto. Está muerta del todo.

Y Rose of Sharon le dijo a Connie en voz baja:

—Se estaba muriendo justo cuando nosotros . . .

—¿Y cómo íbamos a saberlo? —la tranquilizó él.

Al se encaramó encima de la carga para dejar sitio a Madre en el asiento. Y titubeó un poco porque se sentía triste. Se dejó caer pesadamente junto a Casy y el tío John.

—Bueno, era ya vieja. Supongo que le llegó la hora —dijo Al—. Todo el mundo tiene que morir.

Casy y el tío John le miraron con ojos inexpresivos, como si fuera un curioso arbusto parlante.

—¿No es verdad? —exigió Al.

Y los ojos se apartaron de él, dejándole hosco y estremecido.

Casy dijo con asombro:

—La noche entera y ella estaba sola —y continuó—: John, esa mujer está tan llena de amor . . . que me asusta. Me asusta y me hace sentirme vil.

—¿Fue un pecado? —preguntó John—. ¿Hay alguna parte de todo ello que pudiera considerar un pecado?

Casy se volvió hacia él estupefacto.

—¿Un pecado? No, ninguna parte fue pecado.

—Yo nunca he hecho nada que no tuviera alguna parte de pecado —dijo John, y miró el largo cuerpo envuelto.

Tom y sus padres subieron al asiento delantero. Tom dejó rodar el camión y empezó en compresión. Y el pesado camión se movió colina abajo, a sacudidas, bufando y haciendo sonar pequeñas detonaciones. Tenían el sol a la espalda y enfrente el valle dorado y verde. Madre movió la cabeza lentamente a un lado y a otro.

—Es hermoso —dijo—. Ojalá lo hubieran podido ver.

—Ojalá —dijo Padre.

Tom palmeó con la mano el volante.

—Eran demasiado viejos —dijo—. No habrían visto lo que hay. El abuelo habría visto indios y la tierra de las praderas de cuando era joven. Y la abuela habría recordado y visto la primera casa en la que vivió. Eran demasiado viejos. Los que de verdad lo están viendo son Ruthie y Winfield.

Padre dijo:

—Aquí está Tommy hablando como un hombre adulto, casi como un predicador.

—Es cierto —y Madre sonrió con tristeza—. Tommy ha crecido tanto, está tan alto que a veces no acierto a entenderle.

Descendían rápidamente por la montaña, por un camino que serpenteaba lleno de curvas, perdiendo de vista el valle y volviéndolo a encontrar luego. Y el aliento cálido del valle subió hasta ellos, con aromas verdes y cálidos, con olor a salvia resinosa. El cri-cri de los grillos les acompañaba a lo largo de la carretera. Una serpiente de cascabel salió reptando y Tom la atropelló, la quebró y la dejó retorciéndose.

Tom dijo:

—Creo que tenemos que ir al forense, esté donde esté. Tenemos que darle un entierro decente. ¿Cuánto dinero queda, Padre?

—Unos cuarenta dólares —respondió Padre.

Tom rompió a reír.

—¡Dios, vamos a empezar como llegamos al mundo! No se puede decir que hayamos traído mucho con nosotros —rió entre dientes un momento y luego su rostro se volvió serio con rapidez. Se bajó la visera de la gorra sobre los ojos. Y el camión rodó montaña abajo hacia el gran valle.

Capítulo 19

HUBO un tiempo en que California perteneció a Méjico y su tierra a los mejicanos; y una horda de americanos harapientos la invadieron. Y su hambre de tierra era tanta, que se la apropiaron: se robaron la tierra de Sutter, la de Guerrero, se quedaron las concesiones y las dividieron y rugieron y se pelearon por ellas aquellos hambrientos frenéticos; y protegieron con rifles la tierra que habían robado. Levantaron casas y graneros, araron la tierra y sembraron cosechas. Estos actos significaban la posesión y posesión equivalía a propiedad. Los mejicanos estaban débiles y hartos. No pudieron resistir, porque no tenían en el mundo ningún deseo tan salvaje como el que los americanos tenían de tierra. Luego, con el tiempo, los invasores dejaron de ser tales para convertirse en propietarios; y sus hijos crecieron y tuvieron sus hijos en esa tierra.

Y el hambre, aquella hambre salvaje, que les corroía y les desgarraba, el hambre de tierra, de agua y campo y buen cielo cubriendo todo, acabó por dejarles, hambre de hierba verde en continuo empuje hacia arriba, de raíces engrosadas. Poseían estas cosas tan completamente, que ya no pensaban en ellas. Ya no tenían ese deseo vehemente, que les desgarraba el estómago, de tener un acre fértil y una reja brillante para ararlo, simiente y un molino agitando sus aspas en el aire. Ya no se levantaban en la oscuridad para oír el primer piar de los pajarillos adormilados, y el viento de la mañana alrededor de la casa, a la espera de la llegada de la primera luz que cayera sobre los preciosos acres. Estas cosas se perdieron, las cosechas se calcularon en dólares y la tierra se valoraba en capital más interés, las cosechas eran compradas y vendidas antes de estar plantadas. Entonces, la pérdida de la cosecha, la sequía y la inundación dejaron de ser pequeñas muertes en vida y se convirtieron sencillamente en pérdidas monetarias. El dinero fue mermando el amor de aquellas gentes y su carácter indómito se disolvió gota a gota en los intereses hasta que de ser granjeros pasaron a ser pequeños tenderos de cosechas, pequeños fabricantes que debían vender antes de hacer. Entonces los agricultores que no eran buenos comerciantes perdieron su tierra, que fue a parar a manos de comerciantes competentes. Por más inteligente que fuera un hombre, por más ternura que sintiera por la tierra y los cultivos, si además no era buen comerciante no podía sobrevivir. Y conforme pasó el tiempo, los hombres de negocios se fueron quedando las fincas y éstas se hicieron más extensas, pero al propio tiempo hubo un menor número de ellas.

La explotación de una finca pasó a ser industrial y los propietarios imitaron a Roma, aunque sin ser conscientes. Importaron esclavos, aunque no les dieron ese nombre: chinos, japoneses, mejicanos, filipinos. Se alimentan de arroz y judías, dijeron los hombres de negocios. No necesitan demasiado. No sabrían qué hacer cobrando buenos salarios. Si no hay más que ver cómo viven, lo que comen. Y si empiezan a espabilar, se les deporta.

Las fincas se hicieron cada vez más extensas y el número de propietarios disminuyó. Y los granjeros eran tan pocos que daba lástima. Y los siervos de importación fueron golpeados, amedrentados y muertos de hambre hasta que algunos regresaron a sus lugares de origen y otros se volvieron feroces y les mataron o les expulsaron de la región. Las fincas siguieron extendiéndose y los propietarios fueron cada vez menos.

Los cultivos cambiaron. Los árboles frutales ocuparon el lugar de los campos de gramíneas y el cultivo de verduras y hortalizas que habían de alimentar al mundo proliferó en las vaguadas: lechuga, coliflor, alcachofas, patatas . . . cultivos para encorvarse. Un hombre puede estar derecho manejando una guadaña, un arado o una horca: pero debe arrastrarse como un insecto entre las hileras de lechugas, debe doblar la espalda y arrastrar el saco largo entre las hileras de algodón, debe arrodillarse como un penitente en un bancal de coliflores.

Y llegó el día en que los propietarios dejaron de trabajar sus fincas; cultivaron sobre el papel, olvidaron la tierra, su olor y su tacto, y sólo recordaron que era de su propiedad, sólo recordaron lo que les suponía en ganancias y pérdidas. Algunas de las fincas llegaron a ser tan extensas que no cabían en la imaginación, tan enormes que se hizo necesaria una compañía de contables para poder llevar la cuenta de intereses, ganancias y pérdidas; químicos que analizaran el suelo, que repusieran las sustancias que se habían agotado; jefes de paja para asegurar que los hombres encorvados se movieran a lo largo de las hileras tan rápidamente como la materia de sus cuerpos pudiera resistir. Entonces, un granjero tal se convertía en tendero y se ocupaba de una tienda. Pagaba a los hombres y les vendía comida y recuperaba el dinero. Y después dejó de pagarles en absoluto y se ahorró contabilidad. En las fincas se daba la comida a crédito. Un hombre podía trabajar y alimentarse y se daba el caso de que, al acabar el trabajo, este hombre debía dinero a la compañía. Y los propietarios no sólo no trabajaban las fincas, sino que muchos de ellos ni siquiera las habían visto.

Entonces el oeste atrajo a los desposeídos, de Kansas, Oklahoma, Texas, New Mexico; de Nevada y Arkansas familias, tribus, expulsadas por el polvo y los tractores. Cargas, remolques, gentes hambrientas sin hogar; veinte mil, cincuenta mil y cien mil y doscientos mil. Fluyeron por las montañas, hambrientos e inquietos . . . inquietos igual que hormigas, buscando a toda prisa trabajo: levantar, empujar, arrastrar, recolectar, cortar, cualquier cosa, cualquier peso que aguantar, por comida. Los niños tienen hambre. No tenemos dónde vivir. Como hormigas corriendo a por trabajo, a por comida y sobre todo a por tierra.

No somos extranjeros. Siete generaciones americanas y antes de eso irlandeses, escoceses, ingleses, alemanes. Uno de nuestros antepasados luchó en la Revolución y muchos de ellos en la Guerra Civil, en ambos bandos. Americanos.

Tenían hambre y eran fieros. Esperaban encontrar un hogar y sólo encontraron odio. Okies . . . los propietarios los detestaban porque sabían que ellos eran débiles y los okies fuertes, que ellos estaban tan satisfechos como los okies hambrientos; y tal vez los propietarios habían oído contar a sus abuelos lo fácil que es robarle la tierra a un hombre débil si posees fiereza, y estás hambriento y armado. Los propietarios los detestaban. Los tenderos de las ciudades no los podían ver porque no tenían dinero que gastar. No hay camino más corto para encontrarse con el desprecio de un comerciante, al tiempo que su admiración se dirige exactamente en dirección contraria. Los hombres importantes de los pueblos, pequeños banqueros, no resistían a los okies porque de ellos no podían sacar ganancia alguna. No tenían nada. Y los trabajadores detestaban a los okies porque un hombre hambriento debe trabajar, y si debe trabajar, si tiene que trabajar, automáticamente se le paga un salario más bajo; y entonces nadie puede ganar más.

Y los desposeídos, los emigrantes, se dirigieron a California, doscientos cincuenta mil, trescientos mil. Detrás de ellos, los tractores invadían más tierras y echaban a los arrendatarios. Y nuevas olas se ponían en camino, olas de desposeídos y de gentes sin hogar, endurecidos, resueltos y peligrosos.

Y mientras que los californianos querían muchas cosas, acumulación, éxito social, entretenimiento, lujo y una curiosa seguridad bancaria, los nuevos bárbaros no tenían más que dos deseos: tierra y comida; y para ellos, los dos eran sólo uno. Y mientras que los deseos de los californianos eran nebulosos y poco definidos, los de los okies estaban al lado de las carreteras, allí quietos, visibles y codiciados: los campos fértiles con agua que se podía sacar de la tierra, los campos verdes y feraces, tierra para desmigar experimentalmente en la mano, hierba para oler, tallos de avena que mascar hasta que el dulzor penetrante llenara la garganta. Un hombre miraba un campo en barbecho y podía ver con la imaginación cómo su propia espalda doblada y sus brazos fuertes hacían crecer los repollos, el maíz dorado, los nabos y las zanahorias.

Y un hombre hambriento y sin hogar, recorriendo las carreteras con su mujer a su lado y los delgados hijos en el asiento trasero, miraba los campos en barbecho que podían producir comida, pero no beneficios, y ese hombre sabía que un campo en barbecho es un pecado y la tierra sin explotar un crimen contra esos niños flacos. Y un hombre tal avanzaba por las carreteras y sentía la tentación en cada campo, y el deseo vehemente de apropiarse de los campos y hacerlos producir energía para sus hijos y algunas comodidades para su mujer. La tentación estaba siempre delante de él. Los campos le aguijoneaban y las acequias de la compañía llenas de buen agua fluyente eran una provocación para él.

Al sur veía las naranjas doradas colgando de los árboles, pequeñas naranjas como oro en los árboles verde oscuro; y guardas con rifles patrullando los bancales para evitar que un hombre cogiera una naranja para un niño flaco, naranjas que tirarían a la basura si el precio era bajo.

El hombre llegaba hasta un pueblo con su viejo coche. Recorría todas las granjas en busca de trabajo. ¿Dónde podemos dormir esta noche?

Bueno, hay un Hooverville a la orilla del río. Allí hay un montón de okies. Conducía hasta el Hooverville. No volvía a preguntar nunca, porque había un Hooverville a las afueras de todos los pueblos.

La aldea de andrajosos se levantaba cerca del agua; las casas eran tiendas de campaña y recintos con techado de maleza, casas de papel, un enorme montón de basura. El hombre entraba con su familia y se convertía en un ciudadano de Hooverville . . . siempre se llamaban Hoovervilles. El hombre montaba su propia tienda tan cerca del agua como le era posible; y si no tenía tienda, hacía una incursión al basurero de la ciudad y regresaba con cartones y construía una casa de papel ondulado. Y al llegar las lluvias, la casa se fundía y se deshacía. Él se establecía en el Hooverville y recorría la comarca buscando trabajo, y el poco dinero que tenía se iba en gasolina con que seguir buscando trabajo. A la caída de la tarde, los hombres se reunían y hablaban juntos. Agachados en cuclillas hablaban de la tierra que habían visto.

Saliendo de aquí hacia el oeste hay treinta mil acres. Ahí tirados. Dios, y lo que yo podría hacer con eso, con cinco acres de esa tierra. ¡Mierda!, y vaya si no tendría de todo para comer.

¿Lo habéis notado? En las granjas no hay hortalizas, ni pollos, ni cerdos. Sólo tienen un cultivo: o algodón, por ejemplo, o melocotones o lechugas. A lo mejor en otra no hay más que gallinas. Compran cosas que podrían cultivar en el patio. Dios, lo que yo podría hacer con un par de cerdos.

Bueno, pues ni son tuyos ni lo van a ser.

¿Que vamos a hacer? Los niños no pueden crecer de esta forma.

A los campamentos llegaba el rumor. Hay trabajo en Shafter. Cargaban los coches por la noche y se amontonaban en las carreteras: una fiebre del oro, sólo que por trabajo. En Shafter se acumulaba la gente, cinco veces más personas de las necesarias para el trabajo. La fiebre del oro por trabajar. Se escabullían por la noche, como locos por trabajar. Y junto a las carreteras yacían las tentaciones, los campos capaces de dar comida.

Es propiedad de alguien. No es nuestro.

Bueno, quizá pudiéramos comprar una parcela pequeña. Tal vez . . . una pequeña. Justo allí abajo . . . un bancal. Ahora está invadido de estramonio. ¡Dios!, podría obtener de ese pequeño bancal patatas suficientes para dar de comer a toda mi familia.

No es nuestro. Debe tener estramonio.

De vez en cuando un hombre lo intentaba; entraba furtivamente en la tierra y abría un pequeño claro, tratando como un ladrón de robar algo de riqueza de la tierra. Jardines secretos ocultos entre la maleza. Un paquete de simiente de zanahorias y unos cuantos nabos. Plantaba pieles de patata, se deslizaba en secreto al anochecer para trabajar con la azada la tierra robada.

Deja la maleza alrededor . . . así nadie podrá ver lo que estamos haciendo. Deja algunas hierbas, altas y grandes, en el medio. Cuidando un jardín secreto al anochecer, y acarreando agua en una lata herrumbrosa.

Y luego, un día, un ayudante del sheriff: Vaya, ¿qué está usted haciendo?

No hago daño a nadie.

Ya le tenía yo el ojo echado a usted. Esta tierra no es suya. No tiene derecho a entrar aquí.

La tierra no está arada y yo no la estoy perjudicando.

Malditos intrusos. Dentro de nada estarían convencidos de que era suya. Se enfadarían de mala manera. Se creería que es de su propiedad. Ahora largo de aquí.

Y las pequeñas zanahorias verdes eran arrancadas a patadas y las hojas de los nabos aplastadas a pisotones. El estramonio se volvió a instalar. Pero la policía tenía razón. Cultivar una cosecha da la propiedad. Tierra abierta con la azada y las zanahorias comidas . . . un hombre puede luchar por la tierra de la que ha sacado alimento. Hay que echarle con rapidez o se creerá que es suya. Podría llegar a morir luchando por su pequeño claro entre el estramonio.

¿Viste su cara cuando arrancamos los nabos? Esa mirada era de las que matan. Hay que mantener a esta gente a raya o se apoderarán de la tierra. Se harán dueños de la región.

Forasteros, extraños.

Sí, claro que hablan el mismo idioma, pero son distintos. Mira qué forma de vivir. ¿Te imaginas a alguno de nosotros viviendo así? ¡Ni hablar!

Al final de la tarde, los hombres se acuclillaban y hablaban. Y un hombre excitado proponía: ¿Por qué no nos cogemos un trozo de tierra entre veinte? Tenemos armas. Vamos a empuñarlas y a decir: «Líbrense de nosotros si pueden.» ¿Por qué no lo hacemos?

Nos dispararían como a las ratas.

Bueno, ¿qué prefieres?, ¿estar muerto o estar aquí? ¿Bajo tierra o en una casa hecha de sacos de arpillera? ¿Qué prefieres, que tus hijos se mueran ahora o dentro de dos años de eso que llaman desnutrición? ¿Sabes lo que hemos comido toda la semana? ¡Ortigas cocidas y masa frita! ¿Sabes de dónde sacamos la harina para hacer la masa? De barrer el suelo de un camión.

Conversaciones en los campamentos, y los ayudantes del sheriff, hombres fondones con revólveres colgando de gordas caderas, contoneándose por ahí: Hay que darles algo en qué pensar; tenerlos a raya; si no, sólo Dios sabe de lo que serán capaces. ¡Pero si son tan peligrosos como los negros en el sur! Si alguna vez llegan a juntarse, nada podrá detenerlos.

Cita: En Lawrenceville un ayudante del sheriff desahució a un emigrante, éste se resistió, obligando al oficial a hacer uso de la fuerza. El hijo de once años del emigrante disparó contra el ayudante con un rifle calibre 22 y lo mató.

¡Serpientes de cascabel! No te arriesgues; si discuten, dispara primero. Si un chiquillo mata a un policía, ¿qué no harán los hombres? Lo que hay que hacer es ponerse más duro que ellos. Tratarlos sin contemplaciones. Tenerlos asustados.

¿Y qué pasa si no se amedrentan? ¿Qué si plantan cara y disparan a su vez? Estos hombres han estado armados desde que eran niños. Un revólver es una extensión de ellos mismos. ¿Qué hacemos si no se amilanan? ¿Qué si en algún momento marchan como un ejército igual que los lombardos lo hicieron sobre Italia, los germanos sobre la Galia y los turcos en Bizancio? Aquellas también eran hordas mal armadas y ansiosas de territorio, y las legiones no pudieron detenerlas. Ni las matanzas ni el terror pusieron fin a su avance. ¿Cómo se puede asustar a un hombre que carga con el hambre de los vientres estragados de sus hijos además de la que siente en su propio estómago acalambrado? No se le puede atemorizar, porque este hombre ha conocido un miedo superior a cualquier otro.

En el Hooverville hablaban los hombres: el abuelo cogió su tierra de los indios.

No, no está bien esto que hablamos. Tú estás hablando de robar. Yo no soy un ladrón.

Ah, ¿no? Anteanoche robaste una botella de leche de un porche.

Y tú robaste alambre de cobre y lo vendiste por un poco de carne.

Sí, pero mis hijos tenían hambre.

Sigue siendo robar.

¿Sabéis cómo se fundó el rancho Fairfield? Os lo voy a decir . . . Eran tierras del gobierno, cualquiera podía quedárselas. El viejo Fairfield se fue a San Francisco, recorrió los bares y se llevó trescientos vagabundos borrachos. Los vagabundos ocuparon las tierras del gobierno. Fairfield les proveyó de comida y whisky, y luego, una vez que hubo pasado el tiempo establecido por el gobierno para la tierra, Fairfield se la quitó. Solía decir que la tierra le había costado una pinta de licor barato por acre. ¿Dirías que aquello fue robar?

Bueno, no estuvo bien, pero él nunca fue a la cárcel.

No, no fue a la cárcel. Y aquel que colocó una barca en una carreta e hizo el informe como si todo estuviera cubierto de agua porque él iba en barca, ese tampoco fue a la cárcel. Y los que sobornaron a los congresistas y legisladores tampoco fueron nunca a la cárcel.

De un extremo al otro del estado se oían estas charlas atropelladas en los Hoovervilles. Y luego las redadas, las incursiones súbitas de oficiales armados en los campamentos de emigrantes. Fuera. Órdenes del Departamento de Sanidad. Este campamento es una amenaza para la salud.

¿Dónde vamos a ir?

Eso no es asunto nuestro. Tenemos órdenes de sacarles de aquí. Dentro de media hora vamos a prender fuego al campamento.

Un poco más abajo hay casos de tifus. ¿Quiere que se propague por todas partes?

Tenemos órdenes de sacarles de aquí. ¡Largo! El campamento estará ardiendo dentro de media hora.

Al cabo de media hora el humo de casas de papel, de cabañas con techumbre de maleza, se elevaba hacia el cielo y la gente se alejaba en sus coches por las carreteras, buscando otro Hooverville.

Y en Kansas y Arkansas, en Oklahoma y en Texas y New Mexico, los tractores invadían más tierras y echaban a los arrendatarios.

Trescientos mil en California y más en camino. En California, carreteras repletas de gente frenética que corría como hormigas a arrastrar, empujar, levantar, trabajar. Por cada carga que pudiera levantar un hombre surgían cinco pares de brazos para levantarla; ante cada ración de comida que se podía conseguir se abrían cinco bocas.

Y los grandes propietarios, los que deben ser desposeídos de su tierra por un cataclismo, los grandes propietarios con acceso a la historia, con ojos para leer la historia y conocer el gran hecho: cuando la propiedad se acumula en unas pocas manos, acaba por serles arrebatada. Y el hecho que siempre acompaña: cuando hay una mayoría de gente que tiene hambre y frío, tomará por la fuerza lo que necesita. Y el pequeño hecho evidente que se repite a lo largo de la historia: el único resultado de la represión es el fortalecimiento y la unión de los reprimidos. Los grandes propietarios hicieron caso omiso de los tres gritos de la historia. La tierra fue quedando en menos manos, aumentó el número de los desposeídos y los propietarios dirigieron todos sus esfuerzos a la represión. El dinero se gastó en armas, y en gasolina para mantener la vigilancia en las enormes propiedades y se enviaron espías que recogieran las instrucciones susurradas para la revuelta, de forma que ésta pudiera ser sofocada. La economía en proceso de cambio fue ignorada, al igual que los planes del cambio; y sólo se consideraron los medios para extinguir la revuelta, mientras persistían las causas de la misma.

Se incrementó el número de tractores que dejan a la gente sin trabajo, de líneas de transporte que acarrean las cargas, de máquinas que producen; más y más familias corrieron por las carreteras, buscando las migajas de las grandes propiedades, ansiando las tierras a los lados de los caminos. Los grandes propietarios formaron asociaciones para protegerse y celebraron reuniones en las que discutían formas de intimidación, de asesinato, de gasearles. Y siempre temerosos de que surgiera un jefe . . . trescientos mil . . . si alguna vez se unen bajo un líder . . . el fin. Trescientas mil personas, hambrientas y abatidas; si alguna vez llegan a tomar conciencia de ellos mismos, la tierra será suya. Y no habrá gas ni rifles suficientes para detenerlos. Y los grandes propietarios, que eran al mismo tiempo más o menos que hombres por causa de sus propiedades, se precipitaron hacia su propia destrucción y utilizaron todos los medios que a largo plazo se volverían contra ellos. Toda pequeña medida, todo acto de violencia, cada una de las redadas en los Hoovervilles, cada ayudante que se contoneaba por un campamento miserable, retrasaba un poco el día y consolidaba la inevitabilidad de ese día.

Los hombres se acuclillaban, hombres de rostros afilados, delgados y endurecidos por la continua resistencia contra el hambre, de ojos torvos y mandíbulas duras. Y la tierra fértil se extendía alrededor de ellos.

¿Has oído lo del niño ese de la cuarta tienda hacia abajo?

No, acabo de llegar.

Bueno, ese crío ha estado llorando y retorciéndose en el sueño. Sus padres pensaron que tenía lombrices, así que le dieron un purgante y se murió. El crío tenía eso que llaman lengua negra. Viene de no comer cosas alimenticias.

Pobre criatura.

Sí. Y su familia no lo puede enterrar. Tendrá que ir al cementerio del condado.

No, señor.

Las manos buscaron en los bolsillos y sacaron monedas pequeñas. Delante de la tienda creció un pequeño montón de monedas de plata. Y la familia lo encontró allí.

Nuestra gente es buena; nuestra gente es compasiva. Ruego a Dios que algún día las gentes bondadosas no sean todas pobres. Ruego a Dios que algún día un niño pueda comer.

Y las asociaciones de propietarios supieron que algún día las oraciones se acabarían.

Y eso sería el fin.

Capítulo 20

L os que iban montados en la carga, los niños y Connie y Rose of Sharon y el predicador sentían los miembros rígidos y acalambrados. Habían estado sentados bajo el sol delante de la oficina del forense de Bakersfield, mientras los padres y el tío John estaban dentro. Luego alguien sacó una cesta y bajaron del camión el largo fardo. Y permanecieron al sol mientras proseguía el examen, se averiguó la causa de la muerte y se firmó el certificado.

Al y Tom pasearon por la calle, mirando escaparates y observando la extraña gente que caminaba por las aceras.

Y al final Padre, Madre y el tío John salieron abatidos y callados. El tío John se subió en la carga, Padre y Madre montaron en el asiento. Tom y Al regresaron con calma y Tom se sentó al volante. Permaneció en silencio, esperando instrucciones. Padre miraba al frente, con el sombrero bien calado. Madre se frotaba los lados de la boca con los dedos y sus ojos parecían estar muy lejos y perdidos, muertos por el cansancio.

Padre suspiró hondamente.

—Era lo único que podíamos hacer —dijo.

—Lo sé —replicó Madre—. Pero a ella le hubiera gustado tener un buen funeral. Siempre lo quiso.

Tom les miró de soslayo.

—¿Del condado? —preguntó.

—Sí —Padre movió la cabeza rápidamente, como para volver a la realidad en alguna medida—. No teníamos suficiente. No podríamos haberlo pagado —se volvió hacia Madre—. No debes sentirte mal. No podíamos por más que hubiéramos intentado, por más que hubiéramos hecho. Simplemente, no nos llegaba; el embalsamiento, y un ataúd y un pastor y una tumba en el cementerio. Habría costado diez veces lo que tenemos. Hemos hecho todo lo que hemos podido.

—Lo sé —dijo Madre—. Pero no puedo quitarme de la cabeza la ilusión que tenía por un buen funeral. Tengo que olvidarlo —dejó escapar un suspiro y se frotó a un lado de la boca—. Era muy buena persona ese que estaba dentro. Muy mandón, pero la mar de amable.

—Sí —reconoció Padre—. Y nos dijo las cosas tal como son.

Madre se echó el pelo hacia atrás con la mano y apretó la mandíbula.

—Tenemos que seguir —dijo—. Hay que encontrar un sitio donde quedarnos, conseguir trabajo e instalarnos. No tiene sentido dejar que los pequeños pasen hambre. Esa nunca fue la filosofía de la abuela. Ella siempre se ponía bien de comer en un funeral.

—¿A dónde vamos? —preguntó Tom.

Padre se apartó el sombrero y se rascó entre el cabello.

—Vamos a acampar —decidió—. No vamos a gastar lo poco que nos queda hasta que no encontremos trabajo. Sal hacia el campo.

Tom puso en marcha el coche y salieron dejando atrás las calles hacia el campo. Cerca del puente vieron un grupo de tiendas y chabolas. Tom dijo:

—Este es un sitio tan bueno como cualquiera. Podremos averiguar cómo va la cosa y dónde hay trabajo —bajó por un declive muy empinado de tierra y aparcó al borde del campamento.

No se había seguido ningún orden a la hora de acampar; pequeñas tiendas grises, chabolas, coches, estaban desparramados al azar. La primera casa era indescriptible. La pared sur estaba formada por tres láminas de hierro galvanizado, herrumbroso; la del este era un cuadrado de alfombra mohosa enganchada entre dos tablas; la fachada norte la formaban una tira de papel de techar y otra de lona hecha jirones, y la que daba a poniente era seis trozos de tela de saco. Sobre el marco cuadrado, encima de ramas de sauce sin desbastar, habían amontonado hierba formando un montículo bajo, pero sin haber intentado construir un techado. La entrada, en el lado de arpillera, estaba atestada de utensilios en desorden. Una lata de queroseno de cinco galones hacía las veces de fogón. Estaba apoyada en uno de sus lados, con una sección oxidada de tubo de estufa metida por un extremo. Un caldero de lavar descansaba sobre un lateral, apoyado en la pared; había también una colección de cajas desparramadas, cajas para sentarse, cajas para comer. Había un Ford modelo T y un remolque de dos ruedas aparcados al lado de la chabola, y sobre el campamento flotaba un aire de descuidada desesperación.

Después de la chabola venía una tienda pequeña, que la intemperie había pintado de gris, pero que estaba montada correctamente y con pulcritud, las cajas que había delante estaban pegadas a la pared de la tienda. El tubo de una estufa sobresalía por la puerta de lona y la tierra de delante de la tienda estaba barrida y salpicada con agua. Encima de una caja había un cubo lleno de ropa chorreante. Este campamento tenía un aire ordenado y vigoroso. Junto a la tienda había un turismo modelo A y un remolque pequeño de fabricación casera. Y junto a él había una tienda enorme, andrajosa, hecha jirones, con los desgarrones remendados con trozos de alambre. Las solapas estaban abiertas y en el interior eran visibles cuatro colchones anchos tirados en el suelo. De un tendedero instalado en uno de los lados colgaban vestidos rosa de algodón y varios pares de monos. Había cuarenta entre tiendas y chabolas, y alguna clase de vehículo junto a cada uno. Un poco más allá unos cuantos niños contemplaron el camión recién llegado y se acercaron, críos pequeños vestidos con petos y descalzos, con el pelo gris de polvo.

Tom se detuvo y miró a Padre.

—No es demasiado bonito —dijo—. ¿Vamos a otro sitio?

—No podemos ir a ningún otro sitio hasta no saber dónde estamos —replicó Padre—. Tenemos que preguntar lo del trabajo.

Tom abrió la puerta y se apeó. Los otros bajaron del camión y observaron el campamento con curiosidad. Ruthie y Winfield, con el hábito de la carretera, bajaron el cubo y se dirigieron hacia los sauces en busca de agua; la fila de chiquillos se abrió para que pasaran y se cerró tras ellos. Las solapas de la primera chabola se separaron y se asomó una mujer. Llevaba trenzado el cabello gris, y vestía una bata suelta, sucia, de flores. Tenía el rostro apergaminado y mortecino, grandes bolsas bajo ojos inexpresivos y una boca floja e insegura.

Padre, preguntó:

—¿Podemos parar y acampar en cualquier lado?

La cabeza se retiró al interior de la chabola. Después de un momento de silencio las solapas se abrieron a los lados y salió un hombre con barba en mangas de camisa. La mujer volvió a mirar afuera detrás de él, pero no llegó a salir.

El hombre barbudo les saludó:

—¿Cómo están? —y sus inquietos ojos oscuros saltaron de un miembro a otro de la familia y de ellos al camión y los bártulos.

—Le acababa de preguntar a su mujer si podemos instalarnos en cualquier parte —dijo Padre.

El hombre miró a Padre atentamente, como si hubiera dicho algo muy inteligente que exigiera reflexión.

—¿Instalarse en cualquier lado, aquí, en este sitio? —inquirió.

—Sí. ¿Hay alguien que sea el dueño, a quien haya que ver antes de acampar?

El hombre guiñó un ojo hasta casi cerrarlo y examinó a Padre.

—¿Quiere acampar aquí?

La irritación de Padre afloró. La mujer gris se asomó desde la chabola de arpillera.

—¿No es lo que estoy diciendo? —preguntó Padre.

—Bueno, pues si quiere acampar aquí, ¿por que no se pone a ello? Yo no pienso impedírselo.

—Ya se ha enterado —se echó a reír Tom.

Padre recuperó la calma.

—Sólo quería saber si es propiedad de alguien, si hay que pagar.

El hombre de la barba adelantó la mandíbula.

—¿De quién es? —exigió saber.

Padre dio media vuelta.

—Al cuerno —dijo—. La cabeza de la mujer desapareció una vez más en el interior de la tienda.

El hombre avanzó unos pasos con aire amenazador.

—¿De quién es? —volvió a preguntar—. ¿Quién va a echarnos de aquí a patadas? Dígamelo usted.

Tom se puso delante de Padre.

—Será mejor que vaya usted a dormir un buen rato —aconsejó. El barbudo abrió la boca y apretó un dedo sucio contra las encías inferiores. Continuó un momento más mirando a Tom con prudencia, como especulando, y luego giró sobre los talones y se metió en la chabola detrás de la mujer gris.

Tom se volvió hacia Padre.

—¿Qué coño ha sido eso? —preguntó.

Padre se encogió de hombros. Estaba mirando enfrente al otro lado del campamento. Delante de una tienda estaba estacionado un viejo Buick con el capó quitado. Un hombre joven limaba las válvulas y mientras se torcía a un lado y a otro sobre la herramienta, levantó la vista al camión de los Joad. Éstos pudieron ver cómo el hombre se reía para sí. Cuando el barbudo hubo desaparecido, el joven dejó su trabajo y se acercó con tranquilidad.

—¿Cómo están? —dijo, y sus ojos azules brillaban divertidos—. He visto que ya han conocido al alcalde.

—¿Qué rayos pasa con él? —exigió Tom.

El joven se rió entre dientes.

—Sólo que está chiflado, como usted y como yo. Quizá esté un poco más chiflado que yo, no lo sé.

—Sólo le pregunté si podíamos acampar aquí —explicó Padre.

El hombre joven se limpió las manos grasientas en los pantalones.

—Claro que pueden. ¿Por qué no? ¿Acaban ustedes de atravesar el desierto?

—Sí —contestó Tom—. Esta misma mañana.

—¿Nunca han estado antes en un Hooverville?

—¿Dónde está el Hooverville?

—Esto es un Hooverville.

—¡Ah! —dijo Tom—. Acabamos de llegar.

Winfield y Ruthie regresaron, acarreando un cubo de agua entre los dos.

Madre sugirió:

—Vamos a montar el campamento. Estoy agotada. A ver si podemos descansar todos —Padre y el tío John subieron al camión para descargar la lona y las camas.

Tom caminó con calma hacia el joven y fueron juntos hacia el coche en el que había estado trabajando. El tirante de esmerilar válvulas yacía sobre el bloque descubierto y una latita amarilla de compuesto de esmeril estaba enganchada en la parte superior del depósito. Tom preguntó:

—¿Qué rayos le pasa al viejo de la barba?

El joven cogió el tirante y se puso a trabajar, retorciendo a uno y otro lado, limando la válvula contra la base de la misma.

—¿Al alcalde? Sabe Dios. Supongo que simplemente está sonado.

—¿Qué es eso?

—Creo que los policías le han ido echando de tantos sitios que ya no se aclara.

Tom preguntó:

—¿Qué sentido tiene perseguir así a la gente?

El joven interrumpió su trabajo y miró a Tom a los ojos.

—Dios sabrá —dijo—. Tú acabas de llegar. Quizá puedas descubrir la razón. Unos dicen una cosa y otros dicen otra. Pero si acampas en un sitio durante un tiempo ya verás lo pronto que aparece un ayudante del sheriff y te obliga a trasladarte —levantó una válvula y extendió el compuesto en la base.

—Pero, ¿para qué coño lo hacen?

—Ya te digo que no lo sé. Algunos dicen que no quieren que votemos; que nos obligan a movernos continuamente para que no podamos votar. Otros dicen que es para que no podamos reclamar los subsidios ni las ayudas. Y otros que si nos estableciéramos en un sitio llegaríamos a organizarnos. Yo no lo sé, lo único que sé es que hay que estar siempre en movimiento. Espera un poco y ya lo verás.

—No somos vagabundos —insistió Tom—. Buscamos trabajo y cogeremos cualquier cosa que haya.

El hombre interrumpió su actividad de ajustar el tirante a la ranura de la válvula. Miró con asombro a Tom.

—¿Buscáis trabajo? —repitió—. De modo que buscáis trabajo. ¿Qué te crees que buscamos todos los demás? ¿Diamantes? ¿Qué te crees que buscaba yo mientras me dejaba el culo? —movió el tirante arriba y abajo. Tom echó una ojeada a su alrededor, a las tiendas mugrientas, los utensilios que eran pura chatarra, los viejos coches, los colchones abultados tendidos al sol, las latas ennegrecidas sobre agujeros ennegrecidos por el fuego donde la gente cocinaba. Preguntó suavemente:

—¿No hay trabajo?

—No sé. Debe de haber. Aquí no hay ninguna cosecha en este momento. Hay uva y algodón, pero se recogen más adelante. Nosotros nos vamos tan pronto como tenga las válvulas esmeriladas. Yo, mi mujer y mis hijos. Hemos oído que al norte hay trabajo. Nos vamos hacia el norte para la zona de Salinas.

Tom vio cómo el tío John, Padre y el predicador alzaban la lona sobre los palos de la tienda, y Madre, arrodillada en el interior, sacudía los colchones puestos en el suelo. Un círculo de chiquillos silenciosos observaba cómo se instalaba la nueva familia, críos callados, descalzos y con la cara sucia. Tom dijo:

—En nuestro pueblo distribuyeron unos papeles . . . de color naranja, que decían que hacía falta mucha gente para trabajar en la cosecha.

El joven se echó a reír.

—Dicen que estamos aquí trescientos mil y apuesto a que todas las familias han visto esos papeles.

—Sí, pero si no necesitaran gente, ¿para qué se iban a molestar en distribuirlos?

—¿Por qué no usas la cabeza?

—Sí, pero quiero saberlo.

—Mira —dijo el joven—. Suponte que tú ofreces un empleo y sólo hay un tío que quiera trabajar. Tienes que pagarle lo que pida. Pero pon que haya cien hombres —dejó descansar la herramienta. Sus ojos se endurecieron y su voz se volvió más penetrante—. Supón que haya cien hombres interesados en el empleo; que tengan hijos y estén hambrientos. Que por diez miserables centavos se pueda comprar una caja de gachas para los niños. Imagínate que con cinco centavos, al menos, se pueda comprar algo para los críos. Y tienes cien hombres. Ofréceles cinco centavos y se matarán unos a otros por el trabajo. ¿Sabes lo que pagaban en el último empleo que tuve? Quince centavos la hora. Diez horas por un dólar y medio y no puedes quedarte allí. Tienes que quemar gasolina para llegar —jadeaba de furia y sus ojos llameaban llenos de odio—. Por eso repartieron los papeles. Se pueden imprimir una burrada de papeles con lo que se ahorra pagando quince centavos a la hora por trabajo en el campo.

—Es asqueroso, apesta —dijo Tom.

—Quédate un tiempo y si hueles alguna vez rosas, avísame para que pueda olerlas yo también —el hombre se rió ásperamente.

—Pero tiene que haber trabajo —insistió Tom—. Santo Cielo, con la cantidad de cultivos que hay: huertos, uvas, hortalizas . . . Lo he visto. Necesitarán hombres. Yo he visto todos esos cultivos.

Un niño lloró dentro de la tienda que había al lado del coche. El hombre entró en la tienda y se oyó su voz quedamente a través de la lona. Tom cogió el tirante, lo metió en la ranura de la válvula y empezó a esmerilarla, moviendo la mano de arriba abajo. El llanto del niño cesó. El joven salió y contempló a Tom.

—Lo haces muy bien —dijo—. Es buena cosa. Te hará falta.

—¿Qué hay de lo que dije? —insistió Tom—. Hay cantidad de cultivos.

El otro se acomodó en cuclillas.

—Te lo voy a explicar —dijo con calma—. Yo he trabajado en una huerta de melocotones, una gigantesca putada. Allí trabajan nueve hombres todo el año —hizo una pausa para crear tensión—. Pero cuando los melocotones están maduros hacen falta tres mil hombres durante dos semanas. Son necesarios para evitar que se pudran los melocotones. Entonces, ¿qué hacen? Mandan esos papeles hasta al infierno. Necesitan tres mil hombres y se presentan seis mil. Contratan a los hombres por lo que quieran pagarles. Si no te interesa el salario, maldita sea, hay mil hombres que quieren tu empleo. Así que recoges y recoges y entonces se acaba. Toda la zona es de melocotón y todo madura al mismo tiempo. Cuando acabas de recoger, ya no queda ni uno. Y no hay ninguna otra cosa que hacer en esa puñetera zona. Y entonces los propietarios ya no te quieren allí y estáis tres mil. El trabajo está acabado. Podríais robar, emborracharos, simplemente montar bronca. Y además, no tenéis buena pinta, viviendo en tiendas viejas; es una bonita región, pero vosotros la apestáis. No os quieren por allí. Os echan a patadas, os obligan a marchar. Así funciona la cosa.

Tom, que miraba hacia la tienda de su familia, vio a su madre, pesada y lenta por el cansancio, hacer una pequeña fogata de hojarasca y poner al fuego las ollas. El círculo de niños se acercó más y los ojos abiertos y en calma de los niños controlaron todos los movimientos de las manos de Madre. Un hombre muy viejo, encorvado, salió como un tejón de una tienda y se puso a fisgar, husmeando el aire conforme se acercaba. Con los brazos a la espalda se unió al círculo de niños para observar a Madre. Ruthie y Winfield, cerca de su madre, dirigían miradas beligerantes a los extraños.

Tom preguntó airado:

—Hay que recoger los melocotones rápidamente, ¿verdad? Justo cuando están maduros.

—Por supuesto.

—Bueno, supón que esa gente se une y dice «Que se pudran.» Seguro que los salarios subían enseguida.

El hombre joven levantó la mirada de las válvulas y miró a Tom con expresión de sarcasmo.

—Vaya, qué idea has tenido. ¿La has pensado tú solito?

—Estoy cansado —dijo Tom—. Estuve conduciendo toda la noche. No quiero empezar una discusión. Y estoy tan cansado que podría empezar una fácilmente. No te hagas el gracioso conmigo. Te estoy preguntando.

—Era una broma —sonrió el otro—. Tú no has estado aquí. A alguno ya se le ocurrió lo mismo. Y a los de la huerta de melocotones también. Están atentos a ver si los hombres se reúnen, a ver si surge el líder, tiene que haber uno, el que hable. Pues bien, en cuanto a éste se le ocurre abrir la boca, lo agarran y lo encierran. Y si aparece otro líder, pues también lo meten en la cárcel.

—Bueno, en la cárcel uno come por lo menos —dijo Tom.

—Pero los hijos no. Imagínate que estuvieras dentro y tus hijos se estuvieran muriendo de hambre.

—Sí —dijo Tom lentamente—. Ya.

—Y otra cosa. ¿Has oído hablar de la lista negra?

—¿Y eso qué es?

—Que se te ocurra abrir la boca para hablar de unión y ya verás. Cogen tu fotografía y la mandan a todas partes. Entonces no te dan trabajo en ningún lado. Y si tienes hijos . . .

Tom se quitó la gorra y la retorció entre las manos.

—Así que cogemos lo que hay, ¿no?, o a morirse de hambre; si se nos ocurre gritar también morimos de hambre.

El hombre describió un círculo con la mano que incluía las tiendas mugrientas y los coches herrumbrosos.

Tom volvió a mirar a su madre, que estaba sentada pelando patatas. Los niños estaban cada vez más cerca. Él dijo:

—No pienso resignarme. Maldita sea, mi familia y yo no somos borregos. Voy a matar a palos a alguien.

—¿Un policía, por ejemplo?

—Cualquiera.

—Estás como una cabra —dijo su interlocutor—. Te pillarán inmediatamente. No tienes nombre ni ninguna propiedad. Te encontrarán en una zanja con sangre seca en la boca y la nariz. Saldrá en el periódico una breve línea . . . ¿Sabes qué pondrá? «Vagabundo encontrado muerto.» Nada más. Se ven muchas notas de esas, de «Vagabundo encontrado muerto.»

Tom dijo:

—Justo al lado de este vagabundo encontrarán muerto a alguien más.

—Estás chalado —replicó el joven—. No servirá de nada.

—Bueno, ¿pues tú qué piensas hacer? —miró al rostro manchado de grasa. Los ojos del hombre joven se cubrieron con un velo.

—Nada. ¿De dónde sois?

—¿Nosotros? De cerca de Sallisaw, de Oklahoma.

—¿Acabáis de llegar?

—Hoy mismo.

—¿Pensáis quedaros por aquí mucho tiempo?

—No lo sé. Nos quedaremos en donde encontremos trabajo. ¿Por qué?

—Por nada —el velo volvió a caer.

—He de recuperar sueño —dijo Tom—. Mañana saldremos a buscar trabajo.

—Podéis probar.

Tom dio media vuelta y se encaminó hacia la tienda.

El otro cogió la lata de compuesto para válvulas y hundió el dedo dentro.

—¡Eh! —llamó.

Tom se volvió.

—¿Qué quieres?

—Quiero decirte una cosa —le hizo una señal con el dedo cubierto de sustancia—. Sólo quiero advertirte. No vayas buscando bronca. ¿Recuerdas el aspecto del tío ese que está sonado?

—¿El de la tienda de allí?

—Sí. Parecía tonto, ¿no?, ¿como si estuviera gilipollas?

—¿Qué pasa con él?

—Bueno, cuando vengan policías, y vienen continuamente, más te vale simular que eres así. Lelo . . . tú no sabes nada. No entiendes nada. Así les gusta a los policías que seamos. No le pegues a un policía. Eso es igual que suicidarse. Hazte el loco.

—¿Dejar que esos policías desgraciados me atropellen sin hacer nada?

—No, atiende. Iré a buscarte esta noche. Quizá me equivoque. Hay chivatos por todas partes. Voy a correr el riesgo; y eso que también tengo un hijo. Pero vendré a por ti. Y si ves a un policía, eres un okie imbécil, ¿entiendes?

—Si hacemos algo, de acuerdo —dijo Tom.

—No te preocupes. Estamos haciendo algo, pero sin jugarnos el cuello. Un niño se muere de hambre muy deprisa. En dos o tres días —volvió a su trabajo, extendió la pasta por la base de la válvula y movió con rapidez la mano por el tirante, y su rostro se volvió apagado y estúpido.

Tom regresó con calma a su campamento.

—Sonado —dijo para sus adentros.

Padre y el tío John se acercaban al campamento cargados con palos de sauce que dejaron al lado del fuego. Luego se acuclillaron.

—Recogimos toda la leña que había —dijo Padre—. Hemos tenido que ir bastante lejos para encontrarla —levantó los ojos al círculo de niños que miraban fijamente—. ¡Dios Todopoderoso! —exclamó—. ¿De dónde salís vosotros? —los niños se miraron los pies con timidez.

—Habrán olido la comida —dijo Madre—. Winfield, quítate de enmedio —le empujó fuera de su camino—. Tengo que guisar un poco de estofado —dijo—. No hemos comido un buen guiso desde que salimos de casa. Padre, ve a la tienda aquella y compra algo de carne de pescuezo. Vamos a hacer un estofado sabroso —Padre se puso en pie y se alejó tranquilamente.

Al había levantado el capó y miraba el motor grasiento. Levantó la mirada al acercarse Tom.

—Pareces tan feliz como un buitre —comentó Al.

—Estoy tan contento como un sapo bajo la lluvia de primavera —replicó Tom.

—Échale un vistazo al motor —señaló Al—. Tiene buen aspecto ¿eh?

Tom lo miró de cerca.

—No está mal.

—¿Que no está mal? ¡Dios, si está perfecto! No se ha salido ni aceite ni nada —desenroscó una bujía y metió el índice en el agujero—. Está un poco sucio, pero está seco.

—Lo escogiste bien —dijo Tom—. ¿Es eso lo que quieres que te diga?

—Bueno, te aseguro que he venido todo el camino asustado, pensando que iba a estallar y yo tendría la culpa.

—No, lo has hecho bien. Vamos a dejarlo a punto, porque mañana saldremos a buscar trabajo.

—Tirará —aseguró Al—. No te preocupes por eso —sacó una navaja y rascó las puntas de la bujía.

Tom rodeó la tienda y encontró a Casy sentado en el suelo, contemplándose un pie descalzo como un erudito en la materia. Tom se sentó pesadamente a su lado.

—¿Cree que funcionarán?

—¿El qué? —preguntó Casy.

—Esos dedos suyos del pie.

—¡Ah? Sólo estoy pensando.

—Siempre se pone usted cómodo para pensar —dijo Tom.

Casy agitó el dedo gordo y lo levantó y bajó el segundo dedo y sonrió silenciosamente.

—Ya es bastante difícil pensar. Más vale enroscarse y ponerse cómodo.

—Hace días que no le oigo ni una palabra —siguió Tom—. ¿Ha estado pensando todo el tiempo?

—Sí, he estado pensando todo el tiempo.

Tom se quitó la gorra de tela, que ya estaba sucia, hecha una ruina, con la visera curvada como el pico de un pájaro. Volvió del revés la tira que recogía el sudor y metió una tira larga de papel de periódico doblado.

—Sudo tanto que se ha encogido —dijo. Miró los dedos en movimiento del pie de Casy—. ¿Podría dejar de pensar un momento y escucharme?

Casy giró la cabeza sobre su cuello que semejaba una caña.

—Yo escucho continuamente. Por eso he estado pensando. Oigo hablar a la gente y al poco puedo oír lo que sienten. Incesantemente. Los oigo y los siento; y están aleteando como un pájaro en un desván. Se van a quebrar las alas contra una ventana polvorienta intentando salir.

Tom le miró con los ojos muy abiertos y luego se volvió a mirar la tienda gris, unos siete metros más allá. Los vaqueros y camisas y un vestido lavados colgaban secándose de las cuerdas de la tienda. Dijo quedamente:

—De eso era de lo que quería hablar con usted. Y usted ya lo ha visto.

—Lo he visto —asintió Casy—. Somos un ejército sin mandos —inclinó la cabeza y se pasó la mano extendida por la frente y el pelo, lentamente—. Lo llevo viendo desde el principio —dijo—. En cada lugar en que hemos hecho un alto. Gente con hambre de tocino, y luego, cuando se lo comen, no se quedan satisfechos. Y cuando tenían tanta hambre que no lo podían soportar, me pedían que rezara por ellos y alguna vez lo he hecho —juntó las manos alrededor de las rodillas encogidas y recogió las piernas—. Yo solía pensar que así arreglaba algo — continuó—. Yo soltaba una plegaria y los problemas se pegaban a ella como las moscas al papel pringoso. La plegaria se iba navegando y se llevaba con ella las preocupaciones. Pero ya no funciona.

Tom dijo:

—Las oraciones nunca han traído tocino. Hace falta un puerco para tener carne de cerdo.

—Sí —dijo Casy—. Y Dios Todopoderoso nunca sube los salarios. Esta gente quiere vivir y criar a sus hijos con decencia. Y cuando son viejos, poder sentarse a la puerta a contemplar la puesta de sol. Y si son jóvenes quieren bailar y cantar y acostarse juntos. Quieren comer, emborracharse y trabajar. No hay más que eso, sólo quieren ejercitar sus puñeteros músculos y cansarse. ¡Por Dios! ¿Qué estoy diciendo?

—No lo sé —respondió Tom—. Suena bonito. ¿Cuándo cree que puede ponerse a trabajar y dejar de pensar una temporada? Tenemos que trabajar. Prácticamente no queda dinero. Padre dio cinco dólares para que pusieran una lápida a la abuela, una simple tabla pintada. No nos queda casi nada.

Un flaco perro mestizo de color marrón se acercó olfateando por el costado de la tienda. Estaba nervioso y preparado para echar a correr. Se dio cuenta de que estaban los hombres cuando ya estaba muy cerca, y entonces al levantar los ojos los vio, saltó hacia un lado y huyó con las orejas hacia detrás y la huesuda cola recogida en ademán protector. Casy le vio irse esquivando una tienda para perderse de vista. Casy suspiró.

—No le estoy haciendo a nadie ningún bien —dijo—. Ni a mí ni a nadie más. Estaba pensando en seguir mi camino solo. Estoy comiéndome vuestra comida y ocupando espacio, sin dar nada a cambio. Quizá pudiera encontrar un trabajo fijo y devolveros parte de lo que me habéis dado.

Tom abrió la boca y adelantó la mandíbula inferior y se dio unos golpecitos en los dientes de abajo con un trozo seco de caña de mostaza. Sus ojos recorrieron el campamento, las tiendas grises y las chabolas de maleza, hojalata y papel.

—Daría cualquier cosa por tener una bolsa de tabaco Durham —dijo—. Hace una barbaridad de tiempo que no me fumo un cigarrillo.

En McAlester nos daban tabaco. Casi desearía estar allí —se golpeó de nuevo los dientes y se volvió hacia el predicador súbitamente—. ¿Ha estado alguna vez en la cárcel?

—No —dijo Casy—. Nunca.

—No se vaya todavía —dijo Tom—. No se vaya ahora mismo.

—Cuanto antes me ponga a buscar trabajo, antes lo encontraré.

Tom le observó con los ojos entornados y se volvió a poner la gorra.

—Mire —dijo—, esto no es la tierra de leche y miel, como dicen los predicadores. Aquí hay algo maligno. La gente de aquí tiene miedo de los que venimos; así que sueltan policías para que nos amedrenten y nos demos la vuelta.

—Sí —dijo Casy—. Ya lo sé. ¿Para qué me has preguntado si he estado en la cárcel?

Tom replicó lentamente:

—Estando en prisión . . . llegas a sentir las cosas. A los presos no se les permite hablar demasiado, ni con mucha gente . . . dos quizá, pero no una multitud. Así que te vuelves como más sensitivo. Si algo se está cociendo . . . , si por ejemplo a uno le da la chaladura y va a atizarle a un guarda con el palo de la fregona, pues lo sabes antes de que ocurra. Y si va a haber una fuga o una revuelta, nadie te lo tiene que decir. Lo sientes. Lo sabes.

—¿Sí?

—Quédese —dijo Tom—. De todas formas quédese hasta mañana. Aquí va a suceder alguna cosa. Estuve hablando con un chico un poco más allá. Estuvo tan escurridizo y precavido como un coyote, pero demasiado reservado. Cuando un coyote está a lo suyo, inocente, dulce, pasándolo bien sin hacer daño a nadie, es que hay un gallinero cerca.

Casy le miró atentamente, empezó a hacer una pregunta y entonces cerró la boca con decisión. Agitó lentamente los dedos y, dejando libre la rodilla, estiró la pierna para poder ver el pie.

—Sí —dijo—. No me iré inmediatamente.

Tom dijo:

—Cuando un montón de gente, de gente tranquila y amable, no sabe nada acerca de nada, es que se está cociendo algo.

—Me quedaré —dijo Casy.

—Y mañana saldremos con el camión en busca de trabajo.

—Sí —dijo Casy, movió los dedos arriba y abajo y los examinó con seriedad. Tom se recostó de nuevo apoyado en el codo y cerró los ojos.

De la tienda salía el murmullo de Rose of Sharon y la voz de Connie contestando.

La lona encerada dibujaba una silueta oscura y por los dos extremos entraba una luz dura e intensa en forma de cuña. Rose of Sharon yacía en un colchón y Connie estaba acuclillado junto a ella.

—Debería ayudar a Madre —dijo Rose of Sharon—. Lo he intentado, pero cada vez que me movía empezaba a vomitar.

Los ojos de Connie mostraban una expresión malhumo-rada.

—Si llego a saber que iba a ser así, no hubiera venido. Habría estudiado por las noches, tractores, sin salir de casa y me habría conseguido un empleo de tres dólares por día. Con ese sueldo se puede vivir muy bien e incluso ir al cine todas las noches.

Rose of Sharon le miró aprensiva.

—Vas a estudiar radio por las noches —dijo. Él tardaba en responder—. ¿No es eso? —exigió ella.

—Pues claro. Tengo que organizarme. Ganar algo de dinero. Tal vez habría sido mejor quedarnos en casa y estudiar tractores. Ganan tres dólares al día y también se saca algo de dinero extra —Rose of Sharon reflejó en los ojos sus cálculos. Al mirarla él, vio cómo sus ojos lo calibraban y hacían cálculos sobre él.

—Pero voy a estudiar —añadió—. En cuanto me organice.

Ella dijo amenazadora:

—Hemos de tener una casa antes de que llegue el niño. No pienso tener este hijo en ninguna tienda de campaña.

—Claro —dijo él—. En cuanto me organice —salió de la tienda y bajó la vista hacia Madre, agachada sobre la hoguera de maleza. Rose of Sharon se tumbó de espaldas y clavó la mirada en el techo de la tienda. Y entonces se metió el pulgar en la boca para ahogar el sonido y se echó a llorar silenciosamente.

Madre estaba arrodillada al lado del fuego, partiendo leña menuda para mantener la llama alta bajo la olla de estofado. El fuego llameaba y decaía, una y otra vez. Los niños, que eran quince, permanecían de pie callados y expectantes. Cuando el olor del estofado hirviendo llegó hasta ellos, sus narices se arrugaron levemente. La luz del sol relucía en los cabellos con mechas de polvo. Los niños estaban avergonzados de estar allí, pero no se iban. Madre se dirigió con voz suave a una niña que estaba en el interior del ansioso círculo. Era mayor que los demás. Estaba a la pata coja, acariciándose la pantorrilla con el empeine desnudo.

Tenía los brazos enlazados a la espalda. Miró a Madre con sus firmes ojillos grises. Sugirió:

—Podría traerle alguna leña si quiere.

Madre levantó la vista de su trabajo.

—Quieres que te invite a comer, ¿verdad?

—Sí, señora —respondió, imperturbable, la niña.

Madre empujó las ramitas bajo la olla y la llama chispo-rroteó.

—¿No has desayunado?

—No, señora. Por aquí alrededor no hay trabajo. Padre está intentando vender algunas cosas para comprar gasolina y poder seguir.

Madre les miró.

—¿Ninguno de éstos ha podido desayunar?

Los chiquillos en círculo se removieron nerviosos y apartaron los ojos de la olla burbujeante. Un niño pequeño dijo con acento jactancioso:

—Yo sí, y mi hermano, y esos dos también, que les he visto yo. Nosotros comimos bien. Esta noche nos vamos hacia el sur.

Madre sonrió.

—Entonces no tienes hambre. Aquí no hay bastante para todos.

El niñito sacó el morro.

—Comimos bien —dijo, y dio media vuelta, echó a correr y desapareció dentro de una tienda. Madre se quedó mirando detrás de él tanto rato que la niña más mayor le recordó:

—La llama está baja, señora. Si quiere yo se la vigilo para que esté alta.

Ruthie y Winfield estaban dentro del círculo, comportándose con la frialdad y dignidad adecuadas. Se mostraban reservados y al propio tiempo posesivos. Ruthie fijó sus ojos fríos y airados en la niña y se puso en cuclillas para partir las ramitas para Madre.

Madre levantó la tapa de la olla y revolvió el estofado con un palo.

—Me alegro mucho de que algunos no tengáis hambre. Ese pequeño no tenía, al menos.

La niña hizo una mueca de burla.

—Ese ¡qué va!, ese es un fardero. De marca mayor. Si no tiene cena. . . . ¿Sabe lo que hizo? Anoche salió y dijo que tenían pollo para cenar. Pues yo me asomé mientras comían y no tenían más que masa frita como todo el mundo.

—¡Vaya! —y Madre miró hacia la tienda en la que había entrado el crío. Miró de nuevo a la niña—. ¿Cuánto tiempo llevas en California? —le preguntó.

—Unos seis meses. Vivimos un tiempo en un campamento del gobierno, luego nos fuimos hacia el norte y cuando volvimos estaba lleno. Ese es un sitio majo para vivir, se lo aseguro.

—¿Dónde queda? —preguntó Madre. Cogió los palitos de la mano de Ruthie y alimentó el fuego. Ruthie miró con odio a la otra niña.

—Cerca de Weedpatch. Hay aseos y baños, se puede lavar la ropa en pilas y hay agua al alcance de la mano, agua potable muy buena; por las noches la gente toca música y el sábado por la noche hay baile. Es el sitio más bonito que haya visto. Hay una parte para que jueguen los niños, y papel en los servicios. Se tira de un chismito y el agua cae directamente al water, y los policías no pueden venir a curiosear a la tienda cuando les apetece, y el tipo que dirige el campamento es muy educado, va a visitar a la gente, a hablar con ella y no va por ahí creyéndose un dios. Ojalá pudiéramos volver a vivir allí.

Madre dijo:

—Nunca había oído hablar de ese sitio. Me vendría pero que muy bien una pila para lavar ropa, te lo aseguro.

La niña continuó excitada:

—Pero si hay hasta agua caliente en las cañerías, y te puedes dar una ducha con el agua que sale caliente. Seguro que nunca ha visto un sitio tan bonito.

—¿Y dices que ahora está lleno? —dijo Madre.

—Sí. La última vez que preguntamos estaba lleno.

—Debe de ser muy caro —siguió Madre.

—Bueno, sí que cuesta, pero si no tienes dinero, te dejan que lo pagues con trabajo, un par de horas por semana, limpiando, ocupándose de la basura y cosas así. Por la noche hay música y la gente se reúne a hablar y el agua caliente corre por las cañerías. Seguro que nunca ha visto un sitio tan bonito.

—Me encantaría poder ir allí —dijo Madre.

Ruthie no pudo aguantar más. Estalló agresivamente:

—La abuela murió en el mismo camión —la niña la miró con expresión interrogante—. Sí, se murió —dijo Ruthie—. Y el forense se la quedó —apretó los labios y se puso a partir los palos con los que había formado un pequeño montón.

Winfield parpadeó ante la osadía del ataque.

—En el camión mismo —repitió como un eco—. El forense la metió en una cesta grande.

Madre avisó:

—Callaos los dos ahora mismo si no queréis que os obligue a iros —y empujó más ramitas dentro del fuego.

Al se alejó paseando hacia el campamento del hombre que esmerilaba las válvulas.

—Ya casi has terminado —comentó.

—Dos más.

—¿Hay alguna chica en este campamento?

—Yo tengo mujer —dijo el hombre joven—. No tengo tiempo para chicas.

—Yo siempre tengo tiempo para chicas —dijo Al—. Es para lo único que tengo tiempo.

—Espera a tener hambre y verás cómo cambias.

Al se echó a reír.

—Puede ser. Pero todavía no he cambiado nunca ese principio.

—Ese con el que hablé hace un rato está con vosotros, ¿verdad?

—Sí. Es mi hermano Tom. Más vale no tontear con él. Mató a un tipo.

—¿Ah, sí? ¿Por qué?

—En una pelea. El tío le sacó una navaja. Tom se lo cargó con una pala.

—Vaya, eso hizo, ¿eh? ¿Y la justicia qué hizo?

—Le dejaron libre porque había sido una pelea —dijo Al.

—No tiene pinta de pendenciero.

—No, si no lo es. Pero Tom no deja que nadie le avasalle —la voz de Al reflejaba un timbre de orgullo—. Tom es muy tranquilo. Pero, ¡ándate con ojo!

—Estuve hablando con él. No me pareció mala persona.

—No es mala persona. Es suave como un gato hasta que se excita, y entonces ya puedes llevar cuidado —el hombre esmeriló la última válvula—. ¿Quieres que te ayude a colocar las válvulas y poner la cabeza?

—Claro . . . si no tienes ninguna otra cosa que hacer.

—Debería dormir un poco —dijo Al—. Pero, mierda, es que no puedo apartar las manos de un coche medio destripado. Simplemente tengo que meter las manos.

—Te lo agradecería mucho —dijo el hombre—. Me llamo Floyd Knowles.

—Yo soy Al Joad.

—Encantado de conocerte.

—Igualmente —dijo Al—. ¿Vas a usar la misma junta?

—No me queda más remedio —respondió Floyd.

Al sacó su navaja y raspó el bloque del motor.

—¡Dios! —exclamó—. No hay nada que me guste tanto como las tripas de un motor.

—¿Qué hay de las chicas?

—Sí, las chicas también. Me encantaría deshacer un Rolls y volverlo a montar. Una vez vi el motor de un Cadillac 16; ¡Dios Todopoderoso!, era lo más dulce que he visto en mi vida. Fue en Sallisaw, allí estaba el Cadillac 16 estacionado delante de un restaurante, y yo fui y levanté el capó. Enseguida salió uno y me dijo: «¿Qué diablos haces?» Y yo le dije: «Sólo estoy mirando. Es magnífico, ¿verdad?» Y el otro se quedó ahí parado. No creo que nunca hubiera mirado el motor antes. Era un tío rico con un sombrero de paja y una camisa de rayas, y llevaba gafas. No decíamos nada, sólo mirábamos. Al poco va y me dice: «¿Quieres conducir un poco?»

—¡La leche! —dijo Floyd.

—Pues sí . . . «¿Quieres conducir un poco?» Yo llevaba los vaqueros, bastante sucios. Le dije: «Se lo mancharía.» «Venga ya,» dijo. «Date una vuelta a la manzana.» Sí, señor, me senté al volante y di ocho vueltas a la manzana, y ¡qué maravilla!

—¿Te gustó? —preguntó Floyd.

—¡Dios! —exclamó Al—. Habría dado cualquier cosa por poder desmontarlo.

Floyd aflojó el ritmo de los movimientos de su brazo. Levantó la última válvula de su base y la examinó.

—Más te vale acostumbrarte a estos cacharros —dijo—, porque no vas a conducir ningún Cadillac 16 —dejó el tirante en el estribo y cogió un cincel para rascar la costra del bloque del motor. Dos mujeres robustas, con la cabeza descubierta y descalzas, pasaron acarreando un cubo de agua lechosa entre las dos. Cojeaban por el peso del cubo y ninguna de las dos levantó los ojos del suelo. El sol estaba a medio camino en el cielo.

Al dijo:

—No te entusiasmas por nada, tú.

Floyd rascó con más energía con el cincel.

—Llevo aquí seis meses —dijo—. He recorrido este estado de arriba abajo tratando de trabajar lo suficiente y de moverme con la rapidez necesaria para conseguir carne y patatas para mí, mi mujer y mis hijos. He corrido como una liebre y . . . no lo he logrado. Nunca tenemos bastante de comer haga lo que haga. Me estoy cansando, eso es todo. He sobrepasado el punto del cansancio cuando el sueño aún te descansa. Sencillamente no sé qué hacer.

—¿No hay manera de que uno encuentre trabajo fijo? —preguntó Al.

—No, no hay trabajo fijo —separó con el cincel la costra del bloque y frotó el metal apagado con un trapo grasiento.

Un turismo herrumbroso entró en el campamento. En él iban cuatro hombres de rostros morenos y duros. El coche disminuyó mientras cruzaba por el campamento.

Floyd les llamó:

—¿Habéis tenido suerte?

El coche se detuvo. El conductor dijo:

—Hemos cubierto una buena cantidad de terreno. No hay trabajo ni para un alma en estas tierras. Hay que marchar.

—¿A dónde? —preguntó Al.

—Dios sabe. Pero aquí ya no queda nada por hacer —soltó el embrague y se alejó lentamente.

Al miró cómo se alejaban.

—¿No sería mejor que fuera cada uno por su lado? Si hay para uno, uno trabajaría.

Floyd dejó de mover el cincel y sonrió agriamente.

—No entiendes el asunto —explicó—. Para recorrer la zona hace falta gasolina, que cuesta quince centavos por galón. Esos cuatro no pueden ir en cuatro coches. Cada uno pone diez centavos y compran gasolina. Tienes que aprender.

—¡Al!

Al bajó la mirada hacia Winfield, que se había puesto a su lado dándose importancia.

—Al, Madre está sirviendo el estofado. Dice que vengas a por él.

Al se limpió las manos en los pantalones.

—Hoy no hemos comido —le dijo a Floyd—. Cuando coma vengo a echarte una mano.

—Si no te apetece, no es necesario.

—Claro que me apetece —siguió a Winfield camino del campamento de los Joad. Había mucha gente allí. Estaban aquellos niños extraños cerca de la olla del estofado, tan cerca que Madre les rozaba con los codos mientras trajinaba. Tom y el tío John estaban a su lado.

Madre dijo indecisa:

—No sé qué hacer. Tengo que dar de comer a la familia. ¿Qué voy a hacer con todos estos? —los niños seguían mirándola, rígidos, con rostros inexpresivos y tiesos, mientras sus ojos iban mecánicamente de la olla al plato de hojalata que ella sujetaba. Seguían con los ojos a la cuchara de la olla al plato y cuando ella le pasó el plato humeante al tío John, los ojos subieron tras él. El tío John hundió la cuchara en el estofado y los ojos en bloque subieron con la cuchara. John se llevó un trozo de patata a la boca, y los ojos, todos juntos, se clavaron en su rostro, esperando su reacción. ¿Estaría rico? ¿Le gustaría?

Entonces el tío John pareció verles por primera vez. Masticó despacio.

—Toma tú este plato —le dijo a Tom—. Yo no tengo hambre.

—No has comido nada hoy —dijo Tom.

—Ya, pero me duele el estómago. No tengo hambre.

—Llévate el plato a la tienda y cómetelo allí —dijo Tom en voz baja.

—No tengo hambre —insistió John—. Aunque entre en la tienda, los seguiré viendo.

Tom se volvió hacia los chiquillos.

—Largo —dijo—. Venga, marchaos —la fila de ojos dejó el estofado y descansó en Tom con expresión de perplejidad—. Venga, largo. No os va a servir de nada. No hay bastante para vosotros.

Madre sirvió el estofado en platos de hojalata, en pequeñas cantidades, y puso los platos en el suelo.

—No puedo echarles —dijo—. No sé qué hacer. Coged los platos y meteos en la tienda. Les daré lo que queda. Toma, llévale un plato a Rosasharn —sonrió desde el suelo a los niños—. Mirad, pequeños —dijo—, id a por un palo plano cada uno y os daré lo que queda. Pero no quiero ninguna pelea —el grupo se deshizo con una rapidez mortal y en silencio. Los niños corrieron a buscar palos o a sus propias tiendas a por cucharas. Antes de que Madre hubiera acabado de servir los platos ya estaban de regreso, callados y con expresión lobuna. Madre meneó la cabeza—. No sé qué hacer. No puedo robarle a la familia. Primero tengo que alimentar a mi propia familia. Ruthie, Winfield, Al —gritó fieramente—, coged vuestros platos. Deprisa. Meteos rápido en la tienda —miró a los niños que aguardaban como pidiéndoles disculpas—. No hay suficiente —dijo con humildad—. Voy a dejaros aquí fuera la olla para que todos lo probéis, pero no os va a servir de nada —vaciló—. No puedo remediarlo. No os puedo privar de lo poco que haya —levantó la olla y la dejó en el suelo—. Esperad un poco. Está demasiado caliente —dijo, y entró rápidamente en la tienda para no ver. Su familia estaba sentada en el suelo, cada uno con su plato; podían oír a los niños metiendo en la olla sus palos, cucharas y trozos de hojalata oxidada. Un montón de niños ocultaba la olla de la vista. No hablaban, no peleaban ni discutían; pero todos ellos tenían una callada resolución, una fiereza inflexible. Madre les dio la espalda para no ver—. No podemos volver a hacer eso —decidió—. Tenemos que comer solos —se oyó cómo rebañaban la olla y luego el montón de críos se disolvió y los niños se fueron, dejando la olla rebañada en el suelo. Madre miró los platos vacíos—. Ninguno de vosotros ha comido bastante.

Padre se puso en pie y salió de la tienda sin contestar. El predicador sonrió para sí y se tumbó en el suelo con las manos juntas debajo de la cabeza. Al se levantó.

—Tengo que echarle una mano a uno con el coche.

Madre recogió los platos y los sacó para lavarlos.

—Ruthie —llamó—, Winfield. Id a llenarme un cubo de agua ahora mismo —les alcanzó el cubo y ellos se encaminaron hacia el río.

Una mujer fuerte y ancha se aproximó. Llevaba el vestido lleno de polvo y con manchas de aceite de coche. Mantenía la barbilla alta en un gesto orgulloso. Se detuvo a corta distancia y midió beligerante a Madre. Al final se acercó.

—Buenas tardes —saludó con frialdad.

—Buenas tardes —contestó Madre, y se puso en pie y le ofreció una caja—. ¿Quiere sentarse?

La mujer se llegó junto a Madre.

—No, no quiero sentarme.

Madre le dirigió una mirada interrogante.

—¿Le puedo ayudar en alguna cosa?

La mujer se colocó las manos en las caderas.

—Me puede ayudar ocupándose de sus propios hijos y dejando en paz a los míos.

Madre abrió unos ojos como platos.

—Yo no he hecho nada . . . —empezó.

La mujer la miró con el ceño fruncido.

—Mi pequeño ha vuelto oliendo a estofado. Usted se lo dio, me lo ha dicho. No vaya usted jactándose y presumiendo de tener estofado. No se le ocurra. Ya tengo bastantes problemas para que usted me cause más. Me viene y dice: ¿Por qué no tenemos estofado nosotros? —su voz temblaba de furia.

Madre se le acercó.

—Siéntese —dijo—. Siéntese y hablemos un poco.

—No pienso sentarme. Estoy intentando dar de comer a mi familia y va y aparece usted con su estofado . . .

—Siéntese —dijo Madre—. Ese era el último estofado que vamos a comer hasta que encontremos trabajo. Imagínese que está usted guisando y aparecen un puñado de chiquillos dando vueltas a su alrededor. ¿Qué haría usted? Nosotros no comimos lo suficiente, pero no puedes dejar de darles un poco cuando te están mirando así —las manos de la mujer dejaron las caderas y quedaron colgando. Sus ojos se clavaron inquisitivos en Madre, un momento, y después la mujer se volvió y se alejó presurosa, entró en una tienda y cerró la lona detrás de ella. Madre se quedó mirándola y luego volvió a arrodillarse junto a la pila de platos de hojalata.

Al llegó presuroso.

—Tom —llamó—, ¿Tom está dentro?

Tom sacó la cabeza.

—¿Qué quieres?

—Ven conmigo —le conminó Al excitado.

Se alejaron caminando juntos.

—¿Qué es lo que te pasa? —le preguntó Tom.

—Ya te enterarás. Espera un momento —precedió a Tom en dirección al coche destripado—. Este es Floyd Knowles —dijo.

—Sí, ya he hablado con él. ¿Cómo estás?

—Poniéndolo a punto —replicó Floyd.

Tom pasó el dedo por encima del bloque del motor.

—¿Qué clase de mosca te ha picado, Al?

. —Floyd me acaba de decir algo. Díselo, Floyd.

Floyd dijo:

—No sé si debería, pero . . . sí, te lo voy a decir. Ha venido uno que dice que va a haber trabajo más al norte.

—¿Al norte?

—Sí, un lugar llamado el valle de Santa Clara, en el quinto pino y todo hacia el norte.

—¿Sí? ¿Qué tipo de trabajo?

—Recogida de ciruelas y peras y trabajo para las conserveras. Dice que está casi a punto.

—¿A qué distancia? —preguntó Tom.

—Dios sabrá. Tal vez unas doscientas millas.

—Eso son muchas millas —dijo Tom—. ¿Cómo sabemos que vamos a tener trabajo cuando lleguemos?

—La verdad es que no lo sabemos —replicó Floyd—. Pero aquí sí que no hay nada y este tío dice que se lo dice su hermano en una carta y él se ha puesto en marcha. Me dijo que no se lo dijera a nadie o habrá demasiada gente. Hemos de salir por la noche. Hay que llegar allí y conseguir algo de trabajo.

Tom le miró con suspicacia.

—¿Por qué tenemos que irnos a escondidas?

—Porque si todo el mundo va para allá no va a haber trabajo para nadie.

—Está muy lejos —dijo Tom.

Floyd pareció dolido.

—Yo me limito a darte la información. Haz con ella lo que quieras. Tu hermano Al me ha ayudado y yo te digo esa información.

—¿Estás seguro de que aquí no hay trabajo?

—Mira, llevo tres semanas recorriendo los alrededores hasta bien lejos y no he encontrado ni una muestra de trabajo, ni lo más mínimo. Si quieres echar una ojeada por aquí y quemar gasolina mientras tanto, adelante. No te estoy suplicando. Cuantos más vayan, menos posibilidades tengo yo.

Tom dijo:

—No me estoy quejando. Es sólo que se trata de mucha distancia. Y teníamos la esperanza de encontrar trabajo por aquí y alquilar una casa.

—Ya sé que acabáis de llegar —dijo Floyd con paciencia—. Hay cosas que tenéis que aprender. Si me dejaras decírtelas, te ahorrarías disgustos. Si no me dejas, tendrás que aprenderlas por la fuerza. No os vais a instalar definitivamente porque no hay trabajo que os lo permita. Y el estómago tampoco os va a dejar. Eso es lo que hay.

—Me gustaría poder echar un vistazo primero —dijo Tom incómodo.

Un coche atravesó el campamento y se detuvo en la tienda de al lado. Se apeó un hombre vestido con un mono y una camisa azul. Floyd se dirigió a él:

—¿Has tenido suerte?

—En toda la maldita región no hay trabajo en absoluto hasta la recogida del algodón —y se metió en la andrajosa tienda.

—¿Lo ves? —dijo Floyd.

—Sí, ya lo veo. Pero, por Dios, doscientas millas.

—Bueno, podéis contar con que no os vais a instalar en ningun sitio en una temporada. Más valdría que os fuerais haciendo a la idea.

—Deberíamos irnos —dijo Al.

—¿Cuándo habrá trabajo por esta zona? —preguntó Tom.

—Dentro de un mes empieza el algodón. Si andáis bien de dinero podéis esperar al algodón.

—Madre no querrá que volvamos a marcharnos —dijo Tom—. Está muy cansada.

Floyd se encogió de hombros.

—Yo no intento obligaros a ir al norte. Hacer lo que os parezca. Yo sólo te he dicho lo que he oído —cogió la junta grasienta del estribo, la ajustó cuidadosamente sobre el bloque y apretó hacia abajo.

—Si quieres —le dijo a Al—, me puedes ayudar ahora con la cabeza del motor.

Tom los contempló mientras colocaban la pesada cabeza suavemente sobre los tornillos y la dejaban caer de una vez.

—Tendremos que hablarlo —dijo.

—No quiero que se entere nadie más que vosotros —dijo Floyd—. Sólo vosotros. Y no os lo habría contado si tu hermano no me hubiera ayudado.

—Bueno, te agradezco mucho que nos lo hayas dicho —dijo Tom—. Tenemos que pensarlo. Quizá vayamos.

—Dios mío, yo creo que iré tanto si van los demás como si no. Iré a dedo.

—¿Dejarías a la familia? —preguntó Tom.

—Desde luego. Y volvería con los vaqueros repletos de pasta. ¿Por qué no?

—A Madre no le gustaría semejante cosa —replicó Tom—. Y a Padre tampoco.

Floyd metió las tuercas y las apretó todo lo que pudo con los dedos.

—Yo y mi mujer salimos con unos parientes —dijo—. Antes nunca hubiéramos pensado en separarnos. Ni pensarlo siquiera. Pero, ya ves, estuvimos todos una temporada más al norte, y yo me vine para acá y ellos siguieron y Dios sabe por dónde andarán. Desde entonces estamos buscándoles y preguntando por ellos —ajustó la llave inglesa a los tornillos de la cabeza del motor y la fue apretando a la vez, un giro a cada tuerca, siempre en el mismo orden.

Tom se acuclilló junto al coche y levantó los ojos entornados a la hilera de tiendas. Un poco de hierba latía en la tierra entre las tiendas.

—No, señor —dijo—. A Madre no le va a gustar que te largues.

—Bueno, a mí me parece que uno solo tiene más posibilidades de encontrar trabajo.

—Quizá sí, pero a Madre no le gustará nada.

Llegaron al campamento dos coches cargados con hombres desconsolados. Floyd levantó la mirada, pero no les preguntó cómo les había ido. Sus semblantes polvorientos mostraban tristeza y disposición a resistir. El sol empezaba a hundirse y su luz amarilla cayó sobre el Hooverville y los sauces que había detrás. Los niños comenzaron a salir de las tiendas, a vagabundear por el campamento. Y de las tiendas emergieron las mujeres para encender pequeñas hogueras. Los hombres se reunieron en grupos y hablaron entre ellos, en cuclillas todos. Un Chevrolet coupé nuevo dejó la carretera y se dirigió al campamento. Se detuvo en el mismo centro. Tom dijo:

—¿Quienes son éstos? No son de aquí.

—No sé —replicó Floyd—, policías, a lo mejor.

La puerta del coche se abrió y de él salió un hombre que se quedó de pie, quieto al lado del coche. Su acompañante permaneció sentado. Los hombres acuclillados observaron a los recién llegados y la conversación se interrumpió. Las mujeres, que encendían hogueras, miraron a hurtadillas el coche reluciente. Los niños se fueron acercando siguiendo elaborados circuitos, avanzando hacia el centro describiendo largas curvas. Floyd dejó descansar su llave inglesa. Tom se puso en pie. Al se limpió las manos en los pantalones. Los tres se acercaron calmosos al Chevrolet. El hombre que había salido del coche llevaba unos pantalones de color caqui y una camisa de franela. Se cubría la cabeza con un sombrero Stetson de ala plana. Una pequeña cerca formada por plumas y lápices amarillos contenía un fajo de papeles en el bolsillo de su camisa; y del bolsillo del pantalón sobresalía una libreta con tapas de metal. Se movió hacia uno de los grupos de hombres acuclillados, que levantaron los ojos hacia él, suspicaces y tranquilos. Le miraron sin moverse, sin levantar la cabeza y el blanco de los ojos era visible debajo del iris. Tom, y Al y Floyd se acercaron con aire distraído.

El hombre dijo:

—¿Quieren trabajar? —siguieron mirándole en silencio con suspicacia. Y los hombres se fueron aproximando desde todos los puntos del campamento.

Uno de los hombres agachados se decidió por fin a hablar.

—Pues claro que queremos trabajar. ¿Dónde hay trabajo?

—En el condado de Tulare. La fruta está madurando. Hacen falta muchas manos para recogerla.

—¿Usted se encarga de contratar personal? —dijo Floyd.

—Bueno, yo tengo el contrato del terreno.

Los hombres habían formado un grupo compacto. Un hombre vestido con un mono se quitó el sombrero negro y echó hacia atrás su largo cabello negro con los dedos.

—¿Cuánto van a pagar? —preguntó.

—Pues aún no lo sé exactamente. Supongo que unos treinta centavos.

—¿Por qué no lo sabe? Usted tiene el contrato, ¿no es eso?

—Es cierto —dijo el hombre de caqui—. Pero está ligado al precio. Podría ser algo más o algo menos.

Floyd dio un paso adelante. Dijo quedamente:

—Yo voy. Usted es contratista y tiene licencia. No tiene más que enseñar su licencia y luego nos hace una oferta de trabajo que diga dónde, cuándo y cuánto cobramos, lo firma e iremos todos.

El contratista se volvió, frunciendo el ceño.

—¿Intenta decirme cómo debo llevar mis asuntos?

—Si vamos a trabajar para usted, también es asunto nuestro —replicó Floyd.

—Bueno, pues no me va usted a decir cómo lo tengo que hacer. Ya le he dicho que necesito hombres.

—No ha dicho cuántos hombres —dijo Floyd colérico—, ni cuánto va a pagar.

—Maldita sea, aún no lo sé.

—Si no lo sabe no tiene derecho a contratar a los hombres.

—Tengo derecho a llevar mis asuntos como me plazca. Si quieren quedarse aquí sentados, muy bien, me voy a buscar hombres que quieran ir al condado de Tulare. Van a hacer falta muchos hombres.

Floyd se volvió hacia los hombres. Estaban ya de pie, mirando en silencio de un interlocutor al otro. Floyd dijo:

—Dos veces he caído ya en lo mismo. Quizá este hombre necesite mil hombres. Reunirá allí a cinco mil y pagará a quince centavos la hora. Y vosotros, pobres desgraciados, lo tendréis que tomar porque tenéis hambre. Si quiere contratarnos, que lo haga por escrito y diga lo que va a pagar. Que nos muestre su licencia. No está permitido contratar personal sin tener licencia.

El contratista se volvió hacia el Chevrolet y gritó:

—¡Joe! —su acompañante miró hacia afuera y luego abrió la puerta y salió. Llevaba pantalones de montar y botas de cordones. Una funda pesada de revólver colgaba de una cartuchera abrochada a su cintura. Sobre su camisa marrón había prendida una estrella de ayudante del sheriff. Caminó hacia la multitud pesadamente. Su rostro llevaba impresa una sonrisa desteñida.

—¿Qué quieres? —la funda se balanceaba adelante y atrás sobre la cadera.

—¿Has visto alguna vez a este tipo, Joe?

—¿Cuál de ellos? —preguntó el ayudante.

—Ese —el contratista señaló a Floyd.

—¿Qué ha hecho? —el ayudante del sheriff sonrió a Floyd.

—Habla como un rojo, causando agitación.

—Mmm —el ayudante se dio la vuelta despacio para ver el perfil de Floyd, y al rostro de éste afloró el color lentamente.

—¿Veis? —gritó Floyd—. Si este tío fuera honrado, ¿vendría acompañado de un policía?

—¿Le has visto alguna vez? —insistió el contratista.

—Mmm, me parece que sí. La semana pasada, cuando dieron aquel golpe en el almacén de coches de segunda mano. Me parece haber visto a este hombre por allí dando vueltas. Sí. Juraría que es el mismo —la sonrisa abandonó su rostro abruptamente—. Sube al coche —dijo, y desenganchó la tira que cubría la culata de la pistola automática.

Tom dijo:

—No tienen ningún motivo para llevárselo.

El ayudante se dio la vuelta y se encaró con él.

—Si quieres acompañarle no tienes más que abrir el pico una vez más. Había dos tipos merodeando por aquel almacén.

—La semana pasada ni siquiera estaba en este estado —dijo Tom.

—Bueno, puede que estés reclamado en algún otro sitio. Mantén la boca cerrada.

El contratista se volvió hacia los hombres.

—No les conviene a ustedes hacer caso de estos rojos de mierda. Son unos agitadores y les meterán en líos. Hay trabajo para todos ustedes en el condado de Tulare.

Los hombres no contestaron.

El ayudante los miró.

—Podría ser una buena idea que fuerais —dijo. La sonrisa desteñida se dibujaba una vez más en su cara—. La Junta de Sanidad dice que hay que despejar este campamento. Y si se corre la voz de que tenéis rojos entre vosotros . . . alguien podría resultar herido. Sería una buena idea que fuerais hacia Tulare. Por aquí no hay absolutamente nada que hacer. Esto es una forma amistosa de informaros. Si no os vais vendrán unos cuantos hombres por aquí, con picos a lo mejor.

—Os he dicho que necesito hombres —insistió el contratista—. Si no queréis trabajar, bueno, eso es asunto vuestro.

El ayudante sonrió.

—Si no quieren trabajar, no hay lugar para ellos en esta región. Nos libraremos de ellos rápidamente.

Floyd permaneció rígido junto al ayudante del sheriff, con los pulgares enganchados en el cinturón. Tom le echó una mirada furtiva y luego miró al suelo fijamente.

—Eso es todo —dijo el contratista—. Hacen falta hombres en el condado de Tulare; hay trabajo en abundancia.

Tom levantó la vista poco a poco hasta encontrar las manos de Floyd y vio los nervios en las muñecas, marcándose bajo la piel. Tom subió sus manos y enganchó los pulgares en el cinturón.

—Sí, eso es todo. No quiero que mañana por la mañana quede ni uno solo de vosotros.

El contratista subió al Chevrolet.

—Tú —el ayudante se dirigió a Floyd—, sube al coche —alargó una mano grande y agarró el brazo izquierdo de Floyd. Éste se retorció y asestó el golpe en un solo movimiento. Su puño se aplastó contra el rostro ancho del otro y sin detenerse ni un segundo echó a correr esquivando las tiendas en fila. El ayudante se tambaleó y Tom adelantó el pie y le puso la zancadilla. El otro cayó pesadamente y rodó intentando sacar el revólver. Floyd aparecía y desaparecía continuamente mientras seguía la hilera de tiendas. El ayudante disparó desde el suelo. Una mujer que estaba delante de una tienda gritó y luego se miró una mano que ya no tenía nudillos. Los dedos colgaban de los nervios contra la palma de la mano y la carne estaba blanca y sin sangre. Bastante más abajo Floyd se hizo visible, corriendo a toda velocidad hacia los sauces. El ayudante, sentado en el suelo, levantó de nuevo el revólver y entonces el reverendo Casy se adelantó súbitamente saliendo del grupo de hombres. Le dio una patada en el cuello al ayudante y luego se retiró hacia atrás mientras el pesado hombre se derrumbaba inconsciente.

El motor del Chevrolet rugió y partió como un rayo revolviendo el polvo. Llegó a la carretera y siguió a toda velocidad. Delante de la tienda la mujer continuaba mirando su mano destrozada. Pequeñas gotas de sangre comenzaron a manar de la herida. Y una risa histérica empezó a formarse en su garganta, una risa como un lamento que crecía en intensidad y altura con cada inspiración.

El ayudante yacía de lado, con la boca abierta encima del polvo.

Tom recogió la automática, sacó el cargador y lo arrojó a los arbustos, y sacó los cartuchos cargados de la recámara.

—Semejante tipejo no tiene derecho a llevar un revólver —dijo; y dejó caer la automática al suelo.

Una multitud se había congregado alrededor de la mujer de la mano rota, y su histeria se agudizó, y la risa adquirió un timbre de chillido.

Casy se aproximó a Tom.

—Tienes que irte —dijo—. Vete a los sauces y espera. No me vio pegarle la patada, pero a ti sí te ha visto ponerle la zancadilla.

—No quiero irme —dijo Tom.

Casy juntó la cabeza y susurró:

—Te van a tomar las huellas digitales. Has violado la libertad bajo palabra. Te meterán de nuevo en la prisión.

Tom aspiró aire lentamente.

—¡Dios mío! Lo había olvidado.

—Lárgate deprisa —aconsejó Casy—. Antes de que vuelva en sí.

—Me gustaría llevarme su revólver —dijo Tom.

—No. Si puedes regresar sin peligro, te llamaré con cuatro silbidos agudos.

Tom se fue alejando como si tal cosa, pero en cuanto estuvo fuera del grupo apresuró sus pasos y desapareció entre los sauces que flanqueaban el río.

Al se acercó al ayudante caído.

—¡Dios! —dijo admirativamente—, lo ha dejado usted bien tieso.

Los hombres habían seguido mirando al hombre inconsciente. De muy lejos llegaba ahora el sonido de una sirena recorriendo la escala de arriba abajo, cada vez más cercana. Al momento los hombres se pusieron nerviosos, se balancearon sobre los pies un instante y luego se fueron apartando, cada uno hacia su propia tienda. Sólo se quedaron Al y el predicador.

Casy se volvió hacia Al.

—Fuera —dijo—. Vamos, vete a la tienda. Tú no sabes nada.

—¿Sí? ¿Y qué pasa con usted?

Casy le hizo una mueca.

—Alguien tiene que cargar con la culpa. Yo no tengo hijos. Se limitarán a meterme en la cárcel, y de todas formas no hago nada más que estar sentado por ahí . . .

—Esa no es ninguna razón —dijo Al.

—Vete ya —dijo Casy ásperamente—. No te metas en esto.

Al se encrespó.

—A mí nadie me da órdenes.

Casy dijo suavemente:

—Si te metes en esto toda tu familia va a estar metida en el lío. Tú no me preocupas, pero tu madre y tu padre van a tener problemas. Y quizá manden a Tom de nuevo a McAlester.

Al lo pensó durante un momento.

—De acuerdo —dijo—. Sin embargo, creo que es usted un estúpido.

—Bueno —replicó Casy—, ¿por qué no?

La sirena chilló una vez más, y otra, cada vez más cerca. Casy se arrodilló junto al ayudante del sheriff y le dio la vuelta. El hombre gruñó y parpadeó y trató de enfocar la vista. Casy le limpió el polvo de los labios. Las familias se habían recogido en las tiendas y las solapas de la lona estaban bajadas; el sol poniente tiñó el aire de rojo y las tiendas grises parecieron de bronce.

Unos neumáticos chirriaron en la carretera y un coche descubierto llegó veloz al campamento. Cuatro hombres salieron presurosos, armados con rifles. Casy se puso en pie y caminó hacia ellos.

—¿Qué diablos pasa aquí?

—Dejé k.o. a ese hombre —explicó Casy.

Uno de los hombres armados fue hasta el ayudante del sheriff, que ya estaba consciente e intentaba débilmente sentarse.

—¿Qué es lo que ha pasado?

—Mire —dijo Casy—, se puso chulo y le di un golpe y él empezó a disparar . . . le dio a una mujer un poco más allá. Así que le volví a atizar.

—Bueno, y ¿qué había hecho usted en primer lugar?

—Le contesté —dijo Casy.

—Suba al coche.

—No faltaba más —replicó Casy, y se sentó en el asiento trasero. Dos hombres ayudaron al herido a ponerse en pie. Él se palpó con prevención.

Casy dijo:

—Un poco más allá hay una mujer que puede desangrarse por culpa de su mala puntería.

—Ya nos ocuparemos luego. Mike, ¿es éste el que te pegó?

El aludido, aturdido y con cara de encontrarse mal miró a Casy con fijeza.

—No me parece que sea él.

—Pues claro que fui yo —le contradijo Casy—. A mí no se me pone chulo nadie.

Mike movió despacio la cabeza.

—No me parece que seas el mismo. ¡Dios!, creo que voy a vomitar.

—No voy a resistirme —dijo Casy—. Deberían ir a ver si es grave la herida de la mujer.

—¿Dónde está?

—En aquella tienda de allí.

El jefe de los ayudantes caminó hacia la tienda rifle en mano. Habló desde fuera y luego entró. Al cabo de un momento salió y regresó. Y aseguró, con un deje de orgullo:

—¡Menudas carnicerías hace un 45! Le han puesto un torniquete. Mandaremos a un médico.

Dos ayudantes flanquearon a Casy en el asiento. El jefe tocó el claxon. No había en el campamento la más menor actividad. Las tiendas estaban bien cerradas y la gente permanecía en su interior. El motor encendió y el coche dio la vuelta y salió del campamento. Casy se sentaba orgulloso entre sus guardianes, con la cabeza alta, y los músculos del cuello se marcaban visiblemente. En sus labios había una vaga sonrisa y en su rostro un curioso aire de victoria.

Cuando los ayudantes del sheriff se hubieron ido, la gente fue saliendo de las tiendas. El sol estaba bajo y la suave luz azul del atardecer cubría el campamento. Hacia el este las montañas seguían aún bañadas por la luz amarilla. Las mujeres volvieron a las fogatas que habían dejado morir. Los hombres se reunieron a hablar en voz baja.

Al salió reptando de la tienda y se dirigió hacia los sauces para avisar a Tom. Madre dejó también la tienda y encendió la hoguera de ramitas.

—Padre —dijo—, no vamos a comer gran cosa. Ya comimos bastante tarde.

Padre y el tío John se quedaron cerca viendo cómo Madre pelaba patatas, las cortaba y las metía en la sartén llena de grasa. Padre dijo:

—¿Para que diablos habrá hecho eso el predicador?

Ruthie y Winfield se acercaron y se agacharon a oír la conversación. El tío John escarbó en la tierra con un largo clavo oxidado.

—Él sabía lo que es el pecado. Yo se lo pregunté y me lo explicó: pero no sé si está en lo cierto. Dice que uno ha pecado si él cree que ha pecado —los ojos del tío John mostraban cansancio y tristeza—. Toda la vida he tenido secretos —dijo—. He hecho cosas que nunca he contado.

Madre se volvió desde el fuego.

—Pues no empieces ahora, John —pidió Madre—. Díselas a Dios. No abrumes a los demás con tus pecados. No es decente.

—Me están corroyendo —dijo John.

—Bueno, no nos los digas. Vete al río, mete la cabeza bajo el agua y murmúraselos a la corriente.

Padre asintió tras las palabras de Madre.

—Tiene razón —dijo—. A uno le alivia hablar, pero eso simplemente es esparcir los propios pecados.

El tío John contempló las montañas doradas, que se reflejaron en sus ojos.

—Me gustaría poder expulsarlos —dijo—, pero no puedo. Me están mordiendo las entrañas.

A su espalda Rose of Sharon salió de la tienda con aspecto de estar mareada.

—¿Dónde está Connie? —preguntó irritada—. Hace mucho rato que no le veo. ¿Dónde ha ido?

—Yo no le he visto —dijo Madre—. Si le veo le diré que le andas buscando.

—No me encuentro bien —se quejó Rose of Sharon—. Connie no debería haberme dejado sola.

Madre observó el rostro hinchado de la joven.

—Has estado llorando —dijo.

Las lágrimas surgieron de nuevo de los ojos de Rose of Sharon.

Madre continuó hablando con firmeza:

—Haz el favor de controlarte. Aquí estamos muchos. Contrólate. Ven acá a pelar patatas. Sientes lástima de ti misma.

La muchacha empezó a volver a la tienda. Trató de evitar los ojos severos de Madre, pero se sintió atrapada por ellos y fue lentamente hacia la hoguera.

—No debería haberse ido —dijo, pero ya sin llanto.

—Debes trabajar —opinó Madre—. Sentada todo el día en la tienda te da por compadecerte de ti misma. No he tenido tiempo de cogerte por mi cuenta, pero ahora voy a empezar. Toma este cuchillo y ponte con las patatas.

La muchacha se puso de rodillas y obedeció. Dijo amenazadora:

—Espera a que le eche la vista encima. Se va a enterar.

Madre sonrió despacio.

—Quizá te zurre. Te lo estás buscando, gimoteando todo el día y mimándote a ti misma. Si te mete algo de cordura a base de cachetes, le voy a dar mi bendición —los ojos de Rose of Sharon brillaron de resentimiento, pero permaneció en silencio.

El tío John hundió el clavo oxidado en la tierra empujándolo con su ancho pulgar.

—Necesito hablar —dijo.

—Bueno, pues habla ya, maldita sea —estalló Padre—. ¿A quién has matado?

El tío John rebuscó con el pulgar en el bolsillo pequeño de los vaqueros y sacó un sucio billete doblado. Lo extendió y se lo mostró.

—Cinco dólares —dijo.

—¿Lo has robado? —preguntó Padre.

—No, era mío. Lo tenía guardado.

—Era tu dinero, ¿no es eso?

—Sí, pero no tenía ningún derecho a guardármelo.

—No veo que sea un pecado —dijo Madre—. Es tuyo.

—No es sólo que me lo guardara —siguió John hablando lentamente—. Me lo guardé para emborracharme. Sabía que llegaría un momento en que necesitaría pillar una curda para calmar el dolor de mis entrañas. Necesito emborracharme. Pensaba que aún no había llegado el momento y entonces . . . va el predicador y se entrega para salvar a Tom.

Padre asintió y ladeó la cabeza para oír mejor. Ruthie se aproximó como un cachorrillo, arrastrándose con los codos y Winfield la siguió. Rose of Sharon sacó un ojo profundo de una patata con la punta del cuchillo. La luz del atardecer se oscureció y tomó una tonalidad más azul.

Madre dijo en un tono que no admitía discusión:

—No veo que porque él le haya salvado, tú tengas que emborracharte.

—No puedo explicarlo —dijo John con tristeza—. Me siento fatal. Lo ha hecho con esa tranquilidad; da un paso adelante y dice: «He sido yo.» Y se lo han llevado. Y yo voy a emborracharme.

Padre volvió a asentir.

—No veo por qué lo tienes que pregonar —dijo—. Si yo fuera tú, simplemente me iría a emborracharme si lo necesitara.

—Llega el momento en que yo podría haber hecho algo y librar a mi alma del gran pecado —dijo el tío John apesadumbrado—. Y se me escapó. No estuve vivo y pasó. ¡Oye! —exclamó—. Tú tienes el dinero. Dame dos dólares.

Padre rebuscó reacio en su bolsillo y sacó el monedero de cuero.

—No vas a necesitar siete dólares para emborracharte. No hay necesidad de que bebas champán.

El tío John le ofreció su billete.

—Coge esto y dame dos dólares. Puedo cogerme una buena curda con dos dólares. No quiero añadir el pecado de derroche. Me gastaré lo que tenga. Como siempre.

Padre cogió el sucio billete y le dio al tío John dos dólares de plata.

—Aquí tienes —dijo—. Cada uno tiene que hacer lo que tiene que hacer. Nadie sabe lo suficiente para decirle lo que debe hacer a otro.

El tío John se guardó las monedas.

—¿No te vas a enfadar? Sabes que he de hacerlo, ¿verdad?

—Sí, por Dios —dijo Padre—. Tú sabrás lo que tienes que hacer.

—No podría pasar esta noche de ninguna otra forma —dijo. Se volvió hacia Madre—. ¿No me vas a recriminar?

Madre no levantó la mirada.

—No —respondió quedamente—. No . . . vete tranquilo.

Él se puso en pie y se alejó con aire desamparado en el atardecer. Llegó a la carretera de asfalto y cruzó el piso hasta la tienda de comestibles. Delante de la puerta de tela metálica se quitó el sombrero, lo dejó caer en el polvo y lo pisoteó con el tacón en señal de autodegradación. Dejó allí el sombrero negro, roto y manchado. Entró en la tienda y se dirigió a los estantes donde estaban las botellas de whisky colocadas tras un enrejado de alambre.

Padre, Madre y los niños contemplaron al tío John mientras se alejaba. Los ojos llenos de resentimiento de Rose of Sharon permanecieron fijos en las patatas.

—Pobre John —dijo Madre—. Me pregunto si hubiera servido de algo . . . no . . . supongo que no. Nunca he visto un hombre tan empeñado.

Ruthie se giró de lado en el polvo. Puso la cabeza junto a la de Winfield y tiró de la oreja de su hermano para acercarla a su boca. Susurró:

—Voy a emborracharme —Winfield resopló y cerró la boca con decisión. Los dos chiquillos se alejaron reptando, conteniendo la respiración, con los rostros morados de aguantar la risa. Se arrastraron hasta la parte trasera de la tienda, se pusieron en pie de un salto y echaron a correr chillando. Corriendo hacia los sauces y una vez a cubierto, rieron con grandes carcajadas. Ruthie cruzó los ojos y aflojó las articulaciones; se tambaleó, tropezando como si fuera de goma, con la lengua colgando—. Estoy borracha —anunció.

—Mira —gritó Winfield—. Mírame, aquí estoy, soy el tío John —aleteó con los brazos resoplando y dio vueltas hasta estar mareado.

—No —dijo Ruthie—. Es así. Es así. Yo soy el tío John. Estoy borracho perdido.

Al y Tom, que caminaban tranquilamente entre los sauces, tropezaron con los niños tambaleándose por ahí como locos. Habían conseguido levantar un polvo denso. Tom se detuvo y escudriñó.

—¿No son esos Ruthie y Winfield? ¿Qué diablos les pasa? —siguieron acercándose—. ¿Estáis locos? —preguntó Tom.

Los niños se interrumpieron avergonzados.

—Estábamos . . . jugando —contestó Ruthie.

—Vaya tontería de juego —dijo Al.

—No es más tonto que muchas otras cosas —replicó Ruthie con descaro.

Al siguió caminando. Le dijo a Tom:

—Ruthie está ganándose a pulso una patada en el culo. Lleva ya tiempo pidiéndola. Está casi a punto para ganársela.

Ruthie le hizo una mueca a la espalda, se estiró la boca con los dedos índices, le sacó la lengua, le insultó de todas las formas que conocía, pero Al no se volvió a mirarla. Ella miró a Winfield para recomenzar el juego, pero ya se había echado a perder. Ambos lo sabían.

—Vamos al agua a meter la cabeza dentro —sugirió Winfield. Caminaron entre los sauces; estaban furiosos con Al.

Al y Tom avanzaron en silencio en el crepúsculo. Tom dijo:

—Casy no debía haber hecho eso. Aunque yo podría habérmelo imaginado. Me estuvo hablando de que no había hecho nada por nosotros. Es un tipo curioso, Al. Se pasa todo el tiempo pensando.

—Es por haber sido predicador —opinó Al—. Se acaban liando con todas esas cosas.

—¿A dónde crees que iba Connie?

—Supongo que iría a cagar.

—Pues sí que se iba lejos.

Anduvieron entre las tiendas, manteniéndose cerca de las paredes. Al pasar por la tienda de Floyd les detuvo un saludo en voz baja. Se acercaron a la solapa de la tienda y se pusieron en cuclillas. Floyd levantó ligeramente la lona.

—¿Os vais?

—No lo sé —dijo Tom—. ¿Crees que deberíamos?

Floyd dejó escapar una risa agria.

—Ya oísteis lo que dijo ese policía. Si no os marcháis vais a arder. Estás loco si crees que ese tío no va a volver después de la paliza que recibió. Los tíos de los billares vendrán esta noche a prendernos fuego.

—Entonces lo mejor va a ser largarse —se mostró de acuerdo Tom—. ¿A dónde vas a ir tú?

—Pues hacia el norte, como ya te dije.

—Oye, uno me ha hablado de un campamento del gobierno que hay cerca de aquí —dijo Al—. ¿Dónde está?

—Ah, creo que está completo.

—Bueno, pero ¿dónde está?

—Hacia el sur por la 99, unas doce o catorce millas y luego giras hacia el este hasta Weedpatch. Está muy cerca de allí. Pero creo que está completo.

—Lo que no puedo entender es por qué ese policía tenía tan mala leche —dijo Tom—. Parecía estar buscando bronca, como si estuviera pinchándonos para que se liara la cosa.

Floyd replicó:

—No sé aquí, pero cuando estaba más al norte conocí a uno, era buena gente. Me dijo que allí los ayudantes tienen que encerrar a gente. El sheriff recibe setenta y cinco centavos al día por cada prisionero y les da de comer por veinticinco centavos. Si no tienen presos, no saca beneficio. Aquel hombre me dijo que no había encarcelado a nadie en una semana y el sheriff le había advertido que o arrestaba a unos cuantos o tendría que devolver la placa. Este tío que ha venido hoy venía con la intención de llevarse a alguno como fuera.

—Tenemos que irnos —dijo Tom—. Hasta otra, Floyd.

—Hasta otra. Seguramente nos veremos. Eso espero al menos.

—Adiós —dijo Al. Recorrieron el campamento gris oscuro hasta la tienda.

La sartén de patatas friéndose silbaba y salpicaba sobre el fuego. Madre movía las gruesas rodajas con una cuchara. Padre estaba cerca, sentado y abrazándose las rodillas. Rose of Sharon estaba sentada bajo la lona encerada.

—Aquí está Tom —exclamó Madre—. Gracias a Dios.

—Tenemos que marcharnos de aquí —dijo Tom.

—¿Qué es lo que pasa ahora?

—Pues que Floyd dice que esta noche van a pegar fuego al campamento.

—¿Por qué diablos van a hacer eso? —preguntó Padre—. No hemos hecho nada.

—Nada excepto darle una paliza a un policía —replicó Tom.

—Bueno, no hemos sido nosotros.

—Por lo que dijo ese policía, quieren echarnos de aquí.

Rose of Sharon quiso saber:

—¿Habéis visto a Connie?

—Sí —respondió Al—. En el quinto pino río arriba. Iba hacia el sur.

—¿Se marchaba?

—No lo sé.

Madre se volvió hacia la muchacha.

—Rosasharn, has estado diciendo cosas raras y comportándote de forma curiosa. ¿Qué te dijo Connie?

Rose of Sharon respondió torvamente:

—Me dijo que habría hecho mejor quedándose en casa y estudiando tractores.

Todos permanecieron sumidos en profundo silencio. Rose of Sharon contempló el fuego, y sus ojos brillaron a la luz de la fogata. Las patatas chisporrotearon con intensidad en la sartén. La joven sorbió y se limpió la nariz con el dorso de la mano.

Padre dijo:

—Connie no servía para nada. Lo sé desde hace tiempo. No tenía lo que hay que tener, simplemente se lo creía.

Rose of Sharon se puso en pie y entró en la tienda. Se tumbó en el colchón boca abajo y escondió la cabeza entre sus brazos cruzados.

—Supongo que no serviría de nada ir a por él —dijo Al.

—No —replicó Padre—. Si no sirve para esto, más vale que no venga.

Madre se asomó a la tienda donde Rose of Sharon yacía en su colchón.

—Sh. No digas eso.

—Bueno, no servía para nada —insistió Padre—. No hacía más que decir todo el tiempo lo que iba a hacer y nunca hacía nada. No quise decir nada mientras estuvo aquí. Pero ahora que ha huido . . .

—Sh —dijo Madre suavemente.

—¿Por qué, por el amor de Dios? ¿Por qué tengo que callarme? Ha huido, ¿no es eso?

Madre dio la vuelta a las patatas con la cuchara y la grasa hirvió y salpicó. Alimentó el fuego con ramitas y las llamas se elevaron e iluminaron la tienda. Madre dijo:

—Rosasharn va a tener una criatura y la mitad de ella es Connie. No está bien que un bebé crezca oyendo a su familia decir que su padre era un inútil.

—Es mejor decir eso que mentirle —dijo Padre.

—No, no es mejor —le interrumpió Madre—. Hazte a la idea de que ha muerto. No hablarías mal de Connie si estuviera muerto.

Tom intervino:

—Pero bueno, ¿qué es esto? No estamos seguros de que Connie se haya ido definitivamente. No hay tiempo para charlar. Tenemos que comer y ponernos en camino.

—¿En camino? Si acabamos de llegar aquí —Madre le miró a través de la oscuridad herida por la luz de la hoguera.

Él explicó con detenimiento:

—Madre, esta noche van a incendiar el campamento. Tú sabes que yo no soy capaz de quedarme mirando cómo se queman nuestras cosas, ni Padre lo es, ni el tío John. La pelea sería inevitable y, sencillamente, no puedo permitirme el lujo de que me detengan y me fotografíen para identificarme. Hoy me libré por los pelos, porque el predicador intervino.

Madre había estado dando vueltas a las patatas fritas en la grasa caliente. Ahora tomó una decisión.

—Venga —gritó—. Vamos a comer esto. Hemos de marchar con rapidez —sacó los platos de hojalata.

Padre dijo:

—¿Y qué hay de John?

—¿Dónde está el tío John? —preguntó Tom.

Padre y Madre callaron un momento y luego Padre respondió:

—Se fue a emborracharse.

—Dios —exclamó Tom—. Vaya un momento que ha ido a escoger. ¿A dónde fue?

—No lo sé —contestó Padre.

Tom se levantó.

—Mira —dijo—, vosotros comed y cargad todo. Yo voy a buscar al tío John. Debe de haber ido a la tienda al otro lado de la carretera.

Tom echó a andar con rapidez. Los pequeños fuegos donde se cocinaba ardían delante de las tiendas y las chabolas, y la luz caía sobre los semblantes de hombres y mujeres harapientos, de niños acurrucados. A través de la lona de unas pocas tiendas brillaba la luz de las lámparas de queroseno y mostraba a las gentes como enormes sombras en la tela.

Tom recorrió el camino polvoriento y cruzó la carretera asfaltada para llegar a la tiendecita. Se detuvo ante la puerta enrejada y miró al interior. El propietario, un hombrecillo gris con un bigote descuidado y ojos acuosos, se apoyaba en el mostrador mientras leía un periódico. Sus brazos delgados estaban desnudos y llevaba un largo delantal blanco. Amontonados a su alrededor y a su espalda había montones, pirámides, muros de productos enlatados. Levantó la vista al entrar Tom y entornó los ojos como si apuntara con una escopeta.

—Buenas tardes —dijo—. ¿Qué se le ofrece?

—Mi tío —respondió Tom—. Ha huido o algo así.

El hombre gris mostró una expresión confusa y preocupada al tiempo. Se tocó la punta de la nariz con delicadeza y la movió en círculos para mitigar un picor.

—Ustedes siempre están perdiendo a alguien —dijo—. Cada día diez o más veces entra alguien y dice: «Si ve usted a un hombre llamado fulano de tal con un aspecto así o asá, por favor dígale que nos hemos ido hacia el norte.» Siempre dicen algo parecido.

Tom se echó a reír.

—Bueno, si ve usted a un mocoso que se llama Connie y tiene un poco cara de coyote, dígale que se vaya a la mierda. Que nos hemos ido al sur. Pero ese no es a quien busco. ¿Ha venido por aquí un hombre de unos sesenta años, con pantalones negros, pelo medio canoso, a por algo de whisky?

Los ojos del hombre gris se encendieron.

—Desde luego que sí. Nunca he visto nada igual. Se paró ahí fuera, tiró el sombrero y lo pisoteó. Mire, aquí tengo el sombrero —sacó el sombrero sucio y destrozado de debajo del mostrador.

Tom lo cogió.

—Es él, no hay duda.

—Bueno, pues compró un par de pintas de whisky y no dijo ni una

palabra. Le quitó el corcho y empinó la botella. Aquí no se puede beber,
yo no tengo licencia, así que voy y le digo: «Oiga, no puede beber aquí.
Tiene que salir afuera.» Pues bien, salió, se quedó justo al lado de la
puerta y juraría que no empinó esa pinta más de cuatro veces antes de
que estuviera vacía. Arrojó la botella y se apoyó en la puerta. Con los
ojos como ausentes. Me dijo: «Gracias, señor,» y se marchó. Nunca he
visto a nadie beber de esa manera en toda mi vida.

—¿Se marchó? ¿En qué dirección? Tengo que encontrarle.

—Pues resulta que sí se lo puedo decir. Nunca había visto a nadie
beber así, de modo que me quedé mirándole. Fue hacia el norte; y entonces pasó un coche, lo iluminó y él cayó a la cuneta. Las piernas se le
empezaban a doblar un poco. Ya tenía la otra pinta abierta. No debe andar muy lejos, tal como iba.

—Gracias —dijo Tom—. Tengo que encontrarle.

—¿Quiere llevarse el sombrero?

—Sí, sí, le hará falta. Bueno, pues gracias.

—¿Qué le pasa? —inquirió el hombre gris—. No obtenía ningún
placer bebiendo así.

—Es un poco . . . depresivo. Bien, buenas noches. Y si ve a ese fantasma de Connie, dígale que nos hemos ido al sur.

—Tengo que localizar y dar recados a tanta gente que ni siquiera me
acuerdo de todos.

—No se esfuerce demasiado —aconsejó Tom. Salió por la puerta de
tela metálica con el polvoriento sombrero negro del tío John. Cruzó la
carretera asfaltada y caminó por el borde de la misma. A sus pies, en una
depresión, yacía el Hooverville; y las pequeñas hogueras parpadeaban y
faroles relucían a través de las tiendas. En algún lugar del campamento
sonaba una guitarra, acordes lentos, tocados sin una secuencia, como
practicando. Tom se detuvo y escuchó y luego caminó lentamente por el
borde de la carretera, parándose cada pocos pasos para volver a escuchar. Había avanzado un cuarto de milla antes de oír lo que estaba esperando. Desde el fondo del terraplén el sonido de una voz desafinada,
espesa, cantando monótona. Tom ladeó la cabeza para oír mejor.

Y la apagada voz cantaba: «He dado mi corazón a Jesús; Jesús
llévame contigo. He dado mi alma a Jesús, Jesús es mi hogar.» La canción fue desvaneciéndose hasta convertirse en un murmullo y desaparecer. Tom bajó presuroso por el terraplén, buscando el lugar del que
provenía la canción. Al poco se detuvo y volvió a escuchar. Esta vez la

voz era más cercana, la misma cantinela lenta y desafinada: «Oh, la noche que murió Maggie, ella me llamó a su lado y me dio aquellos calzones de franela roja que usaba. En las rodillas había bolsas . . .» Tom se movió hacia adelante con cautela. Vio la forma negra sentada en el suelo y se aproximó furtivamente y se sentó. El tío John empinó la pinta y el licor gorgoteó al pasar por el cuello de la botella.

Tom dijo en voz baja.

—¡Eh!, espera, ¿qué pasa contigo?

—¿Quién eres? —el tío John volvió la cabeza.

—¿Ya te has olvidado de mí? Te has bebido cuatro tragos por uno mío.

—No, Tom. No me vas a engañar. Estoy completamente solo. Tú no has estado aquí.

—Bueno, pues te aseguro que ahora sí que estoy. ¿Qué tal si me das un trago?

El tío John volvió a levantar la pinta y se oyó el glu-glu del whisky. Agitó la botella. Estaba vacía.

—No hay más —dijo—. Deseo tanto morir, tengo tantas ganas de morir, de morir un poquito. Lo necesito. Como estar dormido. Morir un poco. Tan cansado. Cansado. Tal vez . . . no volver a despertar —su voz canturreó como a lo lejos. «Llevaré una corona . . . una corona de oro.»

Tom dijo:

—Escúchame, tío John. Vamos a seguir camino. Ven conmigo y puedes ir a dormir directamente encima de la carga.

John meneó la cabeza.

—No. Seguid adelante. Yo no voy. Voy a descansar aquí. Es inútil que vuelva. No sería bueno para nadie . . . arrastrando mis pecados como calzoncillos sucios entre gente decente. Yo no voy.

—Venga. No podemos irnos si no vienes.

—Marchaos. Yo no sirvo para nada, para nada. Lo único que hago es ir arrastrando mis pecados, manchando a todos a mi alrededor.

—No tienes más pecados que cualquier otro.

John acercó la cabeza y le guiñó un ojo sabiamente. Tom pudo ver débilmente su rostro a la luz de las estrellas.

—Nadie conoce mis pecados, excepto Jesús. Él sabe.

Tom se puso de rodillas. Colocó su mano en la frente del tío John y la notó caliente y seca. John le apartó la mano torpemente.

—Venga —suplicó Tom—. Vámonos ahora, tío John.

—Yo no pienso ir. Estoy cansado. Voy a descansar aquí mismo. Aquí mismo.

Tom estaba muy próximo. Puso su puño contra la barbilla del tío John. Trazó un par de veces un arco de prueba, para calcular la distancia; y entonces, haciendo un balanceo desde el hombro, dio en la barbilla un puñetazo limpio y perfecto. La barbilla de John se fue hacia arriba con un golpe seco y él cayó hacia detrás e intentó volver a sentarse. Pero Tom, que estaba arrodillado junto a él, le volvió a golpear mientras John levantaba un codo. El tío John permaneció inmóvil en la tierra.

Tom se levantó e, inclinándose, recogió el cuerpo relajado y flojo y lo impulsó hacia arriba hasta colocárselo sobre el hombro. Se tambaleó bajo el peso muerto. Las manos de John le palmeaban la espalda al andar, lentamente, resoplando mientras ascendía por el terraplén hasta la carretera. Una vez pasó un coche y le iluminó con el hombre desmayado sobre el hombro. El coche disminuyó la velocidad un instante y luego se alejó rugiendo.

Tom jadeaba cuando llegó al Hooverville, bajó por el camino y alcanzó el camión de su familia. John estaba volviendo en sí; se resistió débilmente. Tom lo dejó con cuidado en el suelo.

El campamento había sido levantado en su ausencia. Al pasaba los bultos al camión. La lona encerada esperaba lista para cubrir la carga.

Al dijo:

—No cabe duda de que decidió hacerlo por la vía rápida.

Tom se disculpó.

—Le tuve que dar un par de golpes para conseguir que viniera. Pobre hombre.

—¿No le habrás hecho daño? —preguntó Madre.

—No creo. Ya se está recuperando.

El tío John se encontraba débil y mareado, en el suelo. Tenía espasmos de vómitos en pequeños jadeos.

—Te guardé un plato de patatas, Tom —dijo Madre.

—En este momento no estoy precisamente de humor —rió Tom entre dientes.

—Venga, Al —llamó Padre—. Coloca la lona por la cuerda.

El camión estaba cargado y listo. El tío John se había quedado dormido. Tom y Al lo izaron y lo subieron encima de la carga mientras

Winfield imitaba el sonido de arcadas detrás del camión y Ruthie se metía la mano en la boca para no soltar la carcajada.

—Todo listo —anunció Padre.

—¿Dónde está Rosasharn? —preguntó Tom.

—Allí —respondió Madre—. Vamos, Rosasharn. Es hora de irnos.

La muchacha estaba sentada, inmóvil, con la barbilla hundida en el pecho. Tom se acercó a ella.

—Venga —le dijo.

—Yo no voy —dijo, sin levantar la cabeza.

—Tienes que venir.

—Quiero que venga Connie. No pienso irme hasta que regrese.

Tres coches salieron del campamento, camino adelante hacia la carretera, coches viejos cargados con los enseres de acampar y la gente. Llegaron con estruendo hasta la carretera y se alejaron, sus débiles luces alumbrando la ruta.

Tom dijo:

—Connie nos encontrará. Le dejé recado en la tienda de dónde estaríamos. Él nos encontrará.

Madre se llegó junto a ellos y se detuvo al lado de su hijo.

—Venga, Rosasharn. Vamos, cariño —dijo con dulzura.

—Quiero esperar.

—No podemos esperar —Madre se inclinó, tomó a su hija del brazo y la ayudó a ponerse de pie.

—Él nos encontrará —repitió Tom—. No te preocupes. Ya nos encontrará.

Caminaron flanqueando a la joven.

—Quizá haya ido a comprar los libros para estudiar —dijo Rose of Sharon—. Quizá quería darnos una sorpresa.

—Puede que eso sea justo lo que haya hecho —dijo Madre. La condujeron hasta el camión y la ayudaron a encaramarse en la carga y ella se arrastró bajo la lona y desapareció en la oscura cueva.

Entonces el barbudo de la chabola de maleza se acercó tímidamente al camión. Se quedó allí con las manos unidas detrás de la espalda.

—¿Van a dejar alguna cosa que uno pueda aprovechar? —preguntó al fin.

—No se me ocurre nada —replicó Padre—. No tenemos nada que podamos dejar.

—¿Es que no se van a ir? —preguntó Tom.

Durante largo rato el barbudo le miró fijamente.

—No —dijo por último.

—Pero si van a quemar el campamento.

Sus ojos huidizos se clavaron en la tierra.

—Ya lo sé. Ya lo han hecho otras veces.

—Bueno, y ¿por qué rayos no se largan?

Los ojos aturdidos miraron arriba un momento y luego volvieron a bajar y la luz agonizante de la hoguera tenía un resplandor rojizo.

—No lo sé. Se tarda mucho en volver a acumular cosas.

—No le quedará nada si todo arde.

—Lo sé. ¿No van a dejar nada aprovechable?

—Estamos limpios, pelados —dijo Padre. El hombre se alejó como ausente—. ¿Qué es lo que le pasa? —exigió Padre.

—Demasiada policía —explicó Tom—. Como me dijo uno, éste está sonado. Le han dado demasiados golpes en la cabeza.

Una segunda caravana en miniatura atravesó el campamento, trepó a la carretera y se alejó.

—Venga, Padre. Vámonos. Mira, tú, yo y Al vamos en el asiento. Madre puede viajar en la carga. No. Madre, tú siéntate en el medio. Al —Tom buscó debajo del asiento y sacó una gran llave inglesa—. Al, tú ve detrás. Llévate esto por si acaso. Si alguno intenta subir . . . dale fuerte.

Al cogió la llave inglesa, trepó por el tablón trasero y se acomodó con las piernas cruzadas, llave inglesa en mano. Tom sacó la barra de hierro de debajo del asiento y la dejó en el suelo, bajo el pedal del freno.

—Bien —dijo—. Siéntate en el medio, Madre.

—Yo no tengo nada en la mano —dijo Padre.

—Puedes estirarte y alcanzar la barra de hierro —dijo Tom—. Espero, por Dios, que no haga falta —apretó el estárter y el ruidoso volante giró, el motor encendió y se quedó muerto y volvió a encenderse. Tom encendió las luces y salió del campamento en primera. Las débiles luces palpaban nerviosamente la carretera. Subieron a la carretera y enfilaron en dirección sur. Tom dijo:

—Llega un momento en que uno se pone furioso.

Madre le interrumpió:

—Tom . . . me dijiste . . . me prometiste que no te habías vuelto así. Me lo prometiste.

—Ya lo sé, Madre. Lo estoy intentando. Pero esos ayudantes del sheriff . . . ¿Has visto uno alguna vez que no tuviera el culo gordo? Y menean el culo y muestran su revólver por ahí. Madre —dijo—, si ellos estuvieran trabajando con la ley, lo podríamos soportar. Pero no es eso. Su trabajo es minarnos la moral. Intentan que estemos encogidos, arrastrándonos como una perra apaleada. Tratan de destrozarnos. Por Dios, Madre, llega un momento en que lo único que uno puede hacer para conservar la dignidad es atizarle a un policía. Nos están comiendo la dignidad.

—Me lo prometiste, Tom —insistió Madre—. Eso que dices es lo que hizo Floyd Niño Bonito. Yo conocía a su madre. A su hijo le hicieron daño.

—Lo estoy intentando, Madre. Te juro por Dios que lo intento. Pero no querrás que me arrastre como una perra apaleada, con el vientre por el suelo, ¿verdad?

—Estoy rezando. No puedes meterte en líos, Tom. La familia se viene abajo. Tienes que portarte bien.

—Lo intentaré, Madre. Pero cuando uno de esos culones se mete conmigo es que me cuesta un esfuerzo tremendo. Sería distinto si se tratara de la ley. Pero pegar fuego al campamento no es la ley.

El camión traqueteó avanzando. Al frente, una pequeña línea de faroles rojos se extendía a través de la carretera.

—Creo que hay una desviación —dijo Tom. Frenó y el camión se detuvo e inmediatamente un montón de hombres rodearon el vehículo. Iban armados con mangos de picos y escopetas. Llevaban cascos de trinchera y algunos gorros de la Legión Americana. Un hombre se asomó a la ventana; le precedía el aroma cálido del whisky.

—¿A dónde tienen intención de ir? —acercó su rostro rojo junto al de Tom.

Tom se puso rígido. Su mano se movió furtivamente hacia el suelo buscando la barra de hierro. Madre le agarró el brazo y lo sujetó con fuerza. Tom dijo:

—Pues . . . —y entonces su voz adoptó un tono de servilismo lastimero—. Somos forasteros —dijo—. Oímos que había trabajo en un lugar llamado Tulare.

—Maldita sea, pues van en dirección contraria. No queremos ningún okie desgraciado en este pueblo.

Los hombros y los brazos de Tom estaban tensos y le recorrió un escalofrío. Madre se aferró a su brazo. Por delante el camión estaba rodeado de hombres armados. Algunos de ellos, para sugerir una apariencia militar, llevaban guerreras y cartucheras.

Tom preguntó plañidero:

—¿Por dónde se va, señor?

—Da la vuelta y dirígete al norte. Y no volváis hasta que el algodón esté a punto.

Tom se estremeció de la cabeza a los pies.

—Sí, señor —dijo. Metió la marcha atrás y giró. Volvió a conducir por donde había venido. Madre le soltó el brazo y le palmeó suavemente. Y Tom intentó contener los sollozos violentos y ahogados.

—No hagas caso —dijo Madre—. No hagas caso.

Tom se sonó la nariz por la ventana y se secó los ojos con la manga.

—Hijos de la gran puta . . .

—Has hecho bien —dijo Madre con ternura—. Lo que tenías que hacer.

Tom se desvió por un camino de tierra, avanzó cien metros y apagó las luces y el motor. Se apeó del coche con la barra de hierro.

—¿Dónde vas? —exigió Madre.

—Sólo voy a echar una ojeada. No vamos a ir hacia el norte —los faroles rojos se movían carretera delante. Tom los vio pasar por la entrada al camino de tierra y seguir avanzando. En unos instantes se oyó el sonido de gritos y chillidos y luego la luz de las llamas se elevó en la dirección del Hooverville. La luz creció y se extendió, y de la distancia llegó el crepitar del fuego. Tom volvió a subir al camión. Dio la vuelta y recorrió el camino sin poner las luces. Una vez en la carretera giró de nuevo hacia el sur y encendió los faros.

Madre preguntó con timidez:

—¿A dónde vamos, Tom?

—Al sur —respondió él—. No permito que esos desgraciados nos digan a dónde tenemos que ir. No podemos permitirlo. Vamos a intentar pasar por fuera de la ciudad, sin tener que atravesarla.

—Sí, pero ¿dónde vamos? —habló Padre por primera vez—. Eso es lo que yo quisiera saber.

—Vamos a buscar ese campamento del gobierno —reveló Tom—. Un tipo me dijo que allí no dejan entrar a los ayudantes del sheriff. Madre . . . tengo que alejarme de ellos. Tengo miedo de acabar matando a alguno.

—Tranquilo, Tom —le calmó Madre—. Tranquilo, Tommy. Ya has hecho lo que debías una vez. Puedes volver a hacerlo.

—Sí, y después de un tiempo no me va a quedar ni una pizca de dignidad.

—Tranquilo —dijo ella—. Debes tener paciencia. Mira, Tom . . . nosotros, nuestra gente, seguirá viviendo cuando estos otros hayan desaparecido. Escucha, Tom, nosotros somos la gente que vive. No nos pueden borrar del mapa. Nosotros somos la gente, nosotros seguimos adelante.

—Nos apalean continuamente.

—Ya lo sé —Madre rió entre dientes—. Quizá es lo que nos hace fuertes. Los ricos van y se mueren y sus hijos no sirven para nada y van desapareciendo. Sin embargo, Tom, nosotros seguimos surgiendo. No te inquietes, Tom. Llegan nuevos tiempos, distintos.

—¿Cómo lo sabes?

—No sé cómo.

Entraron en el pueblo y Tom torció por una calle lateral para evitar el centro. A la luz de la calle contempló a su madre; su rostro estaba en calma y sus ojos tenían una extraña mirada, como los ojos intemporales de una estatua. Tom alargó la mano derecha y tocó el hombro de su madre. Tuvo que hacerlo. Y después retiró la mano.

—En mi vida te había oído hablar tanto —le dijo.

—Antes nunca hubo ninguna razón —replicó ella.

Tom condujo por las calles laterales, dejó el pueblo y volvió a la carretera. En un cruce vio la indicación de la carretera 99. Siguió por ella en dirección sur.

—Bueno, en cualquier caso no han conseguido echarnos hacia el norte —dijo—. Aún vamos a donde queremos, aunque para ello tengamos que arrastrarnos.

Las débiles luces caían a lo largo de la ancha y negra carretera que tenían por delante.

Capítulo 21

A HORA las personas que estaban en movimiento, que iban en busca de algo, eran emigrantes. Las familias que habían vivido en una pequeña parcela de terreno, que habían vivido y habían muerto en un espacio de cuarenta acres, que habían comido o pasado hambre con lo que producían esos cuarenta acres, tenían ahora todo el oeste para recorrerlo a sus anchas. Y se extendían presurosas, buscando trabajo; las carreteras eran ríos de gentes y las cunetas a los bordes eran también hileras de gente. Tras estas gentes venían otras. Las grandes carreteras bullían de gente en movimiento. Allá en el medio oeste y el suroeste había vivido una población sencilla y campesina a la que no había afectado el cambio de la industria que no había trabajado la tierra con maquinaria, ni conocido la fuerza y el peligro que las máquinas podían adquirir estando en manos privadas. No habían crecido en las paradojas de la industria. Sus sentidos todavía percibían con claridad lo ridículo de la vida industrial.

Y entonces, de pronto, las máquinas los expulsaron y ellos invadieron las carreteras. El movimiento les hizo cambiar; las carreteras, los campamentos a orillas de los caminos, el temor al hambre, y la misma hambre, les transformaron. Cambiaron porque los niños debían pasarse sin cenar y por estar en constante e incesante movimiento. Eran emigrantes. Y la hostilidad les hizo diferentes, los fundió, los unió: la hostilidad que hacía que en los pequeños pueblos la gente se agrupara y tomara las armas como para rechazar a un invasor, brigadas con mangos de picos, dependientes y tenderos con escopetas, protegiendo el mundo contra su propia gente.

En el oeste cundió el pánico cuando los emigrantes se multiplicaron en las carreteras. Los que tenían propiedades temieron por ellas. Hombres que nunca habían tenido hambre vieron los ojos de los hambrientos. Otros que nunca habían deseado nada con vehemencia, pudieron ver la llama del deseo en los ojos de los emigrantes. Y los hombres de los pueblos y de las suaves zonas rurales adyacentes se reunieron para defenderse; y se convencieron a sí mismos de que ellos eran buenos y los invasores malos, tal como debe hacer un hombre cuando se dispone a luchar. Dijeron: estos malditos okies son sucios e ignorantes. Son unos degenerados, maníacos sexuales. Estos condenados okies son ladrones. Roban todo lo que tienen por delante. No tienen el sentido del derecho a la propiedad.

Y esto último era cierto, porque ¿cómo puede un hombre que no posee nada conocer la preocupación de la propiedad? Y gentes a la defensiva dijeron: Traen enfermedades, son inmundos. No podemos dejar que vayan a las escuelas. Son forasteros. ¿Acaso te gustaría que tu hermana saliera con uno de ellos?

Los oriundos se autoflagelaron hasta convertirse en hombres de temple cruel. Entonces formaron unidades, brigadas, y las armaron . . . las armaron con porras, con gases, con revólveres. Esta es nuestra tierra. No podemos permitir que estos okies se nos suban a las barbas. Y los hombres que iban armados no poseían la tierra, pero ellos creían que sí. Y los dependientes que hacían guardia por las noches no tenían nada y los pequeños comerciantes sólo poseían un cajón lleno de facturas sin pagar. Pero incluso una factura es algo, incluso un empleo es algo. El dependiente pensaba: yo gano quince dólares por semana. ¿Y si un okie de mierda estuviera dispuesto a trabajar por doce? Y el pequeño tendero pensaba: ¿Cómo podría yo competir con un hombre que no tenga deudas?

Y los emigrantes bullían por las carreteras, el hambre y la necesidad reflejadas en sus ojos. No tenían ningún argumento, ningún sistema, nada excepto su número y sus necesidades. Cuando había trabajo para un hombre, diez hombres luchaban por él . . . luchaban por un salario bajo. Si ése está dispuesto a trabajar por treinta centavos, yo trabajaré por veinticinco.

Si ése se conforma con veinticinco, yo me conformo con veinte.

No, yo, estoy hambriento. Yo trabajaré por quince centavos, por un poco de comida. Los niños. Deberías verles. Les salen como pequeños diviesos y no pueden correr por ahí. Les di una fruta que se había caído y se hincharon. Yo trabajaré por un trozo pequeño de carne.

Y esto era bueno porque los salarios seguían cayendo y los precios permanecían fijos. Los grandes propietarios estaban satisfechos y enviaron más anuncios para atraer todavía a más gente. Y los salarios disminuyeron y los precios se mantuvieron. Y dentro de muy poco tendremos siervos otra vez.

Y entonces los grandes propietarios y las compañías inventaron un método nuevo. Un gran propietario compró una fábrica de conservas. Y cuando los melocotoneros y las peras estuvieron maduros puso el precio de la fruta más bajo del coste de cultivo. Y como propietario de la conserva se pagó a sí mismo un precio bajo por la fruta y mantuvo alto el precio de los productos envasados y recogió sus beneficios. Los pequeños agricultores que no poseían industrias conserveras perdieron sus fincas, que pasaron a manos de los grandes propietarios, los bancos y las compañías que al propio tiempo eran los dueños de las fábricas de conservas. Con el paso del tiempo, el número de las fincas disminuyó. Los pequeños agricultores se trasladaron a la ciudad y estuvieron allí un tiempo mientras les duró el crédito, los amigos, los parientes. Y después ellos también se echaron a las carreteras. Y los caminos hirvieron con hombres ansiosos de trabajo, dispuestos incluso a asesinar por conseguir trabajo.

Y las compañías, los bancos fueron forjando su propia perdición sin saberlo. Los campos eran fértiles y los hombres muertos de hambre avanzaban por los caminos. Los graneros estaban repletos y los niños de los pobres crecían raquíticos, mientras en sus costados se hinchaban las pústulas de la pelagra. Las compañías poderosas no sabían que la línea entre el hambre y la ira es muy delgada. Y el dinero que podía haberse empleado en jornales se destinó a gases venenosos, armas, agentes y espías, a listas negras e instrucción militar. En las carreteras la gente se movía como hormigas en busca de trabajo, de comida. Y la ira comenzó a fermentar.

Capítulo 22

YA era tarde cuando Tom Joad condujo por una carretera vecinal buscando el campamento de Weedpatch. Se veían pocas luces en el campo. Tan sólo una luminosidad en el cielo a sus espaldas mostraba la situación de Bakersfield. El camión botaba lentamente en su avance y los gatos cazadores dejaban el camino delante de él. En un cruce de caminos había un pequeño grupo de edificios blancos de madera.

Madre dormía en el asiento y Padre había estado en silencio y encerrado en sí mismo durante largo tiempo.

Tom dijo:

—No sé dónde estará. Quizá debamos esperar hasta que amanezca y preguntar a alguien —se detuvo junto al letrero de una avenida y otro coche frenó en el cruce. Tom se inclinó hacia afuera—. Eh, oiga, ¿sabe dónde está el campamento grande?

—Todo recto.

Tom volvió a arrancar y siguió por la carretera de enfrente, unos cuantos centenares de metros y entonces se paró. Delante de la carretera había una alta verja de alambre y a través de una entrada ancha aparecía la curva de una avenida. Un poco más allá de la entrada había una casita de cuya ventana salía luz. Tom siguió adelante. El camión entero saltó en el aire y volvió a caer con estruendo.

—¡Dios! —exclamó Tom—. Ni siquiera vi esa joroba de la carretera.

Un vigilante se levantó desde el porche y caminó hacia el coche. Se apoyó en el costado.

—Ibas demasiado deprisa —dijo—. La próxima vez entrarás más despacio.

—¿Qué es eso, por el amor de Dios?

El vigilante se echó a reír.

—Bueno, por aquí juegan muchos chiquillos. Si le dices a la gente que conduzca despacio, es probable que lo olvide. Pero si se dan contra esa joroba una vez no se vuelven a olvidar.

—Ah, sí. Espero no haber roto nada. Dígame . . . ¿tendrían algún espacio aquí para nosotros?

—Hay una plaza para acampar. ¿Cuántos son?

Tom fue contando con los dedos.

—Yo, Padre, Madre, Al, Rosasharn, el tío John, Ruthie y Winfield. Los últimos son críos.

—Bueno, creo que les podré acomodar. ¿Tienen material para acampar?

—Tenemos una lona grande y camas.

El vigilante se montó en el estribo.

—Sigue hasta el final de esa línea y gira a la derecha. Estarán en la Unidad Sanitaria número cuatro.

—¿Qué es eso?

—Servicios y duchas y pilas de lavar.

Madre quiso saber:

—¿Hay pilas de lavar . . . agua corriente?

—Claro que sí.

—¡Ay! Alabado sea Dios —dijo Madre.

Tom condujo siguiendo la larga y oscura hilera de tiendas. En el edificio de los servicios ardía una luz baja.

—Pare aquí —indicó el vigilante—. Es una buena plaza. Los que la ocupaban acababan de marcharse.

Tom detuvo el coche.

—¿Aquí mismo?

—Sí. Ahora, mientras los demás descargan, ven conmigo a que te inscriba. Luego a dormir. El comité del campamento les visitará por la mañana y les dejarán organizados.

Tom bajó los ojos.

—¿Policías? —preguntó.

El vigilante se echó a reír.

—Nada de policías. Aquí tenemos nuestra propia policía, elegida por la misma gente. Ven conmigo.

Al saltó del camión y fue hacia la parte delantera.

—¿Vamos a quedarnos aquí?

—Sí —dijo Tom—. Tú y Padre podéis ir descargando mientras yo voy a la oficina.

—Procuren no hacer ruido —dijo el vigilante—. Hay mucha gente durmiendo.

Tom le siguió a través de la oscuridad y subió los peldaños de la oficina y entró en una habitación diminuta amueblada con un viejo escritorio y una silla. El guarda se sentó a la mesa y sacó un formulario.

—¿Nombre?

—Tom Joad.

—¿Ese era tu padre?

—Sí.

—¿Cómo se llama?

—Tom Joad también.

Las preguntas se sucedieron. De dónde venían, cuánto tiempo llevaban en el estado, qué trabajo habían conseguido. El vigilante levantó la mirada.

—No soy un entrometido. Tenemos que tener esta información.

—Sí, claro —dijo Tom.

—Sigamos . . . ¿tienen dinero?

—Un poco.

—¿No están en la miseria?

—Tenemos un poco. ¿Por qué?

—Bueno, la plaza para acampar cuesta un dólar por semana, pero se puede pagar con trabajo, recogiendo la basura, manteniendo limpio el campamento . . . cosas así.

—Pagaremos con trabajo —respondió Tom.

—Verán al comité mañana. Les enseñarán cómo usar el campamento y les informarán de las normas.

—Oiga . . . ¿qué es esto? —dijo Tom—. ¿Qué es eso de comité?

El vigilante se echó hacia atrás.

—Funciona muy bien. Hay cinco unidades sanitarias. Cada una elige un hombre para que forme parte del Comité Central. Y ese comité hace las leyes. Lo que ellos dicen debe acatarse.

—¿Y si se ponen puñeteros? —dijo Tom.

—Bueno, se les puede echar igual que se les elige, por votación. Han hecho un buen trabajo. Te diré lo que hicieron . . . conocéis a los predicadores que llaman Santos Rodantes, que van siguiendo a la gente, predicando y haciendo colectas. Bueno, pues quisieron predicar en este campamento. Y entre la gente mayor muchos querían que lo hiciesen. Era cuestión de que decidiera el Comité Central que se reunió y llegó a esta conclusión: dijeron «Cualquier predicador puede predicar en este campamento. Nadie puede hacer una colecta en este campamento.» Y fue un poco triste para los ancianos, porque, desde entonces no ha parado por aquí ni un solo predicador.

Tom se rió y después preguntó:

—¿Me está diciendo que los que dirigen el campamento son simples personas que están aquí acampadas?

—Exacto. Y da resultado.

—Habló usted de policías . . .

—El Comité Central mantiene el orden y elabora las normas. Luego están las señoras. Le harán una visita a tu madre. Cuidan de los niños y se ocupan de las unidades sanitarias. Si tu madre no está trabajando, cuidará a los niños de las que trabajan, y cuando tenga un empleo . . . bueno, ya habrá otras. Ellas cosen y hay una enfermera que viene a enseñarles. Toda clase de cosas así.

—¿Quiere decir que no hay policías?

—No, señor. Aquí no puede entrar ningún policía sin una orden judicial.

—Bueno, imagínese que hay algún tipo que sea una mala persona, o un borracho buscando bronca. ¿Qué pasa entonces?

El vigilante dejó caer varias veces el lápiz sobre el papel secante.

—Pues la primera vez el Comité Central le da un aviso. La segunda le advierten seriamente. A la tercera le expulsan del campamento.

—¡Dios Todopoderoso!, apenas puedo creerlo. Esta noche los ayudantes del sheriff y los otros tíos de las gorritas hicieron arder el campamento que había a la orilla del río.

—Aquí no pueden entrar —le informó el vigilante—. Algunas noches los muchachos montan guardia por las verjas, sobre todo las noches que hay baile.

—¿Noches de baile? ¡Cielo Santo!

—Tenemos los mejores bailes de todo el condado los sábados por la noche.

—¡Por el amor de Dios! ¿Por qué no hay más lugares como éste?

La expresión del vigilante se tornó sombría.

—Tendrás que averiguarlo tú mismo. Vete ahora a dormir.

—Buenas noches —dijo Tom—. A Madre le va a gustar esto. Hace mucho que no se la trata con decencia.

—Buenas noches —dijo el vigilante—. Vayan a dormir. El campamento despierta temprano.

Tom recorrió la calle entre las filas de tiendas. Sus ojos se acostumbraron a la luz de las estrellas y pudo ver que las hileras eran rectas y que no había basura entre las tiendas. La tierra de la calle había sido barrida y regada. De las tiendas surgían los ronquidos de la gente dormida. El campamento entero zumbaba y resoplaba. Tom caminó lentamente. Al aproximarse a la Unidad Sanitaria número cuatro la contempló con curiosidad, un edificio sin pintar, bajo y tosco. Bajo techado, pero abiertas a los lados, las filas de lavaderos. Vio su camión allí cerca y se dirigió silenciosamente hacia él. La tienda estaba montada y el campamento en silencio. Al acercarse, una figura salió de la sombra del camión y caminó hacia él.

—¿Eres tú, Tom? —preguntó Madre quedamente.

—Sí.

—¡Sh! —dijo—. Están todos durmiendo. Estaban agotados.

—Tú también deberías estar durmiendo —dijo Tom.

—Ya, pero quería verte. ¿Está todo bien?

—Muy bien —replicó Tom—. No te lo voy a contar ahora. Te lo dirán por la mañana. Te va a gustar.

—He oído que hay agua caliente —susurró Madre.

—Sí. Ahora ve a dormir. No sé cuándo fue la última vez que dormiste.

—¿Por qué no me lo cuentas? —suplicó Madre.

—No. Vete a dormir.

De pronto pareció una niña.

—¿Cómo puedo dormir si tengo que pensar en lo que no me quieres decir?

—No —dijo Tom—. Mañana a primera hora te pones el otro vestido y entonces te enterarás de todo.

—No puedo dormir estando pendiente de eso.

—Tendrás que hacerlo —rió Tom alegremente—. Has de conformarte.

—Buenas noches —dijo ella en voz baja; y se agachó y se deslizó bajo la oscura lona.

Tom trepó por la trasera del camión. Se tumbó de espaldas en el suelo de madera y apoyó la cabeza sobre sus manos cruzadas, sus antebrazos apretados contra las orejas. La noche iba refrescando. Tom se abotonó la chaqueta y volvió a echarse. Las estrellas brillaban nítidamente sobre su cabeza.

Aún era oscuro cuando despertó. Un leve ruido metálico le sacó del sueño. Tom escuchó y volvió a oír el chirriar del hierro contra hierro. Se movió rígido y tembló en el aire de la mañana. El campamento aún dormía. Tom se incorporó y se asomó por un lado del camión. Las montañas del este tenían un color negro azulado, y mientras las contemplaba, la luz emergió débilmente tras ellas, coloreó el filo de las montañas de un rojo desvaído, volviéndose más fría, gris y oscura conforme se acercaba a él hasta que en un punto cercano al horizonte en el oeste se fundió con la pura noche. Abajo, en el valle, la tierra tenía el color gris-lavanda de la aurora.

El ruido de hierro volvió a oírse. Tom miró la hilera de tiendas, de un gris apenas más claro que la tierra. Al lado de una tienda vio el parpadeo del fuego anaranjado que se filtraba a través de las grietas de un viejo fogón de hierro. Un humo gris ascendía por una chimenea achatada.

Tom se encaramó por el lado del camión y saltó al suelo. Se acercó despacio al fogón. Vio a una muchacha trajinando por allí, vio que sostenía en el brazo doblado un bebé que mamaba, su cabeza debajo de la blusa de la chica. Y ésta se movía, atizando el fuego, ajustando las oxidadas tapas del fogón para conseguir que tirara mejor al abrir la puerta del horno; mientras tanto el bebé mamaba sin cesar y la madre lo cambiaba hábilmente de un brazo al otro. El bebé no dificultaba su trabajo ni entorpecía sus movimientos rápidos y airosos. Y el fuego anaranjado sacaba sus lenguas por las grietas del fogón y arrojaba reflejos intermitentes sobre la tienda.

Tom se acercó un poco más. Percibió el olor de tocino frito y pan cociéndose. La luz creció rápida por el este. Tom se llegó hasta el fogón y alargó las manos hacia él. La muchacha le miró, le saludó con la cabeza y sus dos trenzas se agitaron.

—Buenos días —dijo, y dio la vuelta al tocino en la sartén.

La solapa de la tienda se apartó y salió un hombre joven seguido de otro mayor. Llevaban monos azules, nuevos y chaquetas de la misma tela, tiesos de almidón, con los botones de latón brillantes. Eran hombres de rostro afilado y se parecían mucho. El joven tenía una sombra de barba oscura y el hombre mayor una sombra blanca. Sus cabezas y caras estaban húmedas, el pelo les chorreaba, había gotas de agua en los pelos hirsutos de la barba. Sus mejillas brillaban de humedad. Contemplaron juntos y en silencio la luz naciente del este. Bostezaron al mismo tiempo mirando la luz en los bordes de las colinas. Y luego se volvieron y vieron a Tom.

—Buenos días —dijo el hombre mayor, y su rostro no mostraba cordialidad ni antipatía.

—Buenos días —contestó Tom.

Y Buenos días, dijo el más joven.

El agua de sus semblantes se secaba lentamente. Se acercaron al fogón a calentarse las manos. La joven seguía con su trabajo. En una ocasión dejó al bebé y se ató las dos trenzas juntas a su espalda con una cuerda y las dos trenzas saltaban y oscilaban mientras trabajaba. Luego puso unas tazas de hojalata sobre una caja grande de embalar, platos, cuchillos y tenedores. Después sacó el tocino de la sartén y lo puso en una fuente de hojalata, y el tocino chirrió y susurró mientras se ponía crujiente. Abrió la puerta del horno y sacó una fuente cuadrada llena de galletas grandes.

Cuando el aroma de las galletas inundó el aire los dos hombres inhalaron profundamente. El más joven dijo:

—Cristo —quedamente.

Entonces el otro se dirigió a Tom:

—¿Has desayunado?

—Pues no, aún no. Pero mi familia está allí. No se han levantado. Necesitaban dormir.

—Bueno, entonces siéntate con nosotros. Tenemos de sobra . . . gracias a Dios.

—Vaya, muchas gracias —dijo Tom—. Huele tan bien que no podría decir que no.

—¿Verdad que sí? —preguntó el hombre joven—. ¿Has olido algo tan rico en tu vida? —fueron hacia la caja de embalar y se acuclillaron alrededor.

—¿Estáis trabajando por aquí? —preguntó el joven.

—Es lo que pretendemos —respondió Tom—. Llegamos anoche. Aún no hemos tenido ocasión de echar un vistazo por los alrededores.

—Nosotros hemos trabajado doce días —dijo el joven.

La chica, trabajando al lado del fogón, dijo:

—Incluso se han comprado ropa nueva.

Los dos hombres se miraron las tiesas ropas azules y sonrieron ligeramente con timidez. Ella colocó la fuente de tocino, las galletas doradas, un cuenco de salsa y una cafetera y luego se acuclilló también junto a la caja. El bebé seguía mamando, con la cabeza asomando bajo la blusa de la muchacha.

Se sirvieron en los platos, echaron salsa del tocino por encima de las galletas y azúcar en el café.

El hombre mayor se llenó la boca, masticó un par de veces y tragó.

—¡Por Dios, sí que está bueno! —exclamó y volvió a llenarse la boca.

El más joven dijo:

—Llevamos ya doce días comiendo bien. Doce días sin tener que pasar sin una comida . . . ninguno de nosotros. Trabajando, cobrando el salario y comiendo.

Atacó de nuevo, casi frenéticamente y volvió a llenarse el plato. Bebieron el café hirviendo, arrojaron los posos al suelo y rellenaron las tazas.

La luz ya mostraba color, un destello rojizo. El padre y el hijo dejaron de comer. Miraban hacia el este y el alba iluminaba sus semblantes. La imagen de la montaña y de la luz que la iba cubriendo se reflejaba en sus ojos. Y entonces tiraron los posos de las tazas a la tierra y se pusieron en pie a la vez.

—Hay que ponerse en camino —dijo el mayor.

El joven se volvió hacia Tom.

—Oye —le dijo—. Estamos colocando algunas tuberías. Si quieres acercarte con nosotros quizá te podamos ayudar para que te den trabajo.

Tom dijo:

—Muy amable por tu parte. Y muchas gracias por el desayuno.

—Es un placer —dijo el mayor—. Intentaremos que te den trabajo si quieres.

—Esté seguro de que sí quiero —dijo Tom—. Es sólo un minuto. Voy a decírselo a mi familia —se alejó presuroso hacia la tienda de los Joad, se inclinó y se asomó al interior. En la penumbra bajo la lona vio los bultos de figuras dormidas. Pero un leve movimiento comenzó a notarse bajo las ropas de cama. Ruthie salió retorciéndose como una serpiente, con el pelo encima de los ojos y el vestido arrugado y torcido. Se arrastró con cuidado y se puso en pie. Sus ojos grises estaban límpidos y en calma después del sueño y no había en ellos expresión traviesa. Tom se apartó de la tienda y le hizo una seña para que le siguiera, y cuando se volvió ella levantó hacia él la mirada.

—Dios mío, te estás haciendo mayor —dijo él.

Ella apartó la vista súbitamente avergonzada.

—Escucha —dijo Tom—. No despiertes a nadie, pero cuando se levanten, diles que tengo una oportunidad de trabajar y voy a ver si lo consigo. Dile a Madre que desayuné con unos vecinos. ¿Has oído?

Ruthie asintió y miró hacia otro lado y sus ojos eran los de una niña pequeña.

—No les despiertes —advirtió Tom. Volvió con rapidez junto a sus nuevos amigos. Y Ruthie se aproximó cautelosa a la unidad sanitaria y curioseó por la entrada abierta.

Los hombres esperaban cuando Tom regresó. La joven había arrastrado afuera un colchón y puesto al niño en él mientras fregaba los platos.

Tom explicó:

—Quería decirle a mi familia dónde estaba. No estaban despiertos —los tres echaron a andar por la calle entre las tiendas.

El campamento había comenzado a volver a la vida. Las mujeres trabajaban junto a los fuegos recientes, cortando carne en lonchas, haciendo la masa para el pan de la mañana. Y los hombres hormigueaban entre las tiendas y los automóviles. El cielo estaba rosado ahora. Delante de la oficina un anciano enjuto rastrillaba la tierra cuidadosamente. Arrastraba el rastrillo de tal forma que dejaba pequeñas marcas rectas y profundas.

—Has madrugado, abuelo —dijo el hombre joven al pasar.

—Pues sí, sí. Tengo que pagarme el alquiler.

—¡Un cuerno el alquiler! —dijo el joven—. El sábado pasado se emborrachó y se pasó toda la noche cantando en su tienda. El comité le castigó a trabajar.

Caminaron por el borde de la carretera asfaltada; junto al camino crecía una hilera de nogales. El sol empezaba a asomar sobre las montañas.

Tom dijo:

—Es curioso. He estado comiendo con vosotros y no os he dicho mi nombre . . . ni vosotros a mí. Me llamo Tom Joad.

El hombre mayor le miró y luego se sonrió levemente.

—¿No llevas mucho tiempo por aquí?

—No, qué va. Nada más que un par de días.

—Me lo imaginaba. Es curioso, pierde uno el hábito de mencionar su nombre. Hay tantísimos . . . al final sólo es gente. Bien, señor . . . yo soy Timothy Wallace y este es mi hijo Wilkie.

—Encantado —dijo Tom—. ¿Lleváis mucho tiempo por aquí?

—Diez meses —contestó Wilkie—. Llegamos aquí justo después de las inundaciones del año pasado ¡Dios mío! ¡Menuda temporada pasamos! Estuvimos a punto de morirnos de hambre —sus pasos crujían en el camino asfaltado. Pasó un camión lleno de hombres, todos ellos embebidos en sí mismos. Se abrazaban a sí mismos en la trasera del camión y miraban hacia abajo con el ceño fruncido.

—Trabajan para la Compañía del Gas —dijo Timothy—. Es un buen empleo.

—Podría haber cogido nuestro camión —surgió Tom.

—No —Timothy se agachó y cogió una nuez verde. La palpó con el pulgar y luego se la tiró a un mirlo posado en el alambre de una cerca. El pájaro echó a volar hacia arriba, dejó pasar la nuez por debajo de él y volvió a posarse en el alambre y se alisó las relucientes plumas negras con el pico.

Tom preguntó:

—¿No tenéis coche?

Los dos Wallace se quedaron callados, y Tom, mirándoles a la cara, vio que estaban avergonzados.

Wilkie dijo:

—El sitio donde trabajamos está sólo a una milla.

Timothy habló malhumorado:

—No, no tenemos coche. Lo vendimos, no hubo más remedio. No

nos quedaba comida, no nos quedaba nada. No encontrábamos trabajo. Todas las semanas venían unos a comprar coches. Si tenías hambre, pues nada, te compraban el coche. Y si estabas suficientemente hambriento, lo compraban por nada. Nosotros lo estábamos y nos dieron diez dólares por él —escupió en la carretera.

Wilkie dijo suavemente:

—Estuve en Bakersfield la semana pasada. Lo vi en un almacén de coches usados, allí mismo, con un letrero que ponía setenta y cinco dólares.

—Tuvimos que venderlo —dijo Timothy—. Se trataba de dejar que nos robaran el coche o de robarles nosotros. Aún no hemos tenido que robar, pero, ¡maldita sea!, nos ha faltado muy poco.

Tom dijo:

—Ya ves, antes de dejar nuestro hogar oímos que aquí había trabajo en abundancia. Vimos anuncios que pedían gente que viniera a trabajar.

—Sí —dijo Timothy—. Nosotros también. Y no hay demasiado trabajo. Y los salarios bajan constantemente. Se cansa uno simplemente teniendo que ingeniárselas para comer.

—Ahora tenéis trabajo —sugirió Tom.

—Sí, pero no va a durar mucho. Trabajamos para un buen hombre. Tiene una propiedad pequeña y trabaja a nuestro lado. Pero, mierda, no va a durar eternamente.

Tom dijo:

—¿Para qué coño me lleváis? Si me acepta, el trabajo durará aún menos. ¿Por qué os cortáis vuestro propio cuello?

Timothy meneó la cabeza despacio.

—No lo sé. Supongo que no tiene sentido. Pensábamos comprarnos un sombrero cada uno. Parece que no va a poder ser. Ese es el sitio, allí, a la derecha. Es un trabajo agradable. Nos pagan treinta centavos por hora. El patrón es un hombre cordial, es un buen jefe.

Salieron de la carretera y enfilaron por un camino de grava, a través de un pequeño huerto familiar; después de pasar los árboles llegaron a una casa blanca, unos cuantos árboles para dar sombra y un granero; detrás del granero se extendía un viñedo y un campo de algodón. Al tiempo que los tres hombres pasaban junto a la casa una puerta se cerró con un golpe y un hombre algo rechoncho y atezado por el sol bajó los escalones de la puerta trasera. Llevaba un gorro de papel para protegerse del sol y venía subiéndose las mangas mientras cruzaba el patio. Sus cejas espesas y quemadas por el sol se juntaban en un gesto ceñudo. Sus mejillas estaban bronceadas de un color rojo intenso.

—Buenos días, señor Thomas —saludó Timothy.

—Buenos días —respondió el hombre con irritación.

Timothy dijo:

—Este es Tom Joad. Pensamos que quizá podría usted emplearlo.

Thomas miró a Tom con el ceño fruncido y luego soltó una risa corta sin variar el gesto malhumorado de sus cejas.

—Ah, sí, claro. Le doy un empleo. Le daré un empleo a todo el que venga. Quizá hasta emplee a cien hombres.

—Nosotros pensamos que . . . —empezó Timothy en tono de disculpa.

Thomas le interrumpió.

—Sí, yo también he estado pensando —se dio la vuelta y se encaró con ellos—. Tengo algo que deciros. Os he estado pagando treinta centavos a la hora, ¿no es eso?

—Sí, desde luego . . . pero, señor Thomas . . .

—Y a cambio he obtenido treinta centavos de trabajo —juntó las manos endurecidas y pesadas.

—Intentamos hacer una buena jornada de trabajo.

—Bueno, maldita sea, pues esta mañana os pago veinticinco centavos por hora; lo tomas o lo dejas —la rabia que sentía hizo que el color rojo de su semblante se hiciera más intenso.

Timothy dijo:

—Hemos trabajado bien. Usted lo ha dicho.

—Ya lo sé. Pero la cosa es que al parecer ya no soy yo quien contrata a mis propios hombres —tragó saliva—. Mira —dijo—. Yo tengo sesenta y cinco acres. ¿Has oído alguna vez hablar de la Asociación de Granjeros?

—Pues claro que sí.

—Bueno, pues yo formo parte de ella. Anoche tuvimos una reunión. Ahora bien, ¿sabes quién dirige la Asociación? Te lo voy a decir. El Banco del Oeste. Ese banco posee la mayor parte de este valle y tiene acciones en todo lo que no es de su propiedad. Así que anoche el representante del banco me dijo, dice: «Usted está pagando treinta centavos por hora. Es mejor que lo reduzca a veinticinco.» Yo le dije: «Tengo buenos hombres. Merecen que les pague treinta.» Y él replicó: «No se

trata de eso. El salario actual es de veinticinco centavos. Si usted paga treinta, provocará agitación. Y por cierto, ¿va usted a necesitar la cantidad acostumbrada del préstamo para la cosecha del año próximo?»
—Thomas se interrumpió. Su respiración salía en jadeos entre sus labios—. ¿Entiendes? El salario es de veinticinco centavos . . . y tendrás que conformarte.

—Hemos trabajado bien —insistió Timothy en vano.

—¿Pero es que no te das cuenta? El banco emplea dos mil hombres y yo tres. Tengo letras que pagar. Si eres capaz de encontrar una salida, estaré encantado de ponerla en práctica. Estoy en sus manos, me tienen por el cuello.

Timothy meneó la cabeza.

—No sé qué decir.

—Espera aquí —Thomas caminó con premura hacia la casa. La puerta se cerró de golpe tras él. Volvió al cabo de un momento con un periódico en la mano—. ¿Has visto esto? Yo te lo leo: «Ciudadanos enfurecidos contra los agitadores rojos queman un campamento de emigrantes. Anoche un grupo de ciudadanos, encolerizados por las agitaciones que se estaban produciendo en un campamento local de emigrantes, redujeron las tiendas de campaña a cenizas y advirtieron a los agitadores que abandonaran el condado.»

Tom comenzó:

—Pero si yo . . . —y después cerro la boca y se quedó callado.

Thomas dobló el periódico pulcramente y se lo metió en el bolsillo. Había recuperado el control de sí mismo una vez más. Dijo quedamente:

—Esos hombres fueron enviados por la Asociación. Ahora les estoy delatando. Si llegan a enterarse, el año que viene no tendré granja.

—Es que no sé qué decir —dijo Timothy—. Si había agitadores, comprendo que estuvieran furiosos.

Thomas dijo:

—Llevo mucho tiempo observándolo. Siempre hay agitadores rojos justo antes de una reducción de los salarios. Maldita sea, me tienen en una trampa. Bueno, ¿qué vais a hacer? ¿Veinticinco centavos?

Timothy clavó los ojos en el suelo.

—Yo lo tomo, trabajo —dijo.

—Yo también —dijo Wilkie.

Tom dijo:

—Parece que he dado con algo interesante. Yo desde luego que lo tomo. Necesito trabajar.

Thomas sacó un pañuelo de su bolsillo delantero y se secó la boca y la barbilla. —No sé cuánto tiempo se va a poder seguir así. No sé cómo podéis alimentar a la familia con lo que ganáis ahora.

—Podemos hacerlo mientras trabajamos —dijo Wilkie—. El problema surge cuando no conseguimos trabajo.

Thomas echó una mirada a su reloj.

—Bien, vamos a cavar alguna zanja. ¡Qué coño!, os voy a decir algo —dijo—. Vosotros vivís en ese campamento del gobierno, ¿no?

—Sí, señor —Timothy se puso rígido.

—Y tenéis baile todos los sábados por la noche.

—Y tanto que sí —sonrió Wilkie.

—Pues estad al tanto el próximo sábado por la noche.

Timothy se puso derecho súbitamente. Caminó hasta ponerse al lado de su jefe.

—¿Qué quiere decir? Yo formo parte del Comité Central. He de saberlo.

—No se te ocurra decir nunca que te lo he dicho yo —Thomas le miró aprensivo.

—¿De qué se trata? —exigió saber Timothy.

—Mira, a la Asociación no le gustan los campamentos del gobierno, donde no puede colarse ningún ayudante del sheriff. He oído que la gente hace sus propias leyes y no se puede arrestar a nadie sin una orden. Pero si se organiza una pelea a lo grande y hubiera tiros . . . unos cuantos ayudantes podrían entrar y desmantelar el campamento.

Timothy había cambiado. Había echado los hombros para atrás y sus ojos eran fríos.

—¿Qué significa todo eso?

—No digas nunca dónde lo has oído —dijo Thomas nerviosamente—. Va a haber una pelea en el campamento el sábado por la noche. Y habrá representantes de la ley preparados para entrar.

—¿Pero por qué, por el amor de Dios? —se exaltó Tom—. Esa gente no está molestando a nadie.

—Te voy a decir por qué —replicó Thomas—. La gente que vive en el campamento se está acostumbrando a que se la trate como a seres humanos. Cuando vuelvan a los otros campamentos ya no será fácil manejarles —se secó la cara de nuevo—. Ahora a trabajar. Dios, espero que no vaya a perder mi granja por haber hablado demasiado. Pero vosotros me caéis bien.

Timothy se paró delante de él y alargó su mano dura y delgada y Thomas la estrechó.

—Nadie sabrá quién me lo dijo. Le damos las gracias. No habrá pelea el sábado.

—Al trabajo —dijo Thomas—. Y son veinticinco centavos por hora.

—Lo tomamos —dijo Wilkie—, por ser usted.

Thomas se alejó hacia la casa.

—Saldré dentro de un rato —dijo—. Vosotros empezad a trabajar —la puerta de tela metálica se cerró de golpe detrás de él.

Los tres hombres siguieron andando, dejaron atrás el pequeño granero encalado y caminaron por el borde del campo. Llegaron a una larga zanja estrecha junto a la que descansaban secciones de tuberías de hormigón.

—Aquí es donde estamos trabajando —dijo Wilkie.

Su padre abrió el granero y sacó dos picos y tres palas. Y le dijo a Tom:

—Aquí tienes a tu belleza.

Tom sopesó el pico.

—¡Caramba! Me sienta bien volver a coger un pico.

—Espera a que lleguen las once —sugirió Wilkie—. Ya verás lo bien que te sienta entonces.

Fueron hasta el final de la zanja. Tom se quitó la chaqueta y la dejó caer sobre el montón de tierra. Empujó su gorra hacia arriba y se metió en la zanja. Entonces escupió en sus manos. El pico se elevó en el aire y cayó como un rayo. Tom gruñó suavemente. El pico subió y bajó y el gruñido se oía en el momento en que la herramienta se hundía en el suelo y soltaba la tierra.

Wilkie dijo:

—Pues sí, Padre, aquí tenemos un picador de primera clase. Este chico parece estar casado con esa excavadora en miniatura.

Tom dijo:

—Tengo experiencia (umf). Sí, señor, (umf), he pasado años haciéndolo (umf). Casi me gusta este trabajo (umf) —la tierra se desmigaba conforme él avanzaba. El sol daba a los árboles frutales ahora un color más claro y las hojas de las vides eran de un verde dorado. Tras avanzar unos doscientos metros Tom se apartó y se secó la frente. Wilkie iba detrás de él. La pala subía y volvía a caer y la tierra volaba e iba a amontonarse al lado de la zanja cada vez más larga.

—He oído algo de ese Comité Central —dijo Tom—. ¿Así que tú eres miembro?

—Sí —replicó Timothy—. Y es una responsabilidad, toda esa gente . . . Hacemos todo lo que está en nuestra mano. Lo mismo que toda la gente del campamento. Ojalá esos granjeros poderosos no nos persiguieran de esa forma. Daría algo por que no lo hicieran.

Tom volvió a la zanja y Wilkie permaneció a su lado. Tom dijo:

—¿Y qué hay de esa pelea (umf) en el baile de la que te habló (umf)? ¿Para qué la quieren provocar?

Timothy iba siguiendo a Wilkie y con la pala igualaba el fondo de la zanja y lo dejaba liso y dispuesto para poner la tubería.

—Parece que no quieren que nos establezcamos en un sitio fijo —dijo Timothy—. Temen que lleguemos a organizarnos, supongo. Y quizá tengan razón. Este campamento es una organización. La gente cuida allí de ella misma. Tenemos la mejor banda de cuerda de estos contornos. Tenemos una pequeña cuenta en la tienda para la gente que tiene hambre. Cinco dólares . . . puedes comprar comida por ese valor y el campamento lo respalda. Nunca hemos tenido ningún lío con la ley. Creo que a los grandes granjeros eso les asusta. No nos pueden meter en la cárcel . . . y les da miedo. Quizá se imaginan que si podemos gobernarnos a nosotros mismos, tal vez nos dé por hacer otras cosas.

Tom salió de la zanja y se quitó el sudor de los ojos.

—¿Oísteis lo que decía aquel periódico sobre «agitadores al norte de Bakersfield?»

—Claro —dijo Wilkie—. Dicen cosas así continuamente.

—Bueno, yo estaba allí. No había agitadores ni por casualidad. Lo que ellos llaman rojos. ¿Qué coño son rojos de todas formas?

Timothy aplanó un pequeño promontorio del fondo de la zanja. El sol hacía brillar su blanca barba hirsuta.

—Hay muchos que quisieran saber lo que son rojos —rió—. Uno de nuestros chicos lo averiguó —aplanó suavemente con la pala la tierra amontonada—. Un tipo llamado Hines . . . tiene unos treinta mil acres, melocotones y uvas, una conservera y un lagar. Estaba todo el tiempo hablando de «esos condenados rojos.» «Esos rojos de mierda están llevando el país a la ruina» —decía—, y «tenemos que echar a estos rojos cabrones de aquí.» Un día le estaba oyendo un joven recién llegado al oeste. Se rascó la cabeza y le dijo: «Señor Hines, yo llevo por aquí poco tiempo. ¿Qué son los malditos rojos?» Pues bien, Hines le contestó: «¡Un rojo es un hijo de puta que pide treinta centavos por hora cuando lo que pagamos son veinticinco!» El joven se lo pensó, se rascó la cabeza y dijo: «Bueno, señor Hines, yo no soy un hijo de puta, pero si eso es lo que es un rojo . . . pues yo quiero treinta centavos por hora. Todo el mundo lo quiere. Diablos, señor Hines todos somos rojos» —Timothy pasó la pala a lo largo del suelo de la zanja y la tierra sólida brilló en los puntos en que la paja cortaba.

Tom se echo a reír.

—Supongo que yo también —su pico dibujó un arco hacia arriba y cayó y la tierra se agrietó bajo el golpe. El sudor le caía por la frente y los lados de la nariz y brillaba en su cuello—. Maldita sea —dijo—, un pico es una buena herramienta (umf), si no te peleas con ella (umf). Tú y el pico (umf) tenéis que trabajar juntos (umf).

Los tres hombres trabajaban en fila y la zanja fue abriéndose palmo a palmo mientras el sol brillaba cada vez más caliente sobre ellos en la mañana que avanzaba.

Cuando Tom se fue, Ruthie estuvo un tiempo asomándose a la puerta de la unidad sanitaria. Su valor no era mucho si Winfield no estaba allí para poder presumir ante él. Puso un pie descalzo en el suelo de cemento y luego lo retiró. Un poco más allá una mujer salió de una tienda y encendió un fuego en un hornillo de latón. Ruthie dio unos cuantos pasos en esa dirección, pero no podía alejarse. Se acercó furtivamente a la entrada de la tienda de su familia y se asomó al interior. En uno de los lados, tumbado en el suelo, yacía el tío John con la boca abierta, sus ronquidos burbujeando en la garganta. Madre y Padre estaban tapados con un edredón hasta la cabeza, ocultándose de la luz. Al estaba en el lado opuesto al tío John y tenía un brazo cubriéndole los ojos. Cerca de la parte delantera de la tienda yacían Rose of Sharon y Winfield y era visible el hueco que había ocupado Ruthie, al lado de Winfield. Ella se puso en cuclillas y escudriñó el interior. Fijó los ojos en la cabeza de estopa de Winfield; y mientras le observaba, el pequeño abrió los ojos y la miró con una expresión solemne en la mirada. Ruthie se llevó el dedo a los labios y le hizo una señal con la otra mano. Winfield giró los ojos hacia Rose of Sharon, cuyo rostro encendido, con la boca ligeramente abierta, estaba cerca de él. Winfield aflojó con cuidado la manta y se deslizó fuera. Salió de la tienda cauteloso y se reunió con Ruthie.

—¿Cuánto tiempo llevas levantada? —susurró.

Ella le guió hasta apartarse un poco con cautela exagerada, y cuando estuvo a una distancia prudencial le contestó:

—No me he acostado. Estuve levantada toda la noche.

—Sí que te acostaste —dijo Winfield—. Es una mentira podrida.

—Vale —dijo ella—. Si soy una mentirosa no pienso decirte nada de lo que ha pasado. No te voy a decir cómo murió el hombre acuchillado ni cómo llegó un oso y se llevó a un niño pequeño.

—No vino ningún oso —dijo Winfield inquieto. Se alisó el pelo con los dedos y tiró hacia abajo de su mono entre las piernas.

—Muy bien . . . no vino ningún oso —dijo ella en tono sarcástico—. Ni tampoco hay cosas blancas hechas de ese material, como las de los catálogos.

Winfield la contempló con seriedad. Señaló a la unidad sanitaria.

—¿Están allí? —preguntó.

—Soy una mentirosa —dijo Ruthie—. No me va a servir de nada decirte cosas.

—Vamos a ver —dijo Winfield.

—Yo ya he ido —replicó Ruthie—. Ya me he sentado en ellos. Incluso he meado en uno.

—No me lo creo —dijo Winfield.

Se encaminaron al edificio de la unidad y esta vez Ruthie no estaba asustada. Abrió la marcha con audacia al interior del edificio. Los retretes se alineaban en uno de los lados de la amplia habitación y cada uno tenía un compartimiento con una puerta delante. La porcelana blanca relucía. Los lavabos se alineaban en la otra pared mientras que en la tercera pared había cuatro compartimientos con duchas.

—Ahí lo tienes —dijo Ruthie—. Esos son los retretes. Los he visto en el catálogo —los niños se acercaron a uno de los retretes. Ruthie, en un arranque de valor, se levantó la falda y se sentó—. Ya te dije que había estado aquí —dijo. Y como prueba se oyó un tintineo de agua en la taza.

Winfield estaba avergonzado. Su mano torció la palanca de la cisterna. El agua cayó con un rugido. Ruthie brincó en el aire y se alejó de otro salto. Ella y Winfield se quedaron parados en el centro de la habitación y miraron al retrete. El silbido del agua continuaba.

—Has sido tú —dijo Ruthie—. Vas y lo rompes. Te he visto.

—Yo no he sido. Te juro que yo no he sido.

—Te he visto —dijo Ruthie—. Simplemente no se te puede dejar acercarte a las cosas finas.

Winfield hundió la barbilla. Levantó la vista hacia Ruthie y sus ojos estaban llenos de lágrimas. Le empezó a temblar la barbilla. E inmediatamente Ruthie se arrepintió.

—No te apures —le dijo—. No te voy a delatar. Haremos como si ya hubiera estado roto. Como si ni siquiera hubiéramos estado aquí —le condujo fuera del edificio.

El sol asomaba ya por encima de las montañas, refulgía en los tejados de hierro galvanizado de las cinco unidades sanitarias, brillaba en las tiendas grises y en el suelo barrido de las calles que separaban las tiendas. Y el campamento comenzaba a despertar. Los fuegos ardían en los fogones portátiles, hechos de latas de queroseno y láminas de metal. El olor del humo llenaba el aire. Las solapas de las tiendas se retiraban hacia detrás y la gente empezaba a moverse por las calles. Delante de su tienda, Madre miraba a un lado y a otro de la calle. Vio a los niños y se dirigió hacia ellos.

—Me estaba empezando a preocupar —les dijo—. No sabía dónde estabais.

—Estábamos echando un vistazo por ahí —dijo Ruthie.

—Bueno, ¿dónde está Tom? ¿Le habéis visto?

Ruthie adoptó una actitud de importancia.

—Sí. Tom me despertó y me dijo qué tenía que decirte —hizo una pausa para que su importancia se hiciera evidente.

—Bueno . . . ¿qué? —se impacientó Madre.

—Dijo que te dijera . . . —volvió a parar y miró a Winfield para cerciorarse de que éste apreciaba su posición.

Madre levantó la mano con el dorso apuntando a Ruthie.

—¿Qué?

—Consiguió trabajo —dijo Ruthie rápidamente—. Se fue a trabajar —vigiló con aprensión la mano alzada de Madre. Ésta bajó de nuevo la mano y luego la alargó hacia Ruthie. Le rodeó los hombros en un abrazo rápido y tembloroso y después la soltó.

Ruthie fijó la vista en el suelo, avergonzada, y cambió de tema.

—Allí hay retretes —dijo—. Son blancos.

—¿Habéis estado allí? —preguntó Madre.

—Yo y Winfield —dijo ella; y luego, a traición—, Winfield se cargó un retrete.

Winfield se puso rojo. Miró a Ruthie.

—Y ella ha meado en uno —dijo con rencor.

—¿Qué es lo que hiciste? —dijo Madre recelosa—. Enséñamelo —les empujó hasta la puerta y les hizo entrar—. Ahora dime lo que hiciste.

Ruthie señaló el retrete.

—Era como un silbido. Ahora ha parado.

—Enséñame lo que hiciste —exigió Madre.

Winheld se acercó reacio al retrete.

—No lo empujé muy fuerte —dijo—. Sólo agarré esto de aquí y . . . —el silbido del agua se repitió. Él dio un salto hacia atrás.

Madre echó la cabeza para atrás y rompió a reír, mientras Ruthie y Winfield la contemplaban ofendidos.

—Así es como funcionan —explicó Madre—. Ya los he visto antes de ahora. Cuando has terminado, has de apretar la palanca.

La vergüenza de su ignorancia fue demasiado profunda para los niños. Salieron y bajaron por la calle y se quedaron mirando cómo desayunaba una gran familia.

Madre les contempló mientras salían. Y luego dio una vuelta por la habitación. Fue a las cabinas de las duchas y se asomó dentro. Se acercó a los lavabos y pasó el dedo por la blanca porcelana. Abrió un grifo y puso un dedo bajo el chorro, y apartó bruscamente la mano al salir el agua caliente. Consideró durante un momento el lavabo y luego, tras colocar el tapón, lo llenó con un poco de agua caliente y otro poco de fría. Y entonces se lavó la cara y las manos en el agua tibia. Se estaba mojando el pelo con los dedos cuando oyó un paso en el piso de cemento a su espalda. Madre se volvió al oír el ruido. Un hombre mayor la miraba, inmóvil, con expresión de justo asombro.

—¿Cómo ha entrado aquí? —preguntó con aspereza.

Madre tragó saliva y sintió el agua escurriéndole por la barbilla y empapando su vestido.

—No lo sabía —se disculpó—. Pensé que los servicios eran para que los usara la gente.

El hombre le dedicó una mirada de desaprobación.

—Es para hombres —dijo muy serio. Fue hasta la puerta y señaló un letrero que había en ella: CABALLEROS—. ¿Lo ve? —dijo—. Eso lo demuestra. ¿Es que no lo ha visto?

—No —dijo Madre avergonzada—, no lo vi. ¿No hay otro lugar donde yo pueda ir?

El enfado del hombre se desvaneció.

—¿Acaba usted de llegar? —le preguntó ya más amable.

—A media noche llegamos —respondió Madre.

—Entonces no habrá hablado aún con el Comité.

—¿Qué Comité?

—¿Cuál va a ser? El Comité de las señoras.

—No, no he hablado con nadie.

Él le explicó orgulloso:

—El Comité le hará una visita bien pronto y la pondrá al corriente de todo. Nos ocupamos de la gente recién llegada. Ahora, si quiere el servicio de las mujeres no tiene más que dar la vuelta al edificio. Aquel lado es el suyo.

Madre preguntó inquieta:

—¿Y dice usted que un comité de señoras va a venir a mi tienda?

Él asintió.

—Supongo que dentro de nada.

—Gracias —dijo Madre. Salió a toda prisa y medio corrió hasta la tienda—. Padre —llamó—. ¡John, levántate!, Tú, Al. Levántate y ve a lavarte —ojos sobresaltados y soñolientos la miraron—. Todos —gritó Madre—, arriba y a lavarse la cara. Y peinaros también.

El tío John estaba pálido y desencajado. Tenía en la barbilla la señal roja de una contusión.

—¿Qué pasa? —preguntó Padre impaciente.

—El Comité —gritó Madre—. Hay un comité . . . de señoras, que va a venir a visitarnos. Levantaos e id a lavaros. Y mientras nosotros dormíamos roncando, Tom salió y consiguió trabajo. Arriba todos, venga.

Fueron saliendo medio dormidos de la tienda. El tío John se tambaleó un poco y su rostro mostró una expresión de dolor.

—Ve a ese edificio y lávate —le ordenó Madre—. Tenemos que desayunar y estar preparados para recibir al Comité —ella se dirigió hacia un montón pequeño de leña partida que había dentro de su plaza de camping. Encendió una fogata y colocó sus utensilios de cocinar—. Pan de maíz —dijo para sí—. Pan de maíz y salsa. Eso es rápido. Tenemos poco tiempo —siguió hablando para sí mientras Ruthie y Winfield la contemplaban con perplejidad.

El humo de las fogatas de la mañana se elevaba por todo el campamento y el murmullo de voces se oía por todas partes.

Rose of Sharon, desaliñada y con ojos adormilados, reptó fuera de la tienda. Madre se volvió olvidando un momento el maíz que estaba midiendo a puñados. Miró el vestido arrugado y sucio de su hija y su cabello alborotado y sin peinar.

—Tienes que arreglarte —dijo enérgicamente—. Ve ahora mismo y lávate. Tienes un vestido limpio. Te lo he lavado. Cepíllate el pelo y quítate las legañas de los ojos —Madre rebosaba nerviosismo.

Rose of Sharon respondió malhumorada.

—No me encuentro bien. Ojalá viniera Connie. No me apetece hacer nada estando sin Connie.

Madre se volvió en redondo para encararse con ella. El maíz amarillo se adhería a sus manos y muñecas.

—Rosasharn —dijo seriamente—, tienes que serenarte. Ya has estado lamentándote bastante. Va a venir un comité de señoras y no estoy dispuesta a que mi familia esté impresentable cuando lleguen.

—Pero es que no me encuentro bien.

Madre se acercó a ella con las manos pringosas extendidas.

—Muévete —dijo Madre—. Hay veces en que aunque te encuentres mal tienes que guardártelo para ti misma.

—Voy a vomitar —gimoteó Rose of Sharon.

—Bueno, pues ve a vomitar. Claro que tienes náuseas. Como todo el mundo. Vomita, y luego te aseas, te lavas las piernas y te pones los zapatos —le dio la espalda—. Y trénzate el pelo —añadió.

La grasa de la sartén borboteó sobre el fuego y salpicó y silbó cuando Madre dejó caer una cucharada de masa de pan de maíz. Luego ella mezcló harina con grasa en una cazuela y añadió agua y sal y removió la salsa. El café empezó a hervir en la lata de galón y de ella surgió su aroma.

Padre volvió calmoso de la unidad sanitaria y Madre levantó la vista con ánimo crítico. Padre dijo:

—¿Dices que Tom ha encontrado trabajo?

—Sí, señor. Salió mientras dormíamos. Busca en esa caja y coge un mono limpio y una camisa. Y, Padre, estoy de lo más ocupada. Ocúpate de las orejas de Ruthie y Winfield. Hay agua caliente. ¿Me harías ese favor? Límpiales bien las orejas y el cuello. Que queden rojos y brillantes.

—Nunca te he visto tan excitada —comentó Padre.

—Ahora es el momento en que la familia debe tener un aspecto decente —gritó Madre—. Durante el viaje no hubo oportunidad. Pero ahora sí podemos. Tira el mono sucio dentro de la tienda y ya te lo lavaré.

Padre entró en la tienda y al cabo de un momento emergió con un mono azul pálido, descolorido y una camisa. Y condujo a los niños tristes y anonadados hacia la unidad sanitaria.

—Ráscales bien alrededor de las orejas —gritó Madre cuando ya se alejaban.

El tío John se asomó por la puerta de los hombres y luego se volvió dentro y estuvo largo rato sentado en el retrete sujetándose la dolorida cabeza entre las manos.

Madre había sacado ya una bandeja de pan de maíz dorado y estaba metiendo más masa en la sartén para una segunda bandeja cuando una sombra cayó en la tierra a su lado. Miró por encima del hombro. Había un hombrecillo todo vestido de blanco detrás de ella, un hombre con el rostro delgado, moreno y lleno de líneas y unos ojos alegres. Era tan delgado como una estaca. Sus blancas ropas limpias estaban deshilachadas por las costuras. Le sonrió a Madre.

—Buenos días —saludó.

Madre miró las ropas blancas y su semblante se endureció con suspicacia.

—Buenos días —respondió.

—¿Es usted la señora Joad?

—Sí.

—Yo soy Jim Rawley. Soy el director del campamento. Quise pasar sólo un momento para ver si todo estaba en orden. ¿Tienen todo lo que necesitan?

Madre le estudió aún sospechando.

—Sí —dijo.

Rawley siguió:

—Estaba dormido cuando llegaron ustedes anoche. Fue una suerte que hubiera una plaza libre —su voz era cálida.

Madre dijo simplemente:

—Esto está bien. Sobre todo los lavaderos.

—Espere a que las mujeres empiecen a lavar. Dentro de poco ya. Arman un alboroto tremendo. Como si fuera una asamblea. ¿Sabe lo que hicieron ayer, señora Joad? Organizaron un coro. Cantaban un himno al tiempo que restregaban la ropa. Le aseguro que fue algo digno de oírse.

La suspicacia iba desapareciendo de la expresión de Madre.

—Debe haber sido hermoso. ¿Es usted el jefe?

—No —dijo él—. La gente de aquí me quitó el empleo con su propio trabajo. Ellos limpian el campamento, mantienen el orden, hacen todo. Nunca había visto gente semejante. Están haciendo ropa en el salón de reuniones. Y están fabricando juguetes. Nunca había visto gente como ésta.

Madre bajó los ojos a su sucio vestido.

—Todavía no estamos limpios —dijo—. Mientras estás viajando es sencillamente imposible estar limpio.

—Dígamelo a mí —dijo él. Olfateó el aire—. Oiga . . . ¿ese café que huele tan bien es el suyo?

Madre sonrió.

—Huele bien, ¿verdad? Al aire libre siempre huele bien —y añadió con orgullo—: Sería un honor para nosotros si quisiera usted compartir nuestro desayuno.

Él se aproximó al fuego y se acuclilló, y el último resto de reticencia de Madre se vino abajo.

—Nos encantaría que nos acompañara —dijo ella—. No tenemos nada del otro mundo, pero es usted bienvenido.

El hombrecillo hizo una mueca.

—Ya he desayunado. Pero le aceptaría con gusto una taza de ese café que huele tan bien.

—Pues claro, no faltaría más.

—No tenga prisa.

Madre sirvió el café en una taza de hojalata de la cafetera de galón. Dijo:

—Aún no tenemos azúcar, quizá compremos hoy. Si está acostumbrado al azúcar no le sabrá bien.

—Nunca le pongo azúcar —dijo él—. Echa a perder el sabor del buen café.

—Bueno, a mí me gusta con un poquito de azúcar —dijo Madre. Le miró de pronto con atención, para ver cómo había intimado tanto tan deprisa. Buscó un motivo en el rostro del hombre y no encontró nada más que cordialidad. Luego se fijó en las costuras deshilachadas de su chaqueta blanca y se convenció.

Tomó un sorbo de café.

—Supongo que las señoras vendrán a verla esta mañana.

—No estamos limpios —dijo Madre—. No deberían venir hasta que no nos aseáramos un poco.

—Pero ellas saben lo que pasa —dijo el director—. Ellas llegarán igual. No, señor. Los comités de este campamento son buenos porque han tenido la misma experiencia —terminó de beber el café y se puso en pie—. Bueno, he de irme. Para cualquier cosa que quiera, pásese por la oficina. Yo estoy siempre allí. Un café estupendo. Muchas gracias —puso la taza en la caja con las otras, saludó con la mano y se alejó siguiendo la línea de tiendas. Madre le oyó hablando con la gente conforme pasaba.

Madre bajó la cabeza y luchó contra el deseo de llorar.

Padre volvió seguido de los niños, que tenían aún los ojos húmedos del dolor del lavado de orejas. Venían sumisos y relucientes. La piel quemada de la nariz de Winfield estaba despellejada.

—Aquí los tienes —dijo Padre—. Tenían porquería en dos capas de piel. Casi los tuve que amarrar para que se estuvieran quietos.

Madre los examinó con atención.

—Están muy guapos —dijo—. Servíos vosotros mismos pan de maíz y salsa. Tenemos que quitar trastos de enmedio y poner la tienda en orden.

Padre sirvió los platos para los niños y para él mismo.

—Me pregunto dónde ha encontrado Tom trabajo.

—No sé.

—Bueno, si él puede, nosotros también.

Al llegó a la tienda muy excitado.

—¡Menudo sitio! —exclamó. Se sirvió comida y una taza de café—. ¿Sabéis lo que está haciendo un tipo? Está construyendo una casa rodante. Allí mismo, detrás de esas tiendas. Tiene camas y un fogón . . . de todo. Viven ahí. ¡Dios!, así es como hay que vivir. Justo donde te pares, ahí está tu casa.

Madre dijo:

—Yo prefiero una casa pequeña. Tan pronto como podamos, quiero una casita.

Padre dijo:

—Al, cuando hayamos comido, tú y yo y el tío John saldremos en el camión a buscar trabajo.

—Muy bien —respondió Al—. Me gustaría encontrar un empleo en un garaje, si es que hay trabajo. Eso es lo que de verdad me gustaría. Y comprarme un viejo Ford puesto a punto. Lo pinto de amarillo para fardar por ahí. He visto una chica guapa un poco más alla. Y le dediqué un buen guiño. Era preciosa.

—Más te vale tener trabajo antes de dedicarte a hacer la cabra y perseguir chicas —dijo Padre con seriedad.

El tío John salió del servicio y se fue acercando con lentitud. Madre frunció el ceño al verle.

—No te has lavado . . . —empezó, y entonces vio lo enfermo que parecía y lo débil y triste—. Entra en la tienda y échate —dijo—. No estás bien.

Él meneó la cabeza.

—No —rechazó—. He pecado y debo aceptar mi castigo —se acuclilló con aire desconsolado y se sirvió una taza de café.

Madre sacó de la sartén los últimos trozos de pan de maíz. Dijo como si tal cosa:

—El director del campamento vino y se sentó a tomar una taza de café.

—¿Sí? —Padre la miró despacio—. ¿Qué es lo que quería? Empezamos pronto.

—Sólo vino a pasar un rato —dijo Madre delicadamente—. Se sentó y tomó un café. Dijo que no tomaba buen café muy a menudo y olió el nuestro.

—¿Qué quería? —preguntó Padre otra vez.

—No quería nada. Vino a ver cómo nos iba.

—No lo creo —replicó Padre—. Seguramente va por ahí presumiendo y husmeando.

—¡No era eso lo que hacía! —gritó Madre enfadada—. Yo sé cuándo va uno presumiendo tan bien como cualquiera.

Padre arrojó los posos del café fuera de la taza.

—Tienes que dejar de pensar así —dijo Madre—. Este es un sitio decente.

—Lleva cuidado de que no se vuelva tan decente que no pueda uno ni vivir en él —dijo Padre, celoso—. Date prisa. Al. Nos vamos a buscar trabajo.

Al se limpió la boca con la mano.

—Yo ya estoy —dijo.

Padre se volvió hacia el tío John.

—¿Tú te vienes?

—Sí. Voy.

—No tienes muy buen aspecto.

—No me encuentro muy bien, pero quiero ir.

Al subió al camión.

—Hay que poner gasolina —decidió. Puso en marcha el motor. Padre y el tío John montaron a su lado y el camión se alejó calle abajo.

Madre los vio irse. Luego cogió un cubo y se dirigió hacia las pilas que había bajo la parte descubierta de la unidad sanitaria. Llenó el cubo de agua caliente y lo acarreó hasta su campamento de nuevo. Y estaba lavando los platos en el cubo cuando Rose of Sharon regresó.

—Te dejé desayuno en un plato —dijo Madre. Y luego miró a la joven con atención. Llevaba el pelo chorreante y peinado y la piel brillante estaba sonrosada. Se había puesto el vestido azul estampado de florecillas blancas. En los pies calzaba los zapatos de tacón de su boda. Se ruborizó bajo el escrutinio de Madre—. Te has bañado —dijo Madre.

Rose of Sharon habló con voz ronca.

—Yo estaba allí cuando llegó una señora y se bañó. ¿Sabes cómo se hace? Te metes en una especie de caseta, giras las palancas y el agua empieza a caerte encima . . . agua caliente o fría, como quieras . . . y me he duchado.

—Yo también me voy a duchar —gritó Madre—. En cuanto acabe con esto. Tú me puedes enseñar.

—Me voy a duchar todos los días —dijo la muchacha—. Y esa señora . . . me ha visto, y que estoy esperando y ¿sabes lo que me ha dicho? Dice que hay una enfermera que viene todas las semanas. Que debo ir a verla y ella me dirá exactamente lo que debo hacer para que el niño sea fuerte. Dice que aquí todas las mujeres hacen eso. Y yo voy a hacerlo —las palabras salían a borbotones—. Y ¿sabes qué? La semana pasada nació un niño y el campamento entero hizo una fiesta y hubo ropas y se dieron cosas para el bebé, incluso un cochecito, de mimbre. No era nuevo, pero le dieron una mano de pintura rosa y quedó como

nuevo. Y le pusieron nombre al bebé y comieron pastel. ¡Oh, Señor!
—se fue calmando, respirando con agitación.

Madre dijo:

—Alabado sea Dios, hemos llegado a casa, a nuestra gente. Voy a
darme una ducha.

—Sí, está muy bien —aseguró su hija.

Madre secó los cacharros de hojalata y los apiló. Dijo:

—Nosotros somos de la familia Joad. No tenemos que mirar hacia
arriba a nadie. El abuelo del abuelo participó en la Revolución. Fuimos
campesinos hasta empeñarnos. Y entonces . . . esa gente. Nos han hecho
algo. Cada vez que venían era como si me estuvieran azotando . . . como
si nos azotaran a todos. Y en Needles, aquel policía. Me hizo algo,
me hizo sentirme mala. Sentirme avergonzada. Y ahora no siento vergüenza. Esta gente es nuestra gente . . . nuestra gente. El director este
vino y se sentó a tomar café y dijo: «señora Joad» esto y «señora Joad»
lo otro . . . y ¿Cómo le va, señora Joad? —se interrumpió y suspiró—.
¡Pero si me he vuelto a sentir persona! —puso en el montón el último
plato. Entró en la tienda y rebuscó entre la caja de ropa hasta dar con
sus zapatos y un vestido limpio. Y encontró un paquetito de papel que
contenía sus pendientes. Al pasar junto a Rose of Sharon, le dijo:

—Si vienen esas señoras, diles que vuelvo inmediatamente —
desapareció por uno de los laterales de la unidad sanitaria.

Rose of Sharon se sentó pesadamente en una caja y contempló sus
zapatos de boda, de charol negro y lazos negros, a medida. Limpió las
puntas con el dedo y se limpió el dedo con la parte interior de la falda.
Al agacharse sintió presión en su abdomen en crecimiento. Se sentó derecha y se palpó con dedos exploradores mientras sonreía ligeramente.

Por la calle caminaba una mujer robusta, cargando una caja de manzanas llena de ropa sucia hacia las pilas. Tenía el rostro atezado por el
sol y sus ojos eran negros e intensos. Llevaba un delantal amplio, hecho
de un saco de algodón, sobre el vestido de algodón y se calzaba con
unos zapatos de hombre de cordones, de color marrón. Vio cómo Rose
of Sharon se acariciaba y la leve sonrisa de su rostro.

—¡Vaya! —gritó y rió con satisfacción—. ¿Qué crees tú que va a ser?

Rose of Sharon se azoró y miró al suelo y luego se aventuró a levantar la vista y los brillantes ojillos negros de la mujer la cautivaron.

—No lo sé —farfulló.

La mujer dejó caer con un ruido la caja de manzanas al suelo.

—Tienes un tumor vivo —dijo, y cacareó como una gallina feliz—. ¿Qué preferirías? —exigió.

—No sé . . . niño, supongo. Seguro . . . niño.

—Acabáis de llegar, ¿no es eso?

—Anoche . . . muy tarde.

—¿Os vais a quedar?

—No lo sé. Si encontramos trabajo, supongo que sí.

Una sombra cruzó el rostro de la mujer y los ojillos negros mostraron fiereza.

—Si encontráis trabajo. Es lo que decimos todos.

—Mi hermano ya encontró trabajo esta mañana.

—Ah ¿sí? Quizá tengáis suerte. Ojo avizor con la suerte. No se puede confiar en ella —dio algunos pasos hacia Rose—. Sólo se puede tener una clase de suerte. Nada más. Sé buena chica —dijo con fiereza—. Sé buena. Si llevas algún pecado contigo, más te vale llevar cuidado con ese bebé —se acuclilló delante de Rose of Sharon—. En este campamento pasan cosas de escándalo —dijo misteriosamente—. Todos los sábados por la noche hay baile y no creas que es sólo baile de figuras. Algunos bailan agarrados. ¡Yo les he visto!

Rose of Sharon dijo con cautela:

—A mí me gusta bailar, la danza de figuras —y añadió con recato—. Nunca he bailado de esta otra forma.

La mujer morena asintió con tristeza.

—Pues algunas sí lo hacen. Y el Señor no lo va a dejar pasar así; eso sí que no lo creas.

—No, señora —respondió la joven quedamente.

La mujer puso una mano marrón y arrugada en la rodilla de Rose of Sharon, que se encogió bajo el contacto.

—Ahora déjame que te advierta. Sólo quedan unos pocos de los que realmente aman a Jesús. Cada sábado por la noche cuando esa banda empieza a tocar, himnos debieran tocar, ellos bailan como peonzas, sí, señor, como peonzas. Yo los he visto. Yo misma no me acerco a ellos, ni dejo a mi familia que se acerque. Hay baile agarrado, ya te digo —hizo una pausa buscando el énfasis y luego dijo, con voz áspera—: Hacen más. Una obra de teatro —se apartó y ladeó la cabeza para observar cómo se tomaba Rose of Sharon semejante revelación.

—¿Actores? —preguntó la joven pasmada.

—¡No, señor! —explotó la mujer—. No son actores, esa gente que ya está condenada. Nuestra propia clase de gente. Nuestra propia gente. Y había niños pequeños, que no sabían lo que hacían, haciéndose pasar por lo que no eran. Yo no me acerqué. Pero les oí hablar de lo que hacían. El diablo se paseaba sencillamente por el campamento. Rose of Sharon escuchaba, los ojos y la boca abiertos.

—Una vez en la escuela dimos una obra de Cristo Niño . . . para Navidad.

—Bueno . . . yo no digo que eso sea malo o bueno. Hay buena gente que cree que una obra así está bien. Pero . . . bueno, yo no me atrevería a afirmarlo sin ninguna duda. Pero esto de aquí no era ningún Cristo Niño. Esto era pecado y engaño y mañas del diablo. Contoneándose y desfilando y hablando como si fueran alguien que no son. Y bailando, agarrado y abrazándose.

Rose of Sharon dejó escapar un suspiro.

—Y no son sólo unos pocos —continuó la mujer morena—. Esto se está poniendo de forma que puedes casi contar los verdaderos piadosos con los dedos de la mano. Y tampoco creas que esos pecadores le pasan a Dios desapercibidos. No, señor, Él va anotando pecado por pecado y tirará la línea para sumarlos uno a uno. Dios está vigilando y yo también. Ya ha sacado a la luz a dos de ellos.

Rose of Sharon dio un respingo:

—¿De verdad?

La voz de la mujer morena iba subiendo en intensidad.

—Yo lo he visto. Una chica que esperaba un hijo, igual que tú. Y participaba en la obra y bailaba agarrado. Y —la voz se volvió poco afable y ominosa— empezó a adelgazar y a adelgazar y . . . tuvo ese hijo muerto.

—¡Dios mío! —la muchacha estaba pálida.

—Muerto y sanguinolento. Por supuesto, nadie volvió a hablarle. Tuvo que marcharse. No se puede tocar el pecado y no pillarlo. No, señor. Y hubo otra, hacía las mismas cosas. Empezó a adelgazar y, ¿sabes qué? Una noche desapareció. Y al cabo de dos días estaba de vuelta. Dijo que había estado de visita. Pero . . . ya no tenía el bebé. ¿Sabes lo que yo creo? Creo que el director se la llevó para que soltara el niño. Él no cree en el pecado, él mismo me lo dijo. Dice que el pecado es estar hambriento y pasar frío. Dice —ya te digo, me lo dijo él mismo— que no puede ver a Dios en esas cosas. Que esas chicas adelgazaron porque no tenían comida suficiente. Bien, yo le puse en su sitio —se puso en pie y dio un paso atrás. Sus ojos brillaban con intensidad. Señaló al rostro de Rose of Sharon con un índice rígido—. Le dije: Atrás. Dije: Sabía que el diablo andaba desbocado por este campamento. Ahora sé quién es el diablo. Atrás, Satán, le dije. Y te juro que se volvió atrás. Temblando, todo escurridizo. Dijo: Por favor, por favor, no haga preocuparse a la gente. Y yo digo: ¿preocuparse? ¿Y qué hay de sus almas? ¿Qué hay de esos niños muertos y esos pocos pecadores echados a perder por culpa de las obras de teatro? Él se limitó a mirar, hizo una mueca enfermiza y se alejó. Sabía cuándo había tropezado con un verdadero testigo del Señor. Yo dije: Estoy ayudando a Jesús a vigilar lo que pasa por aquí. Y usted y esos otros pecadores no se van a salir con la suya — recogió su caja de ropa sucia—. Tú hazme caso. Te he advertido. Ten en cuenta a ese pobre hijo que llevas en el vientre y no cometas pecados — y se alejó a zancadas con aire de titán, sus ojos brillantes de virtud.

Rose of Sharon la vio irse y luego puso la cabeza entre las manos y gimió oculta en sus palmas. Una voz suave sonó a su lado. Levantó la vista, avergonzada. Era el pequeño director vestido de blanco.

—No te preocupes —dijo—. No te preocupes.

Los ojos de Rose se cegaron por las lágrimas.

—Pero es que yo lo he hecho —lloró ella—. He bailado agarrado. No se lo dije a ella. Lo hice en Sallisaw, con Connie.

—No te preocupes —dijo.

—Dice que perderé el niño.

—Ya sé lo que dice. La tengo más o menos vigilada. Es una buena mujer, pero hace desgraciada a la gente.

Rose of Sharon sorbió.

—Conoció a dos chicas que perdieron el niño en este campamento.

El director se acuclilló delante de ella.

—Mira —dijo—. Yo también las conozco. Tenían demasiada hambre y cansancio. Y trabajaron demasiado. Y fueron en un camión por caminos llenos de baches. Estaban enfermas. No fue culpa suya.

—Pero ella dijo . . .

—No te preocupes. A esa mujer le gusta liar a la gente.

—Pero dice que usted es el diablo.

—Ya lo sé. Porque no le permito que apene a la gente —le palmeó el hombro—. No te preocupes. No sabe lo que dice —y se marchó con rapidez.

Rose of Sharon se quedó mirándole; sus hombros enjutos se agita-

ban al andar. Estaba aún contemplando su figura delgada cuando volvió
Madre, limpia y rosada, con el pelo peinado y húmedo y atado en un
nudo. Llevaba su vestido estampado y los zapatos agrietados; y los pequeños pendientes colgaban de sus orejas.

—Lo he hecho —dijo—. Me puse allí y dejé que el agua caliente me
cayera y bajara por mí. Y una señora me dijo que si quieres lo puedes
hacer todos los días. Y . . . ¿ha venido ya el Comité de señoras?

—No —respondió la joven.

—¡Y tú ahí sentada y sin preparar para nada el campamento!
—Madre reunió los platos de hojalata mientras hablaba—. Tenemos que
poner orden —dijo—. Venga, ¡muévete! Coge el saco y dale un barrido
al suelo —ella recogió los utensilios, puso las sartenes en su caja y la caja
en la tienda—. Alisa esas camas —ordenó—. Te aseguro que nunca he
sentido nada tan agradable como el agua esa.

Rose of Sharon siguió las órdenes con apatía.

—¿Crees que Connie volverá hoy?

—Quizá . . . quizá no. No te puedo decir.

—¿Estás segura de que sabe a dónde venir?

—Claro.

—Madre . . . ¿no crees . . . que pudieron haberle matado cuando
quemaron . . . ?

—A él no —dijo Madre con seguridad—. Él puede viajar cuando
quiere, tan veloz como una liebre y escurridizo como un zorro.

—Ojalá viniera.

—Llegará cuando llegue.

—Madre . . .

—Me gustaría que empezaras a trabajar.

—Sí, ¿crees que bailar y actuar son pecados y me harán perder el
niño?

Madre interrumpió su trabajo y puso las manos en las caderas.

—¿Qué estás diciendo? Tú nunca has actuado.

—Bueno, alguna gente de aquí lo ha hecho y una chica perdió el
niño . . . muerto . . . y sanguinolento, como si fuera el juicio.

Madre la miró fijamente.

—¿Quién te lo ha dicho?

—Una señora que pasó por aquí. Y ese hombrecillo de ropa blanca
vino y dijo que esa no había sido la causa.

Madre frunció el ceño.

—Rosasharn —dijo—, deja de acosarte. Te estás provocando hasta llorar. No sé qué te ha pasado. Nuestra gente nunca hizo semejante cosa. Tomaron lo que les vino con los ojos secos. Apuesto a que fue Connie el que te metió esas ideas. Se creía demasiado grande para sus pantalones, sencillamente —y añadió con seriedad—: Rosasharn, tú no eres mas que una persona y hay otras muchas. Ponte en tu sitio. He conocido a gente rodearse de pecado hasta creerse grandes vainas de maldad frente al Señor.

—Pero Madre . . .

—No. Cállate y a trabajar. No eres bastante grande ni bastante mala para preocupar a Dios demasiado. Y te voy a calentar si no dejas de atormentarte —barrió las cenizas en el agujero y sacudió las piedras del borde. Vio al comité acercándose por la calle—, a trabajar —dijo—. Aquí vienen las señoras. Ponte a trabajar para que pueda estar orgullosa —no volvió a mirar, pero era consciente de que el comité se aproximaba.

No cabía duda de que era el comité; tres señoras, lavadas, vestidas con sus mejores ropas: una mujer delgada de pelo fuerte y con gafas de montura de acero, una señora pequeña y robusta con el pelo gris rizado y una dulce boca pequeña, y una señora como un mamut, gruesa de pantorrilla y trasero, de pecho grande, musculosa como un caballo de tiro, poderoso y seguro. Y el comité caminó calle abajo con dignidad.

Madre se las arregló para darles la espada cuando llegaron. Ellas pararon, en círculo, luego en fila. Y la mujerona atronó:

—Buenos días. La señora Joad, ¿no es eso?

Madre se volvió como si la hubieran pillado desprevenida.

—Sí, sí. ¿Cómo saben mi nombre?

—Formamos el Comité —dijo la mujer—. El Comité de señoras de la Unidad Sanitaria número cuatro. Nos dijeron su nombre en la oficina.

Madre se aturulló:

—Todavía no tenemos muy buen aspecto. Me encantaría que vinieran a sentarse mientras hago algo de café.

La mujer más rolliza del comité dijo:

—Preséntanos, Jessie. Dile nuestros nombres a la señora Joad. Jessie es la presidenta —explicó.

Jessie dijo formalmente:

—Señora Joad, estas son Annie Littlefield y Ella Summers y yo soy Jessie Bullitt.

—Encantada de conocerlas —respondió Madre—. ¿No se sientan? No hay dónde sentarse todavía —añadió—. Pero voy a hacer café.

—No, no —dijo Annie formalmente—. No se moleste. Sólo vinimos a presentarnos y ver cómo estaba, para que se sintiera como en casa.

Jessie Bullitt dijo severamente:

—Annie, te agradecería que recordaras que yo soy presidenta.

—Ah, claro, claro. Pero la semana que viene lo seré yo.

—Bueno, pues entonces espera a la semana que viene. Cambiamos todas las semanas —le explicó a Madre.

—¿Seguro que no quieren un poco de café? —preguntó Madre sin saber qué hacer.

—No, gracias —Jessie se hizo cargo—. Le informaremos primero sobre la unidad sanitaria y después, si quiere, la incluiremos en el Club de señoras y le daremos un cometido. Claro que eso es voluntario.

—¿Es . . . muy caro?

—No cuesta sino trabajo. Y cuando la conozcan, quizá pueda ser elegida para este comité —interrumpió Annie—. Jessie está en el Comité de todo el campamento. Es una señora importante del Comité.

Jessie sonrió con orgullo.

—Elegida por unanimidad —dijo—. Bueno, señora Joad, creo que ya es hora de que le digamos cómo funciona el campamento.

Madre dijo:

—Esta es mi hija, Rosasharn.

—¿Cómo estás? —saludaron.

—Mejor será que venga también con nosotras.

La enorme Jessie habló, con un aire lleno de dignidad y amabilidad y llevaba su discurso ensayado.

—No debe pensar que nos entrometemos en sus asuntos, señora Joad. En este campamento hay muchas cosas de uso común. Y tenemos normas que nosotros mismos hemos hecho. Ahora vamos a la unidad. Lo que hay allí lo usa todo el mundo y todos debemos cuidar todo —pasearon hasta la sección descubierta donde estaban los lavaderos, en un total de veinte. Había ocho en uso, las mujeres inclinándose, restregaban las ropas y las pilas de ropa escurrida estaban amontonadas en el limpio suelo de cemento—. Puede usarlos siempre que quiera —dijo Jessie—. La única condición es que los deje limpios.

Las mujeres que estaban lavando levantaron la vista con interés. Jessie dijo en voz alta:

—Estas son la señora Joad y Rosasharn, han venido a vivir.

Saludaron a Madre a coro y Madre hizo una ligera reverencia y dijo:

—Encantada de conocerlas.

Jessie precedió al Comité entrando a los servicios y las duchas.

—Ya he estado aquí —dijo Madre—. Incluso me he dado una ducha.

—Para eso están —replicó Jessie—. Y se aplica la misma norma. Hay que dejarlos limpios. Cada semana hay un comité nuevo para fregarlos una vez al día. Quizá le toque en ese comité. Tiene que traer su propio jabón.

—Tenemos que comprar algo de jabón —dijo Madre—. Se nos ha acabado por completo.

La voz de Jessie se tornó casi reverente.

—¿Alguna vez los ha usado de esta clase? —preguntó y señaló a los servicios.

—Sí. Esta misma mañana.

Jessie suspiró.

—Eso está bien.

Ella Summers dijo:

—La semana pasada sin ir más lejos . . .

Jessie interrumpió con severidad:

—Señora Summers, yo se lo diré.

Ella cedió terreno.

—Ah, de acuerdo.

Jessie dijo:

—La semana pasada, cuando eras presidenta, tú lo hiciste todo. Te agradeceré que esta semana te abstengas.

—Bueno, cuenta lo que hizo esa señora —contestó ella.

—Bien —dijo Jessie—, no es asunto de este comité ir cotilleando, pero no diré nombres. Una señora llegó la semana pasada y entró aquí antes de que la visitara el comité y había metido los pantalones de su marido en el water, y dijo: Es demasiado bajo y no lo bastante grande. Te revientas la espalda. ¿No han podido ponerlo un poco más alto? —el comité sonrió con superioridad.

Ella interrumpió.

—Dijo: No se puede meter suficiente de una vez —y soportó la mirada severa de Jessie.

Jessie dijo:

—Tenemos nuestros problemas con el papel higiénico. La norma dice que nadie se puede llevar papel de aquí —chasqueó la lengua con fuerza—. Todo el campamento contribuye para el papel higiénico —calló durante un momento y luego confesó—. El número cuatro gasta más que ninguno. Hay alguien que lo está robando. Surgió en la asamblea general de señoras. «El lado de las mujeres, Unidad número cuatro, está usando demasiado.» Surgió allí, en la propia asamblea.

Madre seguía la conversación sin respirar.

—Robándolo . . . ¿para qué?

—Bueno —respondió Jessie—, ya ha habido problemas anteriormente. La última vez se trataba de tres niñitas que hacían muñecas de papel con él. Las cogimos. Pero esta vez no sabemos. Apenas da tiempo a poner un cascabel que suene cada vez que el rollo gira una vez. Así podríamos contar cuánto usa cada una —meneó la cabeza—. Simplemente no sé —dijo—. He estado preocupada toda la semana. Alguien roba papel higiénico de la Unidad cuatro.

De la entrada llegó una voz lastimera:

—Señora Bullitt —el comité se volvió—. Señora Bullitt, he oído lo que decían —había una mujer ruborizada y sudorosa en la entrada—. No me pude levantar en la asamblea, señora Bullitt. Es que no pude. Se habrían echado a reír o algo así.

—¿De qué está hablando? —Jessie avanzó.

—Bueno, nosotros, quizá . . . seamos nosotros. Pero no estamos robando, señora Bullitt.

Jessie se acercó a ella y la transpiración afloró en la mujer que confesaba azorada.

—No podemos evitarlo, señora Bullitt.

—Diga ya lo que quiera decir —dijo Jessie—. Esta unidad ha pasado vergüenza por culpa de ese papel higiénico.

—Toda la semana, señora Bullitt. No hemos podido evitarlo. Usted sabe que tengo cinco hijas.

—¿Qué han estado haciendo con él? —exigió Jessie en tono ominoso.

—Sólo usándolo. De verdad, usándolo nada más.

—¡No tienen derecho! Cuatro o cinco hojas es suficiente. ¿Qué es lo que les pasa?

La confesora se lamentó:

—Diarrea. Las cinco. Hemos andado mal de dinero y comieron uvas verdes. Las cinco tienen diarrea. Tienen que venir cada diez minutos —las defendió—: Pero no lo están robando.

Jessie suspiró.

—Debería haberlo dicho antes —dijo—. Hay que decirlo. Por no haberlo hecho la Unidad cuatro ha estado pasando vergüenza. Cualquiera puede tener diarrea.

La mansa voz gimoteó:

—Es sólo que no puedo hacer que dejen de comer uvas verdes. Y se ponen cada vez peor.

—La Ayuda —interrumpió Ella Summers—. Debe recibir la Ayuda.

—Ella Summers —dijo Jessie—, te lo digo por última vez, no eres la presidenta —se volvió hacia la abatida mujercita—. ¿No tiene ningún dinero, señora Joyce?

Ésta bajó la vista avergonzada.

—No, pero conseguiremos trabajo en cualquier momento.

—Venga, levante la cabeza —dijo Jessie—. Eso no es ningún crimen. Vaya derecha a la tienda de Weedpatch y compre algunas cosas. El campamento tiene allí un crédito de veinte dólares. Compre por valor de cinco dólares. Se lo puede devolver al Comité Central cuando tenga trabajo. Señora Joyce, usted lo sabía —añadió severamente—. ¿Cómo es que ha dejado que sus hijas pasen hambre?

—Nunca hemos aceptado caridad —respondió la señora Joyce.

—Esto no es caridad y usted lo sabe —se enfureció Jessie—. Creí que eso había quedado claro. En este campamento no hay caridad. No la admitimos. Ahora vaya a comprar algo de comer y tráigame el recibo a mí.

La señora Joyce preguntó tímidamente:

—Suponga que no podamos devolverlo nunca. Hace mucho tiempo que no tenemos trabajo.

—Lo devuelve si puede. Si no puede no es asunto nuestro ni es asunto suyo. Uno se fue y al cabo de dos meses mandó el dinero. En este campamento no tiene usted derecho a dejar que sus hijas pasen hambre.

—Sí, señora —dijo la señora Joyce intimidada.

—Compre un poco de queso para esas niñas —ordenó Jessie—. Eso les curará la diarrea.

—Muy bien —y la señora Joyce se escabulló a toda prisa por la puerta.

Jessie se volvió con furia hacia el comité.

—No tiene derecho a ser tan estirada. No tiene derecho, si está entre su propia gente.

Annie Littlefield adujo:

—Lleva aquí poco tiempo. Quizá no lo sabía. A lo mejor ha aceptado caridad en alguna ocasión. No —dijo Annie—, no intentes callarme, Jessie. Tengo derecho a hablar —se volvió a medias hacia Madre—. Cuando uno acepta caridad, eso deja una señal que no se va. Esto no es caridad, pero si alguna vez lo tienes que tomar, no se te olvide. Apuesto a que Jessie nunca lo ha hecho.

—No, es verdad —replicó Jessie.

—Pues yo sí —dijo Annie—. El invierno pasado; nos moríamos de hambre . . . yo y Padre y los pequeños. Y llovía. Uno nos dijo que acudiéramos al Ejército de Salvación —sus ojos se tornaron fieros—. Teníamos hambre . . . nos hicieron arrastrarnos por una cena. Se quedaron nuestra dignidad. Ellos . . . ¡les detesto! Y . . . puede que la señora Joyce haya aceptado caridad. Quizá no sabía que esto no lo es. Señora Joad, en este campamento no dejamos que nadie se atrinchere de esa forma. Ni permitimos que nadie le dé nada a otra persona. Pueden darlo al campamento, y éste lo distribuye. No hay caridad aquí —su voz era ronca y amenazadora—. Los detesto —dijo—. Nunca vi a mi hombre vencido antes, pero ésos . . . del Ejército de Salvación lo consiguieron.

Jessie asintió.

—Ya lo había oído —dijo quedamente—, ya lo había oído. Tenemos que seguir informando a la señora Joad.

Madre dijo:

—Es realmente muy agradable.

—Vamos al cuarto de la costura —sugirió Annie—. Tenemos dos máquinas. Hay un grupo que está haciendo edredones y otro haciendo vestidos. Quizá le gustaría trabajar allí.

Cuando el comité fue a visitar a Madre, Ruthie y Winfield desaparecieron imperceptiblemente fuera del alcance.

—¿Por qué no vamos y nos enteramos? —preguntó Winfield.

Ruthie le agarró del brazo.

—No —dijo—. Nos lavamos para esas hijas de puta. No pienso ir con ellas.

Winfield dijo:

—Te chivaste de lo del servicio. Yo voy a decir lo que les has llamado a esas señoras.

Una sombra de miedo cruzó el rostro de Ruthie.

—No se te ocurra. Yo lo dije porque sabía que en realidad no lo habías roto.

—No es verdad —replicó Winfield.

Ruthie dijo:

—Vamos a echar un vistazo por ahí —pasearon siguiendo la línea de tiendas, asomándose en cada una, curioseando tímidamente. Al final de la unidad había una zona allanada donde se había organizado una pista de croquet. Media docena de niños jugaban muy serios. Delante de una tienda había una anciana sentada en un banco que los contemplaba. Ruthie y Winfield echaron a correr.

—Dejadnos jugar —gritó Ruthie—. Dejad que entremos en el juego.

Los niños levantaron la vista. Una niñita con trenzas dijo:

—Podéis jugar en la próxima partida.

—Quiero jugar ahora —gritó Ruthie.

—Bueno, pues no puedes. Hasta la próxima partida.

Ruthie entró en la pista con aire amenazador.

—Voy a jugar.

La de las trenzas agarró con fuerza su mazo. Ruthie se llegó a ella de un salto, la abofeteó, la empujó y le arrebató el mazo de las manos.

—Dije que iba a jugar—dijo triunfalmente.

La anciana se levantó y caminó por la pista. Ruthie frunció el ceño ferozmente y apretó con más fuerza el mazo. La señora dijo:

—Dejadla jugar . . . igual que hicisteis con Ralph, la semana pasada.

Los niños dejaron sus mazos en el suelo y salieron en tropel de la pista, en silencio. Se quedaron a cierta distancia mirando con ojos inexpresivos. Ruthie los miró alejarse. Entonces golpeó una bola y corrió tras ella.

—Venga, Winfield. Coge un palo —le gritó. Y luego le miró con asombro. Winfield se había unido a los niños que miraban y también él

la miraba con ojos inexpresivos. Ella, como desafiándoles, volvió a golpear la bola. Levantó una gran polvareda. Simuló pasarlo bien. Y los niños quietos la miraron. Ruthie alineó dos bolas y golpeó ambas, volvió
la espalda a los ojos observantes y luego se volvió. De pronto avanzó hacia ellos mazo en mano.

—Venid a jugar —exigió. Se fueron apartando en silencio conforme
ella se aproximaba. Por un momento les miró, y luego arrojó el mazo y
corrió llorando a casa. Los niños volvieron a entrar en la pista.

La niña de las trenzas le dijo a Winfield:

—Puedes jugar la próxima partida.

La señora les advirtió:

—Cuando vuelva la niña y quiera portarse bien, dejadla. Tú misma
te portaste mal, Amy.

El juego siguió adelante mientras en la tienda de los Joad Ruthie so-
llozaba tristemente.

El camión se movía a lo largo de bellas carreteras, dejando atrás
huertos en los que los melocotones empezaban a colorearse, viñedos
con racimos pálidos y verdes, bajo hileras de nogueras cuyas ramas llegaban hasta el centro de la carretera. En todos los portones de entrada
Al frenaba; y en cada uno había un cartel: no se necesitan empleados.
Prohibido el paso.

Al dijo:

—Padre, habrá trabajo seguro cuando esa fruta esté a punto. Curioso lugar . . . te dicen que no te necesitan antes de que les preguntes
—siguió conduciendo lentamente.

Padre dijo:

—A lo mejor debíamos entrar de todas formas y preguntar si hay
algo de trabajo. Podíamos probar.

Un hombre con mono y camisa azules caminaba por la orilla de la
carretera. Al frenó junto a él.

—Eh, oiga —dijo Al—. ¿Sabe dónde hay trabajo?

El hombre se detuvo y sonrió, y en su boca faltaban los dientes delanteros. —No —contestó—. ¿Y ustedes? Llevo toda la semana andando y no he encontrado nada.

—¿Vive en el campamento del gobierno? —preguntó Al—.

Entonces suba atrás y buscamos todos —el hombre trepó por el
lateral y se dejó caer en la parte de atrás.

Padre dijo:

—No tengo idea de dónde podremos encontrar trabajo. Pero supongo que hay que mirar. No sabemos ni dónde mirar.

—Debíamos haber hablado con los del campamento —dijo Al—. ¿Cómo te encuentras, tío John?

—Me duele —dijo el tío John—. Me duele todo y lo que me queda. Debería marcharme para no atraer el castigo sobre mi propia gente.

Padre puso la mano en la rodilla de John.

—Mira —le dijo—, no te vayas. Estamos perdiendo gente continuamente: el abuelo y la abuela muertos, Noah y Connie, que se marcharon y el predicador en la cárcel.

—Tengo el presentimiento de que volveremos a ver a ese predicador —dijo John.

Al tanteó la bola de la palanca de cambios.

—No estás tan bien como para tener presentimientos —dijo—. A la mierda. Vamos a volver y a hablar y a enterarnos de dónde hay algo de trabajo. Vamos como mofetas cazando bajo el agua —frenó el camión, se asomó por la ventana y llamó—: ¡Eh! Mire. Volvemos al campamento a ver si nos enteramos dónde hay trabajo. No tiene sentido quemar gasolina así.

El hombre se asomó por un lado.

—Por mí bien —dijo—. Tengo los pies raídos hasta el tobillo. Y no tengo ni un bocado que llevarme a la boca.

Al dio la vuelta en mitad de la carretera y enfiló de regreso.

Padre dijo:

—Madre va a quedar dolida, sobre todo con Tom encontrando trabajo tan fácilmente.

—Quizá no lo haya conseguido —dijo Al—. A lo mejor ha ido a buscar también. Ojalá pudiera trabajar en un garaje. Aprendería y me gustaría.

Padre gruñó y regresaron al campamento en silencio.

Cuando el comité se marchó, Madre se sentó en una caja delante de la tienda y miró a Rose of Sharon sin saber qué hacer.

—Vaya . . . —dijo—, vaya, no he estado tan animada en años. ¿Verdad que eran agradables esas señoras?

—Yo voy a trabajar en la guardería —dijo Rose of Sharon—. Me lo han dicho. Puedo aprender cómo cuidar niños y así estaré preparada.

Madre asintió maravillada.

—Estaría muy bien que los hombres encontraran trabajo, ¿verdad? —preguntó—. Que trabajaran y tener algo de dinero —sus ojos se perdieron en el espacio—. Ellos trabajando y nosotras trabajando aquí y toda esta gente tan agradable. Lo primero que me voy a comprar en cuanto salgamos un poco adelante es una cocina, que esté bien. No valen mucho. Y luego una tienda, lo bastante grande y quizá somieres de segunda mano para las camas. Y podríamos usar esta tienda sólo para comer. Y el sábado por la noche iremos al baile. Dicen que puedes invitar gente si quieres. Ojalá tuviéramos amigos a quienes invitar. Quizá los hombres conozcan a alguien para invitar.

Rose of Sharon escudriñó por la carretera.

—Esa señora dice que perderé al niño . . . —empezó.

—No vuelvas con eso —le advirtió Madre.

Rose of Sharon dijo quedamente:

—La he visto. Viene hacia aquí, creo. ¡Sí! Aquí viene. Madre, no le dejes . . .

Madre se volvió y contempló la figura que se aproximaba.

—¿Cómo está? —dijo la mujer—. Soy la señora Sandry . . . Lisbeth Sandry. He conocido a su hija esta mañana.

—¿Cómo está? —dijo Madre.

—¿Es usted feliz en el Señor?

—Muy feliz —replicó Madre.

—¿Está usted salvada?

—Sí —el rostro de Madre estaba cerrado y expectante.

—Bien, me alegro —dijo Lisbeth—. Los pecados son muy fuertes por aquí. Ha venido usted a un sitio terrible. La maldad está por todas partes. Gente mala, cosas malas, un cristiano de verdad apenas puede soportarlo. Los pecadores nos rodean.

Madre se ruborizó un poco y cerró la boca con decisión.

—A mí me parece que son gente amable —dijo secamente.

Los ojos de la señora Sandry se clavaron en ella.

—¡Amable! —gritó—. ¿Cree usted que son buenos cuando hay baile agarrado? Se lo digo yo, su alma inmortal no tiene ni una posibilidad en este campamento. Anoche salí a un servicio en Weedpatch. ¿Sabe lo que dijo el predicador? Dijo: Hay maldad en este campamento. Los pobres intentan ser ricos. Hay bailes y abrazos donde debería haber llanto y gemir en pecado. Eso es lo que dijo. Todos los que no están aquí son negros pecadores, dijo. Le aseguro que oírle le deja a uno sintiéndose muy bien. Y sabíamos que estábamos salvados. Nosotros no hemos bailado.

El rostro de Madre estaba rojo. Se puso en pie lentamente y se encaró con la señora Sandry.

—¡Fuera! —dijo—. Váyase ahora, antes de que yo peque al decir dónde debe irse. Váyase a su llanto y su gemir.

La señora Sandry se quedó con la boca abierta. Dio un paso atrás. Y entonces se volvió furiosa.

—Pensé que eran cristianos.

—Es que lo somos —dijo Madre.

—No, no lo son. ¡Son pecadores que van a arder en el infierno, todos ustedes! Y lo pienso mencionar en la reunión. Puedo ver su negra alma ardiendo. Puedo ver al niño inocente en el vientre de esta muchacha ardiendo.

Un gemido lastimero y apagado escapó de los labios de Rose of Sharon. Madre se agachó y cogió un palo.

—¡Fuera! —dijo fríamente—. No se le ocurra volver. He visto antes gente como usted. Se complacen haciendo esto, ¿verdad? —Madre avanzó hacia la señora Sandry. La mujer empezó a retroceder, y luego, de pronto, echó la cabeza hacia atrás y aulló. Los ojos se le pusieron en blanco, los hombros y los brazos colgaban muertos a los lados y una línea espesa de saliva viscosa salió por la comisura de sus labios. Aulló una y otra vez, largos aullidos profundos y bestiales. Hombres y mujeres salieron corriendo de las tiendas y se quedaron cerca, asustados y en silencio. Lentamente la mujer cayó de rodillas y los aullidos decrecieron hasta ser un quejido estremecido y balbuciente. Cayó de costado, las piernas y los brazos agitándose. El blanco de los ojos aparecía bajo los párpados abiertos. Un hombre dijo en voz baja:

—El espíritu. Está poseída por el espíritu.

El pequeño director se acercó paseando como si nada pasara.

—¿Algún problema? —preguntó.

La multitud se apartó para dejarle pasar. Miró a la mujer en el suelo.

—¡Vaya por Dios! —dijo—. ¿La podéis ayudar algunos a volver a su tienda?

La gente silenciosa removió los pies. Dos hombres se agacharon y la levantaron, uno sujetándola por debajo de los brazos y otro por los pies. Se la llevaron y la gente empezó despacio a moverse tras ellos. Rose of Sharon entró en la tienda y se acostó y se cubrió la cara con una manta.

El director miró a Madre y al palo que llevaba en la mano. Sonrió con cansancio.

—¿Le pegó? —preguntó.

Madre continuó con la vista fija en la gente en retirada. Meneó la cabeza despacio.

—No, pero me faltó poco. Hoy ha trastornado dos veces a mi hija.

—Intente no pegarle —dijo el director—. No se encuentra bien. Es sólo que no está bien —y añadió quedamente—: Ojalá se fuera y toda su familia. Da más problemas en el campamento que todos los demás juntos.

Madre se rehízo de nuevo.

—Si vuelve, a lo mejor no puedo evitar pegarle. No estoy segura. No le dejaré que preocupe a mi hija más.

—No se preocupe, señora Joad —dijo—: No la volverá a ver. Tantea a los recién llegados. No volverá más. Cree que usted es una pecadora.

—Bien, lo soy —dijo Madre.

—Claro, como todos, pero no de la forma que dice ella. Esa mujer no está bien, señora Joad.

Madre le miró agradecida y gritó:

—¿Has oído, Rosasharn? No está bien. Está loca —pero la muchacha no levantó la cabeza. Madre dijo—:

—Mire, se lo advierto. Si vuelve por aquí, no respondo de mí misma. Le atizaré.

Él sonrió con sorna.

—Sé lo que siente —dijo—. Simplemente intente no darle. Es lo único que le pido . . . que lo intente —caminó lentamente en dirección a la tienda donde habían llevado a la señora Sandry.

Madre entró en la tienda y se sentó junto a Rose of Sharon.

—Levanta la vista —dijo. La joven permaneció inmóvil. Madre apartó suavemente la manta de la cara de su hija—. Esa mujer está medio loca —dijo—. No te creas ninguna de esas cosas.

Rose of Sharon susurró aterrada:

—Cuando habló de arder, me . . . sentí arder.

—Eso no es verdad —le contradijo Madre.

—Estoy muy cansada —murmuró la joven—. Cansada de que pasen cosas. Quiero dormir. Quiero dormir.

—Bueno, entonces duerme. Este es un lugar agradable. Puedes dormir.

—¿Y si vuelve?

—No va a volver —dijo Madre—. Voy a sentarme a la puerta y no le dejaré volver. Ahora descansa, que dentro de poco tendrás que trabajar en la guardería.

Madre se levantó con esfuerzo y fue a sentarse en la entrada de la tienda. Se sentó en una caja y puso los codos en las rodillas y la barbilla entre las manos. Vio el movimiento del campamento, oyó las voces de los niños, el golpeteo de un martillo contra un hierro; pero sus ojos miraban al frente. Padre, que venía por la carretera, la encontró allí y se acuclilló cerca de ella, que dirigió su mirada lentamente hacia él.

—¿Encontrasteis trabajo? —preguntó.

—No —dijo él avergonzado—. Estuvimos buscando.

—¿Dónde están John y Al y el camión?

—Al está arreglando algo. Tuvo que pedir prestadas algunas herramientas. El otro dijo que Al lo tenía que arreglar allí mismo.

Madre dijo tristemente:

—Este es un sitio agradable. Durante un tiempo podríamos ser felices aquí.

—Si encontráramos trabajo.

—¡Sí! Si vosotros encontrarais trabajo.

Él sintió su tristeza y estudió su rostro.

—¿Por qué estás abatida? Si es un sitio tan agradable, ¿por qué tienes que estar deprimida?

Ella le miró y cerró los ojos con lentitud.

—Es curioso, ¿no te parece? Durante el tiempo que estuvimos en movimiento, avanzando, no pensé en nada. Y ahora esta gente se porta bien conmigo, me tratan muy bien; y ¿qué es lo que primero que hago? Vuelvo derecha a recordar las cosas tristes . . . aquella noche que el abuelo murió y lo enterramos. Yo estaba hasta arriba de la carretera, de dar botes y del movimiento y no era para tanto. Pero ahora aquí, es peor. Y la abuela . . . y Noah, ¡marchándose de aquella forma! Simplemente río abajo. Esas cosas son parte de todo y ahora me vienen todas juntas. La abuela como una pobre y enterrada como una pobre. Eso me duele ahora. Me duele mucho. Y Noah marchándose río abajo. Él no sabe lo que hay allí, no lo sabe. Y nosotros tampoco. Nunca sabremos si está vivo o muerto. Nunca vamos a saberlo. Y Connie que se escabulló. Antes no les dejé sitio en el cerebro, pero ahora me vienen todas juntas. Y debería estar contenta de que estemos en un sitio agradable —Padre le miraba a la boca mientras hablaba. Ella tenía los ojos cerrados—. Recuerdo aquellas montañas, afiladas como dientes viejos, al lado del río por donde se fue Noah. Recuerdo la hierba de la tierra en la que descansa el abuelo. Recuerdo el tajo de casa con una pluma pegada, hecho trizas de los cortes y negro de la sangre de los pollos.

La voz de Padre siguió en el mismo tono.

—Hoy he visto a los patos —dijo—. Hacia el sur, en forma de cuña . . . muy arriba. Parecían ser muy pequeñitos. Y he visto a los mirlos sentados en los alambres y las palomas estaban sobre las cercas —Madre abrió los ojos y le miró. Él continuó—: Vi un pequeño torbellino, como un hombre dando vueltas por un campo. Y los patos echaron a volar, en forma de cuña, en dirección al sur.

Madre sonrió.

—¿Te acuerdas? —dijo—. ¿Te acuerdas de lo que siempre decíamos en casa? El invierno llegará temprano, decíamos, cuando volaban los patos. Siempre lo dijimos y el invierno llegaba cuando era su momento. Pero siempre decíamos: Viene temprano. Me pregunto qué queríamos decir.

—He visto a los mirlos en los alambres —dijo Padre—. Sentados tan juntitos. Y las palomas. Nada se está tan quieto como una paloma sentada, en los alambres de las cercas, sentadas de dos en dos quizá. Y ese pequeño torbellino . . . del tamaño de un hombre, bailando por un campo. Siempre me gustaron esos bichos, grandes como hombres.

—Ojalá pudiera no pensar en casa —dijo Madre—. Ya no es nuestra casa. Ojalá pudiera olvidarla. Y a Noah.

—Nunca estuvo bien . . . quiero decir . . . bueno, fue culpa mía.

—Te dije que no dijeras eso nunca. Quizá no hubiera llegado a vivir.

—Pero yo debí haberlo hecho mejor.

—Calla ya —exigió Madre—. Noah era extraño. Quizá vive bien junto al río. Tal vez sea mejor así. No podemos permitirnos el preocuparnos. Este es un sitio agradable y puede que consigáis trabajo de inmediato.

Padre señaló al cielo.

—Mira . . . más patos. Una buena bandada. Y, Madre, el invierno llegará temprano.

Ella rió entre dientes.

—Hay cosas que se hacen sin saber por qué.

—Aquí está John —dijo Padre—. Ven aquí y siéntate, John.

El tío John se unió a ellos. Se acuclilló delante de Madre.

—No conseguimos nada —dijo—. Sólo dimos unas vueltas. Oye, Al quiere verte. Dice que tiene que comprar un neumático. Sólo le queda una capa de material a la rueda, dice.

Padre se puso en pie.

—Espero que la pueda comprar barata. No nos queda mucho. ¿Dónde está Al?

—Allí abajo, hasta el primer cruce de calles y gira a la derecha. Dice que va a estallar y quedar inservible una cubierta si no compra uno nuevo —Padre se alejó despacio, y sus ojos siguieron la uve gigante de patos por el cielo.

El tío John cogió una piedra del suelo, la dejó caer desde la palma y volvió a cogerla. No miró a Madre.

—No hay trabajo —dijo.

—No habéis mirado por todas partes —replicó Madre.

—No, pero hay carteles fuera.

—Bueno, Tom debe haber encontrado trabajo. No ha vuelto.

El tío John sugirió:

—Quizá se haya marchado . . . igual que Connie y que Noah.

Madre le miró con intensidad y luego sus ojos se suavizaron.

—Hay cosas que sabes —dijo—. Cosas de las que estás segura. Tom tiene trabajo y volverá esta tarde. Eso es verdad —sonrió con satisfacción—. ¡Es un buen chico! —dijo—. Es un buen chico.

Los coches y camiones empezaron a llegar al campamento y los hombres acudieron en tropel a la unidad sanitaria. Y cada uno llevaba un mono limpio y una camisa en la mano.

Madre recuperó el control.

—John, ve a buscar a Padre. Id a la tienda. Quiero judías, azúcar, y . . . un trozo de carne de freír y zanahorias y . . . dile a Padre que compre algo rico, cualquier cosa, pero rico, para esta noche. Esta noche tendremos . . . algo rico.

Capítulo 23

Los emigrantes, revolviendo en busca de trabajo, rebuscando para vivir, siempre perseguían el placer, escarbaban el placer, lo elaboraban y estaban hambrientos de entretenimiento. A veces éste se encontraba en la palabra y ellos trascendían sus vidas con bromas. Y en los campamentos a orillas de las carreteras, en las riberas bajas junto a los ríos, bajo los sicómoros, el narrador de cuentos encontró su lugar, de modo que la gente se reunía a la luz de las hogueras para oír a los mejor dotados. Y escuchaban mientras se narraban los cuentos y su participación hacía los cuentos grandiosos.

Yo era un recluta en la guerra contra Jerónimo . . .

Y la gente escuchaba y en sus ojos en calma se reflejaba el fuego moribundo.

Aquellos indios eran hermosos . . . astutos como serpientes y silenciosos cuando querían. Podían ir sobre hojas secas y no producir ni un susurro. Intenta hacerlo en alguna ocasión.

Y la gente escuchaba y recordaba el crujir de hojas secas bajo sus pies.

Vino el cambio de estación y aparecieron las nubes. Mal momento. ¿Alguna vez has oído que el ejército hiciera algo a derechas? Dale al ejército diez oportunidades y las malgastará una tras otra. Hicieron falta tres regimientos para matar un centenar de bravos . . . siempre.

Y la gente escuchaba con los rostros en calma. Los narradores utilizaban ritmos altisonantes para atraer la atención sobre sus cuentos, usaban grandes palabras, porque los cuentos eran grandiosos, y los que escuchaban se volvían grandiosos a través de ellos.

Había un bravo en un risco, contra el sol. Sabía que sobresalía. Extendió los brazos y permaneció de pie, inmóvil. Desnudo como la mañana, y perfilado contra el sol. Tal vez estaba loco. No lo sé. Allí quieto, con los brazos extendidos, parecía una cruz. Cuatrocientos metros. Y los hombres . . . bueno, subieron sus miras y sintieron el viento con los dedos; pero se quedaron quietos, sin poder disparar. Tal vez aquel indio sabía algo. Sabía que no podíamos disparar. Allí tumbados, con los rifles amartillados y ni siquiera los subimos al hombro. Mirándole. Una banda en la cabeza con una pluma. Podíamos verle, y tan desnudo como el sol. Durante largo rato estuvimos mirando y no se movió en absoluto. Y entonces el capitán se puso furioso. ¡Disparad, cabrones chiflados, disparad!, gritó. Y nosotros quietos. Contaré hasta cinco y entonces veremos, dijo el capitán. Pues bien, levantamos despacio los rifles y todos esperábamos que alguien disparara primero. Nunca he estado tan triste en mi vida. Y puse el punto de mira en su vientre y . . . entonces. Cayó con un golpe seco y rodó. Nosotros subimos. No era grande . . . había parecido tan enorme . . . allá arriba. Todo destrozado y pequeño. ¿Alguna vez has visto un faisán, rígido y hermoso, cada pluma dibujada y pintada e incluso los ojos pintados, tan bonitos? Y ¡bang! Lo recoges . . . ensangrentado y retorcido y has echado a perder algo mejor que tú; comértelo no llega a compensarte, porque has echado a perder algo en ti mismo y ya no tiene arreglo.

Y la gente asentía y quizá el fuego arrojara algo de luz y mostrara sus ojos vueltos hacia sí mismos.

Contra el sol, con los brazos abiertos. Y parecía grande . . . igual que Dios.

Y tal vez un hombre sopesara veinte centavos entre comida y placer y fuera a una película en Marysville o Tulare, en Ceres o Mountain View. Y volviera al campamento de la ribera con la memoria llena. Y dijera cómo había sido:

Había uno rico y se hace pasar por pobre y una chica rica que también se hace pasar por pobre y se conocen en un puesto de hamburguesas.

¿Por qué?

No sé por qué . . . así es como era.

¿Por qué simulaban ser pobres?

Estaban cansados de ser ricos.

¡Chorradas!

¿Quieres oírlo o no?

Bueno, sigue. Claro que quiero oírlo, pero si yo fuera rico, si yo fuera rico compraría un montón de chuletas de cerdo, me las anudaría alrededor y escaparía comiéndomelas. Sigue.

Bueno, cada uno piensa que el otro es pobre. Y les arrestan y les meten en la cárcel y no salen porque se darían cuenta de que el otro es rico. Y el carcelero les trata mal porque cree que son pobres. Debías ver su cara cuando se entera. Casi se desmaya, nada menos.

¿Por qué van a la cárcel?

Los pillan en una especie de reunión de radicales, pero ellos no lo son. Sólo que estaban allí. Y no quieren casarse por dinero ninguno de los dos, ¿entiendes?

Así que los muy hijos de puta empiezan a mentirse desde el principio.

Bueno, en la película parecía que hacían bien, se portan bien con la gente, ¿entiendes?

Yo fui una vez a una película y como si saliera yo y más que yo; y mi vida y más que vida, todo como más grande.

Bueno, yo tengo bastantes penas. Me gusta olvidarme de ellas.

Claro . . . siempre que te lo puedas creer.

Así que se casaron y luego se enteraron, y toda esa gente que les había tratado tan mal . . . Había uno que era un arrogante y casi se desmaya cuando el otro llega con un sombrero de copa de seda. Le faltó poco para desmayarse. Y pusieron un noticiario con los alemanes levantando los pies . . . una juerga.

Y siempre que tuviera un poco de dinero, un hombre podía emborracharse. Las aristas ablandadas y el calor. Entonces no existía la soledad, porque un hombre podía poblar su cerebro de amigos y encontrar a sus enemigos y destruirlos. Sentado en una zanja, la tierra se suavizaba debajo de él. Los fracasos se disimulaban y el futuro dejaba de ser una amenaza. Y el hambre no acechaba, sino que el mundo era suave y fácil y un hombre podía llegar a donde se había propuesto. Las estrellas, tan bajas, estaban maravillosamente cerca y el cielo era blando. La muerte era un amigo y el sueño el hermano de la muerte. Los viejos tiempos regresaban, una niña de pies bonitos que bailó una vez en casa, un caballo, hace mucho tiempo. Un caballo y una silla. Y el cuero era repujado. ¿Cuándo fue aquello? Debo encontrar una chica para hablar con ella. Eso está bien. También podría acostarme con ella. Pero caliente, aquí. Y las estrellas tan bajas y cercanas y la tristeza y el placer tan juntos, en realidad la misma cosa. Me gustaría estar borracho siempre. ¿Quién dice que es malo? ¿Quién se atreve a decir que es malo? Los predicadores . . . pero ellos tienen su propia clase de borrachera. Las mujeres flacas y estériles, pero son demasiado miserables para saber. Los reformadores . . . que no se meten en la vida lo suficiente como para saber. No . . . las estrellas son cercanas y queridas y yo me he unido a la hermandad de los mundos. Y todo es sagrado . . . todo, incluso yo.

Una armónica es fácil de llevar. Sácala del bolsillo de la cadera, dale contra la palma para sacudir la porquería y pelusas del bolsillo y hebras de tabaco. Ahora está preparada. Puedes hacer cualquier cosa con una armónica: tono único tenue, de lengüetas, o acordes o melodía con acordes rítmicos. Puedes modelar la música con las manos curvadas, haciéndola gemir y llorar como gaitas, haciéndola llena y redonda como un órgano, haciéndola tan aguda y amarga como los caramillos de las colinas. Y puedes tocar y volvértela a guardar en el bolsillo. Y al tocar, vas aprendiendo trucos nuevos, formas nuevas de moldear el tono con las manos, de afinar el tono con los labios y nadie te enseña. Vas tanteándola, a veces solo en la sombra, al mediodía, a veces a la puerta de la tienda después de la cena cuando las mujeres están fregando. Tu pie golpea suavemente la tierra. Tus cejas suben y bajan al ritmo. Y si la pierdes o la rompes, pues no es una gran pérdida. Te puedes comprar otra por veinticinco centavos.

Una guitarra es algo más preciado. Hay que aprender a tocarla. Los dedos de la mano izquierda deben tener las yemas callosas. El pulgar de la derecha un callo enorme. Estirar los dedos de la mano izquierda, estirarlos como patas de araña para ponerlos en los trastes.

Ésta era la de mi padre. No era más grande que un insecto la primera vez que me mostró un acorde de do. Y cuando aprendí a tocar tan bien como él, apenas volvió a tocar. Solía sentarse a la puerta, a escuchar y seguir el ritmo con el pie. Si yo intentaba algo nuevo él fruncía el ceño con ferocidad hasta que lo sacaba y luego se volvía a acomodar y asentía. Toca, solía decir. Toca algo bonito. Es una buena guitarra. Mira lo gastada que está la caja. Hay millones de canciones que gastaron la madera y la ahuecaron. Algún día se encogerá como un huevo. Pero no se le pueden poner parches ni preocuparla de ninguna forma porque se desafinará. Tócala al atardecer, y hay uno que toca la armónica en la tienda de al lado. Quedan muy bien a la vez.

El violín es raro, difícil de aprender. No hay trastes ni maestros.

Escucha simplemente a un viejo e intenta cogerlo. No te dirá cómo doblar. Dice que es un secreto. Pero yo le observé. Así es como lo hace.

Agudo como el viento, el violín, rápido y nervioso y agudo.

Este violín no es gran cosa. Pagué dos dólares por él. Dice uno que hay violines de cuatrocientos años y que se vuelven añejos como el whisky. Dice que cuestan cincuenta mil o sesenta mil dólares. Yo no sé. Parece mentira. Vaya cabrón de violín, ¿eh?, áspero. ¿Quieres bailar? Frotaré bien el arco con colofonia. ¡Así! Ahora sí que va a chillar. Se oirá a una milla de distancia.

Estos tres al anochecer, armónica y violín y guitarra. Tocando una viva danza escocesa y marcando el ritmo de la melodía, y las fuertes cuerdas profundas de la guitarra palpitando como un corazón y los acordes agudos de la armónica y el sonido como la gaita y el chillido del violín. La gente se acerca, no puede evitarlo. Ahora la «Danza del pollo,» los pies golpean al ritmo y un cervatillo joven y delgado da tres pasos rápidos, los brazos colgando muertos. El cuadrado se cierra y el baile empieza, pies sobre tierra desnuda, golpeando monótonos, clavando talones. Manos en círculo y a dar vueltas. El cabello cae, respiraciones jadeantes. Inclínate ahora hacia un lado.

Mira a ese chico de Texas, largas piernas sueltas, golpea cuatro veces en cada maldito paso. Nunca he visto a ningún chico bailar de esa forma. Mira cómo lleva a esa chica cherokee, de mejillas rojas, y las puntas de sus pies apuntan hacia afuera. Mira cómo jadea ella, cómo se ondula. ¿Crees que está cansada? ¿Sin resuello? Pues no. El chico de Texas con el pelo caído sobre los ojos, la boca bien abierta, le falta el aire, pero sigue con los cuatro golpes por cada maldito paso y seguirá bailando con la chica cherokee.

El violín chilla y la guitarra hace bong. El hombre de la armónica tiene el rostro encendido. El chico de Texas y la niña cherokee, jadeando como perros y batiendo la tierra. Los viejos observan en pie haciendo palmas. Sonriendo ligeramente, siguiendo el ritmo con los pies.

En casa, se hacían en el edificio de la escuela. La gran luna navegaba hacia el oeste. Y nosotros caminamos, él y yo . . . un poco. No hablamos porque las gargantas estaban ahogadas. No hablamos en absoluto. Y bien cerca había un montón de heno. Fuimos derechos hacia él y nos tumbamos. Viendo al chico de Texas y a esa chica apartarse en la oscuridad ... pensando que nadie les veía irse. Oh, Dios. Ojalá pudiera ir yo con ese chico de Texas. La luna estará arriba antes de nada. Vi al padre de la muchacha moverse para detenerlos, pero luego no lo hizo. Él sabía. Tanto como intentar que no llegara el otoño, que la savia no se moviera en los árboles. Y la luna habrá salido pronto.

Tocad más, tocad las canciones de historias, «Mientras caminaba por las calles de Laredo.»

El fuego está bajo. Es una pena atizarlo. La lunita estará alta muy pronto. Junto a una acequia de riego un predicador trabajaba y la gente gritaba. Y el predicador caminaba como un tigre, azotando a la gente con su voz, y ellos se humillaban y gemían en el suelo. Él calculaba cómo iban, los medía, jugaba con ellos y cuando se retorcían por el suelo él se inclinaba y con su gran fortaleza los cogía uno a uno en sus brazos y gritaba ¡Tómalos, Cristo! al tiempo que los arrojaba al agua. Y cuando estaban todos dentro, con el agua por la cintura y mirando con ojos asustados al maestro, él se arrodillaba en la orilla y oraba por ellos; y oraba para que todos los hombres y mujeres se humillaran y gimieran en el suelo. Hombres y mujeres, las ropas chorreantes bien pegadas al cuerpo, miraban; luego gorgoteando y chapoteando con sus zapatos, regresaban al campamento, a las tiendas, y hablaban suavemente y con asombro:

Hemos sido salvados, decían. Estamos lavados, tan blancos como la nieve. No volveremos a pecar.

Y los niños, atemorizados y húmedos, susurraban juntos:

Hemos sido salvados. No volveremos a pecar.

Ojalá supiera lo que son pecados, así podría cometerlos.

Los emigrantes buscaban placer humildemente en las carreteras.

Capítulo 24

E L sábado por la mañana los lavaderos estaban llenos. Las mujeres lavaban vestidos de algodón rosa y floreados y los colgaban al sol y estiraban la tela para suavizarla. Al llegar la tarde el campamento entero se aceleraba y la gente comenzaba a excitarse. A los niños se les contagiaba la fiebre y se ponían más ruidosos de lo acostumbrado. Alrededor de media tarde empezaba el baño de los niños y, conforme cada uno era cogido, sometido y bañado, el ruido del campo de juegos remitía gradualmente. Antes de las cinco, los niños estaban bien fregados y advertidos de no volverse a ensuciar; y paseaban por ahí, rígidos en sus ropas limpias, tristes con tanto cuidado.

En la gran tarima de baile al aire libre se atareaba un comité. Todo el hilo eléctrico había sido recogido. Se había hecho una visita al basurero de la ciudad en busca de cable, todas las cajas de herramientas habían aportado cinta aislante. Y ahora el cable remendado y empalmado estaba extendido por la pista de baile con cuellos de botella como aislantes. Esta noche la pista estaría iluminada por primera vez. Para las seis volvían los hombres del trabajo o de buscar trabajo y empezaba una nueva ronda de baños. A las siete, las cenas ya concluidas, los hombres estaban vestidos con sus mejores ropas: monos recién lavados, camisas azules limpias, a veces las dignas camisas negras. Las muchachas estaban listas con sus vestidos estampados, estirados y limpios, sus cabellos trenzados y con lazos. Las preocupadas mujeres miraban a sus familias y fregaban los platos de la cena. En la tarima la banda practicaba, rodeada de un muro doble de niños. La gente se sentía resuelta y excitada.

En la tienda de Ezra Huston, presidente, se reunió el Comité Central, compuesto por cinco hombres. Huston, un hombre alto y enjuto, atezado por el viento, con ojos como pequeñas espadas, se dirigió a su comité, un hombre por cada unidad sanitaria.

—Ha sido una maldita suerte que nos enteráramos de que iban a intentar reventar el baile —dijo.

El rechoncho representante de la unidad tres habló.

—Creo que deberíamos darles una buena para que aprendieran.

—No —dijo Huston—. Eso es lo que quieren. No, señor. Si consiguen que se organice una pelea entonces puede entrar la policía y decir que no mantenemos el orden. Lo han intentado antes . . . en otros sitios —se volvió hacia el chico triste y oscuro de la unidad dos—. ¿Has organizado a los hombres para que vigilen las vallas y que no se cuele nadie?

El chico triste asintió.

—¡Sí! Doce. Les dije que no pegaran a nadie. Que sólo les volvieran a echar fuera.

Huston dijo:

—¿Quieres salir y buscar a Willie Eaton? Es el presidente de entretenimientos, ¿no?

—Sí.

—Bien, dile que queremos verle.

El chico salió y volvió al cabo de un momento con un nervudo hombre de Texas. Willie Eaton tenía la mandíbula larga y frágil y pelo de color castaño.

Sus brazos y piernas eran largos y desmadejados y tenía los ojos grises, quemados por el sol. Entró en la tienda y esperó, sonriendo, con las manos girando incesantes en las muñecas.

Huston dijo:

—¿Te has enterado de lo de esta noche?

—¡Sí! —Willie sonrió.

—¿Has hecho algo al respecto?

—Sí.

—Dinos lo que has hecho.

Willie Eaton sonrió con satisfacción.

—Bien, normalmente el comité de entretenimientos es de cinco hombres. Hoy tengo veinte más, todos chicos fuertes. Van a estar bailando con los ojos y los oídos abiertos. Al primer signo de discusión se cierran todos. Lo hemos planeado bien. Ni siquiera se ve nada. Ellos van como saliendo y el tipo saldrá con ellos.

—Diles que no debe haber heridos.

Willie rió alegremente.

—Ya se lo dije —respondió.

—Bueno, díselo y que quede claro.

—Ya lo saben. Tengo cinco hombres a la entrada para vigilar a los que entran. Para intentar localizarlos antes de que empiecen.

Huston se puso en pie. Sus ojos color acero eran severos.

—Mira, Willie. No queremos hacer daño a esos tipos. Va a haber ayudantes del sheriff en la puerta principal. Si los otros salen ensangrentados, los ayudantes irán por nosotros.

—Ya hemos pensado en eso —dijo Willie—. Los sacaremos por detrás, al campo. Algunos de los muchachos vigilarán que se marchen.

—Parece un buen plan —dijo Huston preocupado—. Pero no dejes que pase nada, Willie. Tú eres responsable. No les hagáis daño. No uséis palos ni cuchillos o cualquier otra arma.

—No, señor —dijo Willie—. No les quedarán marcas.

Huston recelaba.

—Ojalá supiera que puedo confiar en ti, Willie. Si hay que atizarles, atízales donde no sangren.

—¡Sí, señor! —dijo Willie.

—¿Estás seguro de los hombres que has escogido?

—Sí.

—De acuerdo. Si se nos va de las manos estaré en el rincón de la derecha, a ese lado de la pista.

Willie saludó en plan de broma y salió.

Huston dijo:

—No sé. Sólo espero que los muchachos de Willie no maten a nadie. ¿Para qué diablos quieren los ayudantes del sheriff hacer daño al campamento? ¿Por qué no nos dejan en paz?

El chico triste de la unidad dos dijo:

—Yo viví en el campamento de la Compañía de Tierras y Ganados de Sunland. Había un policía por cada diez personas, de verdad. Y un grifo de agua para doscientos.

El hombre rechoncho intervino:

—Dios, Jeremy. No hace falta que me lo digas. Yo estuve allí. Hay un bloque de chabolas, treinta y cinco en una fila y quince de fondo. Y tienen diez cagaderos para todo el tinglado. Y ¡por Dios!, podías olerlos a una milla de distancia. Uno de los ayudantes me dijo la razón. Estaba allí sentado y me dice: Esos malditos campamentos del gobierno. Les dan agua caliente y la gente quiere agua caliente. Si les das retretes también los querrán. Dales a esos okies cosas y querrán todo. En esos campamentos hacen reuniones de rojos. Planean cómo conseguir los subsidios.

Huston preguntó:

—¿Nadie le atizó?

—No. Había un tipo pequeño que le preguntó, ¿qué es eso de subsidios?

—Subsidios, lo que los contribuyentes pagamos y os lleváis vosotros, malditos okies.

—Nosotros pagamos impuestos en lo que compramos, en la gasolina y el tabaco, dice el pequeño. Y dijo: A los granjeros les da cuatro centavos por libra de algodón el gobierno. ¿No es eso subsidio? ¿Y no tienen subsidio las compañías de ferrocarril y transportes?

—Esos hacen cosas que hay que hacer —dice el ayudante.

—Bueno —dice el otro—, ¿cómo se iban a recoger las cosechas si no fuera por nosotros? —el hombre rechoncho miró a su alrededor.

—¿Qué dijo el ayudante? —preguntó Huston.

—Se puso furioso. Y dijo: malditos rojos, todo el día causando agitación. Mejor será que vengas conmigo. Así que se llevó al hombre y le echaron sesenta días por vagancia.

—¿Cómo hicieron eso si tenía trabajo? —preguntó Timothy Wallace.

El hombre rechoncho se echó a reír.

—Ya lo sabes —dijo—. Sabes que un vago es cualquiera que no le cae bien a un policía. Y por eso odian este campamento. La policía no puede entrar. Esto es los Estados Unidos, no California.

Huston suspiró.

—Ojalá pudiéramos quedarnos. Nos tendremos que ir pronto. Yo estoy a gusto aquí. La gente se lleva bien; y Dios Todopoderoso, ¿por qué no nos dejan hacerlo en lugar de tratarnos mal y meternos en la cárcel? Juro que nos van a empujar a luchar si no nos dejan en paz —entonces su voz se apaciguó—. Tenemos que seguir siendo pacíficos —se recordó a sí mismo—. El comité no tiene derecho a echarlo a perder.

El hombre de la unidad tres dijo:

—Cualquiera que piense que ser del comité es coser y cantar debería probarlo. Hubo una pelea hoy en mi unidad: mujeres. Se pusieron a insultarse y luego empezaron a tirarse basura. El Comité de señoras no pudo con ellas y me llamaron. Querían que tratáramos la pelea en este comité. Les dije que debían ocuparse ellas mismas de los problemas entre mujeres. Este comité no va a ensuciarse con peleas de basura.

Huston asintió.

—Hiciste bien —decidió.

Ahora caía el atardecer, y al hacerse la oscuridad más profunda, las prácticas de la banda parecieron crecer en volumen. Las linternas parpadearon y dos hombres inspeccionaron el cable remendado de la pista de baile. Los niños se amontonaban alrededor de los músicos. Un chico con una guitarra cantó «Down Home Blues,» escuchando con delicadeza los acordes y en el segundo estribillo tres armónicas y un violín se le unieron. La gente acudió de las tiendas a la tarima, los hombres en sus vaqueros azules y limpios y las mujeres con sus vestidos de algodón. Se acercaron a la tarima y permanecieron silenciosamente en pie, esperando, sus rostros brillantes y resueltos bajo la luz.

Alrededor de la reserva había una alta valla de alambre, y a lo largo de la misma, a intervalos de dieciséis metros, los guardas estaban sentados en la hierba esperando.

Empezaron a llegar los coches de los invitados, pequeños granjeros y sus familias, emigrantes de otros campamentos. Y al pasar por la entrada cada uno mencionaba el nombre del que le había invitado.

La banda tocó una danza escocesa, bien alto, porque ya no estaban practicando. Delante de sus tiendas los amantes de Jesús escuchaban sentados, sus rostros duros y despectivos. No hablaban unos con otros, vigilaban buscando el pecado y sus rostros condenaban todo lo que pasaba a su alrededor.

En la tienda de los Joad, Ruthie y Winfield habían comido a toda prisa la escasa cena y habían marchado hacia la tarima. Madre les hizo regresar, sujetó sus caras altas con una mano bajo la barbilla y les miró las narices, tiró de sus orejas y miró el interior y los mandó a la unidad sanitaria a lavarse las manos una vez más. Le dieron esquinazo por la parte de atrás del edificio y salieron disparados hacia la tarima, para unirse a los niños, apretados alrededor de la banda.

Al terminó de cenar y se pasó media hora afeitándose con la cuchilla de Tom. Al llevaba un traje de lana ajustado y una camisa a rayas, y se había bañado y lavado, y peinado su cabello liso hacia atrás. Y cuando el servicio se quedó vacío un momento se sonrió de forma encantadora en el espejo y se volvió y trató de verse de perfil mientras sonreía. Se puso las bandas violetas en los brazos y la ajustada chaqueta. Y frotó sus zapatos amarillos con un trozo de papel higiénico. Un rezagado que iba a bañarse entró y Al se apresuró a salir y caminó temerario hacia la tarima, ojo avizor a las muchachas. Cerca de la pista de baile vio a una bonita chica rubia sentada delante de una tienda. Se aproximó y abrió su chaqueta para mostrar la camisa.

—¿Vas a bailar esta noche? —preguntó.

La muchacha miró a otro lado y no contestó.

—¿No se te puede dirigir la palabra?, ¿qué tal si bailamos tú y yo? —y dijo con aplomo—: Sé bailar el vals.

La chica levantó los ojos con timidez y dijo:

—Vaya cosa . . . todo el mundo sabe.

—No como yo —dijo Al. Surgió la música y él siguió el ritmo con un pie—. Venga —animó.

Una mujer muy gorda asomó la cabeza por la tienda y le puso mal gesto.

—Sigue adelante —dijo con fiereza—. Esta chica está comprometida. Va a casarse y su novio va a venir por ella.

Al le dirigió un guiño achulado y echó a andar, los pies siguiendo la música y ondulando los hombros y girando los brazos. La muchacha se quedó mirándole con expresión resuelta.

Padre dejó su plato y se levantó.

—Vamos, John —dijo; y le explicó a Madre—: Vamos a hablar con algunos hombres sobre el trabajo —y Padre y el tío John se alejaron hacia la casa del director.

Tom metió un trozo de pan de la tienda de comestibles en la salsa del estofado de su plato y comió el pan. Le alargó el plato a Madre y ella lo metió en el cubo de agua caliente y lo lavó y se lo alcanzó a Rose of Sharon para que lo secara.

—¿No vas al baile? —preguntó Madre.

—Claro —contestó Tom—. Estoy en un comité. Vamos a entretener a unos tipos.

—¿Ya estás en un comité? —dijo Madre—. Supongo que es porque tienes trabajo.

Rose of Sharon se volvió para guardar el plato. Tom la señaló.

—Dios mío, se está poniendo gorda —dijo.

Rose of Sharon se ruborizó y le cogió otro plato a Madre.

—Claro que sí —dijo Madre.

—Y más guapa —dijo Tom.

La muchacha se puso más colorada y bajó la cabeza.

—Déjalo ya —dijo suavemente.

—Pues claro —dijo Madre—. Una chica esperando siempre se pone más guapa.

Tom se echó a reír.

—Si se sigue hinchando así va a necesitar una carretilla para llevarlo.

—Déjame ya —dijo Rose of Sharon, y entró en la tienda, fuera de su vista.

Madre se rió.

—No deberías molestarla.

—A ella le gusta —dijo Tom.

—Ya lo sé, pero también le molesta. Y está triste por Connie.

—Bueno, debería olvidarse de él. Seguramente a estas alturas estará estudiando para presidente de los Estados Unidos.

—No la molestes —dijo Madre—. No lo tiene nada fácil.

Willie Eaton se acercó y sonrió y dijo:

—¿Tú eres Tom Joad?

—Sí.

—Yo soy presidente del comité de entretenimientos. Te vamos a necesitar. Uno me ha hablado de ti.

—Sí, jugaré con vosotros —dijo Tom—. Esta es Madre.

—¿Cómo está? —saludó Willie.

—Encantada de conocerte.

Willie dijo:

—Te voy a poner a la entrada para empezar y luego en la pista. Quiero que te fijes en los que entren e intentes localizarlos. Estarás con otro. Luego quiero que bailes y vigiles.

—De acuerdo. Eso lo puedo hacer —dijo Tom.

Madre preguntó con aprensión:

—¿Hay algún problema?

—No, señora —respondió Willie—. No va a haber ningún problema.

—Nada en absoluto —dijo Tom—. Bueno, voy contigo. Te veré en el baile, Madre —los dos jóvenes se dirigieron con rapidez a la entrada principal.

Madre apiló los platos lavados en una caja.

—Sal de ahí —llamó, y al no recibir respuesta—. Rosasharn, sal ya.

Su hija salió de la tienda y continuó secando platos.

—Tom sólo te estaba tomando el pelo.

—Ya lo sé. No me importa; es sólo que detesto que la gente me mire.

—Eso no tiene remedio. La gente te va a mirar. Pero la gente se alegra de ver a una muchacha embarazada, les pone sonrientes y contentos. ¿No vas a ir al baile?

—Iba a ir . . . pero no sé. Ojalá estuviera Connie aquí —su voz subió de tono—. Madre, ojalá estuviera él aquí. Apenas puedo resistirlo.

Madre la miró con atención.

—Lo sé —dijo—. Pero, Rosasharn . . . no avergüences a tu familia.

—No lo pretendo, Madre.

—Bien, no te avergüences tú. Ya tenemos demasiado, sin vergüenzas que añadir.

Los labios de la joven empezaron a temblar.

—No voy a ir al baile. No podría . . . ¡Madre, ayúdame! —se sentó y ocultó la cabeza en los brazos.

Madre se secó las manos en el trapo de los platos y se acuclilló delante de su hija y puso las dos manos en el cabello de Rose of Sharon.

—Eres una buena chica —dijo—. Siempre lo has sido. Yo te cuidaré. No te preocupes —puso interés en el tono de su voz—. ¿Sabes lo que vamos a hacer tú y yo? Vamos a ir al baile y nos vamos a sentar a mirar. Si viene alguien que quiera bailar contigo, pues le diré que no estás fuerte. Diré que te encuentras mal. Y puedes oír la música y todo eso.

Rose of Sharon levantó la cabeza.

—¿No me dejarás bailar?

—No, no te dejaré.

—Y no dejes que nadie me toque.

—No.

La joven suspiró. Dijo en tono desesperado:

—No sé lo que voy a hacer, Madre. Es que no lo sé. No sé.

Madre le dio unos golpecitos en la rodilla.

—Mira —dijo—. Mírame. Yo te lo voy a decir. Dentro de algún

tiempo no será tan malo. Dentro de poco. Es la verdad. Venga. Vamos a lavarnos y a ponernos los vestidos bonitos y nos sentaremos en el baile —llevó a Rose of Sharon hacia la unidad sanitaria.

Padre y el tío John estaban con un grupo de hombres acuclillados en el porche de la oficina.

—Hoy estuvimos a punto de conseguir trabajo —dijo Padre—. Llegamos unos minutos tarde. Ya tenían a otros dos. Y, vaya, fue curioso. Había allí un hombre de paja que dijo: sólo tenemos unos pocos hombres baratos. Claro que nos vendrían bien hombres de veinte centavos. Muchos hombres. Decid en el campamento que damos trabajo a muchos por veinte centavos.

Los hombres acuclillados se removieron nerviosos. Un hombre de anchos hombros con el rostro completamente ensombrecido por un sombrero negro, se dio en la rodilla con la palma de la mano.

—¡Lo sé, maldita sea! —exclamó—. Y conseguirán hombres. Hombres hambrientos. No se puede alimentar a la familia con veinte centavos la hora, pero se coge cualquier cosa. Te llevan por donde quieren. Subastan los trabajos sin más. Dios mío, dentro de nada nos harán pagar por trabajar.

—Nosotros lo habríamos tomado —dijo Padre—. No hemos tenido ningún empleo. Lo hubiéramos cogido sin dudarlo, pero había allí unos que miraban de tal forma que nos dio miedo.

El del sombrero negro dijo:

—¡Es de locos! He trabajado para uno que no puede recoger su cosecha. Le cuesta más recogerla de lo que le darán por ella y no sabe qué hacer.

—A mí me parece . . . —Padre se interrumpió. El círculo en silencio esperando—. Bueno, pensaba que teniendo un acre . . . Vaya, mi mujer podría cultivar un huerto y criar un par de cerdos y algunas gallinas. Nosotros podríamos salir, encontrar trabajo y volver. Los chicos podrían quizá ir a la escuela. Nunca he visto escuelas tan buenas como estas.

—Nuestros hijos no son felices en esas escuelas —dijo el del sombrero negro.

—¿Por qué no? Tienen muy buena pinta.

—Bueno, un crío andrajoso, sin zapatos, al lado de esos otros con calcetines y buenos pantalones, que les gritan *okie*. Mi hijo fue a la escuela. Se peleaba todos los días. Pero bien. Es un pequeño muy duro.

Todos los días se peleaba. Volvía a casa con las ropas hechas jirones y la nariz sangrando. Y su madre le daba palizas. La hice parar. No hacía falta que todo el mundo le sacudiera, pobre pequeño. ¡Dios! Pero les pegaba buenas palizas a algunos de aquellos hijos de puta con buenos pantalones. No sé. No sé.

Padre exigió:

—Bueno, ¿qué diablos voy a hacer yo? No nos queda dinero. Uno de mis hijos consiguió un trabajo por poco tiempo, pero con eso no comemos. Pienso ir y coger veinte centavos. No me queda otro remedio.

El del sombrero negro levantó la cabeza y en su barbilla sobresalió la barba a la luz y en su cuello nervudo se veía la barba pegada al pellejo como si fuera la piel de un animal.

—Sí —dijo con amargura—. Eso harás. Y yo soy un hombre barato. Te llevarás mi empleo por veinte centavos. Y luego estaré hambriento y lo recuperaré por quince. Sí. Adelante. Hazlo.

—Bueno, ¿qué diablos puedo hacer? —dijo Padre—. Yo no me puedo morir de hambre para que tú ganes tu miseria.

El otro volvió a hundir la cabeza y su barbilla volvió a las sombras.

—No sé —dijo—. Es que no lo sé. Ya es bastante malo trabajar doce horas al día y acabar sólo con un poco de hambre para encima tener que estar pensando todo el tiempo. Mi hijo no se alimenta lo suficiente. ¡No puedo pensar continuamente, maldita sea! Se vuelve uno loco —en el círculo, los hombres movieron los pies nerviosamente.

Tom permaneció a la puerta viendo llegar gente al baile. La luz de un foco brillaba en sus rostros. Willie Eaton dijo:

—Mantén los ojos abiertos. Voy a mandar para acá a Jule Vitela. Es medio cherokee. Un buen tipo. Mantén los ojos abiertos. Mira a ver si localizas a los que buscamos.

—De acuerdo —dijo Tom. Vio a las familias de las granjas llegar, las niñas con el pelo trenzado, los chicos acicalados para el baile. Jule llegó y se detuvo junto a él.

—Estoy contigo —dijo.

Tom miró la nariz aguileña y los altos pómulos tostados y la fina y pequeña barbilla.

—Dicen que eres medio indio. A mí me pareces indio entero.

—No —dijo Jule—. Sólo medio. Ojalá fuera todo indio. Tendría mi tierra en la reserva. Algunos de esos indios lo tienen muy bien.

—Mira a esa gente —dijo Tom.

Los invitados pasaban por la entrada, familias de granjeros, emigrantes de los campamentos a orillas de las carreteras. Niños luchando porque les soltaran, padres sujetándolos con calma.

Jule dijo:

—Estos bailes tienen efectos curiosos. Nuestra gente no tiene nada, pero el poder invitar a sus amigos a venir al baile los eleva y los enorgullece. Y la gente les respeta por estos bailes. Yo trabajé para uno que tenía una pequeña propiedad. Vino a un baile aquí. Yo mismo le invité y vino. Dijo que nuestro baile era el único decente de todo el condado, donde un hombre puede traer a sus hijas y su mujer. ¡Eh! Mira.

Tres hombres jóvenes estaban entrando . . . jóvenes trabajadores en vaqueros. Caminaban juntos. El guarda a la entrada les preguntó, ellos contestaron y pasaron.

—Míralos atentamente —dijo Jule. Se acercó al guarda—. ¿Quién ha invitado a esos tres? —preguntó.

—Uno llamado Jackson, unidad cuatro.

Jule regresó junto a Tom.

—Creo que esos son los nuestros.

—¿Cómo lo sabes?

—No lo sé. Sólo lo presiento. Parecen como asustados. Síguelos y dile a Willie que se fije en ellos y que le pregunte a Jackson, de la unidad cuatro. A ver si los ve y da el visto bueno. Yo me quedaré aquí.

Tom fue como paseando tras los jóvenes. Se acercaron a la pista de baile y tomaron posiciones en silencio al borde de la multitud. Tom vio a Willie cerca de la banda y le hizo un gesto.

—¿Qué quieres? —preguntó Willie.

—¿Ves a esos tres?

—Sí.

—Dicen que un tal Jackson de la unidad cuatro les ha invitado.

Willie alargó el cuello y vio a Huston y le llamó para que se acercara.

—Esos tres —dijo—. Será mejor llamar a Jackson, de la unidad cuatro, y averiguar si les ha invitado.

Huston dio media vuelta y echó a andar; al cabo de unos instantes volvió con uno de Kansas, delgado y huesudo.

—Este es Jackson —dijo Huston—. Mira, Jackson, ¿ves a esos tres jóvenes de allí?

—Sí.

—¿Les has invitado?

—No.

—¿Les habías visto antes?

Jackson se fijó en ellos.

—Claro. Trabajé con ellos en la propiedad de Gregorio.

—Así que sabían tu nombre.

—Claro. He trabajado a su mismo lado.

—De acuerdo —dijo Huston—. No te acerques a ellos. No les vamos a echar si se portan bien. Gracias, señor Jackson.

—Buen trabajo —le dijo a Tom—. Creo que van a ser esos.

—Jule los descubrió —dijo Tom.

—No me extraña —dijo Willie—. Su sangre india les habrá olido. Bueno, se los mostraré a los chicos.

Un chaval de dieciséis años llegó corriendo por entre la multitud. Se detuvo, jadeante, delante de Huston.

—Señor Huston —dijo—. He ido donde me dijo. Hay un coche con seis hombres aparcado en los eucaliptos y uno con cuatro hombres por esa carretera del norte. Les pedí una cerilla. Tienen armas. Las he visto.

Los ojos de Huston se tornaron duros y crueles.

—Willie —dijo—, ¿estás seguro de que tienes todo listo?

Willie sonrió alegremente.

—Se lo aseguro, señor Huston. No va a ser ningún problema.

—Bueno, no quiero heridos. Recuérdalo. Si puedes, en silencio y sin alboroto, me gustaría verles. Estaré en mi tienda.

—Veré lo que se puede hacer —dijo Willie.

El baile no había empezado formalmente, pero ahora Willie subió a la tarima.

—Elegid vuestras parejas —gritó. La música se interrumpió. Muchachos y muchachas, hombres y mujeres jóvenes corrieron de un lado a otro hasta que se formaron ocho cuadrados en la gran pista, listos y esperando. Las chicas tenían las manos delante de ellas y retorcían los dedos. Los muchachos golpeaban incesantemente con los pies. Alrededor de la pista se sentaban los viejos, sonriendo levemente, sujetando a los niños para que no entraran en la pista. Y en la distancia, los amantes de Jesús, sentados, con rostros duros y condenatorios, miraban el pecado.

Madre y Rose of Sharon se sentaron en un banco a mirar. Y a cada chico que pedía bailar a Rose of Sharon, Madre le decía: «No, no se encuentra bien.» Y Rose of Sharon se ruborizaba y tenía los ojos brillantes.

El cantor saltó al centro de la pista y puso las manos en alto.

—¿Todos listos? ¡Pues adelante!

La música arrancó con la danza del pollo, aguda y clara, el violín como una gaita, armónicas nasales y definidas y los bordones de las guitarras. El cantor decía los giros, los cuadrados se movían. Y bailaron adelante y atrás, las manos en círculo, gira a tu pareja. El cantor, en un frenesí, marcaba el ritmo con los pies, se contoneaba de un lado a otro, mostraba las figuras mientras las decía.

—Giren a las señoras y a dol ce do. Junten las manos y sigamos —la música subía y bajaba y los pies, golpeando al ritmo en la tarima, sonaban como tambores—. A la derecha y a la izquierda; sueltos ahora, espalda con espalda —cantaba el cantor, un tono monocorde agudo y brillante. Ahora se despeinaba el cabello de las muchachas. Ahora transpiraban los muchachos por la frente. Ahora los expertos mostraban los engañosos pasos interiores. Y los viejos al borde de la pista se llenaban del ritmo, daban palmas suavemente y se acompañaban rítmicamente con los pies; y sonreían con dulzura, se encontraban con los ojos de los otros y asentían.

Madre inclinó la cabeza junto al oído de Rose of Sharon.

—Quizá no te lo imaginarías, pero tu padre era un gran bailarín cuando era joven —y Madre sonrió—. Me hace pensar en los viejos tiempos —dijo. Y en los rostros de los que miraban la sonrisa era de recuerdo.

—Cerca de Muskogee, hace veinte años, había un ciego con un violín . . .

—Una vez vi a un chico que podía tocarse cuatro veces los talones en un salto.

—Los suecos, en Dakota . . . ¿sabes qué hacen a veces? Ponen pimienta en el suelo. Se sube por las faldas de las señoras y las pone tan vivas como una potrilla en celo. Los suecos hacen eso algunas veces.

En la distancia, los amantes de Jesús vigilaban a sus inquietos hijos.

—Mirad el pecado —decían—. Esa gente va al infierno montada en una escoba. Es una vergüenza que los temerosos de Dios tengan que verlo —y sus hijos permanecían en silencio y nerviosos.

—Una más y luego un pequeño descanso —entonó el cantor—. Dadle fuerte porque vamos a parar pronto —las chicas estaban sudorosas y encendidas y bailaban con la boca abierta y rostros serios y reverentes y los chicos se apartaban el pelo largo y saltaban, marcaban las puntas y chasqueaban los tacones. Adentro y afuera se movían los cuadrados, cruzándose, volviendo atrás, girando, y la música se estremecía.

Entonces de pronto se interrumpió. Los bailarines se quedaron quietos, jadeando de cansancio. Y los niños se soltaron, subieron a toda velocidad a la pista, se persiguieron unos a otros locamente, corrieron, resbalaron, quitaron gorras y tiraron del pelo. Los bailarines se sentaron y se abanicaron con las manos. Los miembros de la banda se levantaron y se estiraron y volvieron a sentarse. Y los guitarristas hicieron sonar suavemente las cuerdas.

Ahora Willie llamó:

—Elegid para otro cuadrado si podéis —los bailarines se pusieron en pie y otros nuevos se lanzaron a buscar pareja. Tom permaneció cerca de los tres jóvenes. Los vio meterse en la pista y en uno de los cuadrados en formación. Hizo un gesto con la mano a Willie y éste habló con el violinista. El violinista hizo chirriar el arco contra las cuerdas. Veinte jóvenes se desplegaron lentamente por la pista. Los tres alcanzaron el cuadrado. Y uno de ellos dijo:

—Yo bailaré con ésta.

Un muchacho rubio levantó la vista asombrado.

—Es mi pareja.

—Oye, hijo de puta . . .

En la oscuridad sonó un silbido estridente. Los tres hombres se vieron rodeados. Y cada uno sintió las manos que le asían. Y entonces el muro de hombres salió despacio de la pista.

Willie gritó:

—¡Vamos allá!

La música volvió a sonar aguda, el cantor entonó las figuras, los pies golpearon en la tarima.

Un turismo llegó a la entrada. El conductor llamó:

—Abrid. Hemos oído que hay disturbios.

El guarda mantuvo su posición.

—No hay ningún disturbio. Escuchad la música. ¿Quiénes sois?

—Ayudantes del sheriff.

—¿Tienen una orden?

—No nos hace falta si hay disturbios.

—Bueno, aquí no los hay —dijo el guarda de la entrada.

Los hombres del coche escucharon la música y el sonido del cantor y luego el coche se alejó lentamente y aparcó en un cruce de caminos a esperar.

En la escuadrilla que se movía, cada uno de los tres jóvenes estaba aprisionado y había una mano sobre cada boca. Cuando alcanzaron la oscuridad el grupo se abrió.

Tom dijo:

—Ha sido un buen trabajo —sujetaba ambos brazos de su víctima por detrás.

Willie llegó corriendo de la pista.

—Bien hecho —dijo—. Ahora sólo hacen falta seis. Huston quiere ver a estos tipos.

El propio Huston emergió de la oscuridad.

—¿Son éstos?

—Los mismos —dijo Jule—. Fueron derechos a empezar una buena. Pero no llegaron a dar ni una vuelta.

—Vamos a mirarles la cara —los prisioneros fueron dados la vuelta para que les pudiera ver. Tenían las cabezas gachas. Huston alumbró con la linterna cada rostro torvo—. ¿Por qué queríais hacerlo? —preguntó. No hubo respuesta—. ¿Quién os dijo que lo hicierais?

—Maldita sea, no hemos hecho nada. Sólo íbamos a bailar.

—No es cierto —dijo Jule—. Ibas a atizarle a aquel chiquillo.

Tom dijo:

—Señor Huston, justo cuando éstos tomaron posiciones, alguien dio un silbido.

—Sí, lo sé. La policía llegó justo hasta la entrada —se volvió—. No os vamos a hacer daño. ¿Quién os mandó a reventar el baile? —espero una réplica—. Sois nuestra propia gente —dijo Huston tristemente—. Sois de los nuestros. ¿Por qué vinisteis? Lo sabemos todo —añadió.

—Bueno, maldita sea, uno tiene que comer.

—Bien, ¿quién os mandó? ¿Quién os pagó para que vinierais?

—No nos han pagado.

—Ni os van a pagar. Si no hay pelea, no hay dinero, ¿no es eso?

Uno de los hombres aprisionados dijo:

—Haced lo que queráis. No vamos a decir nada.

La cabeza de Huston se hundió por un momento y luego él dijo quedamente:

—De acuerdo. No lo digáis. Pero mirad. No apuñaléis a vuestra propia gente. Tratamos de salir adelante, divirtiéndonos y manteniendo el orden. No lo destrocéis. Pensadlo. Os hacéis daño a vosotros mismos. Vale, chicos, sacadlos por la valla trasera. Y no les hagáis daño. No saben lo que hacen.

La escuadrilla se movió con lentitud hacia la parte de detrás del campamento y Huston se quedó mirándola.

Jule dijo:

—Démosles tan sólo una buena patada.

—¡No se te ocurra! —exclamó Willie—. Dije que no lo haríamos.

—Sólo una patadita —rogó Jule—. Sólo arrojarlos por encima de la cerca.

—Ni hablar —insistió Willie.

—Oídme —dijo—, esta vez os vamos a dejar. Pero corred la voz. Si esto vuelve a pasar otra vez, naturalmente le daremos un paliza a quien venga; le romperemos todos los huesos del cuerpo. Decídselo a vuestros muchachos. Huston dice que sois como de los nuestros . . . tal vez. Detestaría pensarlo.

Se aproximaron a la valla. Dos de los guardas sentados se levantaron y se acercaron.

—Aquí hay unos que se van a casa temprano —dijo Willie. Los tres hombres treparon la valla y desaparecieron en la oscuridad.

Los de la escuadrilla volvieron rápidos a la pista de baile. La banda tocaba como gimiendo la música de <<El viejo Dan Tucker.>>

Junto a la oficina los hombres seguían acuclillados y hablando y la aguda música les llegaba.

Padre dijo:

—Se aproxima un cambio. No sé qué es. Quizá no vivamos para verlo. Pero está viniendo. Hay un sentimiento de inquietud. Uno no puede pensar de lo nervioso que está.

El del sombrero negro volvió a levantar la cabeza y la luz cayó en su barba de punta. Reunió varias piedras pequeñas del suelo y las disparó como canicas, con el pulgar.

—No sé. Es cierto que se aproxima, como tú dices. Uno me dijo lo que había pasado en Akron, Ohio. Compañías de caucho. Tenían gente de las montañas porque trabajaban barato. Y estos montañeros se unieron al sindicato. Se desató el infierno. Todos esos tenderos y legionarios y gente de esa se pusieron a adiestrar y a gritar ¡Rojo! Y que iban a expulsar al sindicato de Akron. Los predicadores soltando sermones y los

periódicos lanzando alaridos y las compañías sacaron matones con mangos de picos y compraron gases venenosos. Dios, uno pensaría que esos
montañeros eran verdaderos diablos —calló y buscó más piedra para
lanzar—. Sí, señor, fue el pasado marzo, un domingo cinco mil montañeros organizaron un tiro al pavo a las afueras de una ciudad. Cinco mil
marcharon por el pueblo con sus rifles. Se llevó a cabo el tiro al pavo y
marcharon de regreso. Eso fue todo. Pues a partir de ahí se acabaron los
problemas. Los comités de ciudadanos devolvieron los mangos de los
picos y los tenderos se dedicaron a sus tiendas y nadie resultó golpeado,
ni emplumado, ni murió nadie —hubo un largo silencio y luego el del
sombrero negro dijo:

—Aquí se están poniendo mal las cosas. Quemaron aquel campamento y se están dando palizas. He estado pensando. Todos nosotros tenemos armas. He estado pensando que tal vez debíamos organizar un
club de tiro y hacer reuniones cada domingo.

Los hombres levantaron la vista hacia él y luego volvieron a mirar a
la tierra, y sus pies se movieron con inquietud y cambiaron el peso de
una pierna a la otra.

Capítulo 25

L A primavera es hermosa en California. Valles en los que las frutas maduras son fragantes aguas rosas y blancas de un mar poco profundo. Luego los primeros zarcillos de las uvas, hinchándose desde las viejas vides nudosas, caen como una cascada y cubren los troncos. Las verdes colinas llenas son redondeadas y suaves como senos. Y a ras del suelo las tierras de verduras y hortalizas dan hileras de millas de longitud con lechugas verde claro y pequeñas coliflores esbeltas, plantas de alcachofa verde-grisáceas, que no parecen de esta tierra.

Y entonces las hojas salen en los árboles y los pétalos caen de los frutales y alfombran la tierra de rosa y blanco. Los centros de las flores se hinchan, crecen y se colorean: cerezas y manzanas, melocotones y peras, higos cuya flor se cierra sobre la fruta. Toda California se acelera con productos de la tierra y la fruta se hace pesada y las ramas se van inclinando poco a poco bajo el peso de la fruta de modo que deben ponerse bajo ellas pequeñas horquillas para soportar el peso.

Detrás de esa fertilidad hay hombres con comprensión, sabiduría y habilidad, que experimentan con semillas, desarrollando sin descanso las técnicas para conseguir cosechas mayores de plantas cuyas raíces resistirán los miles de enemigos de la tierra: los topos, los insectos, las royas, las plagas. Estos hombres trabajan con cuidado y sin pausa para perfeccionar la semilla, las raíces. Y están los químicos que rocían los árboles contra las plagas, que sulfatan las uvas, eliminan las enfermedades y la podredumbre, los mohos y otros males. Médicos de medicina preventiva, hombres que en los arriates buscan insectos de las frutas, escarabajos japoneses, hombres que ponen en cuarentena los árboles enfermos y los desarraigan y los queman, hombres de sabiduría. Los hombres que injertan los árboles jóvenes, las pequeñas vides, son los más inteligentes porque su trabajo es el del cirujano, tierno y delicado; y estos hombres deben tener manos y corazón de cirujano para hender la corteza, colocar el injerto, cerrar las heridas y resguardarlas del aire. Estos son grandes hombres.

A lo largo de las hileras se mueven los campesinos, arrancando las hierbas de primavera y apisonándolas para que la tierra sea fértil, abriendo la tierra para que el agua quede cerca de la superficie, haciendo caballones en el suelo para formar pequeñas lagunas para la irrigación, destruyendo las hierbas de las raíces que podrían beberse el agua de los árboles.

Y constantemente la fruta se hincha y las flores surgen en largos racimos en los viñedos. Y en el año que avanza el calor crece y las hojas se tornan de color verde oscuro. Las ciruelas pasas se alargan como verdes huevecillos de pájaros, y las ramas cuelgan apoyadas en las horquillas bajo el peso. Y las pequeñas y duras peras toman forma y el pelillo comienza a salir en los melocotones. Las flores de las uvas dejan caer sus diminutos pétalos y los duros huesecillos se transforman en botones verdes y los botones cogen peso. Los hombres que trabajan en los campos, los propietarios de las pequeñas huertas, observan y hacen cálculos. El año viene cargado de producción. Los hombres están orgullosos porque con sus conocimientos pueden hacer que sea así. Han transformado el mundo con sus conocimientos. El trigo corto y delgado se ha hecho grande y productivo. Las manzanitas ácidas se han vuelto grandes y dulces, y esa vieja uva que crecía entre los árboles y servía de alimento a los pájaros, su fruto diminuto ha sido la madre de mil variedades, roja y negra, verde y rosa pálido, morada y amarilla; y cada variedad con su propio sabor. Los hombres que trabajan en las granjas experimentales han conseguido nuevos frutos; nectarinas y cuarenta clases de ciruelas, nueces con cáscara de papel. Y siempre trabajando, seleccionando, injertando, cambiando, obligándose a sí mismos obligando a la tierra a producir.

Y primero maduran las cerezas. Un centavo por media libra. Mierda, no la podemos recoger por ese dinero. Cerezas negras y cerezas rojas, gordas y dulces y los pájaros se comen la mitad de cada cereza y las avispas zumban por los agujeros que hicieron los pájaros. Y las semillas caen a la tierra y se secan con hilos negros colgando de ellas.

Las ciruelas pasas moradas se vuelven suaves y se endulzan. Dios mío, no podemos recogerlas, secarlas y sulfatarlas. No podemos pagar jornales de ningún tipo. Y las ciruelas moradas alfombran el suelo. Primero las pieles se arrugan un poco y enjambres de moscas vienen a darse un festín y el valle se llena de olor de la dulce podredumbre. La carne se torna oscura y la cosecha se marchita en el suelo.

Y las peras ya están amarillas y blandas. Cinco dólares la tonelada. Cinco dólares por cuarenta cajas de veinticinco kilos; árboles podados y pulverizados, huertas cultivadas, coger la fruta, ponerla en cajas, cargar los camiones, llevar la fruta a las fábricas de conserva —cuarenta cajas por cinco dólares. No podemos. Y la fruta amarilla cae pesadamente y se revienta en la tierra. Las avispas escarban la dulce carne y se eleva el olor del fermento y la podredumbre.

Luego las uvas . . . no podemos hacer buen vino. La gente no lo puede comprar. Arranca las uvas de las viñas, uvas buenas, podridas, picadas por las avispas. Prensa los tallos, prensa la porquería y la podredumbre.

Pero hay moho y ácido fórmico en las tinajas.

Añádele sulfuro y ácido tánico.

El olor del fermento no es el rico aroma del vino, sino el olor de lo podrido y los productos químicos.

Ah, bueno. De todas formas tiene alcohol. Se pueden emborrachar.

Los pequeños campesinos veían aproximarse las deudas como una marea. Pulverizaban los árboles y no vendían la cosecha, podaban e injertaban y no podían recoger. Y los hombres de ciencia han trabajado, han considerado y la fruta se está pudriendo en el suelo y la mezcla podrida de las tinajas de vino está envenenando el aire. Y prueba el vino . . . nada de sabor a uva, sólo sulfato y ácido tánico y alcohol.

Esta pequeña huerta será parte de una gran propiedad el año próximo, porque las deudas habrán ahogado al propietario.

El viñedo pertenecerá al banco. Sólo los grandes propietarios pueden sobrevivir porque también son suyas las conserveras. Y cuatro peras, peladas y partidas por la mitad, cocidas y enlatadas, siguen costando quince centavos, y las peras en lata no se ponen malas. Pueden durar años.

La podredumbre se extiende por el Estado y el dulce olor es una desgracia para el campo. Hombres que pueden hacer injertos en los árboles y hacer la semilla fértil y grande, no saben cómo hacer para dejar que gente hambrienta coma los productos. Hombres que han creado nuevos frutos en el mundo no pueden crear un sistema para que sus frutos se coman. Y el fracaso se cierne sobre el Estado como una enorme desgracia.

Los frutos de las raíces de las vides, de los árboles, deben destruirse para mantener los precios y esto es lo más triste y lo más amargo de todo. Cargamentos de naranjas arrojados en el suelo. La gente vino de muy lejos para coger la fruta, pero no podía ser. ¿Cómo iban a comprar naranjas a veinte centavos la docena si podían salir y recogerlas? Y hombres con mangueras arrojan chorros de queroseno en las naranjas y se enfurecen ante semejante crimen y se enfadan con la gente que ha venido a por la fruta. Un millón de personas hambrientas, que necesitan la fruta . . . y el queroseno rociado sobre las montañas doradas.

Y el olor a podrido llena el campo.

Quemar café como combustible en los barcos. Quemar maíz para calentarse, hace un cálido fuego. Tirar patatas a los ríos y poner vigilantes a lo largo de las orillas para evitar que la gente hambrienta las pesque. Matar a los cerdos y enterrarlos y dejar que la putrefacción se filtre en la tierra.

Eso es un crimen que va más allá de la denuncia. Es una desgracia que el llanto no puede simbolizar. Es un fracaso que supera todos nuestros éxitos. La tierra fértil, las rectas hileras de árboles, los robustos troncos y la fruta madura. Y niños agonizando de pelagra deben morir por no poderse obtener un beneficio de una naranja. Y los forenses tienen que rellenar los certificados —murió de desnutrición— porque la comida debe pudrirse, a la fuerza debe pudrirse.

La gente viene con redes para pescar en el río y los vigilantes se lo impiden; vienen en coches destartalados para coger las naranjas arrojadas, pero han sido rociadas con queroseno. Y se quedan inmóviles y ven las patatas pasar flotando, escuchan chillar a los cerdos cuando los meten en una zanja y los cubren con cal viva, miran las montañas de naranjas escurrirse hasta rezumar podredumbre; y en los ojos de la gente se refleja el fracaso; y en los ojos de los hambrientos hay una ira creciente. En las almas de las personas las uvas de la ira se están llenando y se vuelven pesadas, cogiendo peso, listas para la vendimia.

Capítulo 26

E N el campamento de Weedpatch, una noche en que hilachas de nubes largas colgaban sobre la puesta del sol, que incendiaba sus extremos, la familia Joad se entretuvo después de cenar. Madre vaciló antes de empezar a fregar los platos.

—Tenemos que hacer algo —dijo. Y señaló a Winfield—. Miradle —insistió. Y cuando miraron al niño—, tiembla y se retuerce en el sueño. Mirad qué color tiene —los miembros de la familia volvieron la vista a la tierra, avergonzados—. Color de masa frita —dijo Madre—. Hemos estado aquí un mes. Tom ha trabajado cinco días y los demás habéis salido todos los días para no encontrar trabajo. Os da miedo hablar. Y no hay ya dinero. Tenéis miedo de decirlo. Todas las noches nada más cenar os vais por ahí. No podéis resistir el hablar. Pues tenéis que hacerlo. A Rosasharn no le queda mucho y mirad qué color tiene. Tenéis que hablar de ello. Que nadie se levante hasta que pensemos algo. Nos queda grasa para un día, harina para dos y diez patatas. Sentaos aquí y poneos a pensar.

Ellos miraban al suelo. Padre se limpió las recias uñas con la navaja. El tío John arrancó una astilla de la caja en la que estaba sentado. Tom se pellizcó el labio inferior y tiró de él apartándolo de los dientes.

Soltó el labio y dijo suavemente:

—Hemos estado buscando, Madre. Hemos salido a pie desde que se nos acabó la gasolina. Hemos entrado por todos los portones, llegado a todas las casas, incluso cuando sabíamos que no habría nada.

Uno acaba agobiándose cuando sale a buscar algo que sabe que no va a encontrar.

Madre contestó con fiereza:

—No tenéis derecho a desanimaros. Esta familia se está yendo abajo. Y no tenéis derecho.

Padre se inspeccionó la uña limpia.

—Tenemos que irnos —dijo—. No queríamos, se está bien aquí y la gente es amable. Tenemos miedo de tener que ir a vivir a uno de esos Hoovervilles.

—Bueno, si tenemos que hacerlo, lo haremos. Pero lo primero es que hay que comer.

Al la interrumpió.

—El depósito de gasolina del camión está lleno. No dejé que nadie lo usara.

Tom sonrió.

—Este Al tiene buen juicio, además de buen humor.

—Ahora pensad —dijo Madre—. No pienso seguir viendo cómo esta familia se muere de hambre. Queda grasa para un día. Es lo que hay. Cuando llegue el momento tendremos que alimentar bien a Rosasharn. Ya podéis poneros a pensar.

—Aquí hay agua caliente y servicios —empezó Padre.

—Pero los servicios no se comen.

Tom dijo:

—Hoy vino por aquí un tipo buscando hombres para ir a Marysville. A recoger fruta.

—Bien, ¿por qué no vamos a Marysville? —exigió Madre.

—No sé —respondió Tom—. Por alguna razón tenía mala pinta. El tipo estaba muy ansioso y no quiso decir cuánto iban a pagar. Dijo que no lo sabía exactamente.

Madre dijo:

—Nos vamos a Marysville. No me importa cuánto paguen. Nos vamos.

—Está demasiado lejos —replicó Tom—. No tenemos dinero para la gasolina. No sé cómo vamos a llegar. Madre, dices que tenemos que pensar, yo no he hecho otra cosa en todo el tiempo.

El tío John dijo:

—Me ha dicho uno que hay algodón en el norte, cerca de un lugar llamado Tulare. Dijo que no está muy lejos.

—Bueno, tenemos que movernos y movernos pronto. No pienso quedarme sentada aquí por muy bonito que esto sea —Madre cogió el cubo y fue a los servicios por agua caliente.

—Madre se vuelve dura —comentó Tom—. Ya la he visto enfadarse un montón de veces y explotar.

Padre dijo aliviado:

—Bueno, de todas formas ella ha sacado el tema. He estado estrujándome los sesos por las noches. Ahora por lo menos podemos hablarlo.

Madre regresó con el cubo lleno de agua humeante.

—Bien —insistió—, ¿se os ha ocurrido algo?

—Estamos dándole vueltas —contestó Tom—. Podríamos hacer el equipaje y viajar hacia el norte, a donde está ese algodón. Ya hemos estado aquí y sabemos que aquí no hay nada. Podríamos recoger los bártulos y largarnos al norte. Para estar allí cuando el algodón esté a punto. No me importaría volver a trabajar en el algodón. ¿Tienes el depósito lleno, Al?

—Casi lleno, menos unos cinco centímetros.

—Supongo que bastará para llegar hasta allí.

Madre mantuvo un plato suspendido sobre el cubo.

—¿Bien? —preguntó.

Tom dijo:

—Tú ganas. Creo que debemos movernos. ¿Eh, Padre?

—Parece que no hay más remedio —dijo Padre.

Madre fijó la vista en él.

—¿Cuándo?

—Bueno . . . no hay por qué esperar. Podríamos irnos por la mañana.

—Tenemos que irnos por la mañana. Ya te he dicho lo que nos queda.

—Mira, Madre, no pienses que no quiero marchar. Hace dos semanas que no me lleno la barriga con gusto. Claro que me he llenado, pero sin sacar nada bueno de ello.

Madre dejó caer el plato en el cubo.

—Nos iremos por la mañana —dijo.

Padre respiró haciendo ruido.

—Parece que los tiempos están cambiando —dijo con sarcasmo—. En otros tiempos era el hombre el que decidía qué hacer. Parece que

ahora lo deciden las mujeres. Me da la impresión de que va siendo hora
de sacar el palo.

Madre puso el plato limpio y chorreante en una caja. Sonrió con la
vista fija en su trabajo.

—Saca el palo, Padre —dijo—. En tiempos en que hay comida y un
lugar donde sentarse quizá puedas usar el palo y conservar la piel. Pero
no estás haciendo tu parte, ni pensando ni trabajando. Si lo estuvieras
haciendo podrías usar tu palo y las mujeres iríamos por ahí llorando, es-
condiéndonos como ratones. Pero coge el palo ahora y no te creas que
vas a zurrar a ninguna mujer; vas a pelear porque yo también tengo mi
palo preparado.

Padre hizo una mueca de vergüenza.

—No es bueno que los pequeños te oigan hablar así —dijo.

—Tú ocúpate de llenar con un poco de tocino a los pequeños antes
de venir diciendo lo que es bueno para ellos —dijo Madre.

Padre se levantó disgustado y se alejó y el tío John le siguió.

Las manos de Madre siguieron moviéndose en el agua, pero contempló cómo se iban y le dijo orgullosamente a Tom:

—Él está bien. No está vencido. Estaba a punto de pegarme una bofetada.

Tom se echó a reír.

—¿Sólo estabas viendo hasta dónde podía aguantar?

—Claro —dijo Madre—. Mira, un hombre se puede preocupar y
preocupar hasta consumirse y al poco se echará y se dejará morir con el
corazón seco. Pero si lo coges, le haces enfurecerse, entonces se pondrá
bien. Padre no ha dicho nada, pero ahora está enfadado. Y me lo va a
demostrar. Eso es que está bien.

Al se puso en pie.

—Voy a caminar un poco por ahí —dijo.

—Más te vale revisar el camión a ver si está a punto —le advirtió Tom.

—Está a punto.

—Si no lo está, te echaré encima a Madre.

—Está a punto —Al paseó con garbo a lo largo de la fila de tiendas.

Tom suspiró.

—Me estoy cansando, Madre. ¿Qué tal si me enfureces a mí un
poco?

—Tú tienes más juicio, Tom. A ti no necesito enfadarte. Tengo que apoyarme en ti. Estos otros . . . son una especie de extraños, todos menos tú. Tú no te rindes, Tom.

El deber cayó sobre él.

—No me gusta —dijo—. Quiero salir como Al. Y enfadarme como Padre y quiero emborracharme como el tío John.

Madre meneó la cabeza.

—No puedes, Tom. Lo supe desde que eras un crío. No puedes. Hay algunos que son ellos mismos y nada más. Ahí tienes a Al, no es más que un joven detrás de una muchacha. Tú nunca fuiste así, Tom.

—Claro que sí —rebatió Tom—. Y lo sigo siendo.

—No es verdad. Todo lo que haces va más allá de ti. Lo supe cuando te metieron en la cárcel. Tú estás comprometido.

—Venga, Madre, déjalo ya. Eso no es verdad. Son imaginaciones tuyas.

Madre amontonó los cuchillos y los tenedores encima de los platos.

—Tal vez, tal vez son imaginaciones. Rosasharn, seca éstos de aquí y guárdalos.

La joven se levantó sin aliento, con la panza hinchada colgando delante de ella. Se dirigió perezosamente hacia la caja y cogió un plato lavado.

Tom dijo:

—Está poniéndose tan tensa que se le abren los ojos.

—No empieces a molestar —dijo Madre—. Lo está llevando bien. Tú lárgate a despedirte de quien quieras.

—De acuerdo —accedió él—. Voy a enterarme a cuánto está aquello.

Madre le dijo a la muchacha:

—No dice esas cosas para hacer que te sientas mal. ¿Dónde están Ruthie y Winfield?

—Se escabulleron detrás de Padre. Les vi irse.

—Bueno, que vayan.

Rose of Sharon hacía su trabajo con calma. Madre la inspeccionó cuidadosamente.

—¿Te encuentras bien? Parece que te cuelgan las mejillas.

—Me dijeron que debía tomar leche y no he tomado.

—Ya lo sé. Simplemente es que no teníamos leche.

Rose of Sharon dijo en tono apagado:

—Si Connie no se hubiera marchado, ahora ya tendríamos una casita y él estaría estudiando. Habría podido tomar la leche que debía. Habría tenido un hermoso bebé. Este niño no va a estar bien. Tenía que haber tomado leche —se llevó la mano al bolsillo del delantal y se metió algo en la boca.

Madre dijo:

—Te he visto mordisqueando algo. ¿Qué comes?

—Nada.

—Venga, dime qué comes.

—Un poco de cisco. Encontré un trozo grande.

—Pero si eso es comer suciedad . . .

—Me siento como si me apeteciera.

Madre se quedó silenciosa. Abrió las rodillas y se estiró la falda.

—Te entiendo —dijo finalmente—. Una vez que estaba embarazada comí carbón. Un gran pedazo de carbón. La abuela me dijo que no debía. No digas esas cosas del niño. No tienes derecho a pensarlo.

—¡No tengo marido! ¡No tomo leche!

Madre dijo:

—Si estuvieras bien te daría una bofetada. En toda la cara —se puso en pie y entró en la tienda. Salió y se puso delante de Rose of Sharon y alargó la mano—. ¡Mira! —tenía los pequeños pendientes de oro en la mano—. Son para ti.

Durante un momento los ojos de la muchacha se iluminaron y luego desvió la mirada.

—No tengo agujeros.

—Bueno, pues te los voy a hacer —Madre volvió a entrar presurosa en la tienda. Regresó con una caja de cartón. Rápidamente enhebró una aguja, puso el hilo doble y ató en él una serie de nudos. Enhebró una segunda aguja y anudó el hilo. En la caja encontró un trozo de corcho.

—Me va a doler. Me va a doler.

Madre llegó a su lado, puso el corcho en la parte de detrás del lóbulo de la oreja y empujó la aguja a través de la oreja hasta que se clavó en el corcho. La joven se crispó.

—Me pincha. Me va a doler.

—No más de lo que te ha dolido.

—Sí, seguro que sí.

—Bueno. Entonces veamos primero la otra oreja —colocó el corcho y agujereó la otra oreja.

—Me va a doler.

—Venga, ya está —dijo Madre—. Ya está todo hecho.

Rose of Sharon la miró con asombro. Madre sacó las agujas y pasó un nudo de cada hilo a través de los lóbulos.

—Ya está —dijo—. Cada día pasaremos un nudo y dentro de dos semanas estará listo y podrás ponértelos. Aquí los tienes . . . ahora son tuyos. Guárdalos tú.

Rose of Sharon se tocó las orejas con delicadeza y miró las manchitas de sangre de sus dedos.

—No me ha dolido. Sólo pincha un poco.

—Debía haberte hecho los agujeros hace mucho —dijo Madre. Contempló el rostro de la joven y sonrió satisfecha—. Ahora acaba de recoger esos platos. Tu niño va a ser un buen bebé. Estuve a punto de dejarte tener el niño sin agujeros en las orejas. Pero ya estás a salvo.

—¿Es que significa algo?

—Pues claro —dijo Madre—. Por supuesto que sí.

Al paseó por la calle hacia la pista de baile. Junto a una tienda pequeña y pulcra silbó suavemente y luego siguió calle abajo. Caminó hasta la linde del campamento y se sentó en la hierba.

Las nubes que colgaban por el oeste habían perdido sus bordes rojos y en el centro estaban negras. Al se rascó la pierna y contempló el cielo del anochecer.

Al cabo de unos momentos se acercó caminando una joven rubia; era guapa y de rasgos marcados. Se sentó en la hierba junto a él, sin hablar. Al le puso la mano en la cintura y movió los dedos por alrededor.

—No hagas eso —dijo ella—. Me haces cosquillas.

—Mañana nos marchamos —dijo Al.

Ella le miró sorprendida.

—¿Mañana? ¿A dónde?

—Hacia el norte —dijo él a la ligera.

—Pero nosotros vamos a casarnos, ¿no es eso?

—Claro que sí, con el tiempo.

—¡Tú dijiste que sería muy pronto! —gritó ella enfadada.

—Bueno, pronto es cuando pronto llega.

—Me lo has prometido —él movió los dedos más allá.

—Quita —gritó ella—. Me dijiste que nos íbamos a casar.

—Pero si es verdad.

—Y ahora te marchas.

Al exigió:

—¿Qué te pasa? ¿Es que estás embarazada?

—No.

Al se echó a reír.

—No he hecho más que perder el tiempo, ¿eh?

Ella sacó la barbilla. Se puso en pie de un salto.

—Apártate de mí, Al Joad. No quiero volver a verte.

—Venga ya. ¿Qué es lo que pasa?

—Te crees que eres . . . lo más duro que corre por ahí.

—Espera un momento.

—No, señor . . . quita ya.

Al arremetió de repente, la cogió por un tobillo y le hizo tropezar. La aprisionó cuando ella cayó y la sujetó y le puso una mano sobre la boca furibunda. Ella intentó morderle la palma, pero él la ahuecó sobre su boca y la sujetó con el otro brazo. Después de un momento ella se quedó inmóvil y un poco más tarde los dos reían juntos sobre la hierba seca.

—Mira, estaré de vuelta dentro de nada —dijo Al—. Y con el bolsillo lleno de pasta. Iremos a Hollywood a ver películas.

Estaba tumbada de espaldas. Al se inclinó sobre ella. Y vio la brillante estrella de la tarde reflejada en sus ojos, al igual que la negra nube.

—Iremos en tren —dijo.

—¿Cuánto tiempo estarás fuera? —preguntó ella.

—Bah, puede que un mes —respondió él.

La oscuridad del anochecer cayó y Padre y el tío John se acuclillaron con los cabezas de familia al lado de la oficina. Estudiaban la noche y el futuro. El pequeño director, con sus ropas blancas, deshilachadas y limpias, apoyó los codos en el pasamanos del porche. Su rostro mostraba tensión y cansancio.

Huston levantó la mirada hacia él.

—Más le valdría dormir un poco.

—Es lo que debería hacer. Anoche nació un niño en la unidad tres. Me estoy convirtiendo en una buena comadrona.

—Uno tiene que saber de todo —dijo Huston—. Los casados deberían saber.

Padre dijo:

—Nos marchamos por la mañana.

—¿Sí? ¿En qué dirección?

—Pensamos subir un poco hacia el norte. Intentar coger el primer algodón. No hemos encontrado trabajo. No nos queda comida.

—¿Sabéis si hay trabajo? —preguntó Huston.

—No, pero estamos seguros de que aquí no hay nada.

—Habrá trabajo un poco más adelante —dijo Huston—. Nosotros vamos a aguantar.

—No queremos irnos —explicó Padre—. La gente de aquí ha sido muy amable . . . y las instalaciones y todo lo demás. Pero hay que comer. Tenemos el depósito de gasolina lleno. Eso bastará para subir un poco hacia el norte. Aquí nos bañábamos todos los días. Nunca he estado tan limpio en toda mi vida. Es curioso . . . antes sólo me bañaba una vez por semana y no parecía apestar. Pero ahora si no me baño cada día ya huelo. Me pregunto si es consecuencia de bañarse tan a menudo.

—Tal vez es que antes no podías olerte —dijo el director.

—Tal vez. Ojalá pudiéramos quedarnos.

El pequeño director se sujetó las sienes con las palmas de las manos.

—Creo que esta noche va a haber otro nacimiento —dijo.

—En nuestra familia habrá uno dentro de poco —dijo Padre—. Me gustaría que naciera aquí. De verdad que me gustaría.

Tom y Willie y Jule el mestizo estaban sentados en el borde de la pista de baile con los pies colgando.

—Tengo un saco de tabaco Durham —dijo Jule—. ¿Queréis un cigarrillo?

—Pues sí me gustaría —dijo Tom—. Hace un montón de tiempo que no me fumo uno —lió el cigarrillo marrón cuidadosamente para reducir al mínimo la pérdida de tabaco.

—Vaya, sentiremos que te vayas —dijo Willie—. Sois buena gente.

Tom encendió su cigarrillo.

—He estado pensándolo mucho. Dios mío, ojalá pudiéramos establecernos en un sitio fijo.

Jule recogió su Durham.

—No está bien —dijo—. Tengo una niña pequeña. Pensé que cuando llegáramos aquí podría ir a la escuela. Pero, maldita sea, apenas estamos en cada sitio el tiempo suficiente. La marcha continúa y nosotros nos seguimos arrastrando hacia adelante.

—Espero que no acabemos en otro Hooverville —dijo Tom—. Allí me asusté de verdad.

—¿Los ayudantes del sheriff te acosaron?

—Tenía miedo de matar a alguien —dijo Tom—. Estuvimos allí poco tiempo, pero estuve constantemente hirviendo. Uno de los ayudantes vino y se llevó a un amigo sólo por hablar cuando no le tocaba. Yo estaba hirviendo todo el tiempo.

—¿Has estado alguna vez en una huelga? —preguntó Willie.

—No.

—Bueno, he estado pensando mucho. ¿Por qué no entran aquí los ayudantes y montan la bronca como en todos los demás sitios? ¿Creéis que ese pequeñín de la oficina es el que los detiene? No, señor.

—Ya. ¿Qué es lo que les detiene? —preguntó Jule.

—Te lo voy a decir. Es porque trabajamos todos juntos. Un ayudante no puede meterse con uno que viva en este campamento, se mete con todo el maldito campamento. Y no se atreve. Sólo tenemos que dar un giro y allí hay doscientos hombres. Un organizador del sindicato estuvo hablando en la carretera. Decía que podríamos hacer eso en cualquier parte. No pueden montar bronca con doscientos hombres. Se meten con personas sueltas.

—Sí —dijo Jule—, y supón que tienes un sindicato. Necesitas líderes. Se limitarán a llevarse a los líderes, y ¿dónde queda tu sindicato?

—Bueno —replicó Willie—, alguna vez habrá que planearlo. Llevo aquí un año y los jornales bajan sin cesar. Uno no puede dar de comer a su familia con su trabajo ahora, y cada vez está peor. No va a servir de nada quedarse sentado y morirse de hambre. No sé qué hacer. Si uno tiene un tiro de caballos no pone el grito en el cielo si los tiene que alimentar cuando no están trabajando. Pero si uno tiene hombres trabajando para él, le importa un comino. Los caballos valen mucho más que los hombres. No lo entiendo.

—Se pone tan feo que no quiero ni pensar en ello —dijo Jule—. Y tengo que pensar. Tengo una niña pequeña. Ya sabéis lo guapa que es. Una semana le dieron un premio en este campamento por lo guapa que es. Bueno, ¿y qué le va a pasar a ella? Está adelgazando. No lo voy a soportar. Es tan guapa . . . Voy a explotar.

—¿Cómo? —preguntó Willie—. ¿Qué vas a hacer . . . robar y acabar en la cárcel? ¿Matar a alguien y que te cuelguen?

—No sé —dijo Jule—. Me vuelve loco pensarlo. Me vuelve loco del todo.

—Voy a echar de menos esos bailes —dijo Tom—. Algunos han sido los más bonitos que he visto nunca. Bueno, me retiro. Hasta otra. Nos veremos en algún otro lugar —se estrecharon las manos.

—Claro que volveremos a vernos —dijo Jule.

—Bueno, hasta pronto —Tom se alejó en la oscuridad.

En la oscuridad de la tienda de los Joad, Ruthie y Winfield estaban acostados en su colchón y Madre estaba echada a su lado. Ruthie susurró:

—¡Madre!

—¿Sí? ¿Aún no te has dormido?

—Madre . . . en el sitio a donde vamos ¿habrá croquet?

—No lo sé. Duérmete. Queremos salir temprano.

—Bueno, ojalá pudiéramos quedarnos aquí, donde estamos seguros de que hay croquet.

—Sh —acalló Madre.

—Madre, Winfield le pegó a un niño esta noche.

—No debía haberlo hecho.

—Ya lo sé. Se lo dije, pero le dio al niño en toda la nariz y, Jesús, cómo le corría la sangre.

—No hables así. No es una forma bonita de hablar.

Winfield se dio la vuelta.

—Ese niño dijo que éramos okies —dijo indignado—. Dijo que él no era okie porque viene de Oregon. Que nosotros éramos unos malditos okies. Le zurré.

—Sh. No debías haberle pegado. No te puede hacer daño llamándote nombres.

—Bueno, pues no pienso dejarle que lo haga —dijo Winfield ferozmente.

—Sh. Duérmete.

Ruthie dijo:

—Tenías que haber visto la sangre chorreándole . . . por toda la ropa.

Madre sacó una mano de debajo de la manta y le dio a Ruthie en la mejilla con un dedo. La chiquilla se puso rígida un instante y luego dejó oír la respiración entrecortada de un llanto silencioso.

En la unidad sanitaria, Padre y el tío John se sentaron en compartimientos adyacentes.

—¿Por qué no hacerlo cómodamente por última vez? —dijo Padre—. Es realmente cómodo. ¿Te acuerdas cómo se asustaron los pequeños cuando tiraron de la cadena por primera vez?

—Yo mismo tampoco me encontraba tan cómodo —dijo el tío John. Tiró de su mono y lo recogió con esmero por encima de las rodillas—. Me estoy poniendo mal —dijo—. Siento el pecado.

—No puedes pecar —replicó Padre—. No tienes dinero. Siéntate quieto y tranquilo. Te cuesta por lo menos dos dólares pecar, y no los juntamos entre todos.

—¡Sí! Pero yo estoy pensando en el pecado.

—Muy bien. Es gratis pensar en el pecado.

—Es igual de malo —dijo el tío John.

—Pero mucho más barato —dijo Padre.

—No te tomes el pecado a la ligera.

—No lo hago. Tú continúa así. Siempre te pones pecaminoso cuando el infierno se está desatando.

—Lo sé —dijo el tío John—. Siempre fue así. Nunca he contado ni la mitad de lo que he hecho.

—Bueno, guárdatelo para ti.

—Estos servicios tan bonitos me ponen pecaminoso.

—Entonces sal a los arbustos. Venga, súbete los pantalones y vamos a dormir —Padre se ajustó los tirantes del mono y cerró la hebilla con un chasquido seco. Tiró de la cadena y se quedó mirando pensativo mientras el agua giraba como un torbellino en la taza.

Estaba todavía oscuro cuando Madre puso en pie a su campamento. Las luces bajas de la noche brillaban a través de las puertas abiertas de las unidades sanitarias. De las tiendas que formaban las calles llegaban los ronquidos variados de los campistas.

Madre dijo:

—Venga, fuera. Tenemos que ponernos en marcha. El día ya está próximo —levantó la pantalla chirriante del farol y prendió la mecha—. Venga, moveos todos.

El suelo de la tienda empezó a bullir con lenta actividad. Mantas y edredones se apartaron y ojos somnolientos guiñaron ciegamente a la luz. Madre se deslizó el vestido sobre la ropa interior que llevaba para dormir.

—No tenemos café —dijo—. Tengo unas pocas galletas. Podemos

comerlas en camino. Ahora levantaos y cargaremos el camión. Venga. No hagáis ruido. No hay que despertar a los vecinos.

Tardaron unos minutos en despertarse por completo.

—Ahora no os escapéis —advirtió Madre a los niños. La familia se vistió. Los hombres bajaron la lona y cargaron el camión.

—Ponedlo bien plano —avisó Madre. Apilaron los colchones encima de la carga y ataron la lona en su sitio sobre el madero.

—Bien, Madre —dijo Tom—, ya está listo.

Madre sostuvo un plato de galletas frías en la mano.

—De acuerdo. Aquí tenéis. Una para cada uno. Es todo lo que hay.

Ruthie y Winfield agarraron sus galletas y treparon encima de la carga. Se taparon con una manta y se volvieron a dormir, sujetando todavía las duras galletas en la mano. Tom subió al asiento del conductor y pisó el estárter. Zumbó un poco y luego se detuvo.

—¡Maldita sea, Al! —gritó Tom—. Has dejado que la batería se descargue.

Al se defendió:

—¿Y cómo diablos lo iba a evitar si no había gasolina para moverlo? De pronto Tom se echó a reír.

—Bueno, no sé cómo, pero es culpa tuya. Tienes que darle tú a la manivela.

—Te digo que no ha sido culpa mía.

Tom bajó y cogió la manivela de debajo del asiento.

—Es culpa mía —dijo.

—Dame esa manivela —Al se la cogió—. Atrasa el encendido para no que me lleve la mano.

—De acuerdo. Gírala.

Al le dio con esfuerzo a la manivela, vueltas y más vueltas. El motor prendió, chisporroteó y rugió mientras Tom ahogaba el coche con delicadeza. Adelantó el encendido y redujo el gas.

Madre se encaramó a su lado.

—Habremos despertado a todo el campamento —dijo.

—Se volverán a dormir.

Al subió por el otro lado.

—Padre y el tío John han subido atrás —dijo—. Van a volverse a dormir.

Tom condujo hacia la entrada principal. El vigilante salió de la oficina y enfocó con su linterna al camión.

—Esperen un momento.

—¿Qué quiere?

—¿Se marchan?

—Claro.

—Vale, tengo que tacharles.

—De acuerdo.

—¿Saben en qué dirección van?

—Bueno, vamos a probar suerte hacia el norte.

—Bien, buena suerte —deseó el vigilante.

—Igualmente. Hasta pronto.

El camión pasó lentamente sobre la gran joroba y salió a la carretera. Tom volvió sobre la misma carretera por la que había conducido antes, pasando Weedpatch, y hacia el oeste hasta llegar a la 99 y luego en dirección norte por la gran carretera asfaltada, hacia Bakersfield. Se estaba haciendo de día cuando llegó a las afueras de la ciudad.

Tom dijo:

—En cada sitio que miras hay un restaurante. Y en todos tienen café. Mira ese que abre toda la noche. ¡Apuesto a que tienen diez galones de café, todo caliente!

—Bah, cállate —dijo Al.

Tom le sonrió.

—Vaya, veo que te buscaste rápidamente una chica.

—Bueno, ¿y qué pasa?

—Está de mal humor esta mañana, Madre. No resulta buena compañía.

Al dijo con irritación:

—Me voy a largar muy pronto. Uno puede buscarse la vida mucho más fácilmente si no tiene una familia.

Tom replicó:

—Al cabo de nueve meses ya tendrías familia. Te he visto tontear.

—Estás loco —dijo Al—. Me conseguiría un empleo en un garaje y comería en restaurantes.

—Y tendrías mujer e hijo en nueve meses.

—Te digo que no.

Tom dijo:

—Eres un sabihondo, Al. Te van a dar buenos palos.

—¿Quién me los va a dar?

—Siempre habrá alguien que lo haga —dijo Tom.

—Te crees que sólo porque tú . . .

—Dejadlo ya —intervino Madre.

—Es culpa mía —dijo Tom—. Le estaba haciendo rabiar. No quería molestarte, Al. No sabía que esa chica te gustara tanto.

—Ninguna chica me gusta tanto.

—Vale, entonces no te gusta tanto. No pienso discutir.

El camión llegó hasta el extremo de la ciudad.

—Mira esos puestos de perros calientes . . . los hay a cientos —dijo Tom.

Madre ofreció.

—¡Tom! Tengo un dólar guardado. ¿Tienes tanta gana de café como para gastarlo?

—No, Madre. Estoy de broma.

—Te lo puedo dar si te apetece tanto.

—No te lo cogería.

Al dijo:

—Entonces deja ya de hablar de café.

Tom permaneció en silencio durante un tiempo.

—Parece que siempre pongo el pie en el mismo sitio —dijo—. Allí está la carretera por la que fuimos aquella noche.

—Espero que no volvamos a pasar nada parecido —dijo Madre—. Fue una mala noche.

—A mí tampoco me gustó nada.

El sol se levantó por la derecha y la gran sombra del camión corrió junto a ellos, oscilando sobre los postes de las vallas al lado de la carretera. Pasaron el Hooverville reconstruido.

—Mira —dijo Tom—. Ya hay gente nueva ahí. Parece el mismo sitio.

Al salió despacio de su hosquedad.

—Uno me dijo que a alguna de esa gente le han incendiado el campamento unas quince o veinte veces, que se esconden entre los sauces y luego salen y se reconstruyen otra chabola de hierba. Igual que ardillas de tierra. Están tan acostumbrados que ya ni siquiera se enfurecen, decía ese tío. Sólo piensan que es como el mal tiempo.

—Pues aquella noche sí que fue mal tiempo para mí —dijo Tom. Ascendieron por la amplia carretera. Y el calor del sol les hizo estremecerse.

—Se está poniendo fresco por las mañanas —dijo Tom—. El invierno está en camino. Sólo espero que podamos ganar algún dinero antes de que llegue. La tienda no será agradable en invierno.

Madre suspiró y luego enderezó la cabeza.

—Tom —le dijo—, hemos de tener una casa en el invierno. Te digo que es necesario. Ruthie está bien, pero Winfield no es demasiado fuerte. Hemos de tener una casa para cuando lleguen las lluvias. He oído que por aquí llueve a cántaros.

—Tendremos una casa, Madre. Descansa tranquila. Vas a tener una casa.

—Con que tenga un tejado y un suelo es suficiente. Para que los pequeños no estén sobre la tierra.

—Lo intentaremos, Madre.

—No te quiero preocupar ahora.

—Lo intentaremos, Madre.

—A veces me dejo llevar por el pánico —dijo ella—. Simplemente pierdo el ánimo.

—Nunca te he visto perderlo.

—Por las noches, a veces, lo pierdo.

Salió un silbido agudo de la parte delantera del camión. Tom agarró con fuerza el volante y pisó el freno hasta el suelo. El camión dio un bote y se detuvo. Tom dejó escapar un suspiro.

—Bueno, ya estamos —se apoyó en el asiento. Al saltó fuera y corrió hacia el neumático derecho.

—¡Un clavo enorme! —anunció.

—¿Tenemos parches para neumáticos?

—No —dijo Al—. Lo gastamos todo. Tenemos parche, pero no cola.

Tom se volvió y sonrió tristemente a Madre.

—No deberías haber dicho lo de ese dólar —le dijo—. De alguna forma lo habríamos arreglado —salió del coche y fue hasta la rueda pinchada.

Al señaló un clavo que sobresalía de la cubierta plana.

—Si hay un clavo por la región, nosotros lo hemos atropellado.

—¿Está muy mal? —preguntó Madre.

—No, no mucho, pero hay que arreglarlo.

La familia bajó de la trasera del camión.

—¿Un pinchazo? —preguntó Padre y entonces vio el neumático y calló.

Tom hizo que Madre se moviera y sacó la lata de parches de debajo del cojín del asiento. Desenrolló el parche de goma y sacó el tubo de cola y lo apretó suavemente.

—Está seco —dijo—. Tal vez haya suficiente. Bien, Al. Bloquea las ruedas traseras. Vamos a levantarlo con el gato.

Tom y Al trabajaban bien juntos. Pusieron piedras detrás de las ruedas y el gato debajo del eje delantero y quitaron el peso de la cubierta flácida. Sacaron la cubierta. Encontraron el agujero, hundieron un trapo en el depósito de gasolina y limpiaron la cámara alrededor del agujero. Y después, mientras Al sujetaba la cámara tensa sobre la rodilla, Tom rompió en dos el tubo de cola y extendió el escaso fluido en una capa delgada sobre el caucho con su navaja. Rascó la goma con delicadeza.

—Ahora vamos a dejar que se seque mientras corto un parche.

Recortó y biseló el borde del parche azul. Al sujetó la cámara mientras Tom ponía cuidadosamente el parche en su sitio.

—Ya está. Ahora tráelo al estribo mientras yo le doy con el martillo.

Golpeó el parche con cuidado, luego estiró la cámara y miró los bordes del parche.

—Ya está. Va a aguantar. Ponla en el neumático y vamos a hincharla. Parece que vas a poder guardarte tu dólar, Madre.

Al dijo:

—Ojalá tuviéramos una de repuesto. Tenemos que comprar una, Tom, y tenerla en el neumático e hinchada. Entonces podríamos arreglar un pinchazo de noche.

—Cuando tengamos dinero para una rueda de repuesto, compraremos en su lugar café y carne —dijo Tom.

El tráfico ligero de la mañana zumbaba en la carretera y el sol se fue volviendo cálido y brillante. Un viento suave y murmurador soplaba en rachas desde el suroeste y las montañas a ambos lados del amplio valle se difuminaban en una niebla perlada.

Tom estaba hinchando el neumático cuando un turismo que venía del norte se detuvo al otro lado de la carretera. Un hombre de rostro moreno, vestido con un traje gris claro, salió y cruzó en dirección al camión. Llevaba la cabeza descubierta. Sonrió y mostró unos dientes muy blancos contra la piel marrón. Llevaba una enorme alianza de oro en el dedo corazón de la mano izquierda. Una pelotita de fútbol de oro colgaba de una cadena delgada delante del chaleco.

—Buenos días —dijo con afabilidad.

Tom dejó de hinchar la rueda y levantó la vista.

—Buenos días.

El hombre se pasó los dedos por el cabello corto y áspero que estaba encaneciendo.

—¿Buscan trabajo?

—Desde luego. Buscamos hasta debajo de las piedras.

—¿Pueden recoger melocotones?

—Nunca lo hemos hecho —dijo Padre.

—Podemos hacer cualquier cosa —dijo Tom con premura—. Podemos recoger cualquier cosa.

El hombre jugueteó con la pelota de oro.

—Bueno, hay trabajo en abundancia para ustedes a unas cuarenta millas hacia el norte.

—Estaríamos muy agradecidos —dijo Tom—. Díganos cómo llegar e iremos a paso ligero.

—Bien, vayan al norte, a Pixley, eso está a treinta y cinco o treinta y seis millas y luego hacia el este, unas seis millas. Pregunten a cualquiera dónde está el rancho Hooper. Allí hay trabajo de sobra.

—Seguro que sí.

—¿Saben dónde hay más gente buscando trabajo?

—Claro —replicó Tom—. Hacia el sur, en el campamento de Weedpatch hay un montón de gente que busca trabajo.

—Me acercaré por allí. Necesitamos bastantes. Recuerden, en Pixley tuerzan hacia el este y derechos hasta el rancho Hooper.

—Sí —dijo Tom—. Y le damos las gracias. Necesitamos trabajo con urgencia.

—De acuerdo. Vayan en cuanto puedan —volvió a cruzar la carretera, subió a su turismo abierto y se alejó hacia el sur.

Tom apoyó su peso en la bomba.

—Veinte cada uno —dijo—. Uno, dos tres, cuatro . . . —al llegar a veinte Al cogió la bomba y luego Padre y después el tío John. El neumático se llenó y se volvió suave. Repitieron la ronda tres veces.

—Vamos a bajarla a ver qué tal —dijo Tom.

Al quitó el gato y bajó el coche.

—Tiene de sobra —dijo—. Quizá un poco de más.

Tiraron las herramientas dentro del camión.

—Venga, vámonos —dijo Tom—. Por fin vamos a tener trabajo.

Madre se volvió a sentar en el centro. Esta vez condujo Al.

—Llévalo con calma. No lo quemes, Al.

Continuaron por los soleados campos mañaneros. La niebla se levantó en las cumbres de las colinas, que eran claras y marrones, con pliegues morados y negros. Las palomas silvestres echaban a volar desde las cercas al pasar el camión. Al aumentó la velocidad de forma inconsciente.

—Tranquilo —advirtió Tom—. Si lo fuerzas, va a reventar. Tenemos que llegar allí. Quizá incluso podamos hacer hoy algún trabajo.

Madre dijo excitada:

—Con cuatro hombres trabajando puede que me den algún crédito inmediatamente. Lo primero que voy a comprar es café, porque es lo que echáis de menos, y luego algo de harina y levadura en polvo y un poco de carne. Mejor será no comprar costillar ahora mismo y dejarlo para más adelante. Puede que el sábado. Y jabón. Hay que comprar jabón. A ver dónde podemos quedarnos —siguió parloteando—. Y leche. Compraré algo de leche porque Rosasharn debe tomarla. La enfermera lo dijo.

Una serpiente culebreó por la caliente carretera. Al pasó como un rayo, la atropelló y volvió a su carril.

—Una serpiente ardilla —dijo Tom—. No debías haberlo hecho.

—No las puedo ver —respondió Al alegremente—. Detesto todos los tipos de serpientes. Me dan dolor de estómago.

El tráfico de antes del mediodía se incrementó en la carretera, viajantes en cupés relucientes con las insignias de sus compañías pintadas en las puertas, camiones rojos y blancos de gasolina arrastrando tintineantes cadenas tras ellos, grandes camionetas de puertas cuadradas de almacenes de venta al por mayor, repartiendo productos agrícolas. A lo largo de la carretera el campo era fértil. Había huertas en todo su esplendor, cubiertas de hojas, y viñedos con las largas y verdes enredaderas alfombrando el suelo entre hilera e hilera. Había parcelas de melones y campos de cereales. Entre el verdor había casas blancas, con rosas creciendo encima. Y el sol era de oro y cálido.

En el asiento delantero del camión a Madre, Tom y Al les inundaba la dicha.

—Hace mucho tiempo que no me siento tan bien —dijo Madre—. Si recogemos muchos melocotones podríamos comprar una casa, o pagar incluso alquiler por un par de meses. Tenemos que tener una casa.

Al dijo:

—Yo voy a ahorrar. Y cuando haya ahorrado me iré a la ciudad y me emplearé en un garaje. Voy a vivir en una habitación y a comer en restaurantes. Iré al cine todas las malditas noches. No cuesta demasiado. A ver películas del oeste —sus manos se tensaron sobre el volante.

El radiador borboteó y arrojó siseante vapor.

—¿Lo llenaste? —preguntó Tom.

—Sí. Llevamos el viento detrás. Eso es lo que le hace hervir.

—Es un día precioso —dijo Tom—. Cuando estaba en MacAlester trabajando solía pensar en las cosas que haría. Me iba a ir lejísimos en línea recta sin parar nunca. Parece que hace mucho tiempo. Parece que hace años que salí. Había allí un guarda que nos lo ponía difícil. Yo quería acecharle y atacarle. Supongo que eso es lo que me hace enfurecerme ante los policías. Me parece que todos tienen su misma cara. Éste se solía poner muy rojo en la cara. Parecía un cerdo. Tenía un hermano en el oeste, decían. Solía mandarle gente en libertad condicional que tenía que trabajar por nada. Si decían algo, les enviaba de vuelta por violar la libertad bajo palabra. Eso es lo que decían aquéllos.

—No pienses en ello —le rogó Madre—. Voy a poner un montón de cosas para comer. Mucha harina y manteca.

—Quizá debiera pensar en ello —replicó Tom—. Si intento olvidarlo, se me va a revolver. Había un tipo muy estrafalario. Nunca os he contado nada de él. Parecía Happy Hooligan. Era un tipo inofensivo. Siempre iba a escaparse. Todos le llamaban Hooligan —Tom se rió para sí mismo.

—No pienses en ello —rogó Madre.

—Sigue —pidió Al—. Cuéntame algo de ése.

—No hace daño, Madre —dijo Tom—. Este tipo estaba siempre diciendo que se iba a escapar. Hacía un plan; pero no se lo podía callar, y al poco todo el mundo lo sabía, incluso el vigilante. Se escapaba y lo cogían de la mano y lo volvían a llevar. Pues bien, una vez trazó un plan que incluía escapar saltando la valla. Por supuesto, se lo enseñó a todo el mundo y todos se callaron. Se escondió y todos callaron. Había conseguido una cuerda en algún sitio y por fin saltó el muro. Había afuera seis guardas con un saco grande y Hooligan iba bajando silenciosamente por la cuerda y ellos sujetaron el saco y él se fue directamente adentro. Ataron la boca del saco y se lo volvieron a entrar. Los otros casi se mueren de risa. Pero eso acabó con el espíritu de Hooligan. Se puso a llorar sin parar y a gimotear y cayó enfermo. De tanto como habían herido sus sentimientos. Se cortó las venas con un alfiler y se murió desangrado porque estaba dolido. No había malicia en él. Hay toda clase de tipos raros en la trena.

—No hables de eso —dijo Madre—. Yo conocí a la madre de Floyd Niño Bonito. No era mal muchacho. Sólo que le acosaron en un rincón.

El sol se movió hacia el mediodía y las sombras del camión adelgazaron y se metieron bajo las ruedas.

—Eso debe ser Pixley, allí delante —dijo Al—. He visto un cartel hace poco.

Entraron en la pequeña ciudad y se desviaron al este por una carretera más estrecha. Y las huertas flanqueaban el camino y marcaban un pasillo.

—Espero que lo encontremos con facilidad —dijo Tom.

Madre intervino:

—Ese hombre habló del rancho Hooper. Que cualquiera nos podría informar. Espero que allá haya una tienda cerca. Podría conseguir algún crédito, con cuatro hombres trabajando. Puedo preparar una cena rica si me dan algo a crédito. Tal vez haga un gran estofado.

—Y café —dijo Tom—. Puede que hasta me compre una bolsa de tabaco Durham. Hace mucho tiempo que no tengo tabaco propio.

A lo lejos la carretera estaba bloqueada de coches y había una fila de motos blancas al lado de la carretera.

—Debe de haber habido un accidente —dijo Tom.

Mientras se acercaban, un policía federal, con botas y cinturón de cartuchera, rodeó el último coche aparcado. Puso la mano en alto y Al frenó. El policía se apoyó con aire confidencial en el lado del camión.

—¿A dónde se dirigen?

Al dijo:

—Un hombre nos dijo que por esta carretera había un lugar donde hay trabajo recogiendo melocotones.

—Quieren trabajar, ¿no es eso?

—Exacto —dijo Tom.

—De acuerdo. Esperen un minuto —se fue a la orilla de la carretera y llamó hacia adelante—. Uno más. Éste hace el sexto coche. Será mejor pasar ya a este grupo.

Tom llamó:

—¡Eh! ¿Qué es lo que pasa?

El hombre se volvió con lentitud.

—Hay un pequeño problema más adelante. No se preocupen. Podrán pasar. Simplemente siga la línea.

Surgió el ruido de explosiones del encendido de las motos. La fila de coches se puso en movimiento, el camión de los Joad en último lugar. Dos motos abrían la marcha y otras doce les seguían.

—Me pregunto qué es lo que pasa.

—Quizá la carretera esté cortada —sugirió Al.

—No necesitaríamos cuatro policías que nos lo muestren. No me gusta.

Las motos que iban al frente aceleraron. La fila de coches viejos aceleró. Al pisó para mantenerse junto al último coche.

—Esta gente es de los nuestros, todos ellos —dijo Tom—. Esto no me gusta.

Repentinamente los policías a la cabeza salieron de la carretera a una entrada amplia de gravilla. Los viejos coches corrieron tras ellos. Los motores de las motos rugieron. Tom vio una fila de hombres de pie en la cuneta junto a la carretera, vio que sacudían los puños y sus rostros mostraban furia, vio sus bocas abiertas como si estuvieran gritando. Una mujer robusta corrió hacia los coches, pero una moto rugiente se puso en su camino. Una alta puerta de alambre oscilaba abierta. Los seis coches viejos la cruzaron y la puerta se cerró tras ellos. Las cuatro motos dieron la vuelta y marcharon velozmente por donde habían venido. Ahora que el ruido de las motos había desaparecido, se podía oír el distante griterío de los hombres de la cuneta. Había dos hombres junto a la carretera de grava, cada uno llevaba una escopeta.

Uno gritó:

—Adelante, adelante. ¿A qué diablos esperan?

Los seis coches continuaron, doblaron una curva y se encontraron de pronto con el campamento de melocotones.

Había cincuenta cajitas de tejado plano, cada una con una puerta y una ventana y todo el grupo formando un cuadrado. Un depósito de agua sobresalía en un extremo del campamento. Y al otro lado había una tiendecita de comestibles. Al final de cada hilera de casas cuadradas había dos hombres armados con escopetas, que llevaban estrellas grandes y plateadas prendidas en las camisas.

Los seis coches se detuvieron. Dos contables iban de coche en coche.

—¿Quieren trabajar?

Tom preguntó:

—Claro, pero ¿qué es esto?

—No es asunto suyo. ¿Quieren trabajar?

—Claro que sí.

—¿Nombre?

—Joad.

—¿Cuántos hombres?

—Cuatro.

—¿Mujeres?

—Dos.

—¿Niños?

—Dos.

—¿Pueden trabajar todos?

—Pues . . . creo que sí.

—De acuerdo. Encuentren la casa sesenta y tres. El jornal es cinco centavos por caja. La fruta que no esté estropeada. Bien, ahora muévanse. Tienen que ponerse a trabajar en este momento.

Los coches se movieron. Había un número pintado en la puerta de cada casa roja.

—Sesenta —dijo Tom—. Esa es la sesenta. Debe estar por ahí. Allí, sesenta y uno, sesenta y dos . . . allí está.

Al aparcó el camión cerca de la puerta de la casita. La familia bajó del camión y miró alrededor con asombro. Dos ayudantes del sheriff se acercaron. Se fijaron en cada rostro.

—¿Nombre?

—Joad —respondió Tom con impaciencia—. Oiga, qué es esto?

Uno de los ayudantes sacó una larga lista.

—No están aquí. ¿Alguna vez les has visto por aquí? Mira la matrícula. No. No los tenemos. Supongo que estarán en regla.

—Miren. No queremos problemas con ustedes. Limítense a hacer su trabajo y ocúpense de sus asuntos y no habrá problema —los dos se volvieron abruptamente y se marcharon. Al final de la calle polvorienta se sentaron en dos cajas y supervisaron la calle en toda su longitud desde sus posiciones.

Tom se quedó mirándoles.

—Está claro que quieren que nos sintamos como en casa.

Madre abrió la puerta de la casa y entró. El suelo estaba salpicado de grasa. En la única habitación había una oxidada cocina de latón y nada más. La cocina descansaba sobre cuatro ladrillos y su tubo herrumbroso salía por el tejado. La habitación olía a sudor y a grasa. Rose of Sharon se quedó de pie junto a Madre.

—¿Vamos a vivir aquí?

Madre permaneció en silencio un momento.

—Pues claro —dijo finalmente—. No estará tan mal una vez que la limpiemos. Hay que fregarla.

—Prefiero la tienda —dijo la muchacha.

—Esto tiene suelo —sugirió Madre—. No habrá goteras si llueve —se volvió hacia la puerta—. Podríamos descargar —dijo.

Los hombres descargaron el camión silenciosamente. El miedo había caído sobre ellos. El gran cuadrado de cajas estaba en silencio. Una mujer pasó a su lado en la calle, pero no les miró. Llevaba la cabeza gacha y su sucio vestido de algodón tenía el bajo deshilachado y formaba pequeñas banderas.

La tristeza del ambiente había afectado a Ruthie y Winfield. No salieron corriendo a inspeccionar el lugar. Permanecieron cerca del camión, cerca de la familia. Miraron con aspecto triste la calle arriba y abajo. Winfield encontró un trozo de alambre de embalar y lo torció a uno y otro lado hasta que se rompió. Hizo una manivela pequeña del trozo más corto y le dio vueltas y vueltas en las manos. Tom y Padre estaban llevando los colchones a casa cuando llegó un empleado. Llevaba pantalones color caqui y una camisa azul y corbata negra. Llevaba gafas con montura de plata, y sus ojos, a través de las gruesas lentes, se veían débiles y rojos y las pupilas eran como pequeños centros de diana que miraran. Se inclinó hacia adelante para mirar a Tom.

—Quiero inscribirles —dijo—. ¿Cuántos van a trabajar?

Tom dijo:

—Hay cuatro hombres. ¿Es trabajo duro?

—Recoger melocotones —dijo el empleado—. Trabajo cuidadoso. Son cinco centavos por caja.

—No hay razón para que no trabajen los pequeños, ¿verdad?

—Claro que no, si son cuidadosos.

Madre salió a la entrada.

—En cuanto me organice saldré a ayudar. No tenemos qué comer. ¿Nos pagan de inmediato?

—Bueno, no con dinero. Pero en la tienda le pueden dar crédito.

—Venga, deprisa —dijo Tom—. Quiero meterme algo de pan y carne en el cuerpo esta noche. ¿Dónde tenemos que ir?

—Yo voy ahora para allá. Vengan conmigo.

Tom, Padre, Al y el tío caminaron con él por la calle polvorienta hasta llegar a la huerta, entre los melocotoneros. Las hojas estrechas empezaban a tornarse de un amarillo pálido. Los melocotones eran pequeños globos de rojo y oro en las ramas. Entre los árboles había montones de cajas vacías. Los recolectores se movían a toda prisa, llenando sus cubos de las ramas, poniendo los melocotones en las cajas, acarreando las cajas hasta la estación de recogida; y en las estaciones, donde los montones de cajas llenas esperaban a los camiones, esperaban también empleados que ponían marcas junto a los nombres de los recolectores.

—Aquí hay cuatro más —le dijo el guía a un empleado.

—De acuerdo. ¿Han recogido antes?

—No, nunca —dijo Tom.

—Bueno, recojan con cuidado. Nada de fruta estropeada ni fruta caída. Si estropean la fruta no cuenta. Allí hay algunos cubos.

Tom cogió un cubo de tres galones y lo miró.

—Está lleno de agujeros en el fondo.

—Claro —dijo el empleado corto de vista—. Eso evita que la gente los robe. Bien, por aquella sección. Muévanse.

Los cuatro Joad cogieron sus cubos y fueron a la huerta.

—No pierden el tiempo —comentó Tom.

—Dios Todopoderoso —dijo Al—. Prefiero trabajar en un garaje.

Padre les había seguido dócilmente hacia el campo. De pronto se volvió hacia Al.

—Para ya —dijo—. Has estado suspirando, protestando y quejándote. Ponte a trabajar. Todavía no eres tan grande que no pueda zurrarte.

El rostro de Al se puso rojo de ira. Empezó a defenderse. Tom se acercó a él.

—Venga, Al —dijo quedamente—. Pan y carne. Tenemos que comprarlo.

Cogían la fruta y la dejaban en los cubos. Tom trabajaba corriendo. Un cubo lleno, dos cubos. Los vació en una caja. Tres cubos. La caja estaba llena.

—Acabo de ganar cinco centavos —anunció. Cogió la caja y se apresuró hacia la estación—. Ahí van cinco centavos de melocotón —le dijo al que lo apuntaba.

El hombre miró en la caja, volvió uno o dos melocotones.

—Ponlo allí. No sirve —dijo—. Te dije que no valían estropeados. Los tiraste del cubo a la caja, ¿verdad? Todos los malditos melocotones están rozados. No te puedo apuntar ésta. Ponlos en la caja con calma o estarás trabajando para nada.

—Pero . . . maldita sea . . .

—Tómatelo con calma. Te avisé antes de empezar.

Tom bajó los ojos torvamente.

—De acuerdo —dijo—. De acuerdo —volvió rápidamente junto a los demás—. Ya podéis tirar lo que tenéis —les dijo—. Está igual que lo mío. No lo van a coger.

—¡Qué diablos! —empezó Al.

—Hay que recogerlos con tranquilidad. No se pueden dejar caer al cubo. Hay que ponerlos con cuidado.

Volvieron a empezar, y esta vez manejaron la fruta con delicadeza. Las cajas se llenaban más despacio.

—Creo que podemos organizar algo —dijo Tom—. Si Ruthie y Winfield y Rosasharn se limitaran a ponerlos en las cajas, podríamos trabajar con un sistema —llevó su última caja a la estación—. ¿Vale ésta cinco centavos?

El empleado le echó un vistazo, rebuscó varias capas abajo.

—Esto está mejor —dijo. Anotó la caja—. Tómatelo con calma.

Tom regresó apresurado.

—Tengo cinco centavos —dijo—. Tengo cinco centavos. Sólo hay que hacer lo mismo veinte veces para ganar un dólar.

Trabajaron sin parar toda la tarde. Ruthie y Winfield los encontraron al cabo de un rato.

—Tenéis que trabajar —les dijo Padre—. Tenéis que poner los melocotones con cuidado en las cajas. Así, uno cada vez.

Los niños se acuclillaron y cogieron los melocotones del cubo extra, y una fila de cubos les esperaba preparada. Tom llevaba las cajas llenas a la estación.

—Esa es la séptima —dijo—. Esa la octava. Tenemos cuarenta centavos. Se puede comprar un buen trozo de carne por cuarenta centavos.

La tarde pasó. Ruthie intentó escaparse.

—Estoy cansada —gimoteó—. Tengo ganas de descansar.

—Tienes que quedarte exactamente donde estás —dijo Padre.

El tío John recogía despacio. Llenaba un cubo por cada dos de Tom. Su ritmo no cambiaba.

A media tarde Madre llegó andando penosamente.

—Habría venido antes, pero Rosasharn se desmayó —dijo—. Simplemente se desmayó.

—Habéis estado comiendo melocotones —les dijo a los niños—. Bueno, pues os harán reventar —el cuerpo rechoncho de Madre se movía con rapidez. Abandonó enseguida el cubo y recogió en su delantal. A la caída del sol habían recogido veinte cajas.

Tom llevó la caja número veinte.

—Un dólar —dijo—. ¿Hasta cuándo trabajamos?

—Hasta la noche, siempre que podáis ver.

—Bueno, ¿podemos conseguir crédito ya? Madre debería ir a comprar alguna cosa para comer.

—Claro. Ahora te doy un vale por un dólar —escribió en una tira de papel y se lo alargó a Tom.

Él se lo llevó a Madre.

—Aquí tienes. Puedes comprar en la tienda por valor de un dólar.

Madre dejó su cubo en el suelo y enderezó los hombros.

—Se nota, la primera vez, ¿eh?

—Claro. Nos acostumbraremos enseguida. Vete ya y compra algo de comida.

Madre preguntó:

—¿Qué os gustaría comer?

—Carne —dijo Tom—. Carne y una cafetera grande con azúcar. Un trozo bien grande de carne.

Ruthie se quejó:

—Madre, estamos cansados.

—Entonces más vale que vengáis conmigo.

—Estaban cansados cuando empezaron —dijo Padre—. Se están volviendo silvestres como conejos. No van a servir para nada a menos que los atemos corto.

—En cuanto nos instalemos, irán a la escuela —dijo Madre. Se alejó cansadamente y Ruthie y Winfield la siguieron con timidez.

—¿Tenemos que trabajar todos los días? —preguntó Winfield.

Madre se detuvo y esperó. Le cogió de la mano y caminaron juntos cogidos.

—No es un trabajo duro —dijo—. Os hará bien. Y así ayudáis. Si todos trabajamos, muy pronto viviremos en una buena casa. Todos hemos de ayudar.

—Pero es que me canso mucho.

—Lo sé. Yo también. Todos se agotan. Hay que pensar en otras cosas. Piensa en cuando vayas a la escuela.

—Yo no quiero ir a ninguna escuela. Ruthie tampoco quiere. Hemos visto a esos niños que van a la escuela, Madre. ¡Mocosos! Nos llaman okies. Les hemos visto. Yo no pienso ir.

Madre miró con pena su pelo pajizo.

—No nos des problemas ahora —suplicó ella—. En cuanto nos hayamos recuperado un poco puedes portarte mal. Pero ahora no. Ya tenemos demasiado, ahora.

—Me he comido seis melocotones —dijo Ruthie.

—Pues tendrás diarrea. Y no estamos cerca de ningunos servicios.

La tienda de la compañía era una larga nave de hierro galvanizado. No tenía escaparate. Madre abrió la puerta de tela metálica y entró. Había un hombre diminuto detrás del mostrador. Estaba completamente calvo y su cabeza era blanquiazul. Unas pobladas cejas marrones le cubrían los ojos en un arco tal que su rostro parecía sorprendido y un poco asustado. Su nariz era larga y delgada y curvada como el pico de un ave y con los orificios bloqueados con vello castaño claro. Sobre las mangas de su camisa azul llevaba manguitos de raso negro. Se apoyaba con los codos en el mostrador cuando Madre entró.

—Buenas tardes —dijo ella.

Él la inspeccionó con interés. El arco sobre sus ojos se hizo más alto.

—¿Cómo está?

—Tengo aquí un vale por un dólar.

—Puede comprar por valor de un dólar —dijo él y se rió agudamente—. Sí, señor, por valor de un dólar, de un dólar —movió la mano mostrando las existencias—. De lo que quiera —tiró de los manguitos hacia arriba con pulcritud.

—Pensaba comprar un trozo de carne.

—Tengo de todas clases —respondió él—. Carne de hamburguesa, ¿le apetece? Veinte centavos la libra.

—¿No es muy caro? Me parece que la última vez que compré estaba a quince centavos.

—Bueno —rió él suavemente—, sí, es caro y al mismo tiempo no es caro. Si va a la ciudad por un par de libras de carne le cuesta un galón de gasolina. De modo que, ya ve, esto no es realmente caro porque usted no tiene ese galón de gasolina.

Madre dijo severamente:

—A ustedes no les ha costado un galón de gasolina traerlo hasta aquí.

Él rió encantado.

—Lo está mirando al revés —dijo—. Nosotros no compramos, vendemos. Si lo compráramos, pues claro, sería diferente.

Madre se llevó dos dedos a la boca y arrugó el entrecejo mientras pensaba.

—Parece que está llena de grasa y cartílagos.

—No le garantizo que no vaya a cocerse —dijo el tendero—. No le garantizo que yo me lo comiera; pero hay muchas cosas que yo no haría.

Madre levantó la vista un momento y le miró con ferocidad. Controló su voz.

—¿No tiene alguna clase de carne más barata?

—Huesos para sopa —respondió él—. Diez centavos la libra.

—Pero no son más que huesos.

—No son más que huesos —replicó—. Puede hacer una buena sopa. Sólo huesos.

—¿Tiene ternera para cocer?

—Sí, por supuesto. Eso es a veinte centavos la libra.

—Tal vez no pueda comprar carne —dijo Madre—. Pero quieren carne. Dijeron que querían carne.

—Todo el mundo quiere carne . . . necesita carne. Esa carne de hamburguesa es buena. Puede usar la grasa que desprende como salsa. Muy rica. No hay desperdicio. No tirará ningún hueso.

—¿A cuánto es el costillar?

—Bueno, eso es irse a lo exquisito. Cosa de Navidad. O de Acción de Gracias. Treinta y cinco centavos la libra. Le podría vender pavo más barato, si tuviera pavo.

Madre suspiró:

—Déme dos libras de carne para hamburguesa.

—Sí, señora —puso con una cuchara la pálida carne en un trozo de papel encerado—. ¿Y qué más?

—Algo de pan.

—Aquí lo tiene. Una barra grande, quince centavos.

—Eso es una barra de doce centavos.

—Claro que sí. Vaya a la ciudad y cómprela por doce centavos. Un galón de gasolina. ¿Qué más quiere, patatas?

—Sí, patatas.

—Cinco libras de patatas por veinticinco centavos.

Madre se movió amenazadora hacia él.

—Ya he oído bastante de usted. Sé lo que cuestan en la ciudad.

El hombrecillo cerró fuertemente la boca.

—Entonces vaya a comprarlas a la ciudad.

Madre se miró los nudillos.

—¿Qué es esto? —preguntó en voz baja—. ¿Esta tienda es suya?

—No, sólo trabajo aquí.

—¿Hay alguna razón por la que tiene que hacer burla? ¿Eso le ayuda en algo? —ella se contempló las manos brillantes y arrugadas. El hombrecillo seguía callado—. ¿De quién es esta tienda?

—De Ranchos Hooper, Inc., señora.

—¿Y ellos deciden los precios?

—Sí, señora.

Ella levantó los ojos sonriendo levemente.

—¿Todo el que entra aquí se enfada, como yo?

Él vaciló un momento.

—Sí, señora.

—Y ¿es por eso por lo que se ríe?

—¿Qué quiere decir?

—Hacer trabajo sucio como este le avergüenza, ¿no es cierto? Tiene que actuar con ligereza, ¿eh? —su voz era afable. El empleado la miraba fascinado. No respondió—. Así es como es —dijo Madre finalmente—. Cuarenta centavos por la carne, quince por el pan, veinticinco por las patatas. Eso hacen ochenta centavos. ¿Café?

—A veinte centavos el más barato, señora.

—Y eso hace el dólar. Siete hemos estado trabajando y ahí va la cena —se estudió la mano—. Envuélvamelo —añadió con premura.

—Sí, señora —respondió él—. Gracias —puso las patatas en una bolsa y dobló la parte de arriba con cuidado. Sus ojos se deslizaron hacia Madre y luego volvieron a ocultarse en el trabajo. Ella le miró y sonrió un poco.

—¿Cómo consiguió un empleo como éste? —preguntó ella.

—Uno tiene que comer —empezó él; y luego con beligerancia—: Uno tiene derecho a comer.

—¿Qué uno? —preguntó Madre.

Él puso los cuatro paquetes en el mostrador.

—Carne —dijo—. Patatas, pan, café. Un dólar justo —ella le alargó la tira de papel y le miró mientras él anotaba el nombre y la cantidad en el libro—. Aquí tiene —dijo—. Ahora estamos en paz.

Madre recogió las bolsas.

—Oiga —dijo—. No tenemos azúcar para el café. Mi hijo Tom quiere azúcar. Mire —dijo—. Están trabajando ahí fuera. Déme un poco de azúcar y le traigo el vale luego.

El hombrecillo desvió la mirada . . . movió los ojos tan lejos de Madre como pudo.

—No puedo hacerlo —dijo quedamente—. Es la norma. No puedo. Me metería en un lío. Me meterían en la cárcel.

—Pero están allí, trabajando en el campo. Van a ganar más de diez centavos. Déme diez centavos de azúcar. Tom quería azúcar en el café. Habló de ello.

—No puedo hacerlo, señora. Es la norma. Si no hay vale, no hay comida. El encargado me lo dice continuamente. No, no puedo hacerlo. No puedo. Me pillarían. Siempre pillan a la gente. Siempre. No puedo.

—¿Por diez centavos?

—Por lo que sea, señora —la miró suplicante. Y entonces su rostro perdió el miedo. Tomó diez centavos de su bolsillo y los metió en la caja—. Así —dijo con alivio. Sacó una bolsita de debajo del mostrador, la sacudió para abrirla y metió algo de azúcar, pesó la bolsa y añadió un poco más de azúcar—. Aquí tiene —dijo—. Ahora está bien. Usted traiga el vale y yo recuperaré mis diez centavos.

Madre le miró estudiándole. Alargó ciegamente la mano y puso la bolsita de azúcar en el montón de paquetes que llevaba en el brazo.

—Le doy las gracias —dijo quedamente. Fue hacia la puerta y al llegar se volvió—. Estoy aprendiendo una cosa nueva —dijo—. Continuamente, todos los días. Si tienes problemas o estás herido o necesitado . . . acude a la gente pobre. Son los únicos que te van a ayudar . . . los únicos —la puerta se cerró con un golpe detrás de ella.

El hombrecillo apoyó los codos en el mostrador y se quedó mirándola con ojos sorprendidos. Un gato rollizo de pelaje color concha de tortuga saltó al mostrador y se acercó perezoso hacia él. Se frotó de lado contra sus brazos y él alargó la mano y se lo acercó a la mejilla. El gato ronroneó ruidosamente y la punta de su cola osciló de un lado a otro.

Tom, Al, Padre y el tío John volvieron de la huerta cuando la noche estaba entrada. Notaban los pies algo pesados contra la carretera.

—No pensaría uno que de estirarse y coger se te resentiría la espalda —dijo Padre.

—Estarás bien en un par de días —dijo Tom—. Oye, Padre, después de comer voy a salir a ver qué era aquel lío a la entrada. Me lo he estado preguntando. ¿Quieres venir?

—No —replicó Padre—. Quiero un poco de tiempo en que me limite a trabajar sin pensar en nada. Me parece haber estado devanándome los sesos un montón de tiempo. No, me voy a sentar un rato y luego me iré a la cama.

—¿Y tú, Al?

Al apartó la mirada.

—Creo que primero echaré un vistazo por aquí —dijo.

—Bueno, ya sé que el tío John no va a venir. Creo que iré solo. Tengo curiosidad.

Padre dijo:

—Yo sé que tiene que picarme mucho más la curiosidad para hacer algo . . . con todos esos policías ahí fuera.

—A lo mejor por la noche no están —sugirió Tom.

—Bueno, no pienso averiguarlo. Y será mejor que no le digas a Madre a dónde vas. Se moriría de preocupación.

Tom se volvió hacia Al.

—¿No sientes curiosidad?

—Creo que echaré una ojeada por este campamento —replicó Al.

—Buscando chicas, ¿eh?

—Ocupándome de mis asuntos —dijo Al con acritud.

—Pues yo voy a ir —decidió Tom.

Salieron de la huerta a la calle polvorienta entre las chabolas rojas. La baja luz amarilla de los faroles de queroseno brillaba en algunas puertas, y dentro, en la penumbra, se movían las siluetas negras de la gente. Al fondo de la calle seguía sentado un guarda, la escopeta descansando en la rodilla.

Tom hizo una pausa al pasar junto al guarda.

—¿Hay algún sitio donde uno pueda darse un baño?

El guarda le estudió a media luz. Por último dijo:

—¿Ve el depósito de agua?

—Sí.

—Allí hay una manguera.

—¿Hay agua caliente?

—Oiga, ¿quién se cree que es, J. P. Morgan?.

—No —dijo Tom—. No, le aseguro que no. Buenas noches.

El guarda gruñó con desprecio.

—Agua caliente, por el amor de Dios. Y querrán bañeras, lo siguiente —siguió con la mirada sombría a los cuatro Joad.

Un segundo guarda llegó por detrás de la última casa.

—¿Qué ocurre, Mack?

—Pues nada, esos malditos okies. ¿Hay agua caliente?, dice.

El segundo guarda apoyó la culata de la escopeta en el suelo.

—Son los campamentos del gobierno —explicó—. Apuesto a que ese tipo ha estado en un campamento del gobierno. No vamos a tener paz hasta que nos quitemos a esos campamentos de enmedio. Antes de que nos demos cuenta querrán sábanas limpias.

Mack preguntó:

—¿Cómo va la cosa en la entrada principal? ¿Has oído algo?

—Han estado ahí fuera gritando todo el día. La policía federal lo controló. Están echando a esos listillos. He oído que hay un hijo de puta flaco y largo que atiza la cosa. Dijo uno que le cogerían esta noche y entonces se les derrumbará todo el tinglado.

—Si se pone demasiado fácil nos quedamos sin trabajo —dijo Mack.

—Vamos a tener trabajo, eso seguro. ¡Estos malditos okies! Hay que vigilarlos constantemente. Si la cosa se calma siempre les podemos presionar un poco.

—Habrá bronca cuando bajen aquí el jornal, supongo.

—Seguro que sí. No, no tienes que preocuparte de si vamos a tener trabajo, sobre todo con Hooper ocupándose de cerca.

El fuego ardía en casa de los Joad. Las hamburguesas salpicaban y siseaban en la grasa y las patatas burbujeaban. La casa estaba llena de humo y la luz amarilla del farol proyectaba sombras grandes y negras en las paredes. Madre trabajaba con rapidez alrededor del fuego mientras Rose of Sharon, sentada en una caja, reposaba su pesado abdomen en las rodillas.

—¿Ya te encuentras mejor? —preguntó Madre.

—El olor de la cocina me pone enferma. Y también tengo hambre.

—Ve a sentarte a la puerta —dijo Madre—. De todas formas, necesito esa caja para leña.

Los hombres entraron en tropel.

—¡Carne, por Dios! —dijo Tom—. Y café. Ya lo huelo. Dios, sí que tengo hambre. Comí un montón de melocotones, pero no sirvió de nada. ¿Dónde nos podemos lavar, Madre?

—Id al depósito de agua. Lavaos allí abajo. Acabo de mandar a Ruthie y Winfield a lavarse —los hombres volvieron a salir.

—Muévete, Rosasharn —ordenó Madre—. O te sientas en la cama o a la puerta. Tengo que romper esa caja.

La joven se levantó ayudándose con las manos. Se fue pesadamente hacia uno de los colchones y se sentó en él. Ruthie y Winfield entraron silenciosamente, intentando permanecer en la oscuridad no hablando y quedándose cerca de la pared.

Madre les miró.

—Tengo la sensación de que tenéis suerte de que no haya luz —dijo. Se precipitó sobre Winfield y palpó su cabello—. Bueno, mojaros os habéis mojado, aunque apuesto a que no estáis limpios.

—No había jabón —protestó Winfield.

—No, eso es verdad. No pude comprar jabón. Tal vez mañana pueda.

Volvió al fogón, sacó los platos y empezó a servir la cena. Dos hamburguesas por cabeza y una patata grande. Puso tres rebanadas de pan en cada plato. Cuando había sacado toda la carne de la sartén virtió un poco de grasa en cada plato. Los hombres regresaron, sus rostros chorreantes y el pelo brillando por el agua.

—A por ella —gritó Tom.

Cogieron los platos. Comieron en silencio, vorazmente y rebañaron la grasa con el pan. Los niños se retiraron a un rincón de la habitación, pusieron los platos en el suelo y se arrodillaron delante de la comida como animalillos.

Tom tragó el último trozo de pan.

—¿Hay más, Madre?

—No —contestó ella—. Eso es todo. Ganasteis un dólar y eso es lo que da de sí.

—¿Eso?

—Aquí cobran un extra. Tenemos que ir a la ciudad cuando podamos.

—No estoy lleno —dijo Tom.

—Bueno, mañana trabajaréis todo el día. Mañana por la noche habrá de sobra.

Al se limpió la boca en la manga.

—Creo que voy a dar una vuelta —dijo.

—Espera, voy contigo —Tom le siguió afuera. En la oscuridad Tom se acercó a su hermano—. ¿Estás seguro de que no quieres venir conmigo?

—No, voy a echar un vistazo como dije.

—De acuerdo —dijo Tom. Dio la vuelta y paseó calle abajo. El humo de las casas colgaba bajo, cerca de la tierra, y los faroles proyectaban sus imágenes de puertas y ventanas sobre la calle. A la puerta de las casas había gente sentada mirando en la oscuridad. Tom podía ver cómo sus cabezas giraban al seguirle con los ojos calle abajo. Al final de la calle el camino de tierra continuaba a través de un campo de hierba y las masas negras de los almiares eran visibles a la luz de las estrellas. Una hoja delgada de luna colgaba baja en el cielo, hacia el oeste, y la larga nube de la Vía Láctea dejaba una clara estela. Los pies de Tom sonaban poco en la carretera polvorienta, un parche oscuro contra la hierba amarilla. Se metió las manos en los bolsillos y continuó hacia la entrada principal. Un terraplén llegaba cercano a la carretera. Tom podía oír el murmullo del agua oscura y vio los reflejos estirados de las estrellas. La carretera estatal estaba al frente. Luces de coches a toda velocidad mostraban dónde estaba. Tom enfiló en esa dirección. Podía ver la alta puerta alambrada a la luz de las estrellas.

Una figura se movió al lado de la carretera. Una voz dijo:

—Hola . . . ¿quién va?

Tom se detuvo y se quedó quieto.

—¿Quién es?

Un hombre se puso de pie y se acercó. Tom pudo ver la pistola en la mano. Luego una linterna le enfocó la cara.

—¿A dónde va?

—Estaba dando un paseo. ¿Hay alguna ley que lo prohíba?

—Mejor sería que paseara por otro lado.

Tom preguntó:

—¿Ni siquiera puedo salir de aquí?

—No, esta noche no puede. ¿Quiere pasear de vuelta o prefiere que silbe y pida ayuda para llevarle?

—Diablos —dijo Tom—. A mí no me importa. Si va a causar problemas no me interesa. Me vuelvo yo solo, por supuesto.

La oscura figura se relajó. La linterna se apagó.

—Mire, es por su propio bien. Esos locos de los piquetes podrían atacarle.

—¿Qué piquetes?

—Los de esos malditos rojos.

—Ah —dijo Tom—. No sabía nada.

—Los vio al venir, ¿no?

—Bueno, vi a un grupo de gente, pero había tantos policías que no sabía. Pensé que era un accidente.

—Bien, será mejor que se dé la vuelta y regrese.

—Por mí, de acuerdo —dio media vuelta y se volvió por donde había venido. Caminó silenciosamente por la carretera unos cien metros y luego se detuvo y escuchó. La llamada gorjeante de un mapache sonó cerca de la acequia y, muy lejos, se oyó el aullido furioso de un perro atado. Tom se sentó junto a la carretera y escuchó. Oyó la alta risa suave de un halcón nocturno y el movimiento furtivo de un animal que se arrastraba por la hierba. Inspeccionó el horizonte en ambas direcciones, marcos oscuros ambos, nada contra lo que reflejarse. Entonces se levantó y caminó lentamente hacia el lado derecho de la carretera hasta entrar en el campo de hierbajos y avanzó inclinado, casi tan bajo como los montones de heno. Se movió despacio, parando de cuando en cuando a escuchar. Por fin llegó a la cerca de alambre, cinco hilos de tenso alambre de espinos. Junto a la cerca se tumbó de espaldas, movió la cabeza bajo el hilo más bajo, sujetó en alto el alambre con las manos y se deslizó por debajo, empujando contra el suelo con los pies.

Estaba a punto de levantarse cuando pasó un grupo de hombres al borde de la carretera. Tom esperó hasta que estuvieron lejos antes de levantarse y seguirlos. Escudriñó el lado de la carretera buscando tiendas. Pasaron unos pocos automóviles. Un arroyo cortaba a través de los campos y la carretera lo cruzaba por un pequeño puente de cemento. Tom se asomó por el lado del puente. Al fondo del profundo barranco vio una tienda y un farol que ardía en su interior. Lo miró un momento, vio las sombras de personas contra las paredes de lona. Tom saltó una cerca y bajó por el barranco entre arbustos y sauces enanos; y en el fondo, junto a un riachuelo, encontró un sendero. Un hombre se sentaba en una caja delante de la tienda.

—Buenas noches —dijo Tom.

—¿Quién eres?

—Bueno . . . Pues, vaya, voy de paso.

—¿Conoces a alguien aquí?

—No. Ya te digo que pasaba por aquí.

Una cabeza se asomó por la tienda. Una voz dijo:

—¿Qué es lo que pasa?

—¡Casy! —gritó Tom—. ¡Casy! Por el amor de Dios, ¿qué hace aquí?

—¡Pero, Dios mío, si es Tom Joad! Pasa, Tommy, pasa.

—Le conoces, ¿no? —preguntó el hombre de fuera.

—¿Conocerle? Dios, sí. Le conozco desde hace años. Vine al oeste con él. Pasa, Tom —asió a Tom por el codo y tiró de él para que entrara en la tienda.

Otros tres hombres estaban sentados en el suelo y en el centro de la tienda ardía un farol. Los hombres levantaron recelosos la vista. Un hombre moreno con el ceño fruncido alargó la mano.

—Me alegro de conocerte —dijo—. He oído lo que ha dicho Casy. ¿Es este el hombre de quien nos hablabas?

—Claro. El mismo. Bien, ¡por el amor de Dios! ¿Dónde está tu familia? ¿Qué estás haciendo aquí?

—Bueno —dijo Tom—, oímos que había trabajo por aquí. Vinimos y un puñado de policías federales nos han metido en ese rancho y hemos estado recogiendo melocotones toda la tarde. Vi un grupo de gente gritando. No quisieron decirme nada, así que he salido a ver qué pasaba. ¿Cómo diablos ha llegado aquí, Casy?

El predicador se inclinó hacia adelante y la luz amarilla del farol cayó en su frente despejada y pálida.

—La cárcel es un sitio curioso —dijo—. Aquí me tienes a mí, que me había ido al desierto como Jesús a intentar encontrar algo. Algunas veces casi lo tuve. Pero fue en la cárcel donde de verdad lo encontré —sus ojos estaban brillantes y alegres—. En una celda grande, siempre llena. Unos que entraban y otros que salían. Y, por supuesto, yo hablaba con todos ellos.

—Le creo —dijo Tom—. Siempre hablando. Si estuviera en el patíbulo, pasaría el rato hablando con el verdugo. Nunca he visto a nadie que hablara tanto.

Los hombres que estaban en la tienda rieron entre dientes. Un hombrecillo marchito con el rostro arrugado se dio una palmada en la rodilla.

—Está siempre hablando —dijo—. Pero a la gente le gusta oírle.

—Solía ser un predicador —dijo Tom—. ¿Se lo había dicho?

—Claro que sí.

Casy sonrió.

—Pues sí, señor —prosiguió—. Empecé a darme cuenta de las cosas. Algunos de aquellos presos eran borrachos, pero la mayoría estaba allí por robar cosas; y, en la mayor parte de los casos, eran cosas que necesitaban y era la única forma de conseguirlas. ¿Entiendes? —preguntó.

—No —respondió Tom.

—Eran buena gente, ¿entiendes? Lo que les hacía malos era la necesidad. Y entonces empecé a ver. La necesidad causa los problemas. Aún no lo veía muy claro. Entonces, un día nos dieron unas alubias que estaban agrias. Uno empezó a gritar y no pasó nada. Se desgañitaba. El vigilante vino, se asomó y siguió su camino. Luego empezó a gritar otro y después todos nos pusimos a gritar. Todos en el mismo tono y, te diré, parecía que la cárcel empezaba a saltar y se hinchaba. ¡Por Dios! ¡Entonces mira lo que pasó! Vinieron corriendo y nos dieron otra cosa de comer . . . nos lo dieron. ¿Lo ves?

—No —dijo Tom.

Casy puso la barbilla entre las manos.

—Tal vez no te lo pueda explicar —dijo—. A lo mejor lo tienes que encontrar tú mismo. ¿Dónde está tu gorra?

—Vine sin ella.

—¿Cómo está tu hermana?

—Diablos, gorda como una vaca. Apuesto a que tiene gemelos. Va a necesitar ruedas para llevar la tripa. Ahora se la sujeta con las manos. No me ha dicho lo que pasa.

El hombre arrugado dijo:

—Nos pusimos en huelga. Esto es una huelga.

—Bueno, cinco centavos por caja no es demasiado, pero se puede comer.

—¿Cinco centavos? —gritó el hombre arrugado—. ¡Cinco centavos! ¿Os pagan cinco centavos?

—Claro. Hoy ganamos un dólar y medio.

Un silencio pesado cayó en la tienda. Casy miró por la abertura de entrada a la negra noche.

—Mira, Tom —dijo finalmente—. Vinimos aquí a trabajar. Nos dijeron que iban a ser cinco centavos. Estábamos muchísimos. Fuimos allí y nos dijeron que pagaban dos y medio. Uno solo no puede comer con eso y si tiene hijos . . . Así que dijimos que no. Nos echaron. Y se nos vinieron encima todos los policías del mundo. Ahora os pagan cinco. Cuando revienten esta huelga . . . ¿Tú crees que pagarán cinco?

—No lo sé —dijo Tom—. Ahora pagan cinco.

—Mira —siguió Casy—. Intentamos acampar juntos y nos persiguieron como a cerdos. Nos dispersaron. Dieron de palos a la gente. Como a cerdos. A vosotros os metieron dentro también como a cerdos. No vamos a durar mucho más. Algunos llevan dos días sin comer. ¿Vas a volver esta noche?

—Eso pretendo —dijo Tom.

—Bueno . . . diles a los de dentro lo que pasa, Tom. Diles que nos están matando de hambre y apuñalándose a ellos mismos por la espalda. Porque es seguro que en cuanto se libren de nosotros bajarán a dos y medio.

—Se lo diré —dijo Tom—. No sé cómo. Nunca he visto tantos tipos con escopetas. No sé si le dejarán a uno hablar siquiera. Y la gente no se habla. Van con la cabeza baja y ni siquiera saludan.

—Intenta decírselo, Tom. Les pagarán dos y medio en el mismo momento que nosotros no estemos. Sabes lo que es esto . . . es una tonelada de melocotones recogidos y acarreados por un dólar —bajó la cabeza—. No, no se puede hacer. No puedes comer con eso. No se puede comer.

—Intentaré decírselo a la gente.

—¿Cómo está tu madre?

—Muy bien. Le gustaba aquel campamento del gobierno. Baños y agua caliente.

—Sí . . . ya lo he oído.

—Estaba muy bien aquello. Pero no pudimos encontrar trabajo. Tuvimos que irnos.

—Me gustaría ir a uno —dijo Casy—. Me gustaría verlo. Me dijo uno que no había policías.

—La gente era su propia policía.

Casy levantó la vista excitado.

—Y, ¿había algún problema? ¿Peleas, robos, borracheras?

—No —respondió Tom.

—¿Y si alguno se descarriaba . . . entonces qué? ¿Qué hacían?

—Echarle del campamento.

—¿Pero no había muchos?

—Diablos, no —replicó Tom—. Nosotros estuvimos allí un mes y sólo hubo un caso.

Los ojos de Casy brillaban de excitación. Se volvió hacia los demás hombres.

—¿Veis? —gritó—. Os lo dije. Los policías causan más problemas de los que evitan. Mira, Tom. Intenta que los que están dentro salgan. Pueden hacerlo dentro de un par de días. Esos melocotones están maduros. Díselo.

—No saldrán —dijo Tom—. Están ganando cinco centavos y todo lo demás les importa un comino.

—Pero en cuanto no estén rompiendo la huelga no ganarán cinco.

—No creo que se lo traguen. Ahora ganan cinco. Es lo único que importa.

—Bueno, díselo de todas maneras.

—Padre no lo haría —dijo Tom—. Le conozco. Diría que no es asunto suyo.

—Sí —dijo Casy desconsolado—. Creo que tienes razón. Le tendrán que dar el palo para que lo acepte.

—Nos habíamos quedado sin comida —dijo Tom—. Esta noche tuvimos carne. No mucha, pero la tuvimos. ¿Cree que Padre va a renunciar a su carne por otra gente? Y Rosasharn tiene que beber leche. ¿Crees que Madre va a dejar morir de hambre a ese niño sólo porque hay una panda de tíos gritando a la puerta?

Casy dijo tristemente:

—Ojalá pudiera verlo. Ojalá pudiera ver la única forma que hay de que tengan su carne. ¡Bah, mierda! Algunas veces me canso. Me canso mucho. Conocí a un tipo que trajeron cuando estaba en la cárcel. Había estado intentando formar un sindicato. Tuvo uno empezado. Y entonces los vigilantes esos lo reventaron. Y, ¿ahora qué? Los mismos a los que había intentado ayudar le apartaron. No quisieron tener nada que ver con él. Tenían miedo de ser vistos en su compañía. Le dijeron: Lárgate. Eres un peligro para nosotros. Eso hirió mucho sus sentimientos.

Pero entonces se dijo: no es tan malo si lo conoces. En la Revolución Francesa, todos los que la planearon acabaron degollados. Siempre igual. Tan natural como la lluvia. No lo hiciste por diversión. Lo haces porque lo tienes que hacer. Porque es tú mismo. Mira Washington. Hace la Revolución y luego unos hijos de puta se volvieron contra él. Y lo mismo pasó con Lincoln. Los mismos tipos gritando que les mataran. Tan natural como la lluvia.

—No parece divertido —dijo Tom.

—No, no lo parece. Este de la cárcel decía: En cualquier caso, uno hace lo que puede. Y lo único que tienes que saber es que cada vez que se da un paso adelante se puede resbalar un poco hacia atrás, pero nunca será todo el paso. Eso lo puedes probar y es lo que hace que todo tenga sentido. Y eso significa que no fue perder el tiempo, aunque lo parezca.

—Hablando —dijo Tom—. Siempre hablando. Mira a mi hermano Al. Sale a buscar chica. Es lo único que le importa. En un par de días tendrá una chica. Se pasará todo el día pensándolo y toda la noche haciéndolo. Le importan un cuerno los pasos adelante o atrás o de lado.

—Claro —dijo Casy—. Claro. Él está haciendo lo que tiene que hacer. Todos somos así.

El hombre que estaba sentado fuera abrió del todo la solapa de la tienda.

—Maldita sea, esto no me gusta —dijo.

Casy miró afuera, hacia él.

—¿Qué es lo que pasa?

—No lo sé. Pero estoy inquieto. Nervioso como un gato.

—Bueno, ¿qué pasa?

—No lo sé. Parece que oigo algo y luego escucho y no hay nada que oír.

—Sólo estás intranquilo —dijo el hombre arrugado. Se levantó y salió. Y al cabo de un segundo volvió a mirar al interior de la tienda—. Hay una gran nube negra navegando por encima. Apuesto a que lleva trueno. Eso es lo que le pone nervioso, la electricidad —volvió a salir. Los otros dos se levantaron y salieron.

Casy dijo quedamente:

—Todos están nerviosos. Los policías han estado diciendo cómo nos van a sacudir y a perseguirnos fuera del condado. Se figuran que soy un líder porque hablo mucho.

El rostro arrugado apareció de nuevo.

—Casy, apaga ese farol y ven fuera. Hay algo.

Casy guió la tuerca. La llama bajó, hizo pop y se apagó. Casy salió a tientas y Tom le siguió.

—¿Qué es? —preguntó Casy en voz baja.

—No lo sé. ¡Escucha!

Había un muro de sonidos que se mezclaban con el silencio. Un agudo silbido de grillos. Pero a través de este fondo surgían otros sonidos —pasos apenas perceptibles en la carretera, el crujido de tierra arriba en la orilla, un ligero silbido de los arbustos junto al arroyo.

—No se puede en realidad decir si se oye. Te engaña. Te pone nervioso —le tranquilizó Casy—. Estamos todos nerviosos. No se puede decir. ¿Tú lo oyes, Tom?

—Lo oigo —dijo Tom—. Sí lo oigo. Creo que viene gente por todas partes. Será mejor largarse de aquí.

El hombrecillo arrugado susurró:

—Bajo la arcada del puente . . . salgamos por allí. No me gusta dejar mi tienda.

—Vámonos —dijo Casy.

Se movieron silenciosamente a la orilla del arroyo. La negra arcada era una cueva delante de ellos. Casy se inclinó y pasó por debajo. Tom le siguió. Sus pies resbalaron en el agua. Durante unos diez metros avanzaron con el eco de su respiración en el techo curvado. Entonces salieron por el otro lado y se enderezaron.

Un grito agudo:

—¡Ahí están! —las luces de dos linternas cayeron en los hombres, les cogieron, les cegaron—. Quedaos donde estáis —las voces salían de la oscuridad—. Es él. Ese cabrón reluciente. Es él.

Casy miraba ciegamente a la luz. Respiró con dificultad.

—Escuchad —dijo—. No sabéis lo que estáis haciendo. Ayudáis a matar de hambre a chiquillos.

—Cállate, rojo hijo de puta.

Un hombre bajo y pesado entró en el área de luz. Llevaba un mango de pico, blanco y nuevo.

Casy continuó:

—No sabéis lo que estáis haciendo.

El hombre hizo oscilar el mango. Casy intentó esquivar el golpe.

El pesado palo se estrelló contra el lado de su cabeza con un crujido apagado del hueso y Casy cayó de lado fuera de la luz.

—Dios, George. Creo que lo has matado.

—Enfócale con la luz —dijo George—. Le está bien empleado al hijo de puta.

El rayo de luz cayó, buscó y encontró la cabeza aplastada de Casy.

Tom bajó la mirada hacia el predicador. La luz cruzaba las piernas del hombre pesado y el mango de pico blanco y nuevo. Tom saltó silenciosamente. Le arrebató el palo. La primera vez supo que había fallado y golpeó un hombro, pero la segunda vez su golpe aplastante encontró la cabeza y, mientras el hombre se hundía, tres golpes más encontraron su cabeza. Las luces bailaban alrededor. Había gritos, el sonido de pies que corrían, quebrando los arbustos. Tom estaba inmóvil junto al hombre postrado. Y entonces un palo alcanzó su cabeza en un golpe oblicuo. Sintió el golpe como un shock eléctrico. Y luego corrió siguiendo el arroyo, inclinado. Oyó el salpicar de los pasos que lo seguían. De pronto se volvió y se metió en la maleza, dentro de un matorral de hiedra venenosa. Y se tumbó inmóvil. Los pasos se acercaron, los rayos de luz escudriñaron el fondo del arroyo. Tom se retorció a través de un matorral hasta llegar arriba. Salió a una huerta. Y aún podía oír los gritos, la persecución en el fondo del arroyo. Se inclinó y corrió sobre la tierra cultivada; los terrones resbalaban y rodaban bajo sus pies. Al frente vio los arbustos que limitaban el campo, arbustos a lo largo de un canal de riego. Se deslizó bajo la cerca y avanzó cuidadosamente entre viñas y arbustos de zarzamora. Y luego se quedó inmóvil, jadeando ruidosamente. Se palpó la cara y la nariz dormidas. La nariz estaba aplastada y un hilillo de sangre caía por la barbilla. Se quedó tumbado boca abajo, sin moverse, hasta que recuperó los sentidos. Después se arrastró despacio hasta el borde del canal. Se bañó el rostro en el agua fresca, arrancó el faldón de la camisa azul, lo mojó y lo sujetó contra su desgarrada mejilla y la nariz. El agua picaba y quemaba.

La nube negra había cruzado el cielo, una mancha oscura contra las estrellas. La noche estaba en calma de nuevo.

Tom se metió en el agua y sintió el fondo desaparecer bajo sus pies. En dos brazadas cruzó el canal y se izó pesadamente por la otra orilla. Sus ropas se le adhirieron. Se movió e hizo un ruido de chapoteo; sus zapatos chapalearon. Luego se sentó, se quitó los zapatos y los vació. Escurrió los bajos de los pantalones, se quitó la chaqueta y la escurrió.

Por la carretera vio las luces danzantes de las linternas, explorando las acequias. Tom se puso los zapatos y se movió cauteloso a través del campo de hierba. Sus zapatos ya no hacían ruido. Fue por instinto hacia el otro lado del campo y al final llegó a la carretera. Con mucho cuidado se aproximó al cuadrado de casas. Un guarda, pensando que había oído un ruido, llamó:

—¿Quién está ahí?

Tom se dejó caer al suelo y se quedó inmóvil y la luz de la linterna pasó por encima de él. Se arrastró silencioso hasta la puerta de su casa. La puerta chirrió en sus goznes. Y la voz de Madre, tranquila, firme, completamente despierta:

—¿Quién es?

—Yo, Tom.

—Bueno, será mejor que duermas. Al no ha llegado todavía.

—Debe de haber encontrado una chica.

—Duérmete —dijo ella con suavidad—. Allí, debajo de la ventana.

Él encontró su sitio y se quitó la ropa. Yació temblando bajo la manta. Su rostro desgarrado despertó y su cabeza entera palpitó.

Pasó una hora más antes de que llegara Al. Se acercó cautelosamente y pisó la ropa húmeda de Tom.

—Sh —dijo Tom.

Al susurró:

—¿Estás despierto? ¿Cómo te mojaste?

—Sh —instó Tom—. Te lo diré por la mañana.

Padre se volvió de espaldas y sus ronquidos llenaron la habitación de boqueadas y bufidos.

—Estás frío —dijo Al.

—Sh. Duérmete —el pequeño cuadrado de la ventana se veía gris contra la negrura de la habitación.

Tom no durmió. Los nervios de su rostro herido volvieron a la vida y palpitaron, el pómulo le dolía y su nariz rota le latía con un dolor que parecía sacudirle. Miró la pequeña ventana cuadrada, vio las estrellas ir resbalando hasta desaparecer de su vista. A intervalos oía los pasos de los vigilantes.

Finalmente cantaron los gallos a lo lejos y poco a poco la ventana se fue llenando de luz. Tom palpó su rostro hinchado con las puntas de los dedos y, a su movimiento, Al gruñó y murmuró dormido.

La aurora llegó por fin. De las casas, muy juntas, surgieron los sonidos del movimiento, el crujido de la leña al partirse, un ligero tintineo de sartenes. En la penumbra gris, Madre se sentó de pronto. Tom pudo ver su rostro, hinchado de sueño. Ella miró a la ventana durante un momento. Y luego apartó la manta y cogió su vestido. Todavía sentada, se lo metió por la cabeza, puso los brazos en alto y dejó caer el vestido hasta la cintura. Se puso de pie y tiró del vestido hacia abajo. Después, descalza, se acercó con cuidado a la ventana y miró afuera y, mientras miraba a la luz creciente, con dedos rápidos destrenzó su cabello, lo alisó y lo volvió a trenzar. Entonces juntó las manos delante de sí y se quedó inmóvil un momento. La ventana iluminaba intensamente su rostro. Se volvió, andando con cuidado entre los colchones y cogió el farol. La pantalla chirrió y ella encendió la mecha.

Padre se dio una vuelta y la miró gruñendo. Ella dijo:

—Padre, ¿tienes más dinero?

—¿Eh? Sí. Un vale por sesenta centavos.

—Bien, levántate y ve a comprar algo de harina y manteca. Deprisa. Padre bostezó.

—Quizá la tienda no esté abierta.

—Haz que la abran. Tenéis que comer algo. Hay que ir a trabajar.

Padre se puso el mono y la chaqueta de color de óxido. Fue perezosamente hacia la puerta, bostezando y estirándose.

Los niños despertaron y miraron desde debajo de la manta, como ratones. Una luz pálida llenaba ahora la habitación, pero luz sin color, antes del sol. Madre echó una ojeada a los colchones. El tío John estaba despierto. Al dormía profundamente. Sus ojos se movieron hacia Tom. Durante un instante le miró y luego se acercó con rapidez a él. Su rostro estaba inflamado y azul y había sangre seca y negra en los labios y la barbilla. Los bordes de la herida de la mejilla estaban juntos y tensos.

—Tom —susurró ella—, ¿qué ha pasado?

—Sh —dijo Tom—. No hables alto. Me metí en una pelea.

—¡Tom!

—No pude evitarlo, Madre.

Ella se arrodilló a su lado.

—¿Te has metido en líos?

Él tardó en contestar.

—Sí —dijo—. En líos. No puedo salir a trabajar. Tengo que esconderme.

Los niños se acercaron a cuatro patas, mirando con codicia.

—¿Qué le ha pasado, Madre?

—Sh —dijo Madre—. Id a lavaros.

—No tenemos jabón.

—Bueno, pues usad agua.

—¿Qué le pasa a Tom?

—Callaos. Y no se lo digáis a nadie.

Ellos se apartaron y se acuclillaron apoyados en la pared más alejada, sabiendo que no serían inspeccionados.

Madre preguntó:

—¿Es mucho?

—Tengo la nariz rota.

—Me refiero al problema.

—Sí. ¡Mucho!

Al abrió los ojos y miró a Tom.

—Vaya, ¡por el amor de Dios! ¿En qué te metiste?

—¿Qué pasa? —preguntó el tío John.

Padre llegó pisando fuerte.

—Estaba abierta —puso una bolsa muy pequeña de harina y un paquete de manteca en el suelo junto a la cocina—. ¿Qué es lo que pasa? —preguntó.

Tom se apoyó en un codo un momento y luego se recostó.

—Dios, sí que estoy débil. Os lo voy a contar una vez, a todos. ¿Qué hay de los niños?

Madre los miró, acurrucados contra la pared.

—Id a lavaros la cara.

—No —dijo Tom—. Tienen que oírlo. Tienen que saber. Si no saben, se pueden ir de la lengua.

—¿Qué diablos es esto? —exigió Padre.

—Ya os lo digo. Anoche salí a ver qué eran esos gritos. Y me encontré con Casy.

—¿El predicador?

—Sí, padre. El predicador, que estaba de líder de la huelga. Fueron a por él.

Padre exigió:

—¿Quién fue a por él?

—No lo sé. La misma clase de tipos que nos hicieron dar la vuelta en la carretera aquella noche. Tenían mangos de picos —hizo una pausa—. Le mataron. Le abrieron la cabeza. Yo estaba allí. Me volví loco. Agarré el mango —volvió a ver la noche, la oscuridad, las linternas, mientras hablaba—. Le di con el palo a uno.

Madre se atragantó. Padre se puso rígido.

—¿Le mataste? —preguntó quedamente.

—No lo sé. Estaba loco. Lo intenté.

Madre preguntó:

—¿Te vieron?

—No lo sé. No lo sé. Supongo que sí. Nos tenían enfocados con las linternas.

Madre le miró a los ojos un instante.

—Padre —dijo—, rompe algunas cajas. Tenemos que desayunar. Ruthie, Winfield, si alguien os pregunta, Tom está enfermo, ¿entendido? Si decís algo, le meterán en la cárcel. ¿Habéis oído?

—Sí.

—Ten un ojo puesto en ellos, John. No les dejes hablar con nadie.

Ella encendió el fuego mientras Padre rompía las cajas que habían contenido los utensilios. Hizo la masa, puso una cafetera al fuego. La madera ligera prendió y creció la llama en la chimenea.

Padre terminó de romper las cajas. Se acercó a Tom.

—Casy . . . era un buen hombre. ¿Para qué se metió en esos líos?

Tom dijo en tono apagado:

—Vinieron a trabajar por cinco centavos por caja.

—Eso es lo que nos pagan.

—Sí. Lo que estamos haciendo es romper la huelga. A ellos les ofrecieron dos y medio.

—Con eso no se puede comer.

—Lo sé —dijo Tom cansadamente—. Por eso se pusieron en huelga. Bueno, creo que anoche reventaron esa huelga. Tal vez hoy nos paguen dos y medio.

—Hijos de puta . . .

—¡Sí! Padre, ¿te das cuenta? Casy seguía siendo un buen hombre. Maldita sea, no puedo quitarme esa imagen de la cabeza. Él tirado allí, con la cabeza aplastada y rezumando. ¡Dios! —se tapó los ojos con la mano.

—Bueno, ¿qué vamos a hacer? —preguntó el tío John.

Al se estaba levantando.

—Yo sé lo que hoy voy a hacer, por Dios. Voy a largarme.

—No, Al —dijo Tom—. Ahora te necesitamos. Yo soy el que debe irse. Ahora soy un peligro. En cuanto me pueda levantar, habré de marcharme.

Madre trabajaba en la cocina. Su cabeza estaba medio vuelta para oír. Puso grasa en la sartén y cuando chisporroteó caliente puso una cucharada de masa. Tom prosiguió:

—Tienes que quedarte, Al. Tienes que cuidarte del camión.

—No me gusta.

—No tienes más remedio, Al. Es tu familia. Les puedes ayudar. Yo soy un peligro para ellos.

Al refunfuñó enfadado.

—No veo por qué no permiten que me consiga un trabajo en un garaje.

—Más adelante, quizá —Tom miró más allá de él y vio a Rose of Sharon tumbada en el colchón. Sus ojos estaban enormes, abiertos como platos—. No te preocupes —le dijo—. No te preocupes. Hoy te compraremos algo de leche.

Ella parpadeó lentamente y no respondió.

Padre dijo:

—Tenemos que saberlo, Tom. ¿Crees que mataste a ese hombre?

—No lo sé. Estaba oscuro. Y alguien me golpeó. No lo sé. Eso espero. Espero haber matado a ese cabrón.

—¡Tom! —dijo Madre—. No hables así.

De la calle llegó el sonido de muchos coches moviéndose despacio. Padre se llegó hasta la ventana y miró fuera.

—Viene un montón de gente nueva —dijo.

—Supongo que habrán reventado la huelga —dijo Tom. Supongo que hoy empezáis a dos y medio.

—Pero con eso por mucho que uno corra, no se puede comer.

—Lo sé —dijo Tom—. Comed melocotones caídos. Eso os mantendrá.

Madre volvió la masa y removió el café.

—Escuchadme —dijo—. Hoy voy a comprar harina de maíz. Vamos a comer gachas. Y en cuanto tengamos para gasolina nos vamos. Este no es un buen lugar. Y no pienso dejar que Tom se vaya solo. No, señor.

—No puedes hacer eso, Madre. Te digo que no soy más que un peligro para vosotros.

Su barbilla mostraba decisión.

—Eso es lo que vamos a hacer. Comeos esto y salid a trabajar. Yo iré en cuanto me lave. Tenemos que ganar dinero.

Comieron la masa frita tan caliente que les chisporroteó en la boca. Bebieron de un trago el café, llenaron las tazas y bebieron más café.

El tío John meneó la cabeza por encima de su plato.

—Parece que no vamos a sacar nada de aquí. Apuesto a que es por mi pecado.

—Bah, cállate —gritó Padre—. No tenemos tiempo para tu pecado. Venga, vamos, a trabajar. Niños, venid a ayudar. Madre tiene razón. Tenemos que irnos de aquí.

Cuando se hubieron ido, Madre llevó un plato y una taza a Tom.

—Te sentará bien comer algo.

—No puedo, Madre. Estoy tan dolorido que no puedo ni masticar.

—Inténtalo.

—No, no puedo, Madre.

Ella se sentó en el borde de su colchón.

—Tienes que decírmelo —dijo—. Tengo que tener una idea clara de cómo fue. ¿Qué hacía Casy? ¿Por qué lo mataron?

—Estaba de pie, quieto, con las linternas enfocadas sobre él.

—¿Qué dijo? ¿Recuerdas lo que dijo?

Tom dijo:

—Claro. Casy dijo: No tenéis derecho a matar de hambre a la gente. Entonces un tipo gordo le llamó rojo hijo de puta. Y Casy dijo: No sabéis lo que estáis haciendo. Y entonces el tipo aquel le pegó.

Madre bajó la vista. Se retorció las manos.

—¿Fue eso lo que dijo . . . No sabéis lo que estáis haciendo?

—¡Sí!

Madre dijo:

—Ojalá la abuela lo hubiera oído.

—Madre . . . yo no supe lo que hacía, igual que cuando respiras no sabes lo que haces. Ni siquiera supe que lo iba a hacer.

—Está bien. Ojalá no lo hubieras hecho, ojalá no hubieras estado allí. Pero hiciste lo que tenías que hacer. No puedo culparte de nada —fue a la cocina y metió un trapo en el agua de fregar que se estaba calentando.

—Toma —dijo—. Póntelo en la cara.

Él se puso el trapo caliente sobre la nariz y la mejilla e hizo una mueca de dolor.

—Madre, me marcho esta noche. No puedo dejar que os arriesguéis por mí.

Madre dijo enfadada:

—¡Tom! Hay muchas cosas que no entiendo. Pero que te marches no nos va a solucionar nada. Nos va a pesar más bien —y prosiguió—: Hubo un tiempo en que estábamos en la tierra. Teníamos unos límites. Los viejos morían, y nacían los pequeños y éramos siempre una cosa . . . éramos la familia . . . una unidad delimitada. Ahora no hay ningún límite claro. Al . . . suspirando por marcharse solo. El tío John no hace más que dejarse llevar. Y Padre ha perdido su lugar. Ya no es el cabeza de familia. Nos resquebrajamos, Tom. Ahora no hay familia. Y Rosasharn . . . —miró detrás de ella y vio los ojos abiertos de par en par de la joven—. Va a tener su bebé y no habrá familia. No sé. He intentado mantener la familia. Winfield . . . ¿qué va a ser de él, de esta forma? Se está volviendo salvaje y Ruthie también . . . igual que animales. No queda nada en que confiar. No te vayas, Tom. Quédate y ayuda.

—De acuerdo —dijo él con cansancio—. Pero no debería. Lo sé.

Madre fue al cubo y fregó los platos de hojalata y los secó.

—No dormirse.

—No.

—Bueno, duérmete. He visto que tu ropa estaba húmeda. La colgaré junto a la cocina para que se seque —terminó su trabajo—. Ahora me voy a recoger fruta. Rosasharn, si viene alguien, Tom está enfermo, ¿oyes? No dejes entrar a nadie. ¿Entendido? —Rose of Sharon asintió—. Volveremos al mediodía. Duerme un poco, Tom. Quizá nos podamos ir esta noche —se le acercó con rapidez—. Tom, ¿no te vas a escapar?

—No, Madre.

—¿Estás seguro? ¿No te irás?

—No, Madre. Estaré aquí.

—De acuerdo. Acuérdate, Rosasharn —salió y cerró la puerta firmemente detrás de ella.

Tom yació inmóvil, y entonces una ola de sueño lo levantó hasta el límite de la inconsciencia y lo dejó caer lentamente y lo volvió a levantar.

—Tú . . . ¡Tom!

—¿Eh? ¡Sí! —se despertó de golpe. Miró a Rose of Sharon, cuyos ojos relampagueaban con resentimiento—. ¿Qué quieres?

—¡Mataste a un hombre!

—Sí. No lo digas tan alto. ¿Quieres que se entere alguien?

—¿A mí qué me importa? —gritó ella—. Aquella señora me lo dijo. Me dijo lo que el pecado haría. Me lo dijo. ¿Qué posibilidades tengo de tener un niño normal? Connie se ha ido y no estoy comiendo buena comida. No estoy bebiendo leche —su voz subió hasta el histerismo—. Y ahora tú matas a un hombre. ¿Qué posibilidades tiene ese niño de nacer bien? Yo sé que va a ser un monstruo . . . ¡un monstruo! Yo nunca he bailado.

Tom se levantó.

—Sh —dijo—. Vas à atraer a la gente aquí.

—Me da igual. ¡Voy a tener un monstruo! Yo nunca bailé agarrado.

—Calla —Tom se acercó a ella.

—Apártate de mí. Tampoco es el primero que has matado —su rostro se estaba poniendo rojo por la histeria. Sus palabras se hicieron indistintas—. No quiero mirarte —se tapó la cabeza con la manta.

Tom oyó los sollozos ahogados. Se mordió el labio inferior y estudió el suelo. Y luego fue hacia la cama de Padre. Bajo el borde del colchón estaba el rifle, un Winchester calibre 38, largo y pesado. Tom lo cogió y bajó la palanca para comprobar que en la cámara había un cartucho. Comprobó el percutor con el rifle medio amartillado. Y entonces volvió a su colchón. Dejó el rifle en el suelo a su lado.

La voz de Rose of Sharon se adelgazó hasta ser un murmullo. Tom se volvió a tumbar y se tapó. Tapó la mejilla herida con la manta y fabricó un pequeño túnel para respirar. Suspiró:

—Jesús, oh, Jesús.

Afuera pasó un grupo de coches y sonaron voces.

—¿Cuántos hombres?

—Sólo nosotros . . . tres. ¿Cuánto pagan?

—Vayan a la casa veinticinco. El número está en la puerta.

—De acuerdo. ¿Cuánto pagan?

—Dos centavos y medio.

—¡Pero, maldita sea, si con eso no se puede comer!

—Pues es lo que pagamos. Hay doscientos hombres que vienen del sur, que se alegrarán de ganar eso.

—Pero, ¡por Dios!, oiga.

—Muévase. O lo toman o se largan. No tengo tiempo para discutir.

—Pero . . .

—Mire. Yo no he fijado el precio. Sólo les inscribo. Si lo quieren, tómenlo. Si no, den media vuelta y lárguense.

—¿Veinticinco, dice usted?

—Sí, veinticinco.

Tom se adormiló en su colchón. Un ruido furtivo en la habitación le despertó. Su mano tocó el rifle y lo cogió con fuerza. Se quitó la manta de la cara, Rose of Sharon estaba de pie junto al colchón.

—¿Qué quieres? —exigió Tom.

—Duerme —dijo ella—. Duérmete. Yo vigilo la puerta. Nadie entrará. Él estudió su rostro un momento.

—De acuerdo —dijo, y se volvió a cubrir la cara con la manta.

Al atardecer, Madre regresó a la casa. Se detuvo en la puerta, llamó y dijo: Soy yo, para no sobresaltar a Tom. Abrió la puerta y entró, llevando una bolsa. Tom despertó y se sentó en el colchón. Su herida se había secado y la piel tensa sin romper estaba brillante. El ojo izquierdo estaba prácticamente cerrado.

—¿Ha venido alguien? —preguntó Madre.

—No —respondió él—. Nadie. Veo que bajaron el precio.

—¿Cómo lo sabes?

—Oí gente hablando fuera.

Rose of Sharon levantó su mirada apagada hacia Madre.

Tom la señaló con el pulgar.

—Me armó la bronca, Madre. Piensa que todo está contra ella. Si la voy a disgustar de esa forma, debo irme.

Madre se volvió hacia Rose of Sharon.

—¿Qué estás haciendo?

La chica dijo con resentimiento:

—¿Cómo voy a tener un niño normal con estas cosas?

Madre dijo:

—Calla. Cállate ahora. Sé cómo te sientes y sé que no puedes evitarlo, pero mantén la boca cerrada.

Ella se volvió de nuevo hacia Tom.

—No le hagas caso, Tom. Es muy duro y yo me acuerdo de cómo es.

Eres el blanco de todo cuando vas a tener un niño, y todo lo que dicen es un insulto y todo está contra ti. No hagas caso. No puede evitarlo. Se siente así.

—No quiero herirla.

—Sh. No hables —puso la bolsa en la cocina fría—. Apenas ganamos nada —dijo—. Te lo dije, nos vamos de aquí. Tom, intenta hacer algo de leña. No . . . no puedes. Toma, sólo nos queda esta caja. Rómpela. Les dije a los otros que cogieran algo de leña en el camino de vuelta. Vamos a tomar gachas con un poco de azúcar.

Tom se levantó y troceó la última caja a pisotones. Madre encendió el fuego con cuidado en un extremo de la cocina, conservando la llama bajo uno de los agujeros del fogón. Llenó un cazo de agua y lo puso sobre la llama. El cazo, puesto directamente sobre la llama, sonó y silbó.

—¿Cómo fue la recogida hoy? —preguntó Tom.

Madre hundió una taza en la bolsa de harina de maíz.

—No quiero hablar de ello. Hoy pensaba cómo solíamos bromear. No me gusta, Tom. Ya no bromeamos. Cuando alguien dice una broma, es una broma amarga y desagradable y no tiene gracia. Uno dijo hoy una broma: la Depresión ha pasado. He visto una liebre y no había nadie yendo a por ella. Y otro dijo: Esa es la razón. Lo que pasa es que ya no podemos permitirnos matar liebres. Ahora se cogen, se las ordeña y se las suelta. La que viste probablemente se había quedado seca. Eso es lo que quiero decir. No tiene gracia en realidad. No es gracioso como aquella vez el tío John convirtió a un indio y le trajo a casa y el indio se comió todo lo que había y luego se escabulló con el whisky del tío John. Tom, ponte un trapo con agua fría en la cara.

El crepúsculo avanzó. Madre encendió el farol y lo colgó de un clavo. Alimentó el fuego y fue echando la harina de maíz poco a poco en el agua caliente.

—Rosasharn —dijo—, ¿puedes revolver las gachas?

Fuera hubo un ruido ligero de pasos. La puerta se abrió de un golpe y dio contra la pared. Ruthie entró corriendo.

—¡Madre! —gritó—. Madre. A Winfield le ha dado un ataque.

—¿Dónde? ¡Dímelo!

Ruthie jadeó:

—Se puso blanco y se cayó. Comió tantos melocotones que estuvo todo el día con diarrea. Se cayó redondo. ¡Blanco!

—Llévame —exigió Madre—. Rosasharn, vigila las gachas.

Salió con Ruthie. Corrió pesadamente por la calle detrás de la niña. Tres hombres caminaban hacia ella en el crepúsculo, y el del centro llevaba a Winfield en brazos. Madre corrió hasta ellos.

—Es mío —gritó— Démelo.

—Yo lo llevaré, señora.

—No, démelo —cogió al pequeño y dio media vuelta, y entonces se acordó—. Muchas gracias —les dijo a los hombres.

—De nada, señora. El pequeño está muy débil. Parece que tiene lombrices.

Madre regresó presurosa, con Winfield, desmadejado y como muerto, en los brazos. Lo metió en casa, se arrodilló y lo tumbó en un colchón.

—Dime. ¿Qué pasa? —exigió. Él abrió los ojos como mareado, meneó la cabeza y cerró los ojos de nuevo.

Ruthie dijo:

—Ya te lo he dicho, Madre. Estuvo todo el día con diarrea. Cada poco. Se ha comido demasiados melocotones.

Madre le tocó la cabeza.

—No tiene fiebre. Pero está blanco y consumido.

Tom se acercó y bajó el farol.

—Yo sé lo que tiene —dijo—. Hambre. No tiene fuerza. Cómprale una lata de leche y que se la beba. Hazle tomar leche con las gachas.

—Winfield —dijo Madre—. Dime lo que sientes.

—Mareo —dijo Winfield—, todo me da vueltas.

—Nunca habrás visto una diarrea semejante —dijo Ruthie, dándose importancia.

Padre, el tío John y Al entraron en casa. Iban cargados de palitos y de arbustos pequeños. Soltaron la carga al lado de la cocina.

—¿Qué pasa ahora? —exigió Padre.

—Es Winfield. Necesita leche.

—¡Dios Todopoderoso! Todos necesitamos cosas.

Madre preguntó:

—¿Cuánto ganamos hoy?

—Un dólar cuarenta y dos.

—Bueno, ve ahora mismo a por una lata para Winfield.

—¿Por qué ha tenido que ponerse enfermo?

—No lo sé, pero está enfermo. ¡Ve! —Padre salió refunfuñando—. ¿Estás revolviendo esas gachas?

—Sí —Rose of Sharon aceleró el movimiento para probarlo.

Al protestó:

—¡Dios!, Madre. ¿No hay más que gachas después de trabajar hasta el anochecer?

—Al, sabes que tenemos que irnos. Todo lo que tenemos debe ir para gasolina. Lo sabes.

—Pero, ¡Dios Todopoderoso! Madre. Un hombre necesita carne si va a trabajar.

—Siéntate y calla —dijo ella—. Hay que atender las cosas importantes primero. Y ya sabes cuál es esa cosa.

Tom pregunto:

—¿Tiene que ver conmigo?

—Hablaremos cuando hayamos comido —dijo Madre. Al, hay gasolina para un poco, ¿no es eso?

—Alrededor de un cuarto de depósito —dijo Al.

—Me gustaría que me lo dijerais —dijo Tom.

—Después. Espera un poco.

—Tú sigue removiendo esas gachas. Déjame poner un poco de café. Podéis poner azúcar en las gachas o en el café. No hay suficiente para todo.

Padre volvió con una lata grande de leche.

—Once centavos —dijo en tono disgustado.

Madre cogió la lata y la abrió. Dejó resbalar el denso líquido en una taza y se lo alargó a Tom.

—Dáselo a Winfield.

Tom se arrodilló junto al colchón.

—Toma, bébete esto.

—No puedo. Lo vomitaría. Déjame en paz.

Tom se puso en pie.

—No se lo puede tomar ahora, Madre. Espera un poco.

Madre cogió la taza y la puso en el antepecho de la ventana.

—Que nadie lo toque —advirtió—. Eso es para Winfield.

—Yo no he tomado leche —dijo Rose of Sharon de mal humor—. Debería tomar alguna.

—Lo sé, pero todavía te mantienes en pie. El pequeño está por los suelos. ¿Están las gachas bien espesas?

—Sí. Apenas puedo remover ya.

—De acuerdo, vamos a cenar. Aquí está el azúcar. Hay una cucharada para cada uno. Para las gachas o para el café.

Tom dijo:

—A mí me gustan las gachas con sal y pimienta.

—Ponle sal si quieres —dijo Madre—. Pimienta no nos queda.

Ya no tenían cajas. Se sentaron en los colchones a comer las gachas. Se sirvieron una y otra vez hasta que el cazo estuvo casi vacío.

—Dejad algo para Winfield —dijo Madre.

Winfield se sentó y bebió la leche y al momento tuvo muchísima hambre. Puso el cazo de gachas entre sus piernas y comió lo que quedaba y rebañó los lados. Madre virtió la leche que quedaba en una taza y se la pasó a Rose of Sharon para que la bebiera en secreto en un rincón. Sirvió el café, caliente y negro, en las tazas y las fue pasando.

—¿Me diréis ahora lo que pasa? —preguntó Tom—. Quiero oírlo.

Padre dijo incómodo:

—Preferiría que Ruthie y Winfield no tuvieran que oírlo. ¿No pueden salir?

Madre dijo:

—No. Tienen que actuar como adultos aunque no lo sean. No hay más remedio. Ruthie . . . tú y Winfield no tenéis que decir nunca lo que vais a oír, o nos destrozaréis.

—No lo diremos —dijo Ruthie—. Somos mayores.

—Bueno, pues silencio entonces —las tazas de café estaban en el suelo. La corta llama del farol, como el ala achaparrada de una mariposa, proyectaba una oscura luz amarilla en las paredes.

—Decidlo ya —dijo Tom.

Madre dijo:

—Padre, dilo tú.

El tío John sorbió el café. Padre dijo:

—Bueno, bajaron el precio, como tú dijiste. Y había un grupo de recolectores nuevos tan hambrientos que habrían trabajado por una barra de pan. Ibas por un melocotón y alguien lo cogía primero. Van a tener la cosecha recogida inmediatamente. Gente corriendo a un árbol nuevo. He visto peleas . . . uno diciendo que era su árbol, el otro que quería coger de él. Han traído gente de muy lejos, hasta de El Centro. Hambrientos como lobos. Trabajan todo el día por un pedazo de pan. Le dije al que anota: No podemos trabajar por dos cincuenta la caja, y me dijo:

váyase entonces. Éstos sí pueden. Yo dije: sólo hasta que se harten. Y él dijo: pero los melocotones estarán recogidos antes de que se harten —Padre calló.

—Era un infierno —dijo el tío John—. Dicen que esta noche llegarán doscientos hombres más.

Tom dijo:

—Sí. Pero, ¿qué hay del otro?

Padre permaneció en silencio un rato.

—Tom —dijo—, parece que la has hecho.

—Tenía esa impresión. No pude ver. Pero eso me pareció.

—La gente parece que no habla de otra cosa —dijo el tío John—. Han salido pelotones en su busca y hay gente hablando de linchamiento; cuando cojan al tipo, por supuesto.

Tom miró a los niños, que tenían los ojos muy abiertos. Apenas parpadeaban. Era como si temieran que algo pasara en el segundo de oscuridad. Tom dijo:

—Bueno . . . el que lo hizo, lo hizo sólo después de que mataran a Casy.

Padre interrumpió:

—No es así como lo cuentan ahora. Dicen que lo hizo primero.

Tom dejó escapar un suspiro:

—Ah, ya.

—Están consiguiendo que se nos pongan todos en contra. Es lo que he oído. Esos de la banda de tambores y las logias y todo eso. Dicen que van a coger al culpable.

—¿Saben cómo es? —preguntó Tom.

—Bueno, no exactamente, pero por lo visto piensan que fue golpeado. Piensan que tendrá . . .

Tom subió la mano lentamente y se tocó la mejilla magullada.

Madre gritó:

—No es cierto lo que dicen.

—Tranquila, Madre —dijo Tom—. Es su juego. Todo lo que dicen esos es verdad si es contra nosotros.

Madre miró a través de la débil luz y se fijó en el rostro de Tom, sobre todo en sus labios.

—Lo prometiste —dijo.

—Madre, yo . . . quizá ese hombre debería marcharse. Si . . . ese hombre hubiera hecho mal, quizá pensaría: de acuerdo. Que acaben pronto. He hecho mal y tengo que pagar. Pero ese hombre no hizo nada malo. No se siente peor que si hubiera matado a una mofeta.

Ruthie intervino:

—Madre, yo y Winfield lo sabemos. No tiene que seguir con «ese hombre» por nosotros.

Tom rió entre dientes.

—Bien, ese hombre no quiere que le cuelguen porque lo volvería a hacer. Y al mismo tiempo no quiere causar problemas a su familia. Madre . . . he de irme.

Madre se tapó la boca con los dedos y tosió para aclararse la garganta.

—No puedes —dijo—. No te podrías esconder. No podrías confiar en nadie. Pero en nosotros sí que puedes. Podemos esconderte y ocuparnos de que tengas comida mientras se te cura la cara.

—Pero, Madre . . .

Ella se puso en pie.

—No te vas a ir. Te llevamos con nosotros. Al, pon la trasera del camión junto a la puerta. Lo tengo todo planeado. Pondremos un colchón abajo y que Tom se ponga encima y luego ponemos otro colchón doblado de forma que haga como una cueva y Tom esté dentro; y luego ponemos paredes. Puedes respirar por el extremo, ¿veis? No discutas. Eso es lo que vamos a hacer.

Padre protestó:

—Parece que el hombre no tiene ya nada que decir. Esta mujer es una liosa. Cuando nos instalemos fijos, le voy a dar una paliza.

—Cuando eso llegue, podrás —dijo Madre—. Muévete, Al. Ya hay oscuridad suficiente.

Al salió a por el camión. Maniobró y puso la parte de atrás junto a los escalones.

Madre dijo:

—Rápido. Meted ese colchón.

Padre y el tío John tiraron el colchón por encima de la puerta del camión.

—Ahora ese otro.

Arrojaron el segundo colchón.

—Ahora . . . Tom, salta y métete debajo. Deprisa.

Tom trepó rápidamente y se dejó caer. Estiró un colchón y se puso el otro encima de él. Padre lo dobló hacia arriba de modo que el arco cubriera a Tom. Podía ver el exterior entre los listones laterales del camión. Padre, Al y el tío John cargaron con rapidez, apilaron las mantas encima de la cueva de Tom, pusieron los cubos contra los lados, extendieron el último colchón detrás. Los cazos y sartenes, y la ropa fueron sueltos porque las cajas habían sido quemadas. Estaban a punto de terminar de cargar cuando un guarda se acercó, llevando la escopeta en el brazo doblado.

—¿Qué pasa aquí? —preguntó.

—Nos vamos —dijo Padre.

—¿Por qué?

—Nos han ofrecido un trabajo, un buen trabajo.

—¿Sí? ¿Y dónde es?

—Hacia el sur, en Weedpatch.

—Vamos a ver —enfocó la linterna a los rostros de Padre, el tío John y Al—. ¿No iba otro hombre con ustedes?

Al dijo:

—¿Se refiere al autostopista? ¿Un tipo pequeño de cara pálida?

—Sí, creo que era así.

—Lo recogimos al venir. Se marchó esta mañana cuando bajó el jornal.

—Dime otra vez cómo era.

—Un hombre bajo. Cara pálida.

—¿Estaba magullado esta mañana?

—Yo no vi nada —dijo Al—. ¿Está abierto el surtidor de gasolina?

—Sí, hasta las ocho.

—Arriba —gritó Al—. Si queremos llegar a Weedpatch antes de la mañana, tenemos que movernos. ¿Pasas delante, Madre?

—No, iré detrás —dijo ella—. Padre, ven tú también aquí detrás. Deja a Rosasharn delante con Al y el tío John.

—Dame el vale, Padre —dijo Al—. Pago la gasolina y a ver si queda algo de cambio.

El guarda los miró marchar y torcer a la izquierda hacia los surtidores de gasolina.

—Ponga dos —dijo Al.

—No irá muy lejos.

—No, no vamos lejos. ¿Puede darme el cambio de este vale?

—Bueno . . . en teoría no.

—Mire —dijo Al—. Tenemos una oferta de trabajo si llegamos allí esta noche. Si no llegamos, lo perderemos. Háganos el favor.

—Bueno, de acuerdo. Fírmemelo a mi nombre.

Al salió y dio la vuelta al morro del Hudson.

—No faltaba más —dijo. Desenroscó el tapón del agua y llenó el radiador.

—¿Dos me ha dicho?

—Sí, dos.

—¿En qué dirección van?

—Al sur. Tenemos trabajo.

—¿Sí? El trabajo está escaso, el trabajo fijo.

—Tenemos un amigo —dijo Al—. El trabajo nos está esperando. Bueno, hasta otra —el camión dio la vuelta y fue dando botes por la calle de tierra hasta la carretera. La débil luz de los faros daba saltos en el camino y el faro derecho parpadeaba por una mala conexión. A cada salto los cazos y sartenes que iban sueltos en la caja del camión chocaban con estrépito.

Rose of Sharon gimió suavemente.

—¿Te encuentras mal? —preguntó el tío John.

—Sí. Me encuentro mal todo el tiempo. Me gustaría poderme sentar tranquila en un sitio agradable. Ojalá estuviéramos en casa y nunca hubiéramos venido. Connie no se habría marchado si estuviéramos en casa. Habría estudiado y llegado a ser algo —ni Al ni el tío John respondieron. Estaban avergonzados por Connie.

En la puerta pintada de blanco del rancho un guarda se acercó al lado del camión.

—¿Se van definitivamente?

—Sí —dijo Al—. Vamos al norte. Tenemos trabajo.

El guarda enfocó la linterna en el camión, miró en la parte de atrás, Madre y Padre le dirigieron miradas pétreas.

—De acuerdo —el guarda abrió la puerta. El camión giró a la izquierda y avanzó hacia la 101, la gran carretera norte-sur.

—¿Sabes dónde vamos? —preguntó el tío John.

—No —dijo Al—. Sólo sé que vamos, y ya me estoy hartando.

—A mí no me falta mucho —dijo Rose of Sharon amenazadora—. Más vale que vayamos a un buen sitio para mí.

El aire de la noche era frío y tenía el primer picor de la helada.

Junto a la carretera las hojas de los árboles frutales empezaban a caer. Encima de la carga, Madre iba sentada con la espalda apoyada en el lado del camión y Padre frente a ella.

Madre llamó:

—¿Estás bien, Tom?

Recibió una respuesta amortiguada.

—Esto es un poco estrecho. ¿Ya hemos salido del rancho?

—Lleva cuidado —dijo Madre—. Podrían pararnos.

Tom levantó un lado de su cueva. En la oscuridad del camión sonaban las cazuelas.

—Puedo bajarlo rápidamente —dijo—. Además, no me gusta estar atrapado ahí —descansó apoyado en un codo—. Diablos, se está poniendo frío, ¿verdad?

—Hay nubes —dijo Padre—. Dijo uno que habría un invierno temprano.

—¿Las ardillas parapetándose o las semillas de la hierba? —preguntó Tom—. Se puede predecir el tiempo por cualquier cosa. Apuesto a que hay alguno que predice el tiempo con unos calzoncillos.

—No sé —dijo Padre—. A mí me parece que llega el invierno. Uno tendría que vivir aquí mucho tiempo para poder decir.

—¿En qué dirección? —preguntó Tom.

—No lo sé. Al giró a la izquierda. Parece que vamos por donde vinimos.

Tom dijo:

—No sé lo que será mejor. Parece que si nos quedamos en la carretera principal habrá más policías. Con la cara así, me cogerían en un momento. Quizá deberíamos ir por carreteras secundarias.

Madre dijo:

—Da unos golpes ahí detrás. Que Al pare.

Tom golpeó con el puño; el camión se detuvo a un lado de la carretera. Al salió y caminó hacia la parte de atrás. Ruthie y Winheld se asomaron por debajo de la manta.

—¿Qué queréis? —exigió Al.

Madre dijo:

—Tenemos que pensar qué vamos a hacer. Tal vez sea mejor que vayamos por carreteras secundarias. Eso dice Tom.

—Es por mi cara —agregó Tom—. Todo el mundo me reconocería. Cualquier policía sabría quién soy.

—Bueno, ¿a dónde vamos? He pensado que al norte. En el sur ya hemos estado.

—Sí —dijo Tom—, pero por carreteras secundarias.

Al preguntó:

—¿Qué tal si paramos, dormimos un poco y seguimos mañana?

Madre dijo rápidamente:

—Todavía no. Vamos a alejarnos más primero.

—Bien —Al volvió a su asiento y siguió conduciendo.

Ruthie y Winfield se taparon de nuevo la cabeza. Madre preguntó:

—¿Está bien Winfield?

—Sí, está bien —contestó Ruthie—. Ha estado durmiendo.

Madre volvió a apoyarse contra el lado del camión.

—Es un sentimiento curioso el ser perseguido. Me estoy volviendo mala.

—Todo el mundo se está volviendo malo —dijo Padre—. Todo el mundo. Ya has visto hoy esa pelea. Uno cambia. En el campamento del gobierno no éramos así.

Al cogió a la derecha una carretera de grava y las luces amarillas vibraron para dar paso a las plantas de algodón. Recorrieron veinte millas entre el algodón, torciendo por las carreteras secundarias. La carretera corría paralela a un riachuelo bordeado de matorrales y tras un puente de hormigón lo seguía por el otro lado. Y entonces, a la orilla de la corriente las luces mostraron una larga fila de furgones rojos sin ruedas. Y un gran letrero al borde de la carretera decía «Se necesitan recolectores de algodón.» Al disminuyó la velocidad. Tom se asomó por entre las barras laterales del camión. Un cuarto de milla después de pasados los furgones Tom volvió a golpear en el coche. Al paró a un lado de la carretera y salió de nuevo.

—¿Qué quieres ahora?

—Apaga el motor y sube aquí —dijo Tom.

Al se montó, aparcó en la cuneta, apagó las luces y el motor. Trepó por la puerta trasera.

—Ya está —dijo.

Tom se arrastró entre los cazos y se arrodilló delante de Madre.

—Mira —dijo—. Dice que se necesitan recolectores de algodón. He visto el letrero. He estado pensando cómo voy a quedarme con vosotros sin causaros problemas. Cuando tenga bien la cara quizá pueda ser, pero ahora no. Habéis visto los coches de antes. Los recolectores viven en ellos. Tal vez haya trabajo allí. ¿Qué os parecería trabajar allí y vivir en uno de esos furgones?

—¿Y tú qué vas a hacer? —exigió Madre.

—Bueno, ¿has visto ese arroyo lleno de matorrales? Podría esconderme entre la maleza y permanecer oculto. Por la noche podrías traerme algo de comer. He visto una alcantarilla un poco antes. Tal vez podría dormir ahí.

—Sí que me gustaría poner las manos en el algodón —dijo Padre—. Ese es un trabajo que entiendo.

—Esos furgones son un buen sitio donde vivir —dijo Madre—. Y un sitio seco. ¿Crees que hay bastante maleza para ocultarte, Tom?

—Claro que sí. He estado mirando. Podría arreglarme un escondite. En cuanto se me cure la cara saldré.

—Te van a quedar cicatrices grandes —observó Madre.

—¡Diablos!, todo el mundo tiene cicatrices.

—Una vez recogí cuatrocientas libras —dijo Padre—. Claro que fue una buena cosecha. Si recogemos todos, podríamos ganar un buen dinero.

—Podríamos comprar algo de carne —dijo Al—. ¿Qué hacemos ahora?

—Volver allí y dormir en el camión hasta mañana —dijo Padre—. Por la mañana conseguiremos trabajo. Puedo ver las cápsulas de algodón hasta en la oscuridad.

—¿Qué hay de Tom? —preguntó Madre.

—Olvídate de mí, Madre. Me llevaré una manta en el camino de vuelta. Hay una alcantarilla. Puedes hacerme pan o patatas o gachas y dejarlo allí. Yo iré a buscarlo.

—¡Bien!

—A mí me parece una buena idea —dijo Padre.

—Es una buena idea —insistió Tom—. En cuanto tenga un poco mejor la cara saldré e iré a recoger algodón.

—Bueno, de acuerdo —aceptó Madre—. Pero no corras ningún riesgo. No dejes que nadie te vea durante un tiempo.

Tom se arrastró hacia la parte de atrás del camión.

—Me llevaré esta manta. Mira cuando volvamos a ver si ves la alcantarilla, Madre.

—Cuídate —le rogó ella—. Cuídate.

—Claro que sí —dijo Tom—. Claro que me cuidaré —trepó por el tablero posterior y bajó a la orilla—. Buenas noches —dijo.

Madre vio su figura desaparecer con la noche entre los arbustos junto al arroyo.

—Dios mío, espero que salga bien —dijo.

Al preguntó:

—¿Queréis volver ahora?

—Sí —respondió Padre.

—Ve despacio —pidió Madre—. Quiero asegurarme de que veo esa alcantarilla que dijo. Tengo que verla.

Al maniobró en la estrecha carretera hasta dar la vuelta. Condujo despacio hacia la fila de furgones. Las luces del camión mostraron las pasarelas que llevaban a las amplias puertas del furgón. Las puertas estaban oscuras. Nadie se movía en la noche. Al apagó los faros.

—Tú y el tío id a la parte de atrás —le dijo a Rose of Sharon—. Yo dormiré aquí en el asiento.

El tío John ayudó a la pesada joven a trepar por el tablero posterior. Madre apiló los cazos en un pequeño espacio. La familia se acostó muy junta en la trasera del camión.

Un bebé lloraba con largos sollozos espasmódicos en uno de los furgones. Un perro salió trotando, husmeando y bufando, y se movió lentamente alrededor del camión de los Joad. El tintineo del agua en movimiento venía del lecho del río.

Capítulo 27

SE necesitan recolectores de algodón —letreros en la carretera, papeles distribuidos, papeles de color naranja—, se necesitan recolectores de algodón.

Por aquí, por esta carretera, dice.

Las plantas verde oscuro, fibrosas ahora, y las pesadas cápsulas apretadas en la vaina. Algodón blando derramándose como palomitas de maíz.

Me gusta tocar las cápsulas. Tiernamente, con las yemas de los dedos.

Soy un buen recolector.

Aquí mismo está el hombre.

Quiero recoger algodón.

¿Tiene bolsa?

No, no tengo.

La bolsa cuesta un dólar. Se lo descontaremos de las primeras ciento cincuenta libras. Ochenta centavos por cien libras la primera vez que salga al campo. Noventa centavos la segunda vez. Coge la bolsa de ahí. Un dólar. Si no tienes te lo descontaremos de las primeras ciento cincuenta. Es justo, tú lo sabes.

Claro que es justo. Una buena bolsa para el algodón dura toda la temporada. Y cuando esté gastada y arrastre se le da una vuelta y se usa el otro extremo. Se abre el extremo gastado. Y cuando los dos estén mal, aún es buena tela. Se pueden hacer buenos calzoncillos de verano, camisas de dormir. Y bueno, diablos . . . una bolsa de algodón es una cosa bonita.

Atada alrededor de la cintura. Te la pones entre las piernas y la arrastras. Al principio es ligera. Y con las puntas de los dedos coges la pelusa y las manos se retuercen en el saco entre tus piernas. Los niños vienen por detrás; no hay bolsas para los niños —tienen que usar un saco de arpillera o ponerlo en la bolsa de su padre. Ahora ya va pesando. Inclínate hacia adelante, levántala para avanzar. Soy un buen recolector de algodón. Sé manejar los dedos y abrir las cápsulas. Avanzo hablando, quizá cantando hasta que la bolsa pesa mucho. Los dedos van derechos, ellos saben. Los ojos ven el trabajo . . . y no lo ven.

Hablando entre hileras . . .

Había una señora en casa . . . no diré nombres . . . tuvo de repente un niño negro. Nadie lo sabía antes. Nunca se cazó al negro. No pudo ir con la cabeza alta nunca más. Pero te lo empecé a contar . . . era una buena recolectora.

Ahora que la bolsa es pesada ve dándole empujones. Afirma las caderas y llévala a remolque, como un caballo de labor. Y los chiquillos recogiendo en la bolsa del padre. Es una buena cosecha. Se vuelve delgado en los lugares bajos, delgado y fibroso. Nunca he visto un algodón como este de California. De fibra larga, el mejor algodón que he visto nunca. La tierra se echa a perder muy pronto. Como uno que quiere comprar tierra de algodón . . . No la compres, arriéndala. Cuando el algodón la haya agotado, busca una tierra nueva.

Filas de gente moviéndose por los campos. Manejar los dedos. Dedos inquisitivos cortan con movimiento rápido y encuentran las cápsulas. Apenas tienen que mirar.

Apuesto a que hasta ciego podría recoger algodón. Tengo algo instintivo para una cápsula de algodón. Recojo limpiamente.

El saco ya está lleno. Llévalo a las balanzas. Discute. El hombre de la balanza dice que has metido piedras para aumentar el peso. ¿Y qué hay de él? Su balanza está amañada. A veces tiene razón y llevas piedras en el saco. A veces tienes razón, la balanza está amañada. A veces ambos tenéis razón; piedras y balanza amañada. Siempre con discusiones, siempre con peleas. Para mantener la cabeza alta. Y su cabeza también. ¿Qué son unas pocas piedras? Sólo una quizá. ¿Un cuarto de libra? Siempre discutir.

Vuelves con el saco vacío. Tenemos nuestro propio libro. Anota el peso. Tienes que hacerlo. Si saben que lo vas anotando entonces no engañan. Pero que Dios te ayude si no llevas la cuenta de tu peso.

Este es un buen trabajo. Los críos corriendo por alrededor. ¿Has oído hablar de la máquina recolectora de algodón?

Sí, lo he oído.

¿Crees que llegará alguna vez?

Bueno, si llega . . . uno dice que acabará con la recogida a mano.

Llega la noche. Todos están cansados. Sin embargo, ha sido una buena recogida. Ganamos tres dólares, yo, mi mujer y los niños.

Los coches van hacia los campos de algodón. Se montan los campamentos del algodón. Los altos camiones y los remolques están cargados hasta arriba de pelusa blanca. El algodón se engancha en el alambre de las cercas y vuela en pequeñas bolas por la carretera cuando sopla el viento. Y algodón limpio y blanco, que va a la desmotadora. Y las balas grandes desiguales que van a la compresora. Y el algodón enganchándose en las ropas y pegándose en el bigote. Suénate la nariz, tienes algodón.

Dobla el cuerpo ahora, llena la bolsa antes de que se haga de noche. Dedos expertos buscando cápsulas. Las caderas dobladas tirando de la bolsa. Los niños están cansados ahora por la tarde. Se tropiezan en la tierra cultivada. Y el sol se está poniendo.

Ojalá durara. No es demasiado dinero, Dios lo sabe, pero me gustaría que durara. En la carretera los coches se hacinan, atraídos por los papeles anunciadores.

¿Tiene bolsa de algodón?

No.

Le costará un dólar entonces.

Si sólo fuéramos cincuenta podríamos quedarnos una temporada, pero somos quinientos. Apenas durará nada. Conozco a uno que nunca acabó de pagar la bolsa. En cada trabajo compraba una nueva y todos los campos estaban recogidos antes de que él llegara al peso.

Intenta, por el amor de Dios, ahorrar algo de dinero. El invierno se nos echa encima. En California no hay trabajo en el invierno. Llena la bolsa antes de que oscurezca. He visto a ése meter dos terrones.

Vaya, y ¿por qué no? No hago más que nivelar la balanza amañada.

Aquí está mi libro, trescientas doce libras.

¡Exacto!

Dios, él no discutió nunca. Su balanza debe de estar amañada. Bueno, de todas formas sigue siendo un buen día.

Dicen que mil hombres vienen de camino a este campo. Mañana nos pelearemos por una hilera. Estaremos arrebatando el algodón, rápido.

Se necesitan recolectores de algodón. A más hombres recogiendo, más deprisa va a la desmotadora.

Ahora al campamento del algodón.

Carne esta noche, por Dios. Tenemos dinero para carne. Dale la mano al pequeño, está agotado. Adelante y compra cuatro libras de carne. La vieja hará esta noche galletas ricas, si no está demasiado cansada.

Capítulo 28

L os furgones, que eran doce, estaban cada uno pegado al otro en una pequeña explanada junto al río. Había dos filas de seis cada una, y no tenían ruedas. Para llegar a las grandes puertas correderas unos tablones hacían las veces de pasarela. Servían bien de casas, a prueba de agua y de corrientes, y proporcionaban espacio para veinticuatro familias, una familia en cada extremo del furgón. No tenían ventanas, pero las anchas puertas estaban abiertas. En algunos colgaba en el centro una lona, mientras que en otros sólo la posición de la puerta marcaba la separación.

Los Joad tenían una mitad de un furgón del final. Algún ocupante anterior había ajustado un tubo de cocina a una lata de aceite y había hecho un agujero en la pared para el tubo. Incluso con la puerta abierta, el final del coche estaba oscuro. Madre colgó la lona en el centro del coche.

—Está bien esto —dijo—. Es casi lo mejor que hemos tenido excepto el campamento del gobierno.

Todas las noches ella desenrollaba los colchones en el suelo y cada mañana los volvía a enrollar. Y todos los días iban al campo y recogían algodón y todas las noches comían carne. Un sábado fueron a Tulare y compraron una cocina de latón y monos nuevos para Al, Padre, Winfield y el tío John, y le compraron un vestido a Madre y le dieron el mejor vestido de Madre a Rose of Sharon.

—Está tan gorda —dijo Madre— que comprarle ahora un vestido nuevo sería tirar el dinero.

Los Joad habían tenido suerte. Llegaron lo bastante pronto como para que les dieran un lugar en los furgones. Ahora las tiendas de los que habían llegado más tarde llenaban la pequeña explanada y aquellos que tenían furgón eran antiguos y en cierto modo aristócratas.

El angosto arroyo se deslizaba, salía de entre los sauces y volvía a entrar en ellos. De cada furgón partía un sendero apelmazado hasta el arroyo. Entre los furgones colgaban cuerdas de tender la ropa y todos los días las cuerdas se cubrían de ropa puesta a secar.

Al anochecer volvían caminando de los campos, llevando las bolsas de algodón dobladas debajo del brazo. Iban a la tienda, que estaba en el cruce de caminos, y había muchos recolectores en la tienda comprando suministros.

—¿Hoy cuánto?

—Nos va bien. Hoy ganamos tres y medio. Ojalá durara. Los niños están convirtiéndose en buenos recolectores. Madre les ha preparado una bolsa pequeña a cada uno. No podían arrastrar una bolsa de las grandes. Las vacían en las nuestras. Hizo las bolsas de un par de camisas viejas. Dan buen resultado.

Y Madre iba al mostrador de carne, con el índice puesto en los labios, soplándose en el dedo, muy pensativa.

—Podría comprar chuletas de cerdo —dijo—. ¿Cuánto?

—Treinta centavos la libra, señora.

—Bueno, déme tres libras. Y un buen trozo de ternera para cocer. Mi hija lo puede cocinar mañana. Y una botella de leche para mi hija. Le encanta la leche. Va a tener un niño. Una enfermera le dijo que tenía que tomar mucha leche. Veamos, ahora tenemos patatas.

Padre se acercó, con una lata de almíbar.

—Podríamos comprar esto —dijo—. Podríamos comprar tortitas.

Madre frunció el ceño.

—Bueno . . . bueno, bien. Nos llevamos esto. A ver . . . tenemos manteca de sobra.

Ruthie se acercó con dos cajas de palomitas de maíz dulces, en sus ojos una pregunta triste que se convertiría en tragedia o alegre excitación según Madre asintiera o negara con la cabeza.

—¿Madre? —mantuvo las cajas en alto, las movió arriba para hacerlas atractivas.

—Pon esas cajas . . .

La tragedia comenzó a reflejarse en los ojos de Ruthie. Padre dijo:

—Sólo cuestan cinco centavos cada una. Los pequeños han trabajado bien hoy.

—Bueno . . . —la excitación comenzó a ocupar los ojos de Ruthie—. De acuerdo.

Ruthie dio media vuelta y salió corriendo. A mitad de camino hacia la puerta cogió a Winfield y se lo llevó apresuradamente fuera, al anochecer.

El tío John cogió un par de guantes de lona con cuero amarillo en las palmas, se los probó y se los quitó y los dejó. Se fue acercando poco a poco a las estanterías de licores y se quedó de pie estudiando las etiquetas de las botellas. Madre le vio.

—Padre —dijo, y señaló con la cabeza hacia el tío John.

Padre se acercó a él.

—¿Te está entrando la sed, John?

—No.

—Espera a que acabemos con el algodón —dijo Padre—. Entonces te puedes emborrachar como nunca.

—No me preocupa —replicó el tío John—. Estoy trabajando mucho y duermo bien. Ni sueños ni nada.

—Sólo me pareció que se te caía la baba ante las botellas.

—Apenas las he visto. Es curioso. Quiero comprar cosas. Cosas que no necesito. Me gustaría comprarme una cuchilla de esas. También aquellos guantes. Son baratísimos.

—No se puede recoger algodón con guantes —dijo Padre.

—Ya lo sé. Y tampoco necesito una cuchilla. Todas estas cosas . . . te dan ganas de comprarlas, tanto si las necesitas como si no.

Madre llamó:

—Venga, ya tenemos todo —ella cogió una bolsa. El tío John y Padre cogieron cada uno un paquete. Fuera estaban esperando Ruthie y Winfield con los ojos tensos y las mejillas hinchadas y llenas de palomitas.

—Apuesto a que no querrán cenar —dijo Madre.

La gente iba camino del campamento de furgones. Las tiendas estaban iluminadas. El humo salía de los tubos de las cocinas. Los Joad treparon por la pasarela y entraron en su mitad del furgón. Rose of Sharon estaba sentada en una caja junto a la cocina. Había encendido un fuego y la cocina de latón estaba de color vino por el calor.

—¿Has comprado leche? —quiso saber.

—Sí. Aquí la tienes.

—Dámela. No he tomado desde el mediodía.

—Se cree que es como medicina.

—Aquella enfermera lo dijo así.

—¿Tienes la patatas preparadas?

—Aquí están . . . peladas.

—Las freiremos —dijo Madre—. Hay chuletas de cerdo. Corta patatas en la sartén nueva. Y echa una cebolla. Vosotros salid a lavaros y traed un cubo de agua. ¿Dónde están Ruthie y Winfield? Tienen que lavarse. Les compré a los dos palomitas de maíz —le dijo Madre a Rose of Sharon—. Una caja cada uno.

Los hombres salieron a lavarse en el arroyo. Rose of Sharon cortó las patatas en rodajas, las metió en la sartén y las removió con la punta del cuchillo.

Súbitamente la lona fue apartada. Un rostro fuerte y sudoroso se asomó desde el otro extremo del furgón.

—¿Cómo le va, señora Joad?

Madre se volvió.

—Buenas tardes, señora Wainwright. Nos ha ido bien. Tres y medio. Tres con cincuenta y siete, para ser exactos.

—Nosotros hemos ganado cuatro dólares.

—Bueno —dijo Madre—. Ustedes son más.

—Sí. Jonas está creciendo. Veo que tienen chuletas de cerdo.

Winfield se coló por la puerta.

—¡Madre!

—Calla un momento. A los hombres de mi casa les encantan las chuletas de cerdo.

—Yo estoy haciendo tocino —dijo la señora Wainwright—. ¿Puede olerlo?

—No, no puedo oler nada con estas cebollas con patatas.

—Se está quemando —gritó la señora Wainwright, y su cabeza desapareció.

—Madre —dijo Winfield.

—¿Qué? ¿Estás enfermo de tantas palomitas?

—Madre . . . Ruthie lo ha dicho.

—¿El qué?

—Lo de Tom.

Madre se quedó mirándole.

—¿Dicho? —entonces se arrodilló delante de él—. Winfield, ¿a quién se lo ha dicho?

La vergüenza embargó a Winfield. Dio un paso atrás.

—Bueno, sólo dijo un poquito.

—¡Winfield! Dime lo que ha dicho.

—Ella . . . ella no se comió todas las palomitas. Guardó algunas y se las comía una a una, despacio, como siempre hace y dijo: apuesto que querrías que te quedaran algunas.

—¡Winfield! —exclamó Madre—. Dilo ya —miró nerviosamente a la cortina—. Rosasharn, ve a hablar con la señora Wainwright para que no nos oiga.

—¿Y qué pasa con las patatas?

—Yo las vigilaré. Vete ya. No la quiero escuchando detrás de la cortina.

La joven se alejó arrastrando los pies y rodeó la lona colgada.

Madre dijo:

—Venga, Winfield, dímelo.

—Como te dije, se las comía una a una y algunas las partía en dos para que duraran más.

—Venga, rápido.

—Bueno, vinieron unos niños y por supuesto intentaron que les diera palomitas, pero Ruthie seguía comiendo y no les quiso dar. Así que se enfadaron. Y un niño le arrebató la caja de palomitas.

—Winfield, di lo otro deprisa.

—Ya lo hago —dijo él—. De modo que Ruthie se enfadó y los persiguió y pegó a uno y a otro y entonces una niña mayor le sacudió. Le dio una buena. Entonces Ruthie se puso a llorar y dijo que iba a llamar a su hermano mayor y que él mataría a esa niña. Y ésta dijo ¿Ah, sí? Dijo que también tenía un hermano mayor —Winfield se quedaba sin resuello contándolo—. Entonces se siguieron pegando y esa chica le dio un buen golpe a Ruthie y ella dijo que su hermano mataría al hermano de la otra. Y la chica dijo que qué pasaría si su hermano matara al nuestro. Y entonces . . . y entonces Ruthie dijo que nuestro hermano ya había matado a dos hombres. Y . . . y la chica dijo: seguro. No eres más que una mentirosa. Y Ruthie dijo. Ah ¿sí? Bueno, pues nuestro hermano está escondido ahora mismo por haber matado a uno y puede matar a tu hermano también. Entonces se insultaron y Ruthie tiró una piedra y esa niña mayor la persiguió y yo me vine a casa.

—¡Dios mío! —dijo Madre cansadamente—. ¡Mi dulce Jesús dormido en el pesebre! ¿Qué vamos a hacer ahora? —apoyó la frente en la mano y se frotó los ojos—. ¿Qué vamos a hacer ahora? —el olor a patatas quemadas vino de la cocina ardiente. Madre se movió automáticamente y les dio la vuelta.

—¡Rosasharn! —gritó Madre. La muchacha apareció alrededor de la cortina—. Ven a vigilar la cena. Winfield, sal, encuentra a Ruthie y tráela.

—¿Le vas a pegar, Madre? —preguntó esperanzado.

—No. Esto ya no tiene arreglo. Me pregunto por qué tuvo que hacerlo. No. No servirá de nada pegarle. Corre a buscarla y tráela.

Winfield salió corriendo hacia la puerta del furgón y se encontró con los tres hombres que subían por la pasarela y se quedó a un lado mientras entraban.

Madre dijo quemadamente:

—Padre, tengo que hablar contigo. Ruthie les dijo a unos niños que Tom está escondido.

—¿Qué?

—Que lo dijo. Se peleó con ellos y lo dijo.

—¡Pero qué niña más perra!

—No, no sabía lo que hacía. Mira, Padre, quiero que te quedes aquí. Yo voy a salir a ver si encuentro a Tom y se lo digo. Tengo que decirle que lleve cuidado. Quédate aquí, Padre, y supervisa las cosas. Me llevo algo de cena para Tom.

—De acuerdo —aceptó Padre.

—Ni le menciones a Ruthie lo que ha hecho. Yo se lo diré.

En ese momento entró Ruthie, seguida de Winfield. La niña estaba sucia. Tenía la boca pringosa y de la nariz aún le goteaba un poco de sangre de la pelea. Parecía avergonzada y asustada. Winfield la seguía con aire de triunfo. Ruthie miró fieramente a su alrededor, pero se fue a un extremo del furgón y apoyó la espalda en el rincón. Su verguenza y su fiereza estaban mezcladas.

—Le dije lo que has hecho —dijo Winfield.

Madre estaba poniendo dos chuletas y patatas fritas en un plato de hojalata.

—Calla, Winfield —dijo—. No hay necesidad de herir sus sentimientos más todavía.

Ruthie corrió por el furgón. Agarró a Madre por la cintura y escondió el rostro en su estómago y sus sollozos estrangulados sacudían todo su cuerpo. Madre intentó soltarla, pero los sucios dedos estaban bien cogidos. Madre le atusó el pelo de detrás de la cabeza con suavidad y le dio palmaditas en los hombros.

—Calla —dijo—. No lo sabías.

Ruthie levantó su rostro sucio de lágrimas y sangre.

—¡Me robaron mis palomitas! —gritó—. Esa gran hija de puta me dio con el cinturón —volvió a sollozar con fuerza.

—Calla —dijo Madre—. No hables así. Venga, suelta. Ahora tengo que irme.

—¿Por qué no le pegas, Madre? Si no hubiera presumido tanto con las palomitas no habría pasado nada. Venga, dale una paliza.

—Tú métete en tus asuntos —dijo Madre fieramente—. Si no, te la vas a cargar tú. Ahora suéltame, Ruthie.

Winfield se retiró a uno de los colchones enrollados y contempló a la familia con expresión cínica y apagada. Y se puso en una buena posición de defensa, porque Ruthie le atacaría a la primera oportunidad que tuviera y él lo sabía. Ruthie, silenciosa y acongojada, se fue al otro lado del furgón.

Madre puso una hoja de papel de periódico sobre el plato.

—Ahora me voy —dijo.

—¿No vas a comer nada? —preguntó el tío John.

—Más tarde. Cuando vuelva. Ahora no podría comer nada —Madre se dirigió a la puerta abierta: se afirmó en la pasarela empinada, de listones.

En la orilla del río de los furgones las tiendas estaban montadas cerca unas de otras, sus cuerdas cruzándose y las estacas de una pegada a la zona de la siguiente. Las luces brillaban a través de las lonas y de todas las cocinas salía humo. Los hombres y las mujeres se paraban en las puertas para hablar. Los niños correteaban enfebrecidos alrededor. Madre caminó majestuosamente por delante de las tiendas. Aquí y allá la reconocían al pasar.

—Buenas tardes, señora Joad.

—Buenas tardes.

—¿Lleva algo, señora Joad?

—A unos amigos. Les devuelvo un poco de pan.

Por fin llegó al final de la fila de tiendas. Se detuvo y miró atrás. Había sobre el campamento un resplandor de luces y las voces amortiguadas de muchas conversaciones. De vez en cuando una voz más dura se dejaba oír. El olor del humo llenaba el aire. Alguien tocaba la armónica suavemente, buscando un efecto, la misma frase una y otra vez.

Madre anduvo entre los sauces junto al arroyo. Salió del sendero y esperó en silencio, escuchando para oír alguien que la siguiera. Un hombre bajó por el sendero, en dirección al campamento, subiéndose los tirantes y abotonando los vaqueros según subía. Madre se sentó muy quieta y él pasó sin verla. Ella esperó cinco minutos y luego se puso en pie y siguió el sendero junto al arroyo. Se movía silenciosamente, tanto que podía oír el murmullo del agua sobre sus pasos suaves en las hojas de sauce. Sendero y arroyo siguieron a la izquierda y de nuevo a la derecha hasta acercarse a la carretera. En la luz gris de las estrellas pudo ver el terraplén y el agujero negro de la alcantarilla donde siempre dejaba la comida de Tom. Avanzó cautelosamente, puso su paquete en el agujero y cogió el plato vacío que había allí. Volvió entre los sauces, se escondió entre la maleza y se sentó a esperar. A través de la maraña podía ver el agujero negro de la alcantarilla. Se abrazó las rodillas y se sentó en silencio. Al cabo de unos minutos los arbustos volvieron a la vida. Los ratones de campo se movieron con cautela sobre las hojas. Una mofeta caminó como si tuviera almohadillas, pesadamente y sin miedo, llevando con ella un leve efluvio.

Y entonces el viento movió los sauces delicadamente como si los probara, y una lluvia de hojas doradas cayó a la tierra. De pronto hirvió una ráfaga y meneó los árboles y cayó una ducha crujiente de hojas. Madre podía sentirlas en su pelo y sus hombros. Una nube grande y negra se movió en el cielo, borrando las estrellas. Las gotas gordas de lluvia cayeron aquí y allá, salpicando ruidosamente las hojas caídas y la nube continuó y desveló de nuevo las estrellas. Madre se estremeció. El viento pasó y dejó los arbustos en calma, pero los árboles que bordeaban el arroyo siguieron susurrando. Del campamento llegó el tono agudo y penetrante de un violín buscando una melodía.

Madre oyó pasos furtivos entre las hojas, a lo lejos a su izquierda, y se puso tensa. Soltó las rodillas y enderezó la cabeza para oír mejor. El movimiento se interrumpió y después de un momento volvió a empezar. Una parra raspó ásperamente en las hojas secas. Madre vio aparecer una figura oscura, que se acercó a la alcantarilla. El redondo agujero negro se oscureció durante un instante y luego la figura se movió hacia detrás. Ella llamó quedamente:

—Tom —la figura se quedó quieta, tan quieta y tan pegada al suelo que habría podido pasar por un tocón. Ella llamó de nuevo—: Tom, Tom —entonces la figura se movió.

—¿Eres tú, Madre?

—Estoy aquí —ella se levantó y fue a su encuentro.

—No debías haber venido —dijo él.

—Tengo que verte, Tom. Tengo que hablar contigo.

—Está cerca el sendero —dijo Tom—. Podría pasar alguien.

—¿No tienes un sitio, Tom?

—Sí . . . pero si . . . bueno, supón que alguien te ha visto conmigo . . . meteríamos en un lío a toda la familia.

—Tengo que hablarte, Tom.

—Entonces vamos. Ven en silencio —cruzó el pequeño arroyo, vadeando sin cuidado por el agua, y Madre le siguió. Él se movió por entre los arbustos hasta llegar a un campo al otro lado de los matorrales y siguiendo los surcos del arado. Los tallos ennegrecidos del algodón eran ásperos contra la tierra y algunas pelusas de algodón estaban adheridas a los tallos. Siguieron por la orilla del campo un cuarto de milla y luego él volvió a entrar en la maleza. Se acercó a un gran matorral de zarzas, se inclinó y apartó a un lado una maraña de vides—. Hay que entrar reptando —dijo él.

Madre se puso a cuatro patas. Sintió arena bajo ella y entonces dejó de rozarla la maraña y sintió la manta de Tom en el suelo. Él volvió a colocar las vides en su sitio. No había luz en la cueva.

—¿Dónde estás, Madre?

—Aquí. Estoy aquí. Habla bajo, Tom.

—No te preocupes. Llevo algún tiempo viviendo como un conejo.

Le oyó destapar el plato de hojalata.

—Chuletas de cerdo —dijo ella—. Y patatas fritas.

—Dios Todopoderoso, y aún está caliente.

Madre no podía verle en absoluto en aquella oscuridad, pero le oía masticando, desgarrando la carne y tragando.

—Es un escondite muy bueno —dijo él.

Madre dijo incómoda:

—Tom . . . Ruthie ha contado lo tuyo —le oyó tragar saliva.

—¿Ruthie? ¿Para qué?

—No fue culpa suya. Se peleó con una niña y dijo que su hermano le iba a sacudir al hermano de la otra. Ya sabes cómo es. Y ella dijo que su hermano había matado a un hombre y estaba escondido.

Tom se estaba riendo.

—Yo siempre decía que iba a llamar al tío John, pero él nunca quiso perseguirles. No es más que charla de críos, Madre. No pasa nada.

—No —dijo Madre—. Esos niños lo dirán por ahí y sus familias les oirán y lo dirán, y dentro de nada mandarán hombres en tu busca, sólo por si acaso. Tom, tienes que irte.

—Es lo que dije desde el principio. Siempre temí que alguien te viera poner las cosas en la alcantarilla y se quedara a mirar.

—Lo sé. Pero te quería cerca. Estaba asustada por ti. No te he visto. Ahora no te puedo ver. ¿Cómo tienes la cara?

—Se me está curando rápidamente.

—Acércate, Tom. Deja que la toque. Acércate —él se aproximó. La mano de ella encontró su cabeza en la oscuridad y sus dedos bajaron a la nariz y luego fueron a la mejilla izquierda.

—Tienes una mala cicatriz, Tom. Y la nariz toda torcida.

—Tal vez sea una buena cosa. Quizá nadie me reconozca. Si no tuvieran mis huellas estaría contento —volvió a ponerse a comer.

—Calla —dijo ella—. ¡Escucha!

—Es el viento, Madre. Sólo es el viento —la ráfaga de viento continuó río abajo y los árboles susurraron a su paso.

Ella se acercó al lugar del que procedía la voz.

—Quiero tocarte una vez más, Tom. Está tan oscuro que parece que fuera ciega. Quiero recordar, incluso aunque sean mis dedos los que recuerden. Tienes que irte, Tom.

—Sí. Lo supe desde el principio.

—Nos ha ido bien —dijo ella—. He estado guardando dinero. Alarga la mano, Tom. Tengo aquí siete dólares.

—No pienso coger tu dinero —replicó él—. Ya me las arreglaré.

—Alarga la mano, Tom. No voy a poder dormir si te vas sin dinero. Quizá tengas que coger un autobús o alguna cosa así. Querría que te fueras lejos, a trescientas o cuatrocientas millas.

—No pienso cogerlo.

—Tom —dijo ella con severidad—. Coge este dinero, ¿has entendido? No tienes derecho a causar dolor.

—No juegas limpio —dijo Tom.

—He pensado que quizá podrías ir a una ciudad grande. Los Ángeles, tal vez. Nunca te buscarán allí.

—Hmm —dijo él—. Mira, Madre. He estado todo el día y toda la noche escondido solo. Adivina en quién he estado pensando. ¡En Casy! Él hablaba mucho. Antes me molestaba. Pero ahora he estado pensando en lo que decía y puedo recordarlo . . . todo. Decía que una vez se fue al desierto a encontrar su propia alma y descubrió que no tenía un alma que fuese suya. Que descubrió que él sólo tenía un pedacito de una; enorme alma. Decía que el desierto no servía de nada porque su pedacito de alma no servía, a menos que estuviera con el resto, y estuviera entera. Es curioso lo que recuerdo. Ni siquiera me daba cuenta de que estuviera escuchando. Pero ahora sé que un hombre no sirve para nada si está solo.

—Era un buen hombre —dijo Madre.

Tom prosiguió:

—Una vez recitó una parte de las Escrituras y no sonaba al fuego del infierno. La dijo dos veces y la recuerdo. Dice que es del Predicador.

—¿Cómo era, Tom?

—Va así: «Dos son mejor que uno, porque tienen una buena recompensa por su trabajo. Porque si caen, el uno levantará a su compañero, pero desgracia para aquel que esté solo cuando caiga porque no tiene otro que le ayude.» Esto es una parte.

—Continúa —dijo madre—. Sigue, Tom.

—Sólo un poco más: «De nuevo, si dos yacen juntos, entonces tendrán calor: pero ¿cómo se puede calentar uno solo? Y si uno le derrota, dos se le unirán y una cuerda entre tres es difícil de romper.»

—¿Y eso es de las Escrituras?

—Casy así lo dijo. Le llamó el Predicador.

—Calla . . . escucha.

—Es sólo el viento, Madre. Conozco el viento. Y me ha dado por pensar. Madre . . . La mayoría de los sermones son acerca del pobre que siempre tenemos con nosotros y si no tienes nada, junta las manos y a la mierda, vas a comer helado en platos de oro cuando estés muerto. Y entonces el Predicador este dice que dos consiguen mayor recompensa por su trabajo.

—Tom —dijo ella—. ¿Qué piensas hacer?

Él permaneció callado largo rato.

476 JOHN STEINBECK

—He estado pensando en el campamento del gobierno, cómo nuestra gente se cuidaban unos a otros, y si había pelea la arreglaban ellos mismos; y no había policías moviendo sus armas, pero había más orden del que los policías podrían haber proporcionado nunca. He estado preguntándome por qué no podríamos hacerlo por todas partes. Echar a los policías, que no son nuestra gente. Trabajar juntos por nuestra propia causa . . . trabajar todos nuestra propia tierra.

—Tom —repitió Madre—, ¿qué vas a hacer?

—Lo que hacía Casy —respondió el.

—Pero le mataron.

—Sí —dijo Tom—. No lo esquivó con la suficiente rapidez. No hacía nada que fuera contra la ley, Madre. He estado pensando mucho, pensando en nuestra gente viviendo como cerdos y la buena tierra fértil en barbecho, o quizá un tipo con un millón de acres, mientras cien mil buenos granjeros se mueren de hambre. Y he pensado que si todos nos juntamos a gritar, como hacían aquéllos, sólo unos pocos en el rancho Hooper . . .

Madre dijo:

—Tom, te van a acosar y a destrozarte como hicieron con el joven Floyd.

—Me van a acosar de todas maneras. Están acosando a toda nuestra gente.

—No pretendes matar a nadie, ¿verdad, Tom?

—No lo pretendo. He estado pensando que mientras siga fuera de la ley, quizá podría . . . Mierda, no lo tengo bien pensado, Madre. No me preocupes ahora. No me preocupes.

Siguieron sentados en silencio en la cueva de vides, negra como el carbón. Madre dijo:

—¿Cómo voy a saber de ti? Podrían matarte y yo no me enteraría. Podrían herirte. ¿Cómo lo voy a saber?

Tom se echó a reír incómodo.

—Bueno, quizá es como dice Casy, uno no tiene un alma suya, sino un trozo de la gran alma . . . y entonces . . .

—¿Entonces qué, Tom?

—Entonces no importa. Entonces estaré en la oscuridad. Estaré en todas partes . . . donde quiera que mires. En donde haya una pelea para que los hambrientos puedan comer, allí estaré. Donde haya un policía pegándole a uno, allí estaré. Si Casy sabía, por qué no, pues estaré en los gritos de la gente enfurecida y estaré en la risa de los niños cuando están hambrientos y saben que la cena está preparada. Y cuando nuestra gente coma los productos que ha cultivado y viva en las casas que ha construido, allí estaré, ¿entiendes? Dios, estoy hablando como Casy. Es por pensar tanto en él. A veces me parece verlo.

—Yo no lo entiendo —dijo Madre—. En realidad no sé.

—Yo tampoco —dijo Tom—. Son sólo cosas sobre las que he estado pensando. Se piensa mucho cuando uno no puede moverse. Tienes que volver, Madre.

—Coge el dinero, entonces.

Durante un momento, él estuvo callado.

—De acuerdo —dijo.

—Y, Tom, más adelante . . . cuando haya pasado, volverás. ¿Nos encontrarás?

—Claro que sí —la tranquilizó—. Ahora más vale que te vayas. Dame la mano —él la guió hacia la salida. Los dedos de ella se aferraban a la muñeca de Tom. Él retiró las vides a un lado y la siguió fuera—. Ve por ese campo hasta llegar a un sicómoro que hay al borde y luego cruza el arroyo. Adiós.

—Adiós —dijo ella y se alejó rápidamente. Tenía los ojos húmedos y ardientes, pero no lloró. Sus pasos eran ruidosos y descuidados sobre las hojas mientras atravesaba la maleza. Y conforme seguía caminando, la lluvia empezó a caer del sombrío cielo, gotas grandes y escasas, salpicando pesadas en las hojas secas. Madre se detuvo y se paró en la chorreante maleza. Se volvió . . . volvió tres pasos hacia la maraña de vides; y luego se volvió con rapidez y regresó al campamento de los furgones. Fue derecha hacia la alcantarilla y trepó hasta la carretera. La lluvia había pasado, pero el cielo estaba cubierto. Detrás de ella oyó pasos y se volvió nerviosa. El parpadeo de una débil luz de linterna jugueteaba sobre la carretera. Madre se volvió y se dirigió hacia su casa. Al cabo de un momento la alcanzó un hombre. Cortésmente mantuvo la luz en el suelo y no se la enfocó a la cara.

—Buenas tardes —dijo él.

Madre respondió:

—¿Qué tal está?

—Parece que tenemos un poco de lluvia.

—Espero que no. Se acabaría la recogida. Necesitamos trabajar.

—Yo también. ¿Vive en el campo ese?

—Sí, señor —los pasos de ambos iban al mismo tiempo por la carretera.

—Tengo veinte acres de algodón. Un poco tardío, pero ahora está a punto. Pensé ir para allá y conseguir algunos recolectores.

—Los conseguirá. La temporada casi ha concluido.

—Eso espero. Mi propiedad está sólo a una milla por ese camino.

—Somos seis —dijo Madre—. Tres hombres, yo y dos pequeños.

—Pondré un letrero. A dos millas, esta carretera.

—Estaremos allí por la mañana.

—Espero que no llueva.

—Yo también —dijo Madre—. Veinte acres no durarán mucho.

—Cuanto menos duren, más contento estaré. Mi algodón es tardío. No lo planté hasta tarde.

—¿Cuánto va a pagar?

—Noventa centavos.

—Recogeremos. He oído decir a la gente que el próximo año pagarán setenta y cinco e incluso sesenta.

—Es lo que he oído.

—Habrá problemas —dijo Madre.

—Claro. Lo sé. Un pequeño granjero como yo no puede hacer nada. La Asociación fija el precio y tenemos que acatarlo. Si no . . . nos quedamos sin granja. Los pequeños granjeros siempre tenemos problemas.

Llegaron al campamento.

—Estaremos allí —dijo Madre—. Aquí no queda demasiado que recoger —ella fue al furgón último y subió por la pasarela de tablas. La luz baja del farol proyectaba sombras lóbregas en el furgón. Padre y el tío John y un hombre mayor estaban en cuclillas contra la pared del furgón.

—Hola —saludó Madre—. Buenas noches, señor Wainwright.

Él levantó un rostro delicado y bien dibujado. Sus ojos eran profundos bajo unas cejas muy pobladas. Tenía el pelo de color blanquiazul y fino. Una pálida barba plateada le cubría las mandíbulas y la barbilla.

—Buenas noches, señora —respondió él.

—Mañana hay recogida —observó Madre—. A una milla hacia el norte. Veinte acres.

—Será mejor llevar el camión —dijo Padre—. Para poder recoger más tiempo.

Wainwright levantó la cabeza con ilusión.

—¿Cree que nosotros también podremos?

—Pues claro. Caminé un rato con el hombre. Venía a buscar recolectores.

—El algodón casi se ha terminado ya. La segunda vuelta va a ser escasa. Va a ser difícil ganar el jornal en la segunda vuelta. La primera vez ya quedó bastante limpio.

—Su gente quizá podría venir con nosotros —dijo Madre—. Repartir el gasto de gasolina.

—Vaya, muy amable por su parte, señora.

—Así ahorraremos todos —dijo Madre.

Padre dijo:

—El señor Wainwright . . . tiene una preocupación y ha venido a hablarla con nosotros. Estábamos dándole vueltas.

—¿Qué es lo que pasa?

Wainwright miró al suelo.

—Nuestra Aggie —dijo—, es mayor . . . Tiene casi dieciséis años y está crecida.

—Aggie es una muchacha guapa —dijo Madre.

—Escúchale —dijo Padre.

—Bueno, ella y su hijo Al están yendo a pasear todas las noches. Y Aggie es una chica guapa que debería tener un marido; de lo contrario podría tener problemas. Nunca hemos tenido esa clase de problemas en nuestra familia. Pero ahora con lo pobres que somos, a la señora Wainwright y a mí nos ha dado por preocuparnos. Imagínese que se quede embarazada.

Madre desenrolló un colchón y se sentó en él.

—¿Ahora han salido? —preguntó.

—Siempre salen —dijo Wainwright—. Todas las noches.

—Bueno, Al es un buen muchacho. Estos días se cree muy gallito, pero es un chico en quien se puede confiar. Yo no pediría un muchacho mejor.

—No, si no nos quejamos de Al como persona. Nos cae bien. Lo que tememos la señora Wainwright y yo . . . bueno, ella es una mujercita crecida. Y ¿qué pasa si nosotros nos vamos o ustedes se van y descubrimos que Aggie está embarazada? No ha habido nunca esas vergüenzas en nuestra familia.

Madre dijo quedamente:

—Nosotros intentaremos no ponerles en vergüenza.

Él se levantó rápidamente.

—Gracias, señora. Aggie es una mujercita crecida. Es una buena chica . . . amable y buena. Le agradeceríamos mucho que no nos pusieran en vergüenza. No es culpa de Aggie. Está crecida.

—Padre hablará con Al —dijo Madre—. Y si no quiere, lo haré yo.

Wainwright dijo:

—Entonces buenas noches y muchas gracias —desapareció al otro lado de la cortina. Le podían oír hablando en voz baja en el otro extremo del furgón, explicando el resultado de su embajada.

Madre escuchó un momento y luego:

—Vosotros dos —dijo—. Venid a sentaros aquí.

Padre y el tío John se levantaron con esfuerzo. Se sentaron en el colchón junto a Madre.

—¿Dónde están los pequeños?

Padre señaló un colchón en el rincón.

—Ruthie saltó sobre Winfield y le mordió. Les hice acostarse. Supongo que estarán dormidos. Rosasharn se fue a sentarse un rato con una señora que conoce.

Madre dejó escapar un suspiro.

—Encontré a Tom —dijo suavemente—. Le dije que se fuera. Muy lejos.

Padre asintió despacio. El tío dejó caer la barbilla sobre el pecho.

—No podía hacer otra cosa —dijo Padre—. ¿Crees que podía, John?

El tío John levantó la mirada.

—No puedo pensar en nada —dijo—. Parece que ya apenas estoy despierto.

—Tom es un buen muchacho —dijo Madre; y entonces se disculpó—: No pretendía nada malo diciendo que hablaría con Al.

—Lo sé —dijo Padre en voz baja—. Ya no sirvo para nada. Me paso el día pensando en el pasado, pensando en nuestro hogar que no volveré a ver.

—Esto es más hermoso, la tierra es mejor —dijo Madre.

—Ya ni siquiera la veo, pensando en los sauces que perdían sus hojas ahora. A veces pensando cómo arreglar el agujero de la cerca del sur. ¡Curioso! Una mujer haciéndose con el control de la familia. Una mujer diciendo haremos esto, iremos allá. Y ni siquiera me importa.

—Una mujer puede cambiar mejor que un hombre —dijo Madre consoladora—. La mujer tiene la vida en los brazos. El hombre la tiene toda en la cabeza. No te importe. Quizá . . . bueno, quizá el año que viene tengamos una casa.

—No tenemos nada ahora —dijo Padre—. Va a venir una larga temporada sin trabajo ni cosechas. ¿Qué vamos a hacer entonces? ¿Cómo vamos a comprar comida? Y a Rosasharn no le falta mucho. Se pone tan mal que no soporto pensar. Me pongo a rebuscar en el pasado para evitar pensar. Parece que nuestra vida ha llegado a su fin.

—No —sonrió Madre—. No es así, Padre. Y eso es otra cosa que las mujeres saben, lo he notado. El hombre vive a sacudidas . . . un niño nace y muere un hombre y eso es una sacudida . . . compra una granja y pierde su granja y eso es una sacudida. La mujer fluye, como un arroyo, con pequeños remolinos y pequeñas cascadas, pero el río sigue adelante. La mujer lo ve así. No vamos a extinguirnos. La gente sigue adelante . . . cambiando un poco, quizá, pero siempre adelante.

—¿Cómo lo puedes saber? —exigió el tío John—. ¿Qué es lo que va a impedir que todo se pare, que la gente se canse y se tumbe?

Madre lo consideró. Se frotó una mano brillante con la otra, empujó los dedos de la mano derecha entre los de la izquierda.

—Es difícil de decir —dijo—. Todo lo que hacemos me parece que está encaminado a seguir adelante. A mí me lo parece. Incluso estando hambrientos . . . incluso estando enfermos; algunos mueren, pero los que quedan se hacen más fuertes. Intentad vivir al día, sólo al día.

El tío John dijo:

—Si ella no se hubiera muerto entonces . . .

—Vive al día —aconsejó Madre—. No te preocupes.

—Podría haber sido un buen año el año próximo, en casa —dijo Padre.

Madre dijo:

—¡Escuchad!

Había pasos furtivos por la pasarela y entonces apareció Al por la cortina.

—Hola —dijo—. Pensé que ya estaríais durmiendo.

—Al —dijo Madre—. Estamos hablando. Ven a sentarte aquí.

—Sí, de acuerdo. Yo también quiero hablar. Dentro de poco tendré que irme.

—No puedes. Te necesitamos aquí. ¿Por qué tienes que irte?

—Bueno, yo y Aggie Wainwright nos vamos a casar y yo voy a buscar empleo en un garaje y tendremos primero una casa alquilada . . . —

levantó la vista con fiereza—. Vamos a hacerlo y no hay nadie que nos lo pueda impedir.

Los tres le contemplaron.

—Al —dijo Madre finalmente—. Nos alegramos. Nos alegramos mucho.

—¿De verdad?

—Pues claro que sí. Eres un hombres crecido. Necesitas una mujer. Pero no te vayas ahora mismo, Al.

—Se lo he prometido a Aggie —dijo—. Lo tenemos que hacer. No podemos aguantar más tiempo.

—Sólo hasta la primavera —suplicó Madre—. ¿No te quedas hasta la primavera? ¿Quién va a conducir el camión?

—Bueno . . .

La señora Wainwright asomó la cabeza por un lado de la cortina.

—¿Lo han oído ya? —preguntó.

—Sí. Lo hemos oído ahora mismo.

—Dios mío . . . ojalá tuviéramos un pastel. Ojalá tuviéramos . . . un pastel o algo.

—Pondré una cafetera y haré tortitas —dijo Madre—. Tenemos almíbar para ponerles.

—¡Dios mío! —dijo la señora Wainwright—. Vaya. Mire, yo traeré algo de azúcar. Se la pondremos a las tortitas.

Madre puso leña menuda en la cocina y las brasas de la cena la hicieron arder. Ruthie y Winfield salieron de su cama como los cangrejos ermitaños salen de sus conchas. Durante un momento mostraron cautela; miraron a ver si seguían siendo criminales. Al no notarles nadie se volvieron atrevidos. Ruthie fue saltando a la pata coja hasta la puerta y volvió sin tocar en la pared.

Madre estaba poniendo harina en un cuenco cuando Rose of Sharon subió la pasarela. Se estabilizó con cautela.

—¿Qué pasa? —preguntó.

—Escucha la noticia —gritó Madre—. Vamos a hacer una pequeña fiesta por Al y Aggie Wainwright, que van a casarse.

Rose of Sharon se quedó completamente inmóvil. Miró lentamente a Al que estaba ruborizado y avergonzado.

La señora Wainwright gritó desde el otro extremo del furgón:

—Le estoy poniendo a Aggie un vestido limpio. Voy ahora mismo.

Rose of Sharon se volvió lentamente. Volvió a la amplia puerta y bajó la pasarela. Una vez en el suelo, se dirigió despacio hacia el arroyo y el sendero que iba junto a él. Tomó el mismo camino que había hecho antes Madre . . . por entre los sauces. El viento soplaba ahora más regularmente y los arbustos silbaban sin pausa. Rose of Sharon se puso de rodillas y se arrastró entre la maleza. Los arbustos de bayas le arañaban la cara y le enganchaban el pelo, pero no le importaba. Sólo paró cuando notó que los arbustos la rodeaban por todas partes. Se estiró boca arriba. Y sintió el peso del hijo que llevaba dentro.

En el furgón sin luz, Madre se removió y luego apartó la manta y se levantó. La luz gris de las estrellas penetraba ligeramente por la puerta abierta. Madre caminó hasta la puerta y se quedó contemplando el exterior. Las estrellas iban palideciendo por el este. El viento soplaba suavemente sobre los arbustos de los sauces, y del pequeño arroyo venía el murmullo calmoso del agua. La mayoría del campamento dormía, pero delante de una tienda ardía una hoguerita y había gente a su alrededor, calentándose. Madre los podía ver a la luz del danzante fuego nuevo mientras estaban frente a las llamas, frotándose las manos; después se dieron la vuelta y pusieron las manos a la espalda. Durante un buen rato Madre miró fuera, con las manos juntas delante de ella. El viento irregular sopló bruscamente y pasó, y el aroma de la escarcha llenó el aire. Madre tembló y se frotó las manos. Volvió adentro y tanteó las cerillas, al lado del farol. La pantalla chirrió. Ella prendió la mecha, vio cómo ardía, azul, y cómo levantaba el círculo de luz, amarillo y delicado. Llevó el farol a la cocina y lo dejó en el suelo mientras ella rompía las frágiles ramitas de sauce y las ponía en la caja de la lumbre. Al cabo de un momento el fuego ardía chimenea arriba.

Rose of Sharon rodó pesadamente y se sentó.

—Me levanto ahora mismo —dijo.

—¿Por qué no te tumbas un minuto hasta que se caliente? —preguntó Madre.

—No, me levanto ya.

Madre llenó la cafetera con agua del cubo y la puso en la cocina y puso a calentar la sartén, bien llena de grasa, para los panes de maíz.

—¿Qué te pasa? —preguntó quedamente.

—Voy afuera —dijo Rose of Sharon.

—¿Dónde afuera?

—A recoger algodón.

—No puedes —dijo Madre—. Estás demasiado avanzada.

—No. Y voy a ir.

Madre midió el café en el agua.

—Rosasharn, no estuviste ayer para las tortitas —la muchacha no contestó—. ¿Para qué quieres recoger algodón? —siguió sin responder—. ¿Es por Al y Aggie? —esta vez Madre miró con atención a su hija—. Ah. Bueno, no necesitas ir a recoger.

—Voy a ir.

—Bueno, pero no fuerces.

—Levanta, Padre. Despierta, levántate.

Padre parpadeó y bostezó.

—No he dormido lo suficiente —gimió—. Debían de ser más de las once cuando nos acostamos.

—Venga, levantaos todos y a lavarse.

Los ocupantes del furgón volvían lentamente a la vida, retiraban las mantas y se ponían la ropa. Madre cortó cerdo salado en lonchas en la segunda sartén.

—Salid a lavaros —ordenó.

Una luz surgió del otro extremo del furgón. Y llegó el sonido de cortar la leña de la parte de los Wainwright.

—Señora Joad —llegó la voz—. Nos estamos preparando. Estaremos listos.

Al gruñó:

—¿Para qué tenemos que levantarnos tan pronto?

—Son sólo veinte acres —dijo Madre—. Tenemos que llegar a tiempo. Ya no queda demasiado algodón. Tenemos que llegar antes de que lo recojan. —Madre les apremió a lavarse y a tomar un apresurado desayuno—. Venga bébete el café —dijo—. Hay que salir ya.

—No se puede recoger algodón en la oscuridad, Madre.

—Podemos estar allí cuando salga el sol.

—Quizá esté húmedo.

—No llovió lo bastante. Venga, bébete el café. Al, en cuanto hayas acabado enciende el motor.

Ella llamó:

—¿Le falta mucho, señora Wainwright?

—Estamos comiendo. Dentro de un minuto estaremos listos.

Fuera, el campamento había vuelto a la vida. Las hogueras ardían delante de las tiendas. Los tubos de las cocinas de los furgones arrojaban humo.

Al apuró su café y se llenó la boca de posos. Bajó la pasarela escupiéndolos.

—Estamos preparados, señora Wainwright —llamó Madre. Se volvió hacia Rose of Sharon. Dijo:

—Tienes que quedarte.

La joven apretó las mandíbulas con decisión.

—Voy a ir —dijo—. Madre, tengo que ir.

—Pero si no tienes bolsa de algodón. No podrías arrastrar un saco.

—Recogeré en el tuyo.

—Preferiría que no lo hicieras.

—Voy a ir.

Madre suspiró.

—No te quitaré el ojo de encima. Ojalá pudiéramos tener un médico —Rose of Sharon se movió nerviosamente por el furgón. Se puso una chaqueta ligera y se la quitó—. Coge una manta —sugirió Madre—. Si quieres descansar, estarás caliente —oyeron rugir el motor del camión detrás del furgón—. Vamos a ser los primeros en llegar —dijo Madre exultante—. Venga, coged vuestros sacos. Ruthie, no os olvidéis de las camisas que os arreglé para recoger.

Los Wainwright y los Joad subieron al camión en la oscuridad. Ya llegaba la aurora, pero era lenta y pálida.

—Tuerce a la izquierda —le dijo Madre a Al—. Allí debe haber un letrero que anuncie el sitio a donde vamos —avanzaron por la oscura carretera. Y otros coches les siguieron, y detrás, en el campamento, los coches se ponían en funcionamiento con las familias apiñadas en ellos; y los coches salían a la carretera y torcían a la izquierda.

Un trozo de cartón estaba atado a un buzón a la derecha de la carretera y en él, escrito con tinta azul «Se necesitan recolectores de algodón.» Al dobló para entrar y se dirigió hacia el corral. Y el corral estaba ya lleno de coches. Un globo eléctrico en un extremo del granero blanco iluminaba un grupo de hombres y mujeres que estaban cerca de la balanza con las bolsas enrolladas bajo el brazo. Algunas de las mujeres llevaban las bolsas por los hombros y cruzadas delante.

—No llegamos tan temprano como pensábamos —observó Al. Acercó el camión a una cerca y lo aparcó. Las familias bajaron y fueron a reunirse con el grupo que esperaba, y más coches llegaron de la carretera y aparcaron y más familias se unieron al grupo. Bajo la luz del extremo del granero el propietario les inscribía.

—Hawley —dijo—. ¿H-A-W-L-E-Y? ¿Cuántos?

—Cuatro. Will . . .

—Will.

—Benton . . .

—Benton.

—Amelia . . .

—Amelia.

—Claire . . .

—Claire. ¿Quién es el siguiente? ¿Carpenter? ¿Cuántos?

—Seis.

El propietario los anotaba en el libro dejando un espacio libre para el peso.

—¿Tiene bolsa? Yo tengo unas cuantas. Cuestan un dólar —y los coches inundaban el corral. El propietario se ajustó a la garganta su chaqueta de cuero forrada de borrego. Miró al camino con aprensión.

—Con toda esta gente esos veinte acres se van a recoger en un momento.

Los niños treparon al remolque grande de algodón metiendo los dedos de los pies en los dos lados de la rejilla de alambre.

—Fuera de ahí —gritó el propietario—. Vais a romper el alambre —y los niños bajaron, avergonzados y en silencio. Llegó el amanecer gris—. Les tendré que rebajar una tara de peso por el rocío —dijo el propietario—. Lo cambiaré cuando salga el sol. Bien, salgan cuando quieran. Hay luz suficiente para ver.

Los recolectores se dirigieron rápidamente hacia el campo de algodón y se cogieron sus hileras. Se ataron la bolsa a la cintura e hicieron palmas para calentar los dedos rígidos que tenían que estar ágiles. La aurora coloreó las colinas del este y la ancha línea se movió entre las hileras. Y de la carretera seguían llegando coches y aparcando en el corral hasta que estuvo lleno y luego aparcaron a ambos lados de la carretera. El viento soplaba enérgicamente sobre el campo.

—No sé cómo todos ustedes se han enterado —dijo el propietario—. Debe haber una buena radio macuto. Los veinte acres no llegarán ni al mediodía. ¿Qué nombre? ¿Hume? ¿Cuántos?

La fila de gente avanzaba sobre el campo y el fuerte y firme viento del oeste les volaba la ropa. Sus dedos volaban a las desbordantes cápsulas y luego a los largos sacos que iban pesando cada vez más, detrás de ellos.

Padre habló con el hombre que iba por la hilera de su derecha.

—En casa un viento así podía traer lluvia. Parece que hay un poco de helada, no creo que llueva. ¿Cuánto tiempo lleva por aquí? —mantenía los ojos bajos fijos en su trabajo, mientras hablaba.

Su vecino no levantó la vista.

—Llevo casi un año.

—¿Diría que va a llover?

—No lo puedo decir y no es ninguna deshonra. Gente que ha vivido toda su vida no lo puede decir. Si la lluvia puede arruinar una cosecha, seguro que llueve. Eso es lo que dicen por aquí.

Padre miró rápidamente a las colinas del oeste. Grandes nubes grises volaban sobre las cumbres, cabalgando ligeras en el viento.

—Eso parecen nubes de lluvia —dijo.

Su vecino miró de soslayo.

—No podría decirlo —dijo. Y en todas las filas la gente miró a las nubes. Y luego se inclinaron más para realizar su trabajo y sus manos volaron al algodón. Competían al recoger, competían contra el tiempo y el peso del algodón, competían contra la lluvia y entre ellos mismos . . . Una cantidad limitada de algodón y una cantidad de dinero a ganar. Llegaron al otro lado del campo y corrieron por una hilera nueva. Ahora iban de cara al viento y podían ver nubes altas y grises moviéndose por el cielo hacia el sol naciente. Y más coches aparcaron al borde de la carretera y más recolectores llegaban a inscribirse. La fila de gente se movía frenéticamente a través del campo, pesaban al final, apuntaban su algodón, anotaban el peso en sus propios libros y corrían a por otra hilera.

A las once el campo estaba recogido y el trabajo hecho. Los remolques de laterales de alambre estaban enganchados a camiones de laterales de alambre y salieron a la carretera en dirección a la desmotadora. El algodón se escapaba a través del alambre y pequeñas nubes de algodón volaban por el aire, e hilachas de algodón se enganchaban y agitaban en las hierbas al lado de la carretera. Los recolectores se apiñaron con aire desconsolado en el corral y se pusieron en fila para recibir su paga.

—Hume, James, veintidós centavos. Ralph, treinta centavos. Joad, Thomas, noventa centavos, Winfield, quince centavos —el dinero estaba en montones, monedas de plata, de cinco centavos y de un centavo. Y todos los hombres miraban en su propio libro mientras le pagaban—. Wainwright, Agnes, veinticuatro centavos. Tobin, sesenta y tres centavos —la línea se movía lenta. Las familias volvían a sus coches en silencio. Y se iban lentamente.

Los Joad y los Wainwright esperaron en el camión a que se despejara el camino. Mientras esperaban, empezaron a caer las primeras gotas. Al sacó la mano de la cabina para notarlas. Rose of Sharon estaba sentada en medio y Madre al otro lado. Los ojos de la joven habían perdido de nuevo el lustre.

—No debías haber venido —dijo Madre—. No recogiste más de diez o quince libras —Rose of Sharon miró su vientre hinchado y no replicó. Se estremeció de repente y levantó la cabeza. Madre, que la observaba con atención, desenrolló su bolsa de algodón, la extendió por los hombros de Rose of Sharon y la abrazó.

Por fin el camino quedó despejado. Al encendió el motor y salió a la carretera. Las gotas grandes que caían de vez en cuando como lanzas salpicaban en la carretera y mientras el camión seguía su camino las gotas se hicieron más pequeñas y frecuentes. La lluvia golpeaba la cabina tan ruidosamente que se podía oír por encima del ruido del motor gastado y viejo. En la caja del camión los Wainwright y los Joad extendieron sus bolsas y se las pusieron sobre la cabeza y los hombros.

Rose of Sharon tembló violentamente contra el brazo de Madre y ésta gritó:

—Corre, Al. Rosasharn ha cogido frío. Tiene que meter los pies en agua caliente.

Al aceleró el ruidoso motor y al llegar al campamento se acercó lo más posible a los furgones rojos.

Madre estaba dando órdenes antes de estar parados del todo.

—Al —le ordenó—, tú y John y Padre id a los sauces y coged la leña que podáis. Tenemos que mantenernos calientes.

—Me pregunto si el techo tendrá goteras.

—No, no lo creo. Se estará seco, pero tenemos que tener madera, para estar calientes. Que vayan también Ruthie y Winfield. Que cojan leña menuda. Esta muchacha no está bien —Madre salió y Rose of Sharon intentó seguirla. pero le fallaron las rodillas y se sentó pesadamente en el estribo.

La gorda señora Wainwright la vio.

—¿Qué pasa? ¿Ha llegado el momento ya?

—No, creo que no —dijo Madre—. Tiene escalofríos. A lo mejor ha cogido frío. Écheme una mano, por favor —las dos mujeres sostuvieron a Rose of Sharon. Después de dar unos pasos recuperó las fuerzas y las piernas pudieron sostener su propio peso.

—Estoy bien, Madre —dijo—. Sólo fue un minuto allí.

Las dos mujeres mayores siguieron con las manos agarradas a los codos de la joven.

—Los pies en agua caliente —dijo Madre acertadamente. La ayudaron a subir la pasarela y a entrar en el furgón.

Madre levantó la vista.

—Gracias a Dios que tenemos un buen techo —dijo—. Las tiendas siempre gotean aunque sean buenas. Ponga sólo un poco de agua, señora Wainwright.

Rose of Sharon yacía inmóvil en un colchón. Les dejó que le quitaran los zapatos y le frotaron los pies. La señora Wainright se inclinó sobre ella:

—¿Tienes dolor? —quiso saber.

—No, es solamente que no me encuentro bien. Me encuentro mal.

—Tengo calmantes y sales —dijo la señora Wainwright—. Si quiere algo, úselo. Es bienvenida.

La muchacha tembló violentamente.

—Tápame, Madre. Tengo frío —Madre trajo todas las mantas y las apiló encima de ella. La lluvia caía rugiente en el tejado.

Entonces llegaron los buscadores de leña con muchas ramas y los sombreros y chaquetas chorreando.

—Dios, sí que está mojada —dijo Padre—. Te cala en un minuto.

Madre dijo:

—Será mejor que volváis y traigáis más. Se quema muy deprisa. Dentro de nada estará oscuro —Ruthie y Winfield entraron goteando y arrojaron los palos en el montón. Dieron media vuelta para volver a salir—. Vosotros os quedáis —ordenó Madre—. Acercaos al fuego y secaos.

La tarde estaba plateada por la lluvia, las carreteras relucían de agua. Hora tras hora las plantas de algodón parecían ennegrecerse y arrugarse. Padre, Al y el tío John hicieron un viaje tras otro a la maleza y trajeron cargas de leña. La apilaron cerca de la puerta hasta que el montón casi llegó al techo y por fin lo dejaron y se acercaron a la cocina.

Ríos de agua corrían de sus sombreros a los hombros. Los bordes de las chaquetas goteaban y los zapatos hacían un ruido de agua cuando caminaban.

—Muy bien, ahora quitaos esas ropas —dijo Madre—. Os tengo preparado un café. Y tenéis monos limpios para cambiaros. No os quedéis ahí.

La noche llegó pronto. En los furgones las familias se acurrucaron juntas escuchando el agua en los techos.

Capítulo 29

SOBRE las altas montañas de la costa y por los valles marcharon las nubes grises desde el océano. El viento soplaba furioso y en silencio, alto en el aire, y hacía susurrar a los arbustos y rugía en los bosques. Las nubes venían a intervalos, en rachas, en pliegues, como peñas grises; y se apilaron todas juntas y colgaron bajas por el oeste. Y después el viento desapareció y dejó las nubes profundas y sólidas. La lluvia empezó con aguaceros racheados, pausas y chaparrones; y luego, poco a poco, se acomodó a un único ritmo, gotas pequeñas y regulares, lluvia a través de la cual se veía gris, lluvia que transformaba la luz del mediodía en la del anochecer. Y al principio la tierra seca absorbió la humedad y se ennegreció. Durante dos días bebió la lluvia la tierra, hasta que ésta se saturó. Entonces se formaron charcos y en zonas bajas de los campos se formaron pequeños lagos. Los lagos cenagosos subieron y la lluvia regular azotó el agua brillante. Por último, las montañas se saturaron y los lados de las colinas virtieron en arroyos, los convirtieron en riadas y los enviaron bajando por los cañones hasta los valles. La lluvia cayó monótona. Y los arroyos y los ríos pequeños se salieron por las orillas y socavaron los sauces y las raíces de los árboles, doblaron los sauces hasta que se hundieron en la corriente, cortaron las raíces de los bosques de algodón y cayeron los árboles. El agua embarrada giró como un torbellino por las orillas y trepó por ellas hasta que al final se derramó por los campos, las huertas, las parcelas de algodón, donde quedaban los tallos negros. Los campos llenos se transformaron en lagos, anchos y grises, y la lluvia azotó las superficies. Luego la lluvia llegó a las carreteras y los coches avanzaron con lentitud, cortando el agua de delante y dejando una cenagosa estela hirviente detrás de ellos. La tierra murmuró bajo la lluvia y los arroyos tronaron bajo las agitadas riadas.

Cuando empezaron las primeras lluvias los emigrantes se acurrucaron en sus tiendas diciendo: parará pronto, y preguntando: ¿cuánto tiempo va a seguir?

Y cuando los charcos se formaron, los hombres salieron a la lluvia con palas y construyeron pequeños diques alrededor de las tiendas. La lluvia golpeó la lona hasta que penetró y mandó arroyuelos abajo. Y entonces los diques se deshicieron y la lluvia entró dentro, y los arroyuelos mojaron las camas y las mantas. La gente se sentaba con la ropa húmeda. Colocaron cajas y pusieron tablas encima de ellas. Entonces se sentaron en las cajas día y noche.

Junto a las tiendas estaban los viejos coches y el agua estropeó los cables del encendido y los carburadores. Las pequeñas tiendas grises se levantaban en lagos. Y al final la gente hubo de moverse. Entonces los coches no arrancaron porque los cables estaban en cortocircuito; y si los motores andaban las ruedas patinaban en el barro profundo. Y la gente tuvo que vadear el agua llevando en los brazos las mantas húmedas. Salpicaron a su alrededor llevando a los niños y a los muy viejos en los brazos. Y si había un granero en alto, estaba lleno de gente que temblaba y desesperaba.

Luego algunos fueron a las oficinas de ayuda estatal y regresaron tristemente a su propia gente.

Hay unas normas . . . tienes que haber estado aquí un año para poder recibir la ayuda. Dicen que el gobierno nos va a ayudar. No saben cuándo.

Y gradualmente llegó el terror más grande de todos.

No va a haber nada de trabajo en seis meses.

En los graneros la gente se acurrucó muy junta; y el terror se apoderó de ellos hasta cubrir de gris sus rostros. Los niños lloraban de hambre y no había comida.

Entonces llegó la enfermedad, neumonía y sarampión, que atacaba a los ojos y a la mastoides.

Y la lluvia cayó sin cesar y el agua inundó las carreteras porque las alcantarillas no podían llevarla.

Luego, de las tiendas y de los graneros llenos salieron grupos de hombres empapados, con la ropa hecha jirones y los zapatos como una masa de barro. Fueron salpicando a través del agua yendo a las ciudades, a las tiendas del campo, a las oficinas de ayuda, a suplicar que les dieran comida, encogiéndose y suplicando que les dieran comida, suplicando ayuda, intentando robar, mintiendo. Y bajo las súplicas y el encogimiento, una furia desesperada empezó a arder. Y en las pequeñas poblaciones la lástima por los hombres empapados se transformó en furia y la furia en miedo de la gente hambrienta. Entonces los sheriffs buscaron y juraron a un montón de ayudantes y se pidieron apresuradamente rifles, gases lacrimógenos y municiones. Los hombres llenaban los callejones de detrás de las tiendas suplicando que les dieran pan, verduras podridas, para robar si podían.

Hombres frenéticos llamaban a las puertas de los médicos; y los médicos estaban ocupados. Y hombres entristecidos dejaban recado en las tiendas de campo para que el forense mandara un coche. Los forenses no estaban demasiado ocupados. Las carretas de los forenses llegaban entre el barro y se llevaban a los muertos.

Y la lluvia cayó implacable y los arroyos desbordaron las orillas y se extendieron por el campo.

Acurrucados en cobertizos, yaciendo en heno mojado, el hambre y el miedo fermentaron en furia. Entonces los chicos salieron no a pedir, sino a robar, y los hombres salieron débilmente a intentar robar.

Los sheriffs contrataron más ayudantes y mandaron por más rifles, y la gente cómodamente en sus casas cerradas sintió lástima al principio y luego repugnancia y finalmente odio por los emigrantes.

Sobre el heno húmedo de graneros con goteras nacían niños de mujeres que jadeaban, enfermas de neumonía. Y los ancianos se acurrucaban por los rincones y morían así, de modo que los forenses no los podían estirar. Por la noche los hombres frenéticos se acercaban osadamente a los gallineros y se llevaban las cacareantes gallinas. Si les disparaban no corrían, sino que se alejaban torvamente; y si les daban se hundían cansadamente en el barro.

La lluvia dejó de caer. En los campos quedó el agua, reflejando el cielo gris y la tierra susurró con el agua en movimiento. Y los hombres salieron de los graneros y los cobertizos. Se acuclillaron y contemplaron la tierra anegada. Callaban. Y a veces hablaban muy quedamente.

No hay trabajo hasta la primavera. No hay trabajo.

Y si no hay trabajo . . . no hay dinero ni comida.

Un hombre que tiene un tiro de caballos, que los usa para arar y cultivar y segar, a él nunca se le ocurriría dejarlos que se murieran de hambre cuando no están trabajando.

Esos son caballos . . . nosotros somos hombres.

Las mujeres miraron a los hombres, los miraron para ver si al fin se derrumbarían. Las mujeres permanecieron calladas, de pie, mirando. Y en donde un grupo de hombres se juntaba, el miedo dejaba sus rostros y la furia ocupaba su lugar. Y las mujeres suspiraron de alivio porque sabían que todo iba bien, que esta vez tampoco se irían abajo; y que nunca lo harían en tanto que el miedo pudiera transformarse en ira.

Pequeños brotes de hierba salieron de la tierra, y al cabo de pocos días, con el comienzo del año, las colinas se vistieron de color verde pálido.

Capítulo 30

E N el campamento de furgones el agua se quedó en charcas y la lluvia salpicó en el barro. Poco a poco el pequeño arroyo trepó por la orilla hacia la explanada baja donde estaban los furgones.

En el segundo día de lluvia Al quitó la lona que separaba las dos mitades del furgón. La llevó afuera y la extendió sobre el capó del camión y regresó al furgón y se sentó en su colchón. Ahora, sin la separación, las dos familias se convirtieron en una. Los hombresse sentaron juntos con el ánimo encogido. Madre mantuvo un pequeño fuego ardiendo en la cocina, un fuego de leña menuda y conservó la madera. La lluvia caía en el techo casi plano del furgón.

Al tercer día los Wainwright se empezaron a impacientar.

—Quizá lo mejor sea marcharse —dijo la señora Wainwright.

Y Madre intentó que no se fueran.

—¿A dónde irían que tenga la seguridad de un buen techo?

—No lo sé, pero tengo el presentimiento de que deberíamos marchar —las dos discutieron el asunto y Madre miró a Al.

Ruthie y Winfield intentaron jugar un rato y luego ellos también cayeron en una inactividad malhumorada, y la lluvia tamborileó en el techo.

Al tercer día el sonido del arroyo podía oírse por encima del tamborileo de la lluvia. Padre y el tío John miraron al creciente arroyo desde la puerta abierta. A ambos extremos del campamento el arroyo corría cercano a la carretera, pero en el campamento hacía una curva de modo que el terraplén de la carretera rodeaba el campamento por la espalda y el arroyo lo cerraba por el frente. Y Padre dijo:

—¿Qué te parece a ti, John? A mí me parece que si ese arroyo sigue creciendo nos va a inundar.

El tío John abrió la boca y se pasó los dedos por la barbilla sin afeitar.

—Sí —dijo—. Puede ser que sí.

Rose of Sharon tenía un resfriado tremendo, el rostro arrebolado y los ojos brillantes de fiebre. Madre se sentó a su lado con una taza de leche caliente.

—Toma —le dijo—. Tómate esto. Tiene grasa de tocino para que te dé fuerzas. Toma, bébelo.

Rose of Sharon meneó la cabeza.

—No tengo hambre.

Padre trazó una línea curva en el aire con el dedo.

—Si todos cogiéramos las palas y levantáramos un dique, creo que podríamos retener el agua. Sólo tiene que ir desde allí arriba hasta abajo, allá.

—Sí —asintió el tío John—. Podría ser. No sé si los demás querrán hacerlo. Quizá prefieran irse a otro sitio.

—Pero estos furgones están secos —insistió Padre—. No se puede encontrar un sitio seco mejor que éste. Espera —cogió una ramita del montón de leña del furgón. Bajó la pasarela corriendo y, pisando el barro, llegó hasta el arroyo y puso el palo vertical en el margen del agua que formaba remolinos. Volvió al furgón al momento.

—Dios, te calas hasta los huesos —dijo.

Los dos hombres contemplaron la ramita en el margen del agua. Vieron moverse lentamente el agua, alrededor de la rama y subir por la orilla. Padre se acuclilló en la entrada.

—Está subiendo deprisa —dijo—. Creo que debemos ir a hablar con los otros hombres. A ver si van a ayudar a hacer una zanja. Si no quieren ayudar nos tendremos que ir —Padre miró al extremo de los Wainwright del largo furgón. Al estaba con ellos, sentado junto a Aggie. Padre entró en su zona—. El agua está subiendo —dijo—. Qué les parece si levantamos un terraplén. Podríamos hacerlo si todo el mundo ayuda.

Wainwright replicó:

—Lo estábamos hablando. Me parece que lo mejor será irse de aquí.

Padre dijo:

—Usted conoce los alrededores. Sabe las posibilidades que tenemos de encontrar un sitio seco donde estar.

—Lo sé. Pero de todas formas . . .

Al dijo:

—Padre, si se van, yo me voy con ellos.

Padre le miró sorprendido.

—No puedes, Al. El camión . . . nosotros no sabemos conducirlo.

—Me da igual. Yo y Aggie tenemos que estar juntos.

—Espera un poco —dijo Padre—. Ven aquí —Wainwright y Al se pusieron en pie y se acercaron a la puerta—. ¿Veis? —dijo Padre señalando—. Es sólo un terraplén desde allí arriba hasta allá —miró su palo. El agua se arremolinaba alrededor y trepaba por la orilla.

—Será mucho trabajo y luego podría caerse de todas maneras —protestó Wainwright.

—Bueno, estamos sin hacer nada. Igual podríamos estar trabajando. No vamos a encontrar otro sitio tan agradable como éste para vivir. Venga. Vamos a hablar con los otros hombres. Podemos hacerlo si todo el mundo ayuda.

Al dijo:

—Si Aggie se va, yo también me voy.

Padre dijo:

—Mira, Al, si esos hombres no quieren cavar, todos tendremos que irnos. Venga, vamos a hablar con ellos —encorvaron los hombros, bajaron corriendo la pasarela y fueron hasta el furgón siguiente y subieron a la puerta abierta. Madre estaba en la cocina, alimentando la débil llama con algunos palos. Ruthie se acercó a ella.

—Tengo hambre —gimoteó.

—No puede ser —dijo Madre—. Comiste suficientes gachas.

—Ojalá tuviera una caja de palomitas. No hay nada que hacer. No es divertido.

—Lo va a ser —dijo Madre—. Espera y verás. Dentro de nada podrás divertirte otra vez. Compraremos una casa y tierra muy pronto.

—Ojalá tuviéramos un perro —dijo Ruthie.

—Tendremos perro; y un gato también.

—¿Un gato amarillo?

—No me enredes —suplicó Madre—. No me des la tabarra ahora, Ruthie. Rosasharn está enferma. Sé una buena niña un ratito. Ya te lo pasarás bien más adelante —Ruthie se alejó protestando.

Del colchón donde yacía Rose of Sharon tapada hasta arriba surgió un grito agudo y rápido cortado a medio camino. Madre se volvió como un torbellino y fue hacia ella. Rose of Sharon contenía la respiración y sus ojos estaban llenos de terror.

—¿Qué pasa? —gritó Madre. La muchacha dejó escapar el aliento y lo volvió a contener. De pronto Madre puso la mano bajo las mantas. Entonces se levantó.

—Señora Wainwright —llamó—. ¡Señora Wainwright!

La mujercita gorda atravesó el furgón.

—¿Quería algo?

—Mire —Madre señaló al rostro de Rose of Sharon. Se mordía el labio inferior con los dientes y su frente estaba húmeda de transpiración, y sus ojos reflejaban el terror y brillaban.

—Creo que ha llegado el momento —dijo Madre—. Viene antes de tiempo.

La joven exhaló un largo suspiro y se relajó. Dejó escapar el labio y cerró los ojos. La señora Wainwright se inclinó sobre ella.

—¿Te agarró por todas partes . . . rápidamente? Abre la boca y contéstame —Rose of Sharon asintió débilmente. La señora Wainwright se volvió hacia Madre—. Sí —dijo—. Ha llegado el momento. ¿Dice que viene adelantado?

—Quizá lo haya provocado la fiebre.

—Bueno, debería estar de pie. Debería andar por aquí.

—No puede —rebatió Madre—. No tiene fuerzas.

—Pues es lo que debe hacer —la señora Wainwright se volvió silenciosa y severa con la eficiencia—. He ayudado en muchos partos —dijo—. Venga, vamos a cerrar casi del todo esa puerta. Que no haya corriente —las dos mujeres empujaron la pesada puerta corredera hasta que sólo quedó unos treinta centímetros de abertura.

—Traeré también nuestra lámpara —dijo la señora Wainwright. Su rostro estaba rojo de excitación—. ¡Aggie! —llamó—. Tú cuídate de estos pequeños.

Madre asintió:

—Eso es. ¡Ruthie!, tú y Winfield iros al otro lado con Aggie. Venga.

—¿Por qué? —quisieron saber.

—Porque tenéis que iros. Rosasharn va a tener un bebé.

—Quiero mirar, Madre. Por favor, déjame.

—¡Ruthie! Vete ahora mismo —no hubo argumentos ante aquel tono de voz. Ruthie y Winheld se fueron reacios a la otra parte. Madre encendió la lámpara. La señora Wainwright trajo su lámpara y la dejó en el suelo, y su alta llama circular iluminó el furgón brillantemente.

Ruthie y Winfield se quedaron detrás del montón de leña y curiosearon.

—Va a tener un niño y vamos a verlo —dijo Ruthie quedamente—. No hagas ningún ruido. Madre no nos dejaría mirar. Si mira para acá escóndete detrás de la leña. Entonces lo veremos.

—No hay muchos niños que lo hayan visto —dijo Winfield.

—No hay ninguno —insistió Ruthie, muy orgullosa—. Sólo nosotros.

Cerca del colchón, a la luz brillante de la lámpara, Madre y la señora Wainwright parlamentaron. Sus voces se elevaban un poco sobre el golpeteo sordo de la lluvia. La señora Wainwright cogió un cuchillo de pelar del bolsillo de su delantal y lo deslizó bajo el colchón. —Quizá no sirva para nada —se disculpó—. En nuestra familia siempre se ha hecho. En cualquier caso, no hace daño.

Madre asintió.

—Nosotros usábamos una punta del arado. Supongo que cualquier cosa afilada servirá para cortar los dolores de parto. Espero que no sea muy largo.

—¿Te encuentras bien ahora?

Rose of Sharon asintió nerviosamente.

—¿Viene ya?

—Claro —dijo Madre—. Vas a tener un niño precioso. Sólo tienes que ayudarnos. ¿Crees que podrías levantarte y caminar?

—Puedo intentarlo.

—Eso es una buena chica —dijo la señora Wainwright—. Buena chica. Te ayudaremos, cariño. Vamos a caminar contigo —la ayudaron a levantarse y le echaron una manta sobre los hombros. Entonces Madre la sujetó de un brazo y la señora Wainwright del otro. Caminaron hasta el montón de leña y dieron media vuelta despacio y volvieron al extremo del furgón, una y otra vez; y la lluvia tamborileó monótona en el tejado.

Ruthie y Winfield miraron con ansiedad.

—¿Cuándo lo va a tener? —exigió Winfield.

—Sh, que no te oigan. No nos dejarán mirar.

Aggie se unio a ellos detrás del montón de leña. El rostro delgado de Aggie y su pelo amarillo brillaban a la luz de la lámpara y la nariz se veía larga y afilada en la sombra de su cabeza en la pared.

Ruthie susurró:

—¿Has visto nacer un niño alguna vez?

—Claro —respondió Aggie.

—Bueno, y ¿cuándo lo va a tener?

—Aún falta mucho.

—Pero ¿cuánto tiempo?

—Puede que hasta mañana por la mañana no lo tenga.

—¡Anda! —dijo Ruthie—. Entonces mirar ahora no sirve. ¡Oh, mira!

Las mujeres habían detenido su caminar. Rose of Sharon se había puesto rígida y gemía de dolor. La acostaron en el colchón y le secaron la frente mientras ella gruñía y apretaba los puños. Y Madre le habló quedamente.

—Tranquila —dijo—. Va a ir bien . . . muy bien. Agárrate las manos y muérdete el labio. Así, bien . . . así —el dolor pasó. La dejaron descansar un poco y luego la volvieron a ayudar a levantarse y las tres caminaron arriba y abajo entre los dolores.

Padre asomó la cabeza por la estrecha abertura. Su sombrero goteaba agua.

—¿Para qué habéis cerrado la puerta? —preguntó. Y entonces vio a las mujeres que caminaban.

Madre dijo:

—Ha llegado el momento.

—Entonces . . . entonces no podríamos irnos aunque quisiéramos.

—No.

—Entonces hay que levantar un terraplén.

—Tenéis que hacerlo.

Padre chapoteó entre el barro y se encaminó hacia el arroyo. Su palo estaba diez centímetros más abajo. Había veinte hombres parados bajo la lluvia. Padre gritó:

—Tenemos que levantarlo. Mi hija tiene los dolores —los hombres se reunieron a su alrededor.

—¿De parto?

—Sí. Ahora ya no nos podemos ir.

Un hombre alto dijo:

—No es nuestro niño. Nosotros podemos irnos.

—Claro que sí —dijo Padre—. Pueden irse. Váyanse, nadie se lo impide. Sólo hay dos palas —fue a la parte más baja del arroyo y hundió la pala en el barro. La paletada salió con un ruido de ventosa. La volvió a hundir y arrojó el barro en la parte baja de la orilla del arroyo. Los otros hombres se alinearon a su lado. Amontonaban la tierra en un terraplén bajo y los que no tenían palas cortaron ramas de sauce con las que hacían una maraña que pisoteaban en la orilla. Una furia de trabajo, una furia de batalla se apoderó de los hombres. Cuando un hombre dejaba la pala, otro la cogía. Se habían quitado las chaquetas y los sombreros. Las camisas y los pantalones se les pegaban al cuerpo, sus zapatos eran masas amorfas de barro. Un agudo chillido surgió del furgón de los Joad. Los hombres se quedaron quietos, escucharon incómodos y se lanzaron a trabajar una vez más. Y el pequeño dique de tierra se extendió hasta conectar en ambos lados con el terraplén de la carretera. Ahora estaban cansados y las palas se movían más despacio. Y el arroyo crecía lentamente. La primera tierra que había sido puesta contuvo el agua.

Padre se echó a reír triunfalmente.

—Se habría salido si no lo hubiéramos levantado —gritó.

El arroyo subió lentamente por el lado del nuevo muro y rompió la maraña de sauce.

—Más alto —gritó Padre—. Tenemos que levantarlo más.

El atardecer llegó y el trabajo continuó. Ahora los hombres se sentían más allá del cansancio. Sus rostros eran inexpresivos. Trabajaban a sacudidas como las máquinas. Al llegar la noche, las mujeres pusieron lámparas en las puertas de los furgones y tuvieron las cafeteras a punto. Y las mujeres llegaron corriendo una a una al furgón de los Joad y se apiñaron dentro.

Los dolores venían más seguidos, cada veinte minutos. Y Rose of Sharon había perdido el control. Gritaba fieramente bajo los enormes dolores. Y las mujeres vecinas la miraron, le dieron unas palmaditas suavemente y volvieron a sus propios furgones.

Madre tenía ahora un buen fuego ardiendo y todos sus utensilios, llenos de agua, estaban puestos a calentar en la cocina. Cada poco Padre se asomaba a la puerta del furgón.

—¿Va bien?

—Sí. Creo que sí —le tranquilizó Madre.

Al hacerse de noche alguien sacó una linterna para trabajar con luz. El tío John siguió arrojando barro encima de la pared.

—Tómatelo con calma —dijo Padre—. Te vas a matar.

—No puedo evitarlo. No soporto esos gritos. Es igual . . . es igual que cuando . . .

—Lo sé —dijo Padre—. Pero tómatelo con calma.

El tío balbuceó.

—Me marcharé. Por Dios, que o trabajo o me marcho.

Padre dio media vuelta.

—¿Qué hay de la última marca?

El que tenía la linterna proyectó el foco en el palo. La lluvia cortaba blanquecina a través de la luz.

—Está subiendo.

—Ahora subirá más despacio —dijo Padre—. Puede inundar hasta muy lejos por el otro lado.

—Sin embargo, sigue subiendo.

Las mujeres llenaron las cafeteras y las sacaron de nuevo. Y conforme avanzaba la noche, los hombres se movían más y más despacio y levantaban los pesados pies como los caballos de tiro, más barro en el dique, más sauces entrelazados. La lluvia caía monótona. Cuando la linterna iluminaba los rostros, se veían los ojos mirando con fijeza y los músculos de las mejillas sobresalían como verdugones.

Durante mucho rato siguieron los gritos del furgón y finalmente se apagaron.

Padre dijo:

—Madre me llamaría si hubiera nacido —continuó trabajando torvamente. El arroyo se arremolinaba y hervía contra el terraplén. Entonces, de la parte de arriba del arroyo llegó un ruido formidable. La luz de la linterna mostró un gran árbol de algodón derribado. Los hombres se pararon a mirar. Las ramas del árbol se hundieron en el agua y se movieron con la corriente mientras el arroyo escarbaba las raicillas. Lentamente el árbol quedó libre y lentamente bajó por el arroyo. Los cansados hombres miraron con la boca abierta. El árbol fue bajando poco a poco. Entonces una rama se enganchó en un tocón y se quedó parado. Y muy despacio las raíces giraron y se engancharon en la nueva orilla. El agua se amontonó detrás. El árbol se movió y destrozó el terraplén. Un arroyuelo se deslizó por la rotura. Padre corrió hacia adelante y apiló barro en la rotura. El agua se amontonó contra el árbol. Y entonces el terraplén se deshizo, cubrió los tobillos, cubrió las rodillas. Los hombres echaron a correr y la corriente se extendió nuevamente por la explanada, bajo los furgones, bajo los automóviles.

El tío John vio el agua rompiendo. Pudo verlo en la oscuridad. Su peso le hizo caer de forma incontrolable. Se quedó de rodillas con el agua, que arrastraba, arremolinándose alrededor del pecho.

Padre le vio caer.

—¡Eh! ¿Qué te pasa? —le levantó—. Ven, los furgones están en alto.

El tío John recuperó las fuerzas.

—No lo sé —dijo disculpándose—. Se me doblaron las piernas. Simplemente no me sostuvieron —Padre le ayudó de camino a los furgones.

Cuando el dique se desmoronó, Al se volvió y echó a correr. Sus pies se movían con dificultad. Le llegaba el agua a las pantorrillas cuando alcanzó el camión. Apartó la lona del camión y se metió en el coche. Pisó el estárter. El motor zumbó una y otra vez, pero no agarró. Ahogó el motor. La batería hacía girar al estárter cada vez más despacio, pero el motor no respondía. Una vez tras otra y cada vez más lentamente. Al pisó a fondo. Cogió la manivela y la hizo girar repetidas veces, y la mano que empuñaba la manivela salpicaba en el agua que fluía despacio a cada vuelta. Finalmente se dio por vencido. El motor estaba lleno de agua, la batería estropeada. En una zona un poco más alta dos coches se pusieron en movimiento con las luces encendidas. Forcejearon en el barro y fueron hundiendo las ruedas hasta que finalmente los conductores apagaron los motores y se quedaron sentados, quietos mirando las luces de los faros. Y la lluvia caía en rayas blancas delante de las luces. Al rodeó lentamente el camión, alargó la mano y cortó el motor.

Cuando Padre llegó a la pasarela, encontró la parte más baja flotando. La pisó hasta que se asentó en el barro, bajo el agua.

—¿Crees que puedes llegar, John?

—No me pasa nada. Sigue adelante.

Padre trepó la pasarela cautelosamente y se deslizó por la pequeña abertura. Las dos lámparas daban una luz baja. Madre estaba sentada en el colchón al lado de Rose of Sharon y le abanicaba el rostro inmóvil con un trozo de cartón. La señora Wainwright metió leña seca en la co-

cina y un humo malsano salió por las tapaderas y llenó el coche del olor
a tela quemada. Madre levantó la vista hacia Padre cuando entró y
luego la bajó rápidamente de nuevo.

—¿Cómo está? —preguntó Padre.

Madre no volvió a levantar la mirada.

—Creo que bien. Está durmiendo.

El aire estaba fétido y olía a cerrado, a olor de parto. El tío John
trepó y se sujetó derecho al lado del furgón. La señora Wainwright dejó
su trabajo y fue hacia Padre. Le tomó del codo y le condujo a un rincón
del furgón. Cogió un farol y lo mantuvo encima de una caja de manzanas que había en el rincón. Sobre un periódico yacía una pequeña mo-
mia, azul y consumida.

—No llegó a respirar —dijo la señora Wainwright suavemente—.
Nunca estuvo vivo.

El tío John se volvió y se dirigió al extremo oscuro del furgón
arrastrando los pies. La lluvia silbaba sobre el tejado quedamente,
tan quedamente que podían oír el llanto cansado del tío John desde la
oscuridad.

Padre levantó la vista y miró a la señora Wainwright. Le cogió el farol de la mano y lo dejó caer en el suelo. Ruthie y Winfield dormían en
sus colchones con los brazos sobre los ojos para evitar la luz.

Padre caminó lentamente hacia el colchón de Rose of Sharon. Intentó acuclillarse, pero tenía las piernas demasiado cansadas. Por el contrario, se puso de rodillas. Madre movió el cartón de aquí para allá,
como si fuera un abanico. Miró a Padre un momento, con ojos de par en
par y fijos como los de un sonámbulo.

Padre dijo:

—Hicimos . . . lo que pudimos.

—Lo sé.

—Trabajamos toda la noche. Y un árbol cortó el terraplén.

—Lo sé.

—Se puede oír por debajo del furgón.

—Ya lo sé. Lo he oído.

—¿Crees que se pondrá bien?

—No lo sé.

—¿No pudimos haber hecho nada?

Los labios de Madre estaban rígidos y blancos.

—No. No había más que una cosa que hacer . . . y la hicimos.

—Trabajamos hasta caer rendidos, y un árbol . . . Parece que la lluvia amaina un poco.

Madre miró al techo y luego volvió a bajar la vista. Padre prosiguió como si se sintiera obligado a hablar.

—No sé cuánto más va a subir. Podría inundar el furgón.

—Lo sé.

—Tú lo sabes todo.

Ella se quedó en silencio, moviendo el cartón de un lado para otro.

—¿Nos equivocamos? —suplicó Padre—. ¿Hay algo que pudiéramos haber hecho?

Madre le miró con expresión extraña. Sus labios blancos dibujaron una sonrisa de compasión soñadora.

—No te culpes. Calla. Todo va a ir bien. Hay cambios . . . por todas partes.

—Puede que el agua . . . tal vez tengamos que marcharnos.

—Cuando sea el momento de irnos, nos iremos. Haremos todo lo que tengamos que hacer. Ahora calla. La podríamos despertar.

La señora Wainwright cortó leña menuda y la metió en el fuego empapado y humeante.

De fuera llegó el sonido de una voz enfurecida.

Y luego, justo en la puerta, la voz de Al:

—¿Dónde cree que va?

—Voy a ver a ese cabrón de Joad.

—Ni lo piense. ¿Qué es lo que le pasa?

—Si no hubiera tenido esa estúpida idea del terraplén, nos habríamos ido. Ahora nuestro coche está muerto.

—¿Se cree que el nuestro está corriendo por la carretera?

—Voy a entrar.

La voz de Al era fría.

—Va a tener que pelear para entrar.

Padre se puso lentamente en pie y se dirigió hacia la puerta.

—Está bien, Al. Voy a salir. Ya vale, Al —Padre se deslizó por la pasarela.

Madre le oyó decir: —Tenemos una persona enferma. Vamos allí abajo.

Ahora unas pocas gotas que una brisa recién levantada llevaba en oleadas caían aquí y allá, sobre el tejado. La señora Wainwright dejó la cocina y fue a mirar a Rose of Sharon.

—El amanecer llegará pronto, señora Joad. ¿Por qué no duerme un poco? Yo me sentaré con ella.

—No —replicó Madre—. No estoy cansada.

—Pues lo parece —dijo la señora Wainwright—. Venga, acuéstese un poco.

Madre abanicó el aire lentamente con el cartón.

—Se ha portado bien —dijo—. Le estamos muy agradecidos.

La robusta mujer sonrió.

—No hay necesidad de dar las gracias. Todos estamos en la misma carreta. Imagínese que estuviéramos enfermos. Nos habrían echado una mano.

—Sí —dijo Madre—. Lo hubiéramos hecho.

—O cualquiera.

—O cualquiera. Antes la familia era lo primero. Ya no es así. Es cualquiera. Cuanto peor estemos, más tenemos que hacer.

—No hubiéramos podido salvarlo.

—Lo sé —dijo Madre.

Ruthie suspiró profundamente y se quitó el brazo de los ojos. Miró ciegamente a la lámpara un momento y luego volvió la cabeza y miró a Madre.

—¿Ha nacido? —preguntó—. ¿Ha salido ya el niño?

La señora Wainwright cogió un saco y lo extendió sobre la caja de manzanas del rincón.

—¿Dónde está el bebé? —quiso saber Ruthie.

Madre se humedeció los labios.

—No hay ningún bebé. Nunca hubo bebé. Nos equivocamos.

—¡Vaya! —bostezó Ruthie—. Me hubiera gustado tener un bebé.

La señora Wainwright se sentó al lado de Madre, le cogió el cartón y abanicó el aire. Madre cruzó las manos sobre el regazo y sus ojos cansados no dejaron nunca el rostro de Rose of Sharon, que dormía exhausta.

—Venga —dijo la señora Wainwright—. Túmbese. Estará a su lado. Se despertaría sólo con que respirara un poco más fuerte.

—De acuerdo —Madre se estiró en el colchón al lado de la muchacha dormida. Y la señora Wainwright se sentó en el suelo y las veló.

Padre, Al y el tío John estaban sentados a la puerta del furgón y miraban la llegada de una aurora acerada. La lluvia había parado, pero el cielo estaba lleno de nubes grises que parecían ser sólidas. Cuando hubo luz, ésta se reflejó en el agua. Los hombres pudieron ver la corriente del arroyo, resbalando ligero, arrastrando ramas negras de árboles, cajas, tablas. El agua se arremolinaba en la explanada donde estaban los furgones. No quedaba ni rastro del terraplén. En la explanada la corriente se interrumpía. Los márgenes de la riada estaban bordeados de espuma amarilla. Padre se asomó por la puerta y puso un palito en la pasarela, justo encima del nivel del agua. Los hombres contemplaron el agua que iba subiendo, levantó el palo y se lo llevó flotando. Padre puso otra ramita dos centímetros por encima del agua y volvió atrás a mirar.

—¿Crees que entrará en el furgón? —preguntó Al.

—No lo sé. Todavía queda mucha agua por bajar de las montañas. No sé. Podría empezar a llover otra vez.

Al dijo:

—He estado pensando. Si el agua entra, todo se va a empapar.

—Sí.

—Bueno, no entrará más de un metro o metro y medio en el furgón porque antes pasará a la carretera y se extenderá.

—¿Cómo lo sabes? —preguntó Padre.

—Le eché una ojeada desde el extremo del furgón —puso la mano—. Llegará hasta esta altura.

—Bueno —dijo Padre—. ¿Y qué? No estaremos aquí.

—Tenemos que quedarnos. El camión está aquí. Nos llevará una semana sacarle toda el agua cuando baje la riada.

—Vale . . . ¿qué idea has tenido?

—Podemos quitarle al camión los tablones laterales y construir una especie de plataforma aquí para poner las cosas y sentarnos.

—¿Sí? ¿Cómo vamos a cocinar, y a comer?

—Bueno, las cosas quedarán secas.

La luz se hizo intensa en el exterior, una luz de color gris metálico. El segundo palo flotó y dejó la pasarela. Padre puso otro más arriba.

—Ya lo creo que sube —dijo—. Creo que deberíamos hacer eso.

Madre se movió inquieta en el sueño. Sus ojos se abrieron como platos. Gritó un aviso de forma estridente:

—¡Tom, oh Tom, Tom!

La señora Wainwright le habló dulcemente. Los ojos se volvieron a cerrar y Madre se revolvió bajo su sueño. La señora Wainwright se levantó y fue a la puerta.

—Eh —llamó quedamente—. No vamos a irnos pronto —señaló el

rincón del furgón donde estaba la caja de manzanas—. Eso no está haciendo nada bueno. Causa problemas y lástima. ¿No podrían sacarlo y enterrarlo?

Los hombres callaron. Finalmente Padre dijo:

—Creo que tiene razón. No hace más que provocar lástima. Enterrarlo va contra la ley.

—Hay muchas cosas que van contra la ley y que no tenemos más remedio que hacer.

—Sí.

Al dijo:

—Debemos quitar esos tablones antes de que el agua suba demasiado.

Padre se volvió hacia el tío John.

—¿Lo llevas a enterrar mientras Al y yo metemos esas tablas?

El tío John dijo, hosco:

—¿Por qué tengo que hacerlo yo? ¿Por qué no vosotros? No me gusta —y luego—: Claro. Yo lo haré. Claro que sí. Venga, dádmelo —empezó a subir el tono de voz—. ¡Venga! Dádmelo.

—No las despiertes —dijo la señora Wainwright. Llevó la caja de manzanas a la puerta y estiró el saco con esmero sobre ella.

—La pala está a tu lado —dijo Padre.

El tío John cogió la pala en una mano. Salió al agua que se movía despacio y que le llegó casi hasta la cintura antes de que tocara fondo. Se volvió y se aseguró la caja de manzanas en el otro brazo.

Padre dijo:

—Venga, Al. Vamos a meter esa madera.

En la luz gris de la aurora el tío John caminó alrededor del extremo del furgón, más allá del camión de los Joad; y trepó por el resbaladizo terraplén de la carretera. Fue por ésta, más allá de la explanada de los furgones, hasta llegar a un lugar donde el arroyo hirviente corría cercano al camino, bordeado por los sauces. Dejó la pala en el suelo y, llevando la caja delante de él, rodeó los arbustos hasta llegar a la orilla del veloz arroyo. Estuvo un rato viendo cómo se arremolinaba, dejando la espuma amarilla entre los troncos de los sauces. Sujetó la caja contra su pecho. Y entonces se agachó y puso la caja en el arroyo y la equilibró con la mano. Dijo fieramente: ve río abajo y díselo. Ve hasta la calle y púdrete y díselo de ese modo. Esa es tu manera de hablar. Ni siquiera sabemos si eras niño o niña. No lo averiguaremos. Baja ahora y yace en la calle. Quizá entonces se den cuenta —giró la caja con suavidad hacia la corriente y la soltó. Se quedó baja en el agua, fue de lado, la cogió un remolino y lentamente se dio la vuelta. El saco se alejó flotando y la caja, atrapada por el agua veloz, se fue flotando, fuera de la vista, tras los arbustos. El tío John cogió la pala y volvió apresurado a los furgones. Chapoteó en el agua y vadeó hacia el camión, donde Padre y Al trabajaban, quitando los tablones de uno por seis.

Padre le miró.

—¿Ya lo has hecho?

—Sí.

—Oye —dijo Padre—. Si tú ayudas a Al, yo me acerco a la tienda a por algo de comida.

—Compra tocino —dijo Al—. Necesito carne.

—Bueno —dijo Padre. Bajó del camión de un salto y el tío John tomó su puesto.

Cuando estaban entrando las tablas por la puerta del furgón, Madre despertó y se sentó.

—¿Qué estáis haciendo?

—Vamos a construir una plataforma para no mojarnos.

—¿Por qué? —preguntó Madre—. Esto está seco.

—Pero no lo estará. El agua está subiendo.

Madre se levanto con esfuerzo y se acercó a la puerta.

—Tenemos que irnos de aquí.

—No podemos —replicó Al—. Todas nuestras cosas están aquí. El camión también. Todo lo que tenemos.

—¿Dónde está Padre?

—Fue a comprar cosas para el desayuno.

Madre bajó la vista y observó el agua. Sólo estaba ya a quince centímetros del suelo del furgón. Volvió al colchón y miró a Rose of Sharon. La muchacha le devolvió una mirada fija.

—¿Cómo te encuentras? —preguntó Madre.

—Cansada. Muy cansada.

—Te voy a dar algo de desayunar.

—No tengo hambre

La señora Wainwright se puso al lado de Madre.

—Parece que está bien. Ha salido bien del paso.

Los ojos de Rose of Sharon interrogaron a Madre, y Madre intentó eludir la pregunta. La señora Wainwright se acercó a la cocina.

—Madre.

—¿Sí? ¿Qué quieres?

—¿Está bien?

Madre desistió. Se puso de rodillas en el colchón.

—Podrás tener más —dijo—. Hicimos todo lo que pudimos.

Rose of Sharon pugnó por levantarse.

—¡Madre!

—Tú no tienes la culpa.

La joven volvió a recostarse y se tapó los ojos con el brazo. Ruthie se acercó y la miró con expresión reverente. Susurró con voz ronca:

—¿Está enferma, Madre? ¿Se va a morir?

—Claro que no. Se va a poner bien. Muy bien.

Padre entró cargado de paquetes.

—¿Cómo está?

—Bien—dijo Madre—. Se va a poner bien.

Ruthie informó a Winfield:

—No se va a morir. Lo ha dicho Madre.

Y Winfield, hurgándose en los dientes con una astilla de tal manera que parecía un adulto, dijo:

—Ya lo sabía. Es lo que yo pensaba.

—¿Cómo lo sabías?

—No te lo pienso decir —dijo Winfield, y escupió un trozo de astilla.

Madre hizo el fuego con lo que quedaba de leña menuda y preparó el tocino e hizo salsa. Padre había traído pan de la tienda. Madre frunció el ceño al verlo.

—¿Nos queda dinero?

—No —dijo Padre—, pero tenemos tanta hambre . . .

—Y se te ocurre comprar pan de tienda —dijo Madre acusadora.

—Bueno, tenemos un hambre de lobo. Estuvimos trabajando toda la noche.

Madre suspiró.

—¿Qué vamos a hacer ahora?

Mientras comían, el agua siguió subiendo. Al engulló su comida y él y Padre construyeron la plataforma. Un metro y medio de ancho, dos metros de largo. A un metro treinta del suelo. El agua llegó al borde del furgón, pareció vacilar un buen rato y lentamente entró y mojó el suelo.

Y fuera la lluvia empezó de nuevo a caer, como antes, gotas grandes y pesadas, salpicando el agua, golpeando sordamente el techo.

Al dijo:

—Venga, vamos a subir los colchones. Y las mantas, que no se mojen.

Amontonaron sus pertenencias en la plataforma mientras el agua iba avanzando por el suelo. Padre y Madre, Al y el tío John, cada uno en una esquina, levantaron el colchón de Rose of Sharon, con la muchacha acostada, y lo colocaron encima de las cosas.

Y ella protestó:

—Puedo andar. Estoy bien —y el agua fue avanzando en una fina película sobre el suelo. Rose of Sharon le susurró a Madre, y ésta puso la mano en su pecho y asintió.

En el otro extremo del furgón, los Wainwright daban martillazos, construyendo una plataforma para ellos. La lluvia se hizo intensa y luego paró. Madre miró a sus pies. El agua llegaba ya a un centímetro.

—Tú, Ruthie —llamó distraída—. Subíos encima del montón. Vais a coger frío —les ayudó a subir y los dejó sentados y sintiéndose violentos al lado de Rose of Sharon.

Madre dijo repentinamente:

—Tenemos que irnos.

—No podemos —dijo Padre—. Como dice Al, todo lo que tenemos está aquí. Quitaremos la puerta del furgón y haremos más sitio para sentarse.

La familia se acurrucó en las plataformas, silenciosa y preocupada. El agua llegó hasta los trece centímetros antes de que la riada superara el terraplén de la carretera y se extendiera regularmente por el campo de algodón al otro lado. Durante ese día y esa noche los hombres durmieron empapados, uno junto al otro, en la puerta del furgón. Y Madre estaba acostada cerca de Rose of Sharon. A veces Madre le susurraba algo y a veces se sentaba silenciosamente, con expresión pensativa. Bajo la manta escondió lo que quedaba del pan de la tienda.

La lluvia caía ahora de forma intermitente: pequeños chubascos y luego la calma. En la mañana del segundo día, Padre chapoteó por el campamento y regresó con diez patatas en los bolsillos. Madre le contempló torvamente mientras él cortaba parte de la pared interior del furgón, encendía el fuego y llenaba una cazuela de agua. Todos comieron las patatas cocidas y humeantes con los dedos. Y cuando la comida se acabó miraron fijamente el agua gris, y por la noche tardaron largo rato en acostarse.

Cuando llegó la mañana despertaron nerviosos. Rose of Sharon le susurró algo a Madre.

Madre asintió.

—Sí —dijo—. Ya es hora —y entonces se volvió hacia la puerta del furgón, donde yacían los hombres—. Nos vamos de aquí —dijo con fiereza—, vamos a un lugar más alto. Y vosotros podréis venir o no, pero yo me llevo a los pequeños y a Rosasharn fuera de aquí.

—¡No podemos! —dijo Padre débilmente.

—Muy bien. Quizá puedas ayudar a llevar a Rosasharn hasta la carretera y luego te vuelves. Ahora no llueve y nos vamos.

—De acuerdo, vamos —dijo Padre.

Al intervino:

—Madre, yo no voy.

—¿Por qué no?

—Bueno . . . Aggie, ella y yo . . .

Madre sonrió.

—Desde luego —dijo—. Tú quédate aquí, Al. Cuida las cosas. Cuando el agua baje, volveremos. Vamos deprisa antes de que llueva otra vez —le dijo a Padre—. Venga, Rosasharn. Nos vamos a un sitio seco.

—Puedo andar.

—Quizá un poco, en la carretera. Dobla la espalda, Padre.

Padre bajó al agua y se quedó esperando. Madre ayudó a Rose of Sharon a bajar de la plataforma y a cruzar el furgón. Padre la cogió en brazos y la sostuvo tan alto como le fue posible y caminó con cuidado sobre la profunda agua alrededor del furgón y hacia la carretera. La dejó en el suelo y la sujetó. El tío John le siguió con Ruthie cogida. Madre bajó al agua y durante un momento sus faldas se hincharon a su alrededor.

—Winfield, siéntate en mis hombros. Al . . . volveremos en cuanto baje el agua. Al . . . —hizo una pausa—. Si . . . si Tom viene, dile que volveremos. Dile que tenga cuidado. ¡Winfield!, sube a mis hombros. Así. No muevas los pies —ella caminó tambaleándose por el agua, que le llegaba al pecho. En el terraplén de la carretera la ayudaron y le quitaron a Winfield de los hombros.

Pararon un momento en la carretera a mirar atrás, la manta de agua, los bloques rojo oscuro de los furgones, los camiones y coches bajo el agua lenta. Mientras miraban empezó a caer una lluvia ligera.

—Tenemos que movernos —dijo Madre—. Rosasharn, ¿crees que puedes andar?

—Estoy un poco mareada —dijo la joven—. Me encuentro como si me hubieran dado una paliza.

Padre protestó:

—Ahora nos vamos, pero ¿a dónde vamos?

—No lo sé. Venga, dale la mano a Rosasharn —Madre la cogió por el brazo derecho y Padre por el izquierdo—. Vamos a algún sitio que esté seco. Tenemos que encontrar alguno. Hace dos días que vosotros tenéis la ropa mojada.

Avanzaron lentamente por la carretera. Podían oír el murmullo del agua en el arroyo que corría paralelo a la carretera. Ruthie y Winfield marchaban juntos chapoteando. Caminaron lentamente. El cielo se oscureció más y la lluvia creció en intensidad. No había ningún tráfico por la carretera.

—Tenemos que apresurarnos —dijo Madre—. Si esta muchacha se cala . . . No sé lo que le va a pasar.

—No has dicho hacia dónde tenemos que apresurarnos —le recordó Padre con sarcasmo.

La carretera torcía junto con el arroyo. Madre escudriñó los campos inundados. Lejos de la carretera, a la izquierda, en una colina ondulada y baja, había un granero ennegrecido por la lluvia.

—¡Mira! —dijo Madre—. ¡Mira allí! Apuesto a que a ese granero no pasa el agua. Vamos allí hasta que pare de llover.

Padre suspiró.

—Probablemente el dueño nos echará a patadas.

Delante, al lado de la carretera, Ruthie vio un punto rojo. Corrió hacia él: un esmirriado geranio silvestre, que tenía una flor azotada por la lluvia. Cogió la flor. Le quitó un pétalo con cuidado y se lo pegó en la nariz. Winfield se acercó corriendo.

—¿Me das uno? —preguntó.

—No señor. Es todo mío. Lo he encontrado yo —se pegó otro pétalo en la frente, un pequeño corazón brillante.

—Venga, Ruthie. Dame uno. Venga ya —lanzó una mano para quitárselo, pero falló, y Ruthie le dio una bofetada con la mano abierta en la cara. Se paró un momento, sorprendido, y luego sus labios temblaron y sus ojos se anegaron.

Los otros les alcanzaron.

—¿Qué habéis hecho ahora? —preguntó Madre—. ¿Qué habéis hecho ahora?

—Intentó quitarme la flor.

Winfield sollozó.

—Yo . . . sólo quería uno para pegármelo en la nariz.

—Dale uno, Ruthie.

—Que se encuentre él una. Esta es mía.

—¡Ruthie! Dale uno.

Ruthie percibió la nota de amenaza en el tono de voz de Madre y cambió su táctica.

—Toma —dijo con amabilidad exagerada—. Te voy a pegar un pétalo —los mayores siguieron adelante. Winfield puso la nariz cerca de ella. Ella mojó un pétalo con la lengua y se lo clavó cruelmente en la nariz—. Hijo de puta —dijo quedamente. Winfield se llevó los dedos al pétalo y lo apretó en la nariz. Caminaron con premura siguiendo a los demás. Ruthie sintió que la diversión se había acabado.

—Toma —dijo—. Aquí tienes más. Pégate alguno en la frente.

De la derecha de la carretera llegó un agudo sonido silbante. Madre gritó:

—Deprisa. Viene una lluvia fuerte. Pasemos por la cerca. Es más corto. Venga, vamos. Sigue aguantando, Rosasharn —llevaron a la joven medio a rastras a la cuneta y le ayudaron a pasar la cerca. Y entonces se desató la tormenta. Mantas de agua cayeron sobre ellos. Siguieron por el barro y subieron la pequeña inclinación. El granero negro estaba casi oscurecido por completo por la lluvia, que silbaba y salpicaba y avanzaba empujada por el viento. Rose of Sharon resbaló y se quedó colgando de sus padres.

—¡Padre! ¿Puedes llevarla en brazos?

Él se inclinó y la cogió.

—Estamos calados hasta los huesos de todas formas —dijo—. Deprisa, Winfield, Ruthie, adelantaos corriendo.

Llegaron jadeantes al granero y entraron tambaleándose por el extremo abierto, que no tenía puerta. Algunos aperos de granja oxidados yacían aquí y allá, un arado de discos y un cultivador roto, una rueda de hierro. La lluvia martilleaba en el tejado y ponía una cortina a la entrada. Padre dejó cuidadosamente a Rose of Sharon sentada en una caja grasienta.

—¡Dios Todopoderoso! —exclamó.

Madre dijo:

—Puede que haya heno en el interior. Mira, aquí hay una puerta —abrió la puerta de goznes oxidados—. Hay heno —gritó—. Entrad.

Dentro estaba oscuro. Un poco de luz entraba a través de las grietas entre los tablones.

—Échate, Rosasharn —dijo Madre—. Échate y descansa. Intentaré pensar alguna forma para que te seques.

Winfield dijo:

—¡Madre! —y la lluvia, rugiendo en el tejado, ahogó su voz—. ¡Madre!

—¿Qué pasa? ¿Qué es lo que quieres?

—¡Mira! En el rincón.

Madre miró. Había dos figuras en la penumbra; un hombre tumbado de espaldas y un niño sentado junto a él, con los ojos muy abiertos, mirando con fijeza a los recién llegados. Mientras miraba, el niño se puso lentamente de pie y se acercó a ellos. Su voz se rompió.

—¿Son los propietarios de esto?

—No —dijo Madre—. Sólo hemos venido a refugiarnos de la lluvia. Tenemos una muchacha enferma. ¿Tienes una manta que pudiéramos usar para quitarle la ropa mojada?

El niño volvió al rincón y trajo un sucio edredón que tendió a Madre.

—Gracias —dijo ella—. ¿Qué le pasa a ese hombre?

El niño hablaba con un graznido monótono.

—Primero estuvo enfermo, pero ahora se está muriendo de hambre.

—¿Qué?

—Muriéndose de hambre. Se puso enfermo en el algodón. Lleva seis días sin comer.

Madre fue al rincón y miró al hombre. Tenía alrededor de cincuenta años, su rostro estaba chupado y los ojos eran vagos y de expresión fija. El niño se llegó a su lado.

—¿Es tu padre? —preguntó Madre.

—¡Sí! Dice que no tiene hambre o que acaba de comer y me da la comida. Ahora está demasiado débil. Apenas se puede mover.

El golpeteo de la lluvia decreció hasta no ser más que un silbido tranquilizador en el tejado. El hombre consumido movió los labios. Madre se arrodilló a su lado y acercó la oreja. Sus labios se volvieron a mover.

—Claro —dijo Madre—. Estése tranquilo. Él está bien. Espere que le quite la ropa mojada a mi hija.

Madre se volvió hacia Rose of Sharon.

—Quítate la ropa —dijo. Utilizó el edredón como una pantalla para que no la vieran. Y cuando estuvo desnuda Madre la tapó con el edredón. El niño estaba otra vez a su lado explicándole:

—Yo no lo sabía. Decía que había comido o que no tenía hambre. Anoche fui y rompí una ventana y robé un poco de pan. Le hice tragárselo. Pero lo vomitó todo y se quedó más débil todavía. Tiene que comer sopa o leche. ¿Tienen ustedes dinero para comprar leche?

Madre dijo:

—Calla. No te preocupes. Ya pensaremos algo.

De pronto el niño gritó:

—¡Se está muriendo, se lo digo yo! Se está muriendo de hambre, se lo digo yo.

—Calla —dijo Madre. Miró a Padre y al tío John que miraban al hombre enfermo sin saber qué hacer. Miró a Rose of Sharon envuelta en el edredón. Los ojos de Madre fueron más allá de los de Rose of Sharon y luego volvieron a ellos. Y las dos mujeres se miraron profundamente la una a la otra. La respiración de la muchacha era entrecortada.

Ella dijo:

—Sí.

Madre sonrió.

—Sabía que lo harías. ¡Lo sabía! —miró sus manos, entrelazadas en su regazo.

Rose of Sharon susurró:

—¿Podéis . . . podéis saliros todos? —la lluvia caía lentamente en el tejado.

Madre se inclinó hacia adelante y con la palma de la mano retiró de la frente de su hija el pelo en desorden y la besó en la frente. Madre se enderezó con presteza.

—Venga, vamos todos —llamó—. Vamos a salir al cobertizo de las herramientas.

Ruthie abrió la boca para hablar.

—Calla —dijo Madre—. Calla y ve —los hizo salir y llevó al niño consigo; cerró la puerta chirriante tras de sí.

Durante un minuto Rose of Sharon se quedó sentada inmóvil en el granero susurrante.

Luego levantó su cuerpo y se ciñó el edredón. Caminó despacio hacia el rincón y contempló el rostro gastado y los ojos, abiertos y asustados. Entonces, lentamente, se acostó a su lado. Él meneó la cabeza con lentitud a un lado y a otro. Rose of Sharon aflojó un lado de la manta y descubrió el pecho.

—Tienes que hacerlo —dijo. Se acercó más a él y atrajo la cabeza hacia sí—. Toma —dijo—. Así —su mano le sujetó la cabeza por detrás. Sus dedos se movieron con delicadeza entre el pelo del hombre. Ella levantó la vista y miró a través del granero, y sus labios se juntaron y dibujaron una sonrisa misteriosa.

.

Índice

¡OTRAS GRANDES OBRAS DISPONIBLES EN PENGUIN!

LA MUERTE DE ARTEMIO CRUZ
Carlos Fuentes

En el momento de la muerte, loa conciencia de Artemio Cruz le somete a juicio. Al tiempo que recuerda y describe el México pre- y post-revolucionario, reflexiona e intenta justificar la dura realidad de su vida: la traición a sus amigos, sus ideales, y su país.   *ISBN 0-14-025582-6*

ROMANCERO GITANO
Federico García Lorca

A través de las poderosas imágenes de este romancero, sin duda la obra más popular e influyente de la poesía española del siglo XX, García Lorca transmite la riqueza sensorial y el encanto de Andalucía, así como el profundo desgarro de la raza gitana.   *ISBN 0-14-025583-4*

EL AMOR EN LOS TIEMPOS DEL CÓLERA
Gabriel García Márquez

En esta novela, aclamada internacionalmente como uno de los más bellos tratados sobre el amor, Florentino Ariza, un hombre con el corazón de un poeta y la paciencia de un santo, espera durante más de medio siglo a Fermina, su verdadero amor.   *ISBN 0-14-025578-8*

DEL AMOR Y OTROS DEMONIOS
Gabriel García Márquez

Ambientada en el siglo XVIII, en la exuberante costa tropical de la Colombia colonial, esta novela agridulce, llena de minuciosos detalles, es la trágica historia de Sierva Mariá y el sacerdote Cayetano Delaura, cuyos castos amoríos los conducen a la destrucción.
   ISBN 0-14-024559-6

¡OTRAS GRANDES OBRAS DISPONIBLES EN PENGUIN!

LA AUTOPISTA DEL SUR Y OTROS CUENTOS
Julio Cortázar
Edición de Aurora Bernárdez

Una joven pasa sus vacaciones de verano en una casa de campo por la que ronda un tigre. Un hombre que lee una novela policiaca se da cuenta demasiado tarde de que la víctima del asesino es él. En estas historias mágicas y en muchas otras Julio Cortázar crea un mundo en el que lo cotidiano y lo milagroso se tocan, a menudo con resultados sorprendentes.
ISBN 0-14-025580-X

TAMBIÉN DISPONIBLES EN EDICIONES BILINGÜES (ESPAÑOL-INGLÉS)

SPANISH SHORT STORIES
Edición de Jean Franco

Cuentos de los autores contemporáneos más importantes en lengua española, entre ellos García Márquez, Borges, y Rulfo.
ISBN 0-14-002500-6

SPANISH SHORT STORIES 2
Edición de Gudie Lawaetz

Más cuentos de Fuentes, Vargas Llosa, Cortázar, y otros.
ISBN 0-14-003378-5

THE PENGUIN BOOK OF SPANISH VERSE
Edición de J. M. Cohen

Desdo *El Cantar de Mío Cid* a Luis Antonio de Villena, más de 300 obras de 100 poetas engloban nueve siglos de poesía de España.
ISBN 0-14-058570-2

TWENTY LOVE POEMS AND A SONG OF DESPAIR
Pablo Neruda
Traducción de W. S. Merwin

Esta colección de poemas amorosos atrevidos y sensuales es la obra más querida y popular de Neruda.
ISBN 0-14-018648-4